中南财经政法大学新闻与文化传播学院
世界华文文学与传媒研究中心

世界华文文学研究年鉴 2017

策划：胡德才　　编著：古远清

WUHAN UNIVERSITY PRESS
武汉大学出版社

图书在版编目(CIP)数据

世界华文文学研究年鉴.2017/胡德才策划;古远清编著.—武汉:武汉大学出版社,2019.11

ISBN 978-7-307-21135-3

Ⅰ.世…　Ⅱ.①胡…　②古…　Ⅲ.华文文学—文学研究—世界—2017—年鉴　Ⅳ.I106-54

中国版本图书馆 CIP 数据核字(2019)第 182235 号

责任编辑:蒋培卓　　　责任校对:李孟潇　　　版式设计:韩闻锦

出版发行:**武汉大学出版社**　(430072　武昌　珞珈山)

(电子邮箱:cbs22@ whu.edu.cn 网址:www.wdp.com.cn)

印刷:北京虎彩文化传播有限公司

开本:787×1092　1/16　印张:29.75　字数:687 千字　插页:1

版次:2019 年 11 月第 1 版　　2019 年 11 月第 1 次印刷

ISBN 978-7-307-21135-3　　定价:99.00 元

版权所有,不得翻印;凡购买我社的图书,如有质量问题,请与当地图书销售部门联系调换。

凡　例

古远清

一、本年鉴属于资料性工具书，它通过“争鸣”“综述”“资料”“对话”“目录”“悼念”“小史”“书评”“机构”“年谱”“会议”“补白”等栏目，反映世界华文文学这门学科2017年的基本状况和重要成果，并汇集有关重要信息，以让广大读者了解这门学科的最新动向，为世界各地学者研究时参考和使用。

二、按约定俗成的办法，除中国大陆地区外，其他国家和地区的华文文学，都是本书收集和研究的范围。但这两者有时很难截然分割，故在有的栏目中仍保留有中国大陆的内容。

三、“综述”以中国大陆文学研究现状为主，兼及境外研究。

四、有关世界华文文学国家社科基金立项课题，包含一般项目和重大项目，以基金号排序。

五、“目录”中境外刊物有关提法，一律保持原貌，不作改动。

六、“小史”以刊登创作同时也注重评论的刊物为主。

七、“争鸣”对象有学科理论建设和华文文学走向问题，也包含对研究家的评论。

八、“悼念”的内容主要是去世的境外作家和大陆研究华文文学的学者。

九、“书评”以收研究性著作的评论为主。

十、“机构”以文学团体为主，也适当兼顾与文学有关的教育、语文、媒体等方面的机构。

十一、“会议”只收入有重大影响的会议。

十二、“年谱”包括学者和作家。

十三、开华文文学课情况统计系在2016年的基础上增加遗漏部分，另除掉因授课老师或退休或出国未能开课的学校。

十四、《世界华文文学研究年鉴》不是哪个机构承担的课题，其编撰纯属个人行为。自己从未带过研究生，一切都得亲自操刀，故署名不称“编纂”而称“编著”。

目　录

争　鸣

综　述

资　料

对 话

目 录

悼 念

小 史

书 评

机 构

年　谱

会　议

副　刊

后　记

争　鸣

华侨华人与百年中国文学及海外传播

王列耀　池雷鸣

21 世纪以来，中华民族的伟大复兴成为时代主题，可以说是自鸦片战争以来，中华民族在全球化时代的最强音。如今，全球化依旧如火如荼，无论是主动融入，还是被动防御，每个人都将“被全球化”。刚刚去世的齐格蒙特·鲍曼对世界的这一洞察，值得深思。

我们民族的伟大复兴，不仅是一个时代主题，同时也是一个空间主轴，既离不开中国人的辛勤耕耘、不懈奋斗，也离不开其他国家民众的认知、理解与承认。这是全球化时代的召唤，也是其规定。

所谓“复兴”，并不是回到“封闭”的伟大，而是传承中新造一种“开放”的文明，因而以追求和谐为目标的中华文化，希冀在求同存异中，与其他文化“美美与共”，合力打造命运共同体，共赢共享人类文明的成果。

无论是从全球化的召唤，还是中华文化的自身特性；无论是从中国人的文化自信，还是其他国家民众的交流愿景而言，实现民族的伟大复兴，都离不开中华文化的海外传播。换言之，只有中华文化真正地走出去，才能够真正实现伟大复兴，才能够共享共赢，惠及全球文明。

作为文化的重要载体、表现形式，文学当然要探究其在民族伟大复兴、中华文化海外传播中的角色、作用、价值与意义。只有自觉承载历史的重任，文学才不会在历史中消亡，反而将以其特有的位置与魅力，再造出久远的图景。

一、百年中国文学海外传播的挑战与应对

目前，关于百年中国文学海外传播的研究成果，已然成为学术热点，多受学界关注，如苏州大学王尧教授的国家社科基金重大项目《百年来中国文学海外传播研究》、北京师范大学张健教授的国家社科基金重点项目“中国当代文学海外传播研究”等，也取得了相应的硕果，令人鼓舞。但是，就现状而言，必须清醒地认识到历史的重任、紧迫的需求，与严峻的现实、实际的挑战之间的矛盾。

比如全球化。我们认识到全球化之于今日中国的必要性，也要警惕其构建过程中的西方霸权性，特别是萨义德所指出的“文化帝国主义”与“东方主义”。一些学者在中国当代文学的海外传播研究中，已经敏锐地洞察到这一点，比如：西方出版市场、一些汉学家，对中国文学“性”“政治”题材与主题的偏爱；一些意识形态的因素，如阴魂不散

的冷战思维，依旧试图形塑丑恶的、落后的中国形象；以西方为中心的文学价值观，用西方性衡量民族性，导致中国文学价值的贬损等。对此，学者王侃总结道："中国当代小说在北美、在英语世界的传播时时面临三个层面的阻力：它可能来自某种制度化的语言过滤，也可能来自'政治正确'的意识形态选择，也可能来自文学本身的价值偏见。"实际上，这是自鸦片战争，中国被全球化以来，一直所面临的困境，只不过不同时期有其不同的表现，但本质上依旧是东西方之间的冲突。这是中国文学海外传播所面临的最大的全球化挑战。

面对挑战，对于中国文学来说，不是应不应对的问题，而是如何应对的问题。百年中国文学史表明，大部分时期，中国文学一直主动吸收、接受西方文学，在某一时期，甚至不惜放弃自己的根，全盘西化，即便是到了当下，依旧存有很大的传播"逆差"。向西方学习，承认西方文明的先进性和优点，这是应对全球化挑战时，应有的姿态，但在学习的同时，一味吸收而不辨别，一味接受而不输出，都是不可取的。对于前者，我们做得还比较好，鲁迅早就提醒过不要"拿来主义"。而对于后者，虽然政府层面有意识地组织过大规模的输出活动，如20世纪五六十年代的《中国文学》、八十年代开始的《熊猫丛书》等，但至少在知识阶层中，还未形成自觉输出与传播的意识，导致中西文化、文学交流的严重失衡，对此，张清华曾注意到："在又一个很长的时间里，我们似乎只重视对外来文学的借鉴，而很少、也很羞于向别人介绍和推销我们自己。"或许这也是面对西方时，文化自卑的一种表现。

到了21世纪，这一情形已有很大的改变，越来越多的人已经意识到了中华文化走出去的重要性，开始关注、致力于中国文学的海外传播事业。但对于中国现当代文学的学者而言，对此的认知似乎还有待提升。对此，学者黄立认为，中国当代文学的海外传播，聚焦"译"，却忽视"介"，特别是缺乏中国学者的位置，于是呼吁建构中国文学海外传播的体系，敦促中国学者承载其应尽的时代重任。传播体系的建构是当下中国文学海外传播所急需的，没有体系，就无法传达出整体与持续的影响力。但体系的建构不能是盲目的，必须建立在完备的认知之中。

二、文学史书写中的"中国"认知

中华文化的海外传播，势在必行，也就内在地规定了百年中国文学必须解决如何面向海外的历史问题。要真正解决此问题，就不得不处理好本土与海外这一全球化矛盾。

何为本土？何为海外？在20世纪80年代以来的百年中国文学史的书写中，一直是一个不得不面对，却依然没有解决完备的历史遗留问题。

何为本土？实际上关乎"中国"概念的建构。梳理百年中国文学史的书写可知，中国，首先是政治的"中国"。由于政治体制和政治命运不同时期的表征，中国文学史，特别是当代文学史，有一个以大陆为中心，不断辐射到台、港、澳的变迁轨迹。但这个"中国"是版图的中国，地理的中国。杨义在新近的20世纪中国文学史书写中，提出"全史意识"，其中就包含"沟通海峡两岸及香港、澳门的文学板块"，并认识到："'文化中国'是一个血脉相连的命运共同体，把大陆与香港、澳门、台湾文学的'分界'从血脉的深层加以‘打通’，自然就形成了‘大中国文学’的精神网络。在20世纪中国文学的总体格局和内在历史联系上，建立起祖国大陆与香港、澳门、台湾文学一脉相贯、互相渗透的精神网络，乃是几代仁人志士的一个‘勿忘我’的精神情结所在。”从中可看出，杨义以“全史意识”，打破地理界线，建构“文化中国”以替代“政治中国”的意图。这种认知，当然值得赞赏，可惜的是，在具体书写实践中，依旧将“台湾、香港及澳门独立成卷，由自然地理、政治地理窥探它们的文学地理”，而没有如他所言的那样，真正建构起一个血脉相连的命运共同体，一个用文化“打通”的、“海峡两岸及香港、澳门互渗”的20世纪中国文学全史。

“独立成卷”，这种叙述形式与策略的考量，显然是一种权宜性与便利性的做法，同时也揭示了台湾、香港及澳门与大陆之间因历史而产生的显著差异。这种区域的差异，有着其无法割舍、不可或缺的文学史意义，这也是台湾、香港及澳门文学一再被“对立成卷”“独立成篇”的原因所在，但这种形式上的简单关联，终究无法实现“文化中国”式的血脉相通，而对这种相通性的发掘与探究，才是真正的历史应有的态度。对此，陈思和新近的探索，颇有启迪。

陈思和主张在中国现代文学体系中，引入“殖民地文学”的概念，特别地以日据时期台湾文学的文学表征作为其依据。在这个补充后的“新”的中国现代体系中，他发现，原有以大陆区域为主体的“现代”“封建性批判”“语言”等问题、现象都有了新的挑战，都需要新的思索。

中国大陆知识分子的“现代”来源于西方先进国家，是摧毁封建传统文化的有力武器，于是由此而生的新文学运动主要任务是反封建的启蒙任务。但是对于国破家亡的被殖民的台湾而言，反帝反殖才是文学首要的使命。日据时期台湾的“现代”一方面直接来自于西方，但更多的时候来自日本的殖民制度和殖民政策。在日据时期台湾主流文学中，这两个“现代”是被区别看待的：对前者，呈现出如同大陆那样的拥抱姿态，而对后者则是抗拒与批判的，流露出具有殖民地色彩的痛苦复杂心态。

大陆的新文学以其无所畏惧的先锋姿态，与旧文学等封建文化、思想势不两立，但同时期台湾文学的古体诗词，甚至具有迷信色彩的文化风俗等旧文学、旧文化，在殖民当局侵略政策的利用中，有了长足的发展，反而成了保存民族文化记忆的抵抗形式，这样一来，旧文学、旧文化不仅不能简单地被“现代”批判，还具有了大陆所不具备的历史价值。

大陆新文化运动的语言特征，一言以蔽之，就是要欧化，通过引入大量生词和陌生语法，形成了一种读者陌生、难懂的欧化白话，以改造国民旧思维。而台湾文学语言，由于殖民地当局的“同化”政策，出现了汉语文言和白话、台湾话、日语三者互相交杂、逐步交替的复杂现象，形成了杂糅的日据时期台湾殖民地文学的语言特征。

综上，陈思和总结道：“二者的结合(笔者按：‘二者’指两岸文学)，使中国现代文学反帝反封建的性质体现得更加完整。如果将两岸文学置于20世纪中国文学史的系统里加以比较的话，可以看到文学史呈现的丰富性和差异性，超出了单一社会形态下的文学状态。”上述的“结合”，就不再是简单的形式关联，而是历史与血脉的“相通”。只有如此才能够展现出一个“结合”后的中国现代文学史的整体面貌，即由半殖民地社会与殖民地社会两种不同文化、文学思潮构成的双重变奏的文学形态、时期。

杨义、陈思和等学者的认知和实践，已然建构了一种新的文学史权威。但这个权威并不是指"文学史权力"，而是伽达默尔意义上的"权威"。伽达默尔认为："人的权威归根到底并不是以屈从和放弃理性为基础，而是以认识和承认的行动为基础，也就是说，认识到别人的判断和见识比自己更高明，因此，他的判断应该占据优先的地位，即比自己的判断更优先。"简而言之，伽达默尔所指的权威，在本质上是一种真确的认知。

自20世纪80年代钱理群、陈平原、黄子平提出"20世纪中国文学"，陈思和、陈晓明等提出"重写文学史"以来，"文学史"一直处于动态发展之中。这种文学史现象之所以持续而且仍将发酵，与其是说是缘于"权力"，不如说是得益于认知。陈思和在一次访谈中坦言："重写文学史只能是两个标准，第一就是良知和道义的问题。我们要有良知，我们要说出真话。文学史就是这样，不能指鹿为马，明明是不好的你说成是好的。第二个我认为就是要从史料出发，一切都要从材料出发，从当时的一个实际情况出发。这两点后来我也一直坚持下来了。""良知""道义""真话""史料"等"重写"标准诸多关键词，其实质就是要坚守和更新历史认知，还原历史面貌。或者用陈思和的话来说，就是要引入新的理论视角，因为"文学史体系的建构是需要文学史理论来支撑的，拘泥于新民主主义革命为范畴的现代文学史理论，则无法把台湾文学完整纳入现代文学史体系和框架，只有在20世纪中国文学的理论视域下，研究者才有可能梳理中国大陆文学与台湾文学之间的有机联系"，于是，他提出了"殖民地文学"这一理论视角，以更新原有的文学史认知。可见，"重写文学史"、文学史体系的建构，其关键在于文学视域的不断发现、文学视角的不断引入、文学认知的不断更新。

三、"百年中国文学"的空间转向

在以"重写文学史""20世纪中国文学"为主体的文学认知与书写实践中，时间意义的探求可谓是其核心主旨。陈思和在谈到"20世纪中国文学"时，就指出了这一点。他认为："作为一个特定的文学史概念，'20世纪中国文学'被赋予一种常态的时间意义，从而能够包容更加丰富的内涵和更加复杂的文学形态。"又通过"殖民地文学"的理论视角，将"20世纪中国文学"的起点，追溯到了1895年甲午战争后的乙未割台事件。于是，在时间性上延伸了对于"20世纪"的理解，也由此为实现近代、现代、当代的"打通"提供了概念性前提。杨义的"全史意识"也是如此。

只有完成了时间性的认知，才能将由于种种缘故(割让、租借、殖民、制度等)所造成的"中国"概念的分崩离析重新统合起来，将昔日分期(近代、现代、当代)、阶级(左翼文学、自由文学)、地域(殖民地、半殖民地、沦陷区、解放区、租界等)、新旧(新文学与通俗文学、新旧体诗与戏剧)、区域、民族(汉族与少数民族)的认知不足或遮蔽，在整体的历史视野考量中，重新发掘与补充，以还原一个真实的"中国"。

这个中国是一个时间的"中国"、历史的"中国"，等同于版图与疆界的"中国"。1925年3月闻一多在美国纽约艺术学院留学期间，感愤故土破碎，发愤而作组诗《七子之歌》，于1925年7月4日发表在《现代评论》第2卷第30期。"七子"是指中国疆域被列强侵占的七块土地，即澳门、香港、台湾、威海卫、广州湾、九龙、旅大(旅顺—大连)。组诗的"引言"道："邶有七子之母不安其室。七子自怨自艾，冀以回其母心。诗人作《凯风》以愍之。吾国自《尼布楚条约》迄旅大之租让，先后丧失之土地，失养于祖国，受虐于异类，臆其悲哀之情，盖有甚于《凯风》之七子。因择其中与中华关系最亲切者七地，为作歌各一章，以抒其孤苦亡告，眷怀祖国之哀忱，亦以励国人之奋斗云尔。国疆奔丧，积日既久，国人视之默然。不见夫法兰西之 Alsace-Lorraine 耶？'精诚所至、金石为开。'诚如斯，中华'七子'之归来其在旦夕乎！"

Alsace-Lorraine，即法国东部的阿尔萨斯和洛林，普法战争中割让于德国，《凡尔赛和约》后归还。闻一多有感于此国际案例，致哀思于"国疆奔丧"，祈求"七子"回归，并通过每首诗尾句"母亲！我要回来，母亲！"的反复渲染，将"七子"回归的愿景，连缀为中华民族自 17 世纪下半叶以来最大最深的痛楚。这深久的痛楚，警醒着中华儿女，勿忘中国支离破碎的历史；激励着炎黄子孙，为实现中国统一而奋斗。这"七子归来"的文学主题，以其极强的感染力深入人心，成为近代以来中国人文化心理结构的一部分。文学史的不断"重写"，"20 世纪"的不断延展，与"七子归来"，中国完整如初的民族愿景不无关联，其表征便是自然地理、历史地理、政治地理和文学地理逐渐统合为一个完整的"文学的中国"。

可以说，"文学中国"如何完整再现，成为文学史不断书写的历史轨迹。无论是杨义的"全史意识"，还是陈思和的"殖民地文学"，都是为了以文学的载体与形式再现完整如初的历史中国图景的努力。"文学中国"实际上是历史的中国，是版图与疆界的中国，准确地说，是时间性地理的中国。但问题是，目前文学史所建构的这个"中国"，是否能够满足全球性语境下中华文化"走出去"，中国文学海外传播的伟大的空间性使命呢？

从现有的中国文学海外传播研究，特别是中国当代文学外传所取得的经验和教训来看，百年中国文学的海外传播，既面临着诸如语言、制度、意识形态、异国情调、文化霸权等较为客观性的阻碍因素的挑战，其自身又存在着一些问题。前者，很多是在历史中形成的，需要很长时间去克服，不能急于一时，欲速则不达，但后者，通过我们主观的努力，就有可能起到立竿见影的效果。

传播学中有一个经典的"5W"模式，即传播过程的五个基本构成要素：①谁传播(who)；②传播什么(what)；③通过什么渠道(what channel)；。④向谁传播(whom)；⑤传播的效果如何(what effect)。在"5W"中，可能只有"whom"是明确而且是必然的，即向海外，特别是西方传播，至于其他四项，可能仍需要在现有的传播体系中商榷与探讨。

首先，谁传播，即传播主体是谁，或谁是传播者。姜智芹认为，中国文学的海外传播有两个主体，一是中方，表现为主动地"送"，而另个一是外方，表现为有目的地"拿"。"拿"与"送"的区别在于："'拿'是外方基于自身的欲望、需求、好恶和价值观，塑造的多少带有某种偏见的'他者'形象；'送'是中国政府基于外宣需求传播的具有正向价值的'自我'形象，是对西方塑造的定型化中国形象的矫正和消解。"这种二分式的见解，确实简明扼要地勾勒出了目前中国文学海外传播的现状。其"自我"和"他者"的划分标准，显然是基于现有的地理疆界，而且其“中国政府”的强调，因现在政治地理的现实，应涵盖不了历史中国所期待的完整性。更为关键的是，这种地理疆界的二分法，很容易将“送”与“拿”的所指，限定在一定的地理界线之内，仿若只有在疆界内的，在政府管辖内的“中国”，才有资格“送”，才能称之为“送”。那么存不存在民间层面的“送”，有没有超越疆域边界、政治地理之外的“送”？这依然涉及作为传播主体的“中国”是谁的问题。

前文已述，“文学中国”是文学史不断书写的内在心理动机，一直谋求以文学为载体的完整中国的再现，因此至少在“送”的主体方面，不能局限于现有的政治地理现实，而是要涵盖台港澳，寻求地理版图的文学统一，以此为基点，建构一个主权统一的整体传播体系。但面对全球化的现实语境以及民族复兴的时代主题的挑战，仅仅安于本土，而不考虑海外，不能不说是一件掩耳盗铃的事。

中国文学要实现海外传播，首先就要在内部整合统一的基础上，勇于面向海外。面向海外，对文学史的重写，或者是文学史体系的建构，提出的首要任务，就是在时间性统合的基础上，引入空间性。也就是说，在何为“中国”(“本土”)的文学史重写中，时间性认知是其关键，那么，在面向“海外”的文学史体系建构中，涵盖时间性的空间性将成为新的主题。因此，中国文学，特别是百年中国文学需要寻求空间转向。

何为“空间”？在 Edward W. Soja 看来，社会、历史和空间具有日益显著的共时性，三者之间具有“盘根错节的复杂性”和“难舍难分的相互依赖性”。因此，“空间性—历史性—社会性的这一三面的情愫，正在带来的不仅是我们对空间思考方式的深刻变化，同样也是开始导向我们历史和社会研究方式的巨大修改”。这不仅是认识论的问题，而且是本体论认知的更新，是人的存在的内在规定。于是，他坚持说：“我们首先并始终是历史的—社会的—空间的存在，单个或集体地主动参与到历史、地理、社会的建构或生产—形成—中去。”可见，Edward W. Soja 的“空间”，应该包含三个构成性要素，即社会性、历史性(时间性)和空间性(地理性)，而且三者之间不可分割，不可或缺，相互依赖，共同构成人在当下的存在。

由此看来，我们在考虑中国文学面向海外时，也应从三个方面，即全球化语境、民族伟大复兴、中华文化/文学海外传播等(社会性)，中国文学的百年历程(时间性)，走向海外(地理性)进行整体系统观照。也就是说，在文学史重写中建构的“中国”必然要超越时间性的藩篱，进入到更广阔更复杂的空间之中。因而为了面向海外，文学史的书写在“时间的中国”之上，还需要建构一个“空间的中国”，以更新版图与疆界的“中国”。对此，我们受“殖民地文学”的启发，现引入“华侨华人文学”的理论视角，以尝试建构文学史体系中的“空间的中国”。

四、“华侨华人文学”的文学史视角

“空间的中国”所内蕴的观照视点，将不再是地理疆界的本土视点，而是一个全球性视点：在全球视野中观照“中国”如何面对、走向、融通海外。在齐格蒙特·鲍曼看来，在全球化时代，视点已变得极其重要和珍贵。他通过开掘西方美术透视画法所蕴含的现代空间意义，提出“空间的组织重点已从‘谁’这个问题转向从‘空间的什么点’这个问题”，并认为：“既然并不是每一个人都占据相同的位置，从而以相同的视角观察世界，那么，所有的观察不可能都是等值的。”因而，用何种视点观照中国，将变得颇有意味，特别是在中国正在以文化、文学海外传播的形式，积极主动地融入全球的时刻。

在齐格蒙特·鲍曼的“空间视点”的层面上，重新观照百年中国文学的海外传播，仅仅以本土的视点显然已无法承受之重，必须拥有海外的视点，并在二者之间寻找最佳视角，来建构中国自己的全球视点。在这个意义上，华侨华人文学以其既在本土又在海外的“间性”特征，能够同时拥有本土视点和海外视点，并且具有入乎其内、出乎其外的离散潜质，对中国文学全球视点的设置乃至建立，将有着其他文学不可替代的作用与价值。也就意味着，百年中国文学要面向海外，首先应该正视“华侨华人文学”的客观存在，认真思索这一介乎本土与海外之间而存在的文学形态的意义与价值：如若将其定位于“本土”，对其进行时间性的考量，那么将对现有的文学史体系有何影响？如若将其定位于“海外”，对其进行空间性追问，那么将赋予其在“空间的中国”中怎样的位置？

在 2016 年第 3 期的《中国比较文学》上，陈思和与加拿大约克大学的华人学者徐学清有一组“商榷”对话。从中可以见出，不同视点对于“中国”的理解有着怎样的影响。陈思和认为：“中国大陆或台港地区的第一代海外移民作家，属于中国当代文学中的旅外文学，他们的写作还没有融入他国的文学体系，他们用华语写作，创作内涵是从母国带来的生活经验，发表作品的媒介基本上是在海峡两岸的范围，主要的读者群也是来自两岸。”在对海外华文文学是否属于“中国文学”的理解中，他设定有三条内在标准：“首先就是语言(中文)，其次是审美情感(民族性)，最后是所表述的内涵。……同时还有三条外在标准，即这些创作是在什么地方发表、哪些人群阅读，以及影响所及的主要地区。”徐学清的商榷文章目的比较明确，即(强烈)反对陈思和将第一代移民作家视为中国当代文学的旅外文学的说法，而认为海外华文文学因其特殊而具备独特性以至独立性，并以此与中国文学对话和互动。

关于中国文学与海外华文文学之间关系的争论，早已有之，只不过大多是从事台港澳暨海外华文文学研究的大陆学者和海外学者之间的“小圈子”讨论，很少会有这个圈子之外的大陆学者参与和关注。这与海外华文文学研究在中国大陆的学术境遇(即中国文学这个一级学科中最边缘的位置)颇相符。在这样的情景中，陈思和却是较为特殊的一位。在其 1999 年出版的《中国当代文学史教程》中，将严歌苓的《少女小渔》纳入其文学史体系之中。这对于大陆的海外华文文学研究而言，具有一定的文学史意义。可以说，陈思和是大陆学界少有的一直关注海外华文文学创作并取得不少成果的中国现当代文学学者。因此，他对于二者之间关系的观点，对于我们在其“殖民地文学”之后，引入“华侨华人文学”概念，有着代表性的参考意义。

仔细比较陈、徐二人的商榷文章可发现，二人在研究对象和有关“中国”的理解上，实际上存有相当大的偏差。陈思和的研究对象十分明确，将仍坚持华语写作的东南亚华人作家排除在外，而只谈第一代移民作家。也就是说，他并没有在世界华文文学的整体语境下去探讨海外华文文学与中国文学的关系，只是在本土的层面上把第一代移民文学归属于中国文学之中，而且还带有十分现实的考量：“我站在中国当代文学研究者的立场上，之所以强调旅外作家的创作属于中国当代文学一部分，只是为了更加有利于旅外作家在中国的发展。”可以说，陈思和是在本土视点上观照移民文学与中国文学之间的关系。徐学清恰恰规避了本土视点，而将世界华文文学、海外华文文学与中国文学的关系纳入到了海外视点之中进行考量，具体说，就是北美视点(加拿大和美国)。需要指出的是，陈思和与徐学清并不是没有考量过对方所采用的视点，而可能是为了论点和商榷的策论而暂时回避掉了，也就是说为了叙事效果，暂时搁置了，而不是没有意识到还存在着海外视点和本土视点。对此，有无认识会有很大的不同。

在对“中国”的理解上，陈思和所谈的“中国文学”，实际上是指杨义所使用的将海峡两岸及香港、澳门融通的“文化中国”，而不是如徐学清那样要将中国文学纳入世界华文文学体系之中，要将海外华文文学独立于中国文学之外，所使用的“政治中国”的意思。所以他才在所设定的标准中，刻意强调民族性的审美情感，而这一点不会因为移民作家的生活空间的海外转移而改变，更不会因为他们国籍的变更而失去，所以他所指的“‘中国文学的一部分’之‘中国’，不是具体的国家政权的意义，它更是象征了一种悠久的文化传统的传播与延续，国籍只是一种认为的标签，在文化解读上并不重要，对于文化传统还是要有更大的包容性和模糊性的理解。”可见，在“文化中国”这一点上，他反而采取了海外视角，将本土以外的移民文学统合到一个“中国”之中。所以，陈徐二者的观点并没有本质性的分歧。徐学清所反对的恰是固守本土的“中国”概念，而之所以认为海外华文文学有其独立的价值，就在于其对于“文化中国”的贡献，也正是在这个意义上，“海外”的中国要与“本土”的中国对话与互动。实际上，陈思和也承认此点，才多次在文中承认现有的中国当代文学对旅外文学的关注不够，才呼吁研究者要加大重视。

二人虽然在论战的主题上分歧不大，但是在其各自所叙述的场域中却不乏对立处，比如语言。陈思和明确指出，中文以外的语言写作，不在“中国文学”之内。因此他将同样是旅外作家的哈金、程抱一、盛澄、黎锦扬等“在国外用外文发表文学创作”的作家统统排除在“中国文学”之外，而理由仅是“没有人认为他们的外语创作是属于中国文学的部分”。徐学清虽然没有明确提出反对这一个观点，而且也在建构“华文”“华语”的文学体系，但还是觉察到了陈思和理路中的自相矛盾。首先，在列举美国华裔英语作家黎锦扬受到痖弦的鼓励用中文创作小说集《旗袍姑娘》的例子时，提出：“那么，我们是否可以把黎锦扬用英语创作的文学作品归类于美国华裔文学，而用中文创作的作品归属于中国文学?”之后，她通过黄万华的文章，赞同旅法学者、作家程抱一的脱胎于道家的“第三元”的观念，感同身受地希望建构一个众声喧哗、多元多姿的世界华文文学的景观。

徐学清的第一点，实际上暗示出陈思和对旅外作家双语写作现象的忽视。其实，严歌苓自己就用英语创作过，又如何区分严歌苓呢？还有一种译写现象，加拿大移民作家李彦，先用英文创作小说 *Daughters of the Red Land* 和 *Lily in the Snow* 并在加拿大出版，曾获 1995 年度加拿大全国小说新书提名奖、1996 年度加拿大滑铁卢“文学艺术杰出女性奖”，之后又自己翻译成《红浮萍》《海底》，先后在大陆出版。诸如此类的作家，又如何用语言及创作地、发行地、影响圈等划分呢？徐学清的第二点，实际上暗指对民族性审美情感的异议。当陈思和用文化的中国替代政治的、国籍的中国，却又用语言排除非华语写作，用代际排除东南亚华文文学时，实际上是在窄化“文化中国”的象征意义，有条件地使用海外视点。更为有意思的是，当他在文学史重写中引入“殖民地文学”时，又呼吁在中国现代文学史体系中面对日语创作的文学现象。显然他此刻“本土的中国”是跨越了语言的鸿沟的。在一个纯粹的中国那里，陈思和可以选择接纳一个异族的语言，而在文化的中国这个更为宽泛的概念里，却无法接纳外语。这种相悖处，反而愈加将“审美情感(民族性)”这一标准的意味凸显出来。这与“文化中国”的概念理解有关联。

杨义所使用的“文化中国”的概念，首先发端于20世纪70年代末一批由于去不了大陆转而赴台的马来西亚“华侨生”，其中包括以武侠小说闻名于世的温瑞安。这批“华侨生”带有十分浓厚的中国文化乡愁，效仿陈独秀的《新青年》而创办《青年中国杂志》。其第三号以“文化中国”为专题，主要栏目有“建立文化大国专题”“神州文化推广专文”“光辉十月专辑”，该号封面上还配有木兰从军、民族英雄岳飞的图片。后经台湾学者傅伟勋、美国华人学者杜维明等人的积极宣扬，在大陆及海外华人世界影响深远。沈庆利认为，虽然这个概念出现于20世纪70年代末，但海内外华人“文化中国”的心理情怀却可以追溯到1949年台港两地与中国大陆的长期隔绝。最为典型的事件是，1958年元旦，流落到香港“一隅”的唐君毅、牟宗三联合徐复观、张君劢共同发表的《为中国文化敬告世界人士宣言》。详读宣言可以看出其世界性视野下的中国文化观：“如果中国文化不被了解，中国文化没有将来，则这四分之一的人类之生命与精神，将得不到正当的寄托和安顿；此不仅将招来全人类在现实上的共同祸害，而且全人类之共同良心的负担，将永远无法解除。”显然将中国文化的命运，上升到全球人类的高度去理解与看待，自然对“中国”的理解，不会拘泥于一隅，而是强调“花果飘零”状态下的世界性“灵根自植”，在全球语境中赓续一个统合的“文化中国”。可见“文化中国”情怀、精神实质自带涵盖本土与海外的空间视点，其“中国”也理应是“空间的中国”。这样的“中国”在强调民族文化的同源与飘零“自植”时，应是可以超越语言的藩篱的。徐学清所引出的程抱一的“第三元”观念，不正是道家传统在法国的赓续吗？文化传统的传承，语言固然重要，但也不是绝对不可以替代的，毕竟文化精神的守固与俱进，才是根本。所以面向海外的中国文学应当超越语言的鸿沟，将那些保有中华文化精神的，或者如陈思和所言的“审美情感(民族性)”的第一代移民作家的外语文学，如美国李清福、容闳、林语堂、黎锦扬、哈金等，英国蒋彝、熊式一等，加拿大李彦等的英语文学；法国陈季同、程抱一、山飒等的法语文学……纳入“中国文学”的视野之中，而不能成为中国的“外国文学”。

至于华裔文学，即移民后代的文学，由于其“本土中国”“本土视点”的缺失，即便是如东南亚华人作家那样用华语写作，也不应当归属于“中国文学”之中，但并不意味着他们的华语写作、外语写作中不会包含中华文化的精神、民族性的审美情感。“中国文学”应当与之保有文化上的或隐或现的关联(如马来西亚黄锦树、黎紫书等的华语创作，美国华裔作家汤亭亭、谭恩美、赵建秀等的英语创作，虽然展现的是一个故事的中国，而非经验的中国，但“空间的中国”依旧是其民族身份与精神的来源)，更应自觉在全球语境中与之对话，激励其扮演纯粹“海外中国”的角色，承认其作为“文化中国”的一种空间存在，认识到其在中华文化的发展与传承中的意义与价值。至少，华裔文学与汉学家的华语文学应该有所区分，不能简单地以语言作为是否“中国”的标准。即便如此，也必须认识到世界华文/华人文学整体性之中的差异与多元，但如何区分，如何归属本土与海外，着实是一个复杂而又多变的问题。或许，以后会有更睿智的认知，可以合理地解决这一问题。

五、华侨华人与百年中国文学传播的五个方面

一旦“中国文学”的空间内涵有所规定，“华侨华人文学”与之的关系有所厘清，那么百年中国文学海外传播的五个方面(5W)，就将比原有的仅仅是时间内涵的“中国文学”的海外传播有更多的可能性，当然也将面临更多的挑战。

传播主体方面。应当明确“华侨华人”，尤其是第一代旅外/移民作家的空间优势。人民文学出版社原社长潘凯雄指出，在中国当代文学的海外传播中，国内最需要的不是翻译人才，最需要人才“了解中国当代文学处于什么状态，首先应介绍给什么样的国家、什么样的读者，选择什么样的作品，还要了解不同国家读者的文学需求”。华侨华人作家，特别是华侨华人学者，往来于本土与所在国之间，对两地都有着较为透彻的了解，正是潘凯雄所期待的传播人才。他们在所在国会选择什么样的百年中国文学作品，会介绍给什么样的读者，自然有着重要借鉴意义。而且，一些作家如蒋彝、程抱一、林语堂等，一些学者如夏志清、李欧梵、王德威等，往往学贯中西，融通中西，自然可以成为中西文学、文化交流的重要桥梁。可见，他们不仅是中国当代文学的生产者，还是百年中国文学的重要传播者。

传播内容方面。一方面与百年中国文学的构成有关。百年中国文学的海外传播，在区域上，不仅包含国内的本土文学，还应该涵盖移民各国的旅外文学；在语言上，不仅应包含华语文学，还应该包含旅外作家的所在国语言文学；在文化精神上，应当优先考虑那些具有民族审美情感的，彰显“文化中国”的文学。比如蒋彝的画记文学，虽然是用英语写作，却将中国文化中的“画中有诗”“诗中有画”的诗画传统淋漓尽致地呈现出来；容闳的英文自传，虽然受到了西方自传传统的影响，但中国自传文学传统也保留其中。

传播渠道方面。无论是“送”，还是“拿”，由于语言文化的隔阂，传播的实现都是通过翻译而完成的。一些华侨华人作家相对本土作家的优势在于，他们精通所在国语言，可以自由地用外语创作，像蒋彝、熊式一、林语堂等的英语创作，因语言的自如表达，而被当地的出版商、作家、学者所称赞，为读者所喜欢。相对于汉学家的优势在于，他们对中国文化/文学的理解更为“本土”、原汁原味，这是汉学家们所不具备的。然而，他们的挑战在于如何尽可能真实地本原地传递中国文化。为此，很多作家不得不使用“中国英语”(China English，区别于 Chinese English 和 Chink English)，比如林语堂将“生辰八字”译为 eight characters。这一英语词汇只有放在中国文化语境中，才有其独特的意义，而英语读者在阅读中自然会受到陌生化的文化挑战，不得不仔细咀嚼文本中

对此的文化解释，以建构“生辰八字”的文化意境。除了自己用外语创作之外，一些华侨华人作家或学者还是重要的百年中国文学的翻译者、编选者，如聂华苓的《“百花”时期的文学》卷2《诗歌与小说》收入了张贤亮的《大风歌》、王若望的《见大人》、李国文的《改选》、王蒙的《组织部新来的青年人》等作品。而当下的一些学者，由于认知的局限，将华侨翻译者、编选者与汉学家等而视之，不加辨别地批判其文化霸权和东方主义。这是有欠考量的做法。

传播效果方面。中国当代文学的海外传播现状，特别是在欧美市场，的确不容乐观。对此，一些学者作了定量的描述，就不必赘述了。关键的思考在于如何破局。很多学者专注于内外因的思索，找出种种主观与客观的因素，当然有着重要的反思与教训价值，但是否在百年中国文学的海外传播中存有可以借鉴的经验呢？无论是熊式一的戏剧，蒋彝的游记，还是林语堂的小说，都曾在20世纪三四十年代的欧美世界引起过轰动。熊式一的《王宝钏》在伦敦连演不辍，后又在欧美等地巡演多场，是第一个作品在纽约百老汇演出的中国人，还曾在30年代的上海上演，其时的学者文人还在英文月刊《天下》上发表论见。蒋彝的“哑行者”系列游记，在英国多次出版，深受读者喜爱。林语堂的传播力更是引人关注，其小说《京华烟云》还让其提名诺贝尔奖。至于当代华侨华人作家的外语写作，确有些作品颇有争议，值得商榷，但在批判的同时是否也应到考虑其文学传播的价值呢？教训的总结固然重要，而成功经验的借鉴，也同样不可偏废。

受众方面。这需要考量“华侨华人”与“海外”之间的关联。现有的文学传播研究，多数将“海外”直接等同于所在国的主流社会，而以西方世界居多，却未曾注意到作为边缘存在的“华侨华人社会”与主流社会之间的辩证关系。“华侨华人文学”的引入，不仅要将传播主体和内容引向“海外”，而且要将传播受众引向“本土”，这是由华侨华人处于本土与海外之间的空间特性所规定的。不能盲目地以主流社会的传播作为完全的标准的，而全然不顾6000万华侨华人所构成的另一种“海外”。华侨华人，属于可以团结的力量，应当在传播的任务中居于优先的位置，至少不应该与主流社会的传播相差甚远。试想中华文化、中国文学尚不能在华侨华人社会中充足传播，又何谈其全球影响力。

经典传播学的过程已经表明，华侨华人不仅是百年中国文学海外传播的生产者、传播者，还是不可或缺的接受者，对传播渠道、传播效果都有着重要的作用与影响。因此，中华文化海外传播的时代召唤中，我们引入“华侨华人文学”的视角重新考量文学史的书写，对于认识百年中国文学及其时代使命将会有重要的意义。

（本文为国家社会科学重点项目“华侨华人与百年中国文学的海外传播”的阶段性成果，项目编号：12AZD087；国家社会科学基金青年项目“留英美中国人的英语文学与‘东学西渐’”(1877-1954)的阶段性成果，项目编号：17CXW053）

（载《福建论坛(人文社会科学版)》2017年第11期）

李欧梵《中国现代作家的浪漫一代》的41个错误

栾梅健

哈佛大学中国文学教授李欧梵先生，是如今最有影响力的海外汉学家之一。其代表作、也是他的哈佛大学博士论文《中国现代作家的浪漫一代》，自2005年由新星出版社出版中文译本以后[1]，在国内学术界引起了强烈的反响。根据清华同方博、硕论文库中检索出的该图书引用情况，自2005年至今共有174篇硕士学位论文和89篇博士学位论文加以引用，其影响力可见一斑。

然而，在仔细研究与考证之后，我们却发现这本影响深远的学术著作在史料方面错误惊人，许多与史实严重不符。为此，本文将该书中的一些明显而重要的错误摘录出来，与李欧梵先生商榷，并试着加以更正，以便研究者在参阅与引用时不致以讹传讹、混淆是非。

错误一：晚清期间，特别是十九世纪的最后十年，在李提摩太(Timothy Richard)、傅兰雅(John Fryer)及李佳白(Gilbert Reid)等传教士的建议下，还出版了一些非官方和半官方的报纸。这些在北京的刊物，通常为有志改革的政府官员和文人学士提供了……(见该书第3~4页，下同。)

【更正】该书认为“十九世纪的最后十年”，即1890—1900年，上述三位传教士在“北京”出版了一些报纸与刊物，与史实有误。

李提摩太(1845—1919)，英国传教士，1890年7月，应李鸿章之聘，在天津任《时报》主笔，1891年10月，到上海任同文学会的督办，主持广学会达二十五年之久，出版《万国公报》。与“北京”没有关系。傅兰雅(1839—1928)，英国传教士，1868年，任上海江南制造局翻译馆译员，编译《西国近书汇编》，1896年离开上海到美国。与“北京”也没有关系。李佳白(1857—1927)，美国传教士，1894年到北京，筹办尚贤堂，1895年，加入康有为等人创办的“强学会”。1902年，尚贤堂从北京迁到上海。在1890—1900年这十年间，他有部分时间在北京，但并没有如该书所说的出版了一些报纸和刊物。出版报刊是在1910年出版《尚贤堂纪事》(月刊)和在1917年任《北京邮报》主编。

错误二：另一位革命者于右任则先后发行了四份报纸，包括寿命很短的《神州日报》。随着民国成立，更多报纸加入这一行列，其中最著名的是《太平洋报》。(第4~5页)

【更正】《神州日报》于1907年4月创刊于上海，出版未及一年因火灾停刊，旋复刊。持续时间很长，直至1927年改组为《国民日报》，并非如该书所说“寿命很短”。而《太平洋报》创刊1912年4月，于同年10月18日停刊，倒是寿命很短，而且也不是“最著名”。

错误三：大众文学杂志的构思及其意识形态上的幌子，无疑都来自梁启超。梁氏在1903年创办了深具影响力的《新小说》，并以发刊词的形式刊登了他的名文《论小说与群治之关系》。（第5页）

【更正】《新小说》于1902年11月在日本横滨创刊。该刊在近代文学中影响巨大，说成是“1903年”实是不该。

错误四：还有一位是周桂笙，他与吴沃尧合作主编了《月月小说》，同时也是一位翻译界的先驱……（第6页）

【更正】《月月小说》于1906年10月在上海创刊，月刊。创办人汪惟文（庆祺），历任编辑庆祺、吴趼人、周桂笙和许伏民。非李欧梵所说是周桂笙与吴趼人合作主编。

错误五：在“民国”的头十年里，他们所写的那一类最流行的大众文学，已经从社会政治的改良主义退化为一种后来被称为鸳鸯蝴蝶——礼拜六派的小说。上海的三份主要报纸《申报》《新闻报》和《时报》，它们的文学副刊都由鸳鸯蝴蝶派文人主编，如周瘦鹃、张恨水、严独鹤、徐枕亚和包天笑等。它们那些“才子会佳人”的故事，要和侦探小说、假翻译以及出自其他“报刊文人”笔下的哀情小说竞夺公众注意和流行度。刊登这类哀情小说的还有《月月小说》《小说林》《小说世界》《绣像小说》和《小说时报》等大量半文学杂志。（第7页）

【更正】这一段文字中，错误极多[2]。简要说来，《月月小说》创刊于1906年，终刊于1909年；《小说林》创刊于1907年，终刊于1908年；《绣像小说》创刊于1903年，终刊于1906年，与李欧梵书中所说“在民国的头十年里”，亦即1912—1922年，毫无关系。而《小说世界》创刊于1923年，终刊于1929年，则又在该书讨论的时间之后了。至于张恨水生于1895年，直到1919年才到北京，担任上海《申报》的驻京记者，在这段时间，既没有主编文学副刊，也绝没有“操控”鸳鸯蝴蝶派文学副刊的能力。此外，如徐枕亚等，也都论述不准，不一而足。

错误六：《学灯》创办于1918年，是《时事新报》的文学副刊。它的首任编辑宗白华，借通信成了郭沫若的好朋友……1921年，《时事新报》再发行一份附刊——即另一本文学杂志《文学旬刊》。主编是郑振铎，投稿来自新成立的“文学研究会”会员。因此可以说，文学研究会和创造社这两个1920年代最重要的文学组织，其早期精英都是梁启超建立的这个强大的出版机构所“寄生”哺育的。（第8页）

【更正】认为文学研究会和创造社这“五四”时期两个最大的文学社团都是“寄生”于梁启超建立的《时事新报》，极为荒唐。《时事新报》的前身为1907年12月5日在上海创刊的《时事报》和 1908 年 2 月创刊的《舆论日报》，前者主编是汪剑秋，后者主编是狄葆丰。两报于 1909 年合并，定名《舆论时事报》。1911 年 5 月 18 日改名《时事新报》，由汪诒年任经理。李欧梵为何会有这样的结论？可能是因为他将汪剑秋主编的《时事报》误认为是梁启超任主笔的《时务报》了。《时务报》于 1896 年 8 月 6 日在上海创刊，是维新派最为重要的报纸，于 1898 年 8 月 8 日停刊，与《时事新报》没有直接关联。

错误七：文学研究会的十二位创办人包括作家：周作人、茅盾、许地山、王统照、叶绍钧；编辑和翻译家：孙伏园、耿济之；学者：郑振铎、朱希祖、瞿世英、郭绍虞；还有一个军人：蒋百里。他们全都身在北京。因此，在开始的时候，文学研究会的组成和“京派有一些重叠”。（第 13 页）

【更正】文学研究会于 1921 年 1 月在北京成立，但十二位发起人却并非“全都身在北京”。除了周作人、许地山、王统照、孙伏园、耿济之、瞿世英等人是在北京外，还有几位其实并不在北京。例如叶绍钧，1917 年应聘到江苏甪直第五高等小学任教，工作至 1922 年，1923 年进入上海商务印书馆从事编辑出版工作。又如茅盾，自 1916 年从北京大学预科毕业后，入上海商务印书馆任编辑。将他们视为“京派”作家，并认为他们当时“身在北京”，显然不对。

错误八：1925 年，文学研究会到达了活动的巅峰，随后逐步下滑，直到 1930 年消失无声。（第 14 页）

【更正】且不论文学研究会的活动巅峰期是否是在 1925 年，只是文学研究会的重要刊物《小说月报》是于 1932 年初正式停刊，该会活动基本停顿，因此，一般认为 1932 年为文学研究会的活动截止期，而非“1930 年消失无声”。

错误九：创造社是由一群亲密的朋友组成的，最初包括郭沫若、郁达夫、成仿吾和张资平。当他们还是东京帝国大学的学生时，在经过一轮非正式的讨论后，他们决定要出版一本杂志，以散布他们自己的新文学。（第 14 页）

【更正】创造社最初的倡办者除该书所说上述四人外，还有田汉、郑伯奇和穆木天，共七人。而且，郭沫若是在九州帝国大学医学院读书，而非“东京帝国大学”。

错误十：语丝社更在鲁迅的厌恶里加入了蔑视。但是一个正面的挑战者就是在 1928 年成立的新月社，它提供了在年轻的创造社社员的激进左翼主义之外的另一种姿态。（第 17 页）

【更正】新月社成立于 1923 年，而非 1928 年。1923 年，新月社在北京成立，主要成员有徐志摩、闻一多、梁实秋、胡适、陈源等，均为欧美留学生。1928 年 3 月，《新月》月刊在上海出版，阵营扩大，又添陈梦家、方玮德、卞之琳等新生力量。据此，也有研究者将新月社分为前、后两期。将新月社认为是“在 1928 年成立”，显然不对。

错误十一：鲁迅 1881 年生于一个迅速衰败的士绅家庭，他是在中国传统的黄昏华

丽成长的。当他借着在日本学西医而逐渐吸收西方学说时，他反对那些他开始认识到的在他童年环境中的迷信和愚昧。(第27页)

【更正】鲁迅先生在日本学西医，是在1904年至1906年的日本仙台医学专门学校期间。而鲁迅“逐渐吸收西方学说”的时间，应该是在他于1898年到南京求学的四年里开始的。在南京，他接触到宣传维新变法的《时务报》和介绍西方国家政治、经济、思想、文化的《译书汇编》，其中严复翻译的赫胥黎的《天演论》给了他极大的影响，初步接受了“物竞天择”的进化论思想。

错误十二、新文学运动标志了原始文人时代的终结，并催化了现代文人的产生。文学研究会会员不但使他们的新地位正式化，而且开创了把文学作为一个严肃的和受尊重的行业的道路。创造社社员则使现代文人成为一种时尚，而大量青年男女被他们的生活方式及他们的作品的流行所吸引，把文学作为他们生活的理想。文学刊物的编辑们被来自满怀抱负的年轻人的来信包围着，像以下这两封：

我是二十岁的青年，受过中等教育……我不敢说对文艺有研究(或有文艺的天才)，可是我很爱文艺，打算献身于文艺。因此请求先生指教我：怎样研究文艺？有什么文艺理论的书可以阅读？怎样创作？

我是一个有志的青年，当时环境逼迫我为生活而奔走。我不得不抛弃了书本子，可是我的知识欲不肯屈服于环境势力之下。况且我还想做一点有益于人类社会的事。我选定了文艺。(第36~37页)

【更正】这一段引文较长，但却需要特别注意。该书是引用文学研究会和创造社的成员状况来说明“现代文人”的产生这一“五四”新文学运动的新特点的。然而，严重的问题是，作者引用的两封读者来信是发表于1933年9月1日的《文学》杂志上的一篇文章《一个文学青年的梦》。而这时，文学研究会和创造社均已在文坛消失，三十年代的中国文坛已不同于作者在这里讨论的“五四的文人”。用后来的材料来说明二十年代初的文坛状况，不仅极不科学，而且有误导读者的嫌疑。

错误十三：在二十年代被普及化和庸俗化的所谓新式思想，往往能够因为下列资格而获得现代文人的身份：订阅《新青年》和更多新文学杂志，如《创造季刊》；对西方学术和文学潮流的认识，主要从梁启超、严复、陈独秀、胡适及主要的文学杂志中搜集得来。(第38~39页)

【更正】将晚清人物与“五四”人物混为一谈，是该书中经常出现的一个普遍问题。在“二十年代”，作为晚清风云人物的梁启超、严复在这时并没有创办和主持“文学杂志”，更无从谈起当时的读者从他们创办的文学杂志中获得“对西方学术和文学潮流的认识”。

错误十四：章克标在一九二零年代写了一本关于如何在文坛成功的书，里面提出了以下资格：

1.“资格”。最低的要求仅仅是“认识几个字”的能力。配备了这最基本的工具，一个文人还要具备以下条件，包括对自己的天分坚信不疑、特殊的癖好、姣好的外貌、恋爱经验，面对指摘时的老面皮和灵活性，对传统文学的一点认识，特别是流行小说，还有记得二十个西方作家的名字。（第 39~40 页）

【更正】作者是在勾勒二十世纪二十年代文坛的“混合形象”时引用这段材料的。这里原文很长，共九点，在书中全部引用。然而，材料却大错特错。章克标，日本留学生，曾任《一般》月刊主编，创办过狮吼社和时代图书公司，是当代武侠小说大师金庸中学时期的老师。他的《文坛登龙术》于 1933 年 5 月由上海绿杨堂出版，自费。出版后，文坛反响强烈，鲁迅先生曾撰文讽刺。而李欧梵竟将它作为“二十年代写的一本关于如何在文坛成功的书”，真是驴唇不对马嘴了。

错误十五：在嘉兴旅居了大约半年后，郁达夫回到杭州的第一中等学堂，其时约为 1909 年底到 1910 年初。（第 82 页）

【更正】郁达夫于 1903 年在富阳进入公立书塾“春江书院”读书。1907 年，春江书院改办为富阳县立高等小学堂。1910 年冬，郁达夫于该校毕业。1911 年春，离家入嘉兴府中学，暑假后改入杭州府中学。因而，所谓“1909 年底到 1910 年初”在嘉兴和杭州的读书经历，谬。

错误十六：（郁达夫）完成了第一年的预备课程后，他在 1915 年转往名古屋第六高等学校，最初主修自然科学，但一年后又转修人文学科。（第 85 页）

【更正】1915 年夏，郁达夫预科毕业，进入名古屋第八高等学校医科，而不是名古屋“第六高等学校”，开始学习德语。

错误十七：虽然在家里是那么的失意，但郁达夫的事业却蒸蒸日上。这时候，创造社的势力达到了顶点，同时还出版了两份新刊物《创造周报》和《创造日》。（第 90 页）

【更正】《创造周报》创刊于 1923 年 7 月，至 1924 年 5 月止，共出五十二期。而《创造日》是 1923 年 7 月在《中华新报》上开设的文学副刊，至 1923 年 11 月止，共出 101 号，而不是李欧梵所谓的“新刊物”。报纸副刊不能称为刊物。

错误十八：在广州时，郁达夫简短地写了一连串的日记，在 1933 年变成《日记九种》出版了九段日记，所记的是由 1926 年 11 月至 1927 年 7 月间的一段日子。（第 92 页）

【更正】郁达夫的《日记九种》是 1927 年 9 月由上海北新书局出版，而非“1933 年”。内容是 1926 年 11 月 3 日至 1927 年 7 月 31 日的日记，披露了大量和王映霞恋爱的细节。

错误十九：就是这样，一段名士美人的恋爱开始了。可是，这浪漫的诗篇却有着美中不足。虽然王映霞仍然相当漂亮，但也快三十岁了；而三十一岁的郁达夫结了婚；况且，1927 年的上海也绝不是理想的谈情说爱之地。（第 97 页）

【更正】王映霞（1908—2000），1927 年她与郁达夫恋爱时刚二十虚岁，正是大好的青春年华，绝非该书所说“也快三十岁了”。这一点，在李欧梵所引孙百刚的《郁达夫与王映霞》一书中有着明确记载，不知他为何没有发现。

错误二十：五年前(《沉沦》是写于 1921 年的)，他曾经说过：“知识我也不要，名誉我也不要，我只要一个安慰我，体谅我的‘心’。一副白热的心肠，从这一副心肠里生出来的同情！从同情而来的爱情！我所要求的就是爱情！”(第 99 页)

【更正】这一段话，是作者在叙述 1927 年郁达夫与王映霞恋爱时说的。那么，距离郁达夫《沉沦》的发表应该是“六年前”，而非“五年前”。

错误二十一：1928 年 2 月，孙百刚接到他们二人的“晚饭”请柬——于 2 月 21 日在东京一所饭店举行。照道理，他们不会跑到东京去举行结婚仪式。(第 100 页)

【更正】郁达夫与王映霞的结婚仪式是在杭州西子湖畔大旅社，而非“东京”。

错误二十二：1929 年，他(郁达夫)跟鲁迅、蔡元培、宋庆龄等一起发动组织“中国民权保障同盟”；1930 年，他应邀加入“中国左翼作家联盟”。(第 101 页)

【更正】中国民权保障同盟是二十世纪三十年代爱国民主政治团体，由宋庆龄、蔡元培、杨杏佛于 1932 年 12 月 29 日在上海成立，而非“1929 年”。

错误二十三：1775 年，他(黄仲则)到北京，考上了乾隆御准的一次特别试，开始在“皇家印书局”做抄写工作。(第 112 页)

【更正】乾隆四十年(1775 年)，二十七岁的黄仲则到北京。次年(1776 年)，应乾隆帝东巡召试取二等，授武英殿书签官。而非“1775 年”考取。

错误二十四：在文艺圈子里，文学研究会中人又开始向他(郁达夫)攻击，胡适就曾写过一篇文章，就郁达夫翻译奥伊铿(Eucken)作品中的一个小问题来挑剔郁达夫的英文不好，他更说郁达夫一群人都是浅薄无聊而不自觉。郁达夫深受这个文阀的嘲笑辱骂的刺激，甚至写信给郭沫若，说要投黄浦江自杀。(第 116 页)

【更正】说胡适是“文阀”，大致可以；但说胡适是“文学研究会中人”，则完全错了。胡适自始至终都没有加入文学研究会。凭胡适在当时文坛的名声，他如果加入了文学研究会，肯定是现代文学史的一个重要事件。

错误二十五：徐志摩跟郁达夫是同年，1896 年出生，都来自浙江省。(第 124 页)

【更正】从农历来看，徐志摩与郁达夫都是出生于清光绪二十二年。然而从公历来看，徐志摩出生于 1897 年 1 月，而郁达夫是 1896 年 12 月，并不是“同年”。

错误二十六：1916 年，北洋大学的法学院合并到北京大学，徐志摩便成了北大法律及政治文学系学生。(第 125 页)

【更正】北洋大学的法学院合并到北京大学是 1917 年，而非“1916 年”。1915 年夏，徐志摩毕业于浙江一中，接着考入上海浸会大学(沪江大学前身，现为上海理工大学)，1916年秋，他并没有安心念完浸会大学的课程，便离开上海到了天津，在北洋大学预科攻读法科。

错误二十七：1922年回国不久，徐志摩便把诗作投寄到一些重要报章的文学副刊，包括上海的《时事新报》、北京的《晨报》、天津的《大公报》以及胡适的《努力周报》。(第137页)

【更正】查徐志摩创作年表，在"1922年回国不久"，他没有诗作在天津的《大公报》发表。

错误二十八：她(陆小曼)长得很漂亮，对西方舞蹈和京戏都有浓厚兴趣。1920年，她经家庭的安排，跟刚从美国普林斯顿及西点军校毕业的青年军官王赓结婚。(第138页)

【更正】1918年，陆小曼入北京圣心学堂读书，1922年，离开圣心学堂，并于同年与王赓结婚，而非该书中所说的"1920年"。

错误二十九：1931年11月19日，当他(徐志摩)乘坐飞机从上海飞往北京，准备到北京大学教书时，飞机在浓雾中撞在山东济南附近一座山上。(第175页)

【更正】1931年11月19日早上8时，徐志摩搭乘"济南号"邮政飞机由南京北上，他要参加当天晚上林徽因在北京协和小礼堂为外国使者举办的中国建筑艺术的演讲会。一，不是从上海到北京，而是从南京北上；二，不是准备到北京大学教书，而是打算去听林徽因的演讲。

错误三十：郭沫若终于找到了自己的英雄角色，就是做一个诗人。1921年4月，当他突然离开日本回家乡时，他"委实感受着了'新生'的感觉，眼前一切的物象都好像在演奏着生命的颂歌"。(第191页)

【更正】郭沫若自从离开家乡到日本留学后，并未于1921年4月"回家乡"，而是在1939年2月26日，抗日战争期间，由重庆乘水陆两栖飞机回到乐山，此时已阔别家乡二十余年。

错误三十一：1921年至1924年是郭沫若文学创作的高峰期，产量丰富。除了反复往来于中国和日本，他也翻译了尼采的第一本书《查拉图什特拉如是说》……(第191页)

【更正】德国大哲学家尼采的《查拉图什特拉如是说》是他重要的哲学著作，阐述了著名的"统一性的永恒轮回"的思想，共分三部分，完成于1883—1885年。然而，它并不是李欧梵所说的尼采的"第一本书"。尼采的第一本书是《悲剧的诞生》，发表于1872年，比《查拉图什特拉如是说》要早十余年。而且在这期间，尼采还发表了《不合时宜的考察》等著作。

错误三十二：在1940年至1945年第二次的“下滑”时期，他(郭沫若)除了担任文化工作委员会领导这一闲职以外，再次把注意力转移到文学上，写出了五出历史剧，其中包括最受欢迎的《屈原》。(第202页)

【更正】从1941年12月到1943年9月，郭沫若先后写出了六部历史剧，而非“五出历史剧”。它们分别是五幕剧《棠棣之花》《屈原》《虎符》《高渐原》，四幕剧《孔雀胆》及五幕剧《南冠草》，并陆续在重庆、桂林等地上演。

错误三十三：他(蒋光慈)参加过与五四运动有关的学生运动，1921年，作为共产党青年团员，被派往苏俄。他大概属于第一批约三十多名被送到莫斯科的东方共产主义劳动大学读书的中国学生……(第205页)

【更正】蒋光慈于1920年在上海经陈独秀介绍，参加社会青年团。1921年5月至莫斯科共产主义劳动大学学习，而非该书所说的“莫斯科的东方共产主义劳动大学”。此外，更重要的是，蒋光慈是1922年加入中国共产党，而非在“1921年”就是“共产党青年团员”。时间不对，名称也不对。

错误三十四：1930年，左翼作家联盟正式成立，由鲁迅致开幕词。(第227页)

【更正】中国左翼作家联盟于1930年3月2日在上海中华艺术大学举行了成立大会。鲁迅在会上作了《对于左翼作家联盟的意见》的讲话，而非“致开幕词”。

错误三十五：这群青年的领袖是萧军，他的小说《八月的乡村》除了是战争小说的首个实例，还有幸成为第一篇译成英文的当代中国小说。(第228页)

【更正】萧军的长篇小说《八月的乡村》于1935年8月由上海容光书局出版。后于1942年由艾文·金(Evan King)翻译成英文出版。李欧梵认为该书“有幸成为第一篇翻译成英文的当代中国小说”，明显与事实不符。1925年，美国新泽西州出生的一名华侨梁社乾(George Kin Leung)就将鲁迅的《阿Q正传》翻译成英文，于1926年由上海商务印书馆出版发行。

错误三十六：萧军土匪形象的形成，也无可避免地和满洲的自然风景有关。满洲是自然资源丰富、气候温和的地方，还有许多自然美景。萧军的童年回忆，对那失去的风景充满怀念：“我爱那无边无际的蓝天，那墨暗的松柏树林，那笔直的树枝和那高耸入云、闪着银光的槭树；我爱那像海浪一样，在平原上漫游的牛群；然而我最爱的是那些诚实无畏的人。纷飞的雪花和呼啸的风，可能会像刀子一样削我的脸，但我往往都喜爱。”(第230页)

【更正】这段错误比较奇特。一方面说满洲“气候温和”，同时又说那里有“像刀子一样”的纷飞的雪花和呼啸的风。有着四五个月寒冷冬天的满洲，是不能用“气候温和”来形容的。

错误三十七：1930年，她(萧红)被迫回家和一个将军的儿子结婚，但她已经是叛逆者了，于是和爱人——一个在哈尔滨认识的法律学生——双双逃到北京，然而猛然发觉她的爱人原来是个有妇之夫。她独自回到哈尔滨，受到贫病交加的煎熬。（第 237 页）

【更正】1930 年秋，萧红初中毕业，为逃避包办婚姻，也为追求新生活，在表哥陆舜振的帮助下到了北平，进入女师附中读书。1931 年 1 月，因生活无着，她离开北平返回呼兰，被软禁在家中，并非如书中所说“1930 年，她被迫回家和一个将军的儿子结婚”。时间不对。

错误三十八：在某些情况下，作家会“把自己和角色定位为与整个社会相对立”。这种突出作者个性的主观倾向，在胡适文学改革的第七项主张“不摩仿古人”中正式得到注意。（第 264 页）

【更正】胡适在《文学改良刍议》一文中提出“八事”，即须言之有物，不摩仿古人，须讲求文法，不作无病之呻吟，务去滥调套语，不用典，不讲对仗，不避俗语俗字。“不摩仿古人”是第二项，非“第七项主张”。

错误三十九：1920 年的文学市场充斥着自传（郁达夫、郭沫若、王独清、黄庐隐等人的作品）、人物传记（例如沈从文写丁玲和胡也频传记）、日记（郁达夫、徐志摩、章衣萍）、书信和情信（郭沫若、宗白华和田汉的《三叶集》、徐志摩的《爱眉小札》、章衣萍的《情书一束》）。（第 265 页）

【更正】沈从文写丁玲和胡也频传记的作品有《记丁玲》和《记胡也频》。《记丁玲》列入赵家壁主编的“良友文学丛书”第一种出版，时间为 1934 年。《记胡也频》，由上海光华书局于 1932 年出版。

《爱眉小札》是陆小曼为纪念徐志摩诞辰 40 周年而编辑的，1936 年由上海良友图书公司出版。

均非作者所说“二十年代”的作品。

错误四十：为了纪念拜伦而在 1924 年（拜伦逝世一百周年）特别发行的一期《小说月报》，一些文学研究会的主要成员，以拜伦是叛逆者为主题各抒己见。文学研究会的创办人、《小说月报》的主编郑振铎写道……（第 293 页）

【更正】革新后的《小说月报》先后有茅盾、郑振铎、叶圣陶等几位主编，1924 年，郑振铎正是这时《小说月报》的主编，此说勉强可以成立。但是，将郑振铎称为文学研究会的创办人显然不妥。文学研究会的发起人有十二位，而且郑振铎在其中并不是最主要的。

错误四十一：好像知道法国浪漫主义的演变次序，三十年代末活跃的另一群诗人——著名的有李金发和戴望舒——通过自觉地模仿法国模式，开始写象征主义诗歌。（第 299 页）

【更正】李欧梵的意思是法国文坛有一个从浪漫主义到象征主义的演变次序，这影响到中国现代文坛，二十年代是浪漫主义的，到了“三十年代末”也出现了象征主义的诗歌。

然而他的这一判断与举例却是错误的。

李金发(1900—1976)，是中国典型的象征主义诗人。他的三本诗集《微雨》(1925年)、《为幸福而歌》(1926年)、《食客与凶手》(1927年)，均非“三十年代末”所作。著名诗篇《弃妇》发表于1925年10月出版的《语丝》第十四期，被公认为中国现代象征主义代表作。

戴望舒(1905—1950)，他的第一个诗集《我的记忆》出版于1929年4月，进入三十年代，他的诗风转向写实。其象征主义诗歌代表作《雨巷》发表于1928年的《小说月报》上，与李欧梵所说的“三十年代末”也扯不上关系。

限于时间和篇幅，本文并未将《中国现代作家的浪漫一代》一书中的所有错误都罗列出来(细心的读者可以发现，该书中文译本共303页，而在前27页就指出了十例错误。并不是后文中错误变少，而是本人考虑到论文篇幅)。然而，仅仅是这四十一例，就应该是触目惊心了。堂堂国际汉学权威，李欧梵教授为什么会有如此多的低级错误呢？作为国际顶级名校的哈佛大学，这样不甚严谨的博士论文是怎么能够通过的呢？作为博士论文指导教授的史华慈和费正清，均是有名的汉学家，又为什么没有能发现这篇论文中的大量错误呢？

会不会是翻译中出了问题？为了消除这一疑虑，我特意找到了1973年出版的该书英文原著。其实并没有多少出入。因为在本文中，我主要是查证该书在人名、地名、时间、刊物、作品等具体文学史实方面的差错。这些具体的史实，因为不是理论和观点，所以翻译起来并没有疑义。而且，作为香港中文大学翻译系教授的王宏志及他的“翻译班子”，都是中国人，并不存在对中国情况不了解的现象。

那么，会不会是在1970年代的哈佛大学缺乏必要的中国文学研究资料？这应该是一部分的原因。对于中国近、现代作家作品资料的搜集与整理，主要是在我国改革开放以后。一些重要作家、社团的年谱与史料长篇，都是在这个时期研究与出版的。不过，这并不能构成在当时哈佛大学做博士论文就可以主观臆测、浅尝辄止的理由。有什么材料，就做什么论文；有多少材料，就做多少的论文。这应该是实事求是的科研态度。

问题可能应该与他的教育背景与治学风格有关。李欧梵生于河南太康，在台湾新竹高中毕业后，考入台湾大学外文系，后来入美国哈佛大学读硕士和博士学位，方向为历史及东亚语文专业。因为没有正规中文系的求学经历，他对中国文学，尤其是中国近、现代文学，缺乏系统、全面、深入的了解。而在个性上，他敏锐、率性、灵动，每以“狐狸”自喻，常常在学术上别出心裁、标新立异。这使得他每每引起学界赞叹，也往往使他饱受讥讽。他的论著流畅、活泼、时有新见，同时也常有史料性硬伤、不拘小节。然而，对于学术论著来说，严谨是第一位的。皮之不存，毛将焉附？任何奇思妙想，都必须建基于扎实、可靠的史料之上，来不得半点虚假。

这应该引起我国学术界的高度警醒与反思。一方面，我们必须张开双臂，接纳来自不同地域、不同文化的外来研究成果，另一方面，我们更应该坚持文化自信，保持科学的判断能力。不崇洋媚外，不被国际权威的外表吓到，也不迷信顶级名校的金字招牌。我们应该如习近平总书记在哲学社会科学座谈会上指出的那样，在西方强势文化面前，不唯马首是瞻，不得缺乏民族自信的软骨病，而是应该挺直腰板，构建中国特色的本土学术新体系。

这，对于目前我国的学术界，尤其是高校的硕士、博士生们，显得尤为迫切与重要。

注释：

[1]李欧梵著，王宏志等译：《中国现代作家的浪漫一代》，新星出版社（北京）2005年9月。

[2]对于这段文字中的错误，在拙文《海外汉学与本土学术自信》中有详细说明，发表于《南京社会科学》2016年第9期。

（载《南京社会科学》2017年第9期，原题名为《〈中国现代作家的浪漫一代〉的错误举隅——与李欧梵先生商榷》）

香港当代文艺思潮的混合性结构

古远清

本文所说的文艺思潮，系指香港特定时代和历史条件下的产物，是香港社会意识形态的一个重要表现。在社会发生变革的年代里，香港文艺思潮往往与各种社会思潮激荡碰撞、交织互动、此消彼长。受社会思潮和文化思潮制约的香港文艺思潮，与创作方法有联系又有区别。还要说明的是，本文所说的香港文学，主要是取宽标准“出现/产生在香港的文学”，而不单是指“植根/属于香港的文学”[1]。至于“当代”，系相对从1900年至1920年的旧文学时期的“近代”以及从1921年[2]至1949年新文学的成长壮大的“现代”而言，从1950年算起，下限为21世纪的当下。这时期的当代香港文艺思潮出现了传统与前卫文学思潮不断混合在一起的奇异景观。其中“美元文化”与写实主义文学思潮的混合，现代主义文学思潮与反殖民意识的混合，本土意识与中国意识的混合，后现代与后殖民、分离主义等文学思潮相组合，共同形塑了香港当代文学思潮的混合性结构。

“美元文化”与写实主义的混合

1949年10月，中华人民共和国在北京庄严宣告成立，那些害怕被清算或不理解新政权的“难民”成批从内地外流香港，致使香港人口迅速膨胀，衣食住行供不应求。当时香港处于冷战结构下，左翼人士在右翼文人的挤兑下难于立足，纷纷北上，其中有的还是被英国政府驱逐出境。这种冷战格局造成香港左翼文学运动[3]式微，再加上社会沉闷，香港文坛一直缺乏生机。但1950年抗美援朝战争爆发，不仅为濒临衰落的香港社会注入一针强心剂，也使寂静的香港文坛走向喧嚣和新生。正是抗美援朝这一重大军事行动，使美国发现红色势力在亚洲有如星火燎原，如不及时扑灭，美国的霸权地位便岌岌可危。为了“挽狂澜于既倒，扶大厦之将倾”，他们不仅在军事上而且在文化上采取紧急措施，措施之一是通过“美国新闻处”由“亚洲基金会”出面，每年拨出60万美元专款资助香港的文化事业，令香港文坛“绝处逢生”。

作为一种思潮的“美元文化”，其理论核心是抵抗红色文化的入侵，因而五六十年代的香港文坛，几乎成了右翼文人的天下。1952年5月创刊的《人人文学》杂志，在政治倾向上与台湾的“战斗文艺”相呼应，但该刊较高的稿酬，毕竟使煮字疗饥的文人有了生活保障。比《人人文学》更长寿、影响也更大的是1952年7月创刊的《中国学生周报》，它不仅吸引了香港青年作家，台湾作家也常在此“报”亮相。现今活跃在香港文坛的作家西西、亦舒、小思、钟玲玲、黄维樑、古苍梧，还有不久前作古的也斯，均经由此“报”走向文坛。余英时、胡菊人等著名文化人，也是专门研究大陆问题的“友联研究所”及其创办刊物培养出来的。张爱玲的两本著名小说《秧歌》《赤地之恋》，系“美元文化”的产物，但张爱玲是自由主义作家，她不可能完全听命于“美国新闻处”，其作品提供了另一种不同于主流文学的艺术特质，表现了真实动人的人生祈求温饱的欲望，写乱世男女物质世界时透出一股悲凉气氛，有不同寻常的民间文化形态，并启发了高晓声后来所写的以农村为题材的作品。

50年代盛行的“美元文化”，扼杀了文艺创作和文学评论自由局面的扩展，使作家们无法独立思考，学者们也较难写出有学术见解的论著。它还“对一切私营的自由文化事业予以莫大打击，使它无法抬头超生，其次是廉价供给中共以大量的造纸原料”[4]。但不能只看到负面作用，而应看到“美元文化”在客观效果上促进了香港文学的发展，如打开了香港作家的眼界，让他们从固守的传统中接触到美国新诗、文学理论等西方文化。用美钞作后盾的《中国学生周报》进入70年代后，开展了挖掘三四十年代文学宝藏的活动，使香港青年重视新文化运动以来的文学传统，这和两岸从不同角度狠批30年代文艺的做法完全不同。

这一时期，最活跃的是如张爱玲这样从内地去的“南来作家”。不过，张氏是左右两方混合在一起的文人，而当年曝光率极高的力匡、赵滋蕃、林适存、易君左、孙述宪，则属右翼文人。他们的作品，无论是赵滋蕃的《半下流社会》、易君左的《流亡》，还是力匡的《北窗集》，无不流露出背井离乡的伤感情绪。他们看不惯香港这个殖民社会崇洋媚外的社会心态，和以商业标准来衡量一切人生价值的做法。与此同时，他们十分怀念故乡“北方”，留恋内地的生活。那时还没有“港独”，他们作品的国族想象和左翼文人表现出惊人的一致：认同神州大地而非香港这个“借来的地方”。这些“难民”生活没有依靠，过着流浪的生活；高楼大厦与他们无缘，“木屋”才是他们的栖身之地。《半下流社会》用现实主义充分写出了“难民”们的惶恐与忧伤。

在台湾，50年代曾流行“反共”与“怀乡”混合在一起的文学思潮。香港也不例外，“怀乡”是许多作家描写的题材，如司马长风的《北国的春天》，以怀念故乡的散文为主。在他看来，故乡的一切都比现在美好，是“光明的来临，束缚的解脱，渴望的满足，美妙的神奇”。这种家国想象，为50年代的香港增加了一种流民或“难民”的过客心态。这种浓郁的家国情怀，排斥香港的商业性及随之而来的现代性。在创作方法上，由“美元文化”为支柱的“难民文学”，以写实主义取胜。写实主义一般被定义为关怀现实而摒弃理想化的想象，主张细密观察事物的外表。这种思潮及其创作方法，在50年代的香港文坛居主流地位。这不仅体现在《大公报》《文汇报》及后来的《新晚报》副刊中，也体现在并非外来作家而是本土成长的舒巷城、金依、海丰、吴羊璧、张君默等人的小说里。这些来自底层的本地文人，关怀香港社会，关心下层人民的生活，作品呈现出香港的乡土色彩。舒巷城的《太阳下山了》，可谓是这方面的典范。金依的《迎风曲》《还我青春》，站在工人的立场表现劳资冲突。海辛的《远方的客人》也体现出客观写实的特色。

谈及香港20世纪五六十年代的文学，最重要的收获是受通俗文学思潮影响的梁羽生、金庸在50年代中期开始写作的“新派武侠小说”。“新派武侠小说”新在以簇新的人文史观弘扬正义的侠道精神，发抒悲悯的人道情怀，歌颂捍卫民族利益的正义斗争，批判以强凌弱的民族霸权主义，精心刻画少数民族的英雄儿女，深刻反思汉族文化的各种落后面。作品中的矛盾冲突大都由国家仇和民族恨而非个人恩怨所引发，所体现的是反战争反暴力的“神武不杀”的高超境界，表现大侠们豪迈的英雄气概和浪漫的爱情故事。

“美元文化”与写实主义思潮不是同构关系，也非平行关系。前者提倡向西方学习，可那些拿美元稿费的右翼作家，在内地长期接受传统文化教育，并不想唯西方马首是瞻，故与其说50年代是“美元文化”与写实主义思潮的混合，不如说是两种思潮的凑合。至于“新派武侠小说”则不存在“凑合”的问题。在梁羽生、金庸那里，武侠传统与现代小说叙述方法混合得如此巧妙，这是这类作品至今仍然被人们视为通俗文学经典的一个重要原因。

现代主义与反殖民意识的混合

香港文学以通俗性、现代性、都市性相混合著称，这三“性”均发端于20世纪五六十年代，其中“现代性”除上述“新派武侠小说”有所体现外，另还有创刊于1956年的《文艺新潮》。该刊肩负着推动现代主义外加自由民主的使命。他们宣扬的现代主义，系出自西方文艺复兴开始所出现的古典主义、启蒙主义、浪漫主义、现实主义、现代主义的一种混合。这些主义不仅与表现形式有关，有时还与政治关系密切。《文艺新潮》希望用文艺的力量去建构“理想中国”，这在当时的香港带有强烈的虚幻性及浪漫色彩。当该刊负责人马朗离开香港、《文艺新潮》随之画上句号时，1958年2月由王无邪、叶维廉组成了“现代文学美术协会”，次年元旦又发表了《现代文学美术协会宣言》。该“宣言”以“中国”为主要意象，站在大中国角度看待香港社会，并以“北”对“南”的方式，流露出对香港西化生活方式的不满及对香港文坛风气的负面评价。和《文艺新潮》的“宣言”一样，那里“中国的香港”多于“香港的中国”。该刊期望用初生牛犊不畏虎的勇气，去改变香港人文气息淡薄的现状。他们扬言要推行“文化再造运动”，可谓雄心勃勃，但收效甚微。即使这样，“宣言”所洋溢的青春气息，并未因岁月的洗磨而消失。1963年创刊的《好望角》，连续三期在头版以“反白体”印上“宣言”的主要观点，并拼贴出不甚整齐的字样：“文”“学”“美”“术”“现”“代”“中”“国”“诗”。这表明《现代文学美术协会宣言》精神仍在，尽管面目不似当年那样清晰。

现代主义文学，是1890年至1950年间流行于欧美各国的一个文学思潮。体现在香港纵向上混合了古典文学传统、浪漫文学传统和写实文学传统，再接后现代主义文学；横向上则混合了象征主义、表现主义、未来主义、意识流和超现实主义。受现代派文学思潮影响的香港作家，多采用主观色彩浓重的表现法，强调主观随意的自由联想。在语言形式上广泛运用意象比喻，甚至拼写方法和排列形式，暗示人物的精神状态。在塑造人物形象上，着重表现人的全面异化。无论是《香港时报》“浅水湾”综合性副刊发表的作家作品，还是该副刊主编写的小说，在艺术形式上均体现了新、奇、怪相混合的艺术风格。

现代主义文艺思潮之所以崛起，与香港社会开始向现代化迈进有关。那时市民的文化水平，普遍还没有达到高等教育的程度，但年轻一代在社会关怀、生命体验尤其在文学视野上，均与从前大不相同。“实验小说”正是在这种背景下产生的。从事这方面创作的作家主要有刘以鬯、昆南、江诗吕、西西、也斯、吴煦斌、黄碧云等。他们将写实手法与隐喻、象征、意识流等西方写作技巧相混合，去表现现代人的精神状态，作品极富前卫性。成就最骄人者为刘以鬯，其代表作《酒徒》，系“中国第一部意识流小说”[5]。全书分43章，以一种回旋循环形式进行，写主人公靠酗酒来麻醉自己的意识，又以酒醒后回到现实生活中作结。在一醉一醒之间，作品入木三分地表现了现代都市人的精神状态，透视了被“赵公元帅”宰制的现代人心灵深处的矛盾与苦痛。作品从现实生活写到梦中世界，再从梦中世界回到现实生活，其中梦幻与社会、现实与梦想、过去与未来、意识与潜意识混合得天衣无缝。此小说跳跃性极大，思想与意识之间，事物与事件之间没有清晰的逻辑关系，所使用的是意识流“没有情节的情节”的技巧。从这部小说中，还可以看到刘以鬯的文学主张。虽然环境局限，但刘以鬯还是写出了《酒徒》这样的一流作品，在80年代又创办了一流的文学杂志《香港文学》，这些均和写实主义与现代主义文艺思潮奇妙的混合分不开。

香港各种文学思潮受中国传统文化的熏陶和影响，又吸收了外来思潮，表现出一种异质性的特点。要说明的是，英国人统治香港，其“殖民化”并非彻头彻尾。不彻底不等于港英政府无所作为，从不关注文学的发展。政治上既然以英语为官方语言，中文就顺理成章受到压抑，使中国文化很难在香港本土扎根开花。为了消解这种压抑，本土成长的一代不再像过去那样对社会事务漠不关心，他们以反殖民姿态参与社会活动和文化事务，创办“香港青年作者协会”那样的“文社”，并发行《大拇指》那样的同人刊物。对保卫钓鱼岛，他们表现出空前的热情。为维护中华文化，他们发起“中文合法化运动”。在大专院校，“认中(国)关社(会)”是最流行最响亮的口号。这些觉醒的一代，对殖民统治不再麻木不仁，而是对身份认同和民族想象作出空前的反思，向本土化迈出关键的一步。

现代主义与反殖民意识也是不相容的，但现代主义过了头，读者就不买账。为反抗殖民化及随之而来的西方文学思潮，60年代本土化开始抬头。这时期两者的混合不是半斤对八两，而是现代主义远重于反殖民意识。在文学的天平上，显得一头重一头轻，也就是说这是一种隐形结构，其反殖民意识的锋芒已被现代主义所遮挡。

本土意识与中国意识混合

香港社会主要由“难民”和“侨居者”混合组成。他们多半没有扎根的愿望，最缺乏的是归属感。20世纪70年代后在香港出生或在香港成长的年轻一代，与他们不同。这些年轻人追问自己的身份：到底自己是英国人，还是香港人、中国人，或中国的香港人、香港的中国人？这种身份归属的寻觅，既是殖民化与本土化的混合，也是从“难民”、侨民到香港人身份的确定。从50年代消闲野趣、讽刺时事的港式专栏，从王无邪、昆南对殖民统治的不满与抵抗，到70年代后期众多作家均以香港为书写对象，不断地宣示“我们的城市”“我们的故事”“我们的小说”“我们的新诗”，无不体现了本土意识的张扬和觉醒。

本土化不一定囿于一乡一土。它不是地方主义的产物，更不鼓吹族群的对峙，而是放眼世界，展望明天。香港是一个现代社会，交通四通八达，新界地区与港九地区之间往来密切，还有一些内地居民移居过去。到了一个新地方，想要落地生根，融入当地生活环境，就要学习粤语，还要学习英语。适应和接受当地各种语种混合的风俗习惯，就成为首要的条件。条件成熟后产生了本土文化意识，其实早在20世纪五六十年代它已经开始在香港浮现，还在不同文学体裁中成为焦点。由渔村向都市迈进，使殖民历史对本土文化发生了重大影响。表现在诗歌创作中，也就出现了以反殖民思潮对国家、民族、前途的反省。抨击现实生活及社会制度的小说、散文也有不少。

有论者说本土意识言必称“香港意识”。其实，这“香港意识”源于中国价值观，它再独特也是“中国意识”的一个分支。有些人只承认自己是香港人而不认为是中国人，是“香港意识”恶性膨胀的结果。1974年7月《中国学生周报》所制作的“香港专题”，无论是张景熊，还是铜土、梁秉钧的诗作，都还没有把香港置身于中国之外，何况这份刊物就以“中国”为名：是《中国学生周报》而非《香港学生周报》。但不可否认，这些作者书写的对象已由书本上的长江、黄河、黄山，转化为狮子山脚下的维多利亚海湾、弥敦道、铜锣湾、尖沙咀、中环，而不再是未曾登临过的长城或黄鹤楼。这种本土思潮的出现，作家们咏叹都市风景时混合着日常生活的思考的现象，与香港社会的稳定，与第25届香港总督麦理浩实施的政策令市民心向本土、对本地生活有一种前所未有的归属感密不可分。

作家不仅用文学形式去建构本土意识，也通过小说、杂文、戏剧等形式反省“香港意识”。反省时，有人认为相对现代化建设带来的现代性，本土意识未免显得小气和封闭；现代科学的理性也衬托出本土化的非理智情绪。其实，本土意识与现代性并非水火不容，地方观念也不完全是情感所驱使。寻觅香港作家的身份和文学的本土性，原本就有一个难以说清的混合过程。还在60年代，包错石的文章《研究全中国——从匪情到国情》，就提出生活在港台的中国人和海外华人应具有“中国意识”，应明确自己炎黄子孙的身份。这里讲的身份，除了华裔与非华裔、华人文化与西方文化、旧的历史认知与新的现代意识相混合外，还有原住民与新移民的矛盾，所有这些无不表现出一种二元对立的紧张关系。必须强调的是，香港的独特本土性并不是建立在脱离“中国意识”的基础上，相反，本土性与中国性的混合，“香港意识”与“中国意识”的融合，才是建立香港文学独特本土性的正确方向。事实上，这时出现的综合性同仁杂志《盘古》，立足香港，放眼两岸，还有《快报》《星岛日报》副刊或专栏刊登的作品，其本土都并非是局部的、狭隘的、碎片化的，而是有代表整体性的地方，是在用“小乡土”去表现“大乡土”。这类种族文化的本土，离不开“中国意识”的“香港意识”，也是本土的一种，且是最有旺盛生命力的一种。

本土意识当然不是守旧的同义语，因为香港的本土小说很注重吸收、混合法国“新小说”和拉丁美洲“魔幻写实主义”的技巧。这不是彼来俘我，而是将彼俘来，将外国手法移植、混合在香港故事的书写中。这时期虽不是土生但土长的西西，其作品独创性突出。1975年她的小说《我城》，以生花妙笔写“我”与“城”的关系，代表了年轻一代对香港都市的认同态度，是香港小说走向成熟的标志。用香港学者的话来说，这类作品“有本地情怀而不狭隘，具世界视野而不矫强，涉笔异域而不浮浅，是香港近二十年优秀小说的努力方向。西西以外，也斯、吴煦斌、辛其氏等，都有可观之作”。[6]总之，20世纪70年代香港小说所取得的成绩，是对五六十年代占统治地位的写实主义的突破与超越。

70年代是香港本土思潮最为流行，也是本土化表现得最为充分和突出的时期。报纸等传媒，以肥皂剧、跑马文化、武侠小说等本土方式，把自己的文化与海峡两岸的文化明确地区分开来。作为纯文学的小说，则用新的技巧和所谓“诺贝尔视野”，去强化香港的本土意识。作家的作品不常寄生在《明报周刊》这类商业化杂志以及女性刊物《象牙之塔》上，这是香港不同于台湾文学，更不同于内地文学的一大特点。当然，本土意识不等于夜郎自大，更不是粉饰现实的一种借口。这时期梁秉钧等人的诗作不走晦涩路线而显得口语化，这与台湾现代诗过分艰涩难懂及内地作品过多的“文艺腔”，也大异其趣。

70年代的本土意识来源于50年代的“难民文学”以及60年代初试锋芒的本土化。这时期兴起的本土意识与过去的不同之处在于不单纯是地域的强调，还有对地域认识的转化，在心态上经过了一个从批判走向认同的过程。试比较侣伦的《穷巷》与舒巷城的《太阳下山了》，前者浓墨重彩表现香港的贫困，所缺少的是对都市的认同感。而《太阳下山了》虽然也写香港陈街陋巷，有一种霉烂味，但这不是藏污纳垢之处，而是散发着泥土的芳香，就是对“默默地在那环境中挣扎”的人，作者也行注目礼，其生活情感跃然纸上。至于黄楚乔的新诗《康乐大厦》，并不是对香港最高楼的单纯赞美，而是对楼高造成人际关系疏离的思考，这也是《穷巷》所没有的。

1997年香港回归，让香港脱离殖民统治回到祖国母亲怀抱，是值得大书特书的喜事。从原先所谓“妾身未明”回复到“名正言顺”的母体文化，是香港文化的新生，是“中国意识”扬眉吐气的时刻。正是在“中国意识”的主导下，出现了一小批以“九七”为题材的小说。这些小说，与怀旧思潮混合在一起。“怀旧”规模最大者为台湾旅港作家施叔青写的《香港三部曲》，还有辛其氏的《红格子酒铺》、心猿(梁秉钧)的《狂城乱马》、陶然的《天平》、董启章的《地图集》、陈浩泉的《香港九七》、梁锡华的《太平门外》。只要有民族自尊心的人，均会从法理上庆幸回归。这里要强调的是文化身份的转换，并不是通过降米字旗升五星红旗就可以一蹴而就。对多年受殖民文化影响的作家、艺术家来说，认识自己是中国人往往要通过时间的考验，允许他们有一个内心挣扎和调整的过程。香港社会与内地当然有众多相同的地方，香港文化也是岭南文化的分支，但当罗湖桥不再是自由往来的通道即广东与香港断裂后，香港的政治、经济与文化，均形成了自己的特色。“一国两制”的“两制”，正是对这个事实的承认。在回归前后香港文化人对自身身份的探讨，带动了不同的“文化中国”想象，促使内地与香港的作家互动与反思，为簇新的中国文化的出现开辟了一条康庄大道。

本土意识之所以会与“中国意识”混合，是因为本土意识与“中国意识”并不是对立关系。有些人不明白，香港本土意识说到底无论从地缘，从历史，从文化上来说，均是中国香港的本土意识。过分强调这种意识，就会走向反面，所以“中国意识”必须出来掺沙子。和60年代现代主义与本土意识相混合不对称一样，这时期本土意识与“中国意识”也不是平行结构，而是前者大于后者。

后现代与后殖民思潮的混合

在90年代，香港文坛呈现出一片兴旺景象，有许多新作问世的作家，如陈惠英、董启章、余非、关丽珊、朗天、郭丽容等。到了新千年后，流行的是后现代与后殖民相混合的文化思潮。后现代主义，本是现代主义的发展和延伸，它继承了现代主义反传统的一面，而另一方面后现代主义又是对现代主义的反叛，表现了后现代作家抛弃现代主义文学的内容和形式的企图。香港后现代主义文学强调反传统，摈弃所谓的“终极价值”，不大愿意对重大的社会、政治、道德、美学等问题进行严肃思考，崇尚所谓“零度写作”，这时期的香港作家蓄意打破雅文学与俗文学的界限，出现了明显的向大众文学和“亚文学”靠拢的倾向。有些作品干脆以大众的文化消费品形式出现，试图将文学与非文学混合在一起。一些香港作家还认为国家的概念和地区的界线在模糊、失落，代之而起的是全球化。这一论述引发另一部分香港作者的质疑：全球化是否以消解香港文化为代价？没有地方性、本土性，何来全球化？越是地方的，越是本土的，才越容易走向世界啊。

文学仍然在远离“庙堂”，回归“广场”：使用的语言仍夹杂有大量的方言和英文，文类依然是以通俗文学为主，作家和读者均以娱乐为荣。之所以万变不离其宗，是因为九七回归不因普通话比过去流行就消解了作为精英文化的英语和作为本土特色的粤语，这是有文化自信心的表现。香港文化人不追求也不认同内地的社会主义文化，保留着香港不中不西、亦中亦西的鸡尾酒文化，让市民的生活价值与娱乐习惯长期保持不变。香港的“天空小说”(即广播剧之一种)催生出来的所谓“文艺小说”，也不愿被内地文化和英语文化同化。此外，作家们还要应对武侠小说、科幻小说、奇情小说和“三及第”[7]文体的压力。这是香港小说家，还有散文家、戏剧家所面临的与内地不同的文化处境。

在后现代主义思潮的笼罩下，香港作家没有只看到科学和理性主义所带来的“进步”憧憬，还“睇”到了人文精神的失落。西方式的现代性对欧美国家来说是一种必然，但对香港来说并非注定要走这条道路。难能可贵的是，身处后工业时代的香港作家，没有对西方亦步亦趋，反而作出批判性的反省。这表现在创作上，“‘漂流异国’的故事明显减少；‘此地他乡’的感慨由激愤张狂(比如《失城》)转身戏谑婉转(例如《后殖民食物与爱情》)；新旧移民依然在往事回忆中显示对繁荣城市的陌生感，但艺术上最有收获的却是青年作家们对都市异化状态或荒诞或朴素的抗议。从‘香港意识’的角度来看香港小说的近况，可以说香港小说进入了一个比较犹疑不定的时期”[8]。

香港主权回归后，香港传媒曾有过“身份证”的“份”是“分”还是“份”的争议，这表面上看来是说文解字，其实内中隐藏的是“简体字恐惧”。事实上，香港回归后仍通行繁体字，正像粤语仍为市民生活的主要用语一样。和“舞照跳，马照跑”相适应，回归后的香港文化并未被中原文化所蚕食，在电影、电视剧和小说创作中，仍有众多的暴力镜头和床上动作的描写，对人性的扭曲和社会阴暗面的揭露，比回归前有过之而无不及，故有人曾预言“九七”后香港文学会变得严肃和大气，不再有色情和暴力[9]，这纯属一厢情愿。

后殖民理论在20世纪末就受到香港学界的青睐。所谓后殖民主义，是20世纪70年代兴起于西方学界的一种具有文化批判色彩的思潮，它着眼于宗主国和前殖民地之间关系的话语。后殖民主义自诞生之日起就常常变化着内涵，以适应不同的历史时期、地理区域、文化身份、政治境况以及阅读实践。正因为后殖民理论对殖民性有较深刻的披露，有它独特的优势，故不少学者用后殖民理论去分析香港文化身份和大众文化走向。不过，后殖民理论毕竟是西方叙事形式，香港是否在严格意义上具有后殖民属性，学术界看法并不一致。笔者认为，回归前后的香港文化难定性为后殖民主义文化，因为香港回到中国怀抱后，不像新加坡那样脱离宗主国实行政治上的独立。但不可否认，香港文坛出现了这股思潮，又出现了也斯的《后殖民食物与爱情》。这本小说集告诉我们的是舌头上的故事，顺着食物的线索和爱情的变化，让读者去洞察作者的后殖民主义立场。也斯用清新而有趣的笔调写香港人“去殖民”历程的艰辛，其中有的颓唐，有的前进，有的逃离，有的颇感迷茫。也斯笔下的“食物”意象具有双重属性，它呼应了后殖民文学生存环境和身份认同的转换，相类似的还有文津写的《老鼠》。其实，这类小说还未成为“后殖民论述”的形象范本，其体现的仍然是身份的暧昧，贯穿其中的还是所谓“香港意识”问题。所不同的是，这些作者都是用“后殖民”去混合女性主义，然后去套或去寻香港的本土性。应该肯定的是，作品的陌生化效果运用得好，如也斯把小说、手艺和食物混合在一起，显得是那样顺理成章和水到渠成。

近年来出现了一种与“香港意识”相混合的分离主义思潮，“香港归英独立联盟”的一些人向内地游客叫嚣：“谁跟你是同胞！”不知道香港历史的纨绔子弟也就是香港大学学生会负责人，愚蠢地主张“独立”或“拥抱英国在香港的殖民主义”。从2013年起，港大学生会的官办刊物《学苑》先后编制了《香港民族论》的书及《香港民族命运自决》封面专题，企图把香港特别行政区从中国分离出去。

分离主义混合着强烈的本土意识，“港独”人士往往是从宣传“本土意识”开始，然后一步步把“本土意识”转化为排中、歧中、抗中意识。“港独”目前处在初级阶段，但它借2014年“占中”前后的香港社会分裂在加快发展步伐。不过，“港独”并不代表香港主流民意，它本身是个假命题，因为香港从来没有“独立”过，英国人也只是向中国“租用”新界。分离主义思潮在香港不成气候，实际上也没那么多人支持，文艺界也极少有人参与“港独”组织和活动。不过，那位被捧为“港独国师”的香港岭南大学中文系助理教授、曾获第九届香港中文文学双年奖散文组首奖的陈云根[10]，倒很值得注意。他一直鼓吹“香港不是中国(Hong Kong is not China)”。对他的错误立场，和文艺界某些人不认同自己是香港的中国作家或中国香港作家的现象，还有某些学者一再嘲笑与抨击内地学者写的《香港文学史》所主张的“香港文学是中国文学的一部分”的言论，我们不能不保持警惕。

后现代与后殖民均姓“后”，21世纪这两种思潮的混合呈平行结构，不再给人头重脚轻之感，但从强烈的本土意识引申出来的分离主义思潮，则破坏了这种结构的平衡。

从以上论述可看出，不故步自封，不全盘西化，中西混合，好的全部借鉴，这才是香港文学软实力的标志。也许有人认为，真正的作家都不需要去了解文艺思潮的走向，真正的优秀作品都不是文艺思潮促成的。就像也斯的《后殖民食物与爱情》，没有“后殖民”思潮和理论，难道它就不存在吗？或者说，文艺思潮对文学创作的指导作用到底有多大？可刘以鬯、西西、黄碧云等人的创作实践告诉我们：作家永远脱离不了文艺思想的指导，永远都不要妄想从事创作可以不受文艺思潮的熏陶和影响。因为只有理论与创作实践相混合，才可能缔造出自己的艺术世界。还因为“美元文化”与写实主义、现代主义与本土化、“香港意识”与“中国意识”以及后现代与后殖民的混合结构，成就了香港文学发展的特色和意义。为使自己的创作更有意义，创作者必须走出本土化的迷思，排除分离主义思潮的病毒，为做“中国香港作家”而自豪，香港文学才能步上康庄大道。

注释：

[1]黄继持：《香港文学主体性的发展》，载黄继持、卢玮銮、郑树森：《追迹香港文学》，香港牛津大学出版社 1998 年版，第 91 页。

[2]香港新文学的起点通常认为是《伴侣》杂志问世的 1928 年，袁良骏在《香港小说史》中将其提前四年，赵稀方却认为应以 1921 年创刊的《双声》发表黄天石的《一个孩童的新年》和《双死》这两篇小说为标志，见赵稀方《如何香港？怎样文学?》，《香港文学》2017 年 3 月号，第 68 页。

[3]所谓左翼文学运动，本是中国现代文学史上新文化运动后最重要的文学运动。它所形成的文学理论在新文学界举足轻重，在 20 世纪 40 年代的香港仍保持着强大的、主导性的影响。

[4]尚方：《说美元与美援文化》，《香港时报》1956 年 1 月 12 日。

[5]许子东：《香港短篇小说初探》，香港天地图书公司 2005 年版，第 37 页。

[6]黄继持：《七八十年代的香港小说》，见黄继持、卢玮銮、郑树森：《追迹香港文学》，香港牛津大学出版社 1998 年版，第 26~27 页。

[7]是指混用英文、白话和粤语的一种特殊文体。

[8]许子东：《香港短篇小说初探》，香港天地图书公司 2005 年版，第 59 页。

[9]潘亚暾主编：《台港文学导论》，高等教育出版社 1990 年版。

[10]陈云根出版有《香港有文化——香港的文化政策》等数种著作，系德国博士，曾任香港特区政府民政事务局研究总监。参加香港立法会新界东选区落选暨“香港复兴会”主席陈云根(笔名陈云)，在受到舆论谴责及岭南大学不再聘用后极度失落，居然宣布自动消失，也就是所谓政治“自杀”。

(载《中国文艺评论》，2017 年第 6 期)

什么“现代性”，如何“压抑”
——评王德威的“被压抑的现代性”

江腊生

近年来，中国文学现代性的研究如火如荼。革命的、启蒙的、审美的，传统的、先锋的，中国现代文学研究的每一个话题，几乎都离不开“现代性”范畴。现代性成了一个筐，什么都可以往里面装。但现代性的缘起和真正内涵，却众说纷纭。王德威在“被压抑的现代性”的相关论述中，借用自身丰富的文学理论和文学史知识，对晚清小说的四大文类进行了精彩的解读与分析，在此基础上，把晚清小说的若干审美特征视为早于五四运动而已有的本土现代性。无论如何，王德威等海外汉学家倚靠深厚的中国文化传统，立足于西方理论视野，将目光投向晚清，考量和发掘中国文学的现代性本质，给中国现代文学的研究拓宽了视野。

王德威将中国现代文学的发生节点前移至晚清，发掘晚清小说中早已萌生却被“五四”时期的文化主导话语所遮蔽的现代性，即“被压抑的现代性”。这一研究闪耀着智慧的火花，具有思想性与方法论的启发意义，丰富了中国文学现代性的内涵，为中国现代文学史研究指出了一条独到的研究路径。然而，在阅读快感之余也不难发现，精彩的理论话语背后，其内在的标准不一，时空逻辑游移不定。本文在细读文本的基础上，从现代性的标准、时空逻辑和如何被“压抑”三个维度来加以思考。

一、“现代性”的标准

讨论中国文学的现代性，自然离不开中国社会具体的文化场域与历史境遇。本质上，现代性是舶来品，是一个西方现代工业社会语境下的反思理论。人的解放与社会的解放带来人的观念的巨大变化，人的价值和意义的重新发现，生存、欲望、价值、自由等人性存在，构建了世界文学图景下的“现代意识”。在这种现代意识支配下，启蒙、革命、审美构成了20世纪中国文学的主要话语，而欲望、自由、人性等又是其价值支点。这些多元的文化层面，正是中国现代文学的现代性之要旨所在。

王德威援引福柯的知识考古学，将西方现代性的理论标准投向晚清小说，归纳出一系列现代性的尺度：“对欲望尺度以外的欲望，对正义实践的辩证，对价值流动的注目，对真理/知识的疑惑……这些时刻才是作家追求、发掘中国文学现代性的重要指标。”[1]带着这些尺度，王德威主观地选择了晚清小说中的“狭邪小说”“公案侠义小说”“谴责小说”“科幻小说”四类，发现了其中丰富的“现代性”：“我所谓的晚清文学，指的是太平天国前后，以至宣统逊位的六十年；而其流风遗绪，时至“五四”，仍体现不已。在这一甲子内，中国文学的创作、出版及阅读蓬勃发展，真是前所未见。小说一跃而为文类的大宗，更见证传统文学体制的剧变。但最引人注目的是作者推陈出新、千奇百怪的实验冲动，较诸‘五四’，毫不逊色。然而中国文学在这一阶段现代化的成绩，却未尝得到重视。当‘五四’‘正式’引领我们进入以西方是尚的现代话语范畴，晚清那种新旧杂陈、多声复义的现象，反倒被视为落后了。”[2]他凭着自己熟谙的西方理论，从晚清四类小说中分别找到“欲望”“正义”“价值”“知识”四个现代性对应的关键词，并指明这四个文类其实已经预告了20世纪中国现代文学的四个方向。而这四个关键词，正是20世纪中国现代文学中相互交融与冲突的四个话语体系，体现了中国现代文学的主要文化关怀。

为了发掘晚清小说的现代性，王德威有意识地将晚清小说提升了高度，却忽略其艳情、媚俗、猎奇、游戏人生、相互复制的特点，从晚清小说数量的“众声喧哗”推导出晚清小说“推陈出新、千奇百怪的实验冲动，较诸‘五四’，毫不逊色”。在细读“狭邪小说”之陈森的《品花宝鉴》、韩邦庆的《海上花列传》和曾朴的《孽海花》等小说后，王德威用欲望话语对晚清的狭邪小说进行了合理化阐释。这些欲望存在的阐释，主要有男女角色的冲突，伦理与欲望的对话，以及城乡空间的对抗等。王德威指出，文学中这条欲望话语的主线，不仅在晚清，在“五四”时期、在当代的文化语境中同样受到作家的青睐，如鸳鸯蝴蝶派、新感觉派、张爱玲，甚至王安忆，共同构成了文学现代性的一条主线。同样，在晚清科幻小说的解读中，王德威连通古典的神怪小说和晚清科幻小说，在其对未来的乌托邦想象中，探讨其中的知识困惑和未来意识。在分析游侠小说和公案小说时，他承认作品的核心保留着对皇权的称颂，却聚焦于其中的法律与暴力、正义与邪恶等现代观念。这些现代价值观念一一在作者重审晚清小说的现代性中脱颖而出，进入20世纪中国文学的视野。“对我而言，中国作家将文学现代化的努力，未尝较西方为迟。这股跃跃欲试的冲动不始自‘五四’，而发端于晚清。”[3]也就是说，晚清早已存在这些文学现代性的传统，而且以丰富复杂的形式存在。

因此，王德威的“被压抑的现代性”的相关论述中，瞩目的则是中国现代文学发生、发展中的“传统向度”，把晚清小说视为中国文学现代化的“起源”。而在陈平原等人的研究中，把晚清或近代文学看作是中国文学现代化进程中的“过渡”，关注的是中国现代文学发生、发展的“世界向度”，更注重中国现代文学融入世界潮流的“现代化”努力。

显然，王德威基于想象的历史考据学，倚靠其丰富的西方现代性理论，对晚清小说中的世界进行了现代性的想象。王德威声称：“我们不能回到过去，重新扭转历史已然的走向。但作为文学读者，我们却有十足能力，想象历史偶然的脉络中，所可能却并未发展的走向。”[4]王德威在晚清小说的解读中，一反鲁迅等人对于晚清狭邪小说内容“不道德”的批评，认为这些狭邪小说中表现的妓女、才子、身体、性别问题，以“无所顾忌的欲望潜能可以被用为反抗权威的激素（而未必是反抗权威的行动本身）。个体的解放可以被视为集体解放的前提（而未必是集体解放的结果）”。晚清作家用戏仿、戏谑的方式对中国传统文学的主题进行“放肆”的改写，这本属于后现代主义文化的戏仿，却成了王德威对晚清小说较高评价的“现代性”。同时，他还对鲁迅的人生与创作道理进行了一回“晚清”路径的想象。“我们不禁要想象，如果当年的路线不孜孜于《呐喊》《彷徨》，而持续经营他对科幻奇情的兴趣，对阴森魅艳的执念，或他的尖诮戏谑的功夫，那么由他‘开创’的‘现代’文学，特征将是多么不同。”[5]这种不顾具体社会文化、政治、经济等复杂境遇的考察而凭一己之理论进行的想象，正是其“窄化”的现代性理论支配下的产物。

实际上，王德威在发掘晚清小说中的本土现代性时，欲望、价值、正义、知识等话语却又毫无疑问属于西方化的现代性标准。于是，我们不免疑问，晚清小说中自有欲望、价值、正义和知识等命题，还是作者带着西方现代性的视镜有选择地发掘这些命题。王德威认为晚清小说中自有的本土传统，是否真正具有现代性？

王德威评价晚清小说的诸多关键词，主要有“颓废”“滥情”“谑仿”等，而非一般文学史中的“启蒙”“革命”等现代话语。正是这些主流文学史叙述之外的情感范畴，构成了中国文学和文化的现代性。王德威认为，从晚清小说的四大文类，到“五四”后的沈从文、张爱玲，尤其是从文学史上的鸳鸯蝴蝶派、新感觉派，一直延伸到20世纪末海峡两岸的非主流小说，贯穿主线的正是“晚清、‘五四’及30年代以来，种种不入(主)流的文艺实验”。显然，王德威撇去了一定时代社会语境和文化历史境遇，现代性只是一种集中在审美层面的文化取向。在王德威看来：“晚清小说的现代性既不表现于严复心目中的载道理论，也不表现于梁启超的末世想象；它其实是由严复及梁启超所贬抑的‘颓废’气质中迂回而生的。”[6]显然，王德威评价晚清小说的“颓废”概念，承续了李欧梵对中国现代文学中的“颓废”理解[7]。从“颓废”概念的使用来看，正体现了一种“无用”的审美实验，也体现了其情感现代性的美国文化背景，而非来自中国本土的历史境遇与文化事实。可见，中国现代文学的起源绝不能够脱离中国本土的历史语境和西方思潮两方面的关系，而王德威似乎仅仅看到了“五四”与晚清萌发的本土现代性的联系而抹杀了中国现代文学的其他思想来源，有意无意地透露出西方现代文学的隐性标准。

不难看出，王德威这里的现代性陷入了一个类似于吞食蛇式的吊诡。一方面，他强调，“西方的冲击并未‘开启’了中国文学的现代化，而是使其间转折更为复杂，并因此展开了跨文化、跨语系的对话过程”[8]，也就是说，中国文学如果没有遭遇西方现代化的冲击，也会自己从容走上现代化之路。另一方面，他在解读晚清小说中的本土传统时运用的理论武器却是西方文学与文化的现代性理论。在其书中于是又提到对现代性的理解应放在“19世纪西方扩张主义后形成的知识、技术及权力交流的网络中”[9]。王德威认为，由于后来“五四”知识分子“挟洋自重”，晚清萌芽状态的本土现代性受到了遮蔽和压抑。然而悖论的是，王德威在看待晚清本土现代性时却又以种种西方化的现代性标准来衡量晚清的多元风格，从中发现可以进入西方现代文学语境的“有价值”文本。于是，我们不由思考，是本土传统让晚清小说呈现出欲望、正义、价值和知识等命题，还是晚清小说在西方现代性理论观照下的一种别样阐释？或者说，王德威对晚清小说的本土传统的理解，是从文本和事实出发，自然得出其中的审美文化特质？还是某种现代性理论在晚清小说中得到印证和演绎？显然，我们在获得阐释视野的拓宽之余，不得不思考这种本土传统得到的有效性如何。这种本土传统与晚清小说真正的契合度有多大？

实际上，现代中国的民族独立，个体世界的存在状态，决定了中国文学现代性中无法忽略革命、启蒙等宏大命题，也无法忽视文学、人性、欲望等层面的审美自律话题。中国现代文学的历史进程并不是传统与现代、新与旧、中与西的简单对立与代替的过程，而是一个多元共生、异质互动的过程。

二、时空逻辑游移不定

相对其他文体而言，在中国古代叙事文学的研究里，晚清小说一直没有受到重视。随着李欧梵、陈平原、王德威等学者的倡导，晚清小说成为现代性研究的热点。王德威认为：“不论从历史、美学、意识形态及文化生产的角度来看，此一时期的小说所显现的活力及复杂面向，都足以让人大开眼界。尤其对治现代文学者而言，晚清小说岂止仅代表一个从传统到现代过渡阶段；它的出现，还有它的被忽视，本身就已经见证了中国文学现代性的一端。”[⑩]晚清成为王德威突破既有话语力量，演绎西方现代性理论的重镇。王德威受福柯的系谱学影响，沿着中国现代发展的路径，自然而然将研究的目光绕过五四运动，伸向安静却又具有中国性的晚清，发掘其中的“多元喧嚣”与“多音复义”。王德威希望将晚清小说视为一个新兴文化场域，就其中的世变与维新、历史与想象、国族意识与主体情操、文学生产技术与日常生活实践等议题，展开激烈对话。作者将“晚清”上溯至太平天国，与1840年近代史开端时间并无一致。如果现代性意味着西方文化价值的闯入，那么应该延伸到1840年，而作者直接明言上溯到1851年的太平天国，显然是为了兼顾到他后面阐释的晚清小说中的《品花宝鉴》(1849)、《荡寇志》(1847)。作者明言：“谈晚清科幻小说，我因此建议以太平天国起事前夕，绍兴俞万春所做的《荡寇志》，作为一策略性的起点。”[11]而后，王德威在书中又指出“晚清文学的发展，当以百日维新(1898年)到辛亥革命(1911年)为高潮”。同时，书中又指出“晚清小说的现代性，指的并不只是世纪转换时，启蒙的知识分子如严复、梁启超、黄摩西等人所力求的改革而已 …… 反倒是另一些作品——狭邪小说、科幻乌托邦故事、公案侠义传奇、丑怪的谴责小说，等等”[12]，这意味着晚清的现代性出现在晚清的早期，而不是文中的高潮期。为了区分“五四”的现代性，王德威虽极力要“搅乱(文学)历史线性发展的迷思”，为晚清文学取得“合法”的起源地位，自己却陷入了时间的迷宫里。

在传统与现代的具体表述上，他反复陈述自己的观点：“我将晚清看作中国文学‘现代’的开端”“晚清小说包含着多种现代性夭折的开端”“我认为晚清文学不只是‘现代’中国文学的序幕，它更多是后者生发前的生动舞台”。同时，他又在文中努力拒绝承认“将现代中国文学的起源重置于他处”，“或将曾被贬抑拒斥的现象加以复原”，“毋宁说我是试图去了解，‘五四’以来被主流文学所压抑的是什么。我的取法不在于搜寻新的正典、规范或源头，而是自处于‘弱势思想’(weakthought)，将一个当代词汇稍加扭转以为己用：借着拼凑已无可认记的蛛丝马迹，我试图描画现代性的播散而非其完成”。因为“这样做将会落入现代神话的陷阱，‘五四’文人及其追随者正是这么做的”[13]。透过这些话语，我们不难看出王德威在“现代性”的时间与空间上逻辑并不清晰，他有意走出“五四”话语的支配，也有意区别于陈平原等人的现代性起源的“过渡”，却又无法忽视现代性在中国文学的本质：现代意识的确立。于是，王德威将中国文学现代性前移至太平天国时期，目的在于强调现代性是一种源自自身的“求新求变、打破传承”的现代能力，而反对将中国文学的现代性视为“西方文学的影响”的产物。然而，身处西方文化场域的他，却又无法忽略西方现代性的诱惑。于是他将晚清小说的高潮放在维新变法之后，在否认“五四”文学的现代性中悄悄地续接上“五四”文化。“我无意夸大晚清小说的现代性”，也“无意贬抑‘五四’文学”，“更不欲‘颠覆’已建立的传统，把中国现代文学的源头界定在他处”，但不知不觉地还是在强调20世纪中国文学和西方遭遇时的“跨文化、跨语系的对话过程”。区别在于一种是外来文化冲击说，而王德威的意思是，中国文学的现代性呈现为一种能构成与西方文学“对话”的主体能动性。西方文学的影响和冲击，只是一种外在条件。不难看出，王德威在论述晚清小说中的现代性时，无论在时间上还是空间上，都体现了其理论建构的主观随意性，而忽略了中国现代文学发展的社会历史事实。王德威之所以发掘晚清小说中的现代性，与其说是借晚清来颠覆“五四”，不如说借研究晚清小说来表达他心目中的西方现代性标准。这也许是其“被压抑的现代性”真正想表达的。

三、如何“压抑”

王德威的观点“被压抑的现代性”，将造成“窄化”了多元共生的晚清文学的原因，归结为“五四”以后日益“激进”的社会政治，归结为一统天下的“写实主义”。他打破以往“四大小说”或“新小说”式的僵化论述，将晚清小说视为一个新兴文化场域，“在其中世变与维新、历史与想象、国族意识与主体情操、文学生产技术与日常生活实践等议题，展开激烈对话”[14]。显然，在这里王德威将晚清小说的研究置于“众声喧哗”的现代性语境下加以考察，打破了过去单一的伦理与道德的研究框架，运用西方先锋理论，对晚清小说作审美层面的提炼和情感层面的判断。无疑，这对于中国现代文学的发生学研究和方法论都具有一定的参照意义。它打破了以往主流文学史叙述的内在权力的规约，力图将晚清小说乃至中国文学的内在活力解放出来。他非常重视每一个时段的文本实验，从晚清到“五四”，沈从文、新感觉派、张爱玲的创作，一直延伸到世纪末小说，这条主线本质上体现了一种美学与情感相结合的努力，而与革命、感时忧国等政治权力叙述区别开来。这本质上体现了王德威的研究对主流文学史叙述及其背后的权力话语的反拨，一种西方美学精英意识对单一的革命、启蒙等宏大叙事的反拨。而压抑说则是一种叙述的策略，

一方面，王德威运用其西方理论做足晚清小说的文章。王德威在通过考察晚清小说之后认为，早在“五四”之前的晚清阶段的文学就已呈现一幅“众声喧哗”“多音复义”的图景；“五四”则逐渐走向一种单一的现代性——“感时忧国”、革命文学，而在后面的历史阶段则更加强化。晚清知识分子如梁启超、严复等人的“小说革命”，促成了“五四”及其之后文学的左翼转向。左翼作家和批评家如瞿秋白、茅盾的通过文学改造中国的理念和实践，应该被视为发源于晚清的革命诗学所带来的结果，而非中国革命诗学的原因。王德威评价晚清小说时所说：“它们并没有被贴上特许的现代标签，但是却是20世纪许多政治观念、行为准则、情感倾诉，以及知识观念的温床。当‘五四’知识分子

开始以启蒙、理性、革命等角度来回顾他们的文学传承时，这些作品很快就被贬为琐屑、颓废，或是反动。”[15]于是现代性的本土文学传统在晚清小说那里已经蔚为大观，在“五四”这里则严重窄化。在王德威这里，“所谓的‘感时忧国’，不脱文以载道之志；而当国家叙述与文学叙述渐行渐近，文学革命变为革命文学，主体创造意识也成为群体机器的附庸。文学与政治的紧密结合，是现代中国文学的主要表征，但中国文学的‘现代性’却不必化约成如此狭隘的路径”。[16]显然，王德威将“感时忧国”止于“革命文学”，根本忽略了其背后深广的历史内容和民族国家的现实命题。他将“五四”文学“感时忧国”的情感形式，与古代“文以载道”，乃至后来的政治革命串成一线，既有一定的历史感，又有强烈的现实性，为文学与政治松绑有一定的参照意义。然而，这种解释却忽略了中国现代文学中“改造民族灵魂”的启蒙任务和民族国家的独立命题，狭隘地从美学层面来建构中国现代文学的现代性。压抑说的背后，不难看出其从晚清小说迂回入手，目的在于消解和颠覆“五四”以来的主流文学史叙述及其背后的权力。在让一些非政治的因素浮出历史地表的同时，却将一个民族国家的真切境遇加以忽略。现代性是中国本土文学的现代性，而非西方理论演绎出来的现代性。

另一方面，窄化“五四”及其后来的文学。“窄化”一词来自“被压抑的现代性”的最后结论：“‘五四’其实是晚清以来对中国现代性追求的收煞——极急促而窄化的收煞，而非开端。没有晚清，何来‘五四’。”[17]同时，窄化也是王德威自身的一种策略。在讨论晚清时，王著倾向于从文学作品的丰富性角度入手，以期演绎“众声喧哗”之现代性，进入“五四”后，王著就转而不再讨论当时小说的出版事实和各种文学流派的七彩纷呈，而仅以“五四”时期写实主义的一支作为文学判断的标尺。从“五四”新文学到左翼革命文学，一直延伸到新中国的文学，并非仅仅只有革命、启蒙的文学思潮，王德威却忽略其他文学流派，甚至一个作家的多种创作倾向。王德威认为：“‘现代’指的是‘文学的一种作用’，传达了理性、人文精神、进步以及西方文明。”“后来的‘激进’作家”把“‘现代’的美德”想象为“爱国主义、革命兄弟情义，以及人文主义的利他主义”。[18]于是，“多音复义”的中国晚清小说，到“五四”以后变成了一言堂，众多的文学审美现代性，尤其是适用于西方美学文化理论的文学实验逐渐成为被压抑的对象。本质上，王德威批评“五四”以来的“写实主义”窄化了晚清小说的众声喧哗，其目标直指主流文学史叙述中的话语权力。由此可见，“王德威是通过对‘五四’以来的文学史书写的否定性批评，否定‘五四’以来的文学创作”。[19]

本质上，新文化运动作为一场摧枯拉朽的文学运动，无疑有压抑包括晚清文学在内的“旧文学”的欲望。新文化运动之核心是以“新”废“旧”，落实到文学层面就表现为强调文学之“用”。陈独秀在《文学革命论》中写道：“自文艺复兴以来，政治界有革命，宗教界亦有革命，伦理道德亦有革命，文学艺术，亦莫不有革命，莫不因革命而新兴而进化。”[20]可以说，“新文学”既然是想革“旧文学”的命，压抑晚清文学也就必然。正如张爱玲在《谈音乐》中写道：“大规模的交响乐自然又不同，那是浩浩荡荡五四运动一般地冲了来，把每个人的声音都变了他的声音……人一开口就震惊于自己声音的深宏远大，又像在初睡的时候所听见人向你说话，不大知道是自己说的还是人家说的，感到模糊的恐怖。”[21]

事实上，晚清小说中的现代性并没有被完全压抑。引领“五四”文学的主要是一些中西文化传统兼顾的知识分子，他们并没有权力来禁止种种不同的和相反的议论，更多的是以文学论争的方式来推行自身的文学主张和美学追求。“五四”后文学场实际上自然延续了晚清语境的“新旧杂陈”“多音复义”，如沈从文、张爱玲与新感觉派的创作不断出现在“五四”之后，甚至鲁迅、茅盾等人的创作，也包含多种逸出写实主义的面向。

可见，“压抑说”的背后，体现了两种倾向。一是二元对立的思维，将晚清与“五四”之后加以对立，凸显自身在阐释晚清小说时运用的西方现代理论，并且以本土传统的方式潜在地存在。二是标准不一。在阐释晚清小说中运用的是“多元喧嚣”的美学标准，面向“五四”以后，则是单线出击，明显聚焦于“五四”文学即后来的主流权力话语叙述，而忽略众多的美学努力。王德威将压抑、窄化的原因，归结为“五四”以后日益“激进”的文学政治化，这对于文学审美的建构，或为20世纪文学松绑具有一定的理论意义，却忽视了20世纪中国的真实文化语境，忽视了中国文学沉重而复杂的一面。事实上，不是现代性的窄化或压抑，而是列强压迫、民族国家存亡的巨大命题，激发了知识分子文人强烈的人道主义和家国情怀，文学的现代化运动不得不在救亡图强的主旋律中展开，建构启蒙主义的文学叙事必然成为中国现代文学的主要潮流。

注释：

[1]王德威：《想象中国的方法：历史·小说·叙事》，百花文艺出版社2016年版，第15页。

[2]王德威：《想象中国的方法：历史·小说·叙事》，百花文艺出版社2016年版，第3~4页。

[3]王德威：《想象中国的方法：历史·小说·叙事》，百花文艺出版社2016年版，第11页。

[4]王德威：《想象中国的方法：历史·小说·叙事》，百花文艺出版社2016年版，第10页。

[5]王德威：《想象中国的方法：历史·小说·叙事》，百花文艺出版社2016年版，第10页。

[6]王德威：《被压抑的现代性——晚清小说的重新评价》，见张颐武《现代性中国》，河南大学出版社2005年版，第75页。

[7]李欧梵：《漫谈中国现代文学中的“颓废”》，《现代性的追求》，生活·读书·新知三联书店2000年版。

[8]王德威：《想象中国的方法：历史·小说·叙事》，百花文艺出版社2016年版，第6页。

[9]王德威：《想象中国的方法：历史·小说·叙事》，百花文艺出版社2016年版，第7页。

[10]季进：《文学谱系·意识形态·文本解读——王德威的学术路向》，《当代作家评论》2004年第1期。

[11]王德威：《想象中国的方法：历史·小说·叙事》，百花文艺出版社2016年版，第

46 页。

[12]王德威：《被压抑的现代性——晚清小说的重新评价》，见张颐武《现代中国》，河南大学出版社 2005 年版，第 70 页。

[13]王德威：《被压抑的现代性——晚清小说的重新评价》，见张颐武《现代性中国》，河南大学出版社 2005 年版，第 73 页。

[14]季进：《文学谱系 · 意识形态 · 文本解读——王德威的学术路向》，《当代作家评论》2004 年第 1 期。

[15]王德威：《被压抑的现代性——晚清小说的重新评价》，见张颐武《现代性中国》，河南大学出版社 2005 年版，第 71 页。

[16]王德威：《想象中国的方法：历史 · 小说 · 叙事》，百花文艺出版社 2016 年版，第 6 页。

[17]王德威：《想象中国的方法：历史 · 小说 · 叙事》，百花文艺出版社 2016 年版，第 16 页。

[18]王德威：《被压抑的现代性——晚清小说的重新评价》，见张颐武：《现代性中国》，河南大学出版社 2005 年版，第 68 页。

[19]张涛：《是起源，还是过渡——王德威的“被压抑的现代性”刍议》，《文艺争鸣》2015 年第 6 期。

[20]黄健编著：《民国文论精选》，西泠印社出版社 2014 年版，第 25 页。

[21]梁启超、胡适等著：《艺术与美》，首都对外经济贸易大学出版社 2014 年版，第 191 页。

（载《中国文学批评》2017 年第 4 期）

《北鸢》：人的消失，或曰美的困境

岳　雯

> “葛亮对于美的追求，真真到了极致。但是，这也是《北鸢》深层的问题。小说是一种世俗文体，建构它的根基是活泼的、泥沙俱下的世俗人生。世间的事，并非只有好与坏，真正考验小说家的，是对于好与坏之间的想象力和理解力。倘若一味追求洁净，构成小说这一大厦的基石就会摇晃，那么，小说所描绘的一切就难免虚浮了。
>
> 美，有时候竟然是一种束缚。”

在葛亮的《北鸢》中，世家子弟卢文笙出场之时还是个婴儿，却已然不同凡响。

> 干净的孩子，脸色白得鲜亮。还是很瘦，却不是“三根筋挑个头”的穷肚饿嗉相，而有些落难公子的样貌。她便看出来，是因这孩子的眉宇间十分平和。阔额头，宽人中，圆润的下巴。这眉目是不与人争的，可好东西都会等着他。

这描写有几分《红楼梦》中宝玉出场的味道。有意思的是，此时的相貌描写，已不再像19世纪欧洲小说那样，为的是让读者对小说主人公有一个清晰的形象。不，直到小说结束，读者恐怕也很难在心中描摹出文笙的样子。所谓的描写，不过是为了暗示其性格，进而以预言式的口吻暗示其命运。

这是极具症候性的时刻——葛亮的踌躇两难从一开始就清楚地呈现在文本中：他确定小说以写人为第一要务，如果没有人，小说就犹如沙中筑塔，溃散是早晚的事。但是，他又不甘心让小说成为“小”说，他有强烈的野心，要去摹写一个时代，一个被众多知识人目之为黄金时代的好时代，一个他虽不能至心向往之的时代。要写出一个时代，一个或两个人显然是不能够的，只有让他们更多地去看，让更多的人进入视野之中，一个“大”时代才有可能从纸面上缓缓显形。

一个人还是一群人，我以为，这是葛亮的根本困境。理想的情境，或者说，葛亮追求的境界是“人”“群”皆在：一个人历历在目，一群人声形毕肖。这并不是不可能完成的任务。比如，葛亮熟读的《红楼梦》就是如此。但是，《红楼梦》是有严格的时空限制的。虽然总体时间跨度达15年之久，但小说主体笔墨集中在大观园内的五六年间。从这个意义上说，“小”是可以包容“大”，或者说生出“大”的。葛亮显然认为，只有假以充裕的时日，让文笙和仁桢从一个婴儿成长为一个青年，经历更多的人与事，才得以见出时代之风声。可是，切口过大，原本对人物的那份熟悉反而遁去，令作者失去了整体把握人物的能力。

从这个角度去看《北鸢》，我们会发现，文笙在小说中的露面次数实在不算多，且每一次露面都遵循了同一原则，即作者以神谕的口吻宣布其出众的德性与以其德性相匹配的更好的命运。比如，葛亮是如此描绘刚刚一岁的文笙的："他的脾性温和，能够体会人们的善意并有回应。回应的方式，就是微笑。一个婴儿的微笑，是很动人的。这微笑的原因与成人的不同，必是出自由衷。然而又无一般婴童的乖张与放纵。……然而，人们又发现，他的微笑另含一种意味，那就是一视同仁。"有时候，这种神谕式的宣布是借助其他有威望、有德性人之口说出来。比如，在文笙抓周那一天，葛亮叙述他什么都不抓，"仍然是稳稳地坐着。脸上的笑容更为事不关己，左右顾盼，好像是个旁观的人"。这时候，就需要一个人就此再次肯定其命运。小说选择了为世所重却淡泊名利、与俗世瓜葛无多的吴清舫说出了这样一番掷地有声的话语："公子是无欲则刚，目无俗物，日后定有乾坤定夺之量。"这样的叙事策略一用再用。再举一个例子。小说写文笙一直不会说话。突然有一天，孩子开口说话，家人引为大喜之事。小说用庄重的语调记下了这一幕——

> 这小小的男孩，站在落满了梧桐叶子的院落里。四周还都灰暗着，却有一些曙光聚在他身上。他就成了一个金灿灿的儿童。她没有听到任何声音，却已经有些惊奇。因为笙哥儿扬起了头，在他的脸庞上，她看到了一种端穆的神情。不属于这个年纪的小童，甚至与她和家睦都无关。那是一种空洞的、略带忧伤的眼神，通常是经历了人生的起伏，无所挂碍之后才会有的。这一瞬间，她觉出了这孩子的陌生，心里有一丝隐隐的怕。
>
> 她慢慢走向他。这时候笙哥儿蹲下来，捡起一片枯黄的叶子。她停下了脚步。这孩子用清晰的童音说，一叶知秋。

"一叶知秋"是整部小说的定音。葛亮自己常常说的是"大风起于青萍之末"，其实是一个意思，意味着大历史往往在日常生活的细节中折射出来。让小文笙字正腔圆地说出这个词，显然是葛亮对小说整体基调的定位，也暗含着将文笙这一人物形象圣化和神秘化的打算。

当然，赋予小说人物以神秘感从而提高人物的魅性，不是不可以。给读者以某种命运的暗示之后，让文笙去感受去经历，并以自身的经历详解或者违逆命运，也是极好的写法。但是，葛亮被众多的人物迷惑了目光，他似乎很难从文笙周围的人物身上回过神来，专心致志地让他"端穆"的神情之下长出血肉，迸出心跳。或者，另外一种可能是，其实同读者一样，葛亮知晓的只是他沉默的表面，无法深入他的内心，去了解他的行事逻辑，进而理解他的性格，感怀他的命运。

如何想象文笙呢？按照葛亮的叙述，文笙应该是一个受过传统儒家教育，以经商为业的世家子弟。倘若葛亮能以小说人物的职业身份为突破，掀起民国时期五金业乃至整个商业的变迁史的一角，由此更进一步，以经济见证时代，想来就令人兴奋。然而，涉及文笙职业身份的，不过是他遵循母命，投奔舅家，一边读书，一边学做生意。怎么个学做生意法，葛亮并无详细描述。不过是带了一句，因为日本人占据了华北和海南的铁矿命脉，并课以重税，导致生意萧条。此后，也不过是文笙跟着永安，奔赴上海去“商场上一展拳脚”。文笙并未像《子夜》中的吴荪甫一样，向我们展现出他在商场叱咤风云或者困难重重的一面，当然，说到底，到小说结尾，他也不过还只是个青年，似乎并未到大展宏图的时刻。但是，我以为，最根本的问题是，葛亮对于文笙究竟该如何定位，想得也并不透彻。或许是因为孟家重文轻商的传统，葛亮仿佛也耻于言商事，或者说，他根本就不认为文笙实际上是一个年轻的资本家，而是更倾向于将他定位为知识分子。好吧，假如将文笙指认为知识分子，但他又尚未表现出“智性”的才华。在这一点上，作者对主人公文笙的刻画倒不如仅仅寥寥几笔的克俞，至少，克俞还在读者心目中留下了才子的印象。对于文笙，我们的印象反而是模糊的，不得要领的。尽管作者用了许多褒奖的词语赞赏他，但究竟不如“察其言观其行”来得真切。

在小说中，文笙不仅讷于言，似乎也并不敏于行。如果说，在文笙的生命中有浓墨重彩的一刻，应该是他在同学凌佐的带领下无意中加入了工人夜校，并在韩喆的带领下参军。这是新文学中经常描写的一刻：出身世家的少年从大家庭中挣脱出来，投身于大义。对于葛亮，这也是一个绝好的机会——假如他能让我们进入文笙可信的内心世界，进而认同于他，他或许还能“活”过来，可惜的是，葛亮过于克制，也过于“淡笔写深情”了；墨迹淡了，人物的风采也随之黯淡了。一个核心主人公无法叫人建立起情感认同，对于一部小说来说，真是一件极危险的事。失去了一个可信的主人公无异于松动了小说的核心构件，小说对于时代的反映也必然会失真。

据葛亮自述，写作《北鸢》的动因，是编辑寄了一本陈寅恪女儿所著之书给他，希望他从家人的角度，写一本关于祖父的过往与时代的书。然而，对于已有多年小说创作经验的他而言，竟是相当为难。葛亮供述原因说：“但我其实十分清楚，真正的原因，来自我面前的一帧小像。年轻时的祖父，瘦高的身形将长衫穿出了一派萧条。背景是北海，周遭的风物也是日常的。然而，他的眉宇间，有一种我所无法读懂的神情，清冷而自足，犹如内心的壁垒。”假如这番自述为真，则可以证明葛亮确实严格遵守了小说家的准则，即从自己完全熟悉、有充分把握的人物开始，构建小说情境。因此，他将焦点由他的祖父移至他的外公，沉下心来，一笔一画地勾勒他的来路与去处，以及他身披的时代烟霞。

对于小说家而言，想象一个时代，就是想象一种生活方式。而想象一种生活方式，须从想象一个人开始。问题在于，文笙身上，被葛亮赋予了太多的使命。从小说结构而言，文笙肩负着穿针引线、贯通情节的职责。于是，在大部分时候，文笙真的成了葛亮所说的“旁观的人”。在小说中，他由主人公下降为一个功能，就像一只风筝，线头在葛亮手里，飘飘荡荡，我们只能通过他的目光，看到更多的人，以及葛亮所认为的更重要的时刻。从人物形象塑造上说，他须得是“善好”的化身，葛亮所推崇的民国时代的种种美德，譬如有大义、诚信、友善等，要一一落实在文笙与他的家人、朋友身上。写出令人信服的善并不是一件那么容易的事。小说家得让我们看到，这善真正沉入人的血肉，与属于人的欲念甚至人性深处晦暗不明的部分搏斗的瞬间——就像罗曼·罗兰所说的，“真正的光明绝不是永没有黑暗的时候，而是永不被黑暗所淹没；真正的英雄绝不是永没有卑下的情操，而是永不被卑下的情操所屈服”。葛亮却不肯如此落笔，或许，在他看来，这样就“不美了”。

在回答为什么将文笙与仁桢的故事定格在1947年时，葛亮的说法是：“这也是一种美感的考虑。因为以我这样一种小说的笔法，我会觉得在我外公和外婆汇集的一刹那，是他们人生中最美的那一刻。到最后他们经历了很多苦痛，中间有那么多的相濡以沫，但是时代不美了。其实我之前有另外一本书叫《七声》，第一篇叫《琴瑟》，写到他们在这个时代一系列的砥砺，这个错乱的时代已经过去之后，他们又进入到一种尘埃落定的晚年的阶段。那个阶段我才觉得他们的美感又回来了，所以我才会写那么一篇小说。前两天一个朋友问我，那段多么精彩啊，你外公他作为当时最年轻的资本家，经历了公私合营等历史，肯定身上会有各种各样的事情发生。确实有，但是不美了。我从内心是想把他留在1947年，我觉得这就足够了。”

《北鸢》确实很美。它的美体现在语言上。葛亮精心雕琢了《北鸢》的语言，似旧实新，力求语言与人物具有一致性。它的美也体现在人物上。但凡小说着力刻画的正面人物，葛亮都赋予其完美的品性，恰似一翩翩公子，着一白色长衫，风采俊逸，不惹尘埃。葛亮对于美的追求，真真到了极致。但是，这也是《北鸢》深层的问题。小说是一种世俗文体，建构它的根基是活泼的、泥沙俱下的世俗人生。是的，小说家可以带领我们去体认什么是好，什么是坏。但是，世间的事并非只有好与坏，真正考验小说家的，是对于好与坏之间的想象力和理解力。倘若一味追求洁净，构成小说这一大厦的基石就会摇晃，那么，小说所描绘的一切就难免虚浮了。

美，有时候竟然是一种束缚。

（载《文艺报》2017年3月29日）

给张爱玲戴的帽子太沉重

——质疑《中国文学批评》的一篇头条文章

古远清

中国社会科学杂志社去年新创办的《中国文学批评》季刊，薄薄一本竟定价 100 元。这是学术含金量高的刊物，贵一点读者也能接受。2016 年出版的第二期刊出的《夏志清文学史观质疑》这组文章，有助于国内学界破除对夏志清的迷信，具有一定的学术价值，读后获益匪浅。打头文章袁良骏先生的《夏志清的历史评价》(以下简称“头条文章”)，写得大义凛然，爱国情怀十分可敬。但我们不能因为夏志清“破口大骂”大陆红色政权，就以牙还牙，恨屋及乌，把夏志清赞扬得十分过分的作家，也来个“破口大骂”，如“头条文章”说张爱玲的《秧歌》《赤地之恋》系“反共反华小说”，就很不客观。说“反共”勉强还可以(实际上是不可以，见下文)，说“反华”则完全是无的放矢，“头条文章”也未拿出任何证据。大家知道，“反共”和“反华”是既有联系又有区别的概念，可“头条文章”只讲联系不讲区别。其实，有相当一批境外作家不认同“政治中国”，但热烈拥抱“文化中国”，有后一点就足矣！从《夏志清的历史评价》看，“头条文章”与夏志清的观点可谓是水火不容，但十分吊诡的是，“头条文章”认为张爱玲“反共”，这与夏志清的看法有惊人的相似之处。其实，张爱玲对夏志清用反共的框框评价他的小说，是十分不以为然的。旅美学人夏志清、王德威以及台湾本土评论家叶石涛，均一致认为《秧歌》是“反共小说”。大陆的袁良骏、何满子、陈辽也“隔海唱和”，认为《秧歌》是不折不扣的“反共小说”。在对张爱玲小说的政治定性上，两岸似乎早就“统一”了。

我个人认为，《秧歌》《赤地之恋》这两部小说内容复杂，“头条文章”给张爱玲戴的帽子太大了，张爱玲的头似乎也太小了，承受不起啊。据我所知，蒋介石撤退到台湾不久，台湾官方正式下令：凡共产党员或非中共而留在大陆的学者、作家的著作一概查禁。中华人民共和国成立后张爱玲没有随国民党到台湾，在台湾官方看来，张爱玲这种行为显然是对“党国不忠”。这就难怪有台湾作家说：“张爱玲当年如果来台湾，一定会很惨……张爱玲这一辈子做了许多错误选择，包括和胡兰成在一起。唯一做对的事情，就是没有到台湾来。”如果到了台湾，在 1954 年开展的清除赤色、黑色、黄色的“文化清洁运动”中，她的作品至少会当灰色或黄色加以清除。当然，她不是什么“共匪文人”，但她在上海解放后生活过两年多时间，属所谓“附匪”或“陷匪文人”，这就难逃其作品在戒严初期全部被禁的命运。

台湾作家王鼎钧在“白色恐怖”年代，曾向台北某电台推荐《秧歌》，希望能改编为广播小说，可官方回答说“书中有很多地方为‘共匪’宣传”而拒绝广播和改编。这句话和上段的回答一样，都不是虚以应付之词，而是经过仔细的作品审读所得出的结论。如书中五次出现“毛主席万岁”的口号，第二章写谭大娘与时代节奏扣得紧，赞扬起中共领袖毛主席有腔有调：

> 咳！现在好罗！穷人翻身罗！现在跟从前两样罗！要不是毛主席，我们哪有今天呀。

张爱玲有时“左”倾，是有“前科”的，在1950年创作的《十八春》中，她按照中共的调子写作。在1951年创作的《小艾》中，用“蒋匪帮”咒骂国民党。正因为如此，在《秧歌》第六章中，张爱玲又借谭大娘之口让“要不是毛主席，我们哪有今天呀”这个颂词再重复一遍，并在“毛主席”后面加上“他老人家”，以示特别亲热敬重。《秧歌》还公然颂扬“共军”。第十一章“王同志说：没有人民解放军，你哪里来的田地？从前的军队专门害老百姓，现在两样了，现在的军队是人民自己的军队，军民一家人了！”第六章写共产党干部王霖路过妓院，作者不但不写解放军被这寻花问柳之处吸引，反而写他们天生对此就有抵抗力：“这些婊子也傻，不知道对新四军兜生意是没有用的。”同是第六章写解放军撤退时，歌颂他们纪律严明，军民关系良好。第二章公然颂扬《八路军进行曲》给老百姓带来欢乐，丰富了他们的精神生活，作品多处宣扬中共实行的土改给农村带来新面貌，给农民带来幸福，使农民感激不尽。在第三章写“现在乡下好喽！穷人翻身喽！”时，谈到分田地分地主的财产如何使农民笑逐颜开：

> 他们又告诉她，土改的时候怎样把地主的家具与日用器具都编上号码，大家抽签。谭大娘她们家抽到一只花瓶，一件绸旗袍，金根这里抽到一只大镜子。……
>
> 谭大娘说：“金根嫂，你们那镜子真好啊！真讲究——”

写两口子观看中共发的新田契时，只见——

> 纸上的字写得整整齐齐时，盖着极大的图章与印戳。数目字他是认得的，他又指给她看他的名字在哪里。他们仔细研究着，两只头凑在那蜡烛小小的光圈里。
>
> 她非常快乐。他又向她解释：“这田是我们自己的田了，眼前日子过得苦些，那是因为打仗，等打仗完了就好了。苦是一时的事，田是总在那儿的。”

土改使农民“非常快乐”，像这种颂词如是“反共作家”写，一定会删去。

《秧歌》赞扬中共干部的内容更多，如作品前后写了费同志、王霖、俞同志、沙明、顾冈等中共新老干部，大都将其写得对老百姓十分友善：

> 费同志人很和气，兴致也好，逐一问在座的客人们今年收成怎样……
>
> 吃完了喜酒，照例闹房。不过今天大家仿佛都有点顾忌，因为有干部在座。但是费同志显然是要“与民同乐”的样子，还领着头起哄，因之大家也就渐渐地热闹

起来了。

这里写中共干部毫无架子，与老百姓打成一片，完全不像“反共小说”中所写的奸淫掳掠，无恶不作。

在第二章写中共干部如何胸怀宽广，不计较个人得失：在闹新房时，新娘子不小心把费同志撞到桌子上，而费同志不反击，只是有点犹豫——

谭大娘说：“你瞧人家费同志，多宽宏大量，一点也不生气。”

来自上海的文艺家顾冈，与曾在上海做佣人的月香发生一种奇异的亲切感，这也把顾冈人性化了。按照“反共文学”的模式，中共干部只有兽性没有人性，张爱玲至少应该写顾冈与月香的暧昧关系，可她在这方面温情脉脉，不敢动顾冈一根毫毛。

第六章写中共干部如何艰苦朴素：

清晨的阳光从门外射进来，照亮了他脚边的一筐米与赤豆，灰扑扑的蘑菇与木耳，还有大片的笋衣，发出那干枯的微甜的气味。女干部在柜台上大声谈讲着，卷起她们的铺盖。他们昨天晚上就睡在柜台上。

这里用诗的语言歌颂中共办的合作社充满了阳光，物资如此丰富，并用这种“微甜的气味”衬托中共女干部艰苦朴素的作风。

最有争议的是张爱玲写农民暴动，可她没有写出抢粮者的政治目标。在她笔下，所谓暴动，纯粹是一群饿鬼抢粮，而不是以推翻大陆政权统治为目的。如果换台湾像朱西宁那样的“反共作家”来写，一定会写行动前的组织动员，会写在现场散发“打倒共产党”的传单，可张爱玲的作品没有出现这些。集体屠杀是《秧歌》全书的高潮和重点，可作者只用“他很快地重新装上子弹，又射击了一通。人堆里被他杀出一条血路来”一语带过。这里没有出现屠杀现场如何血流成河，尸横遍野。接着张爱玲又写王霖为自己的行为后悔，可见说《秧歌》是“反共小说”，缺乏说服力，“反华”更是缺乏充足的证据。

《秧歌》既然不是“反共反华小说”，那是什么小说呢？是一种对红色政权不关心人民疾苦，乱摊派，乱抽税，造成老百姓生活一天不如一天，以致“看见吃的东西，就像苍蝇见了血一样”的自由主义小说。作品描写饥饿和不满苛捐杂税太多，并不是将矛头指向中国共产党，而是责怪其政策不好，希望其改进，是恨铁不成钢。至于王霖带头开枪打死众多群众，在作品中只是个别事件和偶然现象。作者还让王霖做检讨，意在中共要吸取教训。如是“反共小说”，王霖的级别至少是区长或县长，而不是小萝卜头。只有写大干部，才能典型化，才能说明中共政权的本质。而王霖开枪只是一时冲动，属个人行为，而非奉上级指令。他在本质上还是爱人民的，只不过是好心(为保卫国家财产)办坏事罢了。

不管台湾官方如何不认同《秧歌》是“反共小说”，但《秧歌》确有丑化共产党的地方，尤其是写官逼民反，聚众抢粮，还造成严重的流血事件，对中共的威望无疑有极大的影响。作品还认为共产主义没有前途，但这些看法，就像张爱玲在《秧歌·跋》所说“作者一时认识不清，立场不稳，竟也附和他的论调，感到革命理想破灭的悲哀，而且把这事件据实写了出来”。退一步说，这本小说确有“反共”声音，那也像小说结尾写的：“那锣鼓声就像是用布蒙着似的，声音发不出来，听上去异常微弱。”再微弱也是声音。这就难怪大陆的左翼评论家和海外的右翼评论家结成统一战线联手将弱女子张爱玲打成“反共反华”作家。但张爱玲毕竟不是台湾的“反共”文人，她是在香港用自由主义立场书写两岸政权都不喜欢的“厌共”“怨共”但未必“仇共”同时又混杂有拥共内容的复杂作品。

《秧歌》的姐妹篇《赤地之恋》也被台湾官方认为不符合“反共文学”的要求，要删改后才能出版。我们不能因为此小说故事系由美国新闻处提供，便认为是宣传作品，是“反共反华小说”。张爱玲是自由主义作家，她不可能完全听命于“指挥刀”，因而在此小说中出现了共产党员咒骂国民党政府的文字，甚至有三处对蒋介石及国民党表示不屑，如作品写50年代初大陆群众上街游行，他们“推着一辆囚车，囚车里是孔同志扮的杜鲁门。另一辆囚车里是张励扮的蒋介石”。在台湾“警总”的检查大员看来，“同志”是“共党”词汇；时任美国总统的杜鲁门也就是蒋介石的靠山竟被大陆群众“活捉”，这纯属犯上作乱的行为；更不能容忍的是在台湾通常被尊称为“蒋中正”“蒋总统”的“蒋公”，张爱玲在小说中竟直呼其名“蒋介石”，还让他坐在囚车里。台湾慧龙出版社为对付上级检查使作品能顺利出版，便自作主张将“扮的蒋介石”改为“扮的反动分子”。小说中还有这样一句话：“这篇文字就证实黎培里是勾结蒋政府的特务。”这又是“丑化”蒋政权的文字，“慧龙”出版时只好将“蒋政府”改为不惹人注目的“国民政府”。这些改动张爱玲均表示理解，她最不能接受的是原稿中有“人家说毛主席就是这颗痣生得好”这一句，竟被“慧龙”改为“人家说毛主席就是这颗痣生得怪”。这一“好”一“怪”，耐人寻味，至少可看出张爱玲的倾向性。张氏看了“慧龙”版后表示“十分痛心”，于1978年5月1日写信给宋淇(林以亮)，认为这样“窜改”(而不是修改)，完全违反了她的原意。

评论文学作品，最好能掌握事实，据实分析，而不能反宽容，出奇地固执，即能以理性平和的态度处之。我的感觉是夏志清把张爱玲捧上天，而“头条文章”作者却把张爱玲打入地，这均有悖于文学批评客观公正的原则。“头条文章”还认为《中国现代小说史》不是学术著作，而是“反共反华的教科书”，这个论述也属另一种的“破口大骂”，与《夏志清的历史评价》第一段说《中国现代小说史》“有突出的学术成就”自相矛盾。关于夏志清的“小说史”到底应如何评价，我在《南方文坛》2016年第三期发表的《夏志清评价的前沿问题》已有论述，这里省略。

应该充分肯定的是，“头条文章”作者一身正气，具有强烈的民族精神。以前他对“周作人热”甚为不满，发表《周作人为什么会当汉奸?》《周作人余谈》。他对学术界某段时间出现过高评价胡兰成的现象，也十分不以为然。他一再告诫年轻人，不要再犯张爱玲当年所犯的同样的错误：忘了民族大义，忘了汉奸是日本侵略者的走狗和帮凶。不过，读者感到不满的是隐藏在作者这些宣言式、表态式文字中，那种自居正统、居高临下、盛气凌人的态度。他这类文章以“政治正确”自居，为文粗率，常常义愤多于说理，有时还擦枪走火，因而惹来非议。最后再回到《夏志清文学史观质疑》这组文章上来，个人认为写得最好的是放在末尾的宋剑华写的纠正《中国现代小说史》史料错误的文章。可见，打头的文章不见得最好，这是我读《中国文学批评》这本杂志的一点粗浅体会。

（载台北《祖国文摘》2016 年第 6 期和 2017 年第 1 期；《南方文坛》2017 年第 2 期）

文学史视域中的澳门文学
——兼论林中英散文的文学价值

(中国澳门)刘景松

一、长期在文学史上“缺位”的澳门文学

20世纪80年代以来，关于中国文学史写作，先有围绕“重写文学史”[1]话题展开的反思，后有针对项目团队“拼写”[2]文学史而发出的诘难，讨论声不绝于耳。这场讨论持续时间之长、涉及范围之广，皆为“史(文学史)上”少见。于撰写者而言，既立志践行修史，当然各有立场观点与书写体例，以及借此展开的一整套具操作性的写作范式。学者和批评家的相关讨论，倘若不带门派成见或族群偏见，而是出于交流切磋目的，且言之在理，似都值得提倡鼓励。因为这样的研讨，有望引发文学观念的变革，拓宽文学史的书写视野，推进文学史学科的知识建构，为理想中新的文学史写作提供参考借鉴。在文学多元开放的时代，文学史写作的多元化应该被视为常态化的现象。自20世纪初黄人(摩西)首撰《中国文学史》[3]以来，截至2006年，仅内地出版的中国文学史就多达1600余部，据说每年还有十几部在编写[4]，“修史”风气之盛由此可见。钦定式的文学史，其“话语霸权”势必造就诸多文学史的理论盲点，相比之下，数以千计的文学史著述显然更能包容异见，彰显“百家争鸣”的应有题意。然而，既有的文学史著作虽已汗牛充栋，但仍有许多不尽如人意之处。比如，在看似十分多元化的修史热和相关讨论中，却有一种惊人的默契，那就是文学史家和批评家们都甚少言及澳门文学[5]，偶涉澳门者，也多半附于港台文学之羽翼，或一带而过。在中国文学史中长时间的“缺位”，导致澳门文学的面目总是云里雾里、难窥全豹，其地位显得无足轻重。

统揽不同历史时期出版的文学史著述，在疏疏密密的章节框架中，港台文学总能占据一席之地，即便相关内容篇幅小巧、字数精练，但绝不像澳门文学一样，落到悄无声息的“缺位”地步。从地缘因素上看，修史人既已把视线投向“港台”，缘何就不愿意将学术的余光稍稍拉长一厘半毫，顺道对“隔壁老弟”——澳门文学瞥上一眼?

究其原因，可以从三方面分析。其一，作为曾经的“亚洲四小龙”之一，在相当长的一段时期，香港、台湾经济发展良好，其文化地位也随经济的强劲表现而日益涨高，初步具备了“强势文化”的基础底蕴与辐射条件。同时，蓬勃发展的影视文化产业与“明星效应”的推波助澜，也加速了港台文化在内地登堂入室的脚步。相比之下，澳门经济

表现不如港台耀眼，文化演艺领域又相对平淡，这使得澳门文化存在感单薄，影响力有限。其二，澳门沦为人们心目中的“文化荒漠之区”由来已久，相关论调更因个别名流“澳门没有文化”[6]的感慨而广为流播。长期以来，澳门文化留予外界的整体形象既不鲜明突出，也无亮点与厚重之处，成为一种无足轻重的存在，澳门文学也就难于进入史家的视野。其三，澳门虽有作家，但缺少像金庸、刘以鬯、白先勇、余光中一类的重量级人物；澳门不乏堪可捧读的优秀作品，但至今都没能产生像《射雕英雄传》《酒徒》《台北人》《邮票》[7]那样拥有众多读者、具有广泛影响力的经典作品。这无疑加大了澳门文学攀临文学史殿堂的难度。曾参与《中国现代文学三十年》写作的学者吴福辉，在论及“主流型”文学史的时候坦陈：“我们多年来对中国文学的研究，偏重于一个个作家和一部部作品的评论，而缺少多侧面的透视和总体的论述。”[8]此说充满反思意味，既流露出撰史者因为“缺少多侧面的透视和总体的论述”的自责，也透露出文学史主要是围绕着重量级作家和重要作品来书写这一撰史秘辛。

可以说，正是由于经济方面的单薄、文化特性的模糊以及经典作家作品的缺失，澳门文学长期被文学史家轻视乃至忽略。这一现象固然折射出外界对于澳门历史文化的肤浅认知，但设若长时间缺失重量级作家和优秀作品，那么，史家固有的思维定势短期之内就很难得以扭转纠正。因此，澳门文学意欲在尴尬处境中突围“上位”，彰显自身的存在，当务之急是加强内功修炼，尽快奉献出厚重作品。[9]当然，作品的阅读因人而异，读者有时会受到时代价值观左右。不同阅读者各有自己的审美体验与价值判断。所谓厚重作品只是一种不严谨的笼统说法，并无统一标准，但对于创作界、批评界来说，至少要拿出可以与邻近地区一较高低的作品，并在此基础上加强对本土文学的宣传与推广，最大限度地绽放自己，为自己雕形塑像，增色添彩。

正如穷究“文化是什么”一样，“文学史是什么”“文学史如何写作”之类的追问将伴随着文学的演进而常在，但难见权威统一的答案。由于种种原因，在相当长时期内，澳门文学踪影难觅，成了文学史场域中的“迷失者”和“局外人”。对于澳门文学，澳门以外的文学史研究者、撰写者总是理所当然地“看低一线”。其中固然有史料匮缺等客观原因，也有情感不炽、认识不足、史识狭隘等人为缺陷，后者似是主要原因。在文学史既有的理论框架下，如何消解各种束缚文学发展的观念性障碍，成了考验撰史者立场坚定与否、史识精湛与否的标尺，也理应成为研究者在文学史理论领域思考与求索的努力方向。

二、文学史表述中的澳门印迹

也许是地理意义上“孤悬海表”的原因，也许是共同的沦为“他者”殖民地的政治运命使然，无论“港台”“港澳台”还是“台港澳”之类的称谓，都充溢着浓浓的“境外”况味。自1978年改革开放以来，港澳台地区与大陆之间的来往日益密切，文化文学层面的坚冰亦打破，双向多向交流日渐频繁。得益于此，关于港澳台作家作品的介绍、评论和研究也得以渐次开展。不少院校机构或专业研究者认可并且愿意将港澳台作家作品以及该地区的文学思潮、社团活动、文艺刊物等作为研究的新内容、新领域，并投放资源进行深入系统的研究。由此，中国文学[10]的库容更加多元丰富，中国文学的版图得到了一定程度的扩充，中国文学史的写作也增添了新的视野和素材。

有趣的是，随着交往合作的日渐深化，对应港澳台三地文学的称谓与表述却越发松散杂乱，依次出现了“港台文学”“港澳台文学”“台港澳文学”等形似神也似的概念。从现实层面上考察，可以发现，澳门文学的最初亮相，要感谢港台文学的携领捎带之功。实际上，早期关于澳门文学的评论，大都附庸于香港文学。[11]也正是因为搭上了港台文学的顺风车，澳门文学才开始示于人前，读者才得以在博彩之城的刻板印象之外，认识澳门文化和文学的真实一面。于是，原先境外文学中港台文学一统江山的局面逐渐被改写，被遮蔽许久的澳门文学得以拭去历史尘埃，开始露出地表，吸引了不少猎奇般的眼光，澳门文学犹如青春美少女一般亭亭玉立于文学河岸。

曾敏之于 1979 年发表的《港澳与东南亚汉语文学一瞥》常被目为内地研究澳门文学的滥觞。[12]随后，介绍港澳台方面的文章文集逐渐增多，研究队伍不断壮大，各类研讨会、座谈会也适时召开，试图在理论层面为华文文学的固有蕴藉和未来发展把脉定调。[13]与此同时，包括厦门大学、汕头大学、华侨大学等在内的沿海地区院校也陆续设置专门的研究机构[14]，配备学术团队，承担各级科研课题，并且招收、培养研究生，其运作机制充满生机与活力。1987 年，暨南大学台港暨海外华文文学研究中心、台港澳暨海外华文文学数据中心相继成立。该校招收培养的汤梅笑、廖子馨、庄文永、李淑仪、郭济修、汪春等人，在校期间接受了严格的学术训练，日后大都成为研究澳门文学的中坚力量。他们多以澳门文学题材作为学位论文的题目，内容涉及澳门女性文学、澳门儿童文学、澳门葡语文学、澳门青春小说、澳门小说的文化品格与叙事范式、澳门诗歌的民族意识、澳门新诗的文化特质、澳门“土生文学”的文化价值、澳门文学之大众传播现象、澳门文学中的基督教观念及嬗变等。他们的研究成果，发前人所未发，对澳门文学研究领域多有填补空白的重要意义。借由以上著述，澳门文学的形象更加立体真实，澳门文学的世界也更加绚丽多彩。

在内地高校科研机构对港澳台文学研究表现出极大热情的同时，文化事业单位也应势而起，拿出实际行动，为港澳台文学事业的发展添砖加瓦、勠力践行。几乎同时诞生的《台港文学选刊》《华文文学》《世界华文文学论坛》等刊物[15]，是这时期登载华文文学的创作和研究成果的代表性学术期刊。这些刊物自创办以来，就受到海内外文化、学术界的广泛关注和赞誉，被称作是促进海内外文化学术交流的纽带、展示世界华文文学最新研究成果的重要园地。此类期刊向国内外公开发行，为将最新港澳台文学创作和研究动态及时快捷地推向更多的读者创造了条件。受益于作家、学者、媒体机构的通力合作，华文文学的轮廓和身影越发清晰明朗，历史悠久的澳门文学，也一洗此前“孤悬海外、精神贫血”的颓态，重新焕发出了青春活力，改变了以往依附在香港文学的章节尾部，扮演应景点缀式的尴尬角色的状况。有关澳门文学的议题备受关注，成了新的学术增长点，成为相关学科课程建设的重要内容。

而这，显然有利于包括中国文学在内的文学史自身多元性丰富性的呈现。

论及研究澳门文学的意义，有学者概括了三条：第一，为中国文学这座百花园增添新株；第二，反映本地以外有异于中国本土人民的思想情感与文化面貌；第三，逐渐铲除文学的殖民色彩，抗衡恶质文化、渣滓文化，甚至有助于激发澳门作家作为中国人的自尊心，增强其对祖国的认同感、归属感和使命感。[16]如果说，这是站在社会文化和政治历史的立场发出的呼吁，其论高屋建瓴，那么，谢冕则于全球化整体文学发展背景下，将澳门文学还原到广阔的中国文学语境中来考察论说。以下文字道出了一位学养深厚、眼光心性独到者的心声：

> 对澳门自公元16世纪中叶以迄于今的文学加以研究和总结，不仅对中国文学深厚博大的积蕴有更为深入切实的了解，特别是对存在于特殊环境中的中国文学的丰富性和多样性的了解是必要的，而且，对于研究东西方文化、文学如何在它的历史性运行中通过交流互渗进而造成融汇互补更有深远的意义。[17]

澳门文学的价值，在不同会议场合学者的发言中，在可感可读的文学史著述和期刊论文中，在端庄严肃的工具书中[18]，在专门为高校学子编写的各类教材之中。如前所述，由于地缘和亲缘的关系，较早对澳门文学展开研究的院校和个体研究者，多半来自比邻港澳台的东南沿海地区。这些院校与港澳台来往密切，有一种天然的亲近感，二者之间的语言、文化、风俗、信仰也有天然的同构性和相似性。较早关注海外华文文学，在该领域耕耘不懈并且结出串串硕果的学者，如潘亚暾、郑炜明、饶芃子、刘登翰、庄钟庆等人，大都来自闽浙粤等地。饶芃子招收培养了众多澳门本地的研究生[19]，并先后发表了《澳门文化的历史坐标及其未来意义》《文学的澳门和澳门的文学》《从澳门文化看澳门文学》等影响较大的论文，从不同视角深入系统地论述了澳门文学、文化的内涵和品格，以及"未来意义"等学术问题。其论文《"根"的追寻——澳门"土生文学"中一个难解的情结》[20]发表后，曾被多次引用、转载，引起葡萄牙学术界的极大关注。

20世纪90年代中期以后，由于"回归"因素使然，澳门日益为世人所关注，内地学界对澳门文化、澳门文学的探索和研究，也掀起了一个前所未有的热潮。[21]众多富有历史感、较具深度的论文纷纷刊行。黄万华的《台港澳和海外："五四"新文学的应和与背反》、黎湘萍的《族群、文化身份与华人文学——以台湾香港澳门文学史的撰述为例》、陈辽的《澳门文学的特征》、黄修己的《从〈无心眼集〉谈到澳门文学形象》、古远清的《发展中的"岛形文化"——澳门文学的走向及其特征》、计红芳的《澳门文学的"鸡尾酒"品格》、江少川的《世纪沧桑中的澳门文学回眸》、李若岚的《多元共生，和而不同——从澳门文化看澳门文学》、李德昭的《中国文学在澳门发展之现状》、王岳川的《澳门文化与文学精神》、艾尤的《论澳门土生文学的中国文化色彩》、刘登翰的《从"悖论"谈及澳门文学》《文化视野中的澳门文学》等都是视角独特、论述严谨又不乏见解的论文。这股书写与研究风潮，对于确立澳门文学地位、建立澳门文学形象以及对外推广澳门文学，可谓来得及时且影响巨大。尤为可贵的是，学术界对于澳门文学的关注并未因"回归"而沸扬一阵便偃旗息鼓，而是"余音袅袅、余波漾漾"。上述关于澳门文学研究的论文，所刊载的刊物级别高、引用率高、同行评议佳，汇成研究进程中的一道绚丽景观，又如文坛的报春之燕鸣啾于枝头，宣告着澳门文学研究春天的到来。

20世纪八九十年代以来，澳门文学创作进入了勃发期，澳门文学研究也进入自觉期和收获期。创作的繁荣与批评的兴起，以及研究成果的不断涌现，单篇论文、文学史专著和文学史教材(教程)的接连推出，合力奏响了澳门文学研究阔步前行的时代旋律。

1990年潘亚暾主编的《台湾文学导论》出版，该书专设《澳门文学巡礼》一章，介绍澳门文学发展概况，可以看作由内地学者领衔的对澳门文学进行系统介绍的较早述论。此举一改先前澳门文学因为“不入流”导致“不入史”的窘况，澳门文学从此得以跻身文学史殿堂。这无疑令人欢欣鼓舞。本书设专章探讨“澳门”，书名却前缀以“台湾”，可见澳门文学依然不脱附庸港台文学的身份。不过，澳门文学已经进入“历史”是毫无异议的。这也展示了著者的学术勇气和不凡史识——他愿意以与时俱进的辨析的眼光对待文学史本身，并且对文学及文学研究作出积极响应。由于该书是国家教委(教育部前身)选定的全国高等院校文科教材，被列为中国现当代文学研究生必读书目，这就具备了体制意义上的推广澳门文学的优势。

特殊历史时期，内地文学史书写走上了一条非此即彼的狭窄道路。无产阶级与资产阶级、革命与反革命、政治标准与艺术标准的二元对立叙述成为文学史家的不二选择。文学史写作甚至出现了“现实主义和反现实主义斗争”的中心公式，出现了诸如用放大镜寻找“五四”时期无产阶级文艺理论的片言只字，用显微镜来照出新月派的“反动”思想和“低级趣味”等不可理喻的现象。[22]有感于“在一定的历史时期，中国局部地区的分割和疏离，使共同的文学传统在这些地区出现分流，形成特殊的文学形态——台湾、香港、澳门文学”[23]的历史情况，为客观真实地勾勒台、港、澳三地文学的本真面目，长年耕耘于华文文学园地的闽籍学者刘登翰，连连发力，继编写《台湾文学史》《香港文学史》之后，于1999年再推出具有文学史性质的《澳门文学概观》。这是一部全面论述澳门文学的历史与现状的著作，填补了澳门文学史编纂的空白。

有别于意识形态主导下主流文学史二元对立的修史范式，刘著可贵之处在于从理论和史料两个层面考察对中国近现代以来的文学史进行“整合”研究的可能性和目前的困境，进而在世界华文文学的格局中为澳门文学的历史定位做了“整合”想象与设定，其背后蕴藉着编著者精微的史识与洞见，彰显着改造文学史书写方式的志向。刘著集结了内地学者和澳门本土作家参与撰述，乃闽澳两地学术界的合作结晶。此书史实准确、脉络清晰，既没有居高临下式的说教，也摒除了那种用中心的眼光打量“边缘”的傲慢与偏见，而是用澳门文学的材料阐释澳门文学问题，给澳门文学带来新的经验阐述和价值认识。虽说“概观”不是“史”，但与史并无本质区别，这是一部可以经受岁月检验的成熟之作，显示出编著者对澳门文学的深刻体验与细微观察。我们期待在不久的将来，刘登翰先生能牵头集聚各方力量，再捧出一本体例更完善、内容更宏富更厚重的《澳门文学史》。

近年来，在文学史著述之外，关于港澳台(或台港澳)文学教程教材的编写呈现出方兴未艾的喜人态势。大学教材具有知识性和探索性的功能，某种意义上也是研究著作——既要传授给学生那些基本的已成定论的知识，又要将学生带入学术热点与前沿。综观现有相关台港澳文学教程(教材)类著述，可谓详略并重，各有特点。从章节设计顺序看，台湾居首、香港次之，澳门殿后；篇章内容则各有侧重，大体上维持着60%：32%：8%的区间比例。[24]

既已“入史”，复又名正言顺位列教材教程榜单，澳门文学受到重视与肯定，自是毫无疑问了。然而，检视各家教程，其编写质量可谓良莠不齐、优劣参半。有的教材质量上佳，有的纯粹拼凑成书。个别著述关于香港、台湾的章节书写得八分到位九分精彩，但澳门的章节则不尽如人意，不少教材甚至存在敷衍成篇的现象。具体表现在：其一，引用文献材料严重滞后，对最新成果“视而不见”。如某2015年新鲜出炉的教材，陈述的依然是20世纪八九十年代的澳门文学风貌，且还是沿袭“他者”的研究成果；其二，对于澳门作家，时常出现男女不辨、她他不分等“张冠李戴”现象[25]，更离谱的是甚至“敕令”仙游多年者复活于当下，让细心的读者情难以堪[26]；其三，所述实际内容过于单薄。本就占极小比例的澳门章节，概述简介类文字几乎占去一半，剩下一半流于“排排队、分果果”式的处理——各种文体如诗歌、散文、小说、戏剧(基本被剔除)、评论，均衡地分别占一个段落，所论无非“思想内容”“艺术风格”一类旧声老调。这些教程绝少以动态的史识，去探索澳门文学各类文体的发展进程与脉络轨迹，而是以一种慵懒、静态、简单化的手法，将澳门诗歌、散文、小说做一幼童摆放积木式的排列组合。这样的教程既缺乏指导性启迪性意义，又难以避免地散发出阵阵误导的迷雾。作为教程接受主体的学生，由此误以为整个澳门文坛也就一两个作家和评论家拿得出手，余者一概不入流不入史。这样的教程，其功能与价值指向远远偏离了编写初衷，也偏离了课程设置与教学需要。

当然，总体上看，对于澳门文学，内地研究者多持尊重态度，对于研究对象，也是带着学术的虔诚展开攻坚钻研。他们的加入，给澳门文学研究增添了新气象。不时推出的教材著述更是极大程度上改写了外界眼中的澳门文艺形象，扩大了澳门文学在汉语文学版图中的标识，进而提高了澳门文学在汉语新文学中的地位。不必顾忌人事关系，轻易排除场外因素干扰，这是内地学者“著书立说”时所拥有的优势，这就使相应的书写趋于公允客观，也有望摊示出澳门文学的纪实图景。然而，囿于时空条件，又由于疏离多年，他们的研究往往缺乏“现场感”而予读者“隔”的感觉，读起来有一种单从资料出发的著作所特有的隔膜感。论及台湾文学史书写，台湾学者龚鹏程坦言“若以台湾文学记录台湾民族成长经验的角度进行思考，我坚持台湾文学的正字解释权还在台湾作家或台湾文学史家的手里，这实在无关关门作答的私心，也不关褊狭”。对澳门文学史书写，也可作如是观。

内地的澳门文学研究兴起于20世纪80年代，主要以批评的方式展开，随着学科发展的不断推进，诸多不可避免的局限性逐渐凸显出来。早在20世纪90年代初，本澳学者郑炜明就指出内地学者的研究存在随意性和片面性的问题，呼吁内地同行改进。[27]郑氏长期在澳门生活工作，集澳门文学发展的见证人、参与者、研究者等多重身份于一身，对澳门文学认识深刻，又将之作为自己的学术追求。多年来形成的问题意识和理论自觉，反过来又加深了对澳门文学的系统思考。郑炜明2012年出版的《澳门文学史》，乃是在其博士论文基础上修订而成，是第一本以“澳门文学史”冠名的著作。本书注重史料的收集与整理，考订了诸多重要的文学现象，对澳门文学的历史发展作了清晰精到的梳理，对其性质和特征也做了较为客观的界定和描述。尤以对离岸文学、土生文学、澳门的葡语文学、澳门民间文学以及澳门的其他外语文学等篇章的论述，时有创见，新论迭出。郑著注重挖掘新资料、提出新问题、找到新视角，体现出本土研究者的在场感、亲切感和视野广阔的优势。其论述建基于扎实的史料基础上，涵盖面广又不失创造性。这部由本土学者以一己之力撰写出品的文学史，“为我们展开了充满地域特色的澳门文学的丰富景观，这项工作显然具有开拓性的意义”[28]。近年来，关于澳门文学的研究有了巨大进步，但对澳门文学进行的全方位、多侧面的系统考察尚不多见。从这个意义上说，《澳门文学史》蕴含的理论价值和开创意义值得肯定。

三、澳门文学的重量：以林中英散文为例

现有相关澳门内容的文学史或教材教程，由于各家体例有异，选材视角不同，论述丰俭不一，对澳门文学文体样式的探讨和作家作品的评论，也就呈现出“横看成岭侧成峰”的多样风貌。但无论本土学者的著作还是内地学者编撰的著述，对澳门散文创作多有着墨，并将之置放于与现代诗歌并举的重要位置。编著者多将澳门现代散文的发生上溯至新文学运动时期，并以重大政治事件为分水岭，对澳门散文进行分期，借此做历时性的梳理，试图勾勒出澳门散文的发展脉络与时代特征。著述者认为，1980 年代报纸副刊的出现，不啻构筑了一方重要舞台，大大促进了澳门散文创作的繁荣与发展。澳门散文思想观念具有开放性、超前性和世界性特质，诸多作者不同的人生经历和知识背景，使澳门散文呈现出视野不同、形态各异的繁复景象。其中女性作家颇具实力，女性散文情感细腻、真挚，本色流露，表现了可爱的性格魅力，是澳门文坛一道绚丽的风景。[29]受制于章节篇幅、材料局限和编撰偏好，部分著述都只触及华人作家，而直接排除了土生和外籍人士的散文创作。[30]因此，各家著述对于澳门散文的“整体观”，多存在宏观把握上的缺陷，局部论述又往往“语焉不详”。令人欣慰的是，众多文学史著述均提到林中英的散文，并对其散文的艺术特色以及成就贡献，作出了有益的论述和概括。

林中英妙笔在手，作品花开绚丽，气象万千，在华文文学圈拥有众多“粉丝”。这位澳门土生土长的优秀作家，以一双素手“绣”出诸多赏心悦目的文章，其作品素为读者喜爱，也为史家所重视。林中英之于澳门当代散文乃至澳门文学，无论从创作实绩、文学贡献还是文坛地位、文化影响等方面看，都堪称卓越。《澳门文学史》这样提及林中英：“写实、乡土的浪漫、历史感情都能在她的散文里找到。结构比较谨密，语言华丽而不失其真性情。”[31]可谓道尽林文精义。对于林中英的文学创作尤其是散文作品，郑炜明、丁启阵、刘群伟、郑建明等先后展开研究，各家所论不尽相同，但都具启发意义。林中英的散文大多是写女性的所思、所想、所虑、所求，有着浓浓的女人味。尤其她写女性人到中年后的种种思想活动，女人的成熟，对生活的迷惘，对家庭婚姻的思索，对事业的追求，对中年女性的社会地位的审视，有思索有发现有深度，她透过纷繁复杂的人生历程，回眸以往和展示将来，给人以信心和进取精神。[32]

对于林中英这样的作家和作品，如果文学史家能够抛开成见，静心重新品读，并进

行更深入更多元的探讨，就有可能开掘出其更多的潜在价值，增加其在文学史中的厚重性。如果澳门文学中能够逐渐出现一些厚重甚至具有经典性的作家和作品，则澳门文学史撰写将会出现一个新的局面。笔者很愿意尝试做这样的努力，下文便以对林中英散文的重读为例，冀望对澳门文学研究走向深入起到抛砖引玉的作用。

展读林中英散文，每每心生愉悦，有时甚至"借得林文消永夜"。夜读林文，作为读者的我时而会心微笑，时而颔首称妙。初春以来，笔者重读了林中英的几乎所有作品，并萌生出新的敬意。显然，这是一位"笔锋常带感情"的作家，无论"秦砖汉瓦"还是"宋瓷清茶"，似乎皆可入文。其人下笔之自如，创作之旺盛，令人佩服；其文所营造出的脉脉温情，让人陶醉。以下就笔者在阅读中的所思所悟，简要概括和补充林中英散文的特色，以期更清晰地凸显其在文学史上的价值和地位。

其一，文学味浓，其文炳炳烺烺。

"文学味"是一种形象说法，泛指文本中特有的艺术特征，它具备放大镜功能，可以窥见作家的素养与功底。眼下华文文学创作圈，多存在"评论味"有余，"文学味"不足的现象，具体表现在文章格式、选材和书写渐趋评论化。指点江山，针砭时弊，"路见不平一声吼"，是写作人的道义担当，断断不可或缺。不过，如果文章十有八九满纸评论或"论道"，"文学创作"势必被评论的汪洋所淹没，这一写作习惯和创作取向就值得商榷。在《一人一个窝》中，林中英写道：(副刊文章)"是休闲时段中的一杯清茶，是上火时压压热气的一碗米皇白果粥，或是一块能怡悦己心的马其龙，或是起消滞顺气化痰作用的一块老陈皮。"[33]看似讨论"豆腐块"之性质功能，但一股浓郁的文学味业已溢满纸背，令人为之击节。

今人用"炳炳烺烺"形容文章辞采声韵，挪以形容林氏散文也同样合适。《消暑记》中的文字："十一时的塔石广场，暑气蒸发得差不多，此时推椅而起，到广场上疾走数匝，薄汗已出，还要它多冒些才行。广场上尚留下绿化周时砌出的临时花圃。两圈浅水上撑起莲叶，三数牛蛙吽吽呼应，几只蛤蟆嫩声呱呱咯咯。虽非深流净水，又无丰草深翳，却有这样子可人生态，是放养的还是自生的？蛙安于这简陋环境，只要花圃不被拆除便要作乐。"[34]像一张图一幅画，一首荡人心魄的夏令欢歌，极具辞采声韵之美。想到林氏作品《女声独唱》《人生大笑能几回》，总是"又唱又笑"，我认为，以炳炳烺烺概括林氏文风倒也贴切。

其二，文学性与学术性互渗，其文波澜老成。

林中英以创作鸣世，其学术研究也相当可观。她的硕士论文，从澳门小说的文化品格与叙事范式的角度切入，系统梳理了1930年代以来澳门小说的历史全貌与时代特色，所论多有己见，具有填补空白的意义。得益于严格的学术训练，在"炳炳烺烺"之余，林中英还练就了一手理性平和的表述功夫。一手创作，一手学术，文学性与学术性相融互汇，才是她的完整的写作特征。在探讨梅兰芳的情爱纠葛时，作者秉笔直书："一个在某范畴里的里程碑式的人物，即使他有一些缺点过错，甚至一些劣迹，我们在全面了解中，还是懂得怎样去判断和评价的。甚至在缺点过错劣行中，让人看到更丰满的历史——时代的局限、社会的迫逼；也让人看到一个不是经过剪辑的平面的人，让人真诚面对人性的软弱、阴暗，去反思那些就算是英雄、伟人、大师等也无法突破的框架，并引以为鉴。”[35]这类文字，学术性与文学性互渗相生，朴素中显睿智，温润中见性情，绝非那些佶屈聱牙的 jargon 文可比。

波澜者，波涛也，形容笔锋藏藏露露，文气时起时伏；而老成，似可作文笔老到、功力深厚解。波澜老成，意即语句老辣精练，文辞元气淋漓，文气雄壮沛然。林中英写祖父：“昨夜梦中，清清楚楚地看到祖父与外祖母都在家里，还在谈论做甚么。不禁惊诧又欢喜，原来他们仍然在世的呢。这好了，我可以带他们上餐厅、上茶楼，他们爱吃甚么便吃甚么，我都可以付得起账。睁眼，原来又是一场梦。梦里真真，梦里空空，我的一点心意是永远无法投递的了。像这样的梦已经发过好几回，每回梦醒，都遏不住一丝失意。……我坐在小阁楼的书桌前，临下望着祖父瘦得只剩把骨头的模样，他在不停搔着臂上的痒，是墙上爬走着的大黄蚁蜇了他。痒，成为他唯一的感知了。瓦面传来春雨的淅沥声，把一点点愁打进我的心头，愁的不可以。在这个本来只看到鲜花和蝴蝶的年龄上，我却深深体察到贫寒加诸人生的悲怆。”[36]这段文字，文气时起时伏，笔锋收藏与释放结合得恰到好处，颇有名家风范，也每每让读者泪湿双眼。而写《我爸我妈》则是这般：“结婚时，爸到营地大街福兴金铺买了两个金戒指，让妈左右手各戴一个。妈在屋前晾晒衣服时举起一双手，两个指头在阳光里舞出几道金光弧线，闪得邻里眼花眼馋。”[37]一“舞”一“闪”之间，幸福感已呼啸而来，其文气直如初夏雷阵雨般沛然而降。掩卷之际，一位笔力高超的名家形象随即在阅读视野中挺立起来。

其三，擅用杂文文体，其文生动隽永。

杂文旁出散文，刘勰在《文心雕龙》中曾设专章讨论“杂文”[38]，作为文学样式的“杂文”概念自此得以确立。杂文是一种迅捷反映社会现象或动态的文体，其特点是内容广泛，形式多样，“杂而有文”。有关社会生活、文化动态以及政治事件的杂感、杂谈、杂论、随笔等均可归入其中。这一短小、锋利、隽永的文体，能起到赞扬真善美、鞭挞假恶丑的针砭时弊作用，由于文艺色彩浓郁，又同时拥有独特的艺术感染力。

林中英最新著述《头上彩虹》中，最是那些具备杂文文体特质的文字给读者留下深刻印象：“有文章教女人早上要比男人早起来，晚上比他迟上床，为的是不让男人看到自己卸妆后的容貌……脸庞装修是最艰巨的工程，因为一边装修，一边被岁月摧毁。但，谁都爱美，要维持几分姿色，总带着些悲凉。”[39]又如“但人不甘心束手待毙，科技除了要让人类上九天揽月，也来管眼皮鼻尖方寸间的事儿，把吃了会死人的肉毒杆菌注射在脸部”[40]。在《吻被糟蹋了》一文中，以下抒写更叫读者“过目不忘”：“拿接吻来做比赛，是天下最煞风景的事……本来闭上眼睛地物我皆忘，此刻却眼睁睁痛苦地计算着秒针一下一下地移动，是赢取奖品的决心，硬撑着变了味的吻……今年情人节，成都引进了这种西方玩意，是为全国首届‘情不自禁’情人接吻大赛，分老中青三组进行！……然而情动于衷，真情流露，是无声胜有声，是不计巧拙，真情一经设计拿出来表演，任冠上甚么‘为情而动’‘情不自禁’，依然不过是戏而已。”[41]

鉴赏杂文作品，应熟悉作品问世时相关的共时性文化背景。但凡杂文佳作，所概括出来的社会“类型”无不具有超越时代的普遍意义——读者即便不熟悉时代背景，也可以通过阅读作品把握作品的实质性内容。某种意义上说，杂文的本质与底色是论辩的，字里行间总是或显或隐地荡漾着“论”的色彩，其写作目的则指向断是非，辨正误，揭示真理。需要强调的是，杂文的论辩是一种形象性的论辩，其形象性主要体现在“针砭时弊常取类型”。上述三段引文写的是“美容悦己悦人”“化妆登台亮相”“接吻比赛赢取奖品”，其“形象”无疑可知可感。若把它们合起来当作一组文章来读，从中可以看出当今大行其道的“扮靓”文化潮流，亦可窥见媚俗的社会病相。而文章的论辩性、深刻性与愉悦性，经由幽默、讽刺与文采的巧妙串联运用，庄谐并用，在一片和谐善意的笑声中得到了彰显。

其四，搬运小说笔法，其文推陈出新。

作为清代影响最大的散文派别，桐城派的秘诀之一就是在散文创作中自觉遵循小说创作理论，且能熟练地运用小说笔法，做到记叙描写简洁细致，人物形象塑造立体丰富。林中英娴熟地搬运小说章法入散文，这一创作特点值得重视。如《小岗村里的悄悄话》：“初春的夜里，冷风越过淮河呼啦呼啦地吹打小岗村的蜀桧树，乱舞的枝桠透过寒月把暗影扫在纸糊窗上。窗下的炕上，黑娃爹像烙玉米饼似的不停翻身，三次撞到被窝里黑娃娘的光腿上。‘他大，歇下这么久还睡不着？哪儿不滋润了啊！’黑娃娘悄声问[42]……‘他娘，话可不是这么说啊。得人花戴万年香，想想咱这房子，还不是那回江主席来咱村前，省领导赶建给江主席看的？没那回花个二百七十万块钱赶着建房子，赶着安装电灯、自来水管，咱村咋能奔、奔那个小康吗？’”[43]这显然是典型的小说笔法。而在《王小毛放暑假》中，更有极具小说塑造人物形象的笔法：“王小毛曾经闹了一个笑话。她到阿姨家吃过饭后，阿姨把香蕉皮剥下一半，慈爱地递给小毛。小毛把露出的香蕉肉吃了，举起剩下的半截问怎么办？阿姨吓得杏眼圆睁：怎么办？把皮拉下去不就行了吗？是年王小毛九岁[44]……小毛，你来洗洗米，妈先切萝卜。小毛，米洗好了吗？这是什么气味？你用什么来洗米？什么？你用洗洁精来洗米？是年王小毛十四岁。[45]”从《小岗村里的悄悄话》和《王小毛放暑假》等篇章的人物描写可以看出，林中英业已走出了传统散文那种狭小封闭的叙事模式，多能根据书写策略需要，自如地搬运小说笔法入文，有时甚至还夹以口语和外来语，从而完整地塑造出各类形象丰满的人物。这一具有创新性意味的创作倾向值得赞赏与鼓励。

林中英创作题材广泛、风格多样，其散文特色绝非“炳炳烺烺、波澜老成”等所能揽尽。《来到了宜春》中的文字：“到了明山下的月亮湾，饮过一盏驱寒姜母茶便到山上去。穿过一片竹林，已离开了山脚，眼前忽而开豁，远眺，一层层一段段的飞泉破开明月山鲜润的绿，从山体曲折逶迤而下；近观，白波跳沫，涌成音。人在山径上，耳听天籁，眼观山景，整个身心被吸附着，山外的一切尘嚣已浑然忘却。”[46]可谓玄机处处，充满了空灵禅趣，颇得郁达夫作品之神韵。而“我知道，父亲明晨归魂时，步履是灵活的，因为他的膝关节良好；他的身影却有点倾斜，是他在年青到中年时期，被一家子逾十口人的重担挑压歪了一侧肩膀”[47]等表述，又分明洋溢着“朱记”(朱自清)风情。

在澳门文学气氛日趋浓烈，澳门文学稳步走向新时代的进程中，对林中英其人及其作品进行梳理探讨，评述其创作实践与贡献，或能为澳门当代文学在百年汉语新文学版图中的应有定位提供真实客观的参照，其学术价值与现实意义自不待言。

注释：

[1]内地如 1985 年北京学者黄子平、陈平原、钱理群提出“二十世纪中国文学”的概念，1988 年上海学者陈思和、王晓明主持关于“重写文学史”的讨论；境外包括《剑桥中国文学史》的写作，以及境外学者王德威等参与的相关著述等。

[2]戴燕：《文学史写作越来越趋同》，《深圳商报》2014 年 9 月 30 日。

[3]黄人于 1904 年在东吴大学讲课时所编，另有学者认为是林传甲在京师大学堂时所制。

[4]龚鹏程：《中国文学史》(上册)，世界图书出版公司北京公司 2009 年版，第 1 页。

[5]“澳门文学”是一个处于建构和争议状态的概念，具有发展、变化、复杂、多义等特征。郑炜明、刘登翰、杨匡汉、张剑桦等学者都曾先后撰文或发言详加讨论。由于立场不同、视野有异，至今没能形成一个完整权威的论断。本文将之当作一个约定俗成的名词理解，而不做任何含义的界定、梳理与辨析。

[6]有学者认为语出现代作家茅盾。

[7]金庸、刘以鬯、白先勇、琼瑶、余光中的代表性作品。各类“百强”“百优”“经典”等性质的活动遴选中，这类作品时常入榜。

[8][22]吴福辉：《“主流型”的文学史写作是否走到了尽头?》，http://big.hi138.com/wenxueyishu/dangdaiwenxue/200808/69665.asp

[9]所谓厚重作品并无统一标准。飞力奇所著《大辫子的诱惑》、廖子馨所著《奥戈的幻觉世界》等作品曾被搬上舞台或银幕。

[10]此处单指用为载体，用汉字创作的文学作品。对于学术界具有争论的诸如“华文文学”“汉语文学”“中文文学”“华语文学”等称谓不做区分。

[11][12][32]朱寿桐主编：《澳门新移民文学与文化散论》，中国社会科学出版社 2010 年版，第 75、61、50 页。

[13]1982 年，暨南大学主办了第一届台港文学讨论会；1991 年在广东中山举行的第五届世界海外华文文学研讨会上，有五位澳门代表出席并提交论文；1992 年在台北举行的世界华文文学作家协会成立大会，澳门作家苇鸣、懿灵等获邀出席；1994 年，澳门作家及学者出席了在香港举行的“中华文学的现在和未来两岸暨港澳文学交流研讨会”。

[14]1984 年，汕头大学台港及海外华文文学研究中心成立，自 1993 年起开始招收“台港及海外华文文学研究”方向硕士研究生。1987 年暨南大学台港暨海外华文文学研究中心成立，并建立了台港澳暨海外华文文学数据中心。厦门大学东南亚华文文学研究中心于 1995 年成立，与厦大中文系合作招收中国现当代文学与东南亚华文文学关系的硕士生，开设东南亚华文文学课程，因成果显著被誉为“国内外东南亚华文文学研究基地”。相关机构尚有厦门市东南亚华文文学研究会、江苏省台港与海外华文文学研究中心、江苏省台港暨海外华文文学研究会等。

[15]《台港文学选刊》由福建省文学艺术联合会主办，是内地第一家专门介绍台港澳及

海外华人华文作品的文学期刊；《华文文学》由汕头大学主办，是专门研究台港澳及海外华文文学的学术刊物，中国世界华文文学学会会刊；《世界华文文学论坛》由江苏省社会科学院、江苏台港与海外华文文学研究中心和江苏省台港暨海外华文文学研究会联合主办，是专门关注台港澳与海外华文、华人文学研究的理论性季刊。

[16]语出已故香港作家何紫，见朱寿桐主编：《澳门新移民文学与文化散论》，第59-60页。

[17][28]谢冕：《澳门文学研究的新成就——序郑炜明着〈澳门文学史〉》，见郑炜明：《澳门文学史》，齐鲁书社2012年版，第1、3页。

[18]这方面的辞典有陈辽主编《台湾港澳与海外华文文学辞典》、王景山主编《台港澳暨海外华文作家辞典》、高巍主编《世界华人诗歌鉴赏大辞典》、古继堂主编《台港澳暨与海外华文新诗大辞典》等数十部。

[19]1987年，国务院学位办和教育部批准暨南大学在港澳台招收兼读制研究生，从1989年至2003年，饶氏先后在澳门招收了五位硕士生和三位博士生，饶氏澳门籍弟子多以研究澳门文学见长。

[20]饶芃子：《"根"的追寻——澳门"土生文学"中一个难解的情结》，《学术研究》，1999年第12期。

[21]不少期刊如《文学评论》《世界华文文学论坛》为庆祝澳门回归而特意开设专栏。

[23]刘登翰：《分流与整合：二十世纪中国文学的整体视野语》，《文学评论》2001年第4期。

[24]此比例乃笔者根据目前掌握资料的大致推算，但误差应不大。

[25][26]廖子馨，写成"廖字馨"。见王淑芝主编：《台港澳及海外华人文学》，东北师范大学出版社2015年版，第242页。林中英本名汤梅笑，写成"汤梅英"。

[27]龙扬志：《澳门文学批评场域及其建构》，《澳门日报》，2015年8月5日。

[29]刘登翰：《迅速崛起的澳门文学》，见李观鼎主编：《澳门人文社会科学研究文选·文学卷》，社会科学文献出版社2009年版，第294页。

[30]如张振金的《中国当代散文史》、曹惠民的《台港澳文学教程新编》、王淑芝的《台港澳及海外华人文学》等。

[31]郑炜明：《澳门文学史》，齐鲁书社2012年版，第99页。

[33]林中英：《一人一个窝》，见《澳门日报》，2017年1月6日。

[34]林中英：《消暑记》，见《澳门日报》，2015年6月19日。

[35][37][39][40][41][42][43][44][45][46][47][48]林中英：《头上彩虹》，澳门：澳门基金会，2014年，第325～326、288、6、8、10、195、195、55、56、262、292页。

[36]林中英：《人生大笑能几回》，星光出版社1994年版，第106页。

[38]刘勰著，戚良德辑校：《文心雕龙》，上海古籍出版社2015年版，第86页。

（载《澳门理工学报》2007年第3期）

综　述

2017年北美华文文学研究概况

肖 画

本文的考察对象为2017年发表于中国大陆学术期刊的北美华文文学研究的单篇论文，粗略统计共有44篇，其中严歌苓研究占29篇，张翎研究有6篇。总体来看，2017年大陆已发表的关于北美华文文学研究的单篇论文并不多，且过于集中在有关严歌苓的作家作品论，对北美华文文学的论述范围比较狭窄，不但缺乏对某些重量级的北美华文作家如王鼎钧、木心等人的研究，而且对某些北美华文文坛的后起之秀的评论也鲜少出现。

2017年严歌苓研究的29篇论文基本分为两大类，一类是深度分析严歌苓的一部长篇小说，另一类是比较严歌苓的长篇小说和电影改编。在前一类研究中，刘艳的3篇论文最为突出，分别是《严歌苓小说中的“女性”叙事及其嬗变——以〈妈阁是座城〉为节点》(《中国现代文学研究丛刊》2017年第2期)、《叙事结构的嵌套与“缩合”面向——对严歌苓〈上海舞男〉的一种解读》(《文艺争鸣》2017年第5期)和《隐在历史褶皱处的青春记忆与人性书写——从〈芳华〉看严歌苓小说叙事的新探索》(《文艺争鸣》2017年第7期)。刘艳认为《妈阁是座城》中的女主角梅晓鸥是严歌苓的“女性塑造”的一个转折点，并特别提出“隐含作者”加深对文本的理解，此前严歌苓着重表现女性的妻性、母性乃至地母般的神性，而“梅晓鸥”则是将地母般的神性褪去，是严歌苓对现代女性在经济、情感等方面的生存困境作出的体验和思考。刘艳对《舞男》的分析聚焦于小说的叙事结构，将陈晓明解读严歌苓时提出的“歪拧”叙事结构、方式更推进一步，指出《舞男》采用了“套中套”的叙事结构，两对情侣的叙事彼此嵌套、缩合，叙事视角自如转换，在文学和现实之间凸显了先锋的在地属性。刘艳对《芳华》的探讨继续在叙事层面展开，从严歌苓的主题融入叙事描摹青春记忆的再现，分析叙事视角、话语调适和小说虚构性之间的辩证关系，进而在叙事枝干对叙事主干的超越中解读旁逸斜出的人性书写。

除了《芳华》《舞男》《妈阁是座城》之外，严歌苓的长篇小说《扶桑》《床畔》《陆犯焉识》《小姨多鹤》以及数篇中短篇小说受到重点研究，研究方法包括跨文化视角、性别视角、生态女性主义等，研究主题包括东西方文明的冲突与融合、女性形象的多样化、华人移民历史与文化、叙述视角的转移、叙事结构的变革等。《名作欣赏》刊登了一系列严歌苓研究的论文，依次是李玉杰的《中国新文学传统的海外坚守和发展——严歌苓〈梨花疫〉解读》和《“一般社会对于苦人的凉薄”——严歌苓〈老人鱼〉》(2017年第3期)、胡娜儿的《人性堕落与自我救赎——论严歌苓长篇小说〈妈阁是座城〉的赌徒人物形象》(2017年第14期)、孟繁华的《芳华的悲歌——评严歌苓的长篇小说〈芳华〉》

(2017 年第 22 期)、梁晓君的《两种文明的交汇处——读〈扶桑〉》(2017 年第 22 期)、李耀鹏的《历史之耻与人性之诗——评严歌苓的长篇小说〈小姨多鹤〉》(2017 年第 22 期)、张维阳的《温和的反思与理性的同情——论严歌苓的〈陆犯焉识〉》(2017 年第 22 期)、杨萌的《严歌苓小说的女性形象概述》(2017 年第 24 期)。《名作欣赏》这一系列评论文章多从小处着眼，多从人物形象着手，深度解析严歌苓的某一部作品，对某一类人物形象进行排比、归类，探讨这类人物形象的特点，挖掘这类人物形象的丰富文化内涵，并对产生这类人物形象的时代与社会背景做出解析和评价。梁晓慧的论文《小说〈陆犯焉识〉改编电影〈归来〉的得失及其原因》(《文学教育(上)》2017 年第 3 期)从正反两面分析了从小说到电影的利弊得失，提出电影改编的成功与不足。杨红的论文《严歌苓长篇小说〈舞男〉中"我"的多功能叙事解析》(《当代文坛》2017 年第 3 期)聚焦小说中的叙述人"我"的多种叙事功能，论述第一人称回顾性叙述中的经验自我的核心功能、隐含作者替身功能、全知视角统摄下的视觉叙事和预示叙事功能，充分运用了叙事学、文体学的技巧。陈思和的论文《被误读的人性之歌——读严歌苓的新作〈芳华〉》(《当代作家评论》2017 年第 5 期)从男性形象而非女性形象入手，提出小说男主角刘峰是独立、完整的艺术形象，颠覆以往藏污纳垢的地母形象，从人性的本真出发，并借用巴金作品中最打动人心的"生命的开花"这一伦理概念，使读者得以深入体会刘峰这样一个反英雄主义的小人物的悲剧形象。陈思和进一步指出严歌苓有意为之的误读对《芳华》产生的独特效果。

许燕转的论文《离散主体的精神诗学——重论聂华苓〈桑青与桃红〉》(《华文文学》2017 年第 1 期)重读美国华文文学的经典作之一《桑青与桃红》，指出该小说创作在艺术上的"双重性"，采取现实世界和寓言世界的双重重合的表现形式，重点分析了离散的起点、路途、终点和新起点，探讨了对待传统的态度、身份认同和主体隐喻。刘俊的两篇论文《从上海到美国——论叶周小说的时空印记和文化心理》(美国《中外论坛》2017 年第 4 期)和《从"想象"到"现实"：美国梦中的教育梦——论黄宗之、朱雪梅的"教育小说"》(《世界华文文学论坛》2017 年第 3 期)将批评视野投向知名度还不太高的三名美国华文文学作家。前者以叶舟的《丁香公寓》《美国爱情》为考察对象，指出"出走"和"爱情"之间的辩证关系构成了两部小说的基本特点，描绘了华人在 20 世纪后半期"行走"和"内心/心理"变化的历史轨迹。后者以黄宗之、朱雪梅夫妇的 5 部长篇小说为例，重点解读了二人关于美国华人的教育小说，从华人最为看重的"教育梦"的角度看"美国梦"对于华人的意义，借此展现美国华人的真实处境、华人新移民的心路历程、华人作家的创作道路和如何确定自己的创作方向的方式。

蔡晓惠的一篇访谈《李彦：中英文双语创作与中华文化传播——与加拿大华裔双语作家李彦的对话》(《南方文坛》2017 年第 3 期)和一篇论文《北美华人英语流散文学与中西文学传统——以哈金、李彦作品为例》(《中国比较文学》2017 年第 4 期)探索李彦文学创作的起源、经过和影响，对比美国华人作家哈金和加拿大华人作家李彦的英语创作各自继承的不同传统和形成的不同效果，哈金立足文学本体、超越或淡化文学族裔属性，自觉融入西方的文学传统，而李彦这一类的华人作家受西方异质语境启发形成"我手写我口"的经验式写作，以传递真实中国、促进文化交流为出发点，更多与中国文学传统联姻。本文从李彦研究进入加拿大华文文学的研究述评。

张翎研究的 6 篇论文虽然数量不多，但也为北美华文文学中的女性文学研究拓展了相当的论述空间。胡德才的论文《论张翎长篇小说〈金山〉的艺术成就》(《世界华文文学论坛》2017 年第 3 期)是对该作者之前的论文《论张翎小说的结构艺术》(《文学评论》2010 年第 6 期)的拓展和创新，作者之前提出张翎小说的结构分为《望月》与《邮购新娘》里的"串珠式"结构和《交错的彼岸》与《金山》里的"封套式"结构，错综复杂的艺术结构包容了巨大的时空跨度和史诗般的追求。在此基础上，《论张翎长篇小说〈金山〉的艺术成就》将考察的焦点更加集中，将《金山》的内容和形式条分缕析，不仅进一步论述该作的结构特色，而且详尽分析了方得法、六指这两名主要人物，让读者感受到跨越种族、国界、历史时空的人生况味。王小涛的论文《论张翎〈金山〉中的跨国民族主义》(《湖南科技大学学报》2017 年第 6 期)从"移民汇款""家园政治"和"情感跨国主义"三个方面解析《金山》蕴含的政治、民族、文化、历史等信息，展示中加的跨国互动与中国的社会变迁，读取跨国的政治参与，显示华人移民后裔的情感依附。卓今的论文《站在不远处看待危险的自身——张翎的新长篇〈流年物语〉分析》(《文学评论》2017 年第 6 期)指出《流年物语》实现了两大突破，一是在思想上突破了移民文学的局限，从文化差异层面进入普遍人性层面，二是在结构和语言上有所突破，追求故事之上的诗学境界，使其小说艺术达到了汉语写作的新高度；《流年物语》以独特的情感结构完成了深邃的人性书写，以恰当的叙述视角形成认识真相的途径，集合、镶嵌和圈套构成了巧妙的时空结构，在沉沦与施救的张力书写中看到爱情废墟上的万物生长。赵树勤、雷梓燚的论文《中西文化冲突下的女性言说——评张翎短篇新作〈家贼〉》(《创作与评论》2017 年第 15 期)提出了减法式的叙事策略以配合小说中国的时空交错叙述，论证小说里坚韧与自尊的女性言说、冲突又和解的文化关照以及减法与空白的叙事策略。刘云的论文《张翎长篇小说〈阵痛〉再论》(《华文文学》2017 年第 1 期)一反对《阵痛》普遍采用的女性主义解读，指出该作在根本精神指向上与女性主义背道而驰，虽然强调了基于生育特质的女性经验，对男性中心主义的解构其实并没有摆脱对男性中心的依附，更遑论建构女性的主体性。徐学清的论文《文化的翻译和对话：张翎近期小说论》(《中国现代文学研究丛刊》2017 年第 5 期)综论张翎五年来的小说创作在艺术上的特色，在叙事结构上从以往时间上的纵深转变为空间上的并置，在叙述形式上引入"它叙述"模式，张翎小说的世界性得以深化，张翎塑造的人物之间的性格冲突展现了作家的文化翻译和对文化对话的沉思。

彭贵昌的论文《祛魅与重构——论加拿大新移民华文文学中的"白求恩书写"》(《中国比较文学》2017 年第 1 期)将与白求恩有关的加拿大新移民华文文学尽收眼底，个别分析并综合评价了这些作品，分别从白求恩书写与集体记忆、白求恩的精神与根源、非凡而真实的白求恩以及白求恩神话的解构四个方面论述加拿大新移民华文文学中的白求恩书写，这些新移民华人作家发扬白求恩伟大精神的同时，还原了白求恩作为个体的真实性和丰富性，将集体记忆塑造的扁平形象祛魅。

赵庆庆的两篇论文没有限定在哪一位华人作家，而是将考察范围扩大，时间拉长。一篇是《〈大汉公报〉：加拿大华人早期文学之溯源》(《世界华文文学论坛》2017 年第 2

期)，另一篇是《论魁北克华人文学及其地域特征》(《华文文学》2017 年第 2 期)。前者以加拿大发行时间最久的一份华文报纸为例，追溯加拿大华文文学草创期，介绍《大汉公报》雅俗并赏、繁复多样的文学版面，追踪文学版面的演变，考证文学版面以外的文艺报道如何及时多元，分析促成该报和华人文事薪火相传的诸多因素。后者专论加拿大魁北克华人文学及其地域特征，依次介绍魁北克华人英语文学的先驱伊顿姐妹和该地区华人法语文学的代表应晨，随后概述魁北克华文文学的发展脉络，最后总结魁北克华人文学的三大地域特征——社团性、草根性和法裔文化性。

盼耕的论文《家国情怀在第二故乡放大——加拿大华文作家创作述评》(《博览群书》2017 年第 10 期)对加拿大华文作家做了全景式的描述，提炼出加拿大华文作家的三种身份"租客""中立者"和"主人"，并从四个方面概括加拿大华文作家的家国情怀：与原乡写作互相辉映，扩展华文文学中的家国情怀的空间；为家国情怀注入新的内涵，提升华文文学世界性的亲和力；积极推动身份观念的转型，使华文文学成为提升华人形象的平台；第二故乡写作使华人文学在世界文明的建设中多了一份担当。

综上所述，2017 年中国大陆的北美华文文学研究并不算特别丰富，成绩和不足都很明显，期待研究者今后的批评视野、研究方式更加开阔、丰富、多元。

2017年澳大利亚及欧洲华文文学研究概况

欧阳光明

2017年的欧华、澳华文坛，是相对平静的一年，然平静并不意味着没有进步。综观这一年的欧华、澳华文学研究，无论是综合性的分析，还是个案研究，无论是对作品的评论，还是理论的探索，都在稳步推进，出现了一些堪称代表性的文章，在研究的深度与广度方面，都取得了较大突破。与2016年的欧华、澳华文学研究相比，2017年的研究呈现出较为鲜明的特点，一是研究对象的集中化，二是大陆、港、台与海外华文研究者同时登台，出现了“研究共同体”的新局面。与此同时，在这一研究领域中，也还存在着一些不容忽视的问题，特别是阐释乏力与阐释“不及物”的现象还时有出现，这不能不让人心生丝丝隐忧。

一、欧华、澳华文学的综合性研究

在欧华、澳华文坛上，并不缺乏具有影响力的作家与作品，这种影响力，不仅仅表现在华文文坛上，而且对当地主流社会的影响也相当明显，甚至在向外辐射的过程中，还取得了世界级的影响力，不断得到世界文坛的关注和认可。与这些作家的创作实绩相比，对他们的跟踪研究，以及产生出的与其创作实绩相匹配的评论，还远远不够。究其原因，我想，除了评论界本身的研究较为滞后之外，与欧华作家的文化传统也有很大的关系。正如一些研究者指出的一样：“在‘五四’前后留学且成名的许多中国作家身上，东西文化多表现为较平和自然的交融，他们对异域文化的借鉴，少有群体的价值预设，多是个体的生命感知，即使是‘误读’，也往往是个体的‘误读’。所以中西文化冲突即使在具体作家创作经历中产生过难以融入的精神苦痛，但对整个民族新文学而言，却是一种长远平和的蜕变。‘五四’前后旅欧作家开拓的这一传统，一直影响着日后的欧华文学，甚至决定了欧华文学的基本走向。”[1]可以发现，对个体的生命感知、对形而上生命存在的思考，依然是当下欧华文学、澳华文学的创作主流。也正是因为这样，他们的创作，少了形而下的喧哗与骚动，少了社会层面的聚焦和响应，由此而带来的“消极性”影响，则是作家、作品相对“孤寂”的命运。令人欣慰的是，这种局面正在扭转，一些经典作家、作品与文学存在的整体情况，正受到大陆与海外越来越多的研究者的关注和评论，并日益展现出丰富的意义。

2017年，黄万华在《世界华文文学论坛》第3期上发表了综合性的长文《百年欧华文学与中华文化传统》，就是从宏观上检视百年欧华文学与中华文化传统之间关系的文章。该文视野开阔，结构宏大，对百年来欧华文学所表现出来的文化和审美特征、发展情况等方面进行了全面分析，也对其推动中华文化传统的现代性转化的作用进行了综合性观照。文章中，作者一方面对欧华文学的代表性作家、作品做了全面的分析，如高行健、程抱一、吕大明、郑宝娟、林湄、虹影、老木、蓬草、黎翠华、丘颜明、赵淑侠等作家及其创作，与此同时，也对新移民作家的非母语写作进行了聚焦，如对关愚谦、山飒、戴思杰、王露禄、友友等作家、作品的解读。在全面检视欧华作家、作品表现出来的文化诉求和审美指向之后，作者指出，与其他地区(特别是东南亚地区)的华文文学相比，欧华文学虽然不缺乏“感时忧国”的责任，“但更看重文学本分——自由之思想、独立之人格，也更多展开于文化建设的层面”。欧华作家潜心治学，在中西文化交汇过程中吸收精华，“从而既将中华文化的核心价值提升为人类普世性价值而使之得到世界性传播，又在中华文化的现代转化中丰富了中华文化传统”[2]。而《在地和旅外：从“三史”看华文文学和中华文化》这一篇文章中，黄万华通过对进入“三史”的华文作家的考察，再次指出了他们的创作与中华文化之间的复杂关系。“‘旅外’和‘在地’是华文文学两种基本形态，两者之间包括转化在内的变动往往成为各地华文文学形成自身传统的过程，既反映出中华文化传统播传中的新变，也呈现出中华文化接纳各区域华文文学得以丰富的样貌。”[3]确实，海外华文作家在旅居他国的过程中，自身的文化传统会在各种机缘下不断地生成、转化，既展现出中华文化传统在全球化时代的多种展开方式，也表现出传统文化巨大的生长空间，以及与在地文化结合之后所产生的独特文化意识与美学意义，最终使得中华文化的普适性价值在全球化时代得到“拓展”和“提升”。因此，欧洲、澳洲的华文创作，既丰富了中华文化传统，也为全球化时代的中西文化交流、文化更新提供了重要的发展前景。

陆卓宁的《冷战时期的欧华文学：忧患/裂变中演进与突围》，同样是在综合层面上，对冷战时期的欧华文学的存在形态进行了分析。陆卓宁从具体的作家、作品的分析入手，进而在比较的视野中，考察了冷战时期留欧学人的精神构成和文化气象。作者认为，冷战时期的留欧学人群体，虽然也在作品中表现出“感时忧国”的沉郁力量，但不同于同一时期留美学生所背负的由“沦肌浃髓的‘无根之痛’和‘家国之殇’”所构成的悲怆感，他们更多的是“在感时忧国的悲怆中体味中欧文化互渗的力量，以安顿‘流浪’中怅痛的内心与认同迷惘中的精神依托”。在艺术创作方面，留欧学人群体也表现出多方面的探索精神，并在多种文体中取得了重要成就，如小说、散文、诗歌、戏剧、译著、政论、传记、随笔等。这种多样化的表现方式，“共时性地演绎出生命在历史忧患与裂变中的律动”，并“在互容互谅中走向文化融合的艺术境界”[4]。

从黄万华到陆卓宁，他们的论述重点虽有不同，立论的方式也差异甚大，但都不约而同地呼应了欧华文学自“五四”以来所形成的重要传统，并展现了这一传统的强大生命力和影响力，同时也整体性地展示出当下欧华、澳华文学的审美特征和文化诉求，为人们全面把握它们的存在和发展提供了宏大的视野。

二、作家、作品的个案分析

与黄万华、陆卓宁的综合性观照同时进行的，是作家、作品个案研究的蓬勃发展，而且这种“基础性研究”占有较大比重，并取得了一系列成果。

2017 年的《华文文学》，发表了一组关于高行健的专题性评论，包括刘再复的《高行健：当代世界文艺复兴的坚实例证——〈再论高行健〉自序》、刘剑梅的《高行健作品中的女性与道》、庄园的《高行健年谱(1981 年 41 岁)》三篇文章。三位学者从不同的角度，清晰地展现了高行健的文学活动、文学追求、文学理想，以及他思考的向度和广度。

刘再复对高行健文学创作的关注，早在 20 世纪 80 年代就开始了，可以说是高行健执着的观察者与阐释者，曾在 2004 年出版了《高行健论》。十多年之后，又再次集结了一册论高行健的文章，命名为《再论高行健》，《高行健：当代世界文艺复兴的坚实例证——〈再论高行健〉自序》正是这本著作的自序。文章中，刘再复将高行健视为“当代世界文艺复兴的坚实例证”，这可以从他的前后四次“人文发现”得到证实，刘再复将其概括为“1. 发现二十世纪的‘现代蒙昧’，即被‘主义’(政治意识形态)绑架、主宰的蒙昧；2. 发现‘自我的地狱乃是更难冲破的地狱’；3. 发现‘脆弱的人’；4. 发现对立两极之间有一个广阔的第三空间，也可称作‘第三地带’”。这里面浸透着高行健对“世界、社会、人生、审美、艺术独到的认知”，也是他的思想、哲理性思考的重要表现。不仅如此，“从戏剧史的意义上说，高行健在奥尼尔的‘人与上帝’‘人与自然’‘人与社会’‘人与他者’之后，又开辟了‘人与自我’第五维度。但从思想的意义上说，高行健在萨特的‘他人是地狱’之后发现了一个更为深刻的命题：对自我倘若没有充分清醒的认识，这自我同样可能成为地狱。这是敦促人进行自我反省的一个卓越的人文命题。”[5]这一阐释，虽是刘再复的一家之言，却也为高行健研究，提供别样的视野。刘剑梅的《高行健作品中的女性与道》，则对高行健作品中所塑造的女性形象进行了细致分析和重新评价，力图撕掉海外一些研究者给高行健贴上的“厌女症”标签。在刘剑梅看来，高行健非但没有“厌女症”的任何迹象，相反，充满了对女性“柔性力量”的赞美和尊崇，他对“欲望和两性关系的描写，一样属于他禅悟的一部分，属于他对生命终极意义叩问的一部分，饱含了多层次的意义”[6]。文章反复分析了高行健作品中“女尼剖腹洗肠”这一故事的象征意义，也分析了女性反抗与自由选择的双重困境，从而展示了女性生命面临的本真困境。实际上，高行健对女性的塑造和对女性命运的关注，也是对他“自我是自我的地狱”这一文学观念的实践，也为脱离这种人生困境进行了种种可能性的探讨。庄园的《高行健年谱(1981 年 41 岁)》，将高行健 1981 年的文学活动和个人生活作为考察的对象，重点介绍了高行健在这一年的文学创作和艺术探索，对曾经引起巨大轰动的《现代小说技巧初探》进行了重点分析，展示了高行健敏锐的艺术感知力，也呈现出他寻找新的艺术之路的巨大勇气。

对于在欧洲取得极高成就的程抱一，除了黄万华在《百年欧华文学与中华文化传统》这篇综合性的文章中进行了重点阐述之外，钱林森的《花果飘零，迎风自植——程抱一对中法文学文化的融会与创新》，则是一篇颇有分量的程抱一专论，文章对程抱一的求学历程到学术研究，从诗歌到小说创作，都给予了详细而中肯的评价，全面展现了这位中西（中法）文化摆渡人（艄公）所作出的重要贡献。“程抱一在实施中法文化交融的过程中，最具开创性，最具示范性的方面在于，他善于发掘母体文化资源，善于吸取西方文化滋养、充盈自己的学术生命和文学生命，并善于在这种‘发掘’和‘汲取’中学会用中外双重的目光来审视自家文化和异质文化，从而在精神探求中有新的突破和提升。”[7]这样的认识虽然简单，也比较“大众化”，但也确实触及了程抱一取得成功的核心因素。

此外，林湄、老木、穆紫荆、余泽民等新移民作家也出现在评论者的视野之中。如林丹娅、王璟琦的《从林湄创作看新移民文学之新质》，在详细解读林湄的小说《天望》与《天外》之后，认为她的小说展现出了“新的思想内涵、美感经验及书写形态”，主要表现在三个方面：“一是超越二元对立的对话立场。二是于边缘视角审视现代人的生存困境。三是向世界文学迈进的普世品格。”[8]这样的评价，虽有夸张拔高之嫌，但也在某种程度上指出了林湄小说的特征。凌逾的《开拓跨国贸易与哲思小说的新格局——论老木长篇小说〈新生〉》、胡德才的《人性的拷问与探寻——论老木的长篇小说〈新生〉》是专门解读老木小说《新生》的两篇文章，他们对小说中表现出来的“一个男人和六个女人的故事”都进行了颇有意味的阐释，并高度评价了老木在小说创作领域的开拓意义，如“开拓跨境的新商业小说类型”“拓展哲思小说、学者小说新局面”[9]，生动地诠释了“悟善归道、天人合一”的人生理想。康久与六个女子的情感纠葛，虽有悖婚姻道德伦理，但并不是人性沦落的表现，反而是“作者长期以来对人性和生命的深入考察和探索”的结果。体现了作者“思考的深入、见解的独到、观点的犀利、意识的超前”[10]。

计红芳的《论余泽民小说〈纸鱼缸〉的创新艺术》，是对匈牙利华人新移民作家余泽民新作《纸鱼缸》的评论，文章认为，余泽民对匈牙利沉重历史的讲述，开拓了欧华小说叙事的新领域。不但如此，“余泽民为欧洲华文文学提供了对放逐生命的孤独存在的本原性思考”。这使得小说思想更为厚重。与此同时，在审美层面，余泽民也在探索并积极运用中西方相融合的意象、结构以及语言表达方式。“在他颇具匈牙利色彩的意象设置、结构安排和语言质感的艺术呈现之中，拷问历史、拷问人性、拷问人类未来的命运。”[11]这一评价应该来说是比价中肯的。王文胜的《穆紫荆小说创作中的跨文化特征》，则指出了穆紫荆的小说具有鲜明的中国古典文学所具有的“温柔敦厚”的审美风格，同时，也具有多元文化相融合的特征。

欧阳昱的《干货、诗话及“口炮协会”》，主要是对微信群“求证不知道口炮协会”上发表的诗歌及其评论的汇集，具有很强的现场感。从这些摘录的诗作和评析中，可以看出微信群上诗人的诗歌理念与审美态度。当然，作为这一微信群上的重要诗人，欧阳昱也通过自己的诗作和相关评论，将自己的诗歌理念较为明确地表现了出来。譬如，在面对《布兰》这首诗时，欧阳昱给出了完全否定的态度：“一看这首诗，我就觉得恶心，立刻评道：‘什么静静的、水晶般的，恶心得可以。’跟着又来一句：‘写布兰得真差。’……接着，我又来了两句：‘消灭形容词!’‘枪毙形容词。’隔了别人插话的数行后我说：‘必须对那种诗歌大打出手、打砸抢、砸烂、砸扁、砸得稀巴烂。’”无疑，这里表现出欧阳昱对诗歌语言的认识，他认为形容词是作诗的大忌，因此要将形容词驱逐出诗歌的领地。在回答什么东西可以入诗这一根本性的问题时，欧阳昱说道："什么东西能入诗？什么不能入？对于我来说，没有什么不能入诗，包括屎尿、鼻涕，随你怎么想，凡是你能够想象到的，我都能入诗，都要入诗，以至于到了对于那种为诗而诗，为寻找什么诗意而诗的玩意儿，绝对看不进去的地步。"[12] 这可以说是欧阳昱一直秉承诗歌理念，在他的笔下，并不存在题材的局限，重要的是要有新的发现，新的见解，新的表达方式，新的形式探索，新的审美开拓，这些才是作诗更应该考虑的问题。此外，欧阳昱也对"未来诗""先锋""错误"等一系列问题给出了自己独创性的意见。文章中，还有另外一些诗人和学者，如杨邪、成倍、李潞、苇欢、庄园等，也围绕诗歌进行了有意味的点评，为诗歌的创作提供了多重思考的空间。在另一篇文章《不出新，毋宁诗》中，欧阳昱也通过自己的诗歌创作实践，"从清单诗、录音诗和现场写作"[13] 三个方面，为读者展现了诗人在诗歌创新方面所做的实验，并将自己的诗歌理念，通过创作与解读流溢出来。

陈贝贝的《双语的错乱——论欧阳昱小说〈英语班〉的移民困境》，从语言、记忆和身份三个方面，分析欧阳昱小说《英语班》中移民群体的生命困惑与文化困境。吴婷的硕士论文《移民、愤怒与写作：欧阳昱〈黄州王部曲〉创伤研究》，集中探讨了欧阳昱小说中由"社会文化变革和文化地理位移所导致"的精神文化创伤。

古远清的《澳大利亚的粤籍批评家——〈中外粤籍文学批评史〉之一章》，则另辟蹊径，介绍了三位澳大利亚粤籍批评家谭达先、何与怀、张奥列的文学批评之路，以及他们在文学研究中所取得的成就。譬如，作者通过简洁的勾勒，便让人们看到了一个"对学术走火入魔，堪称'学痴'的谭达先"，"一位海内外罕见的中国民间文学研究者"。而何与怀则是集评论、创作于一体的学者型作家，也是一位澳华文学的见证者和守望者，他对澳华作家、中国大陆作家的评论和研究，为人们展示了一些鲜为人知的文坛故事，既具有重要的史料价值，也具有重要的认知价值。张奥列对澳华文学的成长和传播倾注了大量心血，他的一系列评论，无疑对澳华文学的传播起到了重要作用，也为澳华文学的存在现状、创作实绩等提供了第一手研究资料，初步展现了澳华文坛的整体风流。[14] 这篇文章，让人们清晰地看到了澳大利亚粤籍批评家的风采与个性，以及他们在多个文学领域所作出的开创性贡献。江少川的《闪耀在南半球澳洲华文文学的星空——序张奥列〈澳华文学史迹〉》，是为张奥列 2016 年 2 月出版的《澳华文学史迹》所做的序，文章高度评价了《澳华文学史迹》的出版，认为对于澳华文学来说，无疑是一部"难得的扛鼎之作"[15]。

这些个案研究，在跟踪观察和深入阐释的过程中，展示出了欧华、澳华作家的创作实绩，完成了对这一时期代表性作品的检视，也为理论的提升和总结，奠定了一定的基础。

三、理论探讨的持续推进

2017 年的理论探讨，相对来说并不活跃，也没有多少具有开拓性的理论创见，但学者们的理论建构步伐，却并未停滞，他们一方面将以往所提出的理论和方法，运用到具体的研究当中，并对此进行必要的提升，另一方面，则在探本溯源的过程中，对一些理论问题进行了全面检视，试图把握其中的洞见与不见、范围与边界、局限与问题等，并在此基础上，提出建设性意见，从而推动理论思考向前发展。

黄万华的《百年欧华文学与中华文化传统》和《在地和旅外：从“三史”看华文文学和中华文化》两篇文章，在比较视野下，力图全方位展示欧华、澳华直至海外华文文学与中华文化之间的关系。实际上，比较文学研究的理论与方法在国内华文文学研究领域运用得最为广泛、也最为成熟，已经产生了不少有重要影响力的研究成果。黄万华一方面继承了以往的理论视野，另一方面又对这一理论进行了新的拓展。相对于以往注重中华文化对华文文学的单向影响的研究，黄万华加强了海外华文文学对中华文化在世界文化语境中的“核心价值提升”，以及对“又在中华文化的现代转化中丰富了中华文化传统”这些维度的研究。具体到欧华文学对中华文化的提升时，黄万华认为，欧华作家在远离母语的环境中，对中华文化“多源多流”的价值，尤其是对一些被遮蔽的传统有着更为清醒的认识，“这种发现和提升，首先在于对中华文化多源多流价值的把握，尤其是对被历史遮蔽的文化传统的开掘”。因此，在欧华文学中，不但可以看到鲜明的“大传统”的影响痕迹，更加突出的，是它们对“小传统”的开掘和创生。与此同时，在接受欧洲深厚文化传统熏陶的过程中，一些有识之士开始寻找中华文化传统与欧洲文化传统的对接之途：“事实上，欧华作家的写作一直致力于中华文化传统与世界文化潮流的对接。这种对接，不是被动地响应西方文化潮流，而是积极主动地展开中华文化传统核心价值与西方文化的对话，在两者交流中提升人类普世性价值，把握世界文化进步的潮流。”[16]在这种情况下，海外华文作家的创作与思考，不但为中华传统文化的现代转化提供了种种可能的发展路径，而且使两种文化在相互对话中生生不息，成功创生出一种新的文化视野——如程抱一致力于构建的“三元思想”。从这里可以看出，黄万华在比较视野中，并不执意论证文化的单向影响，而是着重阐释文化之间的双向互动，以及华文文学对中华文化的“反哺”与“丰富”。这样的理论视野，较单向度的影响研究，无疑更加广阔。

相对于比较研究的理论视野，理论界对“华语语系文学”的关注热情似乎更高，这不仅是因为这一理论框架展示出了一种新的理论建构的可能，也因为这一理论本身蕴含着巨大的问题与矛盾，又难以自证其清，从而引发出一波又一波的自证与驳诘之间的交锋。确实，这一由海外华人学者提出的理论范畴，从一开始就带有鲜明的文化地理与文化政治的复杂面孔，加之浓厚的后现代主义解构色彩，注定了理论履行与实践的困境。另外，在“华语语系文学”理论内部，理解的偏差和实用主义的姿态，导致了这一话语边界的模糊不清与无限增殖，最终使得理论话语的阐释表现出千差万别的姿态。也正是这一集创见与不见、偏见与误解、缺陷与谬误于一体的矛盾体，激起了众多学者辩难与阐释的热情。

张森林的《华语语系文学研究述评》，应该是本年度对“华语语系文学”梳理得最为全面的一篇文章。文章对“华语语系文学”这一术语的出现、理论奠基者和阐释者的不同观点、不同的阐释派别、问题与缺陷进行了全面的分析。他认为史书美、王德威与石静远等学者无疑是这一概念(理论)的奠基者与实践者，正是在他们的不断阐释和大力推动之下，“华语语系文学”才不断扩大其影响力。但是，这三位学者的阐释又具有不同的侧重点。“如果说史书美的论述倾向于建立‘华语语系’势力以达到抗衡中国的汉语霸权主义、去中国中心论的目的，那石静远的论述则把华语语系与中国汉语中心有机地联系起来，以务实的合作取代二元化的思维抗衡，以达到华语语系求同存异的境界。相比之下，王德威对华语语系的立场更倾向于赞同石静远‘具有强烈英美实用主义色彩’的论述，因为他相信如果只谈华语对抗中文，未免太小看了其下因时因地制宜、与时俱变的繁复动机。语言不是单纯的政治意识载体，语言是‘能动’的社会文化资源。”由此而基本形成了两大派别：“第一派是以史书美为主的，观点比较偏激，视野比较偏狭的学者。……第二派是以王德威、石静远和鲁晓鹏为主的观点温和、视野宽广的学者。”尽管这些学者在具体阐述方面具有较大的差异，但在本质上，他们又具有内在的一致性，即“无论是史书美派所持的比较强烈的论调，或者是王德威派所持的比较温和的论调，他们有着一个共同的特点，那就是中国境外的华文文学生产者/研究者，希望通过这个有别于‘传统意义上的中国文学(华文文学)’的新概念，凝聚为一个至少能够与‘中国文学’(华文文学)平起平坐的文学集团”。但是，到目前为止，他们的这种诉求，显然还未能实现，“还停留在‘破旧’而未‘立新’的刍议阶段”。尽管这样，作者还是认为，这种理论上的探讨，依然具有独特的价值和意义，“这些清晰的发声都让传统的汉学研究转向多元的华语语系研究的思考”[17]。

霍艳的《另一种傲慢与偏见——华语语系文学研究的几个问题》一文，围绕“华语语系文学”这一理论框架所存在的几个问题进行了梳理和辨析。文章认为，“华语语系”这一理论视野的提出，与史书美不断“游移”的人生处境和意识形态化的教育紧密相关，也与她所处的“双重边缘”“双重不被认可”的学术处境相关。在这些因素的相互作用之下，史书美试图建构的理论，出发点就存在诸多问题，暴露出“思考的僵化”“对中国缺乏深入的了解”等弊端。另外，文章还分析了“华语语系”这一术语本身的不确定性和含混性指称，认为这虽然从某种程度上显示出理论的开放性特征，但也存在着难以克服的弊端。“大家都出于自己的立场对‘华语语系’做出解释，‘华语语系’变成一个人人可以言说、人人又不知道明确所指的概念，他们不断把自己认为代表性的作品塞进华语语系这个框架里，使得这个架构越来越臃肿。”从目前来看，尽管这一理论视点存在诸多有待解决的问题，但因为其所具有的实用性特征，在众多学者，特别是海外华人学者的持续推进之下，得到了越来越多的认识和使用，在中国台湾、东南亚华文文学研究领域，以及北美地区，都开始有意识地采用这种言说的方式。面对这种情况，作者指出，如果“华语语系文学”的阐释者不能正确对待中国本土文学与海外华文文学之间的关系，不能消除僵化的二元对立思维，那么，“华语语系文学”这一理论就不可能取得重要发展。只有将各种复杂的因素，进行辩证的、有机的考察，才能“建立起一个多元化的文化生产系统，才能在全球化浪潮里站稳脚跟”，最终才能“为中华文化增添丰富性”。[18]

施龙的《在“华语语系文学”中穿行的堂吉诃德——评王德威主编〈新编现代中国文学史〉》，围绕王德威新近主编的《新编现代中国文学史》所体现出来的创见与盲点，进行了辩证性的分析。作者认为，王德威主编的《新编现代中国文学史》，在很大程度上看，是对“华语语系文学”的一次文学史实践。“德威的文学史构想还包括以华语语系文学替代现代中国文学前景的展望。”也正是因为这样，这部文学史的编撰方式，与以往我们熟悉的文学史相比，具有相当大的差异，其价值和问题同时并存，而且“存在的问题比解决的问题更多”，“客观说来，即使考虑到王德威文学史观的独特性，欧美大学东亚系或中国研究的学术风格也部分使得王氏文学史对现代中国‘文学’的本体重视不够，不过，与具体的学术风格相比，该书总体呈现的学术思想可能更能代表王氏文学史的非正统性”。虽然存在这样那样的问题，王德威的这种编撰文学史的“冒险”举动，打破“常规”编史的方式，无疑有其实际的意义：“王德威主编的这部文学史最大的贡献是创造性地化用中国传统的文论观念，较为有效地回应了中国现代文学因何‘现代’的大问题。”王德威编撰文学史的出发点和方式无疑值得商榷，也存在诸多局限性，但这一努力依然“值得尊重”，因为“它们为我们揭秘了历史的多种可能，又如同堂吉诃德那样在未知的文学丛林里披荆斩棘，这种努力是不可磨灭的”[19]。

王德威的《华语语系研究的新收获》一文，是为张松建《历史记忆与文化认同：海外华语文学新论》所作的序言。作为“华语语系文学”的奠基者和最忠实的传播者，王德威在这篇文章中，再次对“华语语系文学”的使用范围和意义进行了说明：“华语语系文学强调以全球华人最大公约数的语言——主要为汉语，包括各种官话到南腔北调的方言乡音——的言说、书写作为研究界面，重新看待现当代文学流动、对话或抗争的现象。远离中州正韵的迷思，华语文学观察不同地域、族群、团体，甚至阶级、信仰、性别的发声位置，从而理解众声喧‘华’的意义。”并对张松建的著作给予了高度评价，认为这不仅改变了华语文学史的“时空脉络”，扩大了文学地理的范围，也对“华语作家的地缘政治做出了敏锐观察”，还超越了“超越传统中原/海外的简单分野，也辩驳当代批评政治正确的倾向”[20]。从入选的作家和立论的方式来看，张松建的著作切合了王德威的理论诉求，因此，该书获得王德威的赞赏也在情理之中。

此外，徐诗颖的《重新认识柯文“中国中心观”的研究价值——兼与“华语语系文学”概念做比较》、钱翰《“华语语系文学”：必也正名乎》也分别表达了对“华语语系文学”的看法，但否定的意见居多。

可以想见，关于“华语语系文学”的争论，还会持续下去，如何对待这一问题，来自不同地域、持不同立场的学者，依然会表现出巨大的分歧，甚至对立的选择。这一现象，也实属正常。争论与辩难，会将遮蔽的东西突现出来，将模糊的东西清晰化，也利于人们认识到其中的偏见与谬误，洞察与创见。因此，我们以何种态度对待海外学者的理论冲击，就显得尤为重要。新的理论术语的出现，理论空间的拓展，无疑会给欧华、澳华文学研究带来新的阐释空间，也会给世界华文文学的理论建构带来新的际遇。所以，正如一些学者所言，将“华语语系文学”视为“海外华裔学者对国内学界所做的一种知识、观念和思维方法及思想视野上的通盘‘反哺’，要比视之为一场来者不善、善者不来的挑战甚至挑衅更合适、也更有益”[21]。唯其如此，我们所要做的，便不是自我封闭，而是积极应对，增加阐释的力度，从而真正实现华文文学理论的新突破。

四、一点隐忧、一些期待

2017年的欧华、澳华文学研究虽然没有表现出多少激动人心的场景，也没有产生多少学术热点，但是，随着各项工作的平稳有序推进，还是取得了一定的成绩，从作家、作品的研究，到理论的思考，都有新的发现、新的拓展，并表现出较为鲜明的特点，即研究对象的集中化。

可以看出，欧华、澳华文学的研究对象都比较集中，譬如在作家、作品研究方面，刘再复、程抱一、老木、欧阳昱等是研究者关注的焦点，并在研究的深度和广度方面，达到了新的高度，为人们更为全面而深入地了解这些作家及作品，提供了新的视野。在理论探讨方面，则以"华语语系文学"为主。其他理论虽有运用，有深化，但并未形成规模性的冲击力量。从地域上看，这些研究者来自四面八方，既有中国大陆的资深研究者，如古远清、黄万华等，也有来自中国台湾、香港的研究者，如郑明娳、刘剑梅等，同时还有来自海外的华人学者，如王德威、欧阳昱、张森林等。这些研究者因为知识结构不同，地域差异甚大，阐释视点悬殊，因而带来了阐述方法、理论视野的巨大分野，从而造成了华文文学研究"众声喧哗"的局面。这种初具规模的"学术共同体"的形成，对于推进欧华、澳华文学的研究，提供新的阐释视野和理论框架，无疑具有重要意义。

但是，在欧华、澳华文学的研究中，也存在一些不容忽视的问题。首先我们发现，虽然在各领域的研究中出现了一批具有创见的研究文章，但一些"懒惰"的评论，也时常充斥其中。之所以说"懒惰"，是因为这些文章并没有体现出批评应有的"发现"和"洞见"的功能，而仅仅是对文学作品故事层的复述，或者是东拉西扯杂凑的拼盘。从表面上看，这些评论也是围绕特定的作家、作品进行分析，但细究之下，却空洞无物，既无对作品的审美阐释，也无思想的穿透力，这不能不说是一种遗憾。其次，研究视野显出狭窄与僵化，这主要表现为对现有理论的套用，甚至人云亦云的弊端。早在20世纪末，饶芃子先生就曾指出："研究海外华文文学需要建立一种更为博大的世界性文学概念，即从世界文学的角度来审视、研究各国各地的华文文学，展示其文化和美学上的价值。"[22]这是因为海外华文文学是一种跨国、跨地区、跨文化的存在形态，所以在面对这一文学现象的时候，研究者就必须具有宽阔的眼界，用世界文学的视野，来探寻其文化与审美的特性。但是，在一些研究文章中，我们看不到这样的视野和胸怀，看不到文章"展示其文化和美学上的价值"这一特征，相反，呈现在我们面前的，是单一的研究视野，僵化的研究方法。一些研究者虽然注意到了研究对象中西文化碰撞与融合之后的特性，但缺乏具体而有效的论证，从而使得文章出现大面积的套话、空话，使得所谓的评论成为一种"不及物"的存在；还有一些文章则完全没有注意到研究对象的"审美之维"，而是仅仅满足于对其表面呈现出来的文化现象的简单复述，这显然无益于研究的深化。对于华文文学的研究来说，"不管从文化的角度，还是从语言的角度最终都不是要抹杀'海外华文文学'的文学性，而是要从不同角度来说明它的'文学性'"[23]。缺乏了对"文学性"的关注，海外华文文学充其量就仅仅是认识海外华人存在状态的资料汇集，这与华文文学研究的初衷显然是背离的。更重要的是，因为没有新的创见，所谓的

“文化研究”，结果只是常识的复述，从而出现单调而平庸的尴尬局面。如果说，这一局面的形成，并不是研究者能力方面欠缺的表征，但至少表明了在“懒惰”的评论中，研究者陷入了平庸思维的陷阱，这不能不让人心头涌上一丝丝担忧。

欧华文学具有相对悠久的发展历史，形成了较为深厚的文化传统，已经产生出诸多具有影响力的华文作家，并成为世界文学中一颗颗耀眼的明珠；澳华文学虽然从 20 世纪 90 年代以来才真正产生影响力，但其强劲的发展势头，已经成为海外华文文学最为活跃的部分之一，并日益扩大其影响力。一些作家的作品，已经成功入选当地权威的文学史中，成为西方评论界关注的对象。面对这一现状，我们需要以更多的精力、更宽阔的视野、更敏锐的发现，进行跟踪观察与阐释，促成批评与创作的良好互动局面，拓展理论视野，从而推动欧华、澳华文学更快、更好地发展。

注释：

[1]饶芃子、杨匡汉主编：《海外华文文学教程》（第二版），暨南大学出版社 2014 年版，第 197 页。

[2]黄万华：《百年欧华文学与中华文化传统》，《世界华文文学论坛》2017 年第 3 期。

[3]黄万华：《在地和旅外：从“三史”看华文文学和中华文化》，《广东社会科学》2017 年第 4 期。

[4]陆卓宁：《冷战时期的欧华文学：忧患/裂变中演进与突围》，《华文文学》2017 年第 1 期。

[5]刘再复：《高行健：当代世界文艺复兴的坚实例证——〈再论高行健〉自序》，《华文文学》2017 年第 5 期。

[6]刘剑梅：《高行健作品中的女性与道》，《华文文学》2017 年第 4 期。

[7]钱林森：《花果飘零，迎风自植——程抱一对中法文学文化的融会与创新》，《华文文学》2017 年第 5 期。

[8]林丹娅、王璟琦：《从林湄创作看新移民文学之新质》，《妇女研究论丛》2017 年第 4 期。

[9]凌逾：《开拓跨国贸易与哲思小说的新格局——论老木长篇小说〈新生〉》，《世界华文文学论坛》2017 年第 1 期。

[10]胡德才：《人性的拷问与探寻——论老木的长篇小说〈新生〉》，《华文文学》2017 年第 4 期。

[11]计红芳：《论余泽民小说〈纸鱼缸〉的创新艺术》，《华文文学》2017 年第 4 期。

[12][澳大利亚]欧阳昱：《干货、诗话及“口炮协会”》，《华文文学》2017 年第 5 期。

[13][澳大利亚]欧阳昱：《不出新，毋宁诗》，《华文文学》2017 年第 4 期。

[14]古远清：《澳大利亚的粤籍批评家——〈中外粤籍文学批评史〉之一章》，《华文文学评论》2017 年 12 月 31 日。

[15]江少川：《闪耀在南半球澳洲华文文学的星空——序张奥列〈澳华文学史迹〉》，《世界华文文学论坛》2017 年第 3 期。

[16]黄万华：《在地和旅外：从“三史”看华文文学和中华文化》，《广东社会科学》2017

年第 4 期。
[17]张森林:《华语语系文学研究述评》,《华文文学》2017 年第 2 期。
[18]霍艳:《另一种傲慢与偏见——华语语系文学研究的几个问题》,《扬子江评论》2017 年第 4 期。
[19]施龙:《在"华语语系文学"中穿行的堂吉诃德——评王德威主编〈新编现代中国文学史〉》,《扬子江评论》2017 年第 6 期。
[20]王德威:《华语语系研究的新收获——序张松建〈历史记忆与文化认同:海外华语文学新论〉》,《世界华文文学论坛》2017 年第 3 期。
[21]李林荣:《在被"祛中心""反宰制"中启动理论自新》,《文艺报》2017 年 7 月 12 日。
[22]饶芃子:《九十年代海外华文文学研究的思考》,《世界华文文学的新视野》,第 12 页,中国社会科学出版社,2005 年。
[23]饶芃子、费勇:《论海外华文文学的命名意义》,《文学评论》1996 年第 1 期。

2017年东南亚华文文学研究概况

贾颖妮

2017年的东南亚华文文学研究取得了较好的成绩，从理论争鸣到史料挖掘，从文学现象的阐发到具体作家作品的剖析都有新的开拓。本文将从四个方面梳理本年度研究成果：理论探索与争鸣，文学现象、文学社群、文学史研究，华文报刊与文学生产研究，作家作品研究。本论文援引的文章来源于中国知网。

一、理论探索与争鸣

2017年，华语语系文学仍然是理论争鸣的焦点。王德威在给张松建专著《历史记忆与文化认同：海外华语文学新论》所写的序言中肯定该书是华语语系研究的新成果，尤其是赞许张松建研究对地缘政治的敏锐感知，如张松建论述新马华人公民身份之可贵，以及从移民、遗民、殖民、夷民转化为公民之不易。[1]在文中，王德威再次阐述了此前已多次论及的有关后遗民、华语语系文学的相关观点，但也有些微调整，如他认为张松建的研究启发我们重新思考部分学者有关清帝国以来中国的“内陆殖民性”，以及中国海外移民在移居地的“定居殖民”行径的论述，指出这些论述虽然信而有征，但犯了以偏概全的毛病，“殖民”或“后殖民”理论不能诠释海外华人情感结构的复杂性。

朱崇科的论文《“华语语系”中的洞见与不见》介绍了王德威、史书美对华语语系文学的界定，认为这一概念有助于我们突破狭隘的中国中心主义，重新思考中国大陆文学与其他区域华文文学之间的繁复关系；同时也通过跨学科的关联性思考丰富了区域华文文学研究，比如通过华语语系视角看待新加坡华文文学，可以同时关联新加坡华人社会，乃至更庞杂的“新加坡学”。[2]朱崇科也指出该概念存在的诸多偏见和不足，如将跨殖民理论的批判矛头指向大陆，以及将中国大陆文学从华语语系文学中剔除而呈现出“对抗性贫血”等。朱崇科还提出了突围的办法：各区域华文文学可以产生“本土中国性”，并与更大范围内的中国性相交集；借鉴中国大陆文学的经验与资源；先创造出更多的经典作品。霍艳的《另一种傲慢与偏见——华语语系文学研究的几个问题》结合史书美的个人经历和身处的学术语境分析了“华语语系文学”的偏见，并进一步探讨了华语语系文学的发展流变与未来走向等问题。[3]新加坡学者张森林的《华语语系文学研究述评》梳理了史书美、王德威、石静远、鲁晓鹏等学者在华语语系文学领域所做的努力，比较分析了几个学者论述之异同，并认为史书美提出的“帝国间性”新概念将会激发学界关于华语语系的更多层面的研究，“带来更为丰富繁复的思考空间与思辨平台”[4]。在以上有关华语语系文学的理论辨析中，东南亚华文文学往往被作为合适的例证，这些论述也将深化和丰富东南亚华文文学研究。

中国文学/文化的海外传播是近年来理论探讨的重要议题。王列耀、池雷鸣的《华侨华人与百年中国文学及海外传播》另辟蹊径，认为中华文化的海外传播需要在“时间的中国”的基础上，建构一个“空间的中国”，即在全球视野中观照“中国”如何面对、走向、融通海外，在这一进程中，华侨华人可有效沟通本土与海外。[5]文章以东南亚华文文学为例，指出这类作品蕴含中华文化的精神和民族审美情感，“中国文学”不仅应当与之保有文化上的关联，更应自觉与之展开对话，激励其扮演“海外中国”的角色，认识到其在中华文化的发展与传承中的作用。另外，论文对“海外”也有新的界定，认为现有的文学传播研究，多数将“海外”直接等同于所在国的主流社会是有失偏颇的，“海外”由主流社会和华侨华人社会构成，华侨华人社会应当在中国文学海外传播的任务中居于优先的位置。

海外华文文学与中华文化的关系是一个常提常新的问题。许文荣认为，马华文学与中华性的纠葛是华语语系文学中历史最悠久又最极端的案例。马华文学在不同历史阶段对中华性有不同的取向：战前主要是倾向“政治中华”；60至80年代主要是拥抱“文化中华”；90年代后主要经营“美学中华”。制约马华文学与中华文化关系的因素分为主客观两方面。马华族群主观上想要摆脱中国文学的影响焦虑以建构马华文学的主体性，但客观上为应对官方的同化压制又不得不求助于中华文化，这种尴尬的处境使他们对中华文化的心态在疏离与拥抱之间摆荡。[6]

刘俊教授认为，新马华人文化呈现“文化同构”的状态，即“在源头上同源、在历史上同在、在形态上同类、在精神上同质”。华文文学在两国华人“文化同构”的过程中发挥了重要的作用，这一方面源于新马两国历史上曾是同一国家，有着共同的历史记忆和文化渊源，另一方面两国有共同的文化源头——中华文化，而华文文学是中华文化在海外最具代表性的表现载体。具体而言，华文文学在新马华人“文化同构”过程中的作用体现在以下几方面：表达对中华文化的孺慕之情；追溯华人的文化之根；表现华人的族群共同体意识；为华人遭受的不公鸣不平；思考华人文化“中国性”与“本土性”的关系。由此也可看出“中华文化”对东南亚地区华人产生了持续而广泛的影响，在这一过程中，华文文学扮演了十分重要的角色。[7]

潘颂汉留意到马华文学独特的跨国流动现象，即马华青年回归大中华文化区（大陆、台湾、香港），置身于“故乡”的“他文化”之中，却常常抱持寓居他乡的心态。论文以神州诗社、东马旅台的李永平、张贵兴以及留台后再度赴港的林幸谦为例，剖析了这些“回归”了母语文化环境的马华作家对“乡”——他乡、故乡、原乡——的跨区域追寻和情感调适历程。在此基础上，论文提出，对离于本土之外，寓居在母语文化之中的马华文学，“离散”并不能对之进行有效阐释，应该引入“散寓”的概念，对它两者皆有，又特异其间的个性，及其双重移民的身份和多重边缘的文学属性抽丝剥茧，从而有效把握马华文学这种独特的跨国流动现象。[8]

二、文学现象、文学社群、文学史研究

朱文斌多年来致力海外华文诗歌研究。他的《放逐·乡愁·寻根——论东南亚华文诗歌的三大文化母题》认为，东南亚华文诗歌受到中国文学传统与本土文学传统的双重影响，在“双重文学传统”的融合与影响之下，“放逐”“乡愁”与“寻根”成为东南亚华文诗歌的三大文化母题。[9]这三大文化母题相互交织，丰富了东南亚诗歌的表现领域。谢永新的《东南亚华文现代诗蕴含的中国文化辨析》认为，东南亚华文现代诗蕴含着深刻的中国文化内涵，对中国古代文明、古代科技、古典艺术、民俗文化、节日庆典和宗教信仰等有多重展现，其原因在于东南亚华人作家深受中华文化熏陶，热爱中国文学，在心灵深处蕴藏着浓厚的“中国情结”。[10]陈祖君以诗歌为例，分析了马华文学在母语文化、在地文化和其他外来文化的交融影响之下形成了独特的文化性格，是“地方错置”境遇里“本地实践”取得的别样成果，而且因为马华作家有一定规模的岛外旅居，具有“地方再置”后的二度“本土实践”，面临文化乡愁与家国认同的新调整。[11]

关于马华文学的族群关系书写，庄薏洁结合具有代表性的作品，分析了马华文学对弱势民族“他者”的几种书写模式以及这类书写如何体现列维纳斯的“他者”理论，具体包括五种类型——重构“拉子”的“面貌”：为“种族迫害的他者”的伦理责任；面对“不对称性”的伦理“他者”：以“第三方”眼光“消灭暴力主体”；言说性别政治中的“他者”：为他伸张“不平等的正义”；展现多元文化观里的“他者”：“为他”是存在的向善；再现“魔幻他者”：为他在暴力书写中禁止杀戮。[12]庄薏洁认为，马华文学的弱势民族书写除了从边缘发掘人类的困境与现实关怀，更反映了华族在多元族群共处的马来西亚与其他族群的错综纠葛。贾颖妮的《转型期马华文学跨族裔婚恋书写的走向》分析1990年代以来马华文学跨族裔婚恋书写的新动向：接受现代高等教育的文明他者进入族际婚恋题材；“喑哑”的异族开始“发声”；新老华人对异族文化的态度出现对立的声部，“华—夷”之别开始淡化。[13]这种新的书写路向表现了马来西亚走向发展与开放的转型期，华文文学对族群和谐的自觉拥抱。

天狼星诗社是20世纪70年代崛起于马华诗坛的重要文学社团。朱文斌、岳寒飞的《马华天狼星诗社的创作心理在探究》认为，该社以传承中华文化为己任、拒绝马来西亚政府的单一文化政策，其创作融汇古典与现代，被称为“中国性现代主义”。探究天狼星诗社的创作心理，有助于我们加深对天狼星诗社的了解，对其给予客观公正的评价，同时也有助于我们透视20世纪七八十年代马来西亚华人的生存状态和心理诉求。文章认为，20世纪70年代马来西亚政府出台新经济政策，对华人进行打压是天狼星诗社成立的催化剂；向母语文化寻求动力，与文化同化政策抗争，是“心理平衡”需求的表现；化用中国古典诗词意象，以屈原为推崇对象，是“自我实现”的强烈渴求。[14]

贾颖妮的《马华新生代文学中的宗教纠葛与族群政治》分析了世纪之交新生代作家黄锦树、贺淑芳、陈绍安、黎紫书等对华巫之间的宗教纠葛及其背后的族群政治的大胆暴露。[15]论文从不信道者的流放，“技术派穆斯林”的认同分裂，宗教对个人情感领域和公共空间的规训等几个方面展现了马来西亚华人的弱势地位，展现了族群和谐湖面下

的冲突暗流。

孔舒仪的硕士学位论文《新马华文抗战小说的“本土性”研究》剖析了新马华文抗战小说在不同时期中“本土性”的演变：20世纪30年代，抗战小说主要声援中国抗战，尽管有追求“本土性”的呼声，但很快就被浓厚的“中国性”所淹没；二战结束后，华人产生了“落地生根”的想法，但新马社会对华人的打压政策使华人文学追寻“本土性”的同时仍盘旋着“中国性”，呈现出“本土性”与“中国性”的纠葛；1980年代后，华人在新马两国地位有所上升，加上新生代作家接替老一辈作家成为文坛主力，开始自觉寻求“本土性”。论文指出，新马抗战小说的“本土性”演变，见证了两国几十年的历史沧桑，这种“本土性”还将继续蓬勃发展，继而展现新马华文抗战小说独特的文学意蕴。[16]

古大勇认为，晋江籍菲华作家的代际交替与菲华文学的萌芽、发展同步，在菲华文学史上具有举足轻重的地位。他们成立文学社团，创办文艺刊物，发起文学论争，推进文学理论建设，推动菲华文学的形成与发展；他们的文学创作题材多样，涉猎广泛，艺术手法上以现实主义为主，也进行多种艺术实验，取得了显赫的成绩。[17]古大勇称之为菲律宾华文文学中的“晋江现象”。

马峰的《东南亚华文女作家的定位与超越——以马华、新华及印华女作家为参照》关注东南亚地区华文女作家的崛起这一文学现象。他指出，马华文学、新华文学及印华文学紧密联系，共同形成颇具区域色彩的马六甲海峡华文文化圈；三地的女作家表现抢眼，但对性别问题的表现尚未达到女性主义的高度；从文学史脉络来看，新马两地女作家在1980年代陆续崛起，但没有担当文学变革的旗手，只是以创作呼应时代潮流，印尼女作家在21世纪与男作家并肩作战，开始文学拓荒工作；三地女作家特别重视创作的语言美学。[18]论文总结，三地女作家的创作已有不少优秀之作，但如何超越自我的女性意识，突破创作的狭小格局，形成自己的风格，仍然是有待深入思考的问题。

袁龙从微型小说出版物的角度比较中国大陆、中国香港以及东南亚华文微型小说的异同：从发展路径看，三地华文微型小说的兴盛皆得益于报纸副刊的繁荣、微型小说刊物的出现以及出版社的推动；从内容来看，中国香港和东南亚微型小说题材相对集中，多表现青春成长、婚恋情感和职场拼搏，中国大陆微型小说题材则广泛得多；从形式与技巧看，中国大陆微型小说既注重继承古代短篇小说的叙事方法，又大量吸收西方小说的技法，风格多元，中国香港及东南亚微型小说因曾与中国大陆母体文化隔断，更多接受西方或日本影响，但技巧可与中国大陆微型小说相媲美。[19]

张晶的《中国渊源与本土诉求：从〈新华文学大系〉看当代新加坡华文文学的经典建构》认为，新加坡“世华文学研创会”编写的《新华文学大系》对新华文学的界定、对作品的分期都体现了建构新加坡本土话语体系的意图。在选文标准上，注重本土性与中国性的融合，华族性与世界性的兼顾，以及思想性与艺术性的平衡。论文指出，《新华文学大系》一方面继承了中国以及海外华文文学界以文学大系确立文学经典，进而参与文学史书写的传统，另一方面又通过本土话语体系的建构和经典文本的生成表达了当代新加坡华文文学追求国家意识与华族文化特质相统一的本土诉求。[20]可以说，《新华文学大系》建构新加坡华文文学经典的努力在寻求中国渊源与本土诉求之间的平衡方面做了有益的尝试。

三、华文报刊与文学生产研究

贾颖妮的《华文报纸副刊与马华文学论述的“本土化”转向》认为，华文报纸副刊在1990年代马华文学论述的“本土化”转向中作用巨大：一方面，报纸副刊通过设定议题、策划文学论争、打造批评经典等策略，大力扶持新生代文学批评，从而建构马华文学诠释的本土视域；另一方面，报纸副刊有意识地开展史料爬梳与谱系建构工作，为马华文学论述的本土化提供扎实的考据材料和“地方知识”。报纸副刊积极介入马华文学批评领域，推动文学论述的本土化，反映出华文报纸是守护马华族群文化的堡垒，也是抗争马来官方对华族进行“他者化”建构的精神纽带。[21]

王文艳、吴奕锜的《“是你赋予我一片青绿的山色”——试论〈文艺春秋〉〈南洋文艺〉与1990年代的马华诗坛》认为，马华文艺副刊《文艺春秋》《南洋文艺》对1990年代的马华诗坛影响深远。具体而言，“罗厘”诗人叶明琚通过《星洲日报》的端午节诗歌比赛和“花踪”文学奖崛起于诗坛，两报副刊通过大量刊载叶明琚的诗歌，并配合专辑和诗评，将其打造成1990年代前期的重要诗人；通过制作“开年诗展”，举办“朗唱会”和“诗乐园大秀场”，策划“第六步诗坊”专辑和“新诗代”作品展，两报副刊建构了1990年代富有活力的诗人群像；通过让前行代、中生代、新生代诗人集体亮相，并推进有深度的诗评，建构1990年代马华诗坛亮丽多彩的星空。[22]

赵颖的《清末民初南洋华人族群认同的发展走向——以新加坡华文报刊的社会功能为例》认为，清末民初的新加坡华文报刊对当时海外华人的生活进行了细致、全面的观照，从中可以看出不同时期华人的国家认同的变迁：在19世纪末，华人的认同多以中国为归属，所设栏目多关注中国时局，评论立场也多以中国的海外子民自居；随着时间的推移，置身多元文化环境的新加坡华人，渐渐滋生流寓心态，对南洋的认同感增强，报纸副刊同时关注中国和南洋的政治经济大事，在南洋的异质文化体验常成为副刊津津乐道的话题，报刊的主题既有“思乡情结”，又有“南洋色彩”。新加坡华文报纸见证了新加坡华人的族群认同从单向同化走向流动复合的发展过程。[23]

四、作家作品研究

作家作品研究在本年度的东南亚华文文学研究中占据了较大比重。其中，马华作家作品研究的成果最为可观，旅台、西马、东马作家作品都有涉及。新加坡、越南华文作家作品研究也有新的开拓。

马华文学方面，旅台作家群仍是关注的焦点，主要涉及温瑞安、陈大为、林幸谦、李永平、钟怡雯等。金进的《跨界行旅与温瑞安武侠小说创作的关系》采用知人论世的方法，联系温瑞安从马来西亚到台湾再到香港的跨界行旅，分析他创作心理的变化过程，以及这种流徙经验如何文学化，潜入他的武侠小说中。[24]潘颂汉的《论离散马华文学的文化中国乌托邦情结——以林幸谦和陈大为的诗文创作为中心》以林幸谦和陈大为的创作为例，分析了马华作家的流寓经验和“文化中国”对其精神的维系作用，随着族群关系的缓和，“文化中国”的乌托邦作用开始呈现隐形存在状态，但始终潜隐在作品之中。[25]宋秀娟的硕士学位论文《李永平长篇小说〈大河尽头〉的主题研究》分析了《大河尽头》的“罪孽与救赎”“婆罗洲书写与主体漫游”等主题，认为这些主题的影响因素在于“原根性”与“本土性”。[26]王丽平的硕士学位论文《钟怡雯散文的“三乡书写”》结合作者的创作经历，分析了钟怡雯散文对心灵原乡［马来西亚］、现实原乡（中国台湾）、文化原乡（中国大陆）的追寻与多重书写，展现了钟怡雯得天独厚的“混血”特质和与众不同的生活经历化作散文书写的资源的过程。[27]

本年度，一些曾经在马华文学史上影响巨大但渐渐被人淡忘的作家作品也得到了重新关注。朱崇科的《卓尔不群论铁抗》认为铁抗是马华文学史上非常杰出的作家。论文分析了铁抗在理论演进和文学实践上的成就。就文学理论而言，铁抗大力推行中国性现实主义，强调文学的“现实化”问题，主张文以载道并积极践行。[28]在创作上，铁抗实践“多元现实主义”，既有契合现实主义理论原则的作品，如《白蚁》《洋玩具》等，又有带有强烈抒情色彩和技巧创新的作品。钟怡雯的《下南洋，返唐山——〈南洋散文集〉的移民史缩影》研究了很少被人提及的韩萌主编的《南洋散文集》(1952)，介绍了韩萌的生活经历和他的编辑理念，认为这部散文集反映了当时华人“下南洋”的流离生活和“返唐山”的强烈愿望，留下了那个动荡时代的移民记忆。[29]肖怿、邓圆圆的《从〈枯岛〉看许杰对战前新马华文文学的影响》研究了作家许杰的南洋文学经历，认为许杰在新马创办《枯岛》，并以此为据点，倡导南洋“新兴文学”、关注南洋“地方色彩”，并扶持南洋文艺青年，对新马华文文学的发展做了不少拓荒性工作。[30]

黎紫书是马华文坛颇受关注的女作家，本年度有几篇论文评述她的创作。胡星灿的《边界超越与世界游走——以黎紫书微型小说的“世界意识”为考察中心》分析了黎紫书微型小说中显现的“世界意识”，包括：通过“内容延展”在内容上突破以往边界，探照人性的普遍面向；通过“话语更新”探寻马华文学本土话语之外的可能。[31]黎紫书的实践有效突破了马华文坛的“地方性迷思”，打通了马华文学与世界文学的连接通道。但这并不意味着她忽视了“中原/南洋”问题，她微型小说语言的“大陆化”倾向，可视作对“中原”的一次示威，由此可看出她对“中原”问题的立场。颜敏认为，《告别的年代》是黎紫书有意建构的女人神话。小说采用俄罗斯套娃的结构，用三个名叫朱丽安的女子的故事牵扯起复杂琐碎的历史线索，借助女人神话来书写大马华人历史，最后却发现了历史的空洞、虚无，历史的起点和终点都变得残缺不全。[32]陈静梅以《告别的年代》为中心，分析了黎紫书的食色书写所展现的女性命运：饮食展现了底层女性的生存困境和遭受的不平等待遇，但饮食也可以成为女性摆脱边缘处境，建构自我认同的力量源泉；性爱经历和生育体验成为女性探索身体自主的试验场，也是女性结成同盟另谋生路的通道。[33]

其他女作家，如商晚筠、李忆莙、戴小华、朵拉等也受到研究者的关注。朱文斌指导的三位研究生精读马华作家商晚筠的短篇小说《痴女阿莲》，分别从阿莲的“边缘性”、阿莲形象的复杂性，以及“原乡”书写三个角度展开探讨，深化了对《痴女阿莲》的认识。[34]马峰的《琼籍马华女作家李忆莙论》认为，李忆莙的创作有浓厚的人文关怀，具体表现为女性关怀与两性和谐，原乡追寻与故土情思，本土情怀与在地沉思，2012年出版的长篇小说《遗梦之北》则是人文关怀的巅峰之作。综观李忆莙的创作，可发现她的人文关怀精神："从个体自我走向华人社群，再升华为超越性别与族群的普世之情"。[35]赵艳的硕士学位论文《马华作家戴小华和朵拉的中华文化认同合论》认为，戴小华、朵拉选择华语进行创作，追寻传统道德境界，表现出文化的自觉；她们的作品有对家庭伦理和亲族关系的表现，有对华人节庆习俗和民间信仰的展现，带有明显的华族特征；她们身处马来西亚，受压制的处境让她们建构文化的原乡来缓解在地生活的痛苦，产生了多元共生的家国认同意识；她们推崇"仁爱"原则、维护整体利益，积极实践济世思想。[36]所有这些，都体现了两位女作家的中华文化认同。

本年度还有几篇论文值得关注。刘东霞的《原乡、本土、世界：论马华诗人田思的〈雨林诗雨〉》追溯了东马诗人田思的创作历程，认为他早期的诗作主要表现文化原乡和本土关怀，以此来隐喻人类对文化家园的想象和流散民族对在地生活的体认与情感；2012 年出版的诗集《雨林诗雨》除了坚持原乡想象和本土书写，更将目光投向了整个世界，思考当今人类共同面对的问题，在叙事策略上也部分地抛开了隐喻性表达，更加直接外露，表现出强烈的普世情怀，实现了他诗歌艺术的自我超越。[37]这是本年度唯一研究东马作家的论文，东马文学如何被看见仍是有待思考的问题。朱崇科的《论马华作家小黑作品中的马华话语》认为小黑是大马本土作家中的佼佼者，他的作品呈现出独特的马华话语，主要分为三个层面：对马共书写的实践与开拓；关注马华当下的现实话语，尤其是对敏感政治问题的涉入；巧借异族视角进行反思。[38]朱崇科也指出了小黑小说后期转型遭遇的瓶颈。新加坡学者张森林的《游以飘〈流线〉中的历史想象与人文关怀》剖析游以飘诗集《流线》中的历史想象与人文关怀。论文通过与王润华、田思等新马诗人的诗作的比照，指出游以飘诗作的历史厚重感和文化忧患意识主要体现在批判殖民历史、瞻望马国未来、回望南洋大学、关怀社会时事四个方面。[39]

新华文学方面，朱崇科的《论谢裕民对新加坡性格的再现》分析了谢裕民不同时期的创作对新加坡性格的再现。在早期，谢裕民通过快照横截面、自拍、借助他者反观自身等多种方式，聚焦新加坡社会的都市性，展现形形色色的新加坡性格，批判新加坡的国民性和文化症候，隐射官方政治生态。中年以后，谢裕民对新加坡性格的再现有更多的文体创新和技巧推进，心态亦由早期的尖锐批判变得平和很多。[40]朱崇科的《论淡莹作品中的"新"华性》指出，淡莹的诗作诠释了何为新华性。她的作品与其人生经历相缠绕，体现了流动性和多元文化主义。她早年留学中国台湾，其诗作受台湾现代主义影响，营造了一个有情世界。她留学美国后返回新加坡，尤其是执教于南洋大学的经历，强化了其身上的文化中国性，其诗作既涵化古典，又游刃太极。而步入中年以后，她的审美视角渐渐从内心世界转向日常人生，既关注大千世界，也与自我世界对话，当然也不乏对现实、人生、自然等议题进行哲理诗化的创作。朱崇科认为，淡莹的多元文化主义也属于新华性的一种。

张松建的《论英培安的身体书写》把英培安的全部作品视为一个完整的结构，以"身体书写"作为切入点，探讨文学文本与社会语境之间的张力对话，考察其身体书写如何体现自我认同与国族叙事。[41]论文紧扣"照镜""忧伤的情欲""身体的终结"来展现身体与自我、情欲、疾病、权力的相互纠葛，当中隐含对社会语境、历史根源的反思。

赵志刚从“神话母题”的角度分析新加坡华裔作家林宝音的长篇小说《女仆》，认为林宝音在小说中对神话母题进行了创造性改写，批判了新加坡华人的父权制文化传统，颂扬了勇于挑战父权权威的女性主义思想。论文指出，这种改写的原因在于作者的“双重文化”背景和新加坡父权制的社会现实。林宝音在小说中对“神话母题”的运用，有效深化了小说的女性主义主题，推动了故事情节的发展，并达到了戏谑华人族群传统“性别观”的“反讽”的修辞效果。[42]

姚刚比较了新加坡作家李龙的《再世阿Q》和鲁迅的《阿Q正传》，探讨了“再世阿Q”的形象建构与“未庄阿Q”的异同点，也分析了两个作品的特殊隐喻——鲁迅更多是借机思考国民性问题，李龙是思考新一代华裔坚守中华文化、认同民族文化身份的问题。[43]论文通过比较后指出，中华文化对新马华文文学的影响是巨大的，但新马华文文学也因地制宜做出调整，积极回应当地社会问题。

王小丽的硕士学位论文《尤今小说青少年形象研究》采用形象学和跨文化研究相结合的方法，归纳尤今小说中青少年形象的类别，分析青少年形象的冲突因素和建构因素，探析作者借由青少年形象的书写展开的对新加坡文化的思考。[44]

越南华文现代诗的研究成果颇丰。谢永新在《广西民族师范学院学报》连续发表3篇论文论述越南华文现代诗。他认为越华诗人刀飞的诗作善用意象来表达自己的生命感悟，运用拟人化手法将个体生命体验与民族、人类的生存关怀融于一体，形成深度的意向象征模式。[45]他肯定曾广健的现代诗在意象艺术上对古典诗的传承与创新：“意象可以兼具表意和纽带的功能，成为读者和作者的交流平台，成为具有主体地位的，有生命意义的具体事物。”[46]他剖析了越华诗人陈国正诗作寄情言志的特点，具体表现为在思想内容上寄情于景、托物言志，在艺术手法上注重新奇意象的营造，并将人生哲理、对祖国山河的赞叹以及思念故乡而来的乡愁注入其中。[47]李志元认为越南华文现代诗集《西贡河上的诗叶》保持了越南华文文学与中国文学传统的血脉联系，主要体现为对中国意象的广泛使用和用心营造。尤其是诗集中的不少诗作对“文化中国”意象、“山水中国”意象和“美学中国”意象的营造，明显继承了中国古典诗歌情景交融、文以载道的传统。[48]

本年度泰华文学研究成果仍然集中在对“小诗磨坊”诗人的研究上。刘登翰给《岭南人小诗选》所作的序言点评了岭南人诗歌创作的特点，认为他的诗歌以80年的人生经历做底子，看似浅白，细品却能感受到其中的繁复、深刻；题材看似平淡无奇，妙在对题材的诗意开掘；诗歌语言自然、直接，只靠细节的连缀来呈现诗意。[49]周萍认为“小诗磨坊”使小诗这种体裁在沉寂多年后又焕发出异彩。曾心是“小诗磨坊”的重要诗人，他在诗歌意象的营造上颇具匠心：时间意象、空间意象相互交替，动态意象、静态意象浑然一体，符号意象、情绪意象并驾齐驱。[50]王珂教授一直致力于“小诗磨坊”研究，他认为曾心的小诗创作在百年小诗史中都颇具特色，尤其是对小诗的文体建设贡献较大。王珂教授指出，曾心的小诗克服了小诗的“文体局限”，让小诗有新的“文体可能”，比如追求“理趣”、重视“意象”。这种“文体自觉”源于曾心对古今中外诗体的熟知与创新性转化。[51]“小诗磨坊”诗人曾心现身说法谈小诗的写作技巧，认为写小诗没有固定的模式，写纪念性的小诗要捕捉“物象”创造“意象”；写歌颂、赞颂之类的小诗，要有一个的酝酿的阶段，用心捕捉能融入自己思想情感的客观“物象”，借以抒发内心想要表达的赞颂之情；要以小见大，先在“视觉”的感官上有所触动，然后转向“内在的感官”，进入到潜意识的“感悟”，使想象“超脱”于现实生活形象；要善于创造“意境”，使“情景”在同一景物中。[52]

此外，范军探讨了司马攻的微型小说艺术。范军认为，微型小说在泰国的繁荣离不开司马攻的大力提倡和身体力行。司马攻微型小说的特点在于注重选材，在此基础上做深度开掘，构思巧妙、文采飞扬。他的微型小说创作代表着泰华微型小说创作的最高水平。[53]

总体而言，新马华文文学研究是2017年度东南亚华文文学研究的重镇，越华现代诗和泰国小诗磨坊的研究成果也较为丰硕，但其他地区华文文学成果较为薄弱或付之阙如，有待有心人的开掘。

注释：

[1]王德威：《华语语系研究的新收获——序张松建〈历史记忆与文化认同：海外华语文学新论〉》，《世界华文文学论坛》2017年第3期。

[2]朱崇科：《“华语语系”中的洞见与不见》，《文艺报》2017年8月4日第4版。

[3]霍艳：《另一种傲慢与偏见——华语语系文学研究的几个问题》，《扬子江评论》2017年第4期。

[4]张森林：《华语语系文学研究述评》，《华文文学》2017年第2期。

[5]王列耀、池雷鸣：《华人与百年中国文学及海外传播》，《福建论坛》2017年第11期。

[6]许文荣：《华语文学对中华性的接受与颉颃——以马华文学为个案》，《华文文学》2017年第1期。

[7]刘俊：《论华文文学在新马华人“文化同构”过程中的作用和影响》，《学术评论》2017年第5期。

[8]潘颂汉：《“乡”的跨区域追寻：马华文学“散寓”论》，《广西社会科学》2017年第9期。

[9]朱文斌：《放逐·乡愁·寻根——论东南亚华文诗歌的三大文化母题》，《浙江社会科学》2017年第5期。

[10]谢永新：《东南亚华文现代诗蕴含的中国文化辨析》，《广西社会科学》2017年第4期。

[11]陈祖君：《马华文学：“地方错置”境遇里的“在地实践”——以诗歌为例》，《南方文坛》2017年第5期。

[12]庄薏洁：《另一种他者伦理的重构——与马华文学的弱势民族书写》，《文学教育》2017年第11期。

[13]贾颖妮：《转型期马华文学跨族裔婚恋书写的走向》，《广东外语外贸大学学》报2017年第2期。

[14]朱文斌、岳寒飞：《马华天狼星诗社的创作心理在探究》，《中国现代文学研究担当

文学变革丛刊》2017年第9期。
[15]贾颖妮:《马华新生代文学中的宗教纠葛与族群政治》,《小说评论》2017年第1期。
[16]孔舒仪:《新马华文抗战小说的“本土性”研究》,绍兴文理学院硕士学位论文,2017年。
[17]古大勇:《菲律宾华文文学中的“晋江现象”》,《世界华文文学论坛》2017年第1期。
[18]马峰:《东南亚华文女作家的定位与超越——以马华、新华及印华女作家为参照》,《世界华文文学论坛》2017年第4期。
[19]袁龙:《异质同形:大陆与香港及东南亚华文微型小说之比较——以〈微型小说选刊〉、〈小小说选刊〉与香港获益出版微型小说集为视角》,《中国文学研究》2017年第1期。
[20]张晶:《中国渊源与本土诉求:从〈新华文学大系〉看当代新加坡华文文学的经典建构》,《暨南学报》2017年第2期。
[21]贾颖妮:《华文报纸副刊与马华文学论述的“本土化”转向》,《华文文学》2017年第1期。
[22]王文艳、吴奕锜:《“是你赋予我一片青绿的山色”——试论〈文艺春秋〉〈南洋文艺〉与1990年代的马华诗坛》,《世界华文文学论坛》2017年第1期。
[23]赵颖:《清末民初南洋华人族群认同的发展走向——以新加坡华文报刊的社会功能为例》,《民族文学研究》2017年第5期。
[24]金进:《跨界行旅与温瑞安武侠小说创作的关系》,《中国比较文学》2017年第4期。
[25]潘颂汉:《论离散马华文学的文化中国乌托邦情结——以林幸谦和陈大为的诗文创作为中心》,《大众文化》2017年第7期。
[26]宋秀娟:《李永平长篇小说〈大河尽头〉的主题研究》,广西师范学院硕士学位论文,2017年。
[27]王丽平:《钟怡雯散文的“三乡书写”》,西南大学硕士学位论文,2017年。
[28]朱崇科:《卓尔不群论铁抗》,《世界华文文学论坛》2017年第4期。
[29]钟怡雯:《下南洋,返唐山——〈南洋散文集〉的移民史缩影》,《外国文学研究》2017年第6期。
[30]肖怿、邓圆圆:《从〈枯岛〉看许杰对战前新马华文文学的影响》,《赤峰学院学报》2017年第4期。
[31]胡星灿:《边界超越与世界游走——以黎紫书微型小说的“世界意识”为考察中心》,《华文文学》2017年第4期。
[32]颜敏:《想象历史的起点和终点——〈告别的年代〉与女作家的女人神话》,《世界华文文学论坛》2017年第4期。
[33]陈静梅:《马华女作家黎紫书的食色空间书写:以〈告别的年代〉为中心》,《凯里学院学报》2017年第5期。

[34]分别是王成鹏的《痴傻世界的边缘人——试论商晚筠小说〈痴女阿莲〉中的阿莲之“边缘性”》、李笑寒的《复杂的“痴女”——论商晚筠小说〈痴女阿莲〉之阿莲形象》、岳寒飞的《飘零苦雨中的“原乡”书写——论商晚筠小说〈痴女阿莲〉中的乡土世界》，三篇论文都刊载在《名作欣赏》2017 年第 8 期。
[35]马峰：《琼籍马华女作家李忆莙论》，《海南师范大学学报》2017 年第 6 期。
[36]赵艳：《马华作家戴小华和朵拉的中华文化认同合论》，江苏师范大学硕士学位论文，2017 年。
[37]刘东霞：《原乡、本土、世界：论马华诗人田思的〈雨林诗雨〉》，《湖北大学学报》2017 年第 6 期。
[38]朱崇科：《论马华作家小黑作品中的马华话语》，《文艺争鸣》2017 年第 8 期。
[39]张森林：《游以飘〈流线〉中的历史想象与人文关怀》，《世界华文文学论坛》2017 年第 4 期。
[40]朱崇科：《论谢裕民对新加坡性格的再现》，《玉溪师范学院学报》2017 年第 1 期。
[41]张松建：《论英培安的身体书写》，《华文文学》2017 年第 1 期。
[42]赵志刚：《林宝音小说〈女仆〉中的“神话母题”研究》，《华文文学》2017 年第 4 期。
[43]姚刚：《对身份认知的思考——论“再世阿 Q”形象建构及隐喻》，《写作》2017 年第 2 期。
[44]王小丽：《尤今小说青少年形象研究》，广西大学硕士学位论文，2017 年。
[45]谢永新：《简析越华诗人刀飞几首现代诗的意象——越南华文现代诗研究之一》，《广西民族师范学院学报》2017 年第 4 期。
[46]谢永新：《曾广健现代诗在意象艺术上对古典诗的传承与创新——越南华文现代诗研究之二》，《广西民族师范学院学报》2017 年第 5 期。
[47]谢永新：《论越华诗人陈国正寄情言志诗——越南华文现代诗研究之三》，《广西民族师范学院学报》2017 年第 6 期。
[48]李志元：《越南华文现代诗的中国意象——以〈西贡河上的诗叶〉为考察对象》，《广西民族大学学报》2017 年第 2 期。
[49]刘登翰：《读海——序〈岭南人小诗选〉》，《世界华文文学论坛》2017 年第 3 期。
[50]周萍：《论泰华诗人曾心小诗的艺术魅力》，《华文文学》2017 年第 2 期。
[51]王珂：《论曾心小诗的文体性》，《玉溪师范学院学报》2017 年第 2 期。
[52]曾心：《捕捉“物象”，创造“意象”——谈写小诗的技法》，《世界华文文学论坛》2017 年第 4 期。
[53]范军：《泰华作家司马攻微型小说艺术探微》，《苏州教育学院学报》2017 年第 2 期。

（本文系 2017 年度广州市哲学社会科学“十三五”规划课题“华文报纸副刊与马华文学批评空间的开创(1990—2017)”的阶段性成果，项目编号：2017GZYB76)

2017 年大陆的台湾文学研究概况

陈　铎

台湾文学向来是世界华文文学乃至整个中国新文学研究的重镇，这一年来，随着史料的发掘、理论的更新和研究范式的不断转换，所取得的研究成果更是异彩纷呈，有目共睹。笔者将根据研究格局和研究内容的不同侧重，遵循从宏观到微观、从历史到当下的逻辑顺序，对本年度的台湾文学研究状况做一梳理总结。论文第一部分介绍本年度对台湾文学进行整体性研究的相关论作，其中既有台湾文学与英语学界的“华语语系文学”理论的缠结，也有其与汉语学界的“世界华文文学”概念的碰撞，更有站在文学史的高度思考海峡两岸新文学史的对接与整合的研究。第二部分介绍古代、日据时期及光复初期的台湾文学研究。相关研究成果表明，将台湾日据时期文学与大陆的日本占领区共同纳入沦陷区区域文学研究这一学术思路在本年度得到进一步的深化与细化，与台湾日据时期文学突破一时一地之限并焕发新的学术生机形成对照的则是古代和光复初期台湾文学研究的相对寥落，相关成果只有零散的几篇。第三部分针对台湾当代文学创作和文艺理论发展进程中出现的一些研究热点，以现代派文学研究、乡土文学研究、女性文学研究、新世代作家研究、自然写作研究、散文与戏剧研究、文学期刊与报纸副刊研究七个专题的形式对这一时期的台湾文学加以分别介绍。2017 年适逢陈映真八十周年诞辰，举办的相关学术会议及各大期刊此起彼伏的纪念专题共同推动了陈映真研究高潮的到来，热度也一度盖过了白先勇、余光中等知名度较广的经典作家研究，陈映真研究热度的持续走高成为本年度尤为惹眼的文化现象。

一、台湾文学整体研究

2017 年 6 月史书美的最新论著《反离散：华语语系研究论》的出版是台湾文学、中国文学乃至世界文学研究领域的一件大事。随着近年来“华语语系文学”(Sinophone Literature)概念/理论在海外产生巨大影响，其与“离散文学”和“海外华文文学”等既有概念/理论的冲撞，在汉语学术界引发了重重热议，对此中国大陆学者的态度多有保留。然而这一概念/理论在台湾却备受重视，并成为台湾文学本土论述突破本土化瓶颈的重要出口。欧阳月姣在《“本土”如何“跨国”——当台湾文学遇上华语语系》一文中详细分析了出现这一现象的原因，她认为正是台湾文学本土论述对“反离散”、本地化的追求以及对“中国霸权”的批判等特质帮助史书美建立起了华语语系文学理论框架，而史书美的“华语语系”概念正好为台湾文学的本土论述提供了一个浓缩和提炼自身观点的理论术语，并且在此脉络下与世界其他区域的华语语系文化进行“横向联结”，从而使台湾文学研究具备“世界格局”。这充分显现了华语语系研究与台湾文学研究的内在一致性，即“绕开‘中国’这个巨大的阴影，拒绝‘港澳台文学’或‘海外华文文学’的收编，更重要的是，超克本土论述渐已失效的‘建国神话’，发展出一种‘在地却跨国’的去民族国家的大叙事，这就是华语语系刺激台湾文学所释放出的研究活力和政治动能”。作者一针见血地指出，“本土”借助华语语系理论而生的“跨国”逻辑，仍然有着明显的理论局限性，最核心的问题就是抛开20世纪社会主义革命历史和反帝反殖民斗争的历史，很容易再度陷入晚期资本主义全球化时代的帝国逻辑陷阱。因此华语语系文学提供的“横向联结”的方式，其目标应该从欧美拓展到广大的第三世界，即过去那些与台湾同样遭受过殖民统治的地区，连接第三世界知识分子的思考、实践和抗争，才能真正获得在地却跨国的世界视野。

与英语学界的“华语语系文学”相对应，汉语学界，尤其是中国大陆研究界，惯于以“世界华文文学”的概念对中国大陆文学、台港澳文学和海外华文文学进行跨区域整合。台湾与香港和澳门一样，作为中国的一个地区，本不应该在中国文学之下出现单独的命名，但由于各自特殊的历史遭际，使得台湾(以及香港、澳门)文学的发生、发展都与大陆判然有别，因而“世界华文文学”范畴之下，就有了中国大陆文学、台港澳文学和海外华文文学等多个版块。古远清的《台湾文学是“海外华文文学”吗》一文，针对国内许多期刊混淆台湾文学和海外华文文学的现象，对这两大文学进行了概念的梳理和甄辨，指出：“‘海外华文文学’专指中国大陆、台湾、香港、澳门以外的国家或地区的文学，用华文作为表达工具而创作的文学作品。台湾作家除日据时期被迫用日文创作外，光复后已改用中文创作。台湾是中国的领土，不能称为‘海外华文文学’。”文学分类体系的厘清与作家作品所体现的国族认同紧密相关，文学的归类、作家的定位及其划分，对文学个体的研究也有着文学史上的重要意义。这类研究的重要性不可忽视。

书写包括台湾文学在内的整体性的中国新文学史，深化台湾新文学史的研究并完成与大陆新文学史的对接与整合，始终是台湾文学研究的重点和难点，深为两岸学者所共同瞩目。李钧的《专题研究：深化台湾新文学研究的最佳路径——以“1926—2016：台湾小说中的‘中华叙事’研究”为例》，从“中华叙事”这一意义重大且具有超越性的主题角度出发，研究台湾“中华叙事”小说在1926—2016年间的思潮演变，探索其在题材变化、艺术进步、文体嬗变、观念变革等方面呈现出来的鲜明的阶段性，以及与大陆新文学的历史同步性，进而提出以“生态文化学”为方法论，对两岸文学展开平行研究和编年对接，并书写真正具有整体观念的中国新文学史，这不失为一种建设性的意见。李钧试图证明，“研究台港澳文学并不需要先‘提出一整套整合文学史的观念、理论、方法，然后才能切入到对台港文学的研究’，而只需要以‘生态文化学’为方法论”，便能顺利完成两岸新文学史的整合。这一论断似乎失之武断。且不说“生态文化学”的方法论如何落实到细化的台湾思潮、流派研究上，也不论“中华叙事”能否成为一条行之有效的纵贯线统摄两岸文学，单说这种为了化约和整合而对台湾文学之于大陆的异质因素视而不见、避而不谈的做法是否可取，多少仍有探讨的余地。删繁就简、求同存异是对两岸文学思潮历史化、作家作品的经典化的必要策略，但因此而牺牲两岸文学各自的丰富性和异质性，我们不得不思考这强势整合的意义安在？

王进的《台湾当代文学离散叙事的审美追求》横跨散文、小说、诗歌三大文体，以张秀亚、林海音、王鼎钧、白先勇、於梨华、洛夫等人的作品为例，从温情与悲情交织的乡愁言说、苍凉与无常笼罩的离散叙事、中华情怀与宇宙境界的诗学表达三个方面分析了台湾当代文学离散叙事的美学特征。其中从离散理论的角度分析洛夫的“天涯美学”的诗学主张，不仅使离散理论有了中国式表达，同时也大大增加了离散叙事的理论厚度，颇有新见。结合史书美新著《反离散：华语语系研究论》宣称的“离散有其终时”相关论述，我们发现大陆学者对离散理论的坚持，与台湾文学本土论者及英语学界的华语语系理论的拥趸者对离散理论的批判，两相对照，意味深长。福柯的“话语—权力”理论告诉我们，话语实践的渗透与权力范畴的扩展相伴相生。离散理论将分散在国境以外的各个国家和地区的华人、华裔进行某种以“文化中国”为中心的整合，与之相反，史书美的“反离散”，是在对地方性、主体性和独立性的宣示背后，张扬“反中国中心”的“分”与“离”，与台湾文学本土论者的政治取向不谋而合，其学术问题背后的意识形态阴影不能不引起警惕。

二、古代、日据时期及光复初期台湾文学研究

从 1895 年甲午战败，到 1945 年，此半个世纪的台湾文学，都属于“日据时期文学”。日据时期是台湾新文学发展史上非常重要的历史时期，追随着拓荒者和先行者们的学术脚步，结合相关史料的进一步披露，日据时期的台湾文学研究在既有的格局之下又有了进一步的发展。张泉打破日据时期台湾文学拘泥于台湾一地的封闭性研究现状，将其与大陆的日本占领区(包括“满洲国”与沦陷区)共同纳入中国沦陷区区域文学研究的范畴。这一方法成为推进学术增长的重要思路，恰与海外学界不谋而合，由王德威等学者于 2008 年 7 月 31 日至 8 月 5 日在日本爱知大学筹办的规模庞大的学术会议《帝国主义与文学——殖民地·沦陷区·“满洲国”》，是为一例。在此之后，张泉相继撰写了《试论中国现代文学史如何填补空白——沦陷区文学纳入文学史的演化形态及所存在的问题》《殖民/区域：建构中国现代文学史的一种维度——以日本占领华北时期的北京台湾人作家群为例》《深化中国沦陷区文学研究的一种方式——东亚场域中共时的殖民体制差异/历时的时代转换维度》等多篇论文来深化这一领域的研究。在《整合晚清民国文学需要关注台湾的学科化台湾文学研究》一文中，张泉指出，台湾日据时期文学，在时间上大体与中国晚清、现代文学史相重叠，它作为一笔重要的精神资源遗产，是中国近现代文学史的有机组成部分。如果注意不到这一点，“晚清民国文学史中的台湾叙述，就会有意无意放大与大陆紧密相连的台湾汉语新文学，忽略现代台湾人的诗词创作、方言创作、日文创作及原住民文学”。这篇作为主持人语的引论或许稍显短小，但同期他推荐的两篇由台湾学者撰写的论文却是其学术主张的补充与延伸：柳书琴的《佐藤春夫未竟之行与王家祥小说的布农族传统领域》与杨智景的《日据时期新闻小说〈金色夜叉〉在台湾的传播与接受》。这两篇文章拓展了台湾日据时期殖民主义文学在殖民地传播史的研究，对于大陆学界全面、客观认识台湾的台湾文学研究状况，以及反思大陆的“满

洲国”、内地沦陷区文学研究现状，也大有裨益。相较之下，刘晓丽的《异态时空的光与影——日本占领区的文学生态与战争叙事》讨论殖民、战乱中的精神变异，标举袁犀的《一个人的一生》、张爱玲的《封锁》、话剧《秋海棠》为例，却对更具代表性的皇民化运动下的斑驳着台湾作家的精神伤痕的台湾文学有着某种程度的盲视，或有避重就轻之嫌；杨昊的《略论沦陷区文学中民族意识的时空流变》在从空间维度解读民族意识的流变时仅仅阐释了东北、华北、华东沦陷区各自的特点，而对偌大的台湾视而不见，实为研究的一大缺憾。鲁迅曾在一篇文章提及1926年夏在北京遇见张我军时的情形，张我军向鲁迅感慨道“中国人似乎都忘了台湾了”，今日思之，仍觉怅惘。

在日据时期的重点作家作品研究方面，赖和的研究论文有柳书琴的《1925年三大农运与作家赖和的诞生》、陈美霞的《殖民现代性与弱小民族的解放——论赖和汉诗的现代因素》、李欣池的《启蒙与彷徨——论赖和的文学创作与左翼思想》等。张我军的研究论文有李伟的《透视台湾文学史中的张我军与文学生涯中的张我军》，李伟、潘海鸥合著的《从文学语言革命转向个体人的革命——台湾新文学史中张我军的民族主义思想脉络钩沉》等。杨逵的研究论文有马泰祥的《文风嬗变、语言转换与文学史评价——论杨逵光复后的中文创作》，该文从语言转换的角度考察杨逵光复后中文创作的文学史意义，认为杨逵的文风由“金刚怒目”转向“菩萨低眉”，正与作家由日语转向中文的语言转换轨迹吻合。以吴浊流为研究对象的论文，除了张毅的《双性同体视角下吴浊流小说中的女性形象研究》之外，李钧的《台湾“流亡文学”的奠基之作——论吴浊流〈亚细亚的孤儿〉的经典性》认为《亚细亚的孤儿》开掘了“孤儿”的身份焦虑这一文学母题，形塑了台湾“流亡文学”的叙事模式；其强烈的文化批判意识，可谓台湾现代“知识分子写作”的开山；它“以诗证史”的创作意图，开启了台湾“大河小说”的先河；它在思想内容与艺术形式方面均具有实质的创造性，代表了20世纪40年代台湾长篇小说的最高水平，从多个方面对《亚细亚的孤儿》的文学史意义和审美“经典性”做出高度评价。龙瑛宗的研究论文中最有代表性的是徐纪阳的《浪漫感伤的文风与现实主义文学精神的歧途——论台湾作家龙瑛宗对鲁迅的接受》。通过史料的整理爬梳，作者指出：“龙瑛宗的独特之处在于其耽美忧郁的作品风格和他笔下那些颓废萎靡、毫无反抗力的人物看似偏离了鲁迅文学直面现实、勇于抗争的传统，却往往又在唯美浪漫的外表下隐约闪烁着揭露黑暗、反映真实的微弱的批判现实主义光芒。这是现实主义文学传统在台湾发生与传承的过程中与杨逵、陈映真等受到鲁迅影响的抗争型、批判型作家不同的另一种类型。三者共同构成鲁迅现实主义传统的台湾脉络。”

郭丽平的《台湾内渡文人的心态及其影响下的文学创作》关注台湾内渡文人这一特殊文学群体，及其在经历过历史的沧桑巨变后，于“遗民”心态支配下所呈现的创作趋同性。台湾学者秦贤次的《刘呐鸥与鲁迅》分析了刘呐鸥1930年代在“水沫社”和水沫书店的文学活动，在史料梳理方面有补缺之功。朱云辉的《论〈风前尘埃〉和〈KANO〉的殖民余绪》分别选取了两部表达日据时期经验的文学作品和影视文本作为研究对象，尝试理解小说和电影对殖民的机制与本质的不同思考，探讨作品与历史、时代的对话，自有其学术价值。许嘉玮的《杨花春草的离散书写意象——许南英辛亥年(1911)两组唱和诗探赜》以许南英在历史关键时间点辛亥年(1911)的两组唱和诗为例，观察他如何透过杨花与春草两组传统文学意象，将政治托喻逐渐转变为个人情感的抒发。

与日据时期台湾文学研究规模的渐成佳势形成对比的是古代和光复初期台湾文学研究的相对寥落。在古代台湾文学研究领域，郑丽霞的《清代游宦文人与台湾原住民文化关系论》通过对林谦光《台湾纪略》、郁永河《裨海纪游》、朱仕玠《小琉球漫志》、黄叔璥《台海使槎录》、朱景英《海东札记》、丁绍仪《东瀛识略》等赴台文人叙写台湾原住民文化的游记作品的分析，剖析游宦文人对异己文化的记录与认知，以及他们在原住民的社会习俗、思想文化乃至价值观的根本性变化方面所起的巨大推动作用。袁韵的《沈光文〈台湾赋〉价值刍议——兼与清代三篇同题赋作的比较》着眼于中国赋史上第一篇以宝岛台湾为题材的赋作《台湾赋》，在分析了该赋百科全书式的题材特点、独异的讽喻精神、鲜明的地理情怀与方志功能等种种特征之后，认为该赋不同于清代三赋的以他者眼光观照台湾的创作视角，渗透着作者对台湾新家园的深情眷恋与皈依意识，堪称台湾乡土文学之滥觞。翟勇的《"文章草昧开初祖，天地崎岖老寓公"——沈光文台湾文学史地位再思考》则对沈光文被塑造成台湾文学始祖的现象提出了质疑，作者在对沈光文的文学创作进行充分研究的基础上，引入同时代的诗人诗作(如陈第、季麟光等)加以参照，指出沈光文是台湾文学初期一个重要人物，但是"初祖"的桂冠未免太大，台湾文学的源头应该是徐孚远、沈光文、王忠孝、郑经等一批人，而非沈光文一个。文章对沈光文文学史地位的质疑，其用意不在于对某位作家的颂扬或贬低，相反，问题意识的迸发、讨论商榷气氛的活跃，更有利于焕发学术研究的生机。

在光复初期台湾文学研究方面，欧阳月姣在《从"殖民地"到"国统区"：国族魅影笼罩下的台湾去殖民化困境》中，针对台湾本土论者刻意突出"二二八事件"中的"省籍矛盾"以建构"准国族"论述的企图，以及以理论拼贴的方式塑造台湾所谓"后殖民主体"的拙劣表演，以光复初期的台湾去殖民化历程作为重点考察对象，回归国共内战和戒严体制的历史语境，将"国统区"视为讨论光复初期台湾历史的一个重要时空坐标，在光复初期的台湾社会"日本化"与"中国化"的话语断裂中，看到台湾从"殖民地"到"国统区"的过程中固有的反省被殖民经验的历史遗留和国民党现实统治的封建性格，既有助于我们更好地认识光复初期的台湾历史，也有利于探寻台湾去殖民地化的最佳路径，有着极强的学术意义与现实意义。

三、台湾当代文学创作思潮和理论专题研究

由于政治环境、社会发展、文化趋向、学术体制等种种原因，台湾文学研究领域在全面铺开的进程中也凝聚了一些研究热点，本篇将以专题的形式对这些研究热点分别加以评述。诸如"台湾少数民族文学研究""台湾儿童文学研究"等专题在本年度没有相关成果涌现，故未列入，特此说明。

现代派文学研究

光复初期及 1949 年随国民政府迁台的大陆作家素来为研究者所青睐，但本年度这一研究热点则稍显寂寥，只有几篇期刊论文及个别硕士学位论文从文献梳理的角度对这

一领域的研究进行了细部补充，如李文静的《二十世纪五十年代迁台女作家女性观念研究》等。

现代派文学被认为是台湾文学两大主要流派之一，与乡土文学同是20世纪80年代大陆台湾文学研究的热点，本年度也不例外。2017年《夏志清夏济安书信集》简体版在大陆的推出，掀起了一股夏志清、夏济安的研究热潮，白先勇也在悼念夏志清的文章中尊称夏氏昆仲是他们那个世代的文学启蒙老师。关于夏志清的研究，有从创作角度对夏志清小说进行品评者，如孙连五的《一篇被忽视的现代小说——评夏济安的〈传宗接代〉》；有以夏氏日记、书信等私人书写为研究对象者，如徐敏的《当年风华正茂——私人书写中的夏济安》；有从影响研究的角度分析夏志清思想资源的源流者，如龚刚的《论夏济安与陀思妥耶夫斯基》；有对夏志清的文学批评加以品评者，如孙连五的《"史家意识"与"文学洞见"——评夏济安的〈黑暗的闸门〉》；此外还有王宇林的《夏济安及其文学创作和文学研究述评》。

现代派小说和诗歌的代表人物分别是白先勇和余光中，他们也一直都是学者们关注的焦点。前者于2017年2月出版了《白先勇细说红楼梦》，并于2017年9月获得了第14届"花踪世界华文文学奖"，新书的出版和荣誉的获得共同带动着研究热潮的持久涌动。既有的研究仍在不断地细化，如刘俊的《从"单纯的怀旧"到"动能的怀旧"——论〈台北人〉和〈纽约客〉中的怀旧、都市与身份建构》对怀旧主题的探索，陈红的《从本雅明"废墟"美学看白先勇〈台北人〉》借助本雅明在《德国悲剧的起源》中提出"巴洛克"的"废墟"美学对白先勇《台北人》中现代性的烛照，龚刚的《论白先勇小说的佛性与现代性》从白先勇小说对无常感和虚无感的洞察发现了佛性和现代性的因素，唐明星的《边缘世界里的人性探索——〈孽子〉〈品花宝鉴〉中同性恋书写之比较》对白氏同性恋书写的关注，丁盛的《论白先勇的"昆曲新美学"》对白氏在戏曲领域的文化实践的聚焦等；新的研究动向也在不断地涌现，如张志国的《大学场域中白先勇的文学存在》从传播学的角度，通过专业传播者、通识教育传播者与作家自我传播三种渠道对白先勇在中国内地及澳门高校中的文学存在方式进行考察，计红芳的《汉语新文学史框架中的白先勇》将白先勇的文学评论性质的散文创作、创办同仁期刊、推广昆曲等文化活动同文学创作一并纳入观察视野，分析其对汉语新文学史的影响，陆正兰的《论白先勇小说中音乐—空间的社会象征意义》考察了音乐作为一种"多情境符号"在参与建构白先勇小说中的社会文化空间时发挥的独特作用，龚刚的《"中年危机"叙事的早期范本——杨绛、白先勇同名小说〈小阳春〉比较分析》以文本比较的方式对《小阳春》进行了新的主题开掘等，一代代新老学者对白先勇研究灌注的热情，正是白氏文本经典性的最好说明。

除了白先勇之外，现代派的其他作家也得到了程度不同的关注。王桂亭、马芳芳的《王文兴小说的宗教性书写》对王文兴前期和后期的小说创作进行了梳理，认为王文兴借助《剪翼史》完成了对于前期小说中的欲望挣扎、世俗争斗、信仰质疑等主题的超越，从而确认了信仰对于个体生命的价值，作者认为王文兴小说可以看成是作者"宗教的自我追寻"过程。金进在《缺憾还诸天地：王文兴小说的主题研究》通过对《家变》和《背海的人》的细致解读，看到戒严时代的王文兴以现代主义的象征、隐喻和戏拟方式对历史和现实的台湾进行一种批判性的文学阐释，刻画今世今生的台湾世态人生，王文兴因此而成为台湾文坛难以逾越的艺术高峰。申明秀的《论陈若曦佛教小说的人道主义底蕴》着眼于陈若曦的两部较少为评论界所关注的小说《慧心莲》及《重返桃花源》，在文学与宗教的双重观照之下，体会作品的人性诉求与宗教精神，十分可贵。

而现代诗派代表人物余光中2017年12月14日的离世，无疑又在研究界掀起了一阵不小的波澜。鉴于时间已近年末，所以学界关于余光中的讨论未能及时在期刊上有所反馈，见诸报端的多是一些忆旧、悼念之作，以及部分旧作的重刊，如古远清的《和这世界的不快已经吵完——悼余光中》，傅人意、梁昆的《著名作家伍立杨深情怀念台湾文学家余光中先生——"乡愁"不老 风范永存》等。台湾文坛上余光中是颇有争议的诗人，愿关于作家人品的嚣嚷归于沉寂之后，能有更多就文本发言的有学术分量的研究面世。

"创世纪"诗社的另一代表人物汪启疆在近几年受到更多的关注。席妍的《论台湾"中生代"诗人汪启疆诗歌的空间书写》从海陆空间、身体空间和圆形空间三个维度切入汪启疆的诗歌研究；沈玲、陈育贤的《论汪启疆海洋诗的欲望想象》发掘了汪启疆海洋诗歌中的性爱意象，并以此为线索对汪启疆的诗歌进行意象分析，尝试厘清性爱在其诗歌中由禁锢到宣泄的脉络，并探索其诗歌在这一方面的审美价值。汪启疆近年来之所以受到越来越多的重视，与他的海洋书写是分不开的。鉴于当前"台独"派鼓吹台湾是一个与中国无关的"海洋国"，使得其"海洋文化"的提倡，带有"去中国化"的明显企图。大陆势必要加入对台湾海洋书写的解释权的争夺，朱双一在《中国海洋文化视野中的台湾海洋文学》中论证了汪启疆海洋诗中"以海为田"的理念，恰恰证明了台湾的"海洋文化"仍为多元一体的中华文化的一种地方表现形态，包括汪启疆、吕则之、东年、夏曼・蓝波安、廖鸿基等人在内的海洋书写，是以其海洋特色为中华文化、中国文学整体的一种丰富，寻根究底都不离中华文化的核心价值，这些研究，正是对"台独"派荒谬论调的有力回击。

有关台湾现代诗歌的单篇作家论散见于各大报纸期刊，如陈夫龙的《论渡也诗歌的家国情怀》，王觅、王珂的《重视和建设新诗诗用学和新诗诗体学——渡也教授访谈录》，苏琴琴的《比较诗学视野下的反现代诗意汇通——论叶维廉对庄子复元古美学思想的现代阐释》，房伟的《抒情的创造与新诗史的反思——席慕蓉诗歌的文学史问题研究》，高梦非、陈爱强的《试论郭枫诗歌自我意识的嬗变》等。杨君宁的《夜凉苦绿：游历与诗艺之途——以温健骝为中心的考察》虽然研究对象为香港诗人温健骝，但行文中也涉及与台湾现代诗坛的对话对作家自身文学风格的影响，故也应被视为本年度台湾文学研究的重要收获。

除了单个的作家作品研究之外，对于现代派小说、现代派诗歌的整体性研究也在不断涌现。柴高洁的《物象的内心灵视：战后台湾现代诗的超现实经验》以台湾现代诗文本为出发点，深入台湾诗坛动态发展过程，细致剖析了现代主义诗学理论于台湾现代诗的功过，明白台湾现代诗的超现实经验，才能做到客观地评价现代主义于台湾现代诗的重要意义。白杨的《传统的重塑：20世纪70年代台湾现代诗的另类现代性》就台湾现代诗在70年代"回归传统""关注现实"的发展转向展开研究，作者认为他们对于传统的回归并不是简单的顺从或依附，而是对传统的重新建构，应被视为现代诗人前期"先锋"

探索的另一种样态，背离与回归实际是先锋探索的一体两面，70 年代以后的台湾现代诗正是在反思意义上重塑了另类现代性。

乡土文学研究

可以说，大陆对台湾的乡土文学研究是与台湾文学的研究共同起步的，无论乡土文学在台湾的命运几度浮沉，它始终是祖国大陆台湾文学研究的主流，并且对其研究的热度、广度、深度都远超任何一种思潮、流派。在时间跨度上，从日据时期的早期乡土文学，到 70 年代的乡土文学运动，再到 1990 年代以来新乡土小说，研究界都给予了相应的关注。就本年度来说，余荣虎《日本经验与台湾经验——论台湾早期乡土小说的两种叙事(1920s—1940s)》从内涵和叙事两方面分析了台湾早期乡土小说的特殊性。郭俊超的《"乡土文学"：概念的理论想象与形构——以台湾二十世纪三十年代乡土文学论争为中心》对台湾文学场域中的"乡土文学"概念的理论想象和形构过程进行了细致的诠释。刘俊的《论中国新文学中讽刺小说的三种类型——以鲁迅、张天翼和黄春明为例》将 70 年代台湾乡土小说的重要代表人物之一黄春明的讽刺小说与大陆的鲁迅和张天翼加以对比，指出鲁迅的"冷嘲"、张天翼的"热讽"及黄春明的"谑逗"共同构成了 20 世纪中国新文学中讽刺小说的三种类型。李勇的《海峡两岸社会转型叙事比较——以〈金水婶〉和〈瓦城上空的麦田〉为例》将同为对社会转型期的批判性书写的 20 世纪 70 年代台湾"乡土文学"的代表作《金水婶》和 21 世纪大陆"乡下人进城"叙事的代表作《瓦城上空的麦田》加以比较研究，在分析差异中表达了对"社会转型时代需要怎样的文学"这一命题的思索。古远清的《台湾"七年级"作家的"新乡土"创作》对陈柏青、杨富闵、神小风、林佑轩、赖志颖、盛浩伟、黄崇凯等"七年级"作家(相当于大陆的"80 后")的乡土小说创作予以概括性的介绍，并扼要地指出这一世代所保持的消费主义文学观对以陈映真为代表的精英主义乡土观念的解构。吴鹍的《从"印刷语言"到"话语批判"——论台湾乡土文学中的混语现象》，他系统地梳理了贯穿台湾乡土小说不同历史时期的"混语现象"，从 1930 年代第一次乡土文学论争中的"台湾话之争"，到 1970 年第二次乡土文学论战中类似"印刷语言"角色承担的混语表现，再到 1990 年代以后台湾后乡土文学以"混合语码"的形式展开对规训社会的话语批判，辨析了不同历史阶段出现于乡土文学中的混语现象所呈现的独特的语码风貌和不同的语义主旨，角度颇为新颖，这也是作者多年来在乡土小说领域厚积薄发的创新之作。

对台湾文学左翼思想的研究因与乡土文学研究难分难解，故放在此栏一并叙说。刘小新和孔苏颜通力合作，在推动这一领域研究的细化与深化上有不俗的表现，相继有《1920 年代台湾左翼思想的兴起及与东亚左翼知识圈的互动》《论 1927 年至 1937 年台湾左翼思想的发展及问题》《潜流：1950—60 年代台湾左翼的存在形态》《1990 年代台湾左翼思想的挫折与生存策略》(前三篇为二人合著，此篇为刘小新独撰)等多篇文章面世。这些研究成果很好地回应了两岸对台湾左翼思想发展某种程度的盲视，如未将 1920 年代台湾左翼思潮纳入中国左翼运动的整体视野，将 1950—1960 年代以"潜流"的方式存在的台湾左翼思想描述为台湾左翼运动的"真空期"，回答了 1990 年代陷入低潮的左翼思想的存在形态和生存策略等问题，这些研究有助于深化我们对不同的台湾左翼思想发展脉络及其复杂性的理解与认知，具有相当的学术史意义。朱立立的《打捞台湾红色历史的见证文学——蓝博洲左翼文学书写的意义》作为“20 世纪台湾左翼文艺思潮与创作研究”项目的阶段性成果，它以台湾左翼精神脉络中的重要代表人物蓝博洲为研究对象，对蓝博洲文学实践中体现的鲜明的现实主义风格、庶民视角的历史叙事和持之以恒的田野踏查、采访记录、文献整理、文学性历史性兼具的非虚构性写作等多个方面进行了高度评价。朱立立指出，在“本土化”逐渐成为台湾社会主流甚至霸权话语的历史背景下，蓝博洲自觉地响应并传承了台湾传统左翼精神，以浓厚的理想主义热情和人道主义关怀始终如一地关注台湾左翼历史，持之以恒地为被湮灭的台湾地区历史与台湾人发声，在当今台湾社会历史观异化、国族认同混乱、认知纷纭的情境下，其“历史之眼”的重要意义值得高度肯定。

陈映真是台湾乡土文学的重要旗手，也是台湾当代左翼知识分子的重要领袖。2017 年适逢陈映真八十周年诞辰，为此两岸多次举办纪念陈映真的学术会议，各大文学期刊也纷纷开辟陈映真纪念专栏，如此火热的研究气氛可以说是陈映真由台湾内渡大陆以来从未有过的。作为本年度的重要文化现象，笔者将从四个方面对本年度的陈映真研究进行概括与梳理。首先是从宏观上讨论陈映真思想的独特性以及其于当今之世的意义的文章，如赵稀方的《今天我们为什么纪念陈映真?》对陈映真之于台湾殖民性批判视野的高度赞誉、李勇的《陈映真的特征和价值》对陈映真所坚持的人道主义立场和理性批判能力的肯定、黎湘萍的《阅读陈映真是对“人”及其世界的探索》将阅读陈映真的过程视作“探索人”的过程、台湾学者张立本的《陈映真思想试探：从“人如何设想命运”展开的一面向》对岛内陈映真研究“狱前/狱后”的二元论述的批判性回应，马雪的《“文学”与“思想”的两难：我们该如何理解“陈映真文学”?》提出应重审文学与政治的关系，以更好地看待陈映真“文学”与“思想”的争论，与此相类的还有张立本的《陈映真“关心受辱、弱小者”吗？——以小说版本商榷近年陈映真研究》，对研究界指认的陈映真小说“意念先行”问题的回应。

其次是对陈映真的文学创作和文学批评活动进行整体评述的文章，如刘奎的《陈映真小说的忧郁诗学与情感政治》认为陈映真小说浓郁的忧郁氛围在“反共文艺”和“白色恐怖”的年代，暗含着人的感性解放的潜能，因而具有情感政治的内涵；朱文斌、岳寒飞的《在虚无中存在——论陈映真小说的“虚无”书写》从虚无者的自我存在认知和反抗意识两个方面入手探讨陈映真小说虚无书写的意义；雄辉的《分裂时期的民族诗学——陈映真文学批评印象》从陈映真的文学批评入手，重点讨论了其中有关市镇小知识分子作家、殖民地知识分子、民族文学、“台独”谬论及正确引导青年人等方面的观念，在呈现出陈先生民族诗学丰富性特征的基础上，进一步凸显出他沉重的民族思考和整体性的国家视野；刘奎的《陈映真与理想主义之困》认为在长期的写作与社会斗争中，陈映真的可贵之处在于他对理想主义历史真实性的深刻认知，他从未试图通过高悬理想以获得同情，相反，他对那些廉价的理想给予了无情的批判，同时选择将理想和理想主义者投入现实的熔炉予以锻造，以锻炼人的主体意志。

然后是以比较研究的方式探讨陈映真思想的来源和影响的播撒，其中谈论较多的是陈映真对鲁迅思想的接受以及陈映真对王安忆的影响。前者如黄文倩的《陈映真早期小说对鲁迅的国民性思考的接受与衍义》、金林的《鲁迅、黄荣灿、陈映真——穿过历史窄门的一条路线》，后者如赵修广的《当代文学思潮演进轨迹一种：从“个人”回归“社会主义”——以王安忆的创作转型与陈映真精神乌托邦的感召为考察中心》。此外还有李娜的《试析 1950—60 年代台湾青年的“虚无”，重新理解“现代主义与左翼”——以陈映真、王尚义为线索》。

同比之下，从具体的文本入手来讨论陈映真思想的丰富性和复杂性的文章是本年度最多的，可以说也正是这类研究的深耕细作推动着陈映真研究的进一步细化、深化。2016 年台湾学者赵刚的《左眼台湾——重读陈映真》简体字版在大陆发行，某种程度上可以说正是在赵刚文本细读的促发下，更多的研究者开始正视陈映真部分以往被忽视的作品，在细微的文本裂隙间找寻勘探陈映真及台湾左翼思想发展的蛛丝马迹。本年度这类研究较有代表性的有赵刚的《战斗与导引：〈夜行货车〉论》《〈苹果树〉：书写是为了克服绝望》《陈映真〈累累〉：被遗忘的爱欲生死》，吴舒洁的《左翼的信仰之难——读陈映真〈加略人犹大的故事〉》《“光复事件”与中国想象——读陈映真〈乡村的教师〉》，徐嘉的《“读书界”的知识、性与逃离——读陈映真〈唐倩的喜剧〉》，马雪的《以“文学”的方式介入“思想”论战——试论陈映真小说〈忠孝公园〉的问题意识》，刘堃的《女性、革命与知识分子的人格模拟——论陈映真小说〈山路〉》等。

女性文学研究

与女性作家在台湾文坛活跃相映成趣的是女性文学研究在台湾文学研究的热门。本年度的台湾女性文学研究呈现以下三种特点：第一，对女性文学做整体考察的文章，无论是在数量上还是质量上都远甚于作家个论，这是女性文学研究走向成熟的表现。其中最有代表性的当属刘小新的《解严后台湾文化场域中的女性主义思潮与性别政治》。文章指出了“解严”之后的台湾女性主义书写所呈现的四种特点，即鲜明的中产阶级趣味与叙事特色、自觉的女性主义以及性别政治意识、后殖民与后现代色彩的渗透、对台岛社会复杂的社会政治文化场域的介入。刘小新以 1991 年创办的左翼同仁杂志《岛屿边缘》为个案，分析了其中的“性/别政治”的论述与书写，指出《岛屿边缘》以性别与知识、性别与国族、性别与阶级等权力关系研究为核心的批判社会学和文化研究，超越了“解严”前台湾女性主义的思想空间。本年度还出现了多篇以台湾女性文学思潮为研究论题的硕士论文，如江梦洋的《台湾女性旅行文学研究》、李文静的《二十世纪五十年代迁台女作家女性观念研究》、菀竞玮的《台湾电影的性别政治研究》等。

第二个特点是“被遗忘”的女作家和(重)新出道的女作家更多地得到重视。如阔别文坛 30 年后又以《桃花井》和《百年好合：民国素人志》两部长篇重续昨日辉煌的蒋晓云，近年来越来越多地受到关注，继 2016 年李扬的《文学与历史的拼图游戏——论蒋晓云〈桃花井〉和〈百年好合〉》、王晴飞的《现在的“情”与过去的“缘”——论蒋晓云〈掉伞天〉》等单篇的蒋晓云作品论之后，2017 年又出现了综合性的作家论：司方维的《大历史场域下的多重个体言说——蒋晓云小说论》认为蒋晓云作为外省第二代作家，她以台湾外省人题材重回文坛，但却采取了与眷村文学不同的叙说立场，外省人内部的分化正昭示了反抗压迫性话语的大语境之下历史诠释的分化。蒋晓云从自身身世写起，下笔却能退至更远处观照不同地域族群的华人，大视野也为历史反思提供了好的借鉴。同为外省人第二代的陈玉慧于 2004 年推出长篇小说《海神家族》，其女性视角的家族书写常常被用来与张洁的《无字》相提并论，杨君宁的《在妈祖的庇佑下：女性家族史与民间信仰——以陈玉慧的〈海神家族〉为中心》从台湾家族故事和民间信仰的角度展开，研究无父家庭的主流历史中，从女性角度写就的阴性历史如何伴随妈祖传说而展开，如何彼此成就，历史与民间信仰的关系如何呈现，离散有何依归等问题，并且在论述中穿插着与萧丽红《千江有水千江月》、蔡素芬《盐田儿女》、陈淑瑶《流水账》的横向比较。

第三个特点是施叔青、朱天文、朱天心、李昂等台湾经典女性作家研究的持续走热。荒林的《后现代女性主义文本——读〈香港三部曲〉》认为《香港三部曲》是施叔青以后现代主义和女性主义的身份讲述的解构与重构之间的自由叙事，文本中对性政治和殖民政治的隐喻表达，既解构了宗主国历史叙事，也不同于祖国历史叙事。李丹舟的《朱天文小说的空间想象与文化乡愁》不同于以往研究者所钟情的对朱天文创作风格评述、女性主义写作、比较文学对照、叙事技巧剖析和历史意识读解等研究视角，而是注意到了朱氏小说创作从现实主义向现代主义美学的写作转向，尤其是从描写城市边缘空间小人物的身份归属转向勾勒虚拟城市景观的主体经验，另辟蹊径，自成言说。吴雪峰、方忠的《重写青春与审视当下——论王蒙与朱天心的暮年叙事》选取王蒙的《奇葩奇葩处处哀》与朱天心的《初夏荷花时期的爱情》作为典型文本，从暮年女性群体的形象塑造上将两岸的青春书写和暮年叙事加以对比，认为他们对暮年男女情感问题的逼问，无论是拷问时代，还是追溯历史，其实都试图将老年人的情感问题转变为公共话题，引发公众的关心。包青倩的硕士学位论文《“三三”文学社团论》对朱氏姐妹曾经参与过的台湾 20 世纪 70 年代到 80 年代间十分重要的文学社团——“三三”文学社团进行了系统性的研究，具有重要的史料价值。相比之下本年度对于李昂的研究，仍拘囿于既有的作品中女性意识的发掘，缺乏新颖的洞见，故介绍从简。

酷儿书写虽非为女性作家所独有，但因为与性别议题息息相关，故也放在此栏一并介绍。20 世纪 80 年代中期以后，在西方酷儿运动的影响下，台湾的酷儿论述与酷儿书写也逐渐勃兴，曾丽琴的《再论台湾的酷儿书写：颠覆或妖化》以纪大伟、洪凌、陈雪、成英姝等人的酷儿书写为案例，分析了台湾酷儿书写中的颠覆或妖化两难状况：“酷儿书写的颠覆主要以后现代及后殖民两种‘后’政治来启动，并加以文本狂欢的元素，而其妖化则因为台湾的酷儿们试图采用女性激进主义的‘性解放’话语来迅速开启台湾酷儿空间，因此不仅着力描绘性别的消解，更对各种另类情欲展开丰富的想象。”王昱敏的《空间中的性别与意识形态——〈孤恋花〉影视改编研究》以白先勇表现女同性恋精神命运的短篇小说《孤恋花》在 1985 年和 2005 年的两次电影改编为研究对象，动用女性主义和酷儿理论等理论武器，在两部电影的相继改编中管窥台湾社会对于女性主义与同性恋话语的接受轨迹。

新世代作家研究

“新世代”概念由林燿德在和黄凡在《新世代小说大序》的总序中首次提出，最初指的是“战后第三代”以降的小说家作者群，也即出生在1949年以后的作家，并且以1945—1949年间出生的作家为前溯弹性对象。然而在21世纪的当下，随着更新一代作家的登场，“新世代”的指涉范围正在不断扩大，它主要包括三个创作主体群：20世纪50年代出生的“战后世代”、60年代出生的“新生代”和70年代出生的“新新世代”，这三个依次出现的世代。霍艳在《台湾新世代文学及三种研究思路》认为以“新世代”的标签来指称从1945—1980年(甚至更往后的年份)间出生的所有作家的创作，其间横跨了四十年，他们的写作风格和创作背景有着巨大的不同，所以“新世代”这一命名的有效性是值得怀疑的。针对近年台湾采用了“五年级生”“六年级生”“七年级生”以对应1960年代、1970年代、1980年代作家的做法，作者也认为虽然以十年为代际作为文学的划分标准远远掩盖了台湾文学本身的复杂性，但也承认当越来越宽泛的“新世代”概念已经无法掩盖其内部一个传统的衰退和另一种传统的兴起时，这种更细致的分法不失为一种权宜之计。这种权宜之计也为更多的研究者所接受。如陈舒劼的《传统的盛景与幻象——近二十年来张大春、台湾六年级作家的写作及台湾的文化身份选择》针对张大春和台湾六年级作家写作中的传统认知问题展开讨论，认为二者的相通之处在于“他们都避免展现面目较为清晰的传统内容，都在强调传统或历史的多元与模糊，以及记忆的困难与痛苦。他们写的传统或历史，都带着自我消散的属性”，作者紧接着对他们的“传统”叙述之于台湾的文化身份选择所产生的影响展开追问，他认为在当代台湾分离主义文化思潮甚嚣尘上的语境中，文学应该从传统中汲取面对时代重大问题的方法与立场，强调台湾身份认同的中国性。张帆的《台湾80后世代的历史书写与文化认同》同样注意到了台湾“80后”世代(“七年级作家”)的历史书写问题，鉴于历史书写的强烈意识形态性(往往会与时代的社会思潮相结合，参与到台湾统独意识形态的建构当中)，论者意识到台湾“80后”的历史书写，既是对历史的重新建构，也是当下台湾文化政治的折射隐喻，历史书写背后，勾勒的正是对中国的文化想象。古远清的《台湾“七年级”作家的“新乡土”创作》，上文已有提及，此处略去。

对新世代作家的个案研究在本年度也颇为出彩，其中较有代表性的有：以张大春为研究对象的有陈翠屏的《逃亡·反抗·间离——张大春〈城邦暴力团〉的第一人称叙述者》，以舞鹤为研究对象的有郭芳的《历史·自由·文化——论舞鹤小说创作主题》，以骆以军为研究对象的有刘奎的《台湾的历史寓言和历史的空间化——读骆以军的〈西夏旅馆〉》、李哲的《经验匮乏时期的探寻——骆以军小说研究》，以吴明益为研究对象的有赖清波、袁勇麟的《与蝶共舞，水中行走——论吴明益自然书写的历史记忆》等。

以上研究多聚焦于新世代作家的小说创作，然而本年度也有些孜孜耕耘于台湾新世代诗歌这一领域的研究者，赵小琪就是一例。在《台湾新世代本土诗人想象中国社会空间的二重性》中，作者指出：台湾新世代本土诗人诗歌想象和呈现的中国社会空间主要涉及执政者与民众的关系、父母与子女的关系、丈夫与妻子的关系。无论是民本政治涉及的执政者与民众的关系，还是家庭伦理涉及的父母与子女的关系或者丈夫与妻子的关系，在各种历时性维度上和共时性维度上，都会呈现出内容各异的二重性特性。意识到这种二重性特性，从而在诗歌中立体地呈现中国传统政治文化的精神元素与内容的双重功能生成的中国社会空间的张力，正是台湾新世代本土诗人诗歌想象中国社会空间的独特之处。在另一篇《代际冲突中当代台湾地区诗人的中华族裔意识论》中，赵小琪将当代台湾诗歌视作一个错综复杂的权力场域，分析 20 世纪 70 年代末期以来的台湾诗人与 50—60 年代的诗人在中西方符号权力争夺中呈现的不同倾向，并认为 20 世纪 70 年代末期以来，台湾新世代本土作家总体上由推崇乡土意识转向推崇台湾意识，他们的民族认同虽然出现过偏离和困惑的问题，但大体上而言，是循着由感性认同向感性与理性结合的认同轨迹和方向发展的。本年度还出现了以台湾新世代诗歌的美学风貌为研究对象的学位论文，即孙伟唯的《诗性的后现代——台湾新世代诗歌的碎片化美学》。

自然写作研究

自然写作是台湾自 20 世纪 80 年代由环保文学引发的一种写作现象，在台湾乡土文学的勃兴和本土意识高涨的催化下，作家们或从负面展示生态破坏、环境污染等种种恶果，或从正面对现实自然环境进行记述与描摹，一般都具有强烈的社会关怀和现实批判意识，较有代表性的作家有刘克襄、徐仁修、廖宏基、王家祥、吴明益、洪素丽等。大陆学界对于这种新兴的写作现象虽然投入了一定的关注，但与台湾相比，无论是在文学创作上还是学术研究上都相对寥落，目前只有孙燕华的《当代生态问题的文学思考：台湾自然写作研究》唯一一部专门的研究专著。

2017 年台湾自然书写研究领域最值得注意的是梁艳的博士学位论文《海峡两岸生态文学中的"水书写"》。该文以"水"为主线对两岸生态文学研究进行观察、梳理，系统、全面地对大陆和台湾生态文学中以"水"为书写对象的生态文学进行对比与整合，并以大陆的徐刚、哲夫、杨志军和台湾的廖鸿基、夏曼・蓝波安为个案，将大陆生态文学中的"河流书写"和台湾生态文学中的"海洋书写"并置，在对比研究中指出台湾的"海洋书写"较之于大陆更加出彩。在考察两岸"水书写"的思想资源时，对西方的生态思潮和中国的传统文化这二者都不予偏废，从西方阿卡迪亚模式和帝国模式交替主导的生态思想，与中国自古至今一以贯之的"天人合一"的生态思想两个方面分析两岸生态思想的精神内涵，显示出了一种辩证的思维方式。林强的《河流的诗学：从乡土世界到城市边界——以台湾当代散文中的淡水河和基隆河为考察对象(一九五〇—一九八〇)》与梁艳的《海峡两岸生态文学中的"水书写"》正好形成了一个有趣的对照，后者讨论台湾生态文学中的"海洋书写"，前者探讨台湾的"河流书写"，正好对其进行了一个有益的补充。魏雪慧的硕士学位论文《岛屿的突围——浅析自然书写在当代台湾的发展》也以台湾的自然书写为研究对象，从宏观上梳理了台湾自然书写在台湾的在地化进程和内在生态伦理的流变后，以徐仁修、刘克襄、洪素丽、凌拂、吴明益五位个人风格突出的台湾作家为个案，展示了台湾自然书写的多种形态。

综合性的研究论著之外，本年度对台湾自然写作的关注，较多地集中于吴明益、廖鸿基、夏曼・蓝波安等单个作家身上，其中较有代表性的研究如下：赖清波、袁勇麟的《与蝶共舞，水中行走——论吴明益自然书写的历史记忆》从吴明益对蝴蝶的观察和台湾水文的踏查入手，在记述台湾地貌风景变迁的过程，分析作家对台湾历史的建构，将生态史与台湾的殖民史、原住民的发展史恰当地结合起来，引导我们更深层次地思考人与自然之间的关系。曹蓝月的《廖鸿基"人与海洋"的主题研究》以台湾海洋书写的代表作家廖鸿基为研究对象，从"海洋争斗""海洋鲸灵""海洋故事""海洋杂记"四个角度对廖鸿基的海洋书写加以概括，并试图探析作家在从事海洋实践活动和文学创作的过程中海洋观念的更迭变化，尤其关注"人与海洋"之间的情义流转和"海洋台湾"意象的建构过程，颇有新见。夏曼·蓝波安和廖鸿基同为海洋文学的代表性作家，1997 年廖鸿基的《鲸生鲸世》与夏曼·蓝波安的《冷海情深》同获"年度联合报十大好书金榜"。鉴于目前学界对夏曼·蓝波安的关注较多地集中在《冷海情深》一书，张中旭的《夏曼·蓝波安〈八代湾的神话〉解读》另辟蹊径，将目光投向其创作于 20 世纪 90 年代的处女作《八代湾的神话》，以文本细读的方式对十四篇达悟族神话加以解读，从少数民族文学的角度对夏曼·蓝波安展开研究，体现了其敏锐的学术触觉。

散文与戏剧研究

台湾的散文和戏剧研究并不像小说、诗歌那样引人瞩目，数量上以单篇散文鉴赏或戏剧观感为主，质量上也良莠不齐。对梁实秋、林语堂、王鼎钧、张晓风等经典散文家的研究始终占据着重要地位，舒国治、林文义、杨牧、张怡微等中青年散文家也逐渐获得了相应的关注。其中以王鼎钧为研究对象的有亚思明的《王鼎钧晚近杂文的风格转型——以〈桃花流水杳然去〉为例》、王金城的《论王鼎钧的"大乡愁"书写》、陈想的《宗教意识与人性视角下的生态思考——论台湾当代作家王鼎钧的散文〈那树〉》、姚志林的《王鼎钧散文艺术论》等。亚思明的《王鼎钧晚近杂文的风格转型——以〈桃花流水杳然去〉为例》聚焦于王鼎钧的杂文创作，从其杂文简洁有声的语言和隽永机智的风格两方面探讨王鼎钧晚近杂文风格的转型，推动了王鼎钧作品研究的进一步细化。张宝云的《舒国治散文叙事语言中的"文""白"夹杂——以〈门外汉的京都〉为例》从游记体散文的发展脉络中辨析舒国治散文语言的"文""白"夹杂的特点，并对将这一特点深化阐释为"文化教养的追溯"及"庶民情怀与评弹的叙说方式"，推动了舒国治散文研究的深化。陈大为的《瘦金之变——论林文义散文的高刚性实验》以林文义的《遗事八帖》和《夜枭》两部散文集为主，分析了其散文风格从显性到隐性的、高度刚性的思想暨语言实验，并以"瘦金之变"加以概括。郭垚的《山经海纬，诗性世界——论杨牧〈奇莱书〉的诗性写作》书写作为散文家的杨牧，如何在散文书写中构筑自己的诗性世界，并通过"诗文互表"的方式凸显自己的写作观念和人生态度。钟怡雯的《论蔡珠儿散文的主题延伸与收拢》指出，蔡珠儿虽然以饮食散文的创作引起文坛关注，但其散文集文化观察、自然写作和饮食书写于一体，并非单纯的饮食散文，文章论述了蔡珠儿散文的书写脉络，也进一步指出她的散文转折和变化。以张晓风为研究对象的有冯玉霜的《我正在人间——史铁生〈我与地坛〉与张晓风〈我在〉哲学分析》、胡静的《张晓风散文的修辞艺术》、金钊的《张晓风散文艺术论》，成就平平。其余还有王丽平的《钟怡雯散文的"三乡书写"》、王嘉慧的《漂浪与抒情的异乡人手记——论张怡微台湾系列散文随笔》等。

另外本年度对于梁实秋的研究除了黄开发的《现代小品文的日常生活书写》等少数

几篇之外，更多的论文越过了其散文家的身份，聚焦于梁氏的翻译和文学评论活动，其中有代表性的有王晓农的《从“译味”看莎剧 Hamlet 的汉译——以朱生豪、梁实秋、王宏印和黄国彬译本“戏中戏”译文为例》，郭英剑、张珂的《梁实秋与〈英国文学史〉的写作》，宫立的《梁实秋屡编英汉辞典》等。对林语堂的研究也与此相类，卜杭宾的《林语堂〈瞬息京华〉译本考——兼议林语堂故居公布的“郁达夫译”〈瞬息京华〉之真伪与价值》对林语堂小说的译本研究，林晓峰、郑少茹的《身份意识·价值体认·文化传播——基于闽南文化视域下的林语堂文化观察》书写的林语堂对闽南文化的体认和推广，陈灵强的《林语堂的革命观——从 1929 年林语堂与鲁迅失和说起》对林语堂革命观的探讨，肖百容、马翔的《论儒家传统与林语堂小说》对林语堂小说对儒家处世传统、人伦传统、人性传统的辩证态度的讨论，角度繁多，成果新颖，凡此种种，不一而足。

本年度也有对台湾散文进行整体性研究的优秀之作，林强的《河流的诗学：从乡土世界到城市边界——以台湾当代散文中的淡水河和基隆河为考察对象(一九五〇——一九八〇)》选取了纪实性较强的散文文体，从“河流—城市—人”的历史结构出发，以台北为中心，以日常生活书写和个体抒情为主要特征的散文文本为分析对象，探讨纪实性散文如何书写“河流—台北—人”的动态历史。论文通过分析台湾散文中淡水河和基隆河的形象变迁，指出原本寄寓着人与自然和谐融洽、兼具神圣和凡俗以及乡愁等诸多核心要素的乡土感觉结构，逐渐被以异化、疏离、扭曲乃至控诉为典型特征的都市感觉结构所取代，认为对“河流—台北—人”的散文书写，既是诸种感觉结构孕育的产物，亦体现了台湾当代散文家对新的都市—河流生态的呼吁。周红莉的《“非虚构”与在场主义散文叙述——以十九部在场主义散文奖著作为话语中心》集中考察了包括齐邦媛的《巨流河》、王鼎钧的《王鼎钧回忆录四部曲》、龙应台的《目送》等台湾散文在内的十九部荣获在场主义散文奖(包括在场主义散文提名奖)的作品，探讨了在场主义散文“非虚构”叙述的道德准则、文本特质、在场精神、散文性等一系列理论问题，并指出了其对经济主导、价值失衡、精神委顿的当下时代的现实性意义，是启人深思的佳作。除此之外还有王泉的《台湾当代散文的都市书写》、李文静的《二十世纪五十年代迁台女作家女性观念研究》等。

对于台湾话剧的研究也多以取得重大成就或具有广泛知名度的作家作品为主，其中首当其冲的是赖声川。赖声川可以说是当代台湾最负盛名的话剧导演，其指导的多部经典舞台剧享誉全球，研究者们纷纷将目光投向他更是自然而然。任晓楠的《〈暗恋桃花源〉的互文性与多时空叙事》选取了赖声川的经典话剧作品《暗恋桃花源》为研究对象，冯戎的《大小格局间的游走——赖声川的戏剧模式》将赖声川的话剧模式分为小格局的喜剧作品和大格局的正剧作品两种加以分别研究，林婷的《复眼中观：佛教哲学与赖声川戏剧思维的生成》探讨了佛教的哲学理念是如何从创作方法的选择、艺术构形的生成、创意原理的运用等方面生成了赖声川的戏剧思维，蒋莉的《赖声川话剧的营销模式研究》则超越了文本，从赖氏话剧的营销模式入手，分析其之于大陆话剧产业的有益借鉴。可以说是角度纷繁，各具风采。

台湾话剧界关注度与赖声川导演不相上下的当属白先勇，这一方面是因为其小说不断地被改编并搬上舞台，另一方面也与白先勇极力推动昆曲剧目的推陈出新、广泛传播息息相关。对此予以关注的论文众多，前者如黄伟林的《动人心弦的话剧诗——话剧〈花桥荣记〉解读》，后者如丁盛的《论白先勇的“昆曲新美学”》、赵洁的《当下昆曲传承中大众传播现象分析——以青春版〈牡丹亭〉为例》等。本年度还出现了以白先勇主持制作的青春版《牡丹亭》为研究对象的学位论文——王舵的《青春版〈牡丹亭〉的审美意蕴研究》，其影响力和关注度可见一斑。

对姚一苇、纪蔚然、吴兴华等台湾当代剧作家的研究在本年度热度不减。刘丽的《民族文化心理的探索——论姚一苇的戏剧创作》指出了姚一苇对“五四”精神和鲁迅思想的继承，其剧作传承了鲁迅对中国国民性的思考，批判奴性、看客、瞒和骗等国民劣根性，重铸坚守气节、敢做、敢当的民族魂，将作为其剧作表达核心的“人”还原为一个个扎根于中国强大民族文化根系之上的饱满、坚实、具体的书写。阮加乐、高娜的《荒诞的语言标签与凝重的现代悲剧意识——论台湾实验剧开山之作〈一口箱子〉》从姚一苇创作于1973年的巨作《一口箱子》入手，从戏剧人物形象、戏剧语言的荒诞性，以及箱子的寓意三个方面来对这部影响深远的实验剧进行评析，分析其被目为台湾现代戏剧开端的深层原因。胡明华的《论纪蔚然戏剧中当代台湾社会的精神困境》和《论纪蔚然戏剧中的当代台湾社会“疾病现象”批判》从不同角度论述了纪蔚然戏剧对当代台湾社会的精神疾病的剖析，肯定了纪蔚然的知识分子批判立场和现实关怀。李玲的《吴兴国与猿之助——从京剧与歌舞伎的创新前沿看戏剧流派发展规律》，将吴兴国的“当代传奇剧场”与猿之助的“超级歌舞伎”的文化实践活动，共同视为与时代结合的创新之作，认为这两种戏剧的创新力量，代表着“20世纪后半叶传统文化遭遇物质时代洪流、全球化意识而产生的现代化努力”，在两相对照之中试图总结出戏剧发展的新规律。

歌仔戏作为闽台地区的地方传统剧种，随着20世纪80年代逐渐走向现代剧场，其存在也越来越多地受到研究者的瞩目。严永福的《乡土文化的草根特质——台湾老歌仔戏音乐概说》注意到“老歌仔戏”(也即歌仔戏由歌仔说唱形式向戏曲过渡的阶段)表演中的草根特质，认为这与底层社会民众的欣赏期待紧密相关。老歌仔戏唱腔随意、通俗的特点，是与其文化生态的“草根性”特点相适应的。陈文梓的《论台湾现代剧场歌仔戏剧本创作》是继2016年严永福的《两岸歌仔戏音乐的同源性与多样性研究》之后第二篇以歌仔戏为研究对象的博士学位论文，论文将研究的时间段集中于21世纪之后，关注近年来歌仔戏在走进现代剧场、结合了新的剧场形制，以及剧作家跳脱传统编剧思维后所呈现的创作趋势。作者的台湾人身份无论是对本课题资料的搜集还是对台湾当地文化的感知都提供了相当的便利，论文紧贴时代脉搏，追踪文化现状，具有一定的问题意识。

文学期刊、报纸副刊研究及其他

文学期刊与报纸副刊作为文学传播的重要媒介，它们的重要性越来越多地受到研究者的重视，本年度也不例外。

张羽、陈素丹的《日据台湾报刊文献中鼓浪屿的地景书写与历史叙事研究》分析旅厦台人和在台日人这两种不同的写作者对鼓浪屿的地景书写和历史叙事，正是以日据时期台湾出版的报刊文献为研究载体的。徐春英、梁晓君的《文学反映社会生活——试析台湾文学杂志〈现代文学〉小说中所折射出的社会时代问题》以台湾文学杂志《现代文学》

为研究对象，并将研究范围限制在小说作品中，分析其中折射的台湾1960年代种种社会问题，如日本殖民统治的遗毒、东西方文化冲突、民族融合问题等。正是通过对以上社会问题的描写，《现代文学》小说为后人构建起了一个充满危机矛盾和社会问题的文学世界。吴玮炜的《台湾〈人间〉杂志的封面故事研究》结合台湾80年代后期的社会背景，对《人间》杂志自1985年11月至1989年9月发行的47期月刊的封面故事进行解读。李晨《纪实与关怀——从〈人间〉杂志到纪录影像》将《人间》杂志关注弱势群体生存状态与生命需求的人文传统，放置在20世纪30年代台湾左翼报导文学传统和60年代、70年代报导纪录片、报告文学的历史脉络中，通过对《人间》杂志的主要内容的分析，认为《人间》杂志以文字和图像为媒介，站在底层民众的立场上记录生活、批判生活，是台湾报导文学进入成熟阶段的标志。刘晓慧的《解禁初期台湾报纸文艺副刊的媒介生态学分析》注意到解禁后台湾的社会环境因素与文艺副刊之间的关联互动，并概括了四个典型表现：政治松绑降低文艺副刊传播影响力；文艺副刊运作市场化，经济衰退使文艺副刊直面“适者生存”的市场机制；文艺副刊成为消费社会下的大众文化商品；传播技术手段的升级改变文艺副刊读者的阅读习惯，论述精当，概括简明，可以说是深中肯綮。古大勇的《经典的另种“面貌”——四十年来台湾学者新文学史著中的“鲁郭茅巴老曹”书写》以空间为横轴，聚焦现代文学的几位经典作家在台湾文学史中的地位和格局与大陆的不同，又以时间为纵轴，讨论在“戒严”与“解严”的不同历史时期，台湾史家对“鲁郭茅巴老曹”评价的迁衍以及与大陆趋同的现象，指出“鲁郭茅巴老曹”在两岸的不同命运，反映出海峡两岸文学“经典化”的不同路径特征。

总的来说，在两岸分断体制的社会背景下，对台湾文学期刊的研究，相对于祖国大陆而言具有一定的难度，单是史料的搜集就很成问题，因此本年度关于台湾文学期刊与报纸副刊的研究仍然较为分散，相较于以往也难说有可圈可点的突破，仅待方家。

除了以上七个专题之外，还有一类研究不容忽视，笔者称之为“研究的研究”，也即有关台湾文学研究领域的批评家、相关学术论著的研究。李红波的《台湾文学现代性的单边表述和疏离情结——评陈芳明台湾文学现代性论述》对台湾学者陈芳明将台湾百年来的社会性质以“殖民地性”一以概之、认为台湾社会现代性的发生完全来自殖民者的强行赋予这一论调加以毫不留情的批判，作者认为“这种表述既是后殖民理论的误用，又是对台湾知识分子一百多年来追求现代化努力的一种遮蔽，最终导致以偏离中华文化为目的的台湾文学主体的建立”，可以说是直击要害。张博炜的《从模糊的传统到明确的传承——评方忠〈台湾当代文学与五四新文学传统〉》就方忠将台湾当代文学纳入“五四”新文学传统并加以细化研究的学术理路予以高度肯定，认为该书“将异质性、多元性的台湾当代文学与“五四”新文学传统进行了细致、翔实而富有说服力的实证性影响关系考察，从历时性的角度回应了传统何以影响当下的疑问”。陈思和的《我看沈奇对台湾诗歌的研究》从沈奇整合两岸诗歌史的“三大板块”理论，以及向大陆诗坛引介台湾诗歌时的独特品位和敏锐判断等方面肯定了沈奇对大陆台湾诗歌研究的贡献。计红芳的《自己的声音——评刘俊〈复合互渗的世界华文文学〉》从自觉的学科建设意识、发展的世界华文文学整体观、开放的学术研究态度与开阔的学术视野和理论视野三个方面高度肯定了刘俊的《复合互渗的世界华文文学》敢于突破传统、突破自身的特质。总之，无论是直接以台湾文学为研究客体，还是以台湾文学的研究理论、研究成果为研究客体，本年度取得的学术成就有目共睹。学者们八仙过海各显神通，各自在自己擅长的学术领域，结出了自己的红花硕果。

自然，对于台湾文学研究来说，一年的跨度是太短了，因而它更像是文学史长河中一枚时间的切片，从文学创作到文艺评论，向我们一一展示着这片生机勃勃的沃土上每一个沉甸甸的收获。由于篇幅和结构的限制，笔者在梳理文献、罗列观点时虽力求详尽、完善，但仍难保证“拾穗靡遗，扫叶都尽”，疏漏纰缪之处，有待方家批评指正。

2017年台湾文学热点之观察

刘小新　朱立立

对于台湾文学而言，2017年是充满张力的一年。一方面文化冲突和价值焦虑仍然存在，另一方面，文坛从意识幻象牢笼中突围回归传统和现实的动能正在集聚，文学新感性和新伦理也悄然孕育。

之一：陈映真的精神遗产与左翼社会主义思想的重建

2016年底陈映真的逝世是台湾文学和思想领域的重大损失，他留下了丰厚的精神遗产，对于台湾思想建设弥足珍贵。2017年台湾思想文化界在悼念追忆中总结陈映真精神的重要价值与意义，追问今天我们为什么要纪念陈映真、又应如何纪念陈映真？《批判与再造》《苦劳网》《人间思想》《台湾社会研究季刊》《印刻文学生活志》《海峡评论》《夏潮联合会》《文讯》等都推出了纪念专号专辑或系列文章，如《印刻》二月号制作了“昂然跨过一个时代的风雷”陈映真纪念专辑，分为“镜头前的巨人影像”“既严厉又深情的理想求道者”“最后的乌托邦主义者的不断战斗”和“以书写照见悲悯的先辈”四部分，呈现黄春明、陈若曦、施淑、刘大任、叶芸芸、季季、郑鸿生、向阳、郭力昕、蓝博洲、曾淑美等人曾与陈映真先生相交会的生命轨迹。人间出版社整理重编出版《陈映真全集》，收入820篇作品，总计23卷、450万字，是目前最全面系统的陈映真作品集，将成为今后研究陈映真、认识战后台湾社会和思想状况的重要资料。编者打破文类界限，采取编年形式将陈映真所有的文学作品、评论与访谈等按时序排列，吕正惠先生认为：只有了解陈映真全部作品和整体思想面貌，才能真正认识到他对两岸及当今世界的独特价值。

阅读和研究陈映真已成为我们这个时代的重要课题，诚如倪慧如的追问：“陈映真作为台湾战后最重要的文学及思想先驱之一，究竟留下了什么样的遗产？对于当今台湾社会而言，陈映真的小说、文论及左翼理论，具有什么样的价值和意义？”青年学者胡清雅指出：“面对台湾社会的整体环境与氛围，当前以英美资本主义先发社会为样本所延伸的社会科学理论，其实是非常缺乏解释力的，并不够作为批判的武器。在这样的问题意识下，陈映真所引介的社会性质论，为我这种几乎与左翼/中国革命彻底断裂的‘80后’青年，开启了一个与革命历史重新接轨的可能性。”陈映真始终如一地坚持中华民族认同和鲁迅式左翼批判立场，关怀弱势群体，追求祖国统一，其爱国主义者的精神风骨和思想家风范，以及他的文学、思想和人格“稀有的真诚”(赵刚语)，都必将产生深远的影响。

之二："解严"三十年的回顾、前瞻与反思

自1987年台湾地区宣布"解严"迄今已逾三十年，回顾"解严"三十年的历史进程与社会变迁，总结反思三十年的经验与问题，成为2017台湾文化思想领域的热点之一。政党、民间团体和知识人举办纪念会、追思会、研讨会、座谈会、影像展、音乐节、杂志展、艺术展、演剧祭、主题书展等，使纪念"解严"被赋予了多重意义。民进党将"解严"和"二二八""白色恐怖"纪念捆绑宣传，将纪念"解严"打造成为推动所谓"转型正义"打击国民党的意识形态宣传活动。国民党则批判民进党开历史倒车，一朝退回戒严前，新党也痛批蔡英文当局"解严三十年、民主变民粹、人权变特权、反共变反华"。人文社科界反思"解严"三十年的历史发展。台湾政治学会举办"民主成长与民主赤字：台湾"解严"三十年的省思"研讨会，从政治、经济、社会等脉络讨论台湾当前所遭遇的关键议题。The NewsLens(关键评论网)特别策划了"解严三十"评论专辑，不少评论认为："解严"后台湾的政治、经济与文化生产并没有摆脱依附西方的性格，没有摆脱冷战意识形态的制约，结构性的枷锁尚未打开，关于"解严"的历史叙事通常还依附于西方新自由主义的文化和政治逻辑。年初由汉学家蒋永学(Dr. Thilo Diefenbach)编辑并参与翻译的*Kriegsrecht*, *Literatur aus Taiwan*(《戒严：台湾文学选集》)在德国出版，选集共收录了杨逵、黄春明等台湾作家的二十九篇小说。《印刻文学生活志》七月号制作了"赖香吟：以小说回望解严三十年"专辑，以作家对谈、小说创作及相关评论来回望"解严"三十年与小说的复杂纠缠；而赖香吟取景于台湾"解严"三十年的小说集《翻译者》也于2017由印刻出版，收入全新修订的《翻译者》《虚构一九八七》系列、《岛》三部曲，及新作《雨豆树》《后四日》等篇，范铭如认为："由这些远程的在场者转述串联成的时代故事，与其说是政治小说，不如说是跌宕三十年来台湾政治生态、经济形态、人际关系与世代文化生活的变化轨迹。"应是值得一读的小说集，不过该书因涉侵权而下架，引发台湾出版界讨论。

之三：突破同温层——《做工的人》引发热议

2017年初，宝瓶文化出版了《做工的人》，作者林立青曾任工地监工十几年，以鲜活流畅的笔触刻画朝夕相处的工地工人的生活与劳动状况，水泥匠、电焊工、外劳、女工、便利店员、拾荒者、茶室姐妹这些常被忽略的城市蓝领劳工与边缘族群进入读者视野。这本作者拥有"主场优势"的书，平实真率又饱含人道关怀，"成功突破各个同温层"(朱亚君语)。在中产文化和小资情调占据主流视听空间的台湾，通俗易懂的《做工的人》跃居畅销书榜单，在网络和大众媒体引发热议，涌现大量书评、访谈，如《当代工人的知识生产》《林立青〈做工的人〉刻划工地剥削现实》《请你毋免同情我：林立青的工地人间》《做工的人 vs. 裁判的人》《〈做工的人〉：去除学术名词，平铺直叙的真相》《唤起对工人的尊重》《劳动现场的薛西弗斯：读〈做工的人〉》《报导如何被看待》《后设

的“做工的人”》《人道关怀突破同温层，让各行业看见工人大小事》《从看见底层到团结反抗》《做工的人：劳动现场的反身写实》《工地围篱内，托尔斯泰停留的角落》《旁观他人之痛苦——我的苦难，不该是你的故事》《〈做工的人〉：人是被迫去犯罪的》……评论多肯定林立青的“书写位置扩宽了台湾文学的向度，观察视角折射出阶级文化的厚度”。同时《做工的人》也引发关于非虚构或报导写作的伦理问题(如对旁观或消费他人痛苦的质疑)，以及“工人文艺”为谁服务、如何服务、有何作用等诸多讨论。从《做工的人》的热评可以管窥近年台湾文艺批评的左转欲望和发展趋势。而另一本值得关注的书写底层的书籍《血泪渔场：跨国直击台湾远洋渔业真相》，是“报导者”年度调查报导《造假·剥削·血泪渔场》的扩充完整版。该书“从一件令人心寒的渔工死亡案开始，层层剥开台湾渔业虚华的数字包装”，揭示底层渔民的艰辛无告，暴露台湾远洋渔业充满压榨剥削、不公不义的真相。书写底层、书写苦难意义何在？诚如胡元辉所言：看见他人的苦痛，正是事情得以改变的开始。

之四：“文白之争”凸显意识形态冲突日趋激烈

高中语文课纲文言文和白话文比例之争是2017年台湾文化焦点之一，不少文学人也卷入其中。以齐邦媛、白先勇、余光中、张晓风、王德威、曾永义、孙康宜、李惠仪、李欧梵、何大安、陈国球、胡晓真、萧萧、颜昆阳、张错、杨儒宾、杜忠诰、林耀福、郑瑜雯、洪兰、林启屏、祁立峰、曾家麒等学者作家教师以及马英九、龙应台等蓝营政治人物为代表，主张维持文言文原有比例，认为文言文是中文的精髓，舍弃文言文教育会成为无根的民族，而且会降低下一代的语文能力和文化竞争力。王德威等有识之士发起“语文是我们的屋宇：呼吁谨慎审议课纲”联署，强烈反对以狭隘的工具主义、实用主义为名的所谓“教育变革”，强调应尊重专业，文类比例不宜任意裂解限缩，认为文言文比例下调是“政治干预”，如此“台湾教育将江河日下”。而《文学台湾》杂志社和台湾文学学会则“支持大幅调降文言文比例，强化台湾新文学教材”，以钟肇政、林亨泰、郑清文、赵天仪、李魁贤、郑清鸿、朱宥勋、陈宁贵、林央敏、向阳、陈芳明等人为代表，提出“调降文言文比例”“强化台湾文学在教科书的分量”“增加闽南语、客语、原住民语的书写题材”三个主张。尽管存在很大争议，岛内“高中语文课纲”文言文白话文比例审议结果还是尘埃落定，决议将文言文比例从目前占45%到55%降至35%到45%。“文白之争”的实质是坚持中华文化传统与“去中国化”的两种意识形态之争，表明岛内文史领域的话语权争夺与意识形态斗争日趋激烈。

之五：“花甲男孩”收视热与台湾文学改编

台湾“植剧场”单元剧《花甲男孩转大人》创下4.16的高收视率，掀起2017年台湾电视剧收视热。“植剧场”计划由王小棣、蔡明亮、陈玉勋、瞿友宁、王明台、许杰辉、徐辅军、安哲毅等8位实力导演投入实行，致力于类型创新与改良，共同打造“爱情成长、惊悚推理、灵异恐怖、原著改编”四种类型的电视剧。《花甲男孩转大人》以台南大内乡为剧情背景，聚焦乡土文化和地方特色；该剧也是“植剧场”首部原著改编的剧作，改编自新生代作家杨富闵的小说《花甲男孩》。20 世纪 80 年代，陈坤厚、侯孝贤、万仁等导演立足台湾社会现实和乡土生活经验，善于从台湾文学作品尤其是乡土小说中取材，改编了黄春明、王祯和、廖辉英等作家的诸多作品，拍摄了《看海的日子》《儿子的大玩偶》《油麻菜籽》等优秀电影。《花甲男孩转大人》承续台湾新电影运动的乡土文化意识和文学改编传统，生动展示了逐渐被边缘化的台湾乡村的日常生活面相，细致呈现红砖破瓦的南部乡间积淀的传统民俗文化记忆。杨富闵小说《花甲男孩》也在 2017 年再版，白先勇在序中力赞这部作品集“接地气”，肯定杨富闵的“新乡土小说”继承了黄春明、王祯和的传统，认为“《花甲男孩》的主题其实写的就是人伦，而且是中国传统式的人伦：祖孙之情、夫妻之情、父子之情，写得最动人的几篇，也就是作者用情最深的时刻”。21 世纪的新文字与新影像，让我们看到了台湾新时代和新乡土的新魅力。

之六：“房思琪”事件引发的多向度思考

2017 年初，台湾年轻作家林奕含出版了第一本小说《房思琪的初恋乐园》，小说出版后就因题材等因素而备受注目，被多次印刷。这部用生命书写的作品主要叙述 13 岁少女房思琪因遭补习班老师性侵而致疯癫的故事：“真实的我早已死去，现在的我是我的赝品，我对世界对自己，怀着巨大的乡愁。”这些话语并非浪漫化的修辞，而是被伤害至残疾的女性心灵的惨呼。在一次访谈中林奕含指出：“人类历史上最大规模的屠杀是房思琪式的强暴。”作者两个月后的自杀及其类似于房思琪的不幸经历的暴露，使得这部“非标准受害人”(张娟芬语)的绝望与警世之书，引燃各界人士及媒体舆论的广泛关注和高度聚焦。“早熟而美丽的作者身上发生了耻辱的厄运，而她写下这厄运时略带戏谑的笔法有纳博科夫混血张爱玲的影子，可我们却无法像读《洛丽塔》一样，带着庆幸放下书，松一口气地说：幸好是假的。”(蒋方舟语)人们痛惜这位年轻才女的不幸遭遇和离世，愤怒声讨原型“狼师”，谴责性侵害、性犯罪，反思性教育问题，呼吁性别平等，批判台湾升学主义，解构师生权力关系，追问台湾补课教师资质，反省文学话语“巧言令色”的欺骗性，辨析小说的虚实和故事的真假，讨论小说的风格和语言特点……“房思琪”事件引发的讨论和思考涉及教育、法律、文学、家庭、性别、权力、爱欲等广泛层面和多重向度。讨论还涉及出版伦理及传播对受害者的消费现象，如曹亚瑟就撰文批评这本书的出版者对林奕含的心理承受能力和巨大社会压力预估不足，“不道德的出版，成为压垮女作家林奕含的最后稻草”。

邵迎建在《文学辜负了她们吗?》中高度肯定房思琪故事的意义，认为林奕含小说“是被凌辱的少女用自己的话语呈现出的二十一世纪性现象的黑暗真相，在历史及文学史上都有划时代的意义”。

之七：文学作品的出版与文学奖

2017 年底，洪范书店推出张系国最新科幻长篇小说《金色的世界》：《海默三部曲》

之三。从第一部《多余的世界》，经第二部《下沉的世界》，张系国耗时 8 年，终于出版完结篇的第三部。近年重回读者视野的刘大任则在大陆出版了简体版小说集：《羊齿》《晚风细雨》和《枯山水》(深圳报业集团)。上述两位作家 20 世纪 70 年代都曾投入北美保钓运动。曾经火热的历史风云，或转化为科幻世界中恣肆无羁的想象，或沉淀为有情山水与园林内外的凝思。中生代作家中，近些年重返文坛的王定国创作丰硕、得奖连连。2017 年他出版了长篇小说《昨日雨水》和散文集《探路》。朱天心《三十三年梦》在大陆出版，细说 33 年来的京都漫游之旅；陈雪新作《像我这样的一个拉子》，以 13 封信的形式回溯半生爱情路；甘耀明最新长篇小说《冬将军来的夏天》和高翊峰散文集《恍惚，静止却又浮现：威士忌饮者的缓慢一瞬》，都是今年出版的重要作品。新世代作家中，黄崇凯小说《文艺春秋》颇受瞩目，11 个故事融汇了作者生命中深具意义的文艺前辈的相关话题，他们引发的想象、虚构与个体成长记忆相结合，由虚构步步逼近真实。谢海盟的《舒兰河上：台北水路踏查》以步行追寻台北河流的前世今生。卫城出版社出版了《字母会》系列作品集，杨凯麟 2012 年策划发起的“字母会”当代小说实验“在这沉闷、沮丧的时代注入一种清新的空气”(骆以军)。本年度九歌出版了“台湾第一本散文诗集”《跃场：台湾当代散文诗诗人选》。

台湾文学馆主办的 2017“台湾文学奖”金典奖分图书类和创作类两类，设长篇小说、新诗、剧本创作、闽南语短篇小说、客语短篇小说及原住民汉语短篇小说 6 项。图书类部分，新锐小说家连明伟作品《青蚨子》获“图书类长篇小说金典奖”；创作类部分，曾莛诒《咬人猫》获“剧本创作金典奖”。第四届“联合报文学奖”(2017)得主为陈育虹，其近三年内的作品有诗集《闪神》，评审推荐其代表作为诗集《之间》。第 48 届“吴浊流文学奖”的小说正奖由赖香吟的《文青之死》获得，新诗正奖则颁给灵歌的《远山》等 10 首诗作。“吴三连奖”的文学奖今年授予夏曼·蓝波安的小说和林亨泰的新诗。真理大学 1997 年创办的“台湾文学家牛津奖”今年的得奖者为作家吴晟。由“新台湾和平基金会”创办的第二届“台湾历史小说奖”揭晓，并列佳作为陈耀昌的《狮子花 1875》、林素珍的《叛之三部曲首部曲：忤》和黄汶瑄的《尽日》。

之八：鬼话连篇：妖怪书写风行

2017 年的台湾出版界，接续 2015 年的《台湾妖怪研究室报告》和 2016 年的《唯妖论：台湾神怪本事》，2017 年出版了何敬尧的《妖怪台湾：三百年岛屿奇幻志·妖鬼神游卷》，此外还有不少以妖怪为基础的奇幻小说，可谓鬼话连篇、妖魔横行，形成一股妖怪书写风潮。何敬尧创作的《妖怪台湾：三百年岛屿奇幻志·妖鬼神游卷》，按历史时序，查阅自大航海时代经明郑、清朝到日据时期长达 321 年历史中的文献资料、奇谈故事，从中搜集整理出 229 个鲜明生动的台湾妖怪，分“妖怪”“鬼魅”“神灵”三大类。该书配图出自新锐漫画家张季雅，画风唯美。《联合文学》第 388 期(2017 年 2 月号)也适时策划刊出“妖怪缭乱”专辑，从“台湾妖怪史、妖怪变形、妖怪流行文化、妖怪退避小物、妖怪名作导读、作家自创妖怪”等层面探讨台湾的妖怪历史与文化。台湾的妖怪书写不仅将妖怪神异当成历史文献与田野资料，而且将现实感和现代意识与古老妖怪相联系，致力于“让妖怪还魂”，为都市现代人提供一种情感与想象的出口。从文化产业角度看，妖怪资料的整理与动漫游戏影视等当代流行文化的创造之间有着密切关联。此外，台湾的妖怪书写大多接受过日本妖怪文化及文化产业发展的启示和影响。

之九：同志文学史出版及其争鸣

《同志文学史：台湾的发明》，纪大伟著，联经出版公司 2017 年出版。本书分为 8 章：第 1 章绪论——台湾的发明；第 2 章白先勇的前辈和同辈——从 20 世纪初至 1960 年代；第 3 章爱钱来作伙——1970 年代女女关系；第 4 章谁有美国时间——1970 年代男同性恋者；第 5 章罢家做人——1980 年代；第 6 章翻译艾滋、同志、酷儿——世纪末；第 7 章固体或液体的同志现代性——二十一世纪初期。纪大伟将这本书定位为“立基于同志文学的公众历史”，也是一部台湾同志文化研究的重要著作。《同志文学史：台湾的发明》的出版成为 2017 年台湾文学批评的一大学术热点，《镜周刊》、《中国时报》、阅读志、博客来阅读生活志、苦劳网、女人迷、《自由时报》、《信报》等媒体发表了一系列评论文章和访谈，讨论该著的学术意义与局限。杨佳娴认为《同志文学史》的贡献在于研究方法和学术观点上的创新，从更宽广的视角来思考同志文学；李柏翰的《偶然形构却无从化约的组装配置——台湾/同志/文学/史》指出该著的意义在于呈现出同志文学史的复杂性和无法化约性；陈栢青的《世界是你们的，也是我们的》则高度评价该著重写同志文学谱系的意义；江峰指出纪大伟的研究缺少通俗文学的证例，如网络小说、轻小说、部落格及 BBS 等朴质养分；陈薇真的《国族先行》则尖锐批评《同志文学史：台湾的发明》对大陆认知的标签化和两岸割裂视野所形成的意识形态偏见。

之十：“重新思考社会主义”

《苦劳网》《新国际》《INTERCOLL 国际知识集体》以及台湾社会研究学会等在 2016 年底开始企划“重新思考社会主义”系列论坛，2017 年活动全面展开，旨在“透过回顾社会主义实践的历史经验，尝试重建当代的左翼话语”。[1]迄今已举办了“从古巴与卡斯特罗谈起”“高中生扮纳粹，伪湾生假回家——反思历史虚无主义下的台湾”“紫爆下的困局：环境正义与资本主义危机中的红绿团结”“再议平等”“香港回归 20 年”“Corbynism：左翼政治的重生?”等讨论会，批判民粹右翼主义和历史虚无主义，揭示资本主义世界的金融、生态和道德危机，“探讨各种本土和跨国的议题，讨论工运与环运团结的可能，思索第三世界国家(如古巴、巴勒斯坦等)与台湾的关联”[2]，反思诸种“新左翼”提出的所谓“新的政治主体”问题，试图展示出 21 世纪台湾左翼思想重构的新方向和新思考以及介入现实问题的能力与姿态。《资本论》繁体字版的出版是台湾地区左翼知识分子批判资本主义和“重新思考社会主义”的新契机，台湾人文学界和青年读者反映强烈。正如联经发行人林载爵指出，虽已时隔 150 年，但马克思预示资本体制造成的问题仍很准确，“只要有资本在，《资本论》就是思索资本主义很好的参考”。《资本论》在台出版发行为台湾知识分子尤其是进步青年重建左翼思想提供了重要的理论资源，为文化研究和政治经济学批判的对话与接合提供至关重要的思想资源，“新世代读者可借阅读《资本论》，找到在这个时代安身立命的价值观”。[3]

注释：

[1]王颢中：《苦劳网 x 新国际“重新思考社会主义”论坛第一场：从古巴与卡斯特罗谈起》，苦劳网 2016 年 12 月 15 日。

[2]张宗坤：《“新”世界里的“旧”问题》，苦劳网 2017 年 7 月 3 日。

[3]陈宛茜：《年轻人找答案〈资本论〉热卖》，《联合报》2017 年 9 月 2 日。

（载《华文文学》，2018 年第 1 期）

2017年香港文学研究概况

凌 逾 刘 玲 刘倍辰

一、回归廿年寻记忆

记忆是一条历史的河。个体记忆多与相思情意有关。集体记忆多与历史大事、社会转折有关。寻找记忆可从时间出发，打捞历史的痕迹；也可从场所出发，搭建纪念空间，作为社会民族、家庭种族自愿寄放记忆内容之处，唤起和重构集体记忆，将瞬时记忆延展为永久记忆。记忆的载体可以是庆典活动、书籍文字，也可以是影视声画、纪念馆博物馆等。

2017年的香港注定与记忆有关，最大热点是两岸陆续开展的回归20周年纪念活动。中央人民广播电台、香港特区政府驻京办联袂推出《香港名人访谈录》，访谈对象涵括政界、商界、教育界、文化界名人。[1]央视精心打造五集纪录片《紫荆花开》，展现了一个欣欣向荣的香港。报告文学《香港，你的明天更美好》讲述香港回归20周年后的社会面貌。同时，不少杂志专栏、庆典书籍和专题报道刊发纪念文字，以示庆贺。

文学专栏记忆的重头戏当属《香港文学》杂志，在香港回归20年的节点上，陶然主编策划了2017年7月号“当代香港文学作品评论专辑”。《香港作家》杂志主编蔡益怀先生对香港20年小说(1997—2017)发展进行X光透视：味道的食物隐喻、病人的疾病隐喻、魔幻空间的都市幽灵、人间情怀的生命气息、有精神的写作，剔肉见骨。[2]郑政恒诗人以另一角度重塑香港20年小说面貌，聚焦于后现代写作、家族历史、都市变迁、文化议题、时局冲突，其主编过多部小说选，对新作了然于胸，论述时手到擒来。[3]古远清教授总结香港回归20年来的文艺思潮特色：擅长中西混合，为己所用，呈现出本土意识和中国意识的交织、后现代与后殖民的混合，思想把脉到位。[4]方忠教授管窥回归以来的香港散文，赞扬回忆性散文、游记散文、学者散文的香港性，概括精当。[5]行家里手，各显身手。

《香港文学》还特设《回归20年香港短篇小说展》杂志增刊，由陶然、蔡益怀主编，收文52篇，如谢晓虹《岛》、昆南《旺角记忆条》、车正轩《最后一站旺角》、唐睿《红白蓝的故事》、黄劲辉《酒吧旮旯的故事》、梁科庆《Q版特工：审讯日下午》、陈丽娟《6座20楼E的E6880＊＊(2)》(后者题目仿佛摩斯密码，内行者方能迅速破译语码)。此小说展的港人港味记忆扑面而来。

内地回归记忆也毫不逊色。《中国文艺评论》2017年第6期有“中华文艺版图中的香港”，包括古远清教授的《香港当代文艺思潮的混合性结构》、赵卫防教授的《娱乐启蒙、类型规范与“港味”美学》、凌逾教授的《跨界创意香港造》、李杨教授的《香港电视剧模式和特征及其内地回响》、张燚教授的《香港流行歌曲对内地的影响与启示》，从文学、电影、电视、音乐等维度，分析香港文艺发展的历程、脉络与特色，及其与内地的文艺交流，呈现出文艺杂志的特色。该专栏及时在微信公众号推出，纸刊与网刊同步推进，高效快捷，推文图文并茂，设计精美。2017 年第 8 期则有黄维樑教授的《香港和内地文论交流的回顾与思考》回顾香港和内地文学理论界的交流互动，总结两地学者在中西文论整合与建构、“龙学”研究等成就，指出应以内地学者为主力，发挥香港学者的优势，推动中国学派建设。[6]

《博览群书》2017 年第 7 期刊文 3 篇：袁勇麟教授的《透过〈香港文学〉这扇窗》，凌逾教授和研究生薛亚聪的《这是香港的书香》，作家盼耕的《香港女诗人的反向思维》。福建社科院副院长刘小新教授的刊首语很诗意：“值此香港回归 20 周年之际，为这片烟火留取一份光影纪念，作出某种意义诠释，文学显然是我们可以选择的最佳方式，它的传承与流变、饱满与丰盛、扩展与蔓延，都是解读香港故事最灵巧的密钥。”[7]“纪念”是刊首语的核心词汇，以文学留存香港记忆是大家共同的心愿。

在记忆文化指引下，作家翻生。过去，人们说作家死了，读者为大，读者的阐释决定作品生命力。如今，人们又重新聚焦作家，为文学大师塑像，为名家名宿造影，这是因作家而生的跨界再造。黄劲辉一人导演两部艺术纪录片：《东西》(也斯)和《1918》(刘以鬯)。集作家、编剧家、导演、博士于一身的黄导开拓新电影语言，好评如潮，形成了热点效应。华南师大邀请黄导前来展示影片，作自由谈，凌逾作了访谈，还写影评刊发于《文艺报》。[8]《我城》(西西)由陈果执导。香港作家纪录片若建立长效发展机制，粤港澳台若联手将其拓展成可持续发展的事业，更是功德无量。

寻找作家、文化人记忆，香港口述文学愈加发达。香港《号外》杂志的创始人丘世文整理其于 1978—1997 年间发表的口述历史系列，辑录成《在香港长大》(增订版)，详述战后香港婴儿潮一代的无知与好奇、反叛与觉醒、理想与迷失，关注香港人身份构建，既是缅怀往昔，亦是文化辩证。[9]香港科技大学教授廖迪生新书《何铭思口述史》展现老香港何铭思的大时代足迹：生于 1923 年，参加游击队抗日，任新华社香港分社统战部部长，为霍英东南沙计划的负责人，95 岁香港仔走尽战场、官场、商场，反映出世代风云。[10]香港本土重要文化人卢玮銮、熊志琴主编的《香港文化众声道》第二册出版，此系列缘于 2002 年香港中文大学香港文学研究所的“口述历史：香港文学与文化”研究计划。[11]内地学者凌逾也连续刊发与葛亮、潘国灵、陶然、黄劲辉、唐睿等香港作家的访谈录。

集体记忆除了口口相传，少不了尺素传书的厚重与光影瞬间的真实。香港大学中文学院编录《足迹——香港大学中文学院九十年》[12]，作为纪念 90 周年的图录，收录港大中文学院 90 年来的 200 多张珍贵照片，见证该学院近一个世纪以来的演变，90 年间步履相接，薪火承传，有以成之。另外，为纪念摄影师何藩先生逝世一周年，他生前未完成的摄影集《念香港人的旧》问世，用光影述说五六十年代香港的人情冷暖。[13]

另类记忆重出江湖。获第十届香港书奖的马家辉首部长篇《龙头凤尾》写原汁原味湾仔，讲述陆北才在抗战前后历经磨难，流落湾仔，投靠洪门，与英国差人暗生情愫，无意中成为黑帮大佬，摇身一变唤作陆南才“南爷”。全书写尽男性心理、人性的幽微之处，直言背叛、恐惧、无助。书名一语多关，重重叠叠：既指打牌九的一种发牌方式，也指同性恋的主次、双性恋的龙凤双全，还指帮会的结构座次、龙头赏饭，话里有话。马家辉历经访谈和考证后，据所得资料写就该作，雕刻人物，写起来如在目前，粗口满天，骂人使气，酣畅淋漓。黑帮作为特殊题材，过去俗文学偶有提及，但作为严肃小说，写得入心入肺，则是贡献。《龙头凤尾》与李劼人的《死水微澜》、黄碧云的《烈佬传》血脉相牵，讲民间底层帮会万相，也讲华人帮会与洋人等多方势力的较量，揭穿黑幕。《死水微澜》写袍哥会，《龙头凤尾》写洪门，《烈佬传》写黑帮底层。《龙头凤尾》写人生动，语言鲜活，对男性生理心理描写尤其精彩，这比《烈佬传》更生猛，但在主题升华上则略逊一筹。因此，《烈佬传》得“红楼梦奖”首奖，《龙头凤尾》得“香港书奖”。

2017 年 7 月 19 日至 25 日，第 28 届香港书展在香港会展中心举办。自 2016 年起，香港书展由“年度主题”替代“年度作家”，2017 年主题是“旅游”。“文游四海”长廊选取了也斯、西西、吴瑞卿、周轶君等九位背景各异的香港作者，展出他们的旅游文学作品，拍下的照片以及收集的纪念品，让读者透过他们的经历和笔触感受世界。书展自然不会忽略回归热潮，展出陈伯添主编，区家麟、麦燕庭、潘小涛与刘进图等著述众新闻出版的《回归 20 年 1997，我们都是记者》、三联出版社的《数字香港：回归 20 年》，以及白纸出版社的《有没有人热烈庆祝香港回归祖国二十年》等，这些书籍都为人们客观看待回归问题提供了不同面向的历史叙述。

设置纪念馆，建构记忆空间。金庸馆是香港首个以作家为主题的常设展馆，2 月在香港文化博物馆开馆，展区包括“大侠足迹”“金庸的武侠世界”“影视和文娱世界的金庸现象”“百年一金庸”，还有“高手过招互动照相区”，观众化身大侠，过一把武侠的瘾。

伴随着 20 周年庆典，回望念旧、追忆消失成为香港社会心理热潮。城市建设快，拆迁也快，港人恐惧于码头、渡轮、骑楼、小店、街招吊牌、二楼书店等事物的消失，于是消失美学兴起。香港发展过速，扫荡了记忆、历史和传统，温情被高效取代，优雅被速度绞杀。Stella So《粉末都市》云：“香港有趣的事物总是长出脚来远走高飞”。[14]严飞也慨叹最早公屋“石硖尾邨”的强制性消失。[15]2016 年，潘国灵首部长篇《写托邦与消失咒》问世，获第十届香港书奖，引发评论热潮。2017 年，潘国灵的散文集《消失物志》又随之而至，记录一百件城中消失物事，描绘一座城市的生与死，融知性与感性于一体。[16]梁文道文章《一个终将消失的香港》重新审读西西 1995 年的著作《飞毡》，飞毡会飞，浮城会升，经自障叶覆盖的肥土镇的一切人事也会隐形。[17]阿克巴·阿巴斯的论著《香港：消失的文化与政治》指出：香港消失的既有“老旧的建筑和街坊故事，也有殖民地的荣光回忆”[18]。德国摄影师 Michael Wolf 以镜头钻研彩虹邨，加入追寻消失的行列。邓家宙以 0. 03mm 代针笔极细腻地重新勾勒香港十八区景点，把香港地景点背后的掌故和趣闻与画作有机地结合，绘制文艺地图。[19]

港人发现消失，关注消失，其实在寻找本土记忆。阿克巴·阿巴斯认为，香港被看作是文化荒漠，因为“逆向幻觉（reverse hallucination）”，即“看不见那里有什么（not seeing what is there）”“拒绝去看见那里有什么（the refusal to see what is there）”。[20]西西

1975年创造“我城”词汇，成为时代隐喻，本土意识崛起。跨入21世纪，本土意识再次回归。港人日益喜欢漫游香港，思念从此生根，从卢玮銮教授而兴起的漫游系列丛书一直未断。香港虽是国际化商都，但越商业，文人们越想反商业，一边造梦，一边生活，不只有言情武侠通俗文学，也有更多严肃文学。内地文学喜用政论军事政治话语，香港文学语言却直接延续“五四”文学的风格。

二、“港漂”张望于门槛

“港漂”，近年悄然冒出来的新词苗子。其实，新人类“港漂”已有15万人口，占香港人口的2%。21世纪后涌现出来的这批年轻学人，为求学、求职而赴港，不再是20世纪初期或中期因战乱、动乱而漂泊的难民、侨民，这与过去“南来作家”的来港原因也有差异，而且，进进出出，自由流动，随性而行。新大陆客在香港做新客家，在借来的地方，多有感悟，于是撰文出书。

被称为“漫游者”的作家周洁茹自2015年回归文坛以来，创作成果丰硕，2017年共发表17部中短篇小说，2篇微型小说，15篇散文，接受了5次访谈。小说集《到香港去》收录近年来的十几个短篇小说，书写故乡城市小人物的生活与梦想，倾心于一个个“点”的“地理”叙述，描述生活的无情挤压与撕裂，生存的无奈与不甘。[21]另一部小说集《香港公园》由单元小说的形式构成，周洁茹以外来者的身份观察香港人，以细腻文字，描绘香港百态，塑造了涉及多个国籍和阶级的女性，细致描写她们在生活、旅游、感情中的挣扎和无奈。三个女子都是港漂，但她们的故事又不只是港漂的缩影，而是现代都市女人共同的写照。[22]散文集《一个人的朋友圈，全世界的动物园》触及美食、电影、风物，书中记述与故人重逢，追忆往事和爱情。[23]作为一个从内地漂泊到国外，又回到香港定居的写作者，周洁茹笔下的生活五味杂陈，她以文学审美的视角，观望自己的生活轨迹，饱含丰富的女性私人化体验。世情万象、人情冷暖都在生活细节中一一展现。

2009年移居香港的周洁茹，现在已经成为香港居民，而香港也成为她如今最为重要的写作背景。理所当然地，她也已经成了一个香港作家。不过有趣的是，早期的她不会讲粤语，坦白道：“作为一个香港居民，诚实地说，我对香港仍然没有很热爱。”“所以我的香港小说，全部发生在香港，但是主角说的都是江苏话。”[24]周洁茹以“他者”的眼光审视香港，从现代“港漂”的无根状态出发，诉说香港故事。搁笔多年而今从香港文坛出发的她，自然引发众多学者的关注，香港大学邵栋对其尤为关注，连发多篇评论。《时空尽头的漫游者——周洁茹的香港小说简论》着重分析周洁茹的香港小说，解读其中独特的时空呈现，历史终结的时间感以及空洞的地理概念。他认为周洁茹作为“现代都市漫游人”，无意于将自己的创作驯服于一城之文学，而反映了现代人的精神困境，带有普罗意义；[25]《历史终结与放逐之爱——周洁茹〈到香港去〉中的女性困境》聚焦书中那些勇敢而无望的女子，以及她们在历史终结、时间停滞中的放逐之爱，对自己女性身份的枷锁的突破。[26]作家蔡益怀对周洁茹的创作也多有评论，《冷峻旁观与“漫不经心”的记录——周洁茹的香港书写》赞赏其对客居香港的追问，在不动声色地客观呈现中蕴藏的机敏；[27]《周洁茹的“香港故事”》一文认为作为“外来者”的周洁茹创作带有“张爱玲气”，同样是以“他者”眼光审视香港，但她对“世道人心”的体察提供了观照香港故事的新角度，蕴藏着苍凉与飘零。[28]此外还有常鹏飞的《时空中的漂浮者——评周洁茹〈岛上蔷薇〉》，认为《岛上蔷薇》通过“现时”的生活化描写，达到对成长的书写、对现实与时代的质询、对自我灵魂的追问。[29]唐诗人关注周洁茹的随笔集《我当我是去流浪》，认为其超文体的表达胜在语言的鲜活，饱含真诚的书写，是当下“失真”写作状态中的珍宝。[30]杨晓帆与周洁茹对话，畅谈生活与创作之道。[31]

严飞新著《城市的张望》表现出年轻一代对于21世纪的香港的理解。[32]严飞任教于香港城市大学应用社会科学系，后留学牛津、斯坦福大学，任教于清华大学，是集“英漂”“美漂”“港漂”“北漂”于一身的一代新人。虽非港人，却居港多年，既是槛内人又是槛外人，既是亲历者又是观察者，立于门槛，内外兼修。十多年间，严飞完成了从“游客”到“他城”，再到“我城”的转变。他本居高端中环，为接地气，特意转租到深水埗等老区老街，以“都市漫游者”(flâneur)身份，看尽高低，从本土视角、他者视角、内外视角等多重视角剖析港城、港人、港声特性。该书类于赵稀方教授以殖民者、中原、本土的多重视角审视香港的《小说香港》[33]，发现多棱镜像，所见非同一般。《城市的张望》24篇4文章分三辑。第一、二辑细描社会众生相，人情风土尘世，谈书写者身份、香港的建筑变迁、制度建设、风水生意经、拱廊街、专栏文化、电影镜头，散文随笔专栏风，写起来潇洒从容，不似学术论文的高头讲章，短评快文章，自然好读好看。第三辑为访谈录，访谈8位年轻艺术家，如作家韩丽珠、独立音乐人阿p、漫画师Stella So，还有编辑、出版人、编剧、剧评人、漫画师、国际关系专业拓荒者等，采访对象行业跨度大，创新意识强，从中也可以看出港人的跨界创意特性。

全书敏锐捕捉香港城市文化特性：凡事追求国际第一、世界最强，经济挂帅，尊“博股通金”为成功指标。香港文化杂唛，是矛盾集合地。既有标志性的即食文化，也有很多响当当的老字号。曾被日本占据三年零八个月，故港人反日又哈日，既有钓鱼岛示威游行，民间运动冲锋在前，又热衷日本游，港日文化杂糅，如漫画文化、流行曲乐，一些年轻人类于日本人，宁愿做蛰居族、御宅族。但其实，香港也有大量不从众的独立出版社、独立剧场、独立音乐人，坚守个体性、原创性。在各种横向对比中，内地文化涌入香港，内地文化开始反哺香港，香港文化辐射内地的盛况似乎不再那么明显。

香港的城市样态在全球都别具一格，有高楼公社、垂直围村、长型大厦、屏风楼、握手楼，更有拱廊街，联结各大高楼，成为社区联体。卡尔维诺曾想象有个男爵，始终生活在连体树上，依然热爱大地，最终升入天空。如今这想象变成真实的香港连体港城，从单体堡垒式建筑转为巨型中央系统，连体岛上一应俱全，连体港人的衣食住行一体化，邻里互相关照，社区成员以专业钟点互换的方式彼此寻求帮助。20世纪50年代后，内地农村有人民公社，曾有过公社大楼式的设计，可惜在当时的社会环境下没有实验成功，北京的安化楼样板如今已面临拆迁命运。香港连体城其实也会面临困境，如果香港的城市建筑被经济资本绑架，连体城仅仅只是商城，由资本主义的消费欲望主导，那么城市的混杂多样性会大大减弱。卡尔维诺认为，“天空是城市的欲望、理想、真理的所在”，“城市之神在天上”，而连体城的港人望不到天，理想或神性被遮蔽，无形物质欲望更为膨胀。如何让香港的正向城市文化精神更加发扬光大，也是值得探讨的课题。

香港高楼林立，公社大楼多元，催生出屋村小说、大厦文学、高楼文艺，如西西小说《美丽大厦》、唐睿小说《*Footnotes*》、李欧梵《又一城狂想曲》、周绮薇《推土机前种花》、胡境阳的话剧《白色极乐商场漫游》。2013 年 1 月，香港房屋委员会发布“屋邨小说”短片系列第七集“彩虹光影”，“彩虹邨”住户 Diane 自述对公屋的感情与印象。[34] 如果借鉴北京的胡同四合院文化、台北的新老建筑融合、香港的连体城发展方式，各地也许能从中找到适合自身特点的城市生存之道，生发出各地独特的区域文学和文化。

立于门槛，终究有隔。即便长居香港，如若宅于书屋，也仍然是隔。隔与不隔之间，隔着时间的河，心灵的通，仍需多走多看、多写多思，各地多加对比考察。福建《两岸视点》杂志 2017 年第 7 期中刊发三文，黄博宁《回归 20 年，港漂在港沉浮录》探讨“港漂”去留、如何与港人互相靠拢的问题，透析如何完成香港的人心回归。该刊还有凌逾的《那一片香气馥郁的文学港湾》纵览香港作家作品、本土意识、城市特性、空间书写、跨媒介创意等。周水欣《香香的香港》谈 20 年香港游的体验，签证更加容易，香港与内地日益贫富对等、荣辱与共，香港还是那么香。兰月主编《熟悉的香港，陌生的 Hong Kong：“百名港漂看香港”》，作为香港回归 20 周年献礼，由上海社会科学院出版社 2017 年 5 月出版。[35] 自称“港怂”的“北漂”律师徐天成写有《我们香港这些年》[36]，受同为 1977 年生人的廖信忠《我们台湾这些年》启发，以普通香港人的视角，思考 30 多年来香港的发展、香港人的心理归属感、香港的身份和台湾有何异同，回归前后港人的生活变化、香港人这样看内地人等问题。内地纪念回归的长篇《我的 1997》改编为 32 集电视剧于 6 月首播，讲述内蒙古“知青”高建国在香港的奋斗史。

漂，随风而飘，是新时代地球人的常态生活。如澳门谋生者多不住在澳门，而住珠海，每日通关，来来回回。漂来漂去，也许就扎根下来。流动、迁徙、移民，世界人全球流动，吸纳各地文化精髓，各地文化因此成为活水，这对于城市建设而言、对社会发展而言，其实是好事。

三、钩沉史实筑港史

2017 年内地学者进一步关注香港文学史与文艺思潮的书写，试图开辟研究新视角，更加关注香港文学与中华文化、华文文学的共生互联。从历史根脉角度，中国社科院赵稀方教授专攻香港早期刊物研究，向青草更青处漫溯，不断刷新香港白话文学之根的纪录，以史学家之笔将香港百年文学记忆推向极致。2016 年，赵教授在《〈小说星期刊〉与〈伴侣〉——香港早期文学新论》一文中指出，香港早期文学的源头不是《伴侣》，而是《小说星期刊》杂志，开辟出新论。[37] 2017 年，赵教授继续关注香港刊物。《香港文学》7 月号发表赵稀方教授《〈伴侣〉之前的香港白话文学》一文，爬梳《伴侣》创办之前的香港报刊发展脉络，1906《中外小说林》、1921《双声》、1924《英华青年》《小说星期刊》，以此剖析《伴侣》前的白话文学。[38] 刊于 2017 年 7 月的《社会科学辑刊》的《民族主义与殖民主义——“友联”及〈中国学生周报〉的思想悖论》一文中，赵教授论述友联和《中国学生周报》在20世纪50年代冷战的背景下是如何叙述西方、中国及香港自身的，铸造了一套新的文本的政治。[39]

赵稀方教授《从〈诗朵〉到〈好望角〉——20世纪五六十年代香港现代主义的历史脉络》一文则通过梳理大量第一手报刊资料，试图系统追溯十年间香港现代主义的历史脉络，梳理香港现代主义小说、诗歌、批评、翻译诸文类的展开过程。[40]赵教授认为从《诗朵》到《好望角》，香港的现代主义展现出很多新的历史面向。从横向看，香港现代主义思潮的意义首先在于冲破了20世纪50年代初期以来绿背文学主导文坛的局面。就纵向而言，五六十年代香港现代主义思潮衔接了1949年前中国现代主义以及纯文学传统。中国现当代文学史上，20世纪20年代到40年代，中国现代主义从起源到发展，延续不断，70年代末期以后又出现当代现代主义，唯50年代到60年代空缺。此空档，恰恰为台港现代主义所填补，台港两地不仅仅是衔接，并且重新创造了20世纪中国现代主义文学传统。

除去报纸杂志研究，赵教授的翻译研究同样出彩。传统的翻译研究，重点是两种语言的分析比较，而如今，翻译研究重视跨学科研究，呈现多元化倾向。赵教授对比了我国两次围绕《红与黑》翻译研究的讨论，指出我国翻译研究者已经有了理论自觉，中国翻译研究的文化转型已然开始。[41]另外，赵教授认为香港《文艺新潮》的翻译成就是大于创作的，从历史上看，《文艺新潮》冲破了当时香港文坛的美元文化思潮，填补了汉语翻译文学的很多空白。[42]

同样关注香港报刊的还有华东师范大学教授杜英，她对1950年代香港现代派坐标性刊物《文艺新潮》的文学性质及意义给予了与以往不同的界说，讨论了其于冷战时期香港文艺场域构型与文学主体性生成之意义，并检视其与香港左右两派文化及美元/援文化、内地美学传统，台湾及世界文坛之多重关系。[43]赵晢勾勒出香港报刊在具有边界特质和跨界体验的场域下，寻求自我生存的线索，从香港报刊及文学演变的线性历程中，圈点出当下由媒介间性理论建构的香港文学特殊生态空间。[44]

文学史研究专家黄万华教授的《百年香港文学史》[45]2017年由花城出版社出版。这是一本书写香港史的厚重之作，全书分为早期(19世纪后期—1945年)、战后30余年(1945年—1970年代)和近30余年(1980年代至今)三个时期，讲述百年香港文学的发展历程。从中华民族文学的整体格局中挖掘香港文学特色及其发展之路，坚持经典化原则，首度从百年角度论述香港文学史，有开拓之功。黄教授没有如以往习惯的以中华(内地)文化传统为先，而是从“三史”——“台湾文学史”“香港澳门文学史”和“海外华文文学史”出发，思考华文文学和中华文化之间的复杂关系，他将华文文学与中华文化置于辩证的关系中看待，华文的旅外性日益转化为在地性，成为两者双向互动，焕发出长久生命力的关键所在[46]。

王瑜、林佳发现当前学界更多从差异性的角度关注香港的新文学史撰写，忽略了其对内地新文学史撰写传统的借鉴，20世纪50年代到70年代香港新文学史书写者们虽在治史理念、价值立场上与内地有所不同，但其本质和内地有很多共性。[47]古远清与阮波教授从大局着眼，阐述了香港当代文艺思潮的特色在于传统与前卫文学思潮的混合性结构，表现为“美元文化”与写实主义文学思潮、现代主义文学思潮与反殖民意识、本土意识与“中国意识”、后现代与后殖民等文学思潮四类混合，鼓励香港作家深入了解这种思潮的发展脉络，走出本土化的迷思。[48]

南京大学博士徐诗颖对“后九七”以来香港文学史的编撰提出了自己的独到见解，从讨论“大陆本位”和“香港本位”这一文学史观的分歧出发，反思以往文学史观建构的局限并在学理上就如何突破这一局限及建立文学史编撰的新秩序提出了值得探索的具体方法，以期改善香港学者李小良所述的香港文学研究的“玻璃球”特点：“香港就好像一个玻璃球，当这个玻璃球掉落地下，每一个人都捡拾得一些碎片，但没有任何一人拾得全部。”[49]

香港文评的两面旗帜《文学评论》杂志与《香港文学》杂志，同样显示出香港学者愈发注重史料整理的风向。《香港文学》杂志特设 2017 年 7 月号“当代香港文学作品评论”与 9 月号“文学评论”两个评论专辑，之中除一贯对香港及华文作家的关注之外，学者更倾心于史料收集与爬梳。不仅有卢玮銮、郑树森、熊志琴《沦陷时期香港文学及资料三人谈》[50]，也有黎活仁对张爱玲晚年出版的《对照记》中张爱玲在兰心照相馆所拍的照片进行史料钩沉。[51]钩稽鲜为人知的香港历史刊物渐有兴盛之势，还有冯伟才回顾反映香港文学机构的口述历史刊物《香港文化众声道》，探究如何利用口述历史研究香港文学发展脉络，在历史的空间中对话，文脉不绝。[52]

以宏观眼光概览特定时期香港文学的专家不在少数。袁勇麟教授是研究华文文学的一把好手，撰文《早期海外华文文学的记忆与再现》论述早期海外华文文学的主要特征，惋惜于其起步晚，成果少；[53]在刘婉仪眼中，袁教授的选集《华文文学的言说疆域》重点关注华文文学研究中的缺失问题——史料建设问题，不失为创新而富建设性的华文文学研究。[54]

香港文学史料研究发展离不开学者们笔耕不辍的潜心修行，捕捉烟花岁月中的流光片影，结成一颗颗文论明珠。陈国球教授为郑蕾的《香港现代主义文学与思潮》作序，认为郑蕾回溯香港现代主义运动中的抒情传统，让世人获得诠解香港的另一向度，凸显“我城”抗拒遗忘的主体意识。[55]黄维樑教授以改革开放以来香港与内地文学理论学术界的交流互动为述说范畴，选定“比较文学”与“龙学”研究两个中心点，探讨《文心雕龙》中的比较文学；[56]从黄教授所作《文心雕龙：体系与应用》后记，我们看到他将这本经典普及化的努力，那是一片冰心在玉壶的文心。[57]

剑走偏锋的凌逾教授善于挖掘香港跨界创意风，将香港新时代文化特性归结为跨媒介创意，具有独特的范式意义。其《跨界创意的 5W1H》一文借鉴了新闻传播学的 5W/1H 法，从跨媒介对象、跨媒介路径、跨界创作者、跨界需求、跨界创意场所与怎样实现跨媒介创意 6 个方面阐述了当前学术研究跨界的必要性与可能性，强调跨媒介必须另建形象逻辑话语，启发性十足。[58]2017 年 10 月，凌逾论著《跨媒介香港》获广东省第七届哲学社会科学优秀成果奖的著作类二等奖，由广东省人民政府颁发。去年 9 月，《跨媒介香港》获第十五届中国当代文学研究优秀成果奖，由中国当代文学研究会颁发。2017 年 5 月，凌逾《跨媒介创意思维训练与实践》获第九届华南师范大学教学成果奖二等奖。12 月，凌逾《谁持彩练粤空舞——2015—2016 年广东舞蹈观察》获 2017 广东社会科学学术年会优秀论文二等奖，由省社会科学界联合会颁发。去年 11 月，凌逾《开拓新古韵小说——论葛亮〈北鸢〉的复古与新变》获“2016 广东社会科学学术年会”论文一等奖。凌逾教授一直致力于香港文学与香港跨界创意文化的研究。

香港的鲁迅研究渐入佳境。鲁迅研究是中国现代文学研究中的显学，研究内容驳杂，难度较大。身兼数职的林曼叔先生敢啃这块硬骨头，攻坚克难。2016 年，林曼叔先生出版《鲁迅论稿》《香港鲁迅研究史》，2017 年又编著《香港鲁迅研究资料汇编》，均由香港文学评论出版社出版，研究成果引人注目。为此，第 48 期《文学评论》杂志的“阅读共享”专栏刊登了五篇评述林曼叔先生鲁迅研究的文章。古远清教授评《香港鲁迅研究史》文字平实，但不乏真知灼见。[59]汪卫东评其鲁迅研究守住了鲁迅思想价值底线，具有当下性和现实意义。[60]王澄霞慨叹林曼叔先生的鲁迅研究为当下浮华的时代开出了一剂苦口良药。[61]除去专栏评述，第 51 期《文学评论》中，另有李林荣《为“乔木”和“好花”做“好土”——评林曼叔〈鲁迅论稿〉及〈香港鲁迅研究史〉》一文。[62]此外，凌逾刊文《上海鲁迅研究》[63]，认为林先生拓展香港与鲁迅的世界，该杂志社还编有《上海鲁迅纪念馆藏鲁迅手稿选》。

陈国球先生主持编撰的《香港文学大系 1919—1949》出版，全集 13 卷，涵盖理论、作品、史料各个方面，呈现香港文学前 30 年多姿多彩风貌，反响热烈，得到各界一致好评。陈国球教授也因此获香港艺术发展局颁发的艺术评论奖，此书是由众多学者共同编纂而成，此奖对香港文学研究者也是莫大的鼓励。

第 50 期《文学评论》特设《香港文学大系 1919—1949》评论专辑，郑政恒、杨宗翰、潘步钊、李薇婷、马辉洪、区仲桃、颜讷、邹芷茵、卢伟力论述编者眼光、各卷风采、香港声音、界限超越、遗迹时间，热唤港人全面书写香港文学史。郑政恒以编选者的眼光为评判标准，赞赏新诗卷编者陈智德发掘历史遗漏诗作的慧眼，同时也指出新诗卷存在资料不足的问题，稍显单薄之感，还需继续修订。[64]李薇婷从“声音”角度切入，立体多声道，选文理念迥然不同；重拾散落之声，选文开放多样；回应历史之声，重提文学史构建。[65]而在自己主编的《香港文学大系 1919—1949・评论卷一》编余中，陈教授分享了该书的编选原则，即专注文章作为评论的功能与影响。[66]袁勇麟教授则接续论述该书的传承与创新，在立足一手史料的基础上，增添旧体文学、通俗文学与儿童文学，展现了学者们开放、包容、多元的眼光。[67]

四、共生互动促发展

共生效应最初来自生物学家的发现，1879 年，德国真菌学家德贝里提出共生概念，分析动植物界互相影响促进现象，独生植物长势慢，众生有利于生长。心理学家认为，共生效应能起到 1+1>2 的效果，按吸引力法则，优秀者能吸引人才，人际交流、信息传递极大地促进群体水平的提高。

2017 年，党的十九大报告明确指出，以粤港澳大湾区建设、粤港澳合作、泛珠三角区域合作等为重点，全面推进内地同香港、澳门互利合作，完善便利香港、澳门居民在内地发展的政策措施。粤港澳同根同源，以粤语方言、岭南文化、海洋文化为连接扣点，互补交流，有望在文物保护、传统文化传承等层面联手再造伟业。创新有两条原则：一是根植于自己的传统历史和优秀文化，二是创新模式是对以往的模仿和升华，而不是彻底的颠覆。自20世纪80年代以来，香港文化模式曾引领潮流，21世纪进入重新反思的阶段，大拆大建思路调整为留守重建，打造新的政治空间、教育空间、文学空间。

粤港澳大湾区建设需要人才推动，区域之间的交流互动日益频繁、活跃，学术研讨会、文化交流、演出季等文艺活动层出不穷。2017年4月20日—24日，“华文文学与中华文化海外传播国际学术研讨会暨新移民作家笔会”在徐州江苏师范大学举行。内地高校的专家学者和来自美国、加拿大、匈牙利、日本等国的新移民作家代表共70余人参加会议，围绕华文文学与中华文化的认同与传播、北美新移民文学的创作与研究、其他区域的华文文学研究三个方面问题展开了富有建设性的研讨。华南师范大学凌逾教授介绍了“中文网络小说第一人”少君的微脸百相网络叙事，认为少君形成了有别于一般网络文学的独特创作风格，既有文学叙事的丰富，也有网络形式化的新奇。闭幕式上，复旦大学陆士清教授作了简短的总结发言，鼓励作家及时负起在世界范围内传播中华文化这一时代担当，坚信华文文学创作和研究必将具有光明的前景。

“粤港澳青年文学研讨会”于2017年5月20日至21日在暨南大学召开，由中国文艺评论暨大基地、广东省文艺评论家协会、广东文学院、花城出版社主办，粤港澳40多位代表参会，以青年文学为主题，充满活力和创造力，探讨文学代际，谋求构建多元包容的文学生态，在全球化、网络化、娱乐化时代重新赋予本土书写积极意义。为增进深港两地文化交流，促进两地文学创作繁荣，2017年3月起，深圳带头举行“深港零距离”文化交流系列活动，包含首届深港两地书评征文大赛、深港文化漫游和深港手牵手。其中，首届深港两地书评征文大赛以香港回归20年以来深港两地优秀文学作品为评论对象，面向全社会征求书评，深圳作者丁时照的书评《与天地精神往来》，香港作者梁科庆的书评《香港的运动小说创作》分获征文大赛的一等奖。书评的作者高手与能手互现，专家与业余同台，老树与新苗共发，是一次深港两地文学作者与评者的良性互动。深港文化漫游将通过走访文学作品中出现的街区，参观图书馆、博物馆、历史景观，加深群众对城市方方面面的理解。深港手牵手则是在香港书展期间，邀请深港两地有一定影响力的文化界名人与普通市民家庭面对面展开座谈，并开展结对组建友好家庭活动，推动两地民众心连心，互敬互信。

港深城市/建筑双城双年展（中国香港）作为跨媒介展览的新尝试代表，值得关注。2017年底，其参展项目“异质沙城”着意于联结建筑、文学、剧场。香港作家潘国灵的长篇小说《写托邦与消失咒》，构筑了“沙城”与“写托邦”两个双重世界，中大建筑学院教授钟宏亮联同建筑系研究生萧敏，将小说带到实地，结合北角异质空间，将文学风景呈现为纸团、布阵、临时的竹棚工地，交叠于名字本身已饶有意思的北角 Connecting Space 中。在展览期间，谭孔文带领团队，每日作一场仪式性的体验式剧场演出，将小说外化为剧场演出。

以艺术为媒，情牵粤港。广州大剧院已成立7年，每年都策划“港澳台演出季”系列，邀请香港各大院团参与演出，包括话剧团、芭蕾舞、管弦乐、非常林奕华、同流剧团、中英剧团、绿叶剧团、演戏家族等。值香港回归20周年之际，2017年广州大剧院重磅推出“香港文化展演月”主题系列。粤港还首次联手，打破传统引进采购项目模式，制作融合两个城市文化特色的音乐剧《朝暮有情人》。

在共建大湾区文艺方针的指导下，香港与内地文坛的互动日趋频繁。一是内地出版香港文学作品的数量趋增。2016 年 1 月，广西师范大学出版社推出“西西系列”：《飞毡》《手卷》《胡子有脸》。2017 年 7 月，广州花城出版社接力推出“香港文学新动力”丛书，包括唐睿的长篇小说《脚注》、麦树坚的散文集《琉璃珠》、谢晓虹的短篇小说集《雪与影》和陈苑珊的短篇小说集《愚木》。对于内地读者而言，大多人熟知金庸、亦舒、李碧华、西西、董启章等老一辈的香港作家，对香港青年作家的作品接触较少。花城出版社出版此套丛书，让内地读者看到香港文学新人的创作成果和香港记忆空间的新式书写。唐睿《脚注》描写 20 世纪 80 年代生活在“安置区”这个香港底层社区的各色人们的生活，曾获第十届香港中文文学双年奖。此次出版的简体版附录刘志荣和王良和的推荐序、凌逾的评论《脚注空间与脚注时间叙事》、彭国裕与唐睿的访谈。[68]该书出版前，凌逾和唐睿也有对谈，后整理为文章《Footnotes：写画面感觉的大书——唐睿访谈》，发表于苏州教育学院学报。[69]麦树坚散文着意于城市风物的地志式考辨，文章里隐藏着他的抽离与观察，从文学角度回看生活。[70]《雪与影》是谢晓虹的短篇小说集，以香港城市生活为题材，以身体的异化表现现代社会的荒诞性。[71]陈苑珊与谢晓虹的风格有相似之处，小说集《愚木》运用现实魔幻主义描绘现代社会的病态和荒诞。[72]四位青年作家风格不尽相同，但作品中透露出的香港社会图景、语言习俗、文化氛围，构成了万花筒似的香港城市文化。

内地出版的单本香港研究著作有陈子善《一瞥集：港澳文学杂谈》[73]，广西师范大学出版社出版，收录作者在各类报刊上发表过的散文随笔和评论，丰富生动，简洁明快，可读性强。虽然子善先生谦逊地称这本合集为“一瞥”，但仍不失为一次对港澳文学进程的梳理。

二是内地研究香港文学的学者与成果都较之去年更盛。凌逾教授多年致力于香港文学研究，视角新颖。除了在《香港文学》、《文学评论》(中国香港)等刊物上发表多篇香港文学相关研究，还有《2016 年香港文学与文评综览》，近 3 万字刊发于《苏州教育学院学报》2017 年第 5 期；[74]并为《苏州教育学院学报》2017 年第 2 期写过“海外华文文学研究”专题研究栏目主持人语《一条有血有肉的丝绸之路》。[75]华南农业大学王瑛教授认为凌逾教授的论著《跨媒介香港》以文本内部观察的方式，发现了香港文学的纹理，并深入到香港文化层面，探寻香港文学跨媒介现象的成因。[76]古远清论《跨媒介香港》的书评由霍艳摘录，刊发 2017 年中国社会科学院文学所编撰的《中国文学年鉴 2016》。

2017 年内地有关香港文学艺术研究的博士论文罕见，但硕士论文依然出彩。华南师范大学凌逾教授指导的 3 篇硕士论文均研究香港文学：曾晓虹《民俗建构与文化焦虑——当代香港文学的民俗书写》，薛亚聪《当代香港城市空间书写》，陈桂花《破茧中的香港家庭》。此外还有硕士论文如下：作家论方面，有刘钰《西西小说中的博尔赫斯印迹》(吉林大学)，崔璨《后殖民视域下也斯小说的“香港书写”》(吉林大学)，张晓敏《叶灵凤散文的智性审美研究》(辽宁大学)，孟飞《李碧华“故事新编”小说艺术研究》(江南大学)，韩雅婷《西西小说的城市书写与童话救赎》(西南大学)，黄沙《香港“南来”游子吟》(宁波大学)，樊邦英《张婉婷作品的诗意性研究》(山西大学)，申慧芳《论葛亮小说的悲剧意识》(安徽大学)，王展《如鱼饮水冷暖自知》(南昌大学)，康楠《金庸武侠小说的武术描写及其文化意蕴》(兰州理工大学)。电影研究方面，有王阿慧《王家卫电影中的爱情世界探析》(河北师范大学)，蒋瑷琳《商业语境下的个人性书写：张爱玲“电懋时期”剧本研究》(华东师范大学)，白濛《张爱玲电影剧本特征研究》(曲阜师范大学)，杨苗《论黄真真电影的女性书写》(河南大学)，文英《消费社会的焦虑——“麦兜”系列电影研究》(暨南大学)，程佳诺《许鞍华电影中的青年女性形象塑造研究》(曲阜师范大学)，顾青《叶念琛电影的“作者”特质研究》(西北大学)，李丹《新时期〈西游记〉影视改编的社会心理解读》(山西大学)，另有台湾大学陈香吟的《王家卫电影文本中的“日常芭蕾”》。其他研究，有李佳《20 世纪 50—70 年代中国新文学史在香港的书写研究》(广西师范大学)，周莹《跨越现实与虚构的畛域》(广西民族大学)，陈玲《大话与神话》(温州大学)，曾恬静《香港朗文初中英语与人教版初中英语课本比较研究》(洛阳师范学院)。总体数量较去年有所增长，大多仍是停留在作家论层面，可喜的是，凌逾教授指导的 3 篇论文均拓展至香港文化层面，有远见洞见。另外对影视改编与书写的研究明显增多，且切入点多样，颇有跨界之势。

五、常中窥世出新意

2017 年香港文坛保持了一如既往的多元化、世界化、杂糅化，而更注重历史脉络的梳理，跨界创意的发展，文学触角向各界伸展，无论是著作出版，文学评论，还是杂志专辑，老作家继续发光发热，新生代力量不断壮大，展示着港人的多声道，以及对本土身份的重申。从各类文学奖项、文化讲坛、驻校作家的推进等方面，都不难看出香港在利益世界中普及文学净土的努力。

陶然先生身兼数职，但笔耕不辍，自 2017 年 5 月起，应香港《文汇报》邀约，撰写专栏，发表千字自传性散文，每周一刊出，名为“昨日纪”，回忆个人求学、就职、写文等人生经历。原想先从内地大学生活开始写起，然后写印尼的童年生活，第三部分写赴港后的工作生活，但是，计划赶不上变化，现在多集中写内地的生活，尤其是回忆与各学者交往的趣事，所述文人逸事有趣，文笔生动，可读性很强，已有近百篇，待结集成书，肯定很是畅销。他还在断断续续撰写香港生活题材的长篇，期盼大作问世。2015 年陶然先生连出 3 本大著，2017 年 4 月，陶然先生最新散文集《旺角岁月》[77]问世，由香港文学出版社出版。《旺角岁月》比《风中下午茶》在选文数量上有所增多，特别是增加了出国行走的随笔，视野更加广阔；且多收录 2014 年后的新作，也有一些以前的作品，实为散文自选集；同时，又收入陈义芝、凌逾、法兰西斯·密西奥的评论作为附录，有百篇的篇幅，精神容量强大。凌逾在文艺报发表《陶然〈旺角岁月〉：畅游世与界》[78]，认为陶然先生的晚期散文风格炉火纯青，已经练就“太极风”，悠闲平和，随心随性。《旺角岁月》新书四大专辑新潮全面，写作之踪星罗棋布，以心会友，求深求根。凌逾指出：《风中下午茶》务虚，从心；《旺角岁月》务实，从史，体现出陶然散文求变的精神，从畅游世界到畅游岁月。凌逾教授还特意带其两位研究生霍超群、林兰英参加香港书展活动，寻找资料，并拜访陶然先生，进行了访谈，后整理为《“小而精致，而非大而无当”——向〈香港文学〉总编辑陶然提问》，在《博览群书》杂志上发表。[79]高峰也就访问陶然的内容，在中国艺术报上发表《香港文学：筚路蓝缕开拓独特气象》一文。[80]黄维樑对陶然首篇小说《冬夜》进行“原型”与“还原”概念的讨论，发表于《城市文艺》2月号上。[81]施有朋撰文《将军有剑，不斩苍蝇——略述陶然小说的时空意义》，认为真正的作家需要时间的考验，陶然小说的时空意义在于其创作植根香港，看似平淡却妩媚，有独特韵味。[82]

2016年，葛亮既是教授，也是作家，可谓学院派作家，长篇《北鸢》出版后，获奖无数，引发学界关注，阅读和评论热潮延续至2017年。凌逾指出该书开拓出“新古韵小说”样式，深得中国国学精华，渗透古风神韵，弘扬传统叙事，熔铸当下文化，在复古中求得新变。[83]王德威称葛亮为当代华语小说界最可期待的作家之一，《北鸢》以淡笔写深情，描写民国的风雅和动荡，人物细腻典雅，情节错落有致，他遥想父祖辈的风华与沧桑，经营既古典又现代的叙事风格。[84]金理认为《北鸢》是纠偏“现代自传”的写作，风筝所凝聚的，正是自我拯救与挣扎向上的信念，是深植于吾土吾民心中尽管微渺曲折却创进不已的精神气脉，是“命悬一线”中的不绝生机。[85]张莉认为《北鸢》成功摆脱了家庭出身所带来的限制，以更为疏离的视角去理解历史，提供了重新理解中国传统文化的新视角。[86]徐诗颖将《北鸢》与《倾城之恋》相比照，以一堵墙前不同的对话，突出葛亮笔下乱世中情侣感情之真切与牵挂。[87]王宏图把葛亮的《朱雀》《北鸢》与格非的“江南三部曲”对比，认为葛亮展现了诸多传统文化的元素，但其对古代文本的摹写并不能算是激活传统资源的成功尝试，传统与未来的对话形式多样，仍然需要更多作家提供多种创造性途径。[88]《当代作家评论》2017年第6期更是专设“葛亮评论小辑”，共收录三篇文章，周珉佳《用中提琴的音色叙事——评葛亮长篇小说》、陈庆妃《葛亮在“三城”与“双统”之间》、康春华《历史、命运与文化日常——葛亮〈朱雀〉与〈北鸢〉中的城市想象》。

西西研究方面，香港高校学生发文较多，如香港科技大学乔敏论述《飞毡》家族史的“喜剧性”写法，“飞翔”意象之后的道家哲学，本土建设与女性言说，认为西西“游戏”乐趣的背后，自有其“意在言外”的良苦用心。[89]香港浸会大学刘洋溪则论述西西小说城市印象的变迁，认为其以传统民俗文化与特色都市文化相结合的角度，以群体生活与个体体验相整合的方式，来建立和重构本土意识。[90]谢晓虹着眼于西西《美丽大厦》中“通道”的隐喻，突出西西笔下流动不居却富有活力的公共生活形态。[91]此外，陈鸿燕、贺昱论在《像我这样一个女子》中，运用巴赫金的复调理论进入小说，通过文本细读，归纳出作品中的多声部、对位结构以及未完成性等复调艺术特点。[92]

亚思明将也斯作品的“香港意识”称为“发现的诗学”，指出越界是其创作的一大特点，不仅包括时间空间的交叠、艺术门类的互涉、综合媒体的应用，更表现出将传统文化与现代艺术、东方审美与西方技法、民族特色与世界大同等多种矛盾融为一体的诗学企图，并开启“舌尖上的世界”的诗学维度，考察“流散文化”的复杂变迁，以此来解构“文化本质主义”和“国族中心主义”，通过食事来细品人世。[93]韩国汉学家金惠俊教授认为也斯的《后殖民食物与爱情》展现了一个众多人物、众多故事、众多记忆、众多关系等相互缠绕而形成的综合性世界，而其寻找的香港同样不能被某种特定理论简单定义。[94]区仲桃教授通过分析也斯3部跟旅游有关的作品，说明其旅游文学呈现出一种跟现代旅游文学及“反旅游文学”不同的类型，从中探讨也斯如何建立香港文化中多元角度这个特征，有助于突破旅游文学长期以来困于殖民/后殖民理论的桎梏。[95]

李碧华、金庸等老牌作家的研究依然丰盈，甚至不断生发出新意。李晓昀探析李碧华《青蛇》从传说到小说再到电影、戏剧的文化内涵流变。[96]张晓宇以《胭脂扣》和《青蛇》为例论述李碧华作品中的悲剧主题。[97]褚连波、陈可莹选择小人物为切入口，从小人物的生存状态、价值取向、情感态度与命运走向等四方面具体阐释李碧华小说“小人物”叙事的内涵与特征，深入挖掘“小人物”叙事的价值和影响。[98]罗钱军在肯定了李碧华小说中丰富的影像化叙事手法为影视的顺利改编创造了先天优势之外，直接指出她作品“时间空间化”策略所导致的“后情感”心理，令审美幻象取代了超越性想象，容易淹没主体的存在感。[99]

金庸在香港文学评论界备受欢迎，历来不乏对他创作的讨论，今年明显比前几年更多，甚至超过其他单个作家的研究数量，不失为一股怀旧潮。刘卫英探讨指出金庸小说中的“老顽童”形象源头为明清小说的“颠道人”与民国还珠楼主的“醉道人”，借此形象探讨“道”“性”的内在关联。[100]李巍以金庸武侠为例，考察了当代中国武侠小说中大侠命运结局的一致性，即以死亡或归隐才能获得终极解脱的宿命。[101]吴双从接受者角度论述日本文坛如何看待中国之“侠”，在对侠文化接受时经历了怎样的选择和过滤，阐释日本“金学研究”兴起的文化背景和缘由。[102]郑政恒在《金庸：从香港到世界》编者前言中对金庸的研究进行了文献综述。[103]香港大学陈岸峰教授对金庸情有独钟，在《金庸武侠小说中的爱情》[104]一文中赞扬金庸小说中情侠结构的完美结合，而将女性作为主人公的导师，更是金庸在情侠结构之突破。情之书写实乃侠之人间化，书写人性，亦是金庸武侠小说对“五四”文学思潮的遥相呼应；而后另辟蹊径，从江湖中人、宝藏秘籍、帮派正邪见出金庸笔下江湖的突破，在于其比朝堂更复杂、更政治化。认为金庸小说多涉及对历史的诠释，将武侠小说提升至历史与学术的层面，正是其精彩所在。[105]区肇龙主编《三剑楼随笔》，集结百剑堂主、梁羽生与金庸的70多篇杂文，比较三位作家的创作心态与内容风格，各文章之间的联系是颇为欠系统的，不过个别文章有助于读者了解作者的行文思路，批判意味浓厚。[106]

王德威教授称董启章为“香港另类奇迹”，讨论了董启章的《自然史三部曲》的最后一部《学习年代》的三种特色：董启章对青春与香港在地启蒙论述的思考；董与西方学者、作家从歌德到阿伦特的对话；教育成长小说与社会行动的关联。王德威称：“天工开物，从没有到有，从方寸之地辐射大千世界——香港的存在印证了虚构之必要，‘董启章’们之必要。”[107]丘庭杰认为董启章长篇小说新著《神》接续了其早前对香港社会、政治与文学的思考，重拾文学与社会公共性话题，以文学反思要如何文学，着意探讨文学是否以及如何触碰政治等问题，是一次充满思辨意味的写作。[108]

香港大学李仕芬以黄碧云长篇小说《烈佬传》的4份电脑草稿作为研究对象，细致分析从草稿到定本的变动之处，见证作者如何不断调整固有写作风格，以更贴近角色的性格、经验，其中广东方言以至地道粗口不时掺入，构词表述越趋平淡，突显了主角的主体意识。[109]江涛从思想研究入手，探究黄碧云小说中人物浮萍式的运命以及随遇而安的死亡背后，生命的矛盾与悖论，形成独特的悲观主义哲学。[110]

蔡益怀进一步扩大香港在地书写的研究范围，集“我城”之大成，从香港性与原创性两把标尺出发，建立张爱玲、舒巷城、西西、李碧华、黄碧云、董启章共6位香港文学坐标，他们的共同点是产生于香港都市生活的土壤，具有追根溯源的在地情怀与乡关之思，据此找回记忆，指引回家与来世的路。[111]

除此之外，也有较为分散的作家单论。台湾学者黄宗洁分析刘克襄的香港书写，认为其在香港观察与台湾经验中越来越频繁地对比双城，并分析此参照模式的盲点，期能让跨域的经验不只成为对话的起点，也能够找出更贴近在地脉络的观看角度。[112]张谦芬就萧红在香港时期对自己熟悉的、已写作过的题材、人物、主题进行的创作反刍展开论述，认为其形成了基于生命立场、悲悯审美的独特抗战书写，在疏离与回归、边缘与中心的辩证关系中展示了作家与时代不同的连接方式。[113]澳门科技大学刘群伟教授从施叔青的《香港三部曲》中看出其作为后现代主义女性文本的包容与开放特征。[114]侯捷飞从陈冠中的《香港三部曲》看香港文化的二律背反。[115]何珊从钟晓阳、西西、李碧华3人身上管窥20世纪60年代后香港文艺小说的小众属性。[116]

对香港当代诗歌的关注不及往年，没有专著，但有5篇相关论文。刘俊教授从秦岭雪的诗集《情纵红尘》中体味出香港文学的“开放性”特质，既书写中国历史传统文化也展现香港时空，在诗集中具体表现为传统与现代并存，历史与现实共生的特点。[117]李亚峰认为，香港文学史建构应融入近代文学的视野，重视近代香港诗歌的文学价值。[118]陈藩庚指出，以度母洛妃为代表的香港女诗人创作具有反向思维与颠覆性，表达出不同程度的禅悟哲思，她们是香港诗林中的一片春色。[119]张燕珠谈戴望舒的诗风如其名字一般，往往借助意象，或现或隐表现幽深哀怨的情思。[120]杨君宁考察了一位英年早逝的香港诗人——温健骝的诗歌创作脉络，尝试从他的留美经历中，分析其审美观念和社会理念之间的参差错落带来何种启示，以期拾掇散轶诗人，综合为更具启发意义的图式。[121]

相比小说集，2017年香港散文集的出版较多。潘步钊散文集《读书种子》选取阅读随笔，望读者掌握举一反三的能力。陈国球散文集《香港・文学：影响》收录随笔短文、读书笔记、谈论笔录，清淡雅致。[122]天地图书推出一套“香港当代作家作品选集”丛书，其中包括金庸、亦舒、董启章、也斯、刘以鬯等香港当代文学的标志性人物，今年新增了饶宗颐卷[123]。近百老人刘以鬯先生以一本《迷楼》作为代表作结集，从中见出这位香港文坛辛勤“园丁”贯穿现当、观照古今的恣肆想象。[124]廖伟棠出版最新诗集《樱桃与金刚：诗选2013—2016》[125]，樱桃与金刚，甜美与坚硬。诗人以香港为基点，省思个人和时代的命运浮沉。香港三联书店出版赵雨乐的《近代南来文人的香港印象与国族意识（三卷合订本）》[126]，此书以时间为线索，综述晚清至现代文人及其相关社群来香港以后的国族观念，透视近代香港与中国的地缘文化关系。

2017年香港文学批评依旧以内地学者为中坚力量，除了历来闻名的香港文学研究专家外，也涌现了不少新生代学者面孔，为香港文学的身份认同、香港文学历史脉络梳理、香港现当代文学思潮等研究难点更添多元见解。但是对单个作家的总体关注度不及去年繁盛。不过葛亮、周洁茹、西西、也斯、金庸、李碧华、董启章、陶然、黄碧云、施叔青等香港作家仍活跃于两地评论家的视界中，学者们在被新锐作家创作的独特视角与别样风格吸引的同时，也不忘回溯老牌作家的常青创作，而且香港本土评论力量有所显露，希望这股势头能愈演愈烈，形成交相辉映的多声道。

香港文学杂志以《香港文学》《文学评论》《城市文艺》为一众领头羊，共同扛起香港文坛荟萃大旗。《香港文学》于 1985 年创刊，作为海内外文人学者的创作园地，兼收散文、诗歌、小说等多种文体创作，汇集评论、访谈、书信等多类笔记。除常规栏目外，主编陶然在专辑策划上用心良苦，不仅有承接往年展示平台的“香港作家散文大展”“世界华文微型小说展”专辑，更有应时而生的特色专辑：与现代人生活紧密相关的“一线通—手机”专辑；旨在让生前受冷落的诗人得到应有的公正评价而特设的“蔡其娇诗歌研究会成立—晋江行”专辑；古事与香港现实勾连而生发新意的“故事新编”专辑；轻松愉悦的“避暑胜地鼓岭”与“世界华文作家暨媒体聚焦槟城”采风专辑。

恰逢“一带一路”实施之际，隐有呼应之势的是《香港文学》2017 年 5 月号的“世界各地港口”专辑，搜罗投稿者在世界各地港口留下的足迹，试图以此唤起读者儿时的怀恋，在速食时代留存一份悠闲。马来西亚女作家朵拉讲述了两个普通华人在港口逃亡与离别的故事，并分享了从家乡瑞天咸码头走向世界的槟城人——伍连德医生的事迹，提醒槟城人“要有大海的胸怀，才能看海”。[127]同为华人的旅法作家黎翠华在法国阿佛港热闹的鲱鱼节中，勾起心头对祖母的忆念，怀想海边童年的无忧。[128]王性初、古月、袁霓分别带读者领略了美国金山港[129]、意大利苏联多港[130]和印尼巽达格拉巴港[131]的美景，倾听过客心中的回响。素素以一分为二的批判性眼光审视家乡大连，实属难得。[132]凌逾比较了广州与香港两座海港城的历史底蕴、经济发展与文学文化创作，最后对“羊城”寄予了早日成为“我城”一样的创意文化城的美好祝愿。[133]而在 393 期中，凌逾、廖靖弘撰文《港澳的船舰符号与海上丝路》[134]，考察港澳两地的渡船、商船和战舰书写，观照香港地域性、传统性、社会心理等文化因素，剖析港澳的舰船文化与海上丝绸之路文化的古今联系，以静态港口中驶出的流动船舰贯通古今，视野宏阔，紧跟时代潮流。

香港《文学评论》为双月刊，一年 6 期，以发表香港文学作品评论为主，古今中外，兼收并蓄。栏目基本固定，每期必有“卷首语、文学透视、作家与作品、文坛史实、影艺空间、世界文坛、阅读共享、文坛动态、编后记”等栏目。2017 年第 48 期设有“文学香港论坛：小说创作漫评”专栏，收录 6 篇文章：蔡益怀以张爱玲的他者视角创作与舒巷城的本土视角创作为例，分析香港的在地书写谱系；[135]孙莹莹肯定杨玉峰《黄谷柳的人生与创作》一书对黄谷柳研究所作出的贡献；[136]张燕珠论述舒巷城专栏集《无拘界》雅俗并行的文学观；[137]张叹凤、王延逾从自由命题、终极意义、隐喻意象、结构语言四个方面探析“南来作家”寒山碧的《狂飙年代》三部曲。[138]

香港《文学评论》视野开阔，兼容并包。“世界文坛”一栏固定每期一篇，面向世界。有沈西城《迷失、彷徨的村上春树》、杜子轩《韩国的变形记——读韩江〈植物妻子〉》、周广央《爱是一只摆渡船——〈摆渡人〉》、傅守祥《存在的寓言与悲壮的抗争——古希腊英雄悲剧〈俄狄浦斯王〉的现代性启示》、杨昆冈《从王子复仇看莎士比亚的戏剧艺术》五篇文章。2017年最后一期紧跟世界文学潮流，专设“诺贝尔文学奖得主石黑一雄专辑”，故而删去了“世界文坛”一栏。胡继华论述石黑一雄作品中“后情感时代”的情思结构，以“优雅之舌”叙述悲剧故事，充斥物哀美学及幽玄的神秘之感，但其对现代性的审视，对人类性的注目以及对全球人文主义责任性的呼唤，都为社会贡献了正能量。[139]黄健对石黑一雄小说的叙事空间进行分析，论述其在空间互换中进行文化意义探寻，并以一种超然的心灵视野来审视历史，审视心灵，让消逝的历史在人的心灵上永存，极具精神张力。[140]

香港《文学评论》文影互动，跨界已成大势。“影艺空间”一栏关注文学与影视的研究，紧随时代潮流，对热门影视及影视活动给予评论。连续四期邀请香港资深影评人黄国兆，分别评述了第十九届奥斯卡金像奖、2016年香港电影金像奖、《2020》到《2049》的联系转变以及对波兰电影大师华意达的悼念。随着内地反腐电视剧《人民的民义》的热播，八月刊专发两篇观感文章，王澄霞称其为“官场风云录”[141]，宋诒瑞探究《人民的名义》的热播原因[142]。此外，凌逾《1918之世与东西之界》[143]论述黄劲辉导演的两部纪录片《东西(也斯)》和《1918(刘以鬯)》，文学名家借助影像声音得以展示，香港文学以跨界之姿走向世界。

《城市文艺》栏目丰富，既有小说、新诗、杂感、散文、文评，也有影评、画评、乐评等栏目。散文品类较多，古玩、追思、阅读、创作、汉学等，无所不至，精湛娴熟，如蔡益怀游记《泉南佛国处处道场》[144]悟得佛道在凡尘，真正的道场终究在人间。小说有胡燕青《洗脚》、张燕珠《起皱的情》、王璞《本店代销爱情》等，或平淡如水，或悲愤如火，都跳动着活泼的生命力。评论比例虽小，但同样有较高水准，如古远清《内地研究舒巷城的成绩与局限》[145]梳理内地舒巷城研究历程，指出现今的研究存在方法陈旧、史料错误、无独到见解等问题，殷切希望两地学者加强交流，推进舒巷城研究。凌逾就潘国灵的长篇小说《写托邦与消失咒》与其进行对谈，后该书获本年度香港书奖，眼光可谓先见。

《城市文艺》不仅关注香港文学，也关注介绍外国文学佳作，多年努力下，已成为该刊品牌特色。六月刊介绍叙利亚小说家扎克里亚·塔米尔，在苦难中磨炼而成的伟大作家，作品反映人间无情，表现人生的复杂性。关注国际文学热点，特设2017年诺贝尔文学奖石黑一雄小辑，收录有译作、访谈、书评、随笔及作家自述。葛亮读书札记《必有隐情在心潮——石黑一雄的旧日之音》分析小说集《小夜曲》，哀而不伤，轻盈淡和。黄国兆电影随笔《谈石黑一雄的电影作品》[146]介绍了石黑一雄《告别有情天》《伯爵夫人》《别让我走》三部电影，电影探讨生命的意义，极具国际视野，其在电影方面的成就不容忽视。

第十四届香港中文文学双年奖，新诗组有郑政恒《记忆后书》、钟国强《开在马路上的雨伞》、散文组有麦树坚《绚光细泷》、杜杜《饮食调情》，小说组有昆南《旺角记忆条》、陈苑珊《愚木》，文学评论组有黄劲辉《刘以鬯与香港摩登：文学·电影·纪录片》，儿童少年文学组有彭浩翔《伊巴谦的一天》、陈樱枝的《陈樱枝童话选》，黄劲辉、彭浩翔两导演获奖，跨界打通成为常态。第十届香港书奖有潘国灵《写托邦和消失咒》、董启章《心》、玛丽安杜布《狮子与鸟》、周保松《小王子的领悟》、刘克襄《虎地猫》、南海十三郎《小兰斋杂记》、陈国球《香港的抒情史》、马家辉《龙头凤尾》、陆鸿基《坐看云起时：一本香港人的教协史》、魏时煜《霞哥传奇：跨洋电影与女性先锋》、李欧梵《中国文化传统的六个面向》。

创想未来，回溯历史，科幻隐喻。“亚洲周刊 2017 年度十大小说”揭晓，香港作家陈浩基的推理小说《网内人》荣耀获奖。陈浩基毕业于香港中文大学计算机科学系，并曾从事 IT 相关产业，建构以网络为核心题材的推理小说得心应手。《网内人》借用了网民凡事无限上纲的现象，抽丝剥茧还原一个少女自杀的真相。陈浩基的上一部作品《13 · 67》获得 2015 年台北国际书展“书展大奖”，小说以 6 个短篇串联出一个警探横跨 46 年的传奇侦探故事，再现了香港的从前。这次陈浩基把故事场景设在当下，探讨一般人的平庸之恶如何纵容罪犯，如何扭曲人性。大陆获奖作家则有李宏伟长篇科幻小说《国王与抒情诗》、郝景芳的 6 个中短篇科幻故事《人之彼岸》、韩松科幻作品《驱魔》、徐则臣《王城如海》、刘震云的长篇小说《吃瓜时代的儿女们》、阿乙长篇小说《早上九点叫醒我》、卢一萍长篇小说《白山》。还有被誉为“90 年代台北纪事”的台湾作家石芳瑜的长篇小说《善女良男》，以及新马作家海凡“写出马共沧桑”的《可口的饥饿》。

2017 年 5 月 20 日，香港浸会大学文学院及语言中心主办“香港第九届大学文学奖”，颁发共 18 项大学文学奖奖项，嘉奖六位杰出少年作家与近 90 名中学少年作家，培养青少年作家力量。另外，香港新生代作家葛亮与香港书奖获得者马家辉一同入围“第十五届华语文学传媒大奖年度小说家”，可惜未能获奖，留下遗憾，最终张悦然凭借小说《茧》斩获“年度小说家”称号，希望来年能在该奖上见到香港作家的身影。

香港高校一直保持着引进驻校作家的优良传统，香港中文大学中文学院今年邀请作家欧阳江河作家出任驻校作家，欧阳江河先生 2016 年凭借诗集《大是大非》荣获华语传媒盛典年度杰出作家。3 月底演讲谈自媒体时代的当代中文诗歌。香港浸会大学国际作家工作坊邀请马华作家黎紫书担任驻校作家。阎连科先生在香港科技大学讲授文学写作课程的讲义也已结集成册两卷，让文学爱好者能更直观地理解 19 世纪与 20 世纪中外文学写作面貌。[147]

香港的康乐及文化事务署香港公共图书馆多年来致力于向大众普及文学，提高市民文化层次，在 2017 年文学月会中举办了“作家脚踪”系列专题讲座，就香港文史上的杰出作家杨衢云、叶灵凤、也斯与南海十三郎的创作进行分享，以及“香港文学的越界视野与实践”主题分享会，勾连香港文学与知识、中英文作品、台湾文学的千丝万缕。另外举办了“香港文学地景漫谈”系列之地标/老建筑讲座，唐睿教授主讲、樊善标教授、马辉洪教授等组织了讲座。该讲座系列使得城市与文学的关系再次得到凸显，是香港文学孜孜不倦于大众化、普及化的最好证明。

2017 年，国家社科基金、教育部基金项目方面，香港文学研究项目缺乏。但是相关专业的项目则有一些，如一般项目有厦门大学李城希的“香港中国现代文学研究史（1949—1979）”、广州大学田秋生的“香港进步报刊的统战宣传研究（1927—1949）”、国防大学温睿的“香港‘一国两制’进程中人心回归走势及对策研究”、中山大学庞琴的“香港青年本土意识形成机制研究”，落在港澳台问题研究、新闻学、传播学等领域。青年项目有深圳大学刘海娟的“香港慈善伦理的建构范式研究”、中南财经大学付婧的“香港法院外籍法官涉《基本法》案件司法行为研究”、北京工商大学王婉婉的“香港青年群体国族认同构建中的媒体角色研究”等，落在语言学、哲学、法学、传播学等领域。后期资助项目有大连海事大学杨晓楠的“香港终审法院的基本法解释与适用研究”。

总体而言，2017 年对于香港而言，比较特别，香港回归 20 周年，呈现集体记忆、共同记忆，赐给大家民族共同体之感。文字的力量改变世界，让人体悟到文学铿锵的价值。有人说，香港留下了电影，台湾留下了舞台剧，大陆留下了传统戏曲。港人似乎要在“我城”“你城”“他城”“我们城”的对比中发现自己，发掘特色。

其实，香港文学与文化研究还可以提出很多有价值的思考问题。例如，香港文学如何继续拓展？施叔青《香港三部曲》一类的香港作为妓女的隐喻、殖民地悲情隐喻，虽说沉淀了早期香港文化的记忆，但是，也应该翻篇了，亟待另写新篇章。另外还可继续思考，香港人的国际视野能带来什么创意？标准化、商业化、政府化等思维模式如何形塑一个城市？香港城市属于哪个阶层？不同年龄的港人各有怎样的价值观，各有怎样不同的需求？外界如何看待香港？“港漂”与“广漂”有何异同？内地与香港如何互动？什么时候“港漂”“广漂”“澳漂”联动，沙龙出书，如切如磋，如琢如磨，跨界整合，粤港澳大湾区开出新的花来？

香港这座城市是国际还是本土，发展快或慢，香港人是宽容还是排外、保守还是情色，文化是传承还是断裂，这些问题的答案似乎是罗生门式的。30 周年的香港回归庆典其实也是眨眼即至，那时候，我们将谈论什么？眼下越来越多香港人感觉到，香港亟待经济发展，产业转型，亟待文学的再次腾飞，跨界的再次出发。20 世纪香港作为东西方文化碰撞交融的桥头堡，不仅是货物转运站，也是文化转运站，港人历来敢于应对外来文化的冲击，善于吸纳中西多元文化，兼收并蓄，在固守中求变，求重建，希望的未来应该不远。

注释：

[1]中央人民广播电台、香港特区政府驻京办编著．香港名人访谈录[M]．北京：新星出版社，2017.

[2]蔡益怀．小说我城·魅影处处——香港小说二十年(1997—2017)批与评[J]．香港文学，2017(07)：38-48.

[3]郑政恒．二十年来的香港小说面貌[J]．香港文学，2017(07)：49-53.

[4]古远清．香港回归二十年来的文艺思潮[J]．香港文学，2017(07)：54-57.

[5]方忠．回归以来的香港散文创作管窥[J]．香港文学，2017(07)：30-33.

[6]黄维樑．香港和内地文论交流的回顾与思考[J]．中国文艺评论，2017(08)：60-67.

[7]纪念香港回归 20 周年栏目的刊首语，刘小新教授撰写，见于《博览群书》2017 年第 7 期。

[8]凌逾．1918 之世与东西之界[N]．文艺报，2017-07-07.

[9]丘世文．在香港长大(增订版)[M]．香港：美艺画报社，2017.

[10]廖迪生编著．何铭思口述史[M]．香港：香港中文大学出版社，2017.

[11]卢玮銮，熊志琴编著．香港文化众声道——第二册[M]．香港：三联书店(香港)

有限公司，2017.
[12]香港大学中文学院．足迹 香港大学中文学院九十年 港台原版[M]．香港：中华书局(香港)有限公司，2017.
[13]何藩．Fan Ho：Portrait of Hong Kong (何藩：念香港人的旧)[M]．香港：WE press 香港人出版社，2017.
[14]严飞．城市的张望[M]．北京：中信出版社，2017：215.
[15]严飞．城市的张望[M]．北京：中信出版社，2017：11.
[16]潘国灵．消失物志 文学 港台原版[M]．北京：中华书局，2017.
[17]参见《梁文道：一个终将消失的香港》，http：//news. ifeng. com/a/20170702/51358051_0. shtml。
[18]严飞．城市的张望[M]．北京：中信出版社，2017：5.
[19]邓家宙．香港地区报 18 区文艺地图 港台原版[M]．香港：中华书局(香港)有限公司，2017.
[20]Ackbar Abbas，*HongKong*：*Culture and the Politics of Disappearance* (Minneapolis：University of Minnesota Press，1997)，70.
[21]周洁茹．到香港去[M]．西安：太白文艺出版社，2017.
[22]周洁茹．香港公园[M]．香港：香港练习文化实验室，2017.
[23]周洁茹．一个人的朋友圈，全世界的动物园[M]．江苏：江苏凤凰文艺出版社，2017.
[24]参见《在香港写小说》，http：//blog. sina. com. cn/s/blog_5381855c0102vjn0. html.
[25]邵栋．时空尽头的漫游者——周洁茹的香港小说简论[J]．创作与评论，2017(06)：65-71.
[26]邵栋．历史终结与放逐之爱[N]．文艺报，2017-09-01(004).
[27]蔡益怀．冷峻旁观与“漫不经心”的记录——周洁茹的香港书写[N]．文艺报，2017. 04. 28(第八版).
[28]蔡益怀．周洁茹的“香港故事”[N]．中华读书报，2017-11-01(003).
[29]常鹏飞．时空中的漂浮者——评周洁茹《岛上蔷薇》[J]．常州工学院学报(社科版)，2017，35(06)：23-25，61.
[30]唐诗人．难得鲜活[N]．光明日报，2017. 01. 18(第 12 版：文艺评论).
[31]杨晓帆．周洁茹访谈录——我们当然是我们生活的参与者[J]．(香港)文学评论，2017(02)：29-34.
[32]严飞．城市的张望[M]．北京：中信出版社，2017.
[33]赵稀方．小说香港[M]．北京：生活·读书·新知三联书店，2003.
[34]参见：http：//www. housingauthority. gov. hk/tc/about-us/photos-and-videos/videos/community- impressions/index. html。
[35]兰月．熟悉的香港 陌生的 HONGKONG[M]．上海：上海社会科学院出版社，2017.
[36]徐天成．我们香港这些年[M]．北京：中信出版社，2016.
[37]赵稀方．《小说星期刊》与《伴侣》——香港早期文学新论[J]．文学评论，2016

(04)：94-101.
[38]赵稀方.《伴侣》之前的香港白话文学[J]. 香港文学，2017(07)：4-8.
[39]赵稀方. 民族主义与殖民主义——"友联"及《中国学生周报》的思想悖论[J]. 社会科学辑刊，2017(04)：165-171，2.
[40]赵稀方. 从《诗朵》到《好望角》——20世纪五六十年代香港现代主义的历史脉络[J]. 甘肃社会科学，2017(04)：45-51.
[41]赵稀方. 翻译研究的文化转向——从西方到中国[J]. 学习与探索，2017(01)：141-145，176.
[42]赵稀方. 论香港《文艺新潮》的翻译[J]. 中国比较文学，2017(04)：66-78.
[43]杜英. 文学理想乐园与自由民主精神之重建——以《文艺新潮》为中心的考察[J]. 华东师范大学学报(哲学社会科学版)，2017，49(03)：102-109，174-175.
[44]赵晳. 媒介间性视域下的香港报刊与当代香港文学[J]. 河北科技大学学报(社会科学版)，2017(01)：75-79.
[45]黄万华. 百年香港文学史[M]. 广州：花城出版社，2017.
[46]黄万华. 在地和旅外：从"三史"看华文文学和中华文化[J]. 广东社会科学，2017(04)：157-165.
[47]王瑜，李佳.20世纪50—70年代香港新文学史书写的内地传统[J]. 保定学院学报，2017(04)：97-105.
[48]古远清. 香港当代文艺思潮的混合性结构[J]. 中国文艺评论，2017(06)：11-20.
[49]徐诗颖. 文学史观建构的限制与突破——从中国内地考察后"九七"时代香港文学史的编撰[J]. 中国现代文学论丛，2017(02)：145-156.
[50]卢玮銮、郑树森、熊志琴. 沦陷时期香港文学及资料三人谈[J]. 香港文学，2017(05)：52-73.
[51]黎活仁. 兰心照相馆：张爱玲史料钩沉[J]. 香港文学，2017(08)：75-77.
[52]冯伟才. 在历史的空间中对话——走进《香港文化众声道》的历史空间[J]. 香港文学，2017(08)：57-65
[53]袁勇麟. 早期海外华文文学的记忆与再现[J]. 香港文学，2017(09)：13-19.
[54]刘婉仪. 创新而富建设性的华文文学研究——评《华文文学的言说疆域：袁勇麟选集》[J]. 香港文学，2017(04)：68-71.
[55]陈国球. 烟花岁月流光影——序郑蕾《香港现代主义文学与思潮》[J]. 香港文学，2017(02)：72-73.
[56]黄维樑. 比较文学与《文心雕龙》——改革开放以来香港内地文学理论界交流互动述说[J]. 香港文学，2017(09)：4-12.
[57]黄维樑. 我的文心路历程——《文心雕龙：体系与应用》后记[J]. 香港文学，2017(02)：86-87.
[58]凌逾. 跨界创意的5W1H[J]. 香港文学，2017(12)：61-70.
[59]古远清. 平实的文字中不乏真知灼见——评林曼叔的《香港鲁迅研究史》[J]. (香港)文学评论，2017(48)：97-99.

[60]汪卫东．守住鲁迅思想价值的底线——评林曼叔《鲁迅论稿/香港鲁迅研究史》[J]．(香港)文学评论，2017(48)：100-105.
[61]王澄霞．真诚奉上一瓣清香——评林曼叔《鲁迅论稿》[J]．(香港)文学评论，2017(48)：110-113.
[62]李林荣．为"乔木"和"好花"做"好土"——评林曼叔《鲁迅论稿》及《香港鲁迅研究史》[J]．(香港)文学评论，2017(50)：104-113.
[63]凌逾．拓展香港与鲁迅的世界——论林曼叔的《鲁迅论稿》《香港鲁迅研究史》[J]．上海鲁迅研究，2017(02)：272-278.
[64]郑政恒．编者的眼光——评《香港文学大系》的新诗卷[J](香港)文学评论，2017(50)：4-6.
[65]李薇婷．寻找香港的"声音"——浅谈《香港文学大系》小说卷的一种读法[J]．(香港)文学评论，2017(50)：13-19.
[66]陈国球．香港早期文学评论阅读札记——《香港文学大系·评论卷一》编馀[J]．香港文学，2017(07)：18-21.
[67]袁勇麟．《香港文学大系》：传承与创新[J]．香港文学，2017(07)：22-29.
[68]唐睿．脚注[M]．广州：花城出版社，2017.
[69]凌逾，罗浩．Footnotes：写画感觉的大书——唐睿访谈[J]．苏州教育学院学报，2017，34(05)：55-63.
[70]麦树坚．琉璃珠[M]．广州：花城出版社，2017.
[71]谢晓虹．雪与影[M]．广州：花城出版社，2017.
[72]陈苑珊．愚木[M]．广州：花城出版社，2017.
[73]陈子善．煮雨文丛3一瞥集 港澳文学杂谈[M]．桂林：广西师范大学出版社，2017.
[74]凌逾．2016年香港文学与文评综览[J]．苏州教育学院学报，2017，34(05)：37-54.
[75]凌逾．海外华文文学研究[J]．苏州教育学院学报，2017，34(02)：40.
[76]王瑛．练文以析其辞，观象以综其理——评凌逾《跨媒介香港》[J]．华文文学，2017(04)：124-128.
[77]陶然．旺角岁月 港台原版[M]．香港：香港文学有限公司，2017.
[78]凌逾．陶然《旺角岁月》：畅游世与界[N]．文艺报，2017-09-01(004).
[79]凌逾，霍超群，林兰英，陶然．"小而精致，而非大而无当"——向《香港文学》总编辑陶然提问[J]．博览群书，2017(10)：42-45.
[80]高峰．香港文学：筚路蓝缕开拓独特气象[N]．中国艺术报，2017-06-30(007).
[81]黄维樑．"原型"与"还原"——陶然的首篇小说《冬夜》[J]．城市文艺，2017(02).
[82]施有朋．将军有剑，不斩苍蝇——略述陶然小说的时空意义[J]．香港文学，2017(09)：38-41.
[83]凌逾．开拓新古韵小说——论葛亮《北鸢》的复古与新变[J]．南方文坛，2017(01)：97-101.
[84]王德威．抒情民国——葛亮的《北鸢》[J]．南方文坛，2017(01)：92.

[85]金理．葛亮的风筝——论《北鸢》[J]．南方文坛，2017(01)：93-96.
[86]张莉．《北鸢》与想象文化中国的方法[J]．文艺争鸣，2017(03)：163-166.
[87]徐诗颖．《北鸢》：一支鸢·一段墙·一世[J]．香港文学，2017(04)：72-73.
[88]王宏图．古典摹写、文化认同与创造性转化——《朱雀》《北鸢》与“江南三部曲”的不同书写策略[J]．学术月刊，2017(7)：111-119.
[89]乔敏．飞翔·女性·城市——《飞毡》：家族史的另一种“喜剧性”写法[J]．华文文学，2017(06)：119-125.
[90]刘洋溪．论西西小说中都市印象的变迁[J]．文学教育(上)，2017(10)：46-48.
[91]谢晓虹．通道的美学——读西西《美丽大厦》[J]．淡江中文学报，2017(36)：227-250.
[92]陈鸿燕，贺昱．论《像我这样一个女子》的复调艺术[J]．名作欣赏，2017(12)：46-47.
[93]亚思明．论“流散”语境下梁秉钧“发现的诗学”[J]．文学评论，2017(05)：94-102.
[94]金惠俊．也斯《后殖民食物与爱情》的香港想象[J]．香港文学，2017(09)：50-60.
[95]区仲桃．也斯旅游文学中的多元角度[J]．中外文学，2017，(1)：45-75.
[96]李晓昀．民间经典的解构、重构与再建构——试论《青蛇》从传说到小说再到电影、戏剧的文化内涵流变[J]．当代电影，2017(07)：174-177.
[97]张晓宇．浅探李碧华作品中的悲剧主题——以《胭脂扣》《青蛇》为例[J]．河北北方学院学报(社会科学版)，2017(3)：43-46，62.
[98]褚连波，陈可莹．李碧华小说的“小人物”叙事[J]．名作欣赏，2017(17)：130-132.
[99]罗钱军．影像化语言的“后情感”危机——以李碧华小说语言为例[J]．华文文学，2017(05)：93-99.
[100]刘卫英．金庸小说“老顽童”形象的文化渊源[J]．河北学刊，2017(04)：103-108.
[101]李巍．当代武侠小说侠隐结局的人类学考察——以金庸武侠为例[J]．华文文学，2017(04)：116-123.
[102]吴双．异域与想象：论金庸武侠小说在日本的文化景观[J]．西南大学学报(社会科学版)，2017(01)：134-142，191-192.
[103]郑政恒．《金庸：从香港到世界》编者前言[J]．香港文学，2017(05)：74-75.
[104]陈岸峰．金庸武侠小说中的爱情[J]．香港文学，2017(08)：66-74.
[105]陈岸峰．金庸武侠小说中的“江湖”[J]．香港文学，2017(12)：71-80.
[106]区肇龙．《三剑楼随笔》短评[J]．香港文学，2017(12)：85-87.
[107]王德威．香港另类奇迹——董启章的书写/行动和《学习年代》[J]．岭南学报，2017(2)：3-18.
[108]丘庭杰．“写不写之写”的可能——读董启章《神》[J]．香港文学，2017(10)：91-92.
[109]李仕芬．从草稿到定本——黄碧云《烈佬传》的生成研究[J]．华文文学，2017

(03)：45-53.
[110]江涛．黄碧云90年代中短篇小说的悲剧哲学[J]．华文文学，2017(01)：99-104.
[111]蔡益怀．繁盛浮世绘“我城”情意结[J]．香港文学，2017(02)：76-85
[112]黄宗洁．在移动中寻路：从刘克襄的香港书写论港台环境意识之对话与想象[J]．东华汉学，2017(25)：203-228.
[113]张谦芬．论萧红香港时期的创作反刍[J]．社会科学，2017(07)：175-183.
[114]荒林．后现代女性主义文本——读《香港三部曲》[J]．华文文学，2017(05)：57-61.
[115]侯捷飞．从《香港三部曲》看香港文化的二律背反[J]．安徽文学(下半月)，2017(06)：95-96.
[116]何珊．管窥20世纪60年代后香港文艺小说的小众属性——心理独白、文学实验与商业艺术化[J]．常州工学院学报(社科版)，2017(04)：26-31.
[117]刘俊．传统与现代并存 历史与现实共生——论秦岭雪诗集《情纵红尘》兼及香港文学特质[J]．香港文学，2017(07)：34-37.
[118]李亚峰．不应被遗忘的近代香港诗歌——兼论近代香港诗歌的文学史意义[J]．北方论丛，2017(05)：57-63.
[119]盼耕．香港女诗人的反向思维[J]．博览群书，2017(07)：14-19.
[120]张燕珠．雨巷诗人戴望舒的诗歌性情[J]．香港文学，2017(06)：78-81.
[121]杨君宁．夜凉苦绿：游历与诗艺之途——以温健骝为中心的考察[J]．华文文学，2017(05)：77-86.
[122]陈国球．香港·文学：影与响[M]．香港：香港练习文化实验室有限公司，2017.
[123]郑炜明．香港当代作家作品选集 饶宗颐卷 港台原版[M]．天地图书有限公司，2017.
[124]刘以鬯．迷楼[M]．四川人民出版社，2017.
[125]廖伟棠．樱桃与金刚：诗选2013—2016[M]．香港：牛津大学出版社，2017.
[126]赵雨乐．近代南来文人的香港印象与国族意识 中国近代史 三卷合订本 港台原版[M]．香港：三联书店(香港)有限公司，2017.
[127]朵拉．命运的港口[J]．香港文学，2017(05)：16-18.
[128]黎翠华．海边一三事[J]．香港文学，2017(05)：4-7.
[129]王性初．脚泊金山港[J]．香港文学，2017(05)：8-9.
[130]古月．归来吧！苏连多——今夜心醉·易碎[J]．香港文学，2017(05)：10-12.
[131]袁霓．巽达格拉巴——岁月沉淀的港口[J]．香港文学，2017(05)：19-21.
[132]素素．深蓝之城[J]．香港文学，2017(05)：27-29.
[133]凌逾．珠江香江两港谭[J]．香港文学，2017(05)：22-26.
[134]凌逾，廖靖弘．港澳的船舰符号与海上丝路[J]．香港文学，2017(09)：20-32.
[135]蔡益怀．“倾城之恋”——香港文学的在地书写谱系[J]．(香港)文学评论，2017(48)：4-10.
[136]孙莹莹．《虾球传》之外的黄谷柳—读黄谷柳的颠簸人生与创作[J]．(香港)文学评论，2017(48)：11-14.

[137]张燕珠．雅俗通变——读舒巷城《无拘界》[J]．(香港)文学评论，2017(48)：15-18.

[138]张叹凤，王延逾．人是他的自由——寒山碧“大河小说”《狂飙年代》三部曲探析[J]．(香港)文学评论，2017(48)：19-26.

[139]胡继华．斜晖脉脉写幽玄——漫谈石黑一雄的创作[J]．(香港)文学评论，2017(53)：4-10.

[140]黄健．空间互换与心灵审视[J]．(香港)文学评论，2017(53)：11-15.

[141]王澄霞．人民只是民义——电视剧《人民的民义》观后感[J]．(香港)文学评论，2017(51)：94-97.

[142]宋诒瑞．一部反腐的影视力作——观电视剧《人民的民义》[J]．(香港)文学评论，2017(51)：98-103.

[143]凌逾．1917之世与东西之界[J]．(香港)文学评论，2017(52)：101-104.

[144]蔡益怀．泉南佛国处处道场[J]．城市文艺，2017(05)：27-30.

[145]古远清．内地研究舒巷城的成绩与局限[J]．城市文艺，2017(03)：77-80.

[146]黄国兆．谈石黑一雄的电影作品[J]．城市文艺，2017(05)：112-114.

[147]百年写作十二讲 阎连科的文学讲堂 十九世纪卷/二十世纪卷 港台原版[M]．香港：中华书局(香港)有限公司，2017.

(本文为国家社科基金重大项目“华文文学与中华文化研究”的阶段性成果，项目编号：14ZDB080))

2017年澳门文学研究概况

赵　哲

2017年的澳门文学研究，无论是本土学者还是内地学者，都默契地将研究视点集中在城市与文学的主题上。这其中从关注我城书写到小城意象，抑或是文学形态与城市日常，都彰显出研究者对澳门文学城市空间的进一步关注，有助于建立澳门文学乃至澳门文化的自信心。

一、文学空间与城市空间的双重面相

澳门文学的特色在城市文学形态中逐渐显示出本属自我的个性，张堂锜教授的《怀旧记忆与我城书写——回归以来澳门文学发展的新趋向》一文就明确指出，澳门文学从澳门回归祖国这一"回归书写"的特色主题中，用"怀旧记忆"为路径的"我城书写"是澳门文学近十几年来的一大指证，"文学作品中触及澳门回归后的生活与内心感受的作品，可称之为'回归书写'。'回归书写'可以说是澳门文学新世纪以来一个深具特色的主题"[1]。张教授特别强调，同样是描写回归祖国，澳门文学的"回归书写"并不同于香港，在各类文学作品中很难见到类似香港人的焦虑心态，而是以另一路径——"怀旧记忆"来建构独属于澳门的特色。回归前后，澳门的城市生态发生了很大的转变，回归前的澳门除了博彩业之外，城市发展可谓百废待兴，因此文学作品多以"向前看"的心态出现，字里行间透露出渴望快速发展，并以香港为榜样，同样跻身于国际大都市的行列中去；但自从澳门回归，城市迅速发展，整座城市的面貌也焕然一新，文学作品随之呈现与回归前迥然不同的风格。张教授解释了回归后本土作品的"怎样回归，如何怀旧"："曾经熟悉的小城不再，街道上车如流水、人如潮涌，老建筑消失，老行业式微，人与人之间的情感互动日渐疏离，全球化浪潮冲击下，澳门的'都市性'取代了过去的'家园感'，于是而有了新世纪以来的怀旧风潮。"[2]他将这种怀旧情绪的产生归结为对澳门人现状的不满："因为怀旧，澳门作家开始思考澳门的过去、现在与未来，不断穿梭于历史、文化、地景之中，寻找属于本土的认同，形塑属于自身的记忆与城市的形象。因为怀旧，他们的文字多了较以往更为细腻的抒情，和更为深沉的感喟，'澳门情怀'的集体流露因此成为新世纪以来澳门文学普遍而真诚的审美特征。"[3]此外，该文还从本土作家作品、澳门文学奖的角度梳理了澳门从"赌城"到"我城"的历程，发现了本地作家对澳门城市形象的建构意识逐渐浓厚，在澳门文学作品中城市形象被赋予了新的意义与面貌。

不仅有学者关注澳门文学的城市形象，还有对城市格局与文学关系进行探讨的内容，例如郑海娟博士的《澳门当代文学中的小城意象》。该文分别从澳门当代华文文学中的“小城”意象、“小城”意象的生成机制和“小城”内部异质文化空间以及文学作品中的“小城”与外部世界关系呈现，这几个层次为我们研究澳门当代文学对本地文化地理空间的再现提供一种新的视角。该文回溯了 20 世纪英美诗坛著名诗人奥登的一首名为“澳门”(Macau)的十四行诗，为澳门的“小城”意象找到了历史依据，由此这座蕞尔小城在澳门文学不同文体的作品中分别得以呈现。郑博士列举了澳门本地诗人汪浩翰、陶里、玉文和江思扬等几位的诗作，指出了在这一次次的描写中，澳门的城市空间与澳门文学空间不断融合，因为反复被书写而进入文学园地中的“小城”意象也逐渐形成并逐渐得到强化。尤其与同属于华文文学范畴的香港文学、台湾文学相比，澳门文学的“小城”有别于前者的复杂而宏阔，反而作为一种特殊的气质，展现出以小见大的审美特征。无疑对澳门文学的突出特色进行了又一次的强化，在梳理澳门副刊文学特征时，郑博士强调，《澳门日报》的副刊《镜海》《新园地》《小说》和《澳门街》等都是反映澳门城市生活现实的重要载体，“独具特色的副刊文学虽然不免格局受限，但由于它们靠近城市生活的现实，反而能够细致入微地雕琢小城澳门色彩斑斓的各个侧面”[4]。从澳门城市空间的狭小到文学体裁的细小，澳门的“小城意象”同时作为地理空间和文化空间的双重代表，“既是作家空间经验的再现，也是一种想象的建构，折射出创作主体对现实的观照方式”[5]。除此之外，澳门由于开埠较早，城市基础较为完备，城市特征显著，“同香港一样，没有真正的乡村，也没有一般意义上的乡土文学，澳门文学说到底是产生于澳门的城市文学。然而对澳门本地创作者来说，澳门是他们朝夕与共的栖身之地，‘小城’的空间意象事实上与乡土文学中承载着叙事主体情感的乡村、田野等空间景观有着类似的功能，往往寄寓着浓厚的怀旧情结，负载着文化乡愁”[6]。“小城”在相对宁静、舒适的环境中折射出澳门本土作家对“家”的渴望与依恋。与此同时，澳门的小城形象甘于以“小”自居，在混杂文化的境遇中，自成一体，与香港文学庞杂的城市图景呈现截然不同的状态，“澳门当代文学创作主题在不断生成‘小城’这一符码的同时，也在试图建构一种不同于现代性单线发展方向的新的意义与价值”[7]。在小说文体中澳门“小城形象”凝聚了偏安一隅的小城与国际化自由港口的双重蕴涵，通过周桐、吕志鹏和余行心等本土作家的小说作品统统体现出来，在澳门现代化、国际化的城市地位与“小城”意象之间存在着的反差，是这种混血城市人口在身份认同上的迷惘与纠结，也进入了本土作家独特的生活体验和历史经验，他们在文本上“建构出一个安宁闲适的归属地与寄寓乡愁的家园，不断书写澳门的‘小城’情怀。然而，小城并非遗世独立的存在，作为现代化都市的澳门总是处在世界之中，并与周遭世界保持着复杂而多元的关系，关于‘小城意象’的讨论，因之需要放在澳门与外部世界关系的背景下解读。纷纷扰扰的外部世界作为正向或反向的多股力量，逐渐改变或破坏着‘小城’的风景与生活，而这也相应地在文学世界中留下了痕迹，它既是澳门文化多元共生的体现，又进一步营造出澳门华文文学色彩斑斓的文化生境，并形塑着澳门文学未来的路径和方向”[8]。

除此之外，亦有深入澳门城市布局进行研究的内容，譬如凌逾、霍超群从城市脉络的组成要素——街道出发，深入挖掘街道这一城市标签在文学作品中的社会历史隐喻和文化心理意蕴。首先，澳门街道进入文学作品，成为澳门本土作家追思传统，批判现实的象征。凌逾教授借由吕志鹏的小说《传承》和《小店》指出："作者对于街道实际上暗含了一组相悖的情感态度，这使得街道的指涉在小说中变得暧昧不明。故事的结局似乎告诉读者，在澳门，人情味的浓淡和繁华程度不仅息息相关，而且此消彼长。倘若仅仅将街道作为集体怀旧的承载空间，或许并不能解开澳门人目前的心理困境……拥挤的街道俨然成为这座小城的印记。如果说香港作家善于书写高楼大厦的拥挤感带给人的窥伺欲和逃离心，那么，澳门的拥挤感则是一条条狭窄的街道与一辆辆庞大的汽车相左难容，吞噬着人的生命力。这是澳门街道叙事的另一指向。"[9] 城市在迅速膨胀的同时，带走了往日城市中蕴藏的温情，因此两位学者敏锐地指出了澳门人内心的纠结——既要享受城市现代化带来的便利，又想要保留传统的人情味。于是敏感的作家试图在文学作品中去追寻这种双赢的可能性，但在发现城市在现实中的发展速度无力掌控之时，却只能用回顾街道的变迁历程来完成一次圆满的回忆。虽然凌、霍二位没有明确指出造成此种情况的缘由，但这一心态的确是澳门文学充满浓厚怀旧意味的一大重要原因。有趣的是，他们还将澳门城市的陆地叙事和海洋叙事进行对读，从李宇樑系列小说中发掘了澳门街道承载怀旧记忆之外，还潜藏了血腥书写的情感体验，在对城市交通工具车和船截然相反的态度上，找到了澳门人的心理依托。"在澳门人心中，车船虽均作为城市交通工具运行，但两者的地位不啻天渊。车让澳门人置身于拥挤的街道、嗅到危险的讯号，船给澳门人挥斥方遒的成就感，舍船而驾车，出于发展的迫不得已；驾而唾之，释放着'失船'的焦虑。如果说汽车是澳门街道叙事的显在主角，那么轮船便是对这种叙事的颠覆和解构；如果说街道指涉着当下的澳门，是一片不断填海扩张的陆地，那么海洋遥相呼应的便是曾经的故土，是一湾岸堤的幽梦；如果今日澳门的城市故事是人车的尺度之争，那么往昔的澳门歌谣则是鱼水的和谐乐音。"[10] 他们指出，这种心灵的归靠来源于澳门城市变迁与发展史上独特的参与者——海洋，"把记忆中的海洋当作失去的乐园予以怀念，以期对抗不断扩张的陆地，这是澳门街道叙事与西方都市批判之根本不同，也是作品叙事逻辑背后更深层的文化隐喻"[11]。独具风景的澳门城市文学，是来源于澳门人内心深处对海洋文化的依恋，揭示了澳门文学独特面貌的文化倾向与心理依托。

二、城市文学活动改变城市日常

2017 年 3 月 4 日到 19 日，第六届澳门文学节如期举行，澳门文学节的标语——"隽文不朽"，业已成为澳门文学节永久性的主题(其对应的葡译和英译分别是"rota das letras"和"the script road")。自 2012 年迄今已经成功举办了 6 年，均是由澳门本地的葡语报纸《句号报》发起举办。作为全球首个汇聚中国和葡语国家文化艺术工作者的文学交流盛会，知名作家、出版工作者、译制人员、音乐人、导演以及视觉艺术工作者都在邀请范围之列，澳门文学节几年间已经邀请了许多世界各地的文化艺术工作者前来参与，活动内容丰富多彩，逐渐成为澳门这座城市的一桩文化盛事。历来文学节在邀请作家时，十分看重作家与澳门之间的文化渊源，善于从文学的角度深度挖掘澳门的城市文化资源。我们从举办者的思路和每届文学节的活动内容来看，"文学"这则概念的外延在城市的场域下被不断扩充，除了纯文学活动，还有音乐会、电影展映、戏剧表演和视觉艺术展览等形态各异的文化活动，这其中还不乏因为创作者的身份跨界而出现的交叠现象，文学在这场活动中不断实现跨界与融合。

此次文学节上的各类大小活动累积有100余场，除了作家对谈、诗人沙龙、诗歌朗诵会、写作工作坊、走进图书馆、走进各大校园等系列活动等纯文学活动之外，同时举办音乐会、影视展览、“白与红”诗歌即兴表演、“词句传情”多媒体诗歌表演和戏剧《澳门爱·财·良》等跨媒介活动，这其中大部分的活动均对澳门市民免费开放，让这场文学盛宴成为澳门市民生活中的文学佳肴。此外，活动地点遍布澳门整座城市，除了主场地是位于澳门市中心的历史建筑旧法院大楼，还有葡萄牙驻澳港总领事馆、东方葡萄牙学会、恋爱·电影馆、澳门威尼斯人剧场、郑家大屋、澳大黑盒剧场、澳门创意空间、澳门艺术博物馆等场地，深入城市肌理。正如郑周明所说的那样：“作为华语地区首个汇聚华语、葡语文学交流的节日，它与其他城市如北京、上海、香港、台北等地书展活动最大的不同在于其跨语言、跨媒介的文学节日现场，因此我们能看到除了全球知名作家参与文学节外，包括翻译、音乐、视觉艺术等领域的创作人、专家都会被邀请参与到文学节的活动当中，因为文学节，也让许多嘉宾、本地人以及游客对这座城市的文化形象超越了以偏概全式的认知。”[12]与内地和港台不同的是，这里的文学节看起来并没有多少“人气”，就像一位受邀前来的参与者感受的那样，“活动现场没有围栏，活动参与度属小众，作家们根本没有‘偶像包袱’。任何一位有心的文学爱好者，无须入场证，都能走进现场，与自己喜爱的作家拉近距离，索取签名或拍个合照，甚至还能有机会与作家同桌进餐”[13]。然而就是在这样轻松闲适的氛围中，来自不同国家的作家、艺术工作者跨越语言障碍，虽然尚不能够进行完美的跨语种交流，但这种对话在六年来一直坚持着，各种语言代表的文化在此碰撞，在闲散的交谈中激发出文学本来的力量。据笔者了解，本届文学节上每一场活动都被设定成小型化的模式，但议题密集且丰富，包括了写作、文化、政治、难民、核问题等，超越了文化市场、版权等功利又常规的内容，在轻松自由的环境下，文学与文化“以最日常的方式缓慢流动在城市生活之中，没有喧嚣的气氛，也没有追逐的迫切感……让一座城市的文学活动变得日常自然，文化土壤也在重新组合，让外界心生期待，那些渐渐显露的文学年轻的身影”[14]。

除了澳门文学节，2017年在这座城市间还有其他丰富多彩的文学活动，让这座原本被视为“赌城”的小城，如今充满了文艺气息。2017年1月21日第六届“我心中的澳门”全球华文散文大赛颁奖礼暨第三批《澳门文学丛书》新书发布会在澳门科教文中心举行。从2004年至今，该大赛已连续举办六届，通过大赛活动，充分展示出海内外文学家心中的“澳门印象”，使澳门的文化形象更加鲜明。[15]而《澳门文学丛书》截至2017年已经出版了56部，是内地读者了解澳门文学与文化的重要途径。澳门基金会行政委员会主席吴志良表示，近年来澳门社会快速发展，本土文学的视域有所扩张，作家的文学艺术创作得以摆脱地域因素的制约，能够以开阔的艺术视野来思考并书写本土生活。他还倡导澳门和海内外的华文作家携手，共同深入挖掘澳门本土历史文化与现实生活中可以书写的题材，彰显澳门文学的意义。作家出版社总编辑黄宾堂认为：“澳门虽小，但文学创作者不少，而且他们内心宁静、单纯、自由，坚守文学的理想精神，自觉讲述澳门故事，为内地读者以及全世界的华文读者认识澳门搭建起一座宽阔的桥梁。”[16]

2017 年是澳门笔会成立 30 周年之际，中国作协代表团及港澳台地区的作家汇集澳门，漫步澳门历史城区，深入这座城市的文化脉络，感受独特的历史文化风貌。澳门笔会会员黄文辉在其《澳门历史城区：中西文化交流的结晶》一文中写道：“澳门历史城区的价值首先体现在它有着中国最古老的西式建筑群，也保存着中国历史最悠久的欧洲人聚居地和亚洲早期贸易港的完整面貌；并有大量独具特色的民间建筑，植根在中国和欧洲、亚洲的文化土壤上，表现出东西方建筑文化交流的深刻影响。总之，澳门历史城区展现了中国和东西方不同国家在空间结构概念、建筑风格、美学观念、工匠手艺和技术的交融。”[17]中国作协会员、澳门笔会理事长汤梅笑在历史文化遗迹“郑家大屋”里分享了对这座城市闲适的感受，在“城市的褶皱”——澳门城独有的横街窄巷里，找到澳门文化最有生气的存在。

不同于内地文学活动的轰轰烈烈，澳门城的这些大大小小的文学活动逐渐成为一种常态，甚至是城市的一个部分而存在，平静而有序地进行着。这种存在不为营造多么厚重而生硬的学术气氛，却在稀松平常和开放包容的状态下改变了城市的日常，融入城市文化的内在肌理。

三、多维度文学发展促使文化自信生成

2017 年 12 月，首届粤港澳大湾区文学发展峰会在深圳举行，来自北京、上海、香港、澳门及深圳本地的专家学者齐聚一堂，分别从粤港历史、港澳经验、深港个案对粤港澳大湾区文学历史与现状、共性与个性进行论述，对文学意义上粤港澳大湾区共同体建构可能性展开探讨，论证了粤港澳大湾区文学新概念的形成和发展。这个从经济领域衍生出来的新概念，把香港、澳门和广州、深圳等广东省的 9 个市区一并包括，试图从文学角度凝聚文化认同，进一步增强该区域内各城市间的文化往来。正如陈晓明教授所说：“我理解这个大湾区的文学，它确实和城市文学这个概念是能够建立起一种关系的，因为大湾区它是城市化程度最高的一个地区，它也是这个经济最富有活力的地区，它也是未来中国发展的某种示范区，所以我觉得在整个意义上来说它的一个文学在很大程度上确实和我们理解的城市文学这个概念，它是可以做一个相互的阐释，那么在我的理解当中，大湾区这个文学，它既是一个城市文学的一个提升，又是对我们城市文学的重新的认识，所以非常有活力。”[18]，陈教授还强调，大湾区文学的特点在于多元化，“粤港澳地区本身的文化是有一脉相承的基础，同时也有不同的文化滋养。比如中国香港文化跟英国文化密切的关系；比如中国澳门文化也有葡萄牙文化的某种因素；广东文化、岭南文化以及客家文化充分活跃的联系。如此丰富多元的文化结合在一起形成一种新的互动”[19]。旨在说明，澳门文学作为城市文学的独特性代表，也有里应外合的兄弟，可以预见的是，作为城市文化共同体的一个重要成员，在大湾区文学这个颇具活力的新理念下，澳门文学的发展前景将会比较乐观。

澳门文学生长在如今这个宽广的背景下，呈现多元发展的同时，也越来越有自主性的展现。古远清教授指出，历来“港澳”是一个固定的词组，在文学中更是紧密捆绑，

但其实港澳文学之间相异甚远。他曾提道："澳门文学的一大特色，便是温和性。在风格上，不像内地文学追求磅礴气势，抒写时代风云之变幻，也不似香港文人的敏感。这就是为什么在香港会出现'九七'小说、诗歌，而在澳门，并未以'九九'做重大题材或由此掀起一股旋风。作为小城文学，澳门的作品不以感时忧国的精神见长，而以表现休闲的生活情调取胜。在文艺论争上，既不像台湾时有政治的介入使论争异化为社会事件或政治事件，也不像香港各个圈子因写作路线不同党同伐异。不错，澳门有写作圈子，但有意见分歧也极少形诸笔墨相讥乃至争战。"[20]古教授一语道破澳门文学的特殊性所在，并从与广东文坛的密切关系、与中国古典文学的传承关系等方面细数澳门文学与粤籍作家的渊源，分析了澳门小说、澳门散文和澳门文学评论的情况，认为澳门文学会在这种"恒温的精神文化气候"中逐渐成长。在对王列耀、龙扬志一书《文学及其场域：澳门文学与中文报纸副刊(1999~2009)》的评论中，古教授特别强调道，他最在意该书有关澳门文学与香港文学的比较。很显然，在"港澳文学"多元化发展的今天，其中的内涵在不断产生剧烈的变动，使得我们越来越难以将其一视同仁。在澳门文学的轮廓逐渐变得更加清晰的时候，我们不难发现，澳门文学的发展促使澳门文化的自信生成。

在"三言四语"的语言背景下，澳门文学坦然接受文化的多元性，追求自由的同时不忘坚持自我，对中华文化的传承和发展较为从容自如，正如李观鼎所说："澳门文学的文化自信，大大降低了文艺商品化对它的影响，避免了诸多弊端，它尊重资本，但不屑于当金钱的奴仆，它冀望畅销，却不肯为此而媚俗；它拒绝灵魂的降解，在精神贬值处张扬精神价值；它拒绝消费主义怂恿，于物欲中坚守文学本真。"[21]城市似乎就是迅速发展和多元融合的代名词，以城市为根基发展起来的文学人为地拭去了乡土的纯粹性和慢节奏，但随着人们对城市本身的了解逐渐深入，以澳门为代表的城市文学也折射出城市的另一面——安静闲适、与世无争。因此从澳门文学与港澳台文学"分流"的趋势来看，澳门文学的能见度逐步提高是显而易见的，我们也有理由相信，澳门文学定会在坚定的文化自信中稳步前行。

注释：

[1]张堂锜：《怀旧记忆与我城书写——回归以来澳门文学发展的新趋向》，《广博电视大学学报》(哲学社会科学版)2017年第4期。

[2]张堂锜：《怀旧记忆与我城书写——回归以来澳门文学发展的新趋向》，《广博电视大学学报》(哲学社会科学版)2017年第4期。

[3]张堂锜：《怀旧记忆与我城书写——回归以来澳门文学发展的新趋向》，《广博电视大学学报》(哲学社会科学版)2017年第4期。

[4]郑海娟：《澳门当代文学中的小城意象》，《暨南学报》(哲学社会科学版) 2017年第7期。

[5]郑海娟：《澳门当代文学中的小城意象》，《暨南学报》(哲学社会科学版) 2017年第7期。

[6]郑海娟：《澳门当代文学中的小城意象》，《暨南学报》(哲学社会科学版) 2017年第7期。

[7]郑海娟:《澳门当代文学中的小城意象》,《暨南学报》(哲学社会科学版) 2017 年第 7 期。

[8]郑海娟:《澳门当代文学中的小城意象》,《暨南学报》(哲学社会科学版) 2017 年第 7 期。

[9]凌逾、霍超群:《澳门文学:迷宫般的城市街道里,用文学讲述人情记忆》,《文艺报》2017 年 10 月 16 日。

[10]凌逾、霍超群:《澳门文学:迷宫般的城市街道里,用文学讲述人情记忆》,《文艺报》2017 年 10 月 16 日。

[11]凌逾、霍超群:《澳门文学:迷宫般的城市街道里,用文学讲述人情记忆》,《文艺报》2017 年 10 月 16 日。

[12]郑周明:《澳门文学节:跨文化对话改变着城市日常》,《文学报》2017 年 4 月 1 日。

[13]叶子:《有一个闲适的非典型文学节 在澳门》,《北青艺评》2017 年 3 月 26 日。

[14]郑周明:《澳门文学节:跨文化对话改变着城市日常》,《文学报》2017 年 4 月 1 日。

[15]刘秀娟:《“澳门文学”日益走出澳门——第六届“我心中的澳门”大赛颁奖礼暨第三批〈澳门文学丛书〉发布会在澳举行》,《文艺报》2017 年 2 月 13 日。

[16]刘秀娟:《“澳门文学”日益走出澳门——第六届“我心中的澳门”大赛颁奖礼暨第三批〈澳门文学丛书〉发布会在澳举行》,中国作家网,http://www.chinawriter.com.cn/n1/2017/0125/c403994-29047586.html

[17]黄文辉:《澳门历史城区:中西文化交流的结晶·澳门文学散步》,《光明日报》2017 年 11 月 10 日。

[18]《首届粤港澳大湾区文学发展峰会盛大举行,以文化聚合力量,共筑发展》,深圳作家网 2017 年 12 月 22 日。http://www.szwriter.com/bencandy.php?fid-50-id-2219-page-1.htmhttp://video.sina.com.cn/p/news/o/doc/2017-12-21/184967658583.html

[19]陈晓明:《新文学素质酝酿的地方》,《深圳商报》2018 年 2 月 1 日。

[20]古远清:《澳门“文学粤军”在壮大》,《羊城晚报》2017 年 8 月 28 日。

[21]李观鼎:《在坚定的文化自信中稳步前行》,《文艺报》2017 年 1 月 4 日。

泰华文学的现状与展望

[泰国]梦　莉

泰华文学已有近百年的历史，20 世纪 60 年代末至 80 年代初，泰国当局对华文的严查与严禁，使泰国断层了一代人的华文教育，也断了一代泰华文学的接班人。因此刚进入 21 世纪时，有的老作家担心自己会成为“末代作家”。如今已进了 21 世纪第 17 个年头，情况如何呢？

（一）

写作队伍没有“断层”，仍然在正常运行。

20 多年前司马攻在《多是人间六十翁》说过：“他们苦苦地拉着一条历史的绳，绳的一头是时势的现实，‘老黄忠’苦拉着的一头是古老的文化。他们苦心地拉着，恐怕把绳头一放，七十年来的‘泰华文学’就要中断了。”时过境迁，如今的“老黄忠”，有不少人先走了，如吴佟、老羊、黎毅、倪长游、白翎、郑若瑟、陈小民等，但还有一部分留下来，如司马攻、梦莉、陈博文、岭南人、范模士、马凡、曾心、林太深、林牧等，以及一批土生土长或生在泰国长在中国而年龄上 60 的作家，杨玲、若萍、方明、张声凤、刘舟，“泰华作协”大部分作家，他们依然没有把近百年的泰华文学的“绳头一放”，依然“苦心地拉着”。

目前共同在拉“绳”者，有四股力量：

第一股力量就是前面提到的“老黄忠”的力量。

第二股力量是“新移民”。20 世纪 80 年代末至 90 年代初，泰国出现第三次“移民潮”。经过“大浪淘沙”之后，大多数已安家立业，无后顾之忧，一部分对文学有爱好，有创作才华，又有十几二十年的社会接触和个人颠簸生活的积累，可谓是“新唐”变“老唐”了。如温晓云、莫凡、晶莹、澹澹、周沫、博夫、今石、冯骋等。他们心中的文学“信仰”，有激发他们加入写作队伍。这部分正好填补泰华文学即将“中断”的力量，起到了中坚的作用。

第三股力量是从中国前来支援泰国华文教育的老师和志愿者。前者有栾文华、李润新、程相文；后者有张锡镇、小草、范军等，在教学之余，发表了不少作品和论文，出版了著作，成为一支辅助的力量。

第四股力量就是新生代。即 20 世纪 90 年代初至 21 世纪到中国留学的学生，也写了一些文学作品。如《七月赏花》等文集，收了不少新生代的作品。《泰华文学》也不定期开辟“本土新苗”，注重培植新生代的新苗。希望不久的将来，他们能成了泰华写作队伍的生力军。

这四股力量，正在不同的岗位上，不同的生活经历、以共同的目标，促进泰华文坛的“车轮”正常运行，成为泰华文学当前写作的基本队伍。

（二）

到了20世纪90年代，泰华文坛“微型小说”崛起、21世纪闪小说的崛起、“六行内小诗”的崛起，成为当前泰华文学的“三大亮点”。

（1）微型小说的崛起。泰华的微型小说，发端于1990年7月，司马攻首先发表了30多篇微型小说，带动了泰华文坛掀起了微型小说创作热潮。仅半年，发表在泰华4家日报副刊的微型小说约200多篇，这是一个罕见的文学现象。为了配合泰华作家协会主办的第二届世界华文微型小说在曼谷召开，专门出版了《泰华微型小说集》，展现了泰华微型小说的“起步期”和“稳定期”的微型风貌。2016年9月泰华作协在主办“第十一届世界华文微型小说研讨会”前夕，又出版了《湄水南窗》。据统计，泰华微型小说已出版33本，作品已被选入中国出版的好几本世界华文微型小说选集里，如“微型大成”“大观”等选集，甚至被选入中国普通高等学校招生全国统一考试语文题。

（2）闪小说的崛起。2011年，司马攻以身作则，写了8篇闪小说，发表在《亚洲日报》副刊上。接着《亚洲日报》《泰华文学》辟了闪小说专辑，司马攻出版了《心有灵犀》。泰华作协举办了“闪小说、小诗研讨会”，出版了《泰华闪小说集》；2013年主办了《泰华闪小说有奖征文大赛》；同年，中国闪小说学会组织了对司马攻闪小说集《心有灵犀》的网上研讨会，并汇编《智能的闪光——〈心有灵犀〉评论选》。随即，《当代闪小说》多期推出泰华多位作家的闪小说。2013年《当代中国闪小说精华选粹》，收入了泰华几十篇闪小说。2014年泰华作协与中国闪小说学会合编《黄河湄南河上的星光》。因此，闪小说已成为泰华文坛又一个强劲文类，读者的一个热门看点。

（3）六行内小诗的崛起。首起于2003年，“世界日报”在刊头每天刊登一首六行内的小诗。2016年7月，由林焕章和曾心成立了“小诗磨坊”8人诗社，后扩大到13人。每年出版一本《小诗磨坊》，至今已出版了11本。同时，泰华作协出版《泰华小诗集》，司马攻出版《听月》小诗集，并于2012年举办“闪小说、小诗研讨会”，对小诗起到有力的推磨作用。2017年4月东南大学汉诗研究所举办“国际小诗暨小诗磨坊作品研讨会”，肯定了“小诗磨坊”的“六行体”小诗诗体的价值。

泰华文坛的3种新文体“崛起”，客观上对其他文体的发展都有影响。但散文一向是泰华文学的强项。到了20世纪80年代中下期，泰华文学以散文的成就最为突出。之后，虽有起落，但基本上还较平稳，作家协会曾举办了3次散文比赛，尤其是2014年泰华散文比赛，参赛作品的水平是比较高的，同时也出现了不少新人新作。《泰华文学》第87期，还推出《泰华散文特辑》。

从整个泰华文学发展史来看，各种文类都有“春夏秋冬”，有起有落，唯有散文是一棵不落叶的常青树。

（三）

泰华文学走出“湄南河”，空间正在逐渐扩大。

作为泰华文学，已在湄南河畔的土地植根近100年。在20世纪90年代曾提出一个口号：走出湄南河。当时许多优秀作品到中国大陆、台湾、港澳等地发表并出版。

据统计，在大陆和台湾出版的著作：小说类：巴尔《沸腾大地》，司马攻等主编《世界华文微型小说名家名作丛编》。诗歌类：岭南人《我是一片云》；综合类：司马攻主编：司马攻、梦莉、佟英、姚宗伟、陈博文、黎毅、老羊、曾心、倪长游、马凡等10本文集。散文类：司马攻《水仙！你为什么不开花》，梦莉《人在天涯》，曾心《大自然的儿子》，《司马攻散文选》，《梦莉散文选》，梦莉《心祭》，司马攻《小河流梦》，梦莉《相逢犹如在梦中》等。

可见，在这10年间出版著作中散文集居多，说明了：“到了20世纪80年代下季，泰华短篇小说已呈不支之势，散文趁机而起。”中国许多评论家纷纷出来评论泰国散文，尤其是司马攻和梦莉的散文，说他们已形成自己的风格。司马攻的风格：“清新隽永，蕴意丰厚”；梦莉的风格：“温馨缠绵，凄美古典”。

到了90年代末，微型小说崛起。进入新时代，又有两种新文体的崛起，在“湄南河”之外的空间影响扩大了。在中国出版的著作：微型小说、闪小说类：《司马攻微型小说自选集》，郑若瑟《请勿打扰》，司马攻《我也要学中文》，曾心《消失的曲声》，老羊《芒果飘香的时候》，陈博文《书魂》，杨玲《曼谷奇遇》；诗歌类：《小诗磨坊小诗精选》《曾心小诗500首》等。

同时，《世界华文微型小说大成》收入司马攻的《独醒》、曾心的《蓝眼睛》。《微型小说鉴赏辞典》，收入司马攻的《心壶》、曾心的《三愣》、黎毅的《凶手》、郑若瑟的《练胆》。《世界微型小说经典（亚洲卷）》，收入司马攻、陈博文、马凡、黎毅、曾心、老羊、范模士、郑若瑟、倪长游等人的作品18篇。程思良主编的《聚焦文学新潮流——当代闪小说精选》，收入司马攻、曾心、梦凌等各4篇闪小说。

可见20世纪90年代到2017年，泰华微型小说发挥了潜力，纷纷登场，进入世界华文微型小说之林；闪小说来势很猛，急起直追，已掀起热潮；六行小诗也在华语诗歌界中也渐渐被确认，产生了不小的影响。

（四）

华文教育的春天已到来，华文文学的春天正在寄予厚望。

随着中国的强盛，经济的腾飞，世界许多国家学习中文的热潮已蔚然成风。学好中文不仅能找到较好的职业，而且成为许多人迈进中国经济、科技、文化大门的“金钥匙”。泰国的华文教育历尽沧桑，如今也赶上时代潮流。泰国每年从中国毕业回来的学生也不少，而且在学历上也逐年有所提高，有学士、硕士、甚至博士。他们回来多数从教、从商、从政，从翻译、从旅游等，几乎还未见有人毕业回来，就矢志要搞文学创作。这说明了：华文的“根”植了，并不等于就有了华文文学。这中间还须要有一个“中间地带”。从根长出叶，又从叶结出果，果中只有极少数才能孕育出文学的“因子”。

目前，泰国的情况是，受过华文教育的读者有了新生代，人数增多，但多数不看华文报刊，只看电脑和手机上的东西，因此6家华文报刊有3家取消文艺副刊，也缩小、减少版面。

司马攻说：“我从事文学创作30年，30年来我所写的文字，百分之九十发表于泰国华文日报的文艺副刊上。文艺副刊有人称‘园地’，我的文字寄生其中。如果没有中文报，如果有中文报而其中没有‘园地’，寄生草就无法寄生。”

泰华作协主编的《泰华文学》，于1988年创刊，至今已有29年，到今年9月份，共出版87期，创下泰华文学刊物的新高纪录。面对互联网时代的兴起，仍然有办下去决心和信心。从第17期开始，《泰华文学》迎上时代潮流，和电脑挂钩，上了网络，使各国读者可以在网上看到每一期的《泰华文学》。今年4月又办了《微园》，是一个专门刊登泰华微型小说、闪小说的刊物。我们以“园地”来关爱和加持，使“寄生草”得到“寄生”之地。

当前，泰华的“教育的春天”已经来到，而“文学的春天”何时到来？我们正在耕耘中，培植中，以焦急的心情期待着，并寄以深切的厚望。

（载《泰华文学》2017年12月1日，第88期）

资　料

2017年中国大陆高校开设华文文学课程概况

古远清

西北地区

陕西师范大学文学院程国君教授开设“台港暨海外华文文学”课程，对象研究生，教材不固定。

新疆呼伦贝尔学院文学院王淑芝老师开设“台港澳及海外华人文学”，计30课时，教材为王淑芝主编，赵燕、王子龙副主编《台港澳及海外华人文学》。

兰州交通大学文学院王彦彦副教授开设“当代港台文学作品选读”，面向全校，32学时，无固定教材。另开“20世纪港台文学”，为专业选修课，32学时，无固定教材。

东北地区

哈尔滨学院胡亭亭教授开设“港台文学”课程，18学时，对象为本科中文系学生，教材为古远清《当代台港文学概论》及朱栋霖主编的《中国现代文学史》。

吉林大学白杨教授共开三门课程：(1)“台港文学专题研究”，30课时，授课对象为本科生，教材自编。(2)“台港及海外华文文学研究”，52课时，授课对象为硕士生，教材为曹惠民主编《台港澳文学教程新编》，复旦大学出版社2013年版；饶芃子、杨匡汉主编《海外华文文学教程》，暨南大学出版社2009年版。(3)“台湾现代诗研究”，授课对象为博士研究生，30课时，教材为白杨著《穿越时间之河——台湾“创世纪”诗社研究》，吉林大学出版社2013年版。

黑龙江大学中文系徐昭晖讲师主讲“台港文学研究”课程，36学时，汉语言文学本科选修课，无固定教材。

辽宁师范大学乔世华副教授讲授“世界华文文学研究”，54课时，授课对象为文学院中国现当代文学专业研究生(一年级，即2013级新入学研究生)，使用自编教材。

齐齐哈尔大学人文学院杨玉静老师主讲“港台文学”课程，32学时，汉语言文学本科选修课。教材为陆卓宁主编《20世纪台湾文学史》，民族出版社2006年版。参考书有古继堂《台湾小说发展史》，人民文学出版社1985年版；古继堂《台湾新诗发展史》，人民文学出版社1989年版；樊洛平《当代台湾女性小说史论》，河南人民出版社2005年版。

中南地区

武汉大学赵小琪教授在教育部爱课程网上开设在线课程“世界华文文学经典欣赏”一课，开课至第9周，选课人数已经超过16000人，另在武汉大学的上学期和下学期分别讲授了“世界华文文学经典欣赏”，36学时，授课对象为文学院本科生，自编教材。文学院荣光启副教授开设“港澳台文学专题”，专业选修，36学时，2学分，自编教材。张晶讲师给汉语言文学专业、国际教育以及人文科学实验班的本科生开设了“世界华文文学经典研读”课程，36学时，2学分，使用教材为“世界华文文学经典赏析”，中国人民大学出版社，2013年版。严靖讲师开设“台港澳文学”，36学时，2学分，使用教材为《世界华文文学经典赏析》。

中南财经政法大学世界华文文学研究所肖画副教授开“世界华文文学”课程，32学时，授课对象为本科生，教材为古远清《当代台港文学概论》。

首义学院中文系江少川教授共开两门课程：(1)“台港澳文学”，48学时。(2)“海外华文文学”，40学时，授课对象为本科生。教材为江少川、朱文斌主编的《台港澳暨海外华文文学教程》《台港澳暨海外华文文学作品选》。

三峡大学文学院孔育新副教授，开设“海外华文文学专题研究”课。每周两个课时，使用自编教材。

河南大学文学院田锐生副教授，为本科生开设必修课“台港文学”课已经20年。每周两个课时，用的是他自己的教材《台港文学主流》。

郑州师范学院杨烜讲师开设“港台文学”选修课，34课时，授课对象为本科生，教材为刘登翰等主编的《台湾文学史》。

河南理工大学文红霞副教授，为本科生开设必修课“中国当代文学”，华文文学占五分之一，没有使用固定教材。

河南成功财经学院彭燕彬教授，开设“世界华文文学”课程，为基础选修课程，54学时。教材为由彭燕彬主编的《世界华文文学教程》。

湖南师范大学吴培显教授主讲“台港文学”，34课时，授课对象本科生，教材为古远清的《当代台港文学概论》。

暨南大学共开四门课：(1)李亚萍副教授开“海外华文文学”课，教学对象大三本科生，36学时，教材《海外华文文学教程》。(2)王列耀教授、蒲若茜教授合开“海外华人文学专题”，教学对象博士生，50学时，自编教材。(3)王列耀教授、龙扬志 博士讲授“海外华文文学”，教学对象为研究生，54学时，自编教材。

中山大学(珠海)朱崇科教授开设博士课程“西方文化与现代文学”，包括华文文学。使用教材包括他自己的论著《考古文学“ 南洋 ”》《华语比较文学：问题意识及批评实践》《“南洋”纠葛与本土中国性》。

深圳大学文学院中文系钱超英教授、胡旭梅副研究员开设“海外华文文学”课程，每周2课时，授课对象为汉语言文学专业本科生，教材为公仲主编的《世界华文文学概要》。

广州大学周文萍副教授所开课程为“台港澳文学”，36 课时，授课对象为本科生，教材不固定。

华南师范大学凌逾教授，开设”港澳台文学“课程，36 学时，授课对象为本科生。使用教材凌逾《跨媒介：港台叙事作品选读》，广东高等教育出版社 2012 年版。

广东财经大学卢建红副教授开设“台港澳文学研究”，32 课时，授课对象为本科生，没有固定教材。

汕头大学孙佰玲博士，开设“海外华文文学研究”课程，32 学时，授课对象为本科生。教材不固定。

广东外语外贸大学李惠娟副教授开设“台港澳暨华文文学”课程，36 学时，对象为本科生，选修课，教材为江少川、朱文斌主编的《台港澳暨海外华文文学教程》。

韩山师范学院林茵讲师开“港台文学”课，32 课时，使用教材为尉天骄主编《台港文学名家名作鉴赏》。

惠州学院颜敏教授开“海外华文文学”课程，36 课时，授课对象为本科生，使用教材《海外华文文学教程》。肖向明教授开设“港台文学”，授课对象为汉语言文学本科生，每周 2 课时，教材为刘登翰的《台湾文学史》，王剑丛的《香港文学史》。

肇庆学院陈少萍讲师开“台港文学研究”课程，36 课时，授课对象为本科生，为基础选修课程，使用自编教材。

韶关学院张晓平教授开“台港文学研究”课程，36 课时，授课对象为本科生，为专业选修课，使用自编教材。

广东第二师范学院陈涵平教授，开设“海外华文文学”课，1 学期 16 节，授课对象为文学院本科生，教材为饶芃子《海外华文文学教程》，暨南大学出版社 2011 年版。

广东技术师范学院陈翠平讲师开设“台港澳文学”课，1 学期 36 节，授课对象为研究生，教材为江少川等主编的《台港澳暨海外华文文学教程》。另有刘茉琳讲师开设“中国当代文学史”，其中港澳台文学占四分之一，1 学期 54 节，自编教材，授课对象为本科生。

岭南师范学院基础教育学院管怀国教授、易丽华讲师、高承新讲师合开“台港澳文学”，每周 2 学时，一个学期 34 学时。授课对象为中文系大专生。系选修课，教材为自编的《台港澳暨海外华人作家选讲》。姚朝文教授开设“粤港澳功夫电影”课程，36 学时，授课对象为本科生，自编教材。

北京师范大学珠海分校文学院傅天虹教授共开三门课：(1)“海外华文文学”，授课对象文学院本科生，每周 3 学时，自编教材。(2)“台港澳文学”，授课对象文学院本科生，每周 3 学时，自编教材。(3)“金庸与台港新武侠小说”，授课对象为全校学生，每周 3 学时，自编教材。

北京师范大学、香港浸会大学联合国际学院(珠海)李弗民教授讲授课程为“台湾现当代诗选读”，每周 2 学时，自编教材。

广西民族大学文学院张柱林教授开“台湾文学”，32 课时。授课对象为汉语言文学本科专业。使用教材：陆卓宁主编《20 世纪台湾文学史略》及其他。

广西外国语学院文学院陆卓宁教授讲授课程为“台湾文学”，32 学时，授课对象为文学院汉语言文学专业本科生，教材为陆卓宁主编《20 世纪台湾文学史略》。

广西师范学院陈祖君教授讲授“台港文学专题研究”，32 课时，授课对象为文学院中国现当代文学专业研究生，自编讲义。

海南师范大学文学院杨若虹副教授主讲“中国女性作家作品选讲”，其中台港女作家占一半，18 课时，全校公选课，自编教材。

西南地区

云南大学黄丽副教授开设“海外华文文学研究”课程，36 课时，为选修课，使用教材不固定。

西南大学文学院徐茜讲师开“海外华文文学”课程，36 课时，为汉语言文学专业(包括师范类和非师范类)的选修课，使用教材是饶芃子、杨匡汉主编的《海外华文文学教程》。

西南科技大学周逢琴副教授开设“台港澳文学”，授课对象为本科生，32 课时，教材为自编教材或曹惠民《台港澳文学教程》。

四川大学文学与新闻学院中文系张叹凤教授，开专业选修课“世界华文文学研究”，以台湾香港及北美华文文学为主，授课对象为硕士研究生，已开课十年左右，自编教材，每周上二学时，一学期总计 36 学时。

西南民族大学王进教授开“当代台湾文学专题研究”，每周 2 学时，授课对象为研究生，无固定教材。

重庆信息学院陶德宗教授共开三门课：(1)“台港文学与世界华文文学”，32 课时，授课对象为中文系本科生，教材为陶德宗《百年中华文学中的台港文学》。(2)“台港文学与文化”，32 课时，授课对象为全校学生，教材为陶德宗《百年中华文学中的台港文学》。(3)“台港文学与华文文学研究”，32 课时，授课对象为研究生，教材为陶德宗《百年中华文学中的台港文学》。

贵州财经大学何琼教授开“台港文学欣赏”，每周 2 学时，一个学期 32 学时。授课对象为全校学生，系选修课，教材为自编的《台港文学：民族文化的艺术透视》，民族出版社 2008 年版。

华东地区

复旦大学中文系梁燕丽教授与海外华文文学有关的课程共开三门：(1)“世界华文文学研究”，授课对象为研究生，每周 2 学时，自编教材。(2)“海外华人文学”，授课对象为 MFA(创作班)研究生，每周 2 学时，自编教材。(3)“台港澳文学研究”，授课对象为本科生(中文二学位)，每周 2 学时，自编教材。

同济大学万燕教授开设了全校公选课“张爱玲研究”，是同济大学全校翻转课堂(慕课)教学改革的第一门课程。自编教材。

上海师范大学对外汉语学院王小平副教授开“中国现当代文学”课，32 课时，其中

4个课时为台港文学，教材为钱理群等《中国现代文学三十年》。

南京大学刘俊教授共开三门课程：(1)硕士生课程“台港暨海外华文文学研究”，每周三课时，自编讲义。(2)硕士生课程“中华文化传播研究”(与人合上)，每周二课时，自编讲义。(3)博士生课程“世界华人文学专题研究”，每周二课时，自编讲义。

南京师范大学李志教授开设“世界华文文学研究”课程，60学时，授课对象为硕士研究生，自编教材。

南京信息工程大学张勇副教授开设“华文文学导读”，授课对象为本科生，32课时，教材为江少川、朱文斌主编《台港澳暨海外华文文学教程》，华中师范大学出版社2007年版。

南京晓庄学院杨学民教授开设“台湾现代派小说研究”，32课时，授课对象为本科生，自编教材。

苏州大学陈小明副教授所开课程为“台港文学研究”，36课时，授课对象为文学院本科生，教材为曹惠民主编《台港澳文学教程新编》，复旦大学出版社2013年版。樊燕讲师所开课程为“台港文学研究”，36课时，授课对象为苏州大学文正学院本科生，教材为曹惠民主编《台港澳文学教程新编》。

江南大学共开三门课：庄若江教授开设“两岸三地文学比较研究”，授课对象为研究生，32学时，自编讲义。陈佳冀副教授开设“台港文学研究”，本科选修，32学时，教材为曹惠民主编《台港澳文学教程新编》。赵翌讲师开设“台港影视作品鉴赏”，本科选修课，32学时，自编讲义。以上课程均2学分。

江西师范大学陈琳副教授讲授“港台文学”课程，专业选修课，32课时，授课对象为本科生，自编教材。

南昌大学张俏静副教授开设“世界华文文学研究”，授课对象为中国现当代文学专业研究生，每周3课时，教材为公仲主编的《世界华文文学概要》。

南昌师范学院戴勇讲师，开设“华文文学”课程，授课对象是汉语文学科本科专业的学生，36课时，专业选修课，教材为江少川 、朱文斌主编的《台港澳暨海外华文文学教程》。

东华理工大学李斌、程桂婷合开“海外华文文学经典作品精讲”，30课时，全校选修课，教材不固定。

扬州大学王澄霞教授开二门课：(1)“台港澳文学研究”，授课对象为本科生，选修课，32课时，使用教材是曹惠明主编的《台港澳文学教程新编》。(2)“世界华文文学研究”，授课对象为研究生，36课时，没有规定统一教材。

浙江工业大学方爱武副教授开设“台港澳暨海外华文文学”课程，每周2课时，使用的教材为江少川、朱文斌主编的《台港澳暨海外华文文学教程》。

浙江越秀外国语学院朱文斌教授开设“台港澳暨海外华文文学”课程，每周2课时，授课对象为汉语言文学专业、对外汉语专业的三年级本科生，使用的教材为江少川 、朱文斌主编的《台港澳暨海外华文文学教程》。

厦门大学台湾研究院朱双一教授开二门课程：(1)“台湾文学史”，授课对象为研究生，参考书为刘登翰等主编《台湾文学史》，朱双一、张羽《海峡两岸新文学思潮的渊源和比较》。(2)“百年台湾文学创作思潮”，授课对象为研究生，参考书为朱双一《台湾文学创作思潮简史》。张羽教授主讲二门课程：(1)“日据时期台湾文学研究专题”，授课对象为本校硕士生。(2)“台湾文学与电影”，授课对象为本校硕士生。苏永延主讲“东南亚华文文学研究”，为本校本科生课。

厦门大学史言助理教授开有两门相关课程：(1)“20 世纪台湾文学”，32 课时，没有固定教材，面向本科二、三年级学生。(2)“海外华文文学”，24 个课时，没有固定教材，面向研究生一、二年级学生。

厦门大学郭惠芬副教授开设研究生课程“海外华文文学研究”，32 学时，自编教材。

福建师范大学朱立立教授共开二门课程：(1)“台湾文学与电影”，每周 2 学时，授课对象为本科三年级学生，使用自编教材。(2)“华文文学研究”，每周 2 学时，授课对象为研究生，教材为朱立立《身份认同与华文文学研究》。李诠林教授共开五门课程：(1)“台港文学研究”，2 课时，授课对象为硕士研究生，教材为李诠林《台湾现代文学史稿》，海峡文艺出版社 2007 年版。(2)“台港澳诗歌研究”，2 课时，授课对象为本科生，自编教材。(3)“海外华文文学研究”，2 课时，授课对象为本科生，教材为《海外华文文学教程》，暨南大学出版社 2009 年版。(4)“台湾现当代文学概况”，2 课时，授课对象为本科生，自编教材。(5)“闽台区域文化产业研究”，2 课时，授课对象为为本科生，自编教材。

福建闽南师范大学向忆秋副教授开校公选课“当代台港文学研究”，36 课时，授课对象为本科生，没有固定教材。

山东大学(威海)由黄万华教授开设“台湾文学史”“香港澳门文学史”“海外华文文学史”三门课程，每周 2 课时，自编教材。

济南大学宋晓英教授，开设“海外华文文学研究”课，1 学期 32 节，授课对象为文学院现当代文学专业、比较文学专业研究生，教材有汉语与英语两种，含饶芃子等《海外华文文学教程》。

曲阜师范大学文学院华文文学相关课程已开设十年。李钧教授开设“港台文学研究”，大三选修课；2016 年调整本科生培养方案，仅 6 周，每周 3 节，共 18 节。参考教材是刘登翰《台湾文学史》和《香港文学史》。

枣庄学院文学院赵秀媛老师在 21 世纪初，就面向本、专科学生开设专业选修课“台港散文研究”，一周 2 节，共 32 学时，自编教材，2015 年开始改成“台港文学研究”课程。

山东德州学院丰云副教授讲授“华人流散文学”课程，36 课时，授课对象为现当代文学专业硕士研究生。无固定教材，饶芃子、杨匡汉主编《海外华文文学教程》，江少川、朱文斌主编《台港澳暨海外华文文学教程》，公仲主编《世界华文文学概要》，陈贤茂主编《海外华文文学史》，黄万华主编《文化转换中的世界华文文学》以及业内的主要专著如陈涵平的《北美新华文文学》、钱超英《诗人之死：一个时代的隐喻》、丰云《新移民文学：融合与疏离》，都是主要的参考书。

山东鲁东大学由张清芳教授开设“20 世纪中国文学史”，含台港文学 15 课时，教材为严家炎主编《20 世纪中国文学史》。

江苏师范大学文学院王艳芳教授，开设“华文文学研究”，为文学院本科生必修课，教材为江少川、朱文斌主编《台港澳暨海外华文文学教程》。方忠教授 、王艳芳教授另开设“台港澳文学研究专题”，是文学院研究生基础课，课时36。

淮阴师范学院王振杰副教授，开设“台港文学研究”课程，32学时，自编教材。

徐州工程学院吴云副教授开设“台湾新文学”，30课时，公选课，无固定教材。

华北地区

北京大学计璧瑞教授共开四门课：(1)“台湾文学专题”，36课时，授课对象为本科生，教材为刘登翰主编的《台湾文学史》。(2)“台湾文化事件解读”，36课时，授课对象为本科生，自编教材。(3)“两岸文学关系”，36课时，授课对象为本科生，自编教材。(4)“台湾小说十家”，36课时，授课对象为本科生，自编教材。蒋朗朗副教授开设“海外华文文学”，36学时，选修课，自编教材。

北京师范大学文学院沈庆利教授主讲“台港暨海外华文文学研究”研究生专业选修课，32学时。在讲课过程中围绕“海内与海外：离散与回望的纠结”“台港文化：殖民性与现代性的悖论”“海内外文化互动”等议题展开师生互动和文本研讨，教材自编，参考书目以曹惠民主编《台港澳文学教程新编》、古远清《当代台港文学概论》、王德威《小说中国》、赵稀方《小说香港》等为主。先后邀请王润华、古远清、王一燕等国内外著名学者为学生做讲座并互动交流。

首都师范大学艾尤副教授开“台港女性小说研究”，授课对象为研究生，54课时，自编教材。

中国政法大学黄燕副教授开“海外华族文学”，33课时，自编教材。

北京第二外国语大学面向汉语言文学和国际汉语教育两个本科专业开设相关专业选修课，由李林荣教授讲授“世界华文文学”，使用教材为江少川、朱文斌主编《台港澳暨海外华文文学教程》，华中师范大学出版社2007年出版。参考书目有：曹惠民主编《台港澳文学教程新编》，复旦大学出版社2013年版；饶芃子、杨匡汉主编《海外华文文学教程(第二版)》，暨南大学出版社2014年版；江少川编《台港澳文学作品选》，华中师范大学出版社2000年版；刘登翰登主编《台湾文学史》(三卷)，现代教育出版社2007年版；黄万华著《百年香港文学史》，花城出版社2017年版；郑炜明著《澳门文学史》，齐鲁书社2012年版；朱寿桐主编《汉语新文学通史》(上下卷)，广东人民出版社2010年版。为中国现当代文学专业硕士生开设的“世界华文文学研究”是专业必修课，“世界华文文学经典研究”是专业选修课，两课没有固定教材。另有一门“外国华文文学研究”，是中国现当代文学专业硕士生的专业选修课，也属于世界华文文学范畴，不过是集中于国外关于中国文学的学术研究状况和重要著作的解读分析的，也是李林荣教授主讲。以上各课都是每年开设。

北京语言大学人文学院赵冬梅教授共开两门课程：(1)“华文文学专题”，授课对象为中国文学专业的中外研究生，是专业主干课，每周2课时，自2008年始每年春季开课，无教材，提供参考文献。(2)“海外华人文学”，授课对象为中文系本科生，是专业主干课“比较文学概论”的一次专题课，每学期2课时，无指定教材，提供参考文献。

河北师范大学李静副教授开设“当代文学专题研究”，以讲香港文学为主，为研究生必修课，每周2学时，无固定教材。

河北科技学院母华敏讲师开设“港澳文学研究”，32学时，选修课，自编教材。

燕山大学朱旭晨教授开“海外华文文学”，33课时，自编教材。

天津师范大学文学院卢翎教授，开设“台港澳暨海外华文小说专题研究”课程，34课时，授课对象为本科生，自编教材。

南开大学刘堃副教授开有“海外华文文学研究”课程，36课时，授课对象为本科生，教材为饶芃子、杨匡汉主编《海外华文文学教程》，暨南大学出版社2009年版。

河北大学文学院佟明羽讲师多年开设台港文学课，本年开的是《比较文学》课，涉及台港文学，每周2学时，自编教材。

附：中国社会科学院文学研究所黎湘萍研究员共开二门课：(1)“经典与文化传统”，80课时，授课对象为博士生。(2)“台湾文学史研究”，60课时，授课对象为博士生。赵稀方研究员共开两门课：(1)“翻译文学史”，60课时，授课对象为博士生。(2)“香港文学报刊史”，40课时，授课对象为博士生。张重岗研究员共开两门课：(1)“战后台湾文学研究”，40课时，授课对象为硕士生。(2)“海外华人文学研究”，40课时，授课对象为硕士生。

2017 年中国大陆华文文学研究著作一览

罗　玄

（各部分尽量按作者姓氏音序排列）

程国君：《全球化与新移民叙事——〈美华文学〉与北美新移民文学研究》，科学出版社，2017 年 6 月。

古远清主编：《世界华文文学研究年鉴 · 2015》，武汉大学出版社，2017 年 5 月。

黄万华：《百年香港文学史》，花城出版社，2017 年 7 月。

金坚范、赵遐秋主编：《映真，我们怀念你——陈映真纪念文集》，光明日报出版社，2017 年 9 月。

李冰雁：《香港电影的文化记忆——从文学到电影的跨媒介改编》，生活 · 读书 · 新知三联书店，2017 年 3 月。

刘俊：《世界华文文学：历史 · 记忆 · 语系》，花城出版社，2017 年 1 月。

刘小新主编：《他的天空博大恢宏——刘登翰教授学术志业六十年研讨会文集》，江苏大学出版社，2017 年 10 月。

刘小新等主编：《风灯上的种子永久不灭——海峡两岸抗战文艺传统与民族精神传承》，江苏大学出版社，2017 年 12 月。

刘小新、朱立立：《没有邀约的遇见——随感与杂记》，江苏大学出版社，2017 年 12 月。

陆士清、汪澜主编：《海外华文文学的今天和明天——2016 海外华文文学上海论坛文集》，上海作家协会、华语文学网出版，2017 年 10 月。

马竞松、吴小燕：《当代加拿大华裔作家作品赏析》，漓江出版社，2017 年 7 月。

王柯、曾心主编：《二十三诗论家论小诗》，留中大学出版社，2017 年 8 月。

易淑琼：《〈星洲日报〉文艺副刊与马华文学思潮审美转向》，中国社会科学出版社，2017 年 3 月。

袁勇麟主编：《朵拉研究资料》，福建人民出版社，2017 年 8 月。

朱文斌、刘红英主编：《世界华文文学研究（第 10 辑）》，安徽文艺出版社，2017 年 6 月。

朱文斌：《东南亚华文诗歌及其中国性研究》，浙江大学出版社，2017 年 12 月。

庄园：《个人的存在与拯救——高行健小说论》，香港大山文化出版社，2017 年 2 月。

庄钟庆、郑楚主编：《东南亚华文文学研究（2017）》，厦门大学出版社，2017 年 11 月。

蒋述卓主编：《现代视野下的文艺研究与文学批评》，商务印书馆，2017 年。
张卫中：《大陆与台湾当代文学语言比较论》，南京大学出版社，2017 年。
林强：《台湾当代散文空间诗学研究——与台北为中心》，人民出版社，2017 年。
刘登翰：《遥望那一树缤纷——台湾文学漫论》，江苏大学出版社，2017 年。

2017年中国大陆华文文学研究博硕士学位论文索引

罗　玄

一、博士学位论文

及鹏飞：《李安电影叙事观念研究》，上海戏剧学院2017年博士学位论文。

二、硕士学位论

(一)台湾文学研究

王卉：《白先勇作品大陆传播研究》，新疆师范大学2017年硕士学位论文。

颜邦喜：《〈孽子〉中英文本对比研究——以同性恋者语言和文化负载词为中心》，南京大学2017年硕士学位论文。

杜康：《白先勇与三岛由纪夫的文学审美特征比较》，辽宁大学2017年硕士学位论文。

徐晓凡：《小屋与舞厅/酒吧——论白先勇小说中的空间及其变易》，西南大学2017年硕士学位论文。

王舵：《青春版〈牡丹亭〉的审美意蕴研究》，浙江理工大学2017年硕士学位论文。

陈铎：《白先勇笔下的欢场女子形象研究》，南京师范大学2017年硕士学位论文。

苏盈盈：《两岸张爱玲传播与接受比较研究(1949—)》，闽南师范大学2017年硕士学位论文。

崔婷伟：《“向后看”——论古典诗词影响下的琼瑶歌词创作》，西南大学2017年硕士学位论文。

魏雪慧：《岛屿的突围——浅析自然书写在当代台湾的发展》，山东师范大学2017年硕士学位论文。

孙旭升：《“省籍问题”和中国认同——论陈映真思想与文学的关系》，华东师范大学2017年硕士学位论文。

姜雁：《论陈映真小说中的人道主义情怀》，郑州大学2017年硕士学位论文。

胡静：《张晓风散文的修辞艺术》，闽南师范大学2017年硕士学位论文。

金钊：《张晓风散文艺术论》，吉林大学2017年硕士学位论文。

江梦洋：《台湾女性旅行文学研究——以20世纪90年代以来的台湾文坛为场域》，郑州大学2017年硕士学位论文。

李文静：《二十世纪五十年代迁台女作家女性观念研究》，西南大学2017年硕士学位论文。

李馨：《台湾文化视野下的王安忆写作》，天津师范大学2017年硕士学位论文。

屠丽洁：《在传统与现代之间——周梦蝶诗歌论》，上海师范大学2017年硕士学位论文。

孙伟唯：《诗性的后现代——台湾新世代诗歌的碎片化美学》，南京师范大学2017年硕士学位论文。

李哲：《经验匮乏时期的探寻——骆以军小说研究》，江苏师范大学2017年硕士学位论文。

郭芳：《历史·自由·文化——论舞鹤小说创作主题》，江苏师范大学2017年硕士学位论文。

马芳芳：《论王文兴小说的宗教性抒写》，华侨大学2017年硕士学位论文。

温文英：《消费社会的焦虑——"麦兜"系列电影研究》，暨南大学2017年硕士学位论文。

宋秀娟：《李永平长篇小说〈大河尽头〉的主题研究》，广西师范学院2017年硕士学位论文。

黄奕卿：《悬而未决的激情——论朱天文小说与电影的互动》，广西师范大学2017年硕士学位论文。

（二）香港文学研究

周莹：《跨越现实与虚构的畛域——钟玲"鬼话"小说研究》，广西民族大学2017年硕士学位论文。

黄沙：《香港"南来"游子吟——徐速的生平经历与文学创作研究》，宁波大学2017年硕士学位论文。

林杰：《明代福州濂江林氏家庭文学研究》，南京师范大学2017年硕士学位论文。

崔璨：《后殖民视域下也斯小说的"香港书写"》，吉林大学2017年硕士学位论文。

康楠：《金庸武侠小说的武术描写及其文化意蕴》，兰州理工大学2017年硕士学位论文。

赵铭：《古龙武侠小说非主流文化意识的研究》，湖南科技大学2017年硕士学位论文。孟飞：《李碧华"故事新编"小说艺术研究》，江南大学2017年硕士学位论文。

刘钰：《西西小说中的博尔赫斯印迹》，吉林大学2017年硕士学位论文。

韩雅婷：《西西小说的城市书写与童话救赎》，西南大学2017年硕士学位论文。

程佳诺：《许鞍华电影中的青年女性形象塑造研究》，曲阜师范大学2017年硕士学位论文。

（三）东南亚华文文学研究

赵艳：《马华作家戴小华和朵拉的中华文化认同合论》，江苏师范大学2017年硕士学位论文。

孔舒仪：《新马华文抗战小说的“本土性”研究》，绍兴文理学院2017年硕士学位论文。

王丽平：《钟怡雯散文的“三乡书写”》，西南大学2017年硕士学位论文。

丁金翠：《20世纪20—40年代中国现代作家笔下的南洋形象研究》，青岛大学2017年硕士学位论文。

（四）北美华文文学研究

1. 美国华文文学研究

姚志林：《王鼎钧散文艺术论》，江南大学2017年硕士学位论文。

萧浩乐：《论北美新移民华文小说的抗战书写》，暨南大学2017年硕士学位论文。

古宝仪：《论裘小龙侦探小说的中国形象》，暨南大学2017年硕士学位论文。

邹绿：《流散视域下的原乡情结——木心创作论》，广西民族大学2017年硕士学位论文。

杜未未：《追问·呈现·生存之思——北美新移民作家陈谦小说论》，吉林大学2017年硕士学位论文。

强雅利：《陈谦小说的女性叙事研究》，南昌大学2017年硕士学位论文。

范方斌：《寻找中含有向着光的悲凉意识——陈谦小说论》，广西师范大学2017年硕士学位论文。

康利娜：《〈华女阿五〉中的成长主题研究》，河南师范大学2017年硕士学位论文。

王萍：《人性刻写与文化省思：袁劲梅小说论》，暨南大学2017年硕士学位论文。

王一：《论任碧莲的文化身份观——以〈典型的美国佬〉和〈莫娜在希望之乡〉为例》，上海外国语大学2017年硕士学位论文。

仲宜洁：《美国文化中的中国身份——哈金与谭恩美作品研究》，北京外国语大学2017年硕士学位论文。

唐慧琪：《谭恩美小说中的欲望书写》，南昌大学2017年硕士学位论文。

吴娟：《〈灶神之妻〉的“故国”与“母爱”》，安庆师范大学2017年硕士学位论文。

陈文静：《小说〈等待〉中主要人物的文化形象和文化态度研究》，南昌航空大学2017年硕士学位论文。

左秀秀：《张爱玲及其“传人”王安忆、朱天文都市写作异同关联研究》，宁波大学2017年硕士学位论文。

常璐芸：《张爱玲与杜拉斯小说中的女性形象比较研究》，青岛大学2017年硕士学位论文。

曹婷：《张爱玲散文的时间意识研究》，华中师范大学2017年硕士学位论文。

于宁：《论张爱玲小说中空间意象的文化意蕴》，山东师范大学 2017 年硕士学位论文。

龚光敏：《张爱玲小说小资风格的影像阐释》，东北师范大学 2017 年硕士学位论文。

洪昱珩：《张爱玲小说的现代性再探》，华东师范大学 2017 年硕士学位论文。

韩欣楠：《人情小说传统中的张爱玲小说》，扬州大学 2017 年硕士学位论文。

白濛：《张爱玲电影剧本特征研究》，曲阜师范大学 2017 年硕士学位论文。

2. 严歌苓研究

马珂：《严歌苓女性写作中的叙述干预研究》，西安外国语大学 2017 年硕士学位论文。

余思嘉：《严歌苓"文革叙事"的超性别意识》，湖南理工学院 2017 年硕士学位论文。

郑砚奇：《从〈扶桑〉看严歌苓的东方想象》，宁波大学 2017 年硕士学位论文。

王莉：《严歌苓小说的叙事艺术研究》，伊犁师范学院 2017 年硕士学位论文。

何芳：《严歌苓小说生存叙事艺术研究》，渤海大学 2017 年硕士学位论文。

程二艳：《严歌苓的离散创作》，陕西理工大学 2017 年硕士学位论文。

余文芳：《从小说到电影：〈陆犯焉识〉与〈归来〉的比较研究》，宁波大学 2017 年硕士学位论文。

杨琳子：《论严歌苓小说的"文革"书写》，湖南科技大学 2017 年硕士学位论文。

杨雪敏：《严歌苓与纳博科夫小说创作比较研究》，贵州师范大学 2017 年硕士学位论文。

周捷：《自 19 世纪以来美国文学中的中国人形象变化》，安徽大学 2017 年硕士学位论文。

韩李滢：《身份书写与文化认同——严歌苓移民题材小说研究》，华东师范大学 2017 年硕士学位论文。

曹琳：《双重文化背景下严歌苓"文革"叙事中的女性形象研究》，新疆师范大学 2017 年硕士学位论文。

王倩：《论严歌苓小说的移民视角与身份认同》，广西师范学院 2017 年硕士学位论文。

雒廷：《创意写作对严歌苓小说创作的影响——以〈金陵十三钗〉为例》，广西师范学院 2017 年硕士学位论文。

陈艺：《〈扶桑〉的"小说味"英译研究》，华东师范大学 2017 年硕士学位论文。

谢雪姣：《生态女性主义理论视野下的严歌苓小说研究》，贵州民族大学 2017 年硕士学位论文。

王阳阳：《论严歌苓历史题材小说中的日常生活书写》，四川师范大学 2017 年硕士学位论文。

刘雪：《论严歌苓小说中"失语"的男性形象》，南京师范大学 2017 年硕士学位论文。

陈欣怡：《严歌苓小说中的生存主题研究》，南京师范大学 2017 年硕士学位论文。

3. 加拿大华文文学研究

张欣：《跨文化视域下的张翎小说研究》，江苏师范大学 2017 年硕士学位论文。

肖蓉蓉：《论张翎的温情人性观》，安徽大学 2017 年硕士学位论文。

王旺：《张翎小说中的自塑形象研究》，温州大学 2017 年硕士学位论文。

刘丽平：《张翎家族小说研究》，东北师范大学 2017 年硕士学位论文。

杨雪：《张翎小说中空巢现象的影像构建——以〈空巢〉的改编为例》，广西民族大学 2017 年硕士学位论文。

李莎：《北美华人新移民文学中的"失语者"形象书写》，西南民族大学 2017 年硕士学位论文。

李青霞：《崔维新小说中的他者形象》，广西师范大学 2017 年硕士学位论文。

(五) 欧洲华文文学研究

李凤秀：《论创伤体验与虹影的小说创作》，山东大学 2017 年硕士学位论文。

李璐：《虹影作品中的母女关系研究》，广西师范大学 2017 年硕士学位论文。

王成巧：《论程玮归来期儿童小说中的跨文化书写》，南京师范大学 2017 年硕士学位论文。

王颖：《中国当代文学在法国的出版和传播》，南昌大学 2017 年硕士学位论文。

2017年中国大陆期刊、书籍有关华文文学研究论文索引

谭 睿

一、跨地区研究及其他

王艳芳：《“一带一路”文化格局中的华文文学》，《文艺报》，2017年6月28日。

李竹筠：《立以骨骼·敷以筋络·实以血肉——刘俊的世界华文文学研究》，《汕头大学学报》(人文社会科学版)，2017年第2期。

陈贤茂：《海外华文文学的前世、今生与来世》，《华文文学》，2017年第2期。

刘婉仪：《中华文化传播视野下的华文文学研究——〈华文文学的言说疆域〉的文化解读》，《福建省社会主义学院学报》，2017年第2期。.

黄汉平：《寻华文根 筑民族梦——第二届世界华文文学大会综述》，《暨南学报》(哲学社会科学版)，2017年第4期。

程国君：《新移民文学及其全球性议题展现》，《世界华文文学论坛》，2017年第3期。

张龙海、张武：《新世纪中国大陆美国华裔文学研究》，《社会科学研究》，2017年第5期。

郭惠芬：《推进中国与东盟文化交流合作，强固一带一路建设的人文纽带》，《人民日报》(理论版)，2017年5月16日。

计红芳：《自己的声音——评刘俊〈复合互渗的世界华文文学〉》，《世界华文文学论坛》，2017年第2期。

向忆秋：《华文文学史料建设和散文研究的新境界——评〈华文文学的言说疆域：袁勇麟选集〉》，《世界华文文学论坛》，2017年第2期。

张博炜：《在文本与身份间寻找家园——评〈从“乡愁”出发——吴奕锜选集〉》，《世界华文文学论坛》，2017年第2期。

王性初：《第二届世界华文文学大会成功举办》，《世界华文文学论坛》，2017年第1期。

颜敏：《微信与华文文学的跨语境传播及相关问题》，《华文文学》，2017年第5期。

李一扬：《“含英咀华：世界华文文学的理论探讨与创作实践”国际学术研讨会综述》，《世界华文文学论坛》，2017年第3期。

刘东玲：《从缘起到建构——评刘俊〈复合互渗的世界华文文学〉》，《学术评论》，2017年第6期。

庄伟杰：《海外华人流散写作的文化境遇与身份迷思》，《当代文坛》2017年第2期。

古远清：《世界华文文学研究年鉴・2015》简介，《文学自由谈》，2017年第4期。

古远清：《海外“文学粤军”的批评实践》，《羊城晚报》，2017年8月6日。

古远清：《“文学粤军”期待再创辉煌》，《羊城晚报》，2017年11月19日。

凌逾：《一条有血有肉的丝绸之路——“海外华文文学研究”专题研究栏目主持人语》，《苏州教育学院学报》，2017年第2期。

黄晓燕：《世界华文文学理论与实践的深化及拓展——“世界华文文学区域关系与跨界发展”国际学术研讨会综述》，《文艺研究》，2017年第7期。

郭如如：《华文文学与中华文化海外传播国际学术研讨会暨新移民作家笔会综述》，《世界华文文学论坛》，2017年第2期。

朱巧云：《论当代海外华人古体诗词的经典特质与经典化研究》，《华侨华人历史研究》，2017年第4期。

邓瑗：《“中华文脉与华文文学”国际高峰论坛（南京）暨〈世界华文文学论坛〉百期巡阅研讨会综述》，《世界华文文学论坛》，2017年第3期。

杨洪承：《华文文学的边界与中国现当代文学研究的问题》，《世界华文文学论坛》，2017年第3期。

刘俊：《论华文文学在新马华人“文化同构”过程中的作用和影响》，《学术评论》，2017年第5期。

鲁晓鹏、林吉安：《〈爱情三部曲〉与海外华文文学的创作及研究——鲁晓鹏教授访谈录》，《当代作家评论》，2017年第6期。

朱双一：《“世界华文文学研究”学科创立前史——“保钓”后旅美华人的“新中国”认同热潮与文学交流》，《世界华文文学论坛》，2017年第3期。

王列耀、池雷鸣：《华侨华人与百年中国文学及海外传播》，《福建论坛》（人文社会科学版），2017年第11期。

彭翠：《新移民文学中的“荒田现象”》，《河北大学学报》（哲学社会科学版），2017年第6期。

朱巧云：《海外华人古体诗词创作的文化意义与诗学意义》，《中国韵文学刊》，2017年第1期。

花卉：《跨文化视野下的新移民写作——评海外华文女作家刘瑛小说集〈不一样的太阳〉》，《安徽文学》（下半月），2017年第1期。

袁龙：《异质同形：大陆与香港及东南亚华文微型小说之比较——以〈微型小说选刊〉、〈小小说选刊〉与香港获益出版微型小说集为视角》，《中国文学研究》，2017年第1期。

彭婧怡：《论杨逸小说中性的苦闷与抵抗——以〈小土〉〈光影斑驳〉为例》，《名作欣赏》，2017年第20期。

古远清：《华文文学研究的前沿问题》，《文学自由谈》，2017年第3期。

林丹娅、王璟琦：《从林湄创作看新移民文学之新质》，《妇女研究论丛》，2017年第4期。

刘琳静：《当代台港澳文学在大陆的传播》，《世界华文文学论坛》，2017年第1期。

吴长青：《中国网络文学的社会影响力及海外传播》，《世界华文文学论坛》，2017年第2期。

蔡茜：《比较视野下的新加坡英语文学和华文文学》，《东南亚纵横》，2017年第2期。

唐书哲：《美国华裔文学研究的新视角和新内容：2005—2015》，《华文文学》，2017年第1期。

许文荣：《华语文学对中华性接受与颉顽——以马华文学为个案》，《华文文学》，2017年第1期。

张森林：《华语语系文学研究述评》，《华文文学》，2017年第2期。

张松建：《论英培安的身体书写》，《华文文学》，2017年第1期。

贾颖妮：《华文报纸副刊与马华文学论述的"本土化"转向》，《华文文学》，2017年第1期。

江涛、黄碧云：《90年代中短篇小说的悲剧哲学》，《华文文学》，2017年第1期。

陈美霞：《话语的重构与历史的再叙述》，《文艺报》，2017年11月17日第4版。

陈美霞：《殖民现代性与弱小民族的解放》，《世界华文文学论坛》，2017年3月25日第1期。

刘俊：《论中国新文学中讽刺小说的三种类型——以鲁迅、张天翼和黄春明为例》，《天津社会科学》，2017年第2期。

金进：《冷战文化、青春书写与影像表现——〈以星星·月亮·太阳〉〈青春之歌〉和〈蓝与黑〉为中心的文学考察》，《文学评论》2017年第2期。

二、北美华文文学研究

(一)美华文学研究

史佳利：《论跨文化视角下〈扶桑〉的身份叙事》，《文化学刊》，2017年第12期。

李晶：《性别与历史叙事的消解及重建——论严歌苓的小说与电影改编》，《贵州大学学报》(艺术版)，2017年第6期。

牛家静、吉平：《〈芳华〉：从现实主义小说到青春怀旧电影》，《电影评介》，2017年第24期。

许燕转：《离散主体的精神诗学——重论聂华苓〈桑青与桃红〉》，《华文文学》，2017年第1期。

朱耀龙：《救世与利己的价值尴尬——探析严歌苓新移民小说中的美国形象》，《社科纵横》，2017 年第 12 期。

杨帆、杨亚丽：《生态女性主义文学批评视角下严歌苓作品解读》，《东北农业大学学报》(社会科学版)，2017 年第 5 期。

李玉杰：《中国新文学传统的海外坚守和发展——严歌苓〈梨花疫〉解读》，《名作欣赏》，2017 年第 3 期。

李玉杰：《“一般社会对于苦人的凉薄”——严歌苓〈老人鱼〉》，《名作欣赏》，2017 年第 3 期。

李玉杰：《当“废物”成为偶像之后——严歌苓〈扮演者〉解读》，《名作欣赏》，2017 年第 3 期。

刘艳：《严歌苓小说中的“女性”叙事及其嬗变——以〈妈阁是座城〉为节点》，《国现代文学研究丛刊》中，2017 年第 2 期。

李凯：《三维视野下的扶桑——论严歌苓〈扶桑〉中的华人女性精神》，《名作欣赏》，2017 年第 6 期。

王雪冰：《严歌苓早期作品的“英雄书写”》，《名作欣赏》，2017 年第 12 期。

梁晓慧：《小说〈陆犯焉识〉改编电影〈归来〉的得失及其原因》，《文学教育》(上)，2017 年第 3 期。

杨红：《严歌苓长篇小说〈舞男〉中“我”的多功能叙事解析》，《当代文坛》，2017 年第 3 期。

刘艳：《叙事结构的嵌套与“缩合”面向——对严歌苓〈上海舞男〉的一种解读》，《文艺争鸣》，2017 年第 5 期。

胡娜儿：《人性堕落与自我救赎——论严歌苓长篇小说〈妈阁是座城〉的赌徒人物形象》，《名作欣赏》，2017 年第 14 期。

孟繁华：《芳华的悲歌——评严歌苓的长篇小说〈芳华〉》，《名作欣赏》，2017 年第 22 期。

梁晓君：《两种文明的交汇处——读〈扶桑〉》，《名作欣赏》，2017 年第 22 期。

李耀鹏：《历史之耻与人性之诗——评严歌苓的长篇小说〈小姨多鹤〉》，《名作欣赏》，2017 年第 22 期。

张维阳：《温和的反思与理性的同情——论严歌苓的〈陆犯焉识〉》，《名作欣赏》，2017 年第 22 期。

杨萌：《严歌苓小说的女性形象概述》，《名作欣赏》，2017 年第 24 期。

舒坦：《严歌苓自称文学是最真实的家园》，《文学教育》(上)，2017 年第 9 期。

曹婷：《严歌苓〈床畔〉中英雄话语权力的建构与瓦解》，《文学教育》(上)，2017 年第 4 期。

刘艳：《隐在历史褶皱处的青春记忆与人性书写——从〈芳华〉看严歌苓小说叙事的新探索》，《文艺争鸣》，2017 年第 7 期。

胡传吉：《重返家园的严歌苓：论〈舞男〉》，《小说评论》，2017 年第 4 期。

桂影影、朱菊香：《女性视角下的移民生存与人文关怀——论严歌苓的〈扶桑〉》，《大众文艺》，2017 年第 4 期。

宋菲：《严歌苓文学创作及其影视改编研究》，《电影文学》，2017 年第 19 期。

李燕：《论严歌苓小说〈芳华〉叙述视角的审美效果》，《小说评论》，2017 年第 5 期。

张海燕：《谈严歌苓小说中的异质文化身份建构》，《文化学刊》，2017 年第 9 期。

陈思和：《被误读的人性之歌——读严歌苓的新作〈芳华〉》，《当代作家评论》，2017 年第 5 期。

凌逾：《自审与审他的多重跨越叙事——论少君的微脸百相网络》，《中外论坛》［美国］，2017 年第 1 期。

凌逾：《站在网络文学的潮头浪尖——凌逾少君访谈录》，美国《亚省时报》，2017 年 3 月 10 日。

刘俊：《从上海到美国——论叶周小说的时空印记和文化心理》，美国《中外论坛》，2017 年第 4 期。

刘俊：《从"想象"到"现实"：美国梦中的教育梦——论黄宗之、朱雪梅的"教育小说"》，《世界华文文学论坛》，2017 年第 3 期。

（二）加拿大华文文学研究

赵庆庆：《〈大汉公报〉：加拿大华人早期文学之溯源》，《世界华文文学论坛》，2017 年第 2 期。

赵庆庆：《论魁北克华人文学及其地域特征》，《华文文学》，2017 年第 2 期。

蔡晓惠、李彦：《中英文双语创作与中华文化传播——与加拿大华裔双语作家李彦的对话》，《南方文坛》，2017 年第 3 期。

蔡晓惠：《北美华人英语流散文学与中西文学传统——以哈金、李彦作品为例》，《中国比较文学》，2017 年第 4 期。

刘云：《张翎长篇小说〈阵痛〉再论》，《华文文学》，2017 年第 1 期。

徐学清：《文化的翻译和对话：张翎近期小说论》，《中国现代文学研究丛刊》，2017 年第 5 期。

赵树勤、雷梓燚：《中西文化冲突下的女性言说——评张翎短篇新作〈家贼〉》，《创作与评论》，2017 年第 15 期。

王小涛：《论张翎〈金山〉中的跨国民族主义》，《湖南科技大学学报》（社会科学版），2017 年第 6 期。

卓今：《站在不远处看待危险的自身——张翎的新长篇〈流年物语〉分析》，《文学评论》，2017 年第 6 期。

胡德才：《论张翎长篇小说〈金山〉的艺术成就》，《世界华文文学论坛》，2017 年第 3 期。

徐学清：《文化的翻译和对话：张翎近期小说论》，《中国现代文学研究丛刊》，2017 年第 5 期。

彭贵昌：《祛魅力与重构——论加拿大新移民华文文学中的"白求恩书写"》，《中国比较文学》，2017 年第 1 期。

盼耕：《家国情怀在第二故乡放大——加拿大华文作家创作述评》，《博览群书》，2017 年第 10 期。

三、欧洲和澳洲华文文学

宋竹芸：《后殖民主义中的欧洲华人流散文学——以虹影的〈K〉为例》，《大众文艺》，2017 年第 1 期。

师亚萍：《幻灭之后的不舍与失望之后的决绝——张爱玲〈小团圆〉与虹影〈好儿女花〉》，《名作欣赏》，2017 年第 2 期。

周晶：《从虹影的城市叙事看城市文学的危机与契机》，《重庆师范大学学报》(哲学社会科学版)，2017 年第 2 期。

唐湘：《水边的疯妇——虹影作品中的女性创伤研究》，《福州大学学报》(哲学社会科学版)，2017 年第 4 期。

欧阳昱：《干货、诗话及“口炮协会”》，《华文文学》2017 年第 5 期。

欧阳昱：《八十年代的一封信》，《华文文学》2017 年第 6 期。

江少川：《闪耀在南半球澳洲华文文学的星空——序张奥列〈澳华文学史迹〉》，《世界华文文学论坛》，2017 年第 3 期。

胡德才：《人性的拷问与探寻——论老木的长篇小说〈新生〉》，《华文文学》2017 年第 4 期

凌逾：《开拓跨国贸易与哲思小说的新格局——评老木的长篇小说〈新生〉》，香港《文学评论》，2017 年 2 月 15 日。

欧阳光明：《2016 年澳大利亚及欧华文学研究概况》，《社会科学动态》，2017 年第 8 期。

黄万华：《百年欧华文学与中华文化传统》，《世界华文文学论坛》，2017 年第 3 期。

陆卓宁：《冷战时期的欧华文学：忧患、裂变中演进与突围》，《华文文学》，2017 年第 1 期。

四、东南亚、东北亚华文文学研究

钟怡雯：《下南洋，返唐山——〈南洋散文集〉的移民史缩影》，《外国文学研究》，2017 年第 6 期。

古大勇：《菲律宾华文文学中的“晋江现象”》，《世界华文文学论坛》，2017 年第 1 期。

周萍：《论泰华诗人曾心小诗的艺术魅力》，《华文文学》，2017 年第 2 期。

李志元：《越南华文现代诗的中国意象——以〈西贡河上的诗叶〉为考察对象》，《广西民族大学学报》(哲学社会科学版)，2017 第 2 期。

马峰：《琼籍马华女作家李忆莙论》，《海南师范大学学报》(社会科学版)，2017 年

第 6 期。

许文荣：《华语文学对中华性的接受与颉颃——以马华文学为个案》，《华文文学》，2017 年第 1 期。

潘颂汉：《论离散马华文学的文化中国乌托邦情结——以林幸谦和陈大为的诗文创作为中心》，《大众文艺》，2017 年第 7 期。

朱崇科：《论马华作家小黑作品中的马华话语》，《文艺争鸣》，2017 年第 8 期。

贾颖妮：《转型期马华文学跨族裔婚恋书写的走向》，《广东外语外贸大学学报》，2017 年第 2 期。

胡星灿：《边界超越与世界游走——以黎紫书微型小说的"世界意识"为考察中心》，《华文文学》，2017 年第 4 期。

王文艳、吴奕锜：《"是你赋予我一片青绿的山色"——试论〈文艺春秋〉〈南洋文艺〉与 1990 年代的马华诗坛》，《世界华文文学论坛》，2017 年第 1 期。

朱文斌、岳寒飞：《马华天狼星诗社的创作心理探究》，《中国现代文学研究丛刊》，2017 年第 9 期。

朱文斌：《在虚无中存在——论陈映真小说的"虚无"书写》，《文艺争鸣》，2017 年第 3 期。

朱文斌：《放逐 · 乡愁 · 寻根——论东南亚华文诗歌的三大文化母题》，《浙江社会科学》，2017 年第 5 期。

庄薏洁：《另一种他者伦理的重构——列维纳斯的他者理论与马华文学的弱势民族书写》，《文学教育》(上)，2017 年第 11 期。

陈祖君：《马华文学："地方错置"境遇里的"在地实践"——以诗歌为例》，《南方文坛》，2017 年第 5 期。

潘颂汉：《"乡"的跨区域追寻：马华文学"散寓"论》，《广西社会科学》，2017 年第 9 期。

张晶：《中国渊源与本土诉求：从〈新华文学大系〉看当代新加坡华文文学的经典建构》，《暨南学报》(哲学社会科学版)，2017 年第 2 期。

赵艳：《优雅的人生姿态——访谈朵拉》，《工学院学报》(社科版)，2017 年第 1 期。

袁勇麟：《一粒沙里见世界，半瓣花上说人情》，收入朵拉《那日有雾》，鹭江出版社，2017 年 7 月版。

袁勇麟：《自我 · 自然 · 自由——评朵拉的"三位一体"散文建构》，收入朵拉《浅深聚散且听香》，花城出版社，2017 年 9 月版。

朱崇科：《论淡莹作品中的"新"华性》，《华文文学》，2017 年第 4 期。

朱崇科：《论马华作家小黑作品中的马华话语》，《文艺争鸣》，2017 年第 8 期。

朱崇科：《卓尔不群论铁抗》，《世界华文文学论坛》，2017 年第 4 期。

朱崇科：《论谢裕民对新加坡性格的再现》，《玉溪师范学院学报》，2017 年第 1 期。

刘俊：《论华文文学在新马华人"文化同构"过程中的作用和影响》，《学术评论》，

2017年第5期。

金进：《华校情结、代际区隔与国族意识——对新加坡华人国族意识建构历史的文学考察(1965—2015)》，《外国文学研究》，2017年第3期。

白杨：《“东方之恋”与民族意识的诗性表达——东亚汉学视阈中许世旭创作的意义》，《语言与文化研究》，2017年第8辑。

五、台湾文学研究

赵小琪：《台湾新世代本土诗人想象中国社会空间的二重性》，《福建论坛》，2017年第5期。

赵小琪：《代际冲突中当代台湾地区诗人的中华族裔意识论》，《社会科学战线》，2017年第8期。

白杨：《传统的重塑：二十世纪七十年代台湾现代诗的另类现代性》，《暨南学报》，2017年第11期。

欧阳月姣：《“本土”如何“跨国”——当台湾文学遇上华语语系》，《华文文学》，2017年第2期。

马泰祥：《文风嬗变、语言转换与文学史评价——论杨逵光复后的中文创作》，《台湾研究集刊》，2017年第2期。

袁韵：《沈光文〈台湾赋〉价值刍议——兼与清代三篇同题赋作的比较》，《台湾研究集刊》，2017年第1期。

赵稀方：《今天我们为什么纪念陈映真?》，《中国现代文学研究丛刊》，2017年第6期。

金进：《缺憾还诸天地：王文兴小说的主题研究》，《福建论坛》，2017年第8期。

翟勇：《“文章草昧开初祖，天地崎岖老寓公”——沈光文台湾文学史地位再思考》，《电子科技大学学报》(社科版)，2017年第19期。

曾丽琴：《再论台湾的酷儿书写：颠覆或妖化》，《华文文学》，2017年第2期。

古远清：《台湾文学是“海外华文文学”吗?》，《文学自由谈》，2017年第3期。

古远清：《“南部诠释集团”的多重面孔》，《华文文学》，2017年第3期。

古远清：《两岸三地当代文学研究连环比较》之一，香港《文学评论》，2017年6月。

古远清：《两岸三地当代文学研究连环比较》之二，香港《文学评论》，2017年8月。

古远清：《两岸三地当代文学研究连环比较》之三，香港《文学评论》，2017年10月。

古远清：《台湾当代文学大事记》之一，《新文学史料》，2017年第2期。

古远清：《台湾当代文学大事记》之二，《新文学史料》，2017年第3期。

古远清：《台湾当代文学大事记》之三，《新文学史料》，2017年第4期。

古远清：《台湾戒严时期查禁文艺书刊史论》(上)，台北《传记文学》，2017年

11 期。

古远清：《台湾戒严时期查禁文艺书刊史论》(下)，台北《传记文学》，2017 年 12 期。

古远清：《"台湾文学馆"馆长人选之争》，台北《祖国文摘》，2017 年 12 月。

古远清：《2016 年台湾文学事件》，《粤海风》，2017 年第 2 期。

古远清：《2016 年台湾文学事件》，《南方文坛》，2017 年第 3 期。

古远清：《20 世纪 70 年代台湾出版的新文学研究论著述评》，《鲁迅研究月刊》，2017 年第 3 期。

古远清：《〈湾生回家〉作者造假引发的风波》，《两岸视点》，2017 年 4 月。

古远清：《台湾"七年级作家"小说创作摭论》，《中国现代文学论丛》，2017 年 5 月。

古远清：《台湾"七年级"作家的"新乡土"创作》，《江汉论坛》，2017 年第 7 期。

古远清：《〈乡愁〉表达了全球华人的心声》，《长江日报》，2017 年 12 月 15 日。

古远清：《怀念余光中》，《台湾周刊》，2017 年 12 月 18—24 日。

古远清：《屹立不倒的余光中》，《梅州日报》，2017 年 12 月 25 日。

古远清：《向鲁迅施放暗箭的藤井省三》，美国《红杉林》，2017 年第 1 期。

古远清：《文学批评是一种探险》，《文艺报》，2017 年 3 月 1 日。

古远清：《"中华文化总会"的昨天、今天和明天》，《两岸视点》，2017 年 3 月。

古远清：《天天写作业，愧无好文章》，《湖北日报》，2017 年 3 月 17 日。

古远清：《在"险学"的道路上攀行》，《社会科学动态》，2017 年第 7 期。

古远清：《古大勇的学术勇气》，《上海鲁迅研究》，2017 年 9 月。

古远清：《让一颗心满足地睡去》，《羊城晚报》，2017 年 12 月 17 日。

古远清：《他是我高级而有趣的老友》，《武汉晚报》，2017 年 12 月 15 日。

古远清：《和这世界的不快已经吵完》，《中华读书报》，2017 年 12 月 20 日。

杨雨晨：《光复初期台湾文学面貌概观》，《文学教育》(下)，2017 年第 9 期。

李红波：《台湾文学现代性的单边表述和疏离情结——评陈芳明台湾文学现代性论述》，《中国文学批评》，2017 年第 3 期。

王进：《台湾当代文学离散叙事的审美追求》，《西南民族大学学报》(人文社科版)，2017 年第 11 期。

黄一、黄万华：《文图：文学史叙述的新途径——以战后至 1970 年代的台湾、香港文学为例》，《福建论坛》(人文社会科学版)，2017 年第 10 期。

杨君宁：《在妈祖的庇佑下：女性家族史与民间信仰——以陈玉慧的〈海神家族〉为中心》，《华文文学》，2017 年第 2 期。

傅天虹：《余光中乡愁情结的诗性空间》，《文学与文化》，2017 年第 2 期。

冉彬、杜月婷：《按言象意审美逻辑赏析语文课本中的文学作品——以余光中〈乡愁〉诗为个案》，《大众文艺》，2017 年第 14 期。

冉彬：《从走向西方到回归中国——余光中对中国新诗现代化的贡献》，《安徽文学》(下半月)，2017 年第 8 期。

王中俊：《探微余光中中晚年诗歌的情感世界》，《大众文艺》，2017年第17期。

张羽、陈素丹：《日据台湾报刊文献中鼓浪屿的地景书写与历史叙事研究》，《台湾研究集刊》2017年第5期。

袁勇麟：《差异的同构——论刘登翰跨域与越界的华文文学研究》，收入《他的天空博大恢宏——跨域与越界：刘登翰教授学术志业六十年研讨会文集》，江苏大学出版社，2017年10月版。

刘小新：《1990年代台湾左翼思想的挫折与生存策略》，《东南学术》2017年第6期。

刘小新：《解严后台湾文化场域中的女性主义思潮与性别政治》，《福建论坛》(人文社会科学版)，2017年第10期。

孔苏颜、刘小新：《论1927年至1937年台湾左翼思想的发展及问题》，《华侨大学学报》(哲学社会科学版)，2017年第5期。

孔苏颜、刘小新：《1920年代台湾左翼思想的兴起及与东亚左翼知识圈的互动》，《福州大学学报》(哲学社会科学版)，2017年第5期。

孔苏颜、刘小新：《潜流：1950-60年代台湾左翼的存在形态》，《中共福建省委党校学报》，2017年第8期。

陈舒劼：《传统的盛景与幻象——近二十年来张大春、台湾六年级作家的写作及台湾的文化身份选择》，《福建论坛》(人文社会科学版)，2017年第10期。

张帆：《台湾80后世代的历史书写与文化认同》，《东南学术》，2017年第3期。

(一)白先勇作品研究

周瑶：《隐喻的魅力：纽约客生存困境的空间阐释——〈谪仙记〉的叙事艺术》，《吉首大学学报》(社会科学版)，2017年第2期。

古远清：《白先勇小说的艺术成就》，台北《祖国周刊》，2017年6月。

沈庆利：《"中国"之"死而复生"——白先勇小说的一种解读》，《世界华文文学论坛》，2017年第3期。

陶碧云、顾淳楷：《从花园意象看〈牡丹亭〉对白先勇小说创作的影响》，《大众文艺》，2017年第24期。

陈瑞琳：《童年、戏剧与同性之爱：白先勇创作人格成因浅析》，《名作欣赏》，2017年第1期。

胡玉洁：《论白先勇小说中的意象群》，《名作欣赏》，2017年第9期。

陈文馨：《飘零者的悲歌——对比分析白先勇〈台北人〉中钱夫人、尹雪艳、金兆丽人物形象》，《安徽文学》(下半月)，2017年第4期。

陆正兰：《论白先勇小说中音乐—空间的社会象征意义》，《当代文坛》，2017年第3期。

金进：《从现代经现实到唯美的创作轨迹——浅析白先勇的文学创作心理与艺术追求》，《广东社会科学》，2017年第6期。

吴婷婷：《浅析白先勇小说〈游园惊梦〉中的对话艺术》，《现代语文》(学术综合版)，2017 年第 5 期。

赵婷：《青春鸟的寓言——从写作技巧探析白先勇〈孽子〉主题》，《名作欣赏》，2017 年第 17 期。

段凯华：《从〈台北人〉看白先勇小说中的悲剧意识》，《文学教育》(上)，2017 年第 6 期。

阮波：《乡愁的残酷与芬芳——"最后的贵族"人物诗化审美》，《文学教育》(上)，2017 年第 8 期。

丁盛：《论白先勇的"昆曲新美学"》，《文艺理论研究》，2017 年第 3 期。

李怀宇：《白先勇的"文艺复兴梦"》，《同舟共进》，2017 年第 6 期。

龚刚：《论白先勇小说的佛性与现代性》，《小说评论》，2017 年第 4 期。

白先勇：《白先勇细说红楼梦》，《当代电力文化》，2017 年第 6 期。

吴鹏程：《超越女权，以人性为旗帜——以〈一把青〉为例》，《大众文艺》，2017 年第 5 期。

宁宗一、闫晓铮：《宁宗一谈〈白先勇细说红楼梦〉》，《中国图书评论》，2017 年第 10 期。

张志国：《大学场域中白先勇的文学存在》，《华文文学》，2017 年第 1 期。

曾攀、廖雪霞：《那些迷失归途的灵魂，兀自发出光亮——从白先勇离散文学中的广西书写说起》，《广西民族师范学院学报》，2017 年第 5 期。

唐明星：《边缘世界里的人性探索——〈孽子〉〈品花宝鉴〉中同性恋书写之比较》，《广西民族师范学院学报》，2017 年第 5 期。

刘俊：《白先勇访谈录》，香港《香港文学》，2017 年第 11 期。

李雪梅：《白先勇小说中的音乐》，《广西民族师范学院学报》，2017 年第 5 期。

黄艺红：《白先勇的文化"乡愁—复兴"——从小说〈花桥荣记〉改编说开去》，《广西民族师范学院学报》，2017 年第 5 期。

刘俊：《从"单纯的怀旧"到"动能的怀旧"——论〈台北人〉和〈纽约客〉中的怀旧、都市与身份建构》，《南方文坛》，2017 年第 3 期。

金进：《从现代经现实到唯美的创作轨迹——浅析白先勇的文学创作心理与艺术追求》，《广东社会科学》，2017 年第 6 期。

计红芳：《汉语新文学史框架中的白先勇》，《广东社会科学》，2017 年第 6 期。

(二)龙应台作品研究

林金源：《龙应台没想清楚的事》，《台声》，2017 年第 2 期。

方惠，张一帆：《作为记忆媒介的戏曲——以〈四郎探母〉为研究对象》，《新闻春秋》，2017 年第 3 期。

柳琳：《龙应台与三毛的散文世界》，《产业与科技论坛》，2017 年第 15 期。

孙斐，孙之依：《龙应台散文〈目送〉中"你"的日译特点研究》，《学周刊》，2017 年第 30 期。

曹玉霞：《〈在海德堡坠入情网〉中的女性生命困境与突围》，《华北水利水电大学学报》(社会科学版)，2017年第4期。

钱华，朱敏：《龙应台散文用词艺术管窥》，《名作欣赏》，2017年第29期。

王来东，唐长华，尹妍妍：《论龙应台〈目送〉对生命的思考》，《齐鲁师范学院学报》，2017年第5期。

龙应台：《龙应台语录精选》，《走向世界》，2017年第48期。

汪雪：《论龙应台散文创作的流变》，《北方文学》(下旬)，2017年第8期。

六、香港文学

古远清：《平实的文字中不乏真知灼见》，香港《文学评论》，2017年2月。

古远清：《给张爱玲戴的帽子太沉重》(下)，台北《祖国文摘》，2017年2月。

古远清：《给张爱玲戴的帽子太沉重》，《南方文坛》，2017年第2期。

古远清：《香港当代文艺思潮的混合性结构》，《中国文艺评论》，2017年6期；《澳门理工学报》，2017年第3期。

古远清：《香港回归20年来的文艺思潮》，《香港文学》，2017年第7期。

古远清：《“文学粤军”：香港的一支“文学奇兵”》，《羊城晚报》，2017年8月20日。

罗桑仁青：《李碧华小说及其电影改编折射出的港人人文情怀》，《新闻界》，2017年第12期。

姚霞：《影像对文本中性别意识的重建——以李碧华的〈饺子〉为中心》，《名作欣赏》，2017年第2期。

陈才：《戏梦人生香尤在——浅析电影〈霸王别姬〉剧本中的“恶魔性”因素》，《大众文艺》，2017年第2期。

褚连波、陈可莹：《李碧华小说的“小人物”叙事》，《名作欣赏》，2017年第17期。

李晓昀：《民间经典的解构、重构与再建构——试论〈青蛇〉从传说到小说再到电影、戏剧的文化内涵流变》，《当代电影》，2017年第7期。

王子硕：《“霸王别姬”的现代叙事嬗变》，《文学教育》(下)，2017年第8期。

罗钱军：《影像化语言的“后情感”危机——以李碧华小说语言为例》，《华文文学》，2017年第5期。

李泮琳：《一面折射人性扭曲现象的镜子——评李碧华小说〈霸王别姬〉》，《社会科学论坛》，2017年第10期。

蔡益怀：《香港文学的“在地抒情”传统》，《中国文艺评论》，2017年第11期。

顿伟：《解读许鞍华〈黄金时代〉中的三重视角》，《新闻研究导刊》，2017年第12期。

郑世琳：《析电影〈黄金时代〉中的双生花》，《名作欣赏》，2017年第13期。

宋方金：《〈黄金时代〉观影手记》，《创作与评论》，2017年第12期。

赵吟：《碎片化的影视表达——探析电影〈黄金时代〉》，《电影评介》，2017年第4期。

刘晓希：《“张爱玲研究”的电影学考察》，《创作与评论》，2017 年第 14 期。

张馨月：《关于许鞍华眼中的萧红》，《文学教育》(下)，2017 年第 3 期。

许江：《许鞍华电影中的情感与认同》，《艺术广角》，2017 年第 3 期。

何怡：《论〈黄金时代〉审美距离》，《电影评介》，2017 年第 5 期。

石川：《〈明月几时有〉：战时香港的“清明上河图”》，《当代电影》，2017 年第 8 期。

徐旭敏：《〈黄金时代〉的叙事策略和萧红的形象建构》，《当代电影》，2017 年第 10 期。

王艳芳：《论施叔青“香港三部曲”的服饰书写》，《世界华文文学论坛》，2017 年第 4 期。

王艳芳：《物质主义社会的浮世绘——评汪明明〈极度诱惑〉》，《雨花·中国作家研究》，2017 年第 9 期。

袁勇麟：《〈香港文学大系〉：传承与创新》，《香港文学》，2017 年 7 月；

袁勇麟：《透过〈香港文学〉这扇窗》，《博览群书》，2017 年第 7 期；

袁勇麟：《早期海外华文文学的记忆与再现》，《香港文学》，2017 年 9 月；

凌逾：《开拓“新古韵小说”——〈北鸢〉的复古与新变》，《南方文坛》，2017 年第 1 期。

凌逾：《“文舞”双全的叙述符号创意》，《语言与符号》，2017 年 3 月号。

凌逾：《珠江香江两港谭》，《香港文学》，2017 年 5 月号。

凌逾：《跨界创意香港造》，《中国文艺评论》，2017 年第 6 期。

凌逾：《这是香港的书香》，《博览群书》，2017 年第 7 期。

凌逾：《香港跨界创意风》，《香港文学》，2017 年 7 月号。

凌逾：《陶然〈旺角岁月〉：畅游世与界》，《文艺报》，2017 年 9 月 1 日。

凌逾：《手中机》，《香港文学》，2017 年 2 月号。

凌逾：《与潘国灵先生对谈录(上)——关于长篇小说〈写托邦与消失咒〉及其他》，香港《城市文艺》，2017 年 2 月 20 日。

凌逾：《与潘国灵先生对谈录(下)——关于长篇小说〈写托邦与消失咒〉及其他》，香港《城市文艺》，2017 年 4 月 20 日。

凌逾：《港岛作家影像之世与界——凌逾与黄劲辉对谈录》，《香港文学》，2017 年 6 月号。

凌逾：《1918 之世与东西之界》，《文艺报》，2017 年 7 月 7 日。

凌逾：《点亮“新古韵”——葛亮访谈录》，香港《文学评论》，2017 年 8 月。

凌逾：《文学也玩跨界混搭》，《羊城晚报》，2017 年 6 月 25 日。

凌逾：《那一片香气馥郁的文学港湾》，《两岸视点》，2017 年 7 月号。

凌逾：《当下最火爆的国际性微诗群》，《梅州日报》，2017 年 5 月 26 日。

凌逾：《2015 年香港文学研究概况》，《世界华文文学研究年鉴·2015》，2017 年 5 月。

凌逾：《自审与审他：多重跨越》，台湾《艺文论坛》，2017 年 4 月。

凌逾：《1918之世与东西之界》，香港《文学评论》，2017年10月15日。

凌逾：《拓展香港与鲁迅的世界——论林曼叔的〈鲁迅论稿〉〈香港鲁迅研究史〉》，《上海鲁迅研究》，2017年9月版。

凌逾：《跨界创意的5W1H》，《香港文学》，2017年12月号。

凌逾：《2016年香港文学与文评纵览》，《苏州教育学院学报》，2017年第5期。

凌逾：《Footnotes：写画感觉的大书——唐睿访谈》，《苏州教育学院学报》，2017年第5期。

凌逾：《创意写作之于香港》，香港《城市文艺》，2017年12月20日。

凌逾，彭瑞瑶：《香港文学：二十年的鱼符码书写》，《文学报》，2017年7月28日。

凌逾、廖靖弘：《港澳的船舰符号与海上丝路》，《香港文学》，2017年9月。

凌逾、霍超群、林兰英：《“小而精致，而非大而无当”——向〈香港文学〉总编辑陶然提问》，《博览群书》，2017年10月。

赵皙：《跨界创意叙事流向——论香港文学的感官跨越叙事》，《南京师范大学文学院学报》，2017年第1期。

赵皙：《媒介间性视域下的香港报刊与当代香港文学》，《河北科技大学学报》(社会科学版)，2017年第1期。

刘俊：《传统与现代并存，历史与现实共生——论秦岭雪诗集〈情纵红尘〉兼及香港文学特质》，《香港文学》，2017年第7期。

陈庆妃：《葛亮：在“三城”与“双统”之间》，《当代作家评论》，2017年第6期。

陈庆妃：《流年物语：后贫穷时代的抒情诗》，《小说评论》，2017年第6期。

陈庆妃：《新古典小说〈北鸢〉的语言范式》，《中国社会科学报》，2017年3月14日。

金庸作品研究

吴双：《异域与想象：论金庸武侠小说在日本的文化景观》，《西南大学学报》(社会科学版)，2017年第1期。

熊龙英，李定春：《小说情节结构的民族“基因”——论金庸〈天龙八部〉情节结构艺术》，《现代语文》(学术综合版)，2017年第2期。

韩云波：《从“前金庸”看金庸小说的历史地位》，《浙江学刊》，2017年第2期。

任增强：《金庸武侠小说新解》，《名作欣赏》，2017年第12期。

陈蕾：《〈天龙八部〉中乔峰形象分析》，《文学教育》(下)，2017年第5期。

郝跃：《金庸武侠小说中的女性形象分析》，《语文建设》，2017年第8期。

韩济阳：《论传统文化元素在金庸武侠小说中的艺术功用》，《名作欣赏》，2017年第17期。

李泉：《英语世界金庸武侠小说研究——以罗鹏的〈天龙八部〉视觉图像艺术研究为例》，《外国语文》，2017年第1期。

李婷：《金庸〈神雕侠侣〉中的情爱模式分析》，《华北水利水电大学学报》(社会科学版)，2017 年第 2 期。

朱艺蓉，王照年：《解读〈鹿鼎记〉中韦小宝的“侠”形象》，《太原师范学院学报》(社会科学版)，2017 年第 16 期。

张高宇：《民族意识、正邪对立与道德伦理之间的悖论——金庸经典武侠小说的一种哲学阐释》，《湖北经济学院学报》，2017 年第 3 期。

刘志新：《浅说金庸小说文化元素意蕴》，《大众文艺》，2017 年第 7 期。

刘宁宁，韩英帅：《假作真时真亦假——论〈射雕英雄传〉和〈神雕侠侣〉的历史情节》，《名作欣赏》，2017 年第 20 期。

姜博文：《解脱与坚守：徘徊在自由与底线之间——令狐冲人物形象分析》，《名作欣赏》，2017 年第 24 期。

邹军：《文学文本的另类解析——读〈和金庸一起聊教育〉》，《学术评论》，2017 年第 3 期。

刘卫英：《金庸小说“老顽童”形象的文化渊源》，《河北学刊》，2017 年第 4 期。

李改婷，张玉萍：《〈天龙八部〉中的佛家思想》，《戏剧之家》，2017 年第 6 期。

马达：《金庸武侠作品在日本的传播与影响研究》，《吉林广播电视大学学报》，2017 年第 3 期。

刘航：《金庸〈白马啸西风〉中李文秀形象的悲剧性》，《濮阳职业技术学院学报》，2017 年第 3 期。

弋朝乐，王燕：《从郭靖杨过形象看金庸对儒道思想的扬弃》，《安庆师范大学学报》(社会科学版)，2017 年第 1 期。

牛爽：《于正版电视剧〈神雕侠侣〉和金庸同名小说之比较》，《安阳师范学院学报》，2017 年第 1 期。

高源：《论金庸小说〈天龙八部〉的大理叙事》，《龙岩学院学报》，2017 年第 4 期。

曾文燕：《论金庸新武侠小说〈射雕英雄传〉的经典性》，《文学教育》(下)，2017 年第 9 期。

熊念慧：《浅析金庸笔下的尼姑形象》，《文学教育》(下)，2017 年第 9 期。

赵宁：《宏大叙事的异同——以〈基督山伯爵〉与〈倚天屠龙记〉为例》，《传播力研究》，2017 年第 5 期。

陈夫龙：《金庸小说经典化之争及其反思》，《小说评论》，2017 年第 5 期。

卢欣：《金庸武侠小说可视化翻译策略与文化认同》，《绵阳师范学院学报》，2017 年第 10 期。

王立，施燕妮：《金庸小说“机智少年”书写的域外渊源及本土演化》，《哈尔滨工业大学学报》(社会科学版)，2017 年第 5 期。

卢敦基：《“礼”与“非礼”：金庸〈神雕侠侣〉对武侠男性特质内涵的扩展创新》，《浙江学刊》，2017 年第 6 期。

卢敦基：《侠情与武功：金庸武侠小说的创新性集大成——〈书剑恩仇录〉〈卧虎藏龙〉的比较研究》，《东岳论丛》，2017 年第 12 期。

万芬，吴文轲：《浅议金庸小说与大学生“敬业精神”和“工匠精神”的培育》，《北方文学》(下旬)，2017年第6期。

七、澳门文学

郑海娟：《澳门当代文学中的小城意象》，《暨南学报》(哲学社会科学版)，2017年第39期。

古远清：《澳门“文学粤军”在壮大》，《羊城晚报》，2017年8月27日。

凌逾、霍超群：《拥挤的焦虑：澳门文学中的街道书写》，《文学报》，2017年9月28日。

赵晢：《跨界与融合——2016年澳门文学发展新动向》，《澳门研究》，2017年第2期。

2017 年国家社会科学基金有关华文文学立项课题

刘 帅

朱文斌："中国海外华文文学学术史研究"，国家社会科学基金重点项目，17AZW020。

胡德才："'一带一路'沿线国家的华文文学与华语传媒的共生态研究"，国家社会科学基金一般项目，17BZW036。

孙鹤云："中国当代文学海外传播研究"，国家社会科学基金中华学术外译项目，17WZW017。

韩春萍："丝绸之路沿线民族小说叙事形式的文化意义研究"，国家社会科学基金后期资助项目，17FZW013。

崔艳秋："20 世纪 80 年代以来中国现当代小说在美国的译介与传播研究"，国家社会科学基金后期资助项目，17FZW024。

向忆秋："二十世纪两岸旅美华人文学的美国形象及比较研究"，国家社会科学基金后期资助项目，17FZW041。

季进："英语世界中国现代文学传播文献叙录"，国家社会科学基金重点项目，17AZW018。

杨建军："海内外回族文学比较研究"，国家社会科学基金一般项目，17BZW041。

赵京华："鲁迅东亚传播史研究"，国家社会科学基金一般项目，17BZW146。

李城希："香港中国现代文学研究史(1949—1979)"，国家社会科学基金一般项目，17BZW170。

刘艳："新世纪海外华文作家的中国叙事研究"，国家社会科学基金一般项目，17BZW171。

努尔巴汗·卡："'一带一路'背景下哈萨克叙事诗演唱艺术研究"，国家社会科学基金一般项目，17BZW174。

李翠蓉："中国古典文学在西班牙语世界的传播研究"，国家社会科学基金青年项目，17CZW038。

池雷鸣："留英美中国人的英语文学与"东学西渐"研究(1887—1954)"，国家社会科学基金青年项目，17CZW053。

霍艳："两岸新生代作家比较研究"，国家社会科学基金青年项目，17CZW055。

李泉："中国武侠小说在英语世界的翻译与接受研究"，国家社会科学基金青年项目，17CZW058。

苏娉："华裔加勒比海文学中的华人形象和中国情结研究"，国家社会科学基金青年项目，17CZW060。

周冰："全球化语境中的网络文学海外传播与中国经验研究"，国家社会科学基金西部项目，17XZW026。

王玉："当代文学在新疆跨语际传播与中亚影响研究"，国家社会科学基金西部项目，17XZW045。

戴明："东南亚华文媒体的网络传播力研究"，国家社会科学基金一般项目，17BXW064。

周翔："网络空间语境下'一带一路'跨文化分众传播与话语策略研究"，国家社会科学基金一般项目，17BXW103。

薛强："'一带一路'背景下中国网络游戏在东盟的跨文化传播研究"，国家社会科学基金青年项目，17CXW005。

王曙光："'讲好中国故事'跨文化语境下的叙事策略研究"，国家社会科学基金西部项目，17XXW008。

韩晓明："华人移民对东南亚汉语传播影响的国别比较研究"，国家社会科学基金一般项目，17BYY112。

2017年教育部人文社科项目有关华文文学立项课题

刘　帅

罗明辉："汉文典籍在日本的误读模式实证研究"，教育部人文社科规划基金项目，17YJA740033。

梅丽："面向东南亚留学生汉语语音僵化问题的实验室训练研究"，教育部人文社科规划基金项目，17YJA740037。

王玲："多语环境下美国华裔家庭隐形语言规划调查研究"，教育部人文社科规划基金项目，17YJA740052。

张元："跨文化语境下中国当代小说在日本的译介与批评"，教育部人文社科青年基金项目，17YJC740124。

白雪梅："晚清民国台湾诗话研究"，教育部人文社科规划基金项目，17YJA751002。

杜英："冷战视野下五十年代香港文艺之研究"，教育部人文社科规划基金项目，17YJA751011。

杨红英："台湾文学中的日本殖民书写研究：以大河小说为中心"，教育部人文社科规划基金项目，17YJA751030。

王艳丽："二十世纪五六十年代香港青年文学刊物和战后中国文学转型研究"，教育部人文社科规划基金项目，17YJA751028。

巴微："仓央嘉措诗歌的国际化阐释与国家文化形象建构"，教育部人文社科规划基金项目，17YJA751001。

王国礼："世界文学空间视野下中国当代作家国际声誉的形成机制研究"，教育部人文社科规划基金项目，17YJA751026。

孙若圣："日本汉学家对中国八十年代文学的译介与阐释"，教育部人文社科青年基金项目，17YJC751033。

孙拥军："台湾新文学作家对鲁迅国民性批判思想承续研究"，教育部人文社科青年基金项目，17YJC751034。

刘捷："明末通俗出版物、传教士与西方早期中国形象之构建"，教育部人文社科青年基金项目，17YJC751020。

张莉莉："唐代小说在英语世界的传播与接受研究"，教育部人文社科青年基金项目，17YJC751048。

卓光平："中日文化交流中的'文学者鲁迅'研究"，教育部人文社科青年基金项目，17YJC751062。

赵玥："唐传奇在法国的接受研究"，教育部人文社科青年基金项目，17YJC751055。

刘蕊："欧洲大陆所藏中国俗文学文献的著录与研究"，教育部人文社科青年基金项目，17YJC751021。

周磊："中国当代文学在韩传播生态研究"，教育部人文社科青年基金项目，17YJC752044。

陈芳："闽南童谣与台湾童谣同源性研究"，教育部人文社科规划基金项目，17YJA760004。

刘耀："清代游台士人笔下台湾形象研究"，教育部人文社科青年基金项目，17YJC770018。

王凤仙："中国近代女性游记文献整理与研究"，教育部人文社科规划基金项目，17YJAZH078。

陈学芬："美华文学的民族冲突与融合话语研究"，教育部人文社科青年基金项目，17YJCZH027。

吴勇："东盟华文教育五十年演革与中国传统文化国际传播研究"，教育部人文社科青年基金项目，17YJCZH190。

2009—2017年国家社科基金后期资助有关华文文学立项课题

向忆秋

2009年

张清芳："中国文化现代化的另类思维体系——以'野生知识分子'柏杨其人其文为考察中心"，鲁东大学。

2014年

方忠："20世纪台湾与大陆文学比较研究"，江苏师范大学。

2016年

杨汤琛："晚清域外游记与中国现代散文的发生研究"，华南农业大学。

韩琛："作为方法的日本鲁迅研究：从竹内好到伊藤虎丸"，青岛大学。

柴高洁："20世纪台湾现代诗的突围与转型研究"，中原工学院。

左江："高丽朝鲜时代杜甫评论资料汇编"，深圳大学。

张淑娟："中国古典诗歌在俄罗斯的传播研究"，内蒙古大学。

2017年

向忆秋："二十世纪两岸旅美华人文学的美国形象及比较研究"，闽南师范大学。

崔艳秋："20世纪80年代以来中国现当代小说在美国的译介与传播研究"，电子科技大学中山学院。

内地研究舒巷城的成绩与局限

古远清

内地的香港文学研究与台湾文学研究几乎同时起步，但研究香港文学的成绩单比台湾文学研究要单薄得多。究其原因，一是在1949年以前，没有人使用过“香港文学”的概念，这一概念的流行是在80年代以后，而“台湾文学”的概念早在日据时期就出现过。香港文学及随之而来的香港文学研究，可谓是先天不足，理论准备欠充分。二是内地研究香港文学在80年代起步时，主要靠地利，有地域之便的只有广东，而不似研究台湾文学靠地利的除福建外，还有江苏等地。三是台湾文学的内容远比香港文学丰富，作家作品也比香港多。

内地的香港文学研究比台湾文学研究滞后，典型地体现在首届台湾香港文学学术讨论会和第二届研讨会中。首届研讨会收到40篇论文，其中有关香港文学只有4篇，占十分之一，而这4篇中论舒巷城的只有一篇，即许翼心的《香港的“乡土作家”——舒巷城》[1]。此文提出了香港也有和台湾一样的“乡土文学”，在当时来说是一种理论发现。作者不满足于发现，又对台港两地的乡土文学作了比较，并明确了香港乡土文学的特征，这就使论文有了理论深度。第二届台港文学研讨会关于香港文学的论文有7篇，其中只有一篇论舒巷城的，即姚永康的《舒巷城和他的长篇小说〈太阳下山了〉》。从这两届会议看，刘以鬯和舒巷城是最早进入内地学者研究视野的作家，研究论文的数量远比其他作家多。内地学者之所以选取刘以鬯、舒巷城一类作家进行研究，是因为改革开放之初，台港文学研究才起步，现代主义还被视为异端邪说，研究者只好小心谨慎，生怕一不小心触到了红线，只能选取写实主义作家或所谓进步作家、政治倾向不明显的“灰色作家”作为研究对象，内容上以揭露香港资本主义社会罪恶、暴露香港作为“人间地狱”而非“东方明珠”一类的作品为主。不是“右翼”作家的舒巷城，其小说恰好有这方面的内容，而乡土文学又很容易使人联想到“工农兵文学”，故受到内地第一批研究香港文学学者的青睐。

后来内地学者研究舒巷城，不再局限在其内容反映香港灯红酒绿、纸醉金迷的生活，塑造被污辱被损害的小人物身上，而回到文学本位，着重研究舒巷城在香港文学史上的地位及其艺术特色上。代表性的论文有老一辈学者袁良骏的《舒巷城小说论》[2]和青年才俊袁勇麟的《香港文学本土性的一个典型——重读舒巷城〈太阳下山了〉》[3]。前者是内地首先对舒巷城作综合论述的高质量论文——视野开阔，资料丰富，有些作品如《吵架》《对象》《涨》《幽默》《苦恼》均是别的论者从未提及的，可见作者掌握了大量的第一手资料，并做到了论从史出。后者指出：“小说扎根于香港社会现实，生动刻画了香港底层人物形象，真实再现了香港穷街陋巷的生活，折射出香港城市现代化发展的面相。人、巷、城市，三者之间相互区隔又融合一体，共同构筑了一个完整的香港本土世界。”从这段论述可看出，文本细读和资料分析是做学问的基本功。袁勇麟提出的观点确是“洞见”之言，对研究舒巷城有启发性。此论文充分建立在精研作品的基础上，所以才做到了准确把握舒巷城的创作意图、精确地分析《太阳下山了》的艺术构思和抓住舒巷城的艺术特色。再如何慧的《香港当代小说史》[4]这样归纳舒巷城小说的特点：“有一种感人的叙事情调。他的叙述哀而不怨，冷静而典雅。往事不再、浮事变迁是他要告诉人们的主题。”这种分析很到位。上海交通大学人文学院王宇平的《抒情与越轨——重读舒巷城小说〈太阳下山了〉》[5]，聚焦舒巷城小说中呈现的抒情风格，经由作者的创作经历及《浅谈文学语言》等评论文章，梳理和总结归纳其“抒情”观，分析舒巷城对唐代诗人白居易诗作中“抒情”特征的重视；并以此为观照，细致考察《太阳下山了》中抒情主体的生成以及抒情风格的实现过程，挖掘小说中隐含的回忆性叙事框架，认为舒巷城小说中“抒情”的出现并非简单的个人嗜好，而是自觉完成的“越轨”笔致，“并与中国抒情传统、中国新文学传统以及香港左翼文学传统构成了承继与对话关系”。这篇论文在论述《太阳下山了》方面，有独特的角度，结论也顺理成章，不给人牵强附会之感。

此外，内地出版的香港文学史及类文学史，多半也辟有舒巷城的专章专节。其中王剑丛的《香港文学史》[6]这样论述舒巷城的艺术特色：

> 舒巷城的小说，一般不重情节的铺排发展，只截取生活中的某些片断，以传统的手法，加以多角度的描绘，在笑声泪影中，展现一幅幅真实的香港社会图画。

周文彬的《当代香港写实小说散文概论》[7]，艺术分析细致，尤其是对《鲤鱼门的雾》艺术结构的分析显得独到：

> 它以“雾”为开头，写主人公从雾中到来，当他记忆中的往事“如在雾中”时，感情逐步在雾中失落，最后带着无奈的苍凉又黯然在雾中离去。作品在开阖自然的情节中，以伏线为导引，通过细节的描写，在对比中逐步展示主人公的感情层次。

关于舒巷城在香港文学史上的地位，袁良骏的《香港小说史》及《香港小说流派史》[8]，认为舒巷城和海辛、金依一样，是香港乡土文学第二代的杰出代表，它是“香港下层人民的歌者”[9]。赵稀方所著《小说香港》[10]，本子薄分量重。该书认为，舒巷城的《太阳下山了》“已在情节结构、叙述文体及地方性各方面突破左翼文学模式，而开始初现香港文学的本土特色”。赵稀方从“本土性的演变”论述舒巷城的艺术贡献，比前人又深入了一步。赵稀方还注意到舒巷城的小说以抒情性景物描写淡化了故事情节，强调了人物塑造这个问题。他指出：“《太阳下山了》已经不再致力于外部社会矛盾的揭示，而将焦点转向了特定情形下香港的世态人情，小说节奏由此变得迂缓而抒情。《太阳下山了》中没有什么紧张激烈的情节，作者的用心也不在这里，而在于描写筲箕湾内泰南街的生活场面，渲染其间林江等人的心态。”[11]袁良骏甚至认为舒巷城的小说“开了香港抒情体小说的先河”[12]。

研究舒巷城的队伍，初期集中在粤闽两地，后来随着香港文学研究的深入开展，别的地区的学者也参与其中。这时不再局限在研究舒巷城的专门家身上，研究生也开始把舒巷城作为学位论文的探讨对象。中国人民大学社会与人口学院祖月翔《从〈太阳下山了〉看香港文学的乡土性》[13]，认为“《太阳下山了》描绘了香港下层社会的生活，真实地展现了下层生活现状，同时也从中找出了下层人群中人性的善，这二者构成了舒巷城乡土文学之表征。而五六十年代的大陆作品如萧也牧的《我们夫妇之间》，杨履方的《布谷鸟又叫了》，茹志鹃的《百合花》等等，其文学的面貌也随着实际加以调整，也对社会的现实、正常的人性进行描写，也有反映农村中的真实面貌，但到后来或多或少有了政治因素上的争论。而香港文学是自由的，没有政治的干扰，所以舒巷城等香港作家的乡土性也是纯净的，这也是香港文学乡土性的一个特色”。这里将舒巷城的乡土小说与内地相关的作品加以对照，读来令人耳目一新。后起之秀的论文还有张佳丽的《从舒巷城文学作品看20世纪五六十年代的香港文学——以〈太阳下山了〉为例》[14]。郑丽霞的《工业文明单向控制的“铁鸟”——舒巷城〈山顶缆车〉解读》[15]，论述角度也与众不同。

内地的舒巷城研究，尽管取得了一定成绩，但在广度和深度上，存在着局限。一些论者对香港社会认识不清，有如梅子所说：“香港的‘老板’有的同时是劳动者，评论以这类‘老板’为主人公的作品时，老式的阶级分析法不一定适用或者不一定可以照搬而无误。”[16]对香港文学不同于台湾和内地的特点，一些论者同样把握不准，这就带来下列不足：

一、研究方法陈旧，这集中体现在早期的香港文学研究者身上，如由翁光宇整理的《首届台湾香港文学学术讨论会纪要》[17]认为：“我们要用爱国主义和马克思主义辩证唯物论和历史唯物论的观点和方法，去进行研究、鉴别、分析，介绍台湾爱国的、进步的、健康的作品，抵御那些反动的、落后的、腐朽的东西。在对待台港文学上，既不能采取一概排斥的态度，也要注意防止不加选择地盲目介绍的倾向。”把台湾文学研究(也包括香港文学研究)局限在“爱国、进步、健康”范围内，这种自我设限的办法，完全不符合香港文学发展的实际，会使香港文学研究的道路越走越窄。直到90年代，暨南大学的一些学者仍坚持这种观点，如潘亚暾主编的《台港文学导论》，是在教育部高教司组织下按其要求编写的。正因为如此，该书才会出现向“庙堂”表忠心的文字：“本书所评作家都是爱国的并为传播中华文化作出贡献的，所论作品都是较好地反映现实生活，思想健康并有积极意义的。……我们的目的是：通过本书起到沟通、交流、借鉴的作用，希望为祖国统一大业作出贡献。”[18]这种表白其实是在帮倒忙，因为上头并没有明确规定研究香港文学只能用“反映论”，其研究对象只能是“爱国”的作家和“思想健康”的作品，而不能研究不爱国但也不叛国的作家，以及没有积极意义的灰色作品乃至反共作品、托派作品[19]、汉奸作品。进入21世纪后，这种思想划一及知识垄断的局面有所改变，不过这种改变只是五十步与百步之差而已。

二、研究舒巷城的范围过多地集中在小说创作上，其中探讨《太阳下山了》的论文数量较多，对舒巷城其他的小说特别是新诗讨论得不够。舒巷城的散文、随笔及旧体诗词，也是亟待开垦的研究领域。

三、内地出版的“香港文学史”和类文学史著作对舒巷城的论述，陈陈相因现象突出，缺乏独到的见解。有些打着“文学史”旗号论述舒巷城的段落，一旦和别的同类著作加以对照，便会发现雷同之处甚多。到底谁抄谁的？这似乎是一个悬案。不少著作靠剪刀加糨糊写成，这是一种不良的学风。

四、史料错误不少，如舒巷城生于1921年，可刘登翰主编的《香港文学史》[20]、潘亚暾、汪义生的《香港文学史》[21]，王剑丛的《香港文学史》[22]，还有田锐生的《台港文学主流》[23]、何慧的《香港当代小说史》[24]，均误为1923年。曹惠民主编的《台港澳文学教程新编》[25]，则误为1927年。舒巷城原名王深泉，上述刘、潘两种文学史以及李旭初、王常新、江少川合著的《台港文学教程》[26]，均误为“王琛泉”。史实错误的发生，有主客观两方面的原因。主观原因是有些人认为从事资料工作不算学问，中学生都能做。客观原因是内地找香港文学的资料比较困难。其实，只要经过努力，这种困难是可以克服的。

舒巷城研究成果，一般来说包括专著、论文和年谱编写之类的资料整理工作。目前内地没有出版过研究舒巷城的专著，论文的数量从网上搜寻不到10篇，至于年谱之类无论是香港还是内地，还不见有人出版过。要改变这种现状，最佳方案是内地和香港学者联手或加强舒巷城研究的交流，如此，相信今后一定会把这位乡土作家的研究向前推进一大步。

注释：

[1]此文未单独发表和收入集子，后作者在这篇论文基础上改写为《香港“乡土文学”刍论》，收入许翼心选集《香港文学的历史观察》，花城出版社，2014年。

[2]袁良骏：《舒巷城小说论》，《华文文学》，1998年第4期。

[3]袁勇麟：《香港文学本土性的一个典型——重读舒巷城〈太阳下山了〉》，《世界华文文学论坛》，2008年第3期。

[4]何慧：《香港当代小说史》，广东经济出版社2006年版，第124页。

[5]王宇平：《抒情与越轨——重读舒巷城小说〈太阳下山了〉》，《华文文学》，2016年第2期。

[6]王剑丛：《香港文学史》，百花洲文艺出版社1995年版，第98页。

[7]周文彬：《当代香港写实小说散文概论》，广东新高等教育出版社1998年版，第85页。

[8]袁良骏：《香港小说流派史》，福建人民出版社2008年版。

[9]袁良骏：《香港小说史》第一卷，海天出版社1999年版，第216页。

[10]赵稀方：《小说香港》，生活·读书·新知三联书店2003年版，第135页。

[11]赵稀方：《香港文学本土性的实现———从〈虾球传〉、〈穷巷〉到〈太阳下山了〉》，载《世界华文文学论坛》，1998年第2期，第11页。

[12]袁良骏：《舒巷城的早期小说》，见《香港小说史》第一卷，海天出版社1999年版，第220页。

[13]祖月翔：《从〈太阳下山了〉看香港文学的乡土性》，《华章》，2011年第4期。

[14]张佳丽：《从舒巷城文学作品看20世纪五六十年代的香港文学——以〈太阳下山了〉为例》，《华文文学》，1998年第4期。

[15]郑丽霞：《工业文明单向控制的"铁鸟"——舒巷城〈山顶缆缆车〉解读》，《语文月刊》，2003年第9期。

[16]梅子：《参加首届台港文学学术讨论会的印象与建议》，载《台湾香港文学论文选》，福建人民出版社1983年版，第267页。

[17]翁光宇整理：《首届台湾香港文学学术讨论会纪要》，载《台湾香港文学论文选》，福建人民出版社1983年版，第268页。

[18]潘亚暾主编：《台港文学导论》，高等教育出版社1990年版，第1-2页。

[19]作为"公共空间"的香港，不仅有左派、右派，而且有为海峡两岸都不容的托派组织、刊物和作品。拙著《香港当代文学批评史》就曾评述了老托派一丁研究鲁迅的著作。

[20]刘登翰主编：《香港文学史》，香港作家出版社1997年版，第195页。

[21]潘亚暾、汪义生：《香港文学史》，鹭江出版社1997年版，第328页。

[22]王剑丛：《香港文学史》，百花洲文艺出版社1995年版，第98页。

[23]田锐生：《台港文学主流》，河南大学出版社1997年版，第447页。

[24]何慧：《香港当代小说史》，广东经济出版社2006年版，第118页。

[25]曹惠民主编：《台港澳文学教程新编》，复旦大学出版社2013年版，第188页。

[26]李旭初、王常新、江少川：《台港文学教程》，长江文艺出版社1996年版，第376页。

（载香港《城市文艺》2017年第6期）

对　话

我所有的准备，都是为了中国的文艺复兴
——白先勇访谈录

刘　俊

访谈时间：2017 年 6 月 4 日

访谈地点：上海茂悦大酒店

受 访 者：白先勇，美国加州大学教授，世界著名华文作家

访 问 者：刘俊，南京大学文学院教授，博士生导师

刘俊(以下简称刘)：白老师您好！今天很高兴能采访您。我想先从"青春"入手。我觉得"青春"是认识您的一个关键词。我想请您谈谈为什么一直执着于对于"青春"的思考，而且这个思考贯穿了您从青年时代一直到今天。

白先勇(以下简称白)：我在想啊，可能在我的心灵里有这么一块地方，我想它可能是永远不老的，永远是青春状态的。我发现自己蛮矛盾的，一方面我有那种老灵魂，很早的时候就有那种人世沧桑的感觉，另一方面，对青春生命的那种焕发，我也有强烈的感受，一直到今天。事实上我想这是我生命中的一种动力吧。就像我现在一直在推广文化，《牡丹亭》也好，《红楼梦》也好，我总是希望我们的文艺能够复兴——就是文艺回春。我们的文化老了，我们这个民族也蛮老了，可是中国这个民族也很奇怪的，其他民族有时候摔了也就摔了，起不来了，哎，我们这个民族很奇怪，你看那么古老的民族，看她那么老了，一翻身，又以一个很青春的生命回来了。其实我们的文化也是这样，在古老的生命里头，不断有着青春重生的能力。

在我的心里面，在我的作品里面，老灵魂和青春的矛盾，也是存在的。我制作昆曲《牡丹亭》，就是给古老的《牡丹亭》回春，所以叫"青春版"嘛，是不是？现在我推广《红楼梦》，也是希望所有的年轻学生、年轻人都来看这本书，了悟青春里面的生命。你讲的"青春"的概念，在我的个人创作和我的生命中，还有我对《牡丹亭》和《红楼梦》的推广，我想都是一脉相承的。其实对于青春以及对失去青春的追念，应该说是普世的，你看那个浮士德，出卖灵魂去取得青春；还有托马斯·曼的小说《威尼斯之死》，也是这个主题，所以我的许多作品，以及我对古老的中国文化的推广，我想跟这个是有关的。

刘：青春容易失去，无法追回，但是对于青春，您是不是觉得要努力抓住它？

白：我想是的。因为青春总是绚烂的，也是短暂的。花最美的时候，是开得最盛的时候；人最美的时候，是年轻的时候，然而我们说"彩云易散琉璃脆"，美的东西是不

长久的，说到底，美是很容易就失去的，所以我想不只是我一个人，我们的中国文学里面，许多都是在悼念这种青春的流逝，悼念生命中美好的流逝。花开之时，是世界最美之时，可是花憔悴了以后，总是令人惆怅的、令人惋惜的，因为美的东西不见了。

刘：您在阐发《红楼梦》大观园里青春世界的时候，寄托的是悲壮、沧桑，还是凄凉？您是要“知其不可而为之”地对青春进行挽留吗？

白：我想《红楼梦》的主题，在某种意义上讲也是对青春的悲悼。《红楼梦》的大观园里，孩子们一点一点地长大了，青春慢慢不见了，大观园也就崩溃了。大观园我想是曹雪芹的一个理想世界，寄托了他的理想，那个理想世界开始的时候，春花绽放，女孩子们和贾宝玉，一朵朵的“花”在里头，开得那么美，可是后来慢慢地都会凋谢掉，花凋谢了，大观园也就崩溃了。《红楼梦》所以令人惋惜，就在于青春的生命，青春的这个园地，很快就不在了。我说大观园在某方面讲，是人间的太虚幻境。在天上的太虚幻境，里面的时间是停顿的，所以春花常开，人也永久不变，那些仙子们，可以永生。可是在人间的太虚幻境大观园里，不但有春夏秋冬，而且会花开花落，时间最后会改变一切，我想这个就是青春的宿命——不长久。

刘：青春除了这种“时间”的呈现以外，是不是也跟情感、美都关联在一起？

白：是的。你看年轻的时候，最动人的青春就是爱情，我们永久怀念的，就是这样的美呀。我讲过一句话，美到极致时，总是有点凄凉的，因为很快就要没了，也就是“姹紫嫣红开遍，似这般都付与断井颓垣”。有时候青春不光是人物身上的外在美，精神上的、过去的、年轻的、强烈的生命力，或者是有些人最辉煌的事业，或者女性最美的爱情、最美丽的年轻时光，那都是一种美好的“青春”。你看看那些女孩、女人、女性，尤其是长得美的，到了某个年纪的时候，“哎”——都会无限感慨地叹口气“想当年”，怀念“从前的时候”，一定的。大概每个人都希望自己能永葆青春，我相信。但那是不可能的嘛。

刘：所以您作品中的悲剧性，是不是很多就是因为青春难以停留而产生？

白：我想说到底还是人生无常！你看《红楼梦》里面，林黛玉还那么年轻，才十几岁，她就写葬花词，她知道有一天，很快地就会有一天，她的青春、她的生命就没有了。人生无常的这种佛家的观念，讲的其实就是人生的道理，人生本来就是很无常的。

我开始写小说的时候，大概都是这种青春主题，是吧？《台北人》里面很多都是怀念过去，《孽子》里面也是讲他们的青春，那些“青春鸟”，是不是啊？当然我的作品，也没有完全局限在这个“青春”上面，有些也不是这个主题，可是这个主题的确是有相当的一贯性，后来写《纽约客》，里面最后几篇小说，应该也是，虽然表面上写的是艾滋病，艾滋病这个灾祸来的时候，对人的死亡威胁，可是里面还是有对青春生命的惋惜，一种哀婉。

刘：“青春”这样一个维度的形成，在您是自觉的还是不自觉的？

白：当初写东西时，大概是不自觉的，可是在制作青春版《牡丹亭》和现在推广《红楼梦》的时候，那就是很自觉的了。我认为古老的昆曲本身，就有非常青春的生命，我刚才提到让《牡丹亭》“回春”，制作青春版《牡丹亭》，就是一出“还魂记”，让昆曲青春的灵魂，再“还”回来！所以我想对我们的传统文化，需要回春，需要恢复它青春的生命。

刘：您重“情”爱“美”，在您看来，“情”与“美”和青春的关系是怎样的？

白：其实我想，有时候“美”不一定就是“青春”，我想“美”就是情感真，很真的情感就是美，这种情感的“真”，有时候发生在年轻人之间，有时候发生在老人对年轻人，或者老人跟老人之间，只要感情很真，我想那就是“美”。当然，我这里所说的“真”，不是说它一定是真情，而是要忠于人生、忠于人性的“真”。忠于人生，忠于人性，写得好，写得忠于人生和人性，它就美。我想写个坏人，写得很真，也会很美的。我讲过嘛，我说雕塑一个圣母，雕得很好固然很美，雕一个妓女，雕得很好也很美。忠于真实的人生和人性，它自然就变得很美了。

刘：您在作品中对“情”和“真”的表现，有没有倾向性？您写的好像都是至情、至真。

白：我也写过人虚伪的、假的、背叛的一面，像《游园惊梦》里的钱夫人，不是也被她的爱情、爱人背叛了吗？是不是？她自己很执着于她的爱情，是非常真诚的，她的爱人对她就没那么执着真诚，所以她才那么痛苦。我想对于人性中的那种虚伪、奸恶，我想我也懂吧，我也看得到啊，不过我的兴趣不大，为什么兴趣不大呢？我看人总是看到人正面的一面，人性恶的那一面，人有时真的很丑陋的那一面，很多，写不完，我不太感兴趣。可能我受佛教思想的影响大一点，在佛家的思想里面，再恶再坏的人，他也是芸芸众生中的一个，我想这种思想在有形无形中会影响到我，我对人，对人性，说得好听一点，就是比较宽容吧。

我比较感兴趣的，最能感动我的，还是像《牡丹亭》《红楼梦》这样的作品，（它们）写的就是至情至性的东西，所以被它们感动嘛。曾经有人问我为什么写作，我说“我写作，是因为我想把人类心灵中无言的痛楚转换成文字”，所以我看到人家心中的那种讲不出来的痛楚，我想那也是埋在最深的心里头的痛楚，等于我是在替这些人讲这些话，（那种痛楚）我想一般人是说不出来的，不晓得怎么去说它，这个比较能打动我。譬如说《金大班的最后一夜》，（金大班）这么一个世俗的女人，她也很现实，最后嫁给了一个有钱的老头，可是她有她说不出的痛楚，她年轻时的第一个爱人，她心中的那个痛楚，谁也不知道的，她心中的那块地方，在小说中最后是投射在一个年轻人的身上，最后跳舞的时候，她一定心中很痛的，她心中的那种痛，我来替她写。我写那种东西，我对那个比较感兴趣，比较会写那些，像钱夫人，一样的；年轻的朱青，也是这样的；像《那片血一般红的杜鹃花》中的那个老兵王雄，他内心的痛，也一样，是不是？我想我写的是那些。人为情伤，王雄因为他失去了他心中“情”的理想，当那个“情”死掉的时候，他就变得几乎像野兽似的这么一个人了。我想“情”这个字，它正面的时候带给人多少的温暖、快乐，然而它一旦走岔的时候，它的毁灭性非常恐怖，毁人毁己。

刘：您对《红楼梦》中贾宝玉的“情”是怎么看的？

白：我想我对贾宝玉这个人物，越来越了解、越来越理解。我觉得曹雪芹写贾宝玉，我想他对《佛陀传》里的佛陀生平一定很熟，有心无心、有意无意的下意识里，他把贾宝玉写成了一个像佛陀一样的悉达多太子——佛陀前传，这种人物产生大慈大悲之心，他看到世间所有这些人一起都被“情”所伤，所以我觉得贾宝玉最后出家的时候，真的是背负了一个“情”的十字架——《红楼梦》也叫《情僧录》嘛，他背了所有被情所伤的分量、重量走了，所以他是情僧啊。“情”和“僧”本来是两个对立的概念，根本就不成立的，有情不能成僧，成僧就一定要斩断“情”，这是很矛盾的啊，可是情僧指的就是贾宝玉，贾宝玉终究就是“情”，他的信仰就是“情”，最后他背着那个“情”，那个世情的十字架、人间的那个“情”出家的，看上去他好像逃避俗世，我想不是，他的出家有点像悉达多太子，那种勘破了生老病死之后成佛，看穿、享尽了繁华这个美“色”以后，有种超脱的境界了。

刘：有人说您既是“现代文学的传灯人”，也是“传统戏曲的传教士”。您大学念的是外文系，学外国文学出身，现在却成了一个中国传统文化的布道者。对于这种转型，您是怎么想的？

白：现在回头看，我一步一步走来，去振兴昆曲，制作《牡丹亭》，跟我推广《红楼梦》，我想前面都是准备工作，我念外文系，从某方面讲也是准备做这个工作。我对于西方文学的研究毫无贡献，我从来没有真的花时间去研究他们的作品，我只是阅读他们的作品，我没有把时间放在这上面，其实我念西方文学，等于是替我后来做这些工作，开了一扇窗，扩大了视野，让我有了国际性的眼光、现代的眼光，有了这个眼光，再来看传统文化，的确不一样。我想如果我是念中文系的，没有接触西方的文学、文化，可能我对《牡丹亭》和《红楼梦》的看法又不太一样了。有了这个西方的视野，我就跳脱了这些传统制式，所以讲起来蛮矛盾的，一方面我恢复传统这些东西，一方面我又去破坏它，剪掉它那些枝枝杈杈的拘束。我之所以能够做这些，跟我在西方的训练是有关系的。当然我要讲，我曾经一度非常沉湎于西方文学和西方文化，我现在还是非常尊敬它，人家取得了了不起的成就，但是我认为我们自己的文化要复兴的话，你必须先从固本开始，“五四”时代我们刚开始接触到西方东西，去学人家，那是对的，可是我想从那时到现在，也有一个世纪的接触了，对于西方文化怎么看法，怎么吸收，我想现在应该要有比较成熟的眼光了。

刘：您这个想法是什么时候形成的？

白：我想大概是在七十年代的时候就开始了。我看西方文化，他们是了不得的成就，可是我在想，你要去学人家的东西，我看我们自己大多是向人家 copy（拷贝）来的，不是说声乐学了以后，受了西方文化的深入浸淫以后，自己跳出来再创作，我想不是的，我们只是 copy 过来了，所以这是比较肤浅的。我深深地觉得他们的东西是无法抄袭的，我们有的东西，他们也是无法抄袭的，西方人、西方文化，他们也没办法真正地把我们的文化直接拿过去的，譬如说我们的书法，西方人写的只是他的自创一格，写到像我们的那种地步，我看不大可能，因为我们书法的那个传统太深厚了，太深远了。他们也是，你说西洋画吧，我去卢浮宫看过，看他们的巴黎奥赛博物馆、现代博物馆，这几个博物馆看了以后，你就知道西方人他们的绘画有多悠久，他们的油画，你去 copy 它们，你只能学他的皮毛，你再也没办法超越他们的，你可能油画画得很好，画得不错，即使你有中国的那个特色，还是真的不能比，还是跟他们第一流的大师不能比。你看我们学西画、学西洋音乐学了一个多世纪了，你说我们要出一个西洋音乐的大师，我想也还是不容易。因此我觉得中国自己的文化要立起来，要重新自己创造出了不得的艺术、了不得的文学，看来不能去抄袭西方，有的地方可以借鉴，可以受它影响，但不能、没办法一下子把它抄袭过来。我们有不少很好的西方音乐的演奏家，无论是钢琴、小提琴，可你再好也还是演奏家、演出家，你还不是作曲的，还不是伟大的西洋音乐的原创者。西方文化，它的感受、它的感性、它的整个的文化背景，跟我们是不一样的，也许你能在技巧上学它，可它真正的精神，那种东西到底不一样。我在七十年代初很早就意识到了。你会发觉一点，我的文字风格，我是尽量避免欧化的调调，我从一开始就注意这个，避免这个的。我念"五四"时代、三十年代的有些作品，好像翻译过来似的，欧化的句子，翻译体。就拿有些对话来讲，中国人不是这样讲话的，外国人这么讲，中国人不是这么讲的，那这么写就不真了嘛，有些话听起来比较文艺腔，平时我们讲话不这么讲的。我因为写小说，对小说的语言，尤其是对话的语言，特别注重，一定要真实。有的人想要在西方发展，在西方成名，用英文写作，我很早就发现那是不可能的，英文不是我的母语，我觉得没有那个必要，我想我还是用我自己的文字来写比较好。我在爱荷华的时候，像《香港——一九六〇》那篇，我是先写英文的，我记得，然后我再写中文，那时候我就发现，一个中国人用英文写作，怎么写也写不过人家，用英文写作好像用左手写字一样，所以我还是希望用中国的文字来写作。回到你的问题，我其实在很早的时候就意识到，我们要有原创的文化、原创的文学，还是要回到自己的传统中来。

刘：近年来您这么注重对传统文化的推广、介绍、推动，是不是有意识地想建立一种新的中国文化观？

白：我对中国传统文化的式微一直耿耿于怀！我们这个民族曾经产生过《牡丹亭》，产生过《红楼梦》，我们的绘画，北宋、南宋、元、明，我们产生过那么多伟大的画家；譬如说戏剧，有过它辉煌的过去，既然有过辉煌的过去，我们这么悠长的传统，我不相信，我们就不回顾、不回头去看。我想十九世纪、二十世纪我们被打昏头了，一直学人家，往前奔，没有回头看。我觉得二十一世纪应该是我们最好的机会，失去这个机会以后就不知道了，我想承平几十年，经济条件也有了，大家慢慢慢慢地对自己的传统文化也有一种觉醒了，我好早就在提倡，我个人的意愿，是希望在二十一世纪，来一个中国式的文艺复兴，类似欧洲的文艺复兴。但这是很难的，你知道，这牵扯到政治、经济、教育等各种问题，不过至少，我想说，要有一些文化标杆性的作品，像《牡丹亭》《红楼梦》这些，应该把它们重新竖立起来，变为我们新的文化标杆。我觉得我们戏剧从《牡丹亭》那个传统传下来，我想不会错，应该从这个方向来，从昆曲，其实是从美学，从昆曲的一种美学，中国文化的美学，传下去。《红楼梦》不只是本小说，它也是一种美学，而且是一种文化的指标，我想这两个标杆，先竖起来。西方的文艺复兴，也是从它的源头古希腊那些经典的东西中得到鼓励，得到了一些灵感。我想我们的文艺复兴，必然也是从过去的东西出发，然后有了新的视野、新的看法，现在是二十一世纪，我们要用二十一世纪中国的眼光去看待、发现传统。我们现在的文艺复兴，必然、一定是受西方影响的，西方文化我们已经吸收这么多了，我想以后也就是四个字吧：古今中外，是一种混合体。我希望一个新的文化起来，我想这个文化，骨子里是中国的、是传统的，又是创新的，是中国式前卫的、往前的、现代的、文化的东西。

刘：中国文化有没有可能在未来引领世界潮流，影响别人？

白：当然有了！我们很多的艺术，不说别的，就拿我们的书法来讲，我觉得我们的书法就是最高的抽象画，你看台湾的书法家像董阳孜，看她的书法，她的草书，自成一格，而且变为书画不分了，那就是线条美，纯粹的线条美。我说过的，我们的文化可以讲是线条文化，从我们的书法开始，什么都是线条，我们的音乐也是这样子的，我们的建筑，你看很美的，九曲桥，建筑的飞檐，这些东西，也是线条的，你看我们的青铜器，它的线条美吧，不得了的，那么早的时候，对线条的掌握、形的掌握，就达到那种高度、那种水平，那么美。我看看西方那些抽象画，其实我们的书法，我们的草书，早就是最高水平的抽象画了。

刘：您制作青春版《牡丹亭》和推广《红楼梦》，您的内在动因是什么？

白：这么说吧，有人称我们这个青春版《牡丹亭》是一种新古典主义，也对。其实我在某方面是恢复它传统的根基，但是很谨慎地注入了现代的因素，我们尊重传统，但不因循传统；我们利用现代，但不滥用现代，在传统的基础上，把现代的一些元素很谨慎地注入进去，这是我们的大原则。昆曲属于雅部，所以回归雅部。你看过我们的《玉簪记》吧？（刘：看过，看过两次）我相信你看过，就是那次我们在北京开会嘛（刘：对）你去了，那次北京开会，晚上就放《玉簪记》嘛，你看了。你记得，大概你印象深刻，它的背景、水墨画，还有书法，“秋江”那一折的书法，还有古琴，我们配古琴，那把唐琴，专门找了一把很名贵的唐琴，所以你看，整个琴棋书画这些最雅的东西，我们都放进去了。这个戏本来演得很俗了的，我们把它提高，把它变成一个水墨世界，很有禅意，整个的美学很有禅意。所以我想我们中国有雅文化，我们雅文化是非常高雅的，我觉得现在的毛病之一就是雅俗不分，混到一起了，辨不出来了。其实雅文化是雅文化，俗文化是俗文化，两个是平行的。所以让昆曲回归雅部，我觉得蛮要紧的。现在想想，我们推广昆曲算是成功的。

现在在推广《红楼梦》，我想这样讲吧，对于昆曲《牡丹亭》，我替它作了一出《还魂记》，对《红楼梦》呢？我替它下了一个注脚，写了一个新的注解。我的希望就是，一个文艺复兴，它总有一些文化上的指标的，所以像《牡丹亭》，绝对是一个戏剧上的指标；《红楼梦》在文学上，也一定是个指标。先把这些指标立起来，我希望扩大它们的影响，《红楼梦》《牡丹亭》这些中国非常雅的很有美学的东西，我希望它们能影响大众的美学品位。有了这个美学的这种熏陶以后，也许我们能蹦出大天才来，他们受了《牡丹亭》《红楼梦》还有很多其他的中国文学、文化的陶冶，创造一些新的东西出来。我想西方他们之所以很有成就，别抽象地看他们的环境，那也是因为浸在那个环境里面，才能出现那种艺术品、作品。有人说我是一个人的文艺复兴，这怎么可能？不过至少我一个人的，我的愿望，我觉得我该做的事情，差不多了，我有几件心事已经了了，一个是昆曲的推广，《红楼梦》的推广；一个是我父亲的传记历史，写了两本了。我想我该做的事情做得差不多了。

刘：您说您的一切准备，都是为了来推广中华文化，为了中国的文艺复兴，令人感动。

白：我觉得很奇怪，冥冥之中，一切好像都是上天安排好了的。像《牡丹亭》吧，其实根本轮不到我来推广昆曲的，但我从小的时候，就会接触到《游园惊梦》这一折，梅兰芳、俞振飞在上海演的，这是不是命运的提示？后来我又自己把它改成话剧，又进一步了；再推一步，就是我来中国大陆，刚好看到上昆的《长生殿》，我跟你讲过吧，我看了《长生殿》非常感动，我以为“文革”以后没有昆曲了，的确是，“文革”十年没有昆曲，“文革”完了以后昆曲才回过神来。我看的时候，他们是第一次把《长生殿》排出来，上昆，我记得我看完的时候，感动得不得了，我站起来拍手，人家跑了我还在拍，那时候我就心中动念，我就在想，我们中国这么了不得的艺术，决不能让它式微下去。那时候就那么想，八字还不见一撇呢，可是冥冥中，我又到南京，又去看了张继青的“三梦”，这些都是累积起来的因缘机遇，慢慢慢慢去做《牡丹亭》，好像上天铺好了路，让我去做。《红楼梦》也是，我从小就看《红楼梦》，然后我又去教《红楼梦》，在美国教了那么多年，这次台大又给我个机会，讲了一年半的《红楼梦》，我才有《细说红楼梦》这本书，这样我才发觉，原来中国大陆这边，程乙本基本上是销声匿迹了，被边缘化了，我又让它“还魂”。这么重要的一个版本，怎么可以让它销声匿迹？至少应该拿出来与流行的庚辰本做个比较，要不然的话，大陆的读者只有一梦，其实还有另外的梦——因为它是我们最伟大的小说，别忘了。庚辰本拿来作为研究本，它是非常重要，很了不得的。现在要推广普及本，有很多问题先要厘清，才能够推出普及本。一些学者，他们的理论就是说因为庚辰本年岁早，它是乾隆二十五年(1760 年)的本子——那时曹雪芹还没死呢——流传出来的，其实庚辰本也不是庚辰那一年的，现在流传的是后人又 copy 过来的，所以手抄本不完全靠得住的，抄错了或者是改了改，这种地方我觉得应该拿版本来比较了。我的看法是，从小说艺术上、从逻辑上，哪个版本写得最好，就用那个版本，几个版本哪个版本好，反正写得最好的，就用那个版本。譬如讲吧，一幅画，有人说这不是某个大画家的真迹，这是临摹的或者是伪作，如果这幅伪作从艺术观上比那个真迹还好，那它同样也是艺术也伟大，可能比那个真迹更好更伟大，它的艺术价值最要紧。所以我的理解，我以一个作家的立场，去理解、去看《牡丹亭》和《红楼梦》这两个作品，算是汤显祖和曹雪芹的知音吧，为它们演了一出“还魂记”。这次广西师范大学出版社把台湾的桂冠版程乙本拿过来出大陆版，我相信这会产生很大影响。像北京高考他们指定了几本经典要考的，第一本是《红楼梦》，你看这影响多大？北京的中学生都要看《红楼梦》，所以我觉得我的书出来也是恰逢其时。

刘：您说“一个伟大的作品不可能由两个人来合作完成”，因此你不相信《红楼梦》后四十回是高鹗续作，而认为后四十回有曹雪芹的底稿。

白：对呀！不可能的呀！比如说抄家那一回，写得不是太长，可是写得精彩得不得了，如果没有被抄家过，写不出来的。曹家被抄家时，曹雪芹已经十三岁了，看到了，懂事了，他们说是高鹗续的，高鹗的身世跟曹雪芹那么不一样，后四十回写不出来的，想象不出来的。你也看了我那本《细说红楼梦》，很多细腻的地方、小的地方，前后对应、人物的口气，最难得，没有经历过不可能写出来的。我不是讲嘛，第一，世界上的名著，我强调名著，第二，经典，名著和经典，没有一本是两个人写的。中国也没有啊，《三国演义》《水浒传》《儒林外史》《金瓶梅》，都不是两个人写的啊，如果有人后续去改一改，像《金瓶梅》有很多版本，改一改弄一弄，那有的，可是两个人合起来写，那不打架了嘛。如果两个作家是一样厉害的，那我为什么托你的名字呢，是不是啊？还有如果真的是高鹗写的，最后四十回是他续的，为什么他不自己署名呢？哎，程伟元和高鹗他自己写的序和引言里面，讲得很明了，说是从收藏家那边收得了二十多卷，又在鼓担上发现了十几卷，凑起来刚好后四十回，但有很多漶漫残缺，他们去修补的，“截长补短，抄成全部”。我在想，好，你说他们俩讲谎话，但你要有铁证，到现在为止，只是旁证。台湾的红学家高阳他有个说法，我觉得相当可信，他说后四十回写到贾府抄家，那么曹家的历史，雍正时曹家被抄过，而且雍正即位后的前六年间，文字狱很厉害的，他说其实曹雪芹写完了《红楼梦》，但后四十回牵扯到抄家，他不敢拿出来，收起来了，手抄本不外传了，怕杀头啊。那个时候你去写皇帝抄你的家的事情，那还了得？而且他讲这里头多少还牵涉到了当时其他几个亲王，有两家亲王他们的后代可能有的事情，那两家王府给了曹雪芹很大的压力，不准他出版，曹雪芹受到很大的压力的。高阳考证出来的，一讲抄家就不得了，不敢讲了，所以我觉得《红楼梦》后四十回是有所本的嘛，也许后来流出来的，也不一定，以现在的眼光来讲，非常合理。这个后四十回写得好，宝玉出家写得多好啊！而且笔调、人物的口气，这个最难！我自己写作我知道。讲后四十回是曹雪芹写的，那不是我一个人，很多，高鹗也这么讲，还有好几个人。现在渐渐渐渐地，这个理论慢慢慢慢地建立起来了。

刘：您对《红楼梦》的解读，您的《白先勇细说红楼梦》，更多是以一个作家的立场，从文学创作的角度，从文本出发，去细读/细说《红楼梦》，这与一般的红学研究，侧重点明显有所不同。

白：是的。那些曹学、红学当然对了解《红楼梦》都有帮助，但是对阐发《红楼梦》的艺术成就，可能并没有太大帮助，你说大观园是在南京还是在北京，跟它有什么关系？花那么多时间去找，曹雪芹旧居在哪里，这个对理解这部小说，不见得有太大帮助。现在我们的版本是这个程乙本了，所以我们只有拿现在这个文本来细读。我想我看《红楼梦》有些不太一样的地方，哎，为什么这个东西写得这么好？这部小说高明在什么地方？我看的时候就是注意这些，曹雪芹为什么这么写，我常常在琢磨。我是这么看的：一个作品，它变成经典或者它写得很成功，那个作家或者那个艺术家，他一定找到了他要表现的艺术内容，以及呈现艺术内容的最佳表达方式，他的艺术形式，那个形式，不能取代的，他找到的是最合适的那个形式。《红楼梦》的高明，你看我的那本《细说红楼梦》里讲的那个，黛玉出场，她是第一女主角，最重要的一个人，哎，曹雪芹怪得很，第一次提到林黛玉的时候，他三言两语就写过去了，为什么呢？他是从贾雨村的口中讲林黛玉，贾雨村是林黛玉的老师，这个人很俗气的，心术也不端，从他的眼光，他一定看不出林黛玉的灵气在哪里，对林黛玉他不理解，所以他眼中的林黛玉“年纪幼小，身体又弱”，就是这么几句话，可是他看的这样子也是对的。我们要一直等等等，等到贾宝玉出现，从宝玉的眼光看林黛玉，那就是这个林黛玉的形象了。你想如果是一个比较没有什么经验的作家，林黛玉一出场，啊啊啊，写了，那你写了半天以后，贾宝玉再看她，这怎么办呢？再怎么超过？那就没有惊喜了。曹雪芹厉害的地方，先点一下林黛玉这个人，然后慢慢慢慢地等着这个人出来，用宝玉的眼光看林黛玉，所以我就说小说里面的“观点”(point of view)，《红楼梦》的“观点”用得很好的，这个时候这个人出来，那个时候那个人出来，“观点”用得很好。这种地方因为我自己写作，我晓得，人物怎么上场，人物怎么说话，我想很多研究者他不是从文学观点、不是从小说“观点”来看。

我对《红楼梦》的看法，我希望这首先是一部小说，把它当作小说来看。我想也有些学者，西方的学者，也是把它当作小说来看，不过他们就是选一个题目或者是讲了《红楼梦》以后来研究。我的《细说红楼梦》这个书有一个特点，就是它是一本导读，从第一回讲到一百二十回，这个少见，从第一回分析到一百二十回，每回每回，一回一回分析。有了这个，我就希望那些学生们，中学大学的学生读《红楼梦》，有些是初读者，有些是没读全的，对他们有帮助，不然的话，他们很难，尤其年轻男孩子，不耐烦，觉得《红楼梦》看起来婆婆妈妈，其实不是，这本小说的背后有很多深意的。一方面，中国人的人情世故，通得不得了，把中国人写足了；但另一方面，它还有超越的一面，还有高的一层，形而上的一层东西，它其实是非常完整的。《红楼梦》那本东西，又大又复杂，它好像是一个拼图，一块一块一块的，其实每一块跟主题都有关系，它整个拼图拼起来，就是很完整的一个图，这是很厉害的地方，它有它的架构。你看它一开头，是甄士隐与贾雨村，到了结尾，两个人又碰到了，本来两个人就是非常象征性的，一个出世，一个入世，最后又把他们两个在结尾“框”起来。这类的例子，很多很多，《红楼梦》的结构是非常严谨的，那是一部很伟大的小说，小说人物那么多，那些人物怎么写得这么有个性，每个人物都栩栩如生，这不是容易的。十二金钗写完了，十二个女孩子都很有个性，哎，他又写红楼二尤，这两个。我昨天还在上海图书馆作了个演讲，有上千人，千把人来听，我就着重谈为什么要推程乙本，我就讲了几个原因，他们也请了一些红学家来听，大概也不服我讲的那个样子，那很好，引起一些争论，大家更加注意这个版本。我听他们讲，好像一下子程乙本刚刚出来，好像在亚马逊还是在什么网上，已经排名排到预购了，已经断货了，所有书综合类的排名，不光是文学，居然排到第四名了，可见这本东西引起注意了。我希望程乙本引起注意，我希望看到这个版本能够产生影响。我在我的那个《细说红楼梦》里都讲了，庚辰本有好多错误的，好多问题的，问题不小。昨天我跟读者讲了，不错，《红楼梦》里面有很多粗口，我想曹雪芹是雅俗都有的，他不避俗的，《红楼梦》中是有很多粗口的，可是讲粗口的那个人的身份，又是与他的语言非常贴切的，什么人讲什么话，你记得吗？有一回祖母带了所有大观园的丫鬟、亲戚，到一个道观去做法事，好多丫鬟女眷都去了，那道士当然是要回避的了，有个小道士来不及跑，王熙凤打了他一个耳光，记得吗？庚辰本里用了一句粗话，粗得我不好意思讲，她骂道观里面的那个小道士，而贾母就坐在那边，骂的话那么粗俗，这怎么可能呢？贾府的少奶奶在道观里面骂的这个粗口，那个绝对不是王熙凤的身份。程乙本里是“小野杂种”，这个是可以接受的，那个不行。庚辰本里还有好多粗口，我说不对的，不能那么讲的，不是那个人的身份，这些我猜是抄书人抄得起劲了，很可能自己加上去的。我想曹雪芹绝对不会让王熙凤讲这么一个粗口，这个程乙本翻了过来，当然还有其他的例子，像尤三姐啊，这些写偏了的东西，很多了。我这里也讲了，某方面说，我也替程乙本《红楼梦》还了魂。我在想，如果不趁这次推出来，可能程乙本就消沉掉了，淹没掉了，遮蔽掉了。因为我很吃惊，我在南师大演讲的时候，大概也有六七百人、七八百人的样子，我就问了，我说你们哪一个看过程乙本的？一个人举手，我吃一惊，有些还是老师，也没看过。我在先锋书店，好多人，也好几百人，我说有没有看过程乙本的，三个！可惜这个本子被埋没掉了，好久了，几十年了。以前也出过，像以前五几年时出过，后来也出过。

刘：《红楼梦》的版本演变，非常复杂，您为什么特别看好程乙本呢？

白：五几年的时候，大陆出过程乙本，启功注的，后来冯其庸他们用庚辰本为底本，还是启功注的，这个庚辰本一九八二年出了之后，程乙本慢慢就不见了。程乙本怎么会不见了呢，就是一九五四年批判胡适，批胡适以后，大家不敢碰这个了，因为程乙本是胡适写的序，程乙本是胡适推出的。这个是怎么回事呢，胡适自己收藏了一个程乙本，一七九二年的，活字木刻本，本来上海的亚东图书馆在一九二一年的时候，印了一个程甲本，程甲本那个版本，风行了六年，出了很多版了，哎，亚东负责人汪原放，他发现胡适藏了一个程乙本，胡适就推荐程乙本，程乙本是程甲本的修正本，有些错误修正过来了，所以汪原放又把程乙本重刻，胡适又写了一篇序，程甲本也有序，程乙本也有序，程甲本的序叫作《红楼梦考证》，很重要的一篇文字，胡适算是新红学，他考证出来最重要的是《红楼梦》的作者是曹雪芹，这个是胡适最重要的贡献，他也成为新红学的开山鼻祖，程乙本有了胡适的加持以后，风行海内外几十年。到了台湾之后呢，台湾的远东图书公司，台湾的其他好多出版社，出的《红楼梦》都是胡适这个亚东本子的翻印本，没有注的。一直到一九八三年，桂冠图书出版公司出了程乙本，这个就是我们现在的本子。这个程乙本，它用启功当年的注为底，加上唐敏等人的注，然后还翻成白话，把这两种注都合起来了，所以它注得非常详细，注得详细得不得了，而且它在校的时候，参考了七个本子，五个刻本两个手抄本，它参考了庚辰本，也参考了另外一个有正本(刘按：有正书局石印戚序本)，以及其他的刻本，综合各家，有些其他不一样的疑问，就放在每一回的后面，校记，让你参考，让你自己看，自己判断，如果它发现那个程乙本有问题的那几个字，和其他的本子都一样的，它就用其他的本子，它也告诉你，所以你统统晓得，版本多得不得了。不知你记不记得，我前面请你买给我的，从大陆买给我的(刘：不是我买的)，哦，那可能是托广西师范他们买的《红楼梦》，哎，我一看，是俞平伯校注的，它也不是程乙本，它的校注是有正本，另外一个抄本。总之后来那个程乙本没人敢碰，因为胡适写过序，又推崇这一本，批判胡适你还去搞它？连俞平伯都挨了批，所以在大陆就消失了(刘：那台湾为什么没有延续？)哎，一直到二十一世纪，不是桂冠图书公司一九八三年出了嘛，我在美国教书的时候，都是用那个本子的，其他的前面也用台湾的程乙本，后来桂冠出来以后，我就用桂冠的本子，它做得好，对学生有用，一直到它二〇〇四年断版了。台湾也跟风，桂冠不出了，其他的像里仁书局，都是用人民文学的冯其庸的这个庚辰本，所以在台湾也买不到程乙本。我在教《红楼梦》的时候，是用的庚辰本教，所以我才有机会重新对着程乙本看，每回都对，我对得很仔细，不同的地方都挑出来了，我备课、上课，讲了一年半的《红楼梦》，还搞出作品来。我常常熬夜备课的，讲《红楼梦》，老教授也不能随便讲的，而且他们还录音，录下来，不能随便讲的。所以这么弄下来，给我一个机会，从第一回对到最后一回，要不然平常没有这个时间，没有这个精力，我两个版本都看，每一回，我这边看，那边看，我本来对《红楼梦》也熟，我看了庚辰本了，一看，有一个字不同，我马上知道，然后再看那边，把它统统弄了出来，算是做了一次校对的工作，挑出它们的不同来。《红楼梦》这本书我看得熟，对它的理解，的确有我自己的看法，而且我有那个信心说后四十回好，怎么好我写出来了，他们把后四十回骂的，大家不敢出声，我替它辩护，有些人听说干脆后四十回不要看，我拨乱反正，也蛮多人赞同我的看法的，叶嘉莹先生有篇短短的文章(刘按：指《〈白先勇细说红楼梦〉读后小言》)，她写得很好，她是专家啦，她写过一本评王静安王国维的《〈红楼梦〉评论》，她也是蛮讲义理，不是考据的。有叶嘉莹先生的加持，我蛮高兴，她不随便讲的啦，以她的修养，以她看的东西，她不随便讲的。

刘：对于《红楼梦》后四十回，张爱玲认为高鹗的续作“不好看”，觉得“八十回后，一个个人物都语言无味，面目可憎起来”，这一点看法和您完全不同啊。

白：张爱玲说人生“三大恨”，第三个是“红楼梦未完”。她说一看第八十一回，是天昏地暗，她很偏见。我的看法，张爱玲受《红楼梦》的影响很深的，你看她的那个《金锁记》，还有《第一炉香》，我想很多都有《红楼梦》的影子，但是你发觉没有，张爱玲的小说里头，没有宗教情怀的，她对佛教冷淡的，她不相信佛，不相信佛道这些东西，所以我猜她看到的宝玉出家——宝玉出家写得那么好，我猜她没有同感，她不相信这个东西。她看后四十回，如果她没有这种情怀，她没有对佛道这个完全的感知，那当然她觉得没有什么好，不精彩。《红楼梦》对我影响也很大，我的佛教的那种思想、佛教的那种感情、对人生的看法，很多是受《红楼梦》的影响，《红楼梦》底下它的佛道的思想，其实是一直像暗流一样，一直在它的书底下的，书底下有这个，我很早看到的。人可能有你讲的，对佛有佛缘也不一定，可能我很早就特别有这个天性，我相信天性。张爱玲当然跟她的身世也有关系，她跟她父母的关系都处得不是很融洽，她与母亲的关系对她有影响的。我记得她写的那个《小团圆》，传记式的小说嘛，里面那个女主角就是写她自己嘛，她跟她母亲的关系，后来她母亲养她养了很久啊，这么多年母亲花了多少钱，她跟女儿算账，女儿后来把那个钱还给她，母女关系到这个地步，可见得亲人之间的关系的确是蛮紧张的。后母对张爱玲也不好。她母亲俩姑嫂去留学，当时的那种行为也是新女性，非常新颖，非常独特。我记得好像她弟弟也想逃出来，她妈妈讲我养不起，让他回去。张爱玲的几个散文写得蛮动人的。不过我讲我和她好像对《红楼梦》看法不一样，可能跟这个有关系。

刘：您在美国教《红楼梦》，面对那些洋学生，和在台湾、大陆讲《红楼梦》，有什么不同?

白：在美国跟洋学生讲《红楼梦》，到底是有文化的阻隔，对于东方社会，他们连姑表姨表都分不清，都是一个 cousin，还搞不清楚哪个重哪个轻，那么我跟他们讲的，都是大概的历史背景、情节故事，整个的意义在哪里，粗线条地讲，不能讲细节，美国学生有的半懂不懂，但也有几个蛮灵的，也懂的，有一个男孩子蛮好玩，他跟我讲他真的很喜欢这本小说，他说我就是贾宝玉，因为他追中国女孩子，娶了中国太太，离了婚，又娶还是中国的；另外一组是华裔的，从大陆从台湾来美国，那我讲得比较细一点了，但因为是一学期的课，也只能讲重点的，不能很细地一回一回地讲。这次在台湾大学讲的，那倒是真正给了我发挥的空间，对《红楼梦》全盘地讲，大概很少人能够有我这个机会，一年半讲一本书，是不是啊？哎，大陆这边讲《红楼梦》也一定有的吧？（刘：也有的，以选修课为主）所以我发觉我要讲一百个钟头，才讲得完，我一回一回地细讲，我希望大学生看《红楼梦》时也看这本东西，有所帮助。研究《红楼梦》的人多了，各式各样的理论，各式各样的东西。我是对着一回一回地讲，（刘：有时候甚至是一句一句地抠）大致是这样，这个工作倒没有浪费掉，我觉得很好，他们录下来了，录下来了就可以把它整理出来，蛮好的（刘：都是珍贵的音像资料）。所以，你看，《牡丹亭》这些年我做完了，了了一个昆曲方面的心事；《红楼梦》也推动了，这些都是跟我们的文学、跟我们的艺术有牵连的。这些东西，都是一些有价值的、有永恒性的东西。真的，我想我的晚年，能够做出青春版《牡丹亭》，把《红楼梦》程乙本还原，还魂，我心里面也蛮满足的，可以说在文化上，实现了我的梦想。

刘：您做的这一切，可以说也是您“青春”不老的体现！谢谢白老师接受我的采访！非常感谢！

（载《世界华文文学论坛》2017 年 第 4 期）

从华尔街到中国网络小说翻译

——专访 volare novels 创始人艾飞尔(Etvolare)

肖映萱

采访时间：2017 年 5 月 1 日

采 访 人：肖映萱(北京大学中文系)

受 访 者：艾飞尔(Etvolare)

采访方式：微信聊天

Volare novels(http：//volarenovels. com/)是一家以北美受众为主的中国网文英译网站。截至 2017 年 4 月底，日均 PV(页面点击量)已经达到一百万，日独立 IP(访问人数)达到十万左右，月独立 IP 约一百五十万，在我们的观察范围内，仅次于 Wuxia World，与 Gravity Tales 不相上下，是目前最大的三家网文英译网站。

一、从华尔街到网文翻译

肖映萱(以下简称“肖”)：首先想请您介绍一下 volare 是如何诞生的？听说您在美国住了近十年，在纽约从事金融会计行业，后来是怎么做起中国网络小说翻译的呢？

艾飞尔(以下简称“艾”)：我在台湾长大，从小就很喜欢武侠电视剧和言情小说，是个不折不扣的书虫。这个喜爱一直跟着我，学习工作之余，偶尔会接一些翻译社的活儿。翻译网文是误打误撞开始的，有一天我在网上找新的作品来读，不知怎么点进了一个网文翻译的网站，就也想自己翻译试试，结果越翻越有兴趣，就自己建了个网站。一方面是我自己的爱好，也想传播华语文学；另一方面，翻译网文能得到更大的成就感，每一次我都很期待读者的反应。

(纽约华尔街是享誉国际的世界金融中心，艾飞尔曾在这里工作近十年。)

肖：那时您还在纽约工作吗？华尔街的金融行业，在大家的印象里，是很忙碌、报酬也很高的职业，您在这样的情况下还能抽出时间翻译，换取比做金融低得多的报酬，必须靠兴趣和热爱才能坚持吧！现在是全职管理 volare 了吗？辞掉工作需要很大的勇气啊！

艾：是的，工作确实很忙，而且我不仅是翻译者，还要管理整个 volarc 的网站，翻得就很慢。我是今年(2017)1 月 1 日辞掉的工作，新年新希望吧！然后回到台湾注册了文化公司。做这个决定确实需要极大的勇气，到现在也有家人不解，但我觉得每个人都想要不一样的东西吧。很多人向往着纽约金融业，实际进入这个圈子才会发现情况跟想象的不一样。工作多年后，我觉得这个环境并不适合我，再加上我还有一点小热血——为什么西方作品在全世界影响这么大，但华语文学却很少走出去？我希望可以改善这个情况。

肖：之前我们从 Wuxia World 的创始人 RWX 那里了解到，他也是辞掉了原来的工作，专职来做翻译网站。是不是他的这个举动在海外翻译群体里造成了一些影响，您也或多或少受到了他的带动呢？

艾：是的，当时我已经过了一年做双份工作的日子，volare 的需求越来越大，让我意识到应该抉择是否把翻译转为正职。确实有找 RWX 聊了聊，他是放弃了之前事业的过来人，给了我很多建议和鼓励。我其实是个保守的人，但如果我不冒这个险的话，volare 一定做不起来，这应该是我这辈子做的最大赌注吧！

(2016 年 7 月，北大网文论坛采访 Wuxia World 创始人 RWX，得知他为了专职做翻译网站，辞去了自己在美国外交部的工作)

肖：您真有魄力啊！不过得到的回报也一定是值得的。我发现 volare 的页面非常简洁明了，对初次进入的用户很友好，要做出这样的网站设计应该很不容易，您是个人在做，还是请了专门做网站架构的人员来帮忙呢？

艾：网站分前端后端，前端就是我们看到的网站，是我自己做的，当时被迫自学了一下；后端我自己做不来了，请了专门负责的程序员。近期还增加了 marketing(市场部)的同事，进一步完善了网站。我觉得能达成这些，除了幸运，也跟我之前职业有很大的关系。看惯了各大公司如何营运，学过了许多这方面的知识，让整个网站运转起来比较容易。

二、volare 特色："另类"作品和女频小说

肖：2015 年 11 月底，您开始翻译第一本小说《三界独尊》，12 月建立 volare 开始发布连载，后来又转载到了 WuXia World 上；第二本《大魔王》是先在 Gravity Tales 上发，后来转回 volare。这样看起来，volare 刚建立的时候跟 WuXia World 和 Gravity Tales 有很深的渊源，听说您之所以会翻《大魔王》，是看到有其他译者翻了前几章就断更了，您看了觉得喜欢就接过了这个坑。目前国外的中文小说译者群体之间是怎样的交流现状，能简单介绍一下这方面的情况吗？

(Etvolare 翻译的第一部网文作品——犁天的《三界独尊》)

艾：我发现这个领域的时候，WuXia World 是我看到的第一个大规模网站。我当时什么都不懂，兴冲冲地发了一封邮件给 RWX，胡乱自我介绍了一番，眼睛很闪亮地跟他说我觉得这个网站真好，问他说需不需要帮忙。后来在网上碰到他时会有一搭没一搭地聊，渐渐就熟了。

肖：那为什么不干脆加入 WuXia World 或是 Gravity Tales，而是自己建了另一个网站呢？自己维护一个网站多辛苦呀！

艾：一开始的确只是想展示自己的作品而已，没想要自己维护一个网站，确实很麻

烦。但当我深入了解这个领域之后，骨子里的小热血又跑出来了，我看到许多我个人很喜欢的女频小说，以及“另类”一点的小说，在这两个网站的读者那里没有得到足够的关注，大家的口味大部分都在武侠、仙侠上。我跟 RWX 提过，但他一个大男人，可能对女频的兴趣会少一些吧？他不爱我爱呀！于是就产生了建一个网站、把这些作品收集起来的想法。

肖：但我现在看到的 volare，目前的 27 部小说里(5 月 14 日增加到 28 部)，男频、女频作品的数量差不多是对半分的(男频 14 部、女频 13 部)，类型也感觉是五花八门的，您是怎么挑选出这些书的呢？

艾：英文读者可能没有把男女频分得那么清楚，常常是按武侠、仙侠、玄幻、都市等类型分的。我有把一些男读者推到女频小说那，他们也爱看钩心斗角，或是霸气女主踩坏人，两边的读者习惯可能不太一样，但有些男读者也喜欢一把鼻涕一把眼泪地看书呢！非女频的作品，我称作“另类 alternative”的作品，比如恶搞、科幻等。目前 volare 的类型确实五花八门，因为我主要是看故事的内涵和作者的文笔，千篇一律、毫无反转的作品，比如高富帅爱上傻白甜、废柴逆袭，这些我都不收的。所以 volare 的作品都很有特色，每部都有忠实读者。

肖：这么说每一本都是经过您的筛选、认为有特色的文？

艾：是的，每个网站上的文都是经过筛选的。当然，有了好的译者之后，最重要的还是看译者自己想翻什么，还要看作品的授权。今年承蒙各大公司的喜爱，volare 已经收到了一些合作意向，我们已经有了一个授权作品的小书库，就等找到合适的译者了。

肖：我明白了，一方面，您在网上搜寻已经有的译者和译文，另一方面有已授权的待翻译书库。您平时的阅读，是看中文小说多还是英文小说多？中国网文会去各个网站看榜单吗？还是有别的书友给您推荐？

艾：我桌前有一墙壁的英文书，但计算机、手机里都是中文小说，一半一半吧。中文小说通常是依赖书友推荐，比较少看榜单，榜单可能少有我喜欢的“特色”吧。

肖：目前网站上的这 27 部小说，原本连载的网站分布让我挺意外的：10 部起点中文网、3 部起点女生网、3 部晋江文学城、2 部云起书院、2 部香网、2 部掌阅、1 部塔读、1 部小说阅读网、1 部纵横中文网、1 部 17K、1 部潇湘书院。男频以起点中文网为主，这很好理解，但女频和我想象的不太一样，原本以为晋江文学城的会更多，“红袖添香”竟然一本都没有，而在中国大陆不怎么有名的香网却有 2 本小说。

艾：我不知道“香网”的名气那么小，刚开始是一个叫如意(Ruyi)的译者在翻他们的小说，既然我想成立正式的公司，就去跟他们谈了合作、授权。我们也已经和掌阅签订了合作，目前在和 17K、纵横以及其他网站洽谈。主要先从网站上有的小说开始要授权吧，红袖添香我们尚未有作品，两手空空地去谈可能不妥。至于晋江，我是很想跟他们合作，但双方的理念好像有点不一样，暂时没能合作。我觉得挺可惜的，以后会再接触看看吧。

肖：如果 volare 将来想往女频倾斜，会考虑增加耽美、同人这些类型吗？

艾：这两个类型，一方面因为暂时没有谈妥和晋江的合作，另一方面，题材确实比较敏感，所以目前没有这方面的计划。

三、volare 的译者、编辑

肖：您对译者和译文的要求是什么呢？

艾：当然是质量为上，既然我们是“human translators”而非“machine translators”，翻出来的作品就应该像本来就是用英文写的，才对得起原作者、读者和译者自己。速度当然也重要，翻得慢的话就很难得到读者的喜爱，但我不会为了速度而牺牲质量。

肖：有硬性标准吗？比如每个月的更新量？

艾：没有，我觉得如果有这种硬性规定反而会限制译者的发展。我希望他们好好翻、开心翻，至于创造一个良好的环境，确保作品的更新速度，这是负责人应该担起的责任。当然，许多译者乐于跟读者互动，自己会订下一些最低的更新量。

肖：目前网站的译者大概来自哪些国家地区？

艾：目前大约有三十位译者，来自全球各地，包括北美、欧洲、东南亚等。

肖：那他们都是怎么会中文的？都是华裔吗？我知道 RWX 是华裔，GGP（Gravity Tales 创始人）是美籍华人。

艾：大部分是华裔和外籍华人，有少数是学了中文的西方人。

（以 5 月 14 日最新上线的作品《炮灰女配：纨绔厉王妃》为例，参与翻译工作的有 etvolare、Grace、Grenn、Mehexistence、Ruyi、timebun 六位译者，及 Deyna 一位编辑）

肖：我注意到每本书除了译者，大多还有编辑。这些编辑也是您筛选、邀请来的吗？还是志愿来帮忙的爱好者？他们的主要工作是什么？

艾：编辑的英文程度非常高，负责在译者翻完一个章节之后，完善文章的流畅度、把遣词造句调整得更恰当，但他们不会再揣测原文去做更多的增删。编辑大部分是我筛选来的，有些是译者自己合作多年的。

肖：您能详细说一下编辑和译者的筛选制度吗？

艾：聘请编辑前，我会先亲自审核第一轮。给他们一个被改得乱七八糟的句子，如果他们能改得恰当，就再给一个大约三千字的小说章节。在这过程中，也会跟他们聊聊兴趣和意愿。若第二轮也通过，就会依照当下译者的需求，把编辑推到其中一个团队。主要翻译会再给他们小说的一个章节，测试过了才用。译者也会经过类似的筛选。

肖：那这些译者和编辑，有全职的吗？还是都是兼职？每部小说，译者和编辑的收入是如何分配的？

艾：有些是半职，只有我是全职。收入由主要翻译下去分，但我会不时地关心一下，确保没什么问题，但不会规定她们该怎么分。

肖：那么收入是怎么来的呢？目前 volare 的盈利模式是？

艾：因为我跟 Wuxia World 和 Gravity Tales 都有接触，据我所了解我们的营业模式都是相似的——读者打赏、众筹（Patreon）和广告。今后我们可能更期待电子书，主要是在 Amazon 这种平台销售。国外读者很习惯网上消费电子书了，这方面应该没太大的问题。

（volare novels 首页的“support”版块，每部作品底下有“SPONSOR”图标，点击则直

接进入 PayPal 付款页面，方便读者进行打赏。下方有“patreon”字样的点击则进入众筹页面）

肖：目前有已经在亚马逊上架的书吗？

艾：还没，这在未来的计划中。

四、volare 的读者

肖：我看到您之前接受采访，提到 volare 的读者 30%来自美国，5%来自加拿大，10%来自西欧，12%来自东南亚，这个数据现在有新的变化吗？

艾：最近西欧涨到了 17%左右，其余的都差不多一样。volare novels 用户来源最多的 14 个国家，依次是美国、菲律宾、加拿大、印度尼西亚、澳大利亚、德国、英国、马来西亚、法国、印度、巴西、新加坡、泰国、俄罗斯。

肖：您说 volare 月访问人数（IP）已经上百万了，但我注意到译文下方的留言区，留言评论的数量并没有太多，这是为什么呢？

艾：有些读者爱留言，有些就沉默寡言。我们在 reddit 和 Discord 都有聊天的地方，大家更常在这上面讨论。

肖：我了解到 reddit 是类似百度贴吧这样的论坛，Discord 则类似 QQ 群或微信群？

艾：对，Discord 类似 QQ 群或微信群，我们有很多群，在线的所有翻译者其实都经常沟通，也有一些用 Skype。有些 Discord 的群是一个网站的，有些是一个作品的。Volare 网站的群有超过 1500 人了（注：至 6 月中旬 volare 的 Discord 群人数增长到了 2500 人）。

肖：哇，那是个超级大的群了！您注意过他们的讨论吗，您认为海外读者为什么会对中国的网络小说感兴趣呢？会不会绝大多数读者也还是华裔？还是说有很多是对中国文化感兴趣的真的外国人？

艾：我偶尔会看留言，一般是让下面的人帮忙盯。我觉得海外读者应该是喜欢我们的天马行空、跳脱和新颖的题材。网文的一大优势就是变得快，很多时事或当下流行的话语都可以更新进去。例如近期在连载的一部《超级红包群》，跟掌阅合作的，是关于一个天界的聊天室，主角透过微信之类的连接天界，跟孙悟空还有群里的其他仙人一起抢红包，读者可以了解到很多中国的文化，很有意思，这在西方文学中绝对看不到。我觉得他们多数应该是真的外国人，华人可能没那么想看翻成英文的中国网文吧，如果看不懂中文的话，可能也是直接看电视剧了，毕竟一个真实的杨洋比小说里再潇洒的男主都帅，哈哈！

肖：英语的畅销书体制是非常完善的，基本上各个类型都有，那中国的网文除了能迅速吸收新的元素，还有什么优势呢？

艾：我很喜爱网文关于人与人互动的描写，中国网文的感情很丰富，或许我该重温一下我最喜爱的英文小说，但我总觉得中国网文里写到的爱恨情仇更深得人心。

肖：那中文的女频网文，和英文的言情小说，比方说《暮光之城》《五十度灰》，您觉得有什么本质上的区别吗？

艾：除了作者文笔风格本身不同、双方都有写到烂的主题以外，一个最大的差别，就是中西小说家因文化背景不同而对事情的看法和描写不同吧。除了新颖的题材、结合时事的情节、丰富的情感，中国网文还有一个优势，西方读者目前可能把它看作一个新的玩具，现在有个小热潮，但这种热情可能是起伏不定的。

（载《文艺报》2017 年 8 月 7 日）

薛忆沩、吕红对话录

[加拿大]薛忆沩　[美国]吕　红

编者按：薛忆沩是当代中国文学界最为勤奋和最受关注的作家之一。在过去五年时间里，他“高潮迭起”，一共出版了近二十部受知识界推崇的文学作品。他特立独行，被称为是中国文学界“最迷人的异类”。同时他又深居简出，尽管已经在加拿大蒙特利尔居住多年，却不为海外的读者所熟悉。去年年初，在美国注册的英语学术期刊 *Chinese Literature and Culture* 杂志以整期全部 110 页的篇幅推出专辑“Xue Yiwei and His War Stories”，薛忆沩不同凡响的作品开始引起西方读者的注意。而随后不久，他被国内读者推崇备至的“深圳人”系列作品英译本 *Shenzheners* 在蒙特利尔正式出版，引起加拿大主流文化界的关注。从去年七月以来，The Montreal Review of Books，Quill & Quire，The Globe and Mail，The Montreal Gazette，Literary Review of Canada，Montreal Center-Ville 等主流媒体纷纷发表书评和访谈(蒙特利尔当地最大的英语报纸上的访谈近一个整版)，将薛忆沩的“深圳人”系列作品与英语文学中的经典《都柏林人》相媲美。加拿大国家广播公司(CBC)也制作了关于薛忆沩的专题报道，在星期天黄金时段播出。薛忆沩多次获邀在加拿大各地文学节和图书馆朗读和解读作品。在名家云集的温哥华作家节上还出现了读者排队购买和签名的热烈场面。英语的 *China Daily*，*That's Beijing* 等报刊相继发表了报道、书评和采访。香港《亚洲周刊》杂志将 Shenzheners 的“西方接受”当成封面故事之一进行了报道。据悉，新年假期刚结束的第一天，CBC 的读书节目又做了最新的报道。蒙特利尔的“蓝色都市”国际文学节与多伦多的公立图书馆也发邀请，还有法国出版社拟推出法语版……在“深圳人”走向世界之际，红杉林策划特辑，以增进读者对作家与众不同的文学道路和超凡脱俗的写作风格的了解。

薛忆沩：隐居在皇家山下的文学奇观

吕红：“深圳人”系列小说的英译本出版之后立刻引起了加拿大主流媒体和文化界的关注。在西方世界引起轰动，您被各大图书馆及相关文化机构邀请做讲座，似乎一下子变得炙手可热，成为文学奇观，读者开始以新的眼光看待华人文学，可否请您谈谈相关近况?

薛忆沩：十一月二十七日，加拿大国家广播公司在星期天黄金时段的节目里播出了关于这本书的一个专题报道。同时，十一月出版的《加拿大文学书评》也刊出了一篇关于这本书的书评。那应该是从去年七月份以来在加拿大媒体上陆续出现的书评中最有分量的一篇。十二月，加拿大国家广播公司的读书节目又邀请我参加了一个作家之间的活动。蒙特利尔《城市》杂志刊发一篇由“蓝色都市文学节”（蒙特利尔当地最重要的文学节）负责人撰写的书评。新年开始，更多的好消息传来：四月底的“蓝色都市文学节”上将有两场关于“深圳人”的活动。而多伦多公立图书馆邀请我五月底去参加最重要的作家系列活动。并有加拿大一位著名作家和学者专访。另外，先在这里透露一个小秘密：“深圳人”系列小说的英译本最近在主流文学界获得了第一个文学奖。具体细节稍后公布。

吕红：这样的关注程度对于一部从汉语翻译过来的短篇小说集来说有点不可思议。您去年十月也获邀参加了温哥华国际作家节。据悉是加拿大级别最高的两大文学节之一。那么，在文学节期间读者对“深圳人”的反馈如何？

薛忆沩：我在温哥华国际作家节上的两场活动都非常成功。第一场活动是与邓敏灵（Madeleine Thien）和一位新西兰作家之间的对谈。邓敏灵是加拿大最近二十年来很活跃的作家，去年更是红极一时：不仅拿下了加拿大两个最大的文学奖，还进入了布克奖的终选名单。而主持我们活动的是加拿大兰登书屋的负责人，加拿大最大的出版商。这是一场门票提前售空的活动。活动过程中，读者的提问非常踊跃。活动之后主办方收到的读者反馈也非常热烈。而第二场活动是与一位美国作家和另外两位加拿大作家的对话。效果也非常好。活动之后，现场居然出现了读者排队购买“深圳人”的场面。值得一提的是，温哥华公立图书馆在不到一个月的时间里为“深圳人”安排了专场双语活动，并用最快的速度购齐了本人全部作品。活动当天，温哥华狂风暴雨，读者仍十分踊跃。而八十四岁高龄的原台湾《联合文学》主编马森先生特地从维多利亚岛赶来主持活动，尤其令人感动。

吕红：“深圳人”系列小说是您用十六年的时间创作完成的作品。2013 年，小说单行本《出租车司机》出版后，立刻引起了国内媒体的极大关注，并获得当年的“中国影响力图书奖”。一般来说中国的文学作品是不太引起西方普通读者兴趣的。您认为是原作中的哪些因素让“深圳人”走向了世界？

薛忆沩：因为蒙特利尔最大的英语报纸用几乎整版的篇幅登出他们文化版主编对我的专访，我这个一直隐居在皇家山下的普通移民突然暴露了身份，变成了当地的“文学奇观”。有不少的邻居都去书店买了“深圳人”系列小说的英译本找我签名。依然健步如飞的 94 岁的克劳迪娅不仅自己买了一本，读完之后，她又买了两本送给她在欧洲的朋友做圣诞礼物。我为圣诞礼物签名时她评价说，我小说的人物都很“emotional”。这准确的评价足以说明她读懂了我的作品。而两天前，名为让·马力的邻居在马路上拦住我。他说他刚读完小说集中题为《村姑》的第一篇。他说他被感动得流下了眼泪。他还说他以前对虚构作品没有什么兴趣，《村姑》改变了他。我很高兴来自普通读者的这些积极反应。我相信是作品悲天悯人的情怀让它们走近了完全生活在不同语境中的读者吧。一位在渥太华的文学节上的读者称每篇作品都让她产生了强烈的共鸣。

吕红：从网上看到一本名为《渡：书的信仰》的书，入选的十四篇专题涉及十四位中西作家。其中有十三位作家的名字对普通中国读者来说可谓如雷贯耳，如门罗、希尼、特朗斯特罗姆、马尔克斯和莫言等这些诺贝尔文学奖得主，您的名字也在其中，这样并列看起来有些特别？

薛忆沩：“深圳人”系列小说被一些评论家当成是中国“城市文学”的代表。《新京报·书评周刊》关于我的封面专题就是在系列小说以《出租车司机》为名结集出版之际刊出的。在作为专题重点的访谈里，我从很有意思的角度、用很有意思的语言谈到了与“城市”和“文学”相关的一些很有意思的问题。那是一个准备得非常充分的专题，刊出之后马上就获得了广泛的好评。我想，这就是它后来被选进那本精选集的原因。我已经不是第一次看到自己的名字与那些如雷贯耳的名字并列在一起了，并不会感觉到特别的嘈杂和刺激。八年前，花城出版社将“薛忆沩”收入他们选编的“中篇小说金库”。金库的第一辑共有十二部作品：它们从《阿Q正传》开始，以我的《通往天堂的最后那一段路程》结束。我当时倒是有受宠若惊的感觉，还多次用自嘲的口气解释说那里面有十一位中国现当代文学里的神与半神，却只有一个凡人。而刘再复先生在读完我的那本专集之后，在香港《明报》上发表了一篇题为《阅读薛忆沩小说的狂喜》的读后感，肯定这个“凡人”其实也有“超凡”的才能。那是在2010年。而最近这半年来，加拿大的书评人也经常将我的作品与乔伊斯和贝克特的作品相比……我是一个虔诚的写作者，对“卑微”有深刻的认识和顽固的信仰。世俗的虚名和实惠对我都不是诱惑，从来都不是，永远也不会是。

吕红：近五年来，您每年都有两部以上的作品由著名的出版社推出，2012和2016这两年里出版的数量甚至高达五部。这些作品是“一色的精品”，备受关注。著名书评人梁文道称您是“作家们的作家”，但一般读者对您了解不多。您如何看待这种认知上的反差？

薛忆沩：我曾经写过一篇题为《好文学的坏运气》的文章，爆料自己在文学道路上遭遇的阻力和坎坷。其实，好文学从来都是备受坏运气困扰的。这好像是好文学本身的宿命。作为一个坚信文学的独立性和自主性的写作者，我从来就不肯向正统的意识形态低头，也从来就不肯屈从市场的风向、迎合大众的趣味。我遭遇坏运气的机会当然会比一个普通的写作者要高出更多。我对此没有抱怨。事实上，这些年来，越来越多的普通读者在走近我的作品。有评论家说这是中国的文学欣赏水平在不断提高的标志。

吕红：还有一个有趣的现象，也与您奇特的文学身份相关：您长期居住在国外，理所当然应该是“海外华文作家”中的一员。但是，据我所知，绝大多数从事“海外华文作家”研究的学者和学生并不熟悉您的作品，对您的研究也与您的文学地位极不相称。残雪曾打抱不平。我想海外华文文学研究者对您的忽视也是值得深思的状况。请问您如何看待？

薛忆沩：去年马森先生为一套大部头的“海外华文文学史”写过一篇书评。那大部头里有专门关于加拿大的一本，其中又有专门关于魁北克的一章。马森先生关于这一章的质疑非常简单，关于魁北克华文文学的一章为什么没有涉及当地华文文学中最重要的作家呢？我自己对被研究者忽视和被研究者重视的态度其实是一样，我都不在乎。我是一个虔诚的写作者。被研究者忽视和被研究者重视从根本上对我的写作不会有任何影响。忽视我不是我的问题，是他们的问题。更何况，你们的这个专题刊出之后，情况也许马上就会改变呢。

吕红：您三十年的文学创作成果主要可以分成长篇小说、中短篇小说(包括微型小说）和随笔这三个类别。因篇幅关系，想请您集中谈谈您的五部长篇小说。九十年代后期，您的第一部长篇小说《遗弃》在沉寂八年之后被发现，为媒体所关注。许多评论家都强调小说对"个人状态"的深入探讨填补了中国当代文学的一块空白。"个人状态"其实也可以说是您所有长篇小说的核心主题，是这样吗？

薛忆沩：是的。"个人状态"或者说个人在历史和社会中的状态是我所有作品关注的主题。《遗弃》的主人公是一个热爱哲学又痴迷写作的年轻人。他与社会格格不入，始终都以反叛的姿态在寻找个人的出路和人生的意义。这种反叛和这种追寻是具有普世价值的。正因为如此，他对一个特殊年代生活的见证才会引发后来一代代年轻读者的共鸣。《遗弃》也许是中国当代文学里最富传奇色彩的作品。用一位评论家的话说这本"旧书"是不断的"新闻"。它最新的版本很快又要与读者见面了。而在《一个影子的告别》和《白求恩的孩子们》里，"个人状态"更深地陷入了政治的漩涡。这当然也是这两部作品至今还不能在大陆出版的原因。《空巢》的主人公是一位遭受电信诈骗的八十岁的老人。年龄给她提供了审视历史的有利角度。她将对"个人状态"的剖析转变成了对历史的反思。《希拉里、密和、我》搭建在更为广阔的国际视野上，三个人物的"个人状态"为读者打开了认识"全球化"时代的一个特殊的窗口。

吕红：这五部长篇小说虽然都专注于"个体生命"这一主题，在艺术形式上却有很大的变化。这种变化是您刻意追求的吗？看得出来，您现在依然保持着当年创作《遗弃》时的那种先锋的锐气。在您看来，艺术上的创新对写作来说意味着什么？

薛忆沩：艺术上的创新是写作的生命。西方现代派文学运动的主要推动者庞德曾经将中国儒家"日日新"的伦理追求转变为他们的文学纲领。这种形式上的不断创新也是我信仰的艺术准则。"日日新"也许要求太高了一点，但是我至少想做到"本本新"。所以，我创作的准备过程总是内容等待形式的过程。有时候一等就是五年，有时候一等就是十年……而"深圳人"系列小说中我自己最偏爱的《小贩》，我一共等待了三十三年才等到它最完美的形式。回到我的五部长篇小说吧，它们的形式各不相同：《遗弃》的主体部分是主人公留下的日记，而《白求恩的孩子们》采用的是书信体，小说由主人公写给已经故世七十年的"亲爱的白求恩大夫"的三十二封信构成；《一个影子的告别》以不同的告别对象为单位来展开故事，而《空巢》将一天中的24个小时分成12个时段作为故事发展和人物心理转换的单元；《希拉里、密和、我》则通过对三个主要人物不断轮转的聚焦来推进叙述的线索。

吕红：《空巢》在百道网2015年公布的中国小说百强榜中高居首位。它也被认为是近两年来海外华人创作中最有影响的作品之一。上海电影集团也曾有意将它改为电影。您的作品第一次走近了"大众"。您如何看待"经典化"与"大众化"之间的矛盾？

薛忆沩：《空巢》获得精英读者的青睐是因为它从一个特殊的角度反思了中国近百年来的历史。而它引起大众的兴趣是因为它触及了许多的社会问题，其中最重要的当然是让今天几乎所有中国人都深受其害的电信诈骗。但是，很多人注意到我审视社会问题的角度其实也非常特别：它根植于个人的生命体验和困惑，具有形而上的质地。进入"现代"之后，"经典化"与"大众化"的矛盾已经变得非常尖锐了，卡夫卡在《饥饿艺术家》中对这种尖锐有最感人的呈现。而进入"全球化"的时代，这种矛盾更加尖锐，甚至到了不再能够理喻的程度。需要专注和信仰支撑的"经典"已经不复存在了。在这个时代，大众就是权威，大众就是经典。对于一个像我这样视文学为宗教的写作者，这样的等式当然是错误的，但它却是这个时代的"真"相，毋庸置疑的"真"相。这也许就是这个时代的荒谬之处吧：它"真"在它的错，它错在它的"真"。

吕红：您正好提到了我们所处的这个时代。而您最新的长篇小说《希拉里、密和、我》就是一部献给"全球化"时代的作品。您在其中谈到了今天困扰着中国人日常生活的一些问题，如空气污染、如食物安全……但是，您更注重的却是这个时代里人的精神生活，尤其是人对"真"和"爱"的态度。您笔下的人物大都非常悲观。您自己对"全球化"的前景是不是也有很深的忧虑？

薛忆沩：我们这一代中国人从小就深受马列主义熏陶，崇拜的偶像里面也有不少像白求恩那样的国际主义战士。"全球化"本来应该是与我们的精神状态非常吻合的历史潮流。但是最近这二十年来，随着这个过程的急剧加速，它却越来越偏离精神的轨道，同时在物质的沼泽里越陷越深……加上四处泛滥的信息、无所不在的诱惑以及肆无忌惮的消费，人的注意力已经被彻底击溃，还有人对细节的痴迷和眷恋……希拉里、密和、"我"这三个人物从自己特殊的人生经历里看到了一个时代的荒谬，他们的相遇是出于偶然还是出于必然，很难说得清楚，而他们的离散却无疑是这个时代导致的必然结果，因为在这里，他们已经无法找到"真"的理据和"爱"的根基。小说完成之后每次接受采访，我都会流露出对这个时代悲观的情绪。我想我应该多少是受了自己创造的这些性格忧郁的人物的影响。

吕红：不管是在国内，还是在海外，不管是在汉语的语境中还是在其他的语境中，像您这样不断对自己的作品进行"重写"的写作者恐怕是绝无仅有的。触发您对旧作进行"重写"的原因是什么？还有，为什么您的"重写"能够百发百中，每一篇都获得重新的肯定？

薛忆沩：一位南京大学的博士生以我的"重写"作为他博士论文的选题。过去有些知名的作家出于政治上的需要重写过自己的少量作品，而纯粹从艺术的角度出发进行重写，并且是重写自己几乎全部的作品，这在一百年中国新文学的历史上还没有先例。"重写"是通过不断的自我批判和自我否定去接近神圣的完美的过程。它如同是朝圣。每一次完成，我都会有脱胎换骨的感觉，对语言更加热爱，对文学更加崇拜。为什么每次都能够抵达？也许正如博尔赫斯所说，所有作品的完美版本其实都是神早就已经写好的。我们的写作不过是对神意的一种揣测，对完美的一种接近。

吕红：在《南方人物周刊》里，您称当年选择出国定居是"为了逃避陈词滥调"。这也许是我听到过的最特别也最文学的出国理由。您多次强调反对陈词滥调的重要。为什么反对陈词滥调对文学如此重要？

薛忆沩：全部的文学史告诉我们，检查制度和陈词滥调是文学两个最大的敌人。检查制度限制文学行动的自由，陈词滥调侵害文学精神的自由，而自由是文学的生命、文学的灵魂。与简单粗暴的检查制度相比，陈词滥调实际上更加危险，因为它与文学使用的是同一种建材（语言），又经常会穿上文学的外衣、加上情感的粉饰，具有很强的欺骗性。向陈词滥调发起攻击是文学的天职和使命。今天，借助高速发展的通信技术，陈词滥调找到了更为有效的传播渠道。想想自己从早到晚要通过微信和"朋友圈"接收到多少陈词滥调吧，哪怕你远在异国他乡，哪怕你远在天涯海角。面对这样的"社会存在"，以反对陈词滥调为天职和使命的文学必须有所行动：将细节还给生活，将从容还给生活，将悠闲还给生活，将敏感还给生活，将眷恋还给生活，将专注还给生活，将质朴还给生活，将本分还给生活，将精神还给生活，将境界还给生活……一句话，将生活还给生活。

吕红：您称远离故土并不完全是您个人的选择，"里面其实还深藏着命运的安排"。这"命运的安排"显然直指您的文学状态——文学状态是命中注定的吗？

薛忆沩：出国定居对我的文学事业具有决定性的作用。十五年过去了……我越来越相信这不是我主动的选择，而是"命运的安排"。没有这安排，"薛忆沩"就肯定不会是我们所知道和所好奇的"薛忆沩"。中国当代文学的版图里也肯定不会徘徊着这样一个对标点符号都一丝不苟的"异类"。是的，每次回想起自己将近三十年的文学道路，尤其是最近这五年来不可思议的"高潮迭起"，我会越来越相信"命运的安排"。是无数神奇的力和无数普通的人将我带到了今天的文学状态。我对他们充满了感激。我只能用无条件的勤奋报答他们。我只能用无节制的努力报答他们。

吕红：在"全球化"时代，跨文化的交流成为一种世界性的趋势，您认为海外的华文作家在这种交流的过程中应该扮演什么样的角色？他们对促进华人文学的发展又能起到什么样的作用？

薛忆沩：生活在海外本来具有许多文化上的优势，但是据我所知，绝大多数的华人作家对这种优势并没有意识，更谈不上去利用和重视。比如在加拿大，收音机仍然是一种重要的传播工具，而加拿大国家广播电台每天都会播出许多顶级的文化节目，谈论书籍、谈论思想、谈论写作、谈论历史……遗憾的是，在这么多年里，我从来没有遇见过哪怕就是偶然听听这些节目的同行，更不要说像我一样着迷的了。华文作家要想对跨文化交流作出贡献首先就应该关心当地的文学状况，参与当地的文学活动，也就是说，要在"文学的祖国"里去寻找新的"在场"感觉。我自己通过多次关于"深圳人"系列小说的活动，介入了这种跨文化的交流。读者不仅与我讨论莎士比亚和乔伊斯，也问我关于深圳、关于"文革"、关于汉语、关于翻译等的问题。非常有意思。在促进跨文化交流这一点上，在英语读者中享有盛誉的哈金为海外的华文作家树立了楷模。这次在"深圳人"系列小说出版的前夕，他写下的推荐精准又精彩，为英语读者走近我的作品起到了桥梁的作用。

吕红：那天我问起您对生命的感受，您的回答完全出乎我的意料，您说您感觉生命还没有开始。您为什么会有这种感觉？您还在期待着怎样的"开始"？

薛忆沩：在生命已经过去一大半的时候，还感觉它没有开始，这的确有点奇怪。但是，这不是玩笑，这是我真实的感觉。可能是因为我对自己的成就并不满意吧。我还有很多事想做，比如我还想写关于许多作家和作品的研究专辑，比如我还想翻译我最欣赏的那两部文学经典……而更重要的是，我还没有创作出最能见证自己的情怀和天赋的文学作品。也许一直要到开始创作这部作品的时候，我才会感觉生命的真正开始。我总是感觉时间不够。我总是感觉自己不会有时间完成想做的这些事情。我总是担心自己的生命还没有开始就已经结束。这也许就是每一个狂热的写作者都经常会有的那种对自己下一部作品的焦虑吧。创造的人生其实就是不断开始的人生。

吕红： 新的一年开始了，这对您又将是硕果累累的一年，可与读者提前分享吗？

薛忆沩： 关于“深圳人”系列小说英译本的反应还会继续。它很快会波及其他的国家和其他的语种。《空巢》的瑞典文版和《白求恩的孩子们》的英文版都正在翻译之中。《遗弃》最新版在春节之后就会上市。访谈集《薛忆沩对话薛忆沩》续集将推出。我们的这一次访谈有可能会成为其中的“压轴戏”。

作家小传：

薛忆沩，工学学士、文学硕士、语言学博士。著有《遗弃》等五部长篇小说、《出租车司机》等五部中短篇小说集、《文学的祖国》等五部随笔集。作品曾经两度进入深圳读书月“年度十大好书”，曾连续三年获华语文学传媒大奖“年度小说家”提名。

（载美国《红杉林》2017 年第 1 期）

世界行旅与南洋经验

——马华作家黎紫书访谈

龙扬志

访谈者简介：

黎紫书，1971年生于马来西亚怡保，马华新生代具有标志性意义的作家，多次获得马来西亚“花踪文学奖”短篇小说首奖、小说推荐奖、世界华文小说首奖，台湾“联合报文学奖”短篇小说首奖、评审奖，“时报文学奖”短篇小说评审奖，“红楼梦奖”专家推荐奖。出版短篇小说集《天国之门》《山瘟》《出走的乐园》，《野菩萨》，长篇小说《告别的年代》，微型小说集《微型黎紫书》《简写》等。

龙扬志，文学博士，暨南大学中文系副教授，主要从事中国现当代文学和海外华文文学研究。

一、南洋经验呈现

龙扬志（以下简称龙）：你到广东来是很有意义的，除了重回祖籍原乡，你的作品首次登陆中国大陆的广州《花城》杂志。前几天你在北京参加了新作《野菩萨》的交流活动，首先谈一谈跟中国大陆、台湾以及马来西亚读者交流的感受吧，你的小说是否能被大陆读者顺利接受，如果有差异，能够感受到哪些方面的差异？

黎紫书（以下简称黎）：对于大陆读者，马华作家一般都缺乏想象，或者以前没有想象过自己的作品在大陆出版。我们在阅读台港和大陆作品时，明显感觉到台港和大陆之间的作家艺术品位、小说的追求很不一样，马华的作品可能和大陆的审美追求相差比较远，所以一直不太乐观想象自己的作品会被大陆接受。来到大陆以后发现情况不一样，因为大陆太大了，每个地方都有不同的读者，他们对于外国文学或者外国中文文学的消化和接受能力不一样。

首先，上海的读者可能较多接触外面的文学，接受能力很高，不管是来自什么地方，包括马华的作品，读者表现出来的审美趣味超出我的想象。广东因为有生活背景和历史背景相近的原因，他们阅读马华作品容易投入，有一种亲切感在，所以他们对马华作品的接纳程度也是我之前没有想到的，有读者跟我反映，读我的作品完全没有障碍。

龙：我不是在广东本土长大，但是理解语言不仅没有障碍，而且感觉非常亲切。你的语言里面确实有很多广东读者非常感兴趣的东西。

黎：是的，之前在设想读者的时候，首先想到中原那一带的读者比较容易理解我的作品，后来是上海，虽然他们不懂广东话，但他们对新奇事物的接受能力很高。倒是北京我一直都抓不准，觉得那边的读者可能比较严肃或者保守，出版社也没底，北京的读者对马华文学的兴奋度可能没有那么高。我个人察觉，对马华文学保持关注和接受的还是上海和广东沿海这一带。

说到阅读品味和欣赏，我以前觉得大陆读者美学追求跟马华的美学追求不一样，但是现在发现，尽管阅读过这么多写实主义作品，他们对非写实主义的写作也有非常大的渴求，或者说超出我的预期。

龙：现代主义实践浪潮在八十年代初期开始涌动，六十年代以后出生的读者对于现代主义是非常熟悉的。因为马华受台湾文学影响，不过流派差异今天已经越来越小。北京的读者可能很少关注“边缘”的文学，有些情况不太熟悉。

黎：有文化背景的原因，他们在读我的作品的时候肯定有一点障碍，包括小说语言。

龙：这种障碍其实也不必过于夸大，虽然文化语言他们并不十分熟悉。

黎：对，可以从另一个角度进入小说。

龙：他们完全把它当成一个想象的世界，不一定能感受到你这种独特的风味。2006年你离开马来西亚，在中文世界不同区域之间潜行，有没有给你带来一些什么新的感受？

黎：我是一个土生土长的马华作者，到北京生活之后发现，中国大陆对我来说完全是一种异乡的体验，感觉马华文化传统已经跟我们祖国的体系有很大差异，需要去适应。后来在英国或者行旅到德国这些地方，每一次行走到不同的地方，给我带来的冲击都很大。冲击不仅仅是在文化方面，各地民情、政治环境、生活环境都让我有不一样的思考。

龙：作为一个作家，最大的感受可能是基于语言而来的文化震荡。

黎：是的，首先差别最大的是一种生活心态，对自己所在环境的思考有很大影响。我在学别的语言跟别人沟通时，觉得语言不仅影响到我的思维，而且影响我的人生与价值观念。接下来可能是语言本身的影响，其他语言对我自己中文本身的影响，我会去思考，彼此在比较的境况中去思考自己的语言。以前可能没有那么深刻，因为没有察觉到不同语言的特性。

龙：一种语言可以打开一个世界，当你用一种语言来思考一个概念的时候，其中的思维模式已经发生了深刻的变化。南洋是一个语言比较混杂的地方，而到北京这样一个通行普通话的地方，语言对你而言意味着什么？能否感受到北京人拥有的语言优势？他们会觉得只有这里的话才是正宗的中文语言，其他地方的都是乡下、基层的语言。

黎：是的，能感受到，外地人说的都是方言。

龙：你在中国写的微型小说里面完全没有任何所谓马来西亚或南洋气息。

黎：主要是因为当时写这些微型小说的素材都是我在北京生活时积累的，许多故事和素材不可能发生在中国以外的地方，不是我把同样的故事放到马来西亚这样一个背景就可以展开。适当的使用语言去点明小说背景是应该的，既然是这样的一部戏就应该有适合它的背景。所以我在书写的时候，语言完全是中性的，大部分没有社会或者文化背景，很多故事根本不需要知道发生在哪里，因为这个是不重要的。有一小部分的故事，我觉得它只能发生在这个地方，那就用适量的语言去点明这种地方性。

龙：地方文化经验跟创作会相互作用。我有一点感受，如果你在北京只作短暂停留，可能只适合提炼出一些小的题材，无法进入到内在文化理念之中去。

黎：当然了，正因如此，我当时写的都是一些微型小说。不管那些素材当时多么打动我，有一刹那的感动，我明白这个事件本身发生有一个背后的历史、背景，而我对这个不能够很深入地了解和体会。

龙：很难看到冰山下面的那一部分。

黎：对，因为没有这方面的积累，我不可能把这个故事的素材拓展成一个大的作品。一刹那的感受或者情绪只适合处理成小型的作品，只需要表达作者对这个事件本身的角度或者感受，而不需要处理背后的许多文化背景和细节。

龙：你肯定还会写长篇小说吧。有没有可能脱离马来西亚的写作题材？

黎：我觉得不太可能，因为我觉得自己还缺乏经验，所以小说背景不可能脱离马来西亚，写长篇需要太多细节的东西，而且必须有文化背景的支撑才能够写出比较深厚的东西来。我觉得对于马华背景最有把握，从没有幻想过要写别的地方。

二、姿态与视野

龙：听了你在方所书店跟黄佟佟的对话，明显感觉你内心透露出一种男性气质。理想的女性不会把自己的外形和思想塑造成弱者，当代女性作家可能更加需要强大的内心。昨天你跟我们做有关创作历程的讲演，我觉得你展示了女人非常强大的一面，很多人生私密有的作家不愿意说，特别是某些难以启齿的过去，似乎一旦细谈，就会消解其神秘性。

黎：是的，因为我不是首先要成为一个“女性”，而是先要成为一个“人”。

龙：超越性别带给你所有的局限，但是你并不拒绝性别给你这样的一个符号，在方所的演讲展示了一个开朗的、忧郁的，但又是一个强大的、自信的黎紫书。你说自己有点闷骚，这个承认非常坦诚，每一个人都是这样过来的，如果一个人没有任何的自我迷恋，很多事情可能还真没有动力。

黎：是的。你这两天听我说话，跟你过去想象的黎紫书有多大的差别？

龙：想象中的黎紫书可能有一点内敛、习惯沉默、时刻想着小说的结构。表演欲望肯定是有的，因为任何一个从事写作的人都希望得到读者的认同，甚至不仅如此，还需要得到中肯的评价，认识到自己的力量所在。

黎：我不想逃避。

龙：莫言曾自嘲过自己的长相，爱撒谎，以及其他不光彩的童年往事，是不是会讲故事的人往往有一个多面的童年？充满叙述的欲望和快感，学会揣测他人需要的结果，这么说，内心深处形成了对故事结果的设计。

黎：我确实喜欢在学校为同学讲故事，一边讲一边编，从中体会到表演的快感。

龙：优秀的作家总有很多相似的地方，故事的想象能力，自我的表达，叙述策略，这些都很重要。你能否谈谈记者职业对你文学的道路产生的影响？

黎：我刚进入报社当记者，上司就知道我从事写作，他曾经对我说，他很怕我们这种文人当记者，因为他遇到过其他报社里面的一些作家型记者，他们写的新闻报道有情感，文采飞扬，跳跃性强，甚至文句、语言都不通，这让他很头痛。我知道新闻读者并不同于文学爱好者，他们可能知识水平有限，或者不爱好文学，看报纸仅仅是为了获得资讯，根本不会欣赏所谓有文学追求的文字。

那时候我开始警惕写作的身份问题，明白阅读对象是谁。不能说新闻写作对文学语言有什么帮助、提炼，更多的是观察的经验，还有对社会的多层次接触。在文字的使用上，我觉得确实没有什么帮助。有些人觉得常年写新闻是对文笔才情的磨损，但我不认为是磨损，因为我一直就把记者和作家分开，而且我能够清楚自己的阅读对象，只服务于这个群体，使用适合跟这些人沟通的方式——找到这个方式去表达是你的能耐。如果你在写文学作品的时候，为那些文学读者找到了最恰当的文学语言和表达方式，那就是应该的。记者这个行业让我对读者群这个概念有所醒觉。

龙：不同的身份需要的东西不一样。允许我向你提出一个预测性的问题：有没有可能导致你的作品获得更大的视野？你没有像其他马华作家一样接受完整的高等教育，这样一个学习过程相当于视野的扩张，但是你的作品都有很沉重或者宽阔的历史视野，你总是把它放在一个宏大的历史语境之中展开你的故事。这样一种视野既需要胆识，又离不开学识。除了阅读之外，是不是也跟你自身从事记者这个行当有关，使你看到世间的真面目？

黎：当然。至少当记者对我选择书写内容的训练作用巨大，可写的主题，可挖掘的题材远远不止一个小小的范围，而且训练我的思考能力、怀疑能力、反问能力，这可能促使我的写作进入更深的层面。如果说女性写作通常只展现一种语言文字能力，在日常生活中展现一点小智慧，我觉得不够。如果不能够在广度上有所扩充，那至少要深刻。必须从生活中提炼出更深刻的东西，记者给我的训练就是这种挖掘的能力。

龙：在马来西亚如果你不担任新闻记者，通过自己写稿能够把自己养活吗？

黎：不能。即使得到一些奖也只有能力在马来西亚的刊物或报章发表，因为只有他们才会买你的账，看在“黎紫书”的份上用你的稿子。马来西亚文学园地很少，稿费很低。报纸副刊不可能每个星期都是“黎紫书”，稿费是不可能维持生活的。完全没有这个可能。

龙：也就是说，无论你在马来西亚怎样成名，你都只是一个“业余作家”。现在不一样了，离开你的职位之后，可能你的写作更应该考虑一些与自己息息相关的事情，因为现在算是自由作家了。

黎：刚刚离职的时候，只是因为过去工作了那么多年，多少有一些储蓄，觉得几年之内生活不会有问题。我对生活的要求很简单，只要想着这几年不会有问题，就选择了毅然决然辞职。并且，在我离职的时候，我肯定不会再回到这个行业，也不可能再回去。

龙：那你的写作是不是赋予了更沉重的负担？

黎：可以这么说。那时我还没有想过以后要从事写作，也没有找到一条明确的路让我看到我可能怎么样当一个可以养活自己的作家。既然如此，我只有前期先写东西，那时候已经有能力接一些外面的稿约，包括中国香港、中国台湾甚至中国大陆的稿约。

龙：是不是因为相对而言脱离了自己的工作，有比较安静的时间去构思长篇小说？

黎：可以这么说。当初选择辞职的时候已经想过写小说，这几年先把长篇小说写出来，确实有过这样的想法。

龙：长篇小说创作的欲望不仅是完成你对长篇小说本身的一种想象，是否还跟你以后以文学创作为生存手段联系在一起？

黎：当时并没有考虑这个。

龙：没有那么具体？

黎：是的。我辞职是在一种突然的状态之下，我觉得我要离职，我不要做这份工作了，我不想成为像我上司那样的人。其实招呼也没有打我就辞职了，那时的勇气只是来自于我不怕，在短暂几年里面我不怕生活有问题。我并不是没有想过要找其他的工作做，可是我能够找什么也不知道，因为生活暂时无忧也得找点事情做，就想到写我的长篇，而且我确实需要这样的空间和时间去写长篇小说。

龙：文学需要足够的天分，有足够的天分可能还不够，还需要后天种种机缘，包括实践、挑战和命运联系在一起，甚至还需要遇到一个你所说的好老师。

黎：我首先是觉得不要太过神化自己，可是如果我回头看，我觉得以后还有没有可能出现第二个黎紫书，黎紫书如果有过神话，包括她的出生卑微，她的低学历又没有受过正统的中文教育，这样子出来，然后连续疯狂得奖，在最后被中国的读者所认识。整条路从开始到后来，整个发展，有另外一个人再去走，再去创造。

龙：像你走的这条道路，别人去成功复制的几率太小了。

黎：太小了。

龙：那是不是意味着这样产生了与马华文学整体发展的一种可能，马华文学的高峰已经过去？难道它不像中国大陆文学这样具有无限的可能性？

黎：我觉得只是像黎紫书这样所谓传奇机遇被复制的可能性太低。可能有其他作者，他们可能是高学历的，受中文教育，念中文系的，既可能是留学台湾的，也可能是留学大陆的，他们以后写出惊天动地的大作品出来，这是有可能的。他们本身因为有这种种优厚的背景，所以由他们创造他们的成就，本身的传奇色彩不会那么大。

龙：但是这里有一个文学史认识问题，我们曾经对于留台作家产生过很大的期望，可以说，整个九十年代对马华留台文学还是抱有很高的期望的，但是现在回头来看，似乎也不过如此。他们可能认为自我的成就非常高，但我们应该可以看到，即使黄锦树、陈大为、钟怡雯等这样的作家将来极有可能不会再出现，而对于他们这样一些作家也许已经不能继续抱过多期待。

黎：我觉得他们也有一点传奇性，但是时代不同了。

龙：是时代选择了他们，成全了他们。

黎：对，他们在台湾文坛发光发热时台湾还属于文学的时代，尽管已经算是文学时代的尾声。今天的台湾文学状况、文坛状况、阅读状况也是每况愈下。所以今天台湾文学奖受瞩目、被承认的程度已经远远不及以前。以前你得一个时报文学奖……

龙：一朝成名天下知。

黎：对，那是非常受认可的，台湾、香港的读者会认可你。今天你再得这些奖，要说被认可的程度、在读者群中产生的影响度，已经远远不比当年。

龙：他们当年制造的神话既然很难去复制，意味着他们可能达到了一定的高度，你要重新等待这一个时代，等待这样一批人，特别是在压抑语境中拼命学习中文的马华子弟更不容易，因此这样的机会重新降临应该是越来越少了。

黎：非常少。已经不是那个时代了，而他们这些作家本人获奖时期都是学生，现在他们在学校里面都是当教授，做学术研究，他们自己本身的文学创作已经大大降低，不仅是产量，甚至是质量。

龙：一个重要的问题就出来了，马来西亚华文文学如何才能够重新出现类似的优秀作家？这是一个越来越不适合文学的时代，外部的条件越来越差了，是否意味着九十年代这群新生代作家极有可能抵达了一个文学的高峰，然后面临着不可避免的衰落？

黎：我现在看到了唯一的可能性，今天我们看到的是与世界连接的道路已经打通，马华文学有大陆读者在接受了。当我们的阅读群体、对象扩大以后，仅仅是获得专业读者或权威读者的认可，是不是能够打破这个，进入到一般读者、文学爱好者或者阅读市场的接受层面？我觉得还有没有进一步的出路就在于他们能不能够进入到那个层面，从很高的机制上面走下来，也能让更多的阅读群众去认可马华文学，这是另一个出路。如果不打破这个，没有找到这个出路，就像你说的整个时代已经不同了，同样的神话故事不再出现，那只有走下坡路。

龙：我觉得马来西亚华语作家如果真正能够与大陆的文化空间——当然包括港台，更好地融合，还是会有更好的发展前景，因为一个文化的分支相同，又有相同的语境，甚至用 Sinophone Literature(华语语系文学)这样一个分支来归纳也是可以的。能否通过这种方式在语系文学里面达到自由流通或者自由交流、自由积累？应该存在这种可能，因为他们不一定就是受黎紫书影响，余华的影响，莫言的影响，甚至是余光中、韩寒这类完全不同资源的影响，在华文文化区域里，只要能够做到这一点，理论上有可能打开更大的思想与书写空间。

黎：这要看各地的华文文学阅读市场有没有打开，他们是不是能够完全相融相通。

龙：目前还有一些具体的困难。

黎：台湾或香港即使仍有文学爱好者在阅读，他们的品位显然有挺大的差异。如果要这批阅读群体都有高效率的接受能力接触各地的华文文学作品，这还是比较理想主义的，可能性很低。

龙：当整个华语读物里面有很多选择作为阅读对象时，如大陆、台湾、香港的文本，读者极有可能会优先选择本土作品来阅读，如果要让他们选择马华文学作为阅读对象，那么作品本身必须具备非常高的技巧，才能获得读者的认同。所以这对马华文学提出了一个更高的要求，要在这个市场上占有立足之地，还需要做更多的事情。

黎：我们对旅台作者寄予了厚望，曾经很看重他们的创作实力，但是他们必须写出更好的东西来。如果说现在有些华语写作人已经写出他们的代表作了，这太早了吧。至于马华本土年轻一辈的作者，暂时还没有看到很大的潜力，他们理当能够比这些成名的作者好。

以前我们说很多前辈有一种祖国情意结，觉得自己是中国人。然而这个情意结随着时间的流逝已经慢慢淡化，留台作家李永平、张贵兴当初是在寻找，因为马来西亚这个国度得不到身份的确定感，或者说这个身份更主要来自他们对文化的追寻，但是他们没有办法回到祖国，所以他们去到了台湾这个地方。到了台湾得到文学、文化养分以后，他们今天还在写着婆罗洲，书写马来西亚，他们当初所追寻的身份确定感，我们至少在他们的作品里面还没有看到，认为进入一个使用中文即我们认为充满中国符号的地方就获得了这份确认感，事实上，我觉得是相反的。其实只有去到了以后，我相信大部分的马华作者更觉得自己是马华，而不是台湾或者别的地方的作家，才会发现自己特性跟台湾作者之间的差异，即使有一些作家已经到台湾定居，但是我们今天还把他当成马华作家来讨论，甚至台湾文坛也不能完全把他们当成台湾作家或者台湾学者，还是把他们当成马华来述说。

龙：你觉得与旅台作家相比，有没有什么优势？

黎：我觉得他们比我有更严重的身份焦虑和不确定感，而我因为从小就在没有这个问题存在的环境里面长大，我很小就把自己当马来西亚人，在马来西亚的一位华人，所以我是没有这方面的焦虑感的，甚至我今天在很多马华年轻人身上，还是看到他们跟我比较相似，或者一代一代都已经可以接受、认同自己的马华身份，而且相信马华应该有自己的特性，以及自己的表现力，只有在这种自我认同之下，我们才可以真的安心、专心写我们的作品。马华作家应该是怎样的，我觉得我是怎样的，马华作家应该是怎样的，应该从这个角度去思考。

三、马华的阅读与创造

龙：马来西亚本土有大量华文读者，而且没有因为“口味”这样一种区域文化的偏见导致某些东西被排斥，所以才有海纳百川的视野。阅读对于任何地方的作家都很重要，马来西亚华文文学阅读视野是不是比以前有所扩张，或者说它的质量是否有所下降？

黎：现在他们能够接触各种文学，比如说中国大陆作家的作品，他们得到这个资讯、得到这本书作品的广告，肯定比以前更容易。我觉得阅读的口味、审美的情趣还是一样的，即使他们接触的东西多了，可是他们有一种阅读和审美的成见，这么多年来，审美的倾向还是没有多大的变化。

龙：他们本身的胃口就限定了他们只能长那么大吗？

黎：有这点可能吧。那个蛋糕大了很多，比如说他们就喜欢吃这个提拉米苏，你可能再给他其他的选择，例如香蕉蛋糕、千层糕之类的，他觉得我就是喜欢吃提拉米苏的，所以当他吃了提拉米苏之后就没有胃口再去吃别的。

龙：一个民族或者是一个族群在面对外来更丰富的文化时，采取什么样的姿态非常重要。你是否觉得马华作为一个群体，有一定的文化保守色彩？

黎：是的，一直都存在，首先是由移民祖辈那种捍卫自己文化的姿态演化过来的，可是这种态度后来就发展成相对保守的姿态，比起中国台湾、中国香港的文人，我们整个马华的态度都是保守的，他们强调一定要守住我们所谓的“马华特性”，事实上我们可能还没有找到马华特性，顶多只能够在文学里面用一些马华的语言表现马华色彩。如果你要问每一个马华写作人，我们所谓的马华文学的特性在哪里，是没有人能够说得出来的。我觉得我们就处在这个层面上。如果时间够长的话，从一个历史过去的角度回望往往是这样子的，除了以前很多的论证，我觉得当时的论证虽然轰轰烈烈，可是我觉得它是没有意义的，比如说“断奶”“烧疤”之类的争论，我当时就觉得它是没有意义的，因为我觉得那是一个过程，是历史进程的必然现象，当时那些祖辈作家有这种情结，有这个文化认同或者祖国情结，那是必然的。

他们本来就带着这种背景和包袱在生活着，当然会有这样的倾向，而下一代没有这个倾向或慢慢淡化也是自然而然的。那么这个“断奶”是必须经历的过程，何必再做一些没有必要的大动作去“烧疤”、伤害别人或者攻击别人？实际上这并不能够加速做到“断奶”，因为那种情结决定了他们不是凭几个论争就能真正觉悟起来的。

龙：这是一种历史、当下时间的存在，也是一种地理空间的存在。

黎：是的，我当时觉得这个东西没有意义。过了很久再回头看，即使当初没有这个论争，马华也会慢慢地尝试“断奶”，并且也会在很多方面保持千丝万缕的联系。

龙：一旦马华文学产生了伟大的作家，形成自己的经典作品，自然就会促成文学中心的生成。现在马华文学在这个领域里面已经集聚了所有的生存经历和审美感悟，以及它对族群命运的思索品质，它必然会导致在大陆或者港台文学之外，重新发展一种新的文学方式，极有可能是既融合其他地方但同时也保持马来西亚本土特色的文学。

黎：许多东西需要实践来证明，因为你需要作品告诉我什么是马华特色，而不是通过论证就能够解决这些事情。

龙：也就是说，要通过具体的写作来证明，必须先有作品，然后才有观点的提炼，要不然空谈理论没有任何意义。你觉得新生代作家群的马华特色是什么？

黎：抱歉，我实在不能说出，或许我目前还没找到，即使是我自己的理解也还是只知道马华色彩的层次。假如说马华特色，我以前认为是一种复杂的特性，我们本来就在一个复杂的社会里长大，但历史已经形成这样子，从英殖民到多元种族、多元文化的互相干扰或者互相影响，语言的互相侵入。马来西亚甚至在中华文化上还面对着倾向台湾还是大陆、香港文化的选择呢。比如说，我曾经在讲座上讲过，马华其实没有创造自己语言词汇的能力，台湾会有一套自己的词汇，大陆有自己的词汇，可是马华是没有自己的词汇的，它只能够选择跟大陆还是跟台湾，是用这个词还是用那个词。没有能力去创造马华自己的词汇，可见困境还很多。

龙：我也注意到了这一点，平时留意马华学者的学术研究，从他们的参考文献可以看出来，比如留台的可能使用台湾的译本，还有很多可能就采用大陆的译本，他们不可能自己再花巨大的精力去翻译。一旦他们采用现成的东西，就不可能去创造表征自己思维的概念，用黑格尔的话说，概念本身决定了思维的方式。这是不是意味着马华社群未来文化事业面临着一个定位？他们如何激发自己的创造力，可能还是一个比较大的挑战。

黎：这要非常大的自信才能做到，马华有自己在词汇上的创造能力，或自己能够认同自己的创造权，这种自信短期不可能实现，马华实在没有这个实力。

龙：那不显得可笑吗？

黎：就是说你想换个奶粉，那你还是在喝换了牌子的奶粉。

龙：关键的一点是他们只是在做一个否决性的工作，没有提供如何创造这种可能，建设性的工作还需要慢慢实践。

黎：放火是容易的，最后怎么重新去栽种，怎么去重新建设，这才是庞大的任务。

龙：这是马华文学当前最关键的任务，因此我们迫切需要的不是相关问题的论争，而是需要真正的文学作品出现。

黎：香港就有粤语的传统，而且他们对于粤语文化高度自信，所以能够用粤语去创造他们的词汇，马华没有。如果我们马华文学能够排在中国香港之前，我觉得这是有点可笑的，甚至我们语言的基础也没有比人家高。

龙：说明在“身份焦虑”之外，还面临“概念的焦虑”或者“创造的焦虑”，那么是不是有必要重新创造一种语言方式？虽然从话语权的角度来说，应该创造自己的话语体系。

黎：至少有自己对马华语言的自信，可是我们没有。如果纯粹只是把我们马华的口语或者是杂乱的其他语言影响的直接搬到文学上，那明显比别人粗糙，不那么认真，没有资格与人平等对话。

龙：你是说在不同语言面前，能明显看出语言之中这种文明进化的程度？

黎：可以这么说。

龙：不论是文学还是其他方式表述自身，归根到底是一个语言的问题，所有的困难也来自于语言的问题，它实际上是一个说话、思想的问题。这涉及整个语言在表意体系里面的位置。因此我们的文学不管是怎么样创造，何种题材，关键都在于它的发声。如何使它的声音变得嘹亮，广博深远，可能这是文学尤其是少数族裔在某个社会中至关重要的价值体现。

黎：马华作家所谓的身份不确定感、焦虑一直都出现在我们的作品当中，比如说在留台的那批作者当中，他们在台湾已经居住这么多年，有这么多台湾生活经验，最后还是在书写马来西亚的东西。

四、小说与想象

龙：很多读者特别喜欢你小说里的语言，它经过了反复锤炼，而且你首先想象出它的呈现效果。一个作家必须对语言维持高度敏感，不然他无法成为一个优秀的作家，因为作家总是依靠语言呈现自己的价值。你是否觉得你的语言风格以后会有所变化？

黎：这个是肯定的，必然。我自己在学习各种语言时，也会对自己使用华语进行比较和思考，比如说《野菩萨》里后期的作品——《烟花季节》，这是我到英国后才写的作品。我写的时候发现比以前更注重语言的音乐性，我近期写的散文已经明显有这样的趋向。因为在英国使用英语的关系，音乐性是过去我的华语文学创作里面比较少关注的，长期使用英语以后再使用中文写作，明显在音乐性上更敏感了，也更大胆依赖音乐性产生的美学效果。我以前没有想过，不会浮现出这个问题，但是现在它浮现了，大概是因为受到另外一种语言的冲击，我意识到中文有更大的可能性，会有其他变化的使用方法，我相信使用不同语言之后会产生不同的语言敏感。

龙：更加充满自觉意识的理解，同样会导致更自觉的文学想象。

黎：是的，那种美学观的可能性会更大。

龙：你会意识到不同地方有不同的读者，通过不同文化空间的跨界旅行，遇到不同的读者时，会发现跟你以前在马来西亚写作时的读者不一样了。

黎：是的。

龙：当时你担心你的作品能不能得到认同，但是当你遇到不同读者之后，发现读者还是相通的，只要通过一种语言进行阅读，读者就能够感受到其中的精妙。因此你不用担心你的作品读者读不懂，或者接受市场小，当你明白这一点之后，你对读者的想象会不会影响到写作本身？

黎：我写作都会有读者想象在里面，现在想象的读者可能比以前扩大了很多，包括马华的读者、港台的读者、大陆的读者，全部都在想象范围里。以前只是想象自己写东西是给马华人看，很多东西都是不言而喻的。现在读你小说的人，并非每个人都不言而喻，那么我就会再寻找一种对更多人友善一点的语言方式，不过现在已经不担心所谓阅读障碍了。以前我太低估文学读者了，他们的领会能力和消化能力远远超出我的想象。以前我会将粤语放进小说里，一些不懂粤语的人是否有阅读障碍，有些不懂粤语的人说有，如果从某一个单一的对话里去理解你的小说；要是从整体的氛围或情绪进入到文化状况，其实他们有能力理解小说的表达内容。

龙：读者能够自己想办法搭建一座桥抵达消息沟通的彼岸。

黎：大部分都有这种能力。

龙：你以后在书写马华作品时，会不会刻意照顾其他文化而修改你的表现方式？

黎：我不会因为这些对象而改变，但我仍然会照顾，比如语言问题。这并不是因为我要迎合这些读者，只是觉得所有这些东西要有一个度，不能全部用粤语写作，这是一个美学方面的照顾。至于我为什么把粤语放进去，自己很清楚这个理由。

龙：这与人物身份相关。

黎：是的，出于什么原因把粤语用在这里，包括用什么样的句子才能把粤语放进去，保持文学的美感，这些都是我要考虑的。

龙：《告别的年代》写出之后，叙述技巧已经达到了一定的阶段，它已经给不少读者造成了困扰。一些人并不懂得小说的后设叙事，《告别的年代》充分展示了这种写作的困难所在，以后你在技术层面是否计划有更进一步的追求，有没有这些复杂性的想法？

黎：我没有想过要写更复杂的东西，但是我不排斥写更复杂的东西。我强调的是我尊重素材，我首先得知道自己写这个小说要表达的是什么。如果它要表达的并不是一个复杂的东西，根本不需要用复杂的形式、结构去完成它的话，那么不必刻意去选择一个复杂的形式去表现。

龙：我们往往会在心中建立这么一个标准，一个作家写的东西越复杂，可能说明作家对于以前构成了突破。如果作家能够驾驭得了更大的、更复杂的场面，那是不是意味着能力的提高，这个有没有对你造成压力？

黎：没有。比如说语言，华丽的语言文字是很难写的，因为我们会崇拜那种风格强烈的语言，所以我们喜欢台湾文学的书写，它的语言很华丽，甚至操纵语言到了一个极致的程度。后来我书写微型小说以后，觉得篇幅较小的小说不能使用华丽的语言，它有很多形容词堆砌，没有机会去铺陈你的小说。微型小说必须简练。但是要怎么简练，还要看文学的语境、美感，这是很难拿捏的，远比我想象的困难。

龙：难度相对的，而且有很多维度。

黎：对，要写得朴实而且好，那是很难的。

龙：我记得读过你的《遗失》，小说结尾你本来想让他看到老人从此消失，虽然没有留意，但他仍然是一个消失的生命。你想让妻子对这样一个对象表达她应有的人性的怜悯，她没有。这里面有一个极大的戏剧性效果，再多的语言也不能充分表达。

黎：它不是靠语言的铺陈或结构的复杂就可以表现。

龙：在你的短篇小说和长篇小说中，小说主人公的父亲总是不在场，但是主人公的子女却不停地追寻或者不停地原谅他。父亲形象在文学史中经常象征着传统文化，父亲形象的缺失是和以前跟父亲的生活经历相关，还是因为你对中国传统文化所持的态度？

黎：很多人都在我的小说里面发现没一个好父亲，所有的父亲都是坏人。在我的小说里面大部分的父亲都是坏人或者是一个已经死去的人，像《流年》里面的纪晓雅，她在寻找记忆中的父亲，她并没有跟父亲和好，因为那是她的后父，可是她在后父的家庭里面还是追寻着她已经去世的那位父亲。所以她背很多唐诗，父亲形象不断出现，甚至后来恋上老师多少也是父亲的缺失造成的影响。其他的小说，像《该死的父亲》《无雨的乡镇》《独角戏》里面也是一个女人在旅馆里面想起她很烂的父亲。

首先，我不反对任何阅读这些小说的人把父亲的缺失提升到什么样的地位和角度，把它放大成文化的部分，其实对我本人来说并不是那样的。在我整个成长经验里面父亲都是缺失的，我父亲很少回家，家里只有母亲带着四个女儿，我是老二。母亲是一位乡下妇人，以前一直躲在香蕉园里面割蕉，后来她嫁给一个男人，被安顿在城里。可是这位乡下妇人生了四个女儿，本身她什么都不懂，甚至连马来语也不说，经济情况非常不稳定，她的男人经常没拿钱回来，时常有一些官员要上来停水、停电或者迫迁，甚至人家是讲马来语的，她怕面对现实，带着四个女儿躲在房里面不敢应声。我小的时候这些记忆很深，觉得所有这些悲剧都是父亲造成的，父亲那么没出息，一个穷的父亲是可以被原谅的，可是我的父亲还有其他种种不好，作为一个人，他是一个不好的人，作为丈夫，他是一个不好的丈夫，作为一个父亲，他是一个不好的父亲。

龙：怎么说呢？

黎：我的父亲同时有三个家庭，我的母亲是排行第二。父亲长时间都在吉隆坡，我们在怡保，父亲每个星期六晚上才回来，就是他所谓的下班以后，星期日早上离开，他每个星期要拿一个星期的家用回来，但我父亲是个赌徒，每次回来吃饭以后出去赌博，可能到深夜才回来。第二天又继续去赌，到星期一早上离开回吉隆坡。要赌输的话，一个星期的家用可能没有了。

龙：这是一段揪心的记忆。

黎：看着母亲在一种非常惊慌、可怕、恐惧的情况里面带着我们长大，我记得小的时候吃得很差，家里面每一顿饭都非常简陋。那时候我还以为每个家庭都是这样子，每个家庭只有在星期六才有好东西吃，因为没有去过别人家里。星期六因为父亲要回来吃晚餐，所以中午我就开始准备晚饭了，晚饭很好，可能有白切鸡之类。这个时候最怕的一件事情是电话响，平时没有人给我们打电话，电话响意味着父亲说我不回来了，我今天不回来也就是这个礼拜不回来了，能感觉到空气中巨大的失落、忧虑、悲伤。那顿饭还是要吃的，那么好的菜却没有人开心起来，大家都很压抑、难过，母亲是非常焦虑的脸，我们在那样的情况下吃一顿饭。我从小就是一个很敏感的孩子，当时我们还不知道父亲还有第三个家庭。

龙：等于这个丈夫与父亲是和另外一些不知道的人一起分享的。

黎：很多年以后，父亲老了，身体很不好，他要搬回怡保跟我们一块儿住，母亲很开心，终于在晚年把整个丈夫要回来。可是我的其他姐妹没有一个人开心。我从小就把自己当成家里的男孩，觉得我要扛起来：既然妈妈那么开心，那好吧。我自己跟父亲是没有感情的。

龙：那是为了照顾你母亲的情感。

黎：是，父亲身体多病，每一次送医院都是我去做，因为其他人不管他了。母亲只会给我打电话，我当然会去负责处理，很多次带父亲去医院、排队。我可以告诉你，父亲前几年去世，在我们一生当中，父亲和我说过的话不上一百句。带着父亲每天跑医院，跟他坐得那么靠近，我开着车载他，或者是我们在医院里面排队坐在一块儿等候，我们谁都没有话要说，那种巨大的空洞在我们当中，没有办法填补。尽管我不想自己跟父亲的关系如此，可我一句话都想不出来。他整天抱着一个桶，有事情就呕吐在桶里面。

龙：即使他回来了，其实在你心中也是缺席的，这种经验是从你小时候建立起来的。

黎：我被这种情感折磨，特别难过，《疾》是在这样的情况下写出来的，跟现实不一样的是父亲并不是在那一次死亡，在小说里面被我想象成他死亡了。我之所以想象他死亡，是想表达一种无法弥补、一种不管怎么样也追不回去的失落感。

因为父亲的缺失我变得非常独立、坚强，我也知道不是没有一丝的遗憾，以及一个女儿对自己父亲的期待。这种感情投射在我的小说里面，总是把小说里面的女性写得更坚强一些，就像杜丽安一样。家里男人虽然缺失，但她们还是能够活好。不仅仅是小说里面的父亲角色是我现实父亲的反映，甚至小说里面的许多女性角色也是我心里的投射，是我想要成为那样一个女性，不过小说中强悍的女性不比失败的父亲多，所以大家比较注意到失败的父亲。

龙：已经聊得够多，最后再问你一个有关小说形象的问题，这个问题我们很多研究生读者非常感兴趣：为什么你的小说中有关马共的形象总是面影模糊？似乎不是什么“好人”。

黎：我曾经跟随报社高层去采访马共总书记陈平，当年是一件很了不起的事情，马共总书记是不被允许回马来西亚的，大家都知道这段历史的空白，而且大家都想知道关于陈平和马共后来的情况。当报社高层有这个资源、能力做这个采访时，我记得筹备工作是非常大的场面，有幸能够跟着去做这个采访，其实我是采访团里年幼无知、没有身份的一个，当时有一个面试，老总问了一些话，然后才决定挑我去。事实上我在那边的作用不是采访，而是高层和前辈他们做采访，我的作用就是在那边斟茶倒水、拍照，当时录音还用那种老式的卡带，因此还要留意换卡，这些事情就是我做的。回来要听完几十个卡带，不断地打字，把所有资料整理出来。

龙：以记录员的身份见证历史。

黎：因此我有一种旁观者的感觉，我看到的不仅仅是陈平，也看到我的上司，以及一些非常热血的左派人物，我看到他们见到陈平的那种激动。那个采访进行了几天几夜，躲在酒店会议室里面进行。我看到那个年代的这些人的表现、感情，我站在一个局外人的角度去看他们，我没有办法投入，也不可能有这种感情。

听陈平诉说当年那么多事情时我很疑惑，一个人怎么能够说得那么熟练？轻易地复述出当年的事情，包括日期、时间、地点，好像已经准备好是要今天回答一样，选择这么一天回答这个世界。我惊讶于采访中被准确说出的日期、时间、地点，所以很怀疑这个人怎么记得这么清晰，因此，我是从其他角度去想这个事情的。

龙：也谈及很多杀人的事情。

黎：当然，他讲的时候竟然没有任何感情。历史就是一段没有感情、没有对跟错的时间。采访回来我整理了很多资料，上司分配你写这篇，你写那篇，我分配得很少，毕竟只是做杂工，最后老总说我们还需要一个采访后记之类的，整个系列报道的最后一篇。后来他要我写一篇，其实他同时叫其他参与采访的人也写，最后从中挑出一篇他觉得最适合的采访后记，后来他选了我的那篇。

龙：因为你不带个人情感和立场。

黎：后来我有幸看到另外一位前辈写的，马上知道为什么老总会选我的那篇，因为我的冷眼旁观。我从一个情感限制的角度去看整个采访，而另外的同事写的显然太过激动，完全把自己当时看见陈平时有多么激动、多么崇拜的感情都放在里面，我觉得他偏离新闻报道应有的角度。我当时能够获选不是因为我写小说，而是因为我本来就是一个局外人。

龙：这也决定了你在小说中对马共人物的处理。

黎：是的，在我局外人的眼中看来，杀了人就是杀了人，暴力的时候就是暴力，他们是人，里面出过很多差错，但这无关卑劣，因为这种人性不是在马共身上出现就叫作卑劣，它其实也会在别的人身上出现，就是这样，小说必须表达出对人性的书写与提炼。不过，马共对于我们这一代人来说，已经没有生活经验作为直接来源，所以没有条件把他们写得面目清晰。

龙：已经占用你太多时间了，先谈这些，相关问题我们以后再交流，谢谢！

（载《广州文艺》2017 年第 10 期）

与华南师大研究生谈台港澳文学研究

凌　逾　古远清

访 谈 者：华南师范大学凌逾教授以及研究生霍超群、林兰英、刘倍辰、刘玲、张玥、张沛伦、香港中文大学研究生高天浩

访谈时间："台湾文化的定位与诠释权的争夺"讲座完后的2017年12月18日下午4:30—5:30

访谈地点：华南师范大学文一栋五楼讲学厅

他一人写了八种当代文学专题史

凌逾：中南财经政法大学古教授用学术相声的方式讲述"台湾文化的定位与诠释权的争夺"。人们习惯于用论文式的高头讲章，他却在诙谐的氛围中，把台湾有趣的亮点、热点展示出来。我听过好几次他的学术相声，发现他每次都有增加新内容。古教授这次演讲一共有16127个字，他以77岁高龄激情澎湃地演讲下来，谁还敢说他老?

古教授讲自己生命历程中一件很重要的事是，跟余秋雨打官司，顺便把中南财经政法大学的名气也给打出去了。个人名气给所在高校带来了名气，也给世界华文文学界带来了声誉。他的演讲挑战了固定思维，挑战了成见偏见，从词汇的差异、思想的差异、文化的差异层面论及台湾文学和文化的最新情况，从台湾文化的定性到媒体文化、选举文化等层面发表犀利、大胆、雄辩的见解。

古教授以私家治史闻名，他著有多达八种十一本(不包括合著)当代文学史著述系列——

《台湾当代文学理论批评史》(武汉出版社1994年版)；

《香港当代文学批评史》(湖北教育出版社1997年版)；

《中国大陆当代文学理论批评史》(上下册，台湾文史哲出版社1999年版，后更名为《中国当代文学理论批评史(1949—1989大陆部分)》，2005由山东文艺出版社修订再版)；

《台湾当代新诗史》(台湾文津出版有限公司2008年版)；

《香港当代新诗史》(香港人民出版社2008年版)；

《海峡两岸文学关系史》(福建人民出版社2010年版；上下册，台湾海峡学术

出版社 2012 年版)；

《台湾新世纪文学史》(上下册，台湾花木兰文化出版社 2016 年版)；

《中外粤籍文学批评史》(广东人民出版社 2018 年版)。

另还有两种与吴思敬等合著的专题史：

《中国诗歌通史·当代卷》(人民文学出版社 2012 年版)

《20 世纪中国新诗理论史》(人民文学出版社 2015 年版)

古教授演讲精力充沛，元气饱满，有诗人的气质。他始终用问题来贯穿整场演讲，我们在写论文和做研究的时候可以学习这种问题意识。古教授不仅是学者，还是“演员”。他把自己的观点用这样独特而有个性的相声形式展示给我们，让我们觉得他本人就是“有学问又好玩”的教授。(鼓掌)

谢谢我们的研究生同学，在前期做了很多的准备工作，感谢我的硕士张玥同学，和古教授的学术相声配合得非常好。这次古教授的公子也来聆听这个讲座，我们欢迎他(鼓掌)。另外，现代文学教研室的吴敏教授也亲自来了，还有周佩瑶老师，陈政老师，他在后头一直很认真地听，让人感动。

从余光中的“告密”谈到政治和文学的关系

周佩瑶：“右统”余光中去世，引发了一些争论。在 20 世纪 70 年代，余光中向国民党“国防部”告密“左统”陈映真。在评价一位诗人文学价值的时候，是否应该考虑政治因素？余光中的成就应如何评价？

古教授：你不是学生，你是老师，老师的提问我就不敢回答了。(笑)陈映真和余光中都是我的朋友，但他们俩是冤家对头。因为在 70 年代乡土文学论战的时候，余光中写了《狼来了》，“狼”明指工农兵文学，暗指乡土文学。他们认为乡土文学是共产党在背后搞起来的，陈映真是工农兵文艺的代表。《狼来了》是一篇只有几千字的杂文，却大量引用毛泽东《在延安文艺座谈会上的讲话》，并与陈映真的文字对照，表明陈映真是毛泽东的“学生”，这是会惹来杀身之祸的。所以这位乍看起来童颜鹤发、气定神闲、谈吐清雅、一派仙风道骨的余光中，他历史上最大的污点就是写过杀气腾腾的《狼来了》。我们广州的《羊城晚报》在 2004 年就讨论过这件事，中国社科院的赵稀方重提余光中的这一段反共历史，反对大陆制造“余光中神话”。后来余光中很不愿意卷入这场论争。2004 年 9 月 11 日，他在《羊城晚报》上发表了《向历史自首？——溽暑答客四问》，避重就轻地讲《狼来了》是坏文章，“我当时意气用事……好像是感到跟国民党什么政策相呼应”。陈映真看到觉得很不满意，说你这是人品有问题，我提倡乡土文学却被你打成“工农兵文学”，你还告密说我是“新马”信徒，共产党在台湾文艺界的代理人。

这事到底有没有呢？攻之者说有，辩之者说无。陈映真是听郑学稼等几个人说有这件事。“国防部总政部主任”王升也就是国民党的特务头子，他不学无术，弄不清楚“新马”是何物，工农兵文学是什么，便去请教曾参加过共产党后成为“反共理论大师”的郑学稼。郑学稼早就去了天国，陈映真也跟着仙逝，王升也死了，余光中现也在“里头”，我们在“外头”了。这件事已死无对证。据说王升晚年要发表声明说绝对没有此事，但这个声明谁都没有看到过。即使有这个声明，会不会捉刀代笔呢？2005 年 9 月在长春开会时，我劝过陈映真，说你跟余光中的矛盾，不要纠缠在细节上，余光中在《联合报》发表的那篇文章，是相当于“公开告密”。如果是私下向王升告密，现在很难查清。反正在这件事上，余光中的立场是国民党的，这篇“抓头”文章伤害了很多人，有这个事实就可以了。历史有时候宜粗不宜细，但是陈映真到去世之前还没有解开与余光中的死结。昨天我发表在《羊城晚报》上的悼念余光中的文章，就谈到这件事。

刚才凌教授讲了，我跟余秋雨有过论战，被新加坡《联合早报》称为“世界华文文化界最火爆的一件事”。我研究余秋雨“文革”中的历史问题，说他参加过“四人帮”控制的“石一歌”(即“11 个(人)”的谐音)写作组，他不承认。有人问我：古老师，你揪住“小余”余秋雨的历史问题不放，那你为什么不谈“老余”余光中的历史问题？所以我在台湾的老牌杂志《传记文学》发表了长文《余光中的“历史问题”》。据说余光中看到我的文章，很不高兴，实际上我是给他解套的。回想 1970 年代中期，“左”风袭港，香港中文大学的学生就写有从儒法斗争的角度分析《红楼梦》的文章，支持批判邓小平的声音也不绝于耳。反应过度的余光中，忧心台湾也被“赤化”，便写了《狼来了》。这是余光中最政治化、在历史上最不光彩的一篇。他不愿意别人提起这件事，因为“狼”虽然还没有吃人，但咬伤过许多人，尤其是乡土作家看到“抓”字，不惊吓也会禁不住打寒战。我两次到台北访问，提出要见他，由于我浓墨重彩提他“不肯从实”招来的往事，便成了不受欢迎的人，因此被他婉言谢绝。我始终认为，作家不是圣人，不可能保证不写错误文章。总的来说，余光中还是承认《狼来了》是“坏文章”，尽管这个认识极不深刻，但是他毕竟认错了，对比所谓“永远站在正面”的余秋雨，他不仅不承认，还倒打一耙，说我诽谤，把我告上法庭。所以，“小余”与“老余”是有差别的。我觉得这件事并不影响余光中是“中国现代诗坛的祭酒”、两岸文学界诗文双绝，系“杰出的单打冠军”这种总体评价。李敖骂余光中最生猛，骂他在大陆招摇撞骗，说谁欣赏余光中的诗，说明这个人文化水平不高。在台湾，没有被李敖骂过的名人就不是名人，台湾的历史就是这样相当复杂和吊诡。余光中对中华文化的贡献，尤其是诗文传唱海峡两岸及香港，影响毕竟比铁轨还长。

台湾对余光中的去世反应冷淡，可大陆的反应很热烈，我一个人就写了不止一篇文章，本月 20 号在《中华读书报》“人物版”发表《和这世界的不快已经吵完》，还有《台湾周刊》发表的《屹立不倒的余光中》，台湾报刊也要登我悼念余光中的文章。台湾的反应耐人寻味，虽然蔡英文装模作样地对余光中的去世表示遗憾，说了几句不着边际的话，但台湾的极端本土派恨不得余光中早点死，台湾左派对余光中的去世也反应平平，这就是两岸的不同之处。我们评价作家，主要还是看艺术成就，余光中写的《乡愁》可以不朽。不说别的，毛泽东生前说过，就是给我 500 块大洋，或者再多钱给我，我都不看新诗的，因为新诗不能背诵。如果毛泽东活到现在，看到余光中的《乡愁》可以背的话，我相信他也会读新诗的。(鼓掌)

澳门文学不同于香港文学

霍超群：港澳文学常常放在一起说，而且澳门文学是作为香港文学的尾巴附在后面的。您认为两者的差异在哪里？

古远清：王蒙的高中同学，即台湾成功大学马森教授，2015 年出版了厚得像老式电话簿的《世界华文新文学史》，其中就谈了港澳文学。这本书名不副实。君不见 1609 页的皇皇巨著，香港文学一节居然不到 33 页。澳门文学比香港文学更可怜，该节只有 4 页，连附骥都谈不上。而海外华文文学，在全书 41 章中只占 1 章，其中澳大利亚和新西兰文学占 2 页（这和他写自己的戏剧研究成就的篇幅正好相等），“亚洲地区的华文文学”一节多一些也不过 14 页。新加坡、马来西亚、泰国、印尼、菲律宾、越南、缅甸等国的文学比香港文学的篇幅少了许多，这显然不正常。所以此书号称包含全世界华人作家的《世界华文新文学史》，使人感到招牌硕大无比而“营业厅”甚窄。

总之，三大本《世界华文新文学史》大部分谈的都是台湾文学、大陆文学，其他的都是“吊在车尾”。马森认为谈了香港就等于谈了澳门，因为澳门是香港的卫星城市。其实澳门文学有自己的特色，它有土生文学。现在澳门文学主要是华人写的，也有部分是用葡萄牙文字写的，这部分的作者并没有入葡萄牙籍，他母亲是葡萄牙人，或者他父亲是葡萄牙人，他/她是混血儿，用葡萄牙文字创作，也是澳门文学的一种，这不能算作葡萄牙文学，因为作者在澳门出生，文章在澳门发表，写的是澳门的事情。澳门文学和香港文学最大的不同就是有这种土生文学。第二，香港文学有“反共文学”，但澳门没有“反共文学”生长的土壤。从五六十年代起，澳门就有“半个解放区”之称，人们常说《澳门日报》有点似《人民日报》海外版。澳门的商业团体、文化团体几乎都亲中，很难找到有亲国民党的。第三，澳门没有“九九文学”。香港九七回归，有“九七文学”，澳门作家却没有一窝蜂去写回归形成“九九文学”。澳门人普遍不关心政治。还可以说很多，但主要是这三点。

“私家治史”和“多快好省”写文学史

霍超群：您多次提到“私家治史”，得知您最近要出一部《澳门文学编年史》，为什么要选择“编年史”来研究澳门文学呢？

古远清：《澳门文学编年史》是澳门大学的一个项目，我和朱寿桐教授合作，我只写其中一本。现在都提倡编年史，因为写文学史要有充分的资料准备。这个编年史是多年前开始编写的，与钱理群主编的《中国现代文学编年史》时间大概不差上下，但这本书一直没有问世。最近花城出版社正在报批中，因为澳门回归 20 周年马上要到了。

“私家治史”是因为我没有带过研究生，我们学校在我退休之前没有中文系。我当时在中南财经大学即现在的中南财经政法大学教书，而余秋雨在上海戏剧学院工作。我在非名牌大学从事世界华文文学研究，难免被人瞧不起，余秋雨在其发行量极大的自传《借我一生》中，这样蔑视我：“古先生长期在一所非文科学校里研究台港文学，因此我很清楚他的研究水平。"我这样回应他："余先生长期在一所非创作单位上海戏剧学院从事散文创作，因此我很清楚他的写作水平。"(大笑)

我回家卖红薯后被余某称为"下岗工人"，我这个"下岗工人"不是"裸官"而是"裸教"，既不是国务院津贴专家，也不是硕导博导，我连学士都不是呢。"文化大革命"前是没有"学士""硕士""博士"这套系统的。我在珞珈山求学5年，只拿到武汉大学毕业证书。另外，就算中南财经政法大学有了中文系能找得到别人合作，我也觉得很麻烦，他写了后我还要一改再改，还不如自己写来得干脆，所以陈映真说我是"独行侠"。这里还有一个令人烦恼的问题，借书者多半系孔乙己式人物，借后不还，看来我的书房门口今后要大书"书与老婆不借"这几个字(大笑)。像刘登翰教授写文学史，也找过我借书或复印，但他是君子，有借必还。这位学者写文学史的风格，跟我不一样，他是搞"兵团战术"，他组织能力很强，找的人都是名教授，所以一年多就写出一本《香港文学史》。有人质疑：写文学史起码要坐10年冷板凳，其实这些作者早有知识积累，所以才能"多快好省"地写出来。不过我认为凡是文学史，"私家治史"比较容易传之后世。你看王瑶50年代初写的《中国新文学史稿》，尽管现在看来有很多地方过时了，但它还不断被翻印或再版。《中国当代文学史》有几百种，大家公认洪子诚一人写得最好，钱理群甚至说直到出现洪子诚这本书，才有资格说当代文学有"史"。

"私家治史"的长处在于风格容易统一，能够从头至尾贯彻自己的学术立场和观点，但是我也不排斥"兵团作战"，至少这种方式可以"应急"。像刚才提到的刘登翰主编的《香港文学史》，就是为香港回归"献礼"。过去也有不少"献礼"式的大陆文学史，但都没有像刘登翰主编的这本质量高。"献礼"是大陆地区写文学史出现的独特现象，有为政治服务的意思在内。当代文学史与政治有密切联系，从"献礼"现象可见一斑。

大陆文人下海经商，台湾文人下海入"党"

凌逾：您的研究非常关注思想史、文学思潮、文学事件。这样的研究思路是不是跟你们这一代人的学风有关，能否纯学术地研究台湾文学？

古远清：这的确跟老一辈学者的学风有关。"文革"前毕业的学者信奉"文艺为政治服务"，当然现在不信了，但台湾文学与大陆文学不同，陈映真生前和我说在台湾这种政治化的地方，文艺就是要为政治服务，马英九的另一种说法是"政治为艺文服务"。这其实还是说文艺与政治关系密切，典型的对照是大陆文人是下海经商，台湾文人许多是下海入"党"。小说家吕秀莲当过台湾副领导人，叶石涛是阿扁的"总统府资政"，"建国党"主席也是小说家履彊。武侠小说家上官鼎也就是刘兆玄，系马英九当台湾最高领导人时的首任"行政院"院长，张晓风则是亲民党的"立法委员"，为了反对环境污染，为"202兵工厂"请命，张晓风曾向一位台湾地区最高领导人下跪，以至被媒体称之为"惊天一跪"。至于有些著名作家参选"立法委员"，或帮某位地区领导人候选人站台拜票，或为他们写文宣广告，更是家常便饭。

鉴于此，我在2014年11月6日《文学报》上，写过《用政治天线接收台湾文学频道》，有些年轻学者看后嘲笑我："你怎么老谈政治，我们谈点纯艺术的好不好。"我说，台湾文学跟政治扯得太紧，不能完全抛弃政治文艺学的研究方法。我批评过当今台湾最活跃、文笔也很漂亮的评论家陈芳明所写的“雄性”《台湾文学史》——这个人曾担任过民进党文宣部主任。有人又嘲笑我写这种批评文章，是在从事“民间统战”。嘲笑我的人自称不问政治，可当他到台湾一下飞机，“政治”就来找他了，接机的人问他“你是不是从中国来的?”这句话的潜台词是接机者不是中国人，他如果认同中国就应该问“你是不是从大陆来的?”所以谈到台湾的文化生活，很难脱离政治。我们研究台湾文学，一定要有政治头脑。这里还有一个小插曲，台湾有个青年学者高丽敏在《台湾文学评论》发表过《传承与发扬——论钟肇政作品〈浊流三部曲〉〈台湾人三部曲〉中的客家文风》，其中在“前言”中云：“钟肇政，原籍广东，1925年出生于桃园县。”一位作家读了后，“不觉心头一酸”，因而投书《台湾文学评论》，质疑《钟肇政原籍广东吗?》，认为高女士这种写法犯了“软骨症”，是在向大陆示好乃至“投降”，并感慨道：“非把台湾人无限上纲到中国人，不能显示其存在？以钟肇政先生台湾意识的坚定，硬把他定位为‘原籍广东’，想来钟老恐怕会啼笑皆非或黯然神伤吧?”现在台湾的户口本上只写出生地，而不写籍贯了，为的是让台湾人忘记自己的祖宗。

一流学校有三流教授，三流学校有一流教授

刘倍辰：台港澳文学应该看作海外华文文学的一部分呢，还是看作中国文学的一部分?

古远清：我在2017年6月12日《文艺报》写过《台湾文学是“海外华文文学”吗?》，就是解答你这个问题。不光你有这个困惑，连一些教授、杂志的主编都搞不清楚。比如说南京大学有个很著名的杂志C刊，叫《扬子江评论》，它有个栏目叫“海外华文文学”，至少有两次出现过论述的都是地道的台湾本土作家如陈映真，可陈映真从未移民到海外，只是生命最后十年移居中国大陆。还有《中国社会科学》新创办的《中国文学批评》2017年第1期，也是将台湾文学当作海外华文文学。可见，“中央级”的杂志也不可迷信。这些名刊有点像名校，现在教育部把高校分成一流、双一流，其实一流学校有三流教授，三流学校也有一流教授。也就是说，一流名刊有三流文章，三流刊物有一流文章。

总而言之，陈映真这类一流台湾作家写的一流作品，千万不可以纳入海外华文文学的范畴。作为研究者一定要明白，台港澳文学不是海外文学而是“海内”文学。当然，也可以笼统地说台湾文学是华文文学，不要“海外”两个字。(*刘倍辰：那么台湾那些移居国外，或在国外生活过一段时间的作家呢?*)这比较复杂，为什么有些人认为台湾文学是海外华文文学呢？像白先勇是台湾文学还是海外华文文学呢？叶维廉是香港文学、台湾文学还是海外华文文学？严歌苓究竟是中国文学还是海外华文文学？他们不是“双重国籍”，而是其身份有双重性。但是这种情况对陈映真绝对不适用，所以把他放在“海外华文文学”提高一点来说是政治上的失误，但主要是学术上不严谨所致。这里有个反面例子，台湾有一个主张“宁爱台湾草笠，不戴中国皇冠”的《笠》诗刊，把大陆作

品放在“海外来稿”专栏。这显然是分离主义在作怪。

台港澳文学和大陆文学怎样打通

凌逾：您的自选集《华文文学研究的前沿问题》研究了中国台湾和香港以及东南亚等地的文学。我想请教您，台港澳和大陆文学应该要怎么打通研究比较好？

古远清：虽然大陆对于台港文学研究已开展有30年，但在现有的研究模式下，这个领域并没有摆脱“边缘化”的命运。“打通”必须更加注重文学史的整体性建构，把海峡两岸及香港的文学关联放到全球化的背景下总体考察。南京大学董健、丁帆、王彬彬这些堪称一流教授主编的《中国当代文学史新稿》，把台港澳文学放在该书中的各个年代。但这样做难度大，一不小心还会成为贴上去一样。他们试图把台港澳文学与大陆文学融为一体，放在每一章或每一节中，而不是在末尾，但做得也不理想，这毕竟是两种不同制度下成长起来的文学，所以大家都还在尝试。洪子诚的《中国当代文学史》为什么不写台港澳呢，我跟他说，这名不副实啊，《中国当代文学史》没有台港澳文学就应称为“中国大陆当代文学史”。他很谦虚，说对这个问题不熟悉，不好处理，不便写。那么，怎么融合在一起？我著有一本高等教育出版社出版的《当代台港文学概论》。目前这种教材，采用的都是“兵团作战”式，而我这本教材不是“百衲衣”，也不是把香港文学、台湾文学各放一章，而是试图把它们融合在一起。特别是我的《海峡两岸文学关系史》，也是把台湾文学和大陆文学融合在一起，这是试验。很多人出的文学史都是把台港澳文学当“附录”处理。当然要处理好比较困难，因为台港澳文学与大陆文学有众多“殊相”，比如台湾那里有“反共文学”、老兵文学、眷村文学、“台独”文学，走的道路跟我们不一样。尽管同根同种同文，但要融合起来非常难。现在我们还缺少有理论体系能构成学科依托的权威著作，刘登翰、方忠写过这方面的文章，我个人的《海峡两岸文学关系史》尝试也可能不太成功。凌老师研究跨界，这个跨界也是不容易的。（凌：是的，因为要研究的内容复杂，范围很广）

经典本是争议甚多的话题

刘玲：您的《台湾当代新诗史》《台湾当代文学理论批评史》等，大多有“当代”二字。我想问，您如何理解不断变化的当代现象？您在选取作品的时候如何确定这个作品会成为经典？

古远清：当代文学史最难处理的就是它变化万千，难于定格。你要给它定经典，要凭你自己的感觉和体会。谢冕编《中国百年文学经典》，很多人就质疑他：“你怎么知道是经典，这个还没有经过历史的检验啊。”但是谢冕有这个勇气和学术能力。洪子诚也是这样，他写当代文学史，一靠自己的阅读经验，二靠评论家的评说作为参考，三靠自己的判断能力。我今年10月份在马来西亚新纪元大学做过一次演讲，题目是《金枝芒：华文文学史上失踪的经典作家》。所有的华文文学史，包括马华文学史，都没有金枝芒的专节，陈贤茂主编的4大本《海外华文文学史》没有，厦门大学庄钟庆等人主编的《东南亚华文文学史》也没有。又名乳婴的金枝芒原名陈树英，系马共中最能写的作家。他和王安忆的父亲王啸平有点相似，均属南来的左翼作家。所不同的是，王啸平“叶落归根”，而金枝芒“落地生根”。这个金枝芒，写了近40万字的抗英民族解放战争长篇小说《饥饿》。我们过去耳熟能详的是“抗日”而很少听到“抗英”。这本在烽火连天的环境下写的抗英小说，一开始流传得不广，在1960年由马来西亚吉槟州北星社油印出版过。金枝芒去世20年后也就是2008年，才由马来西亚21世纪出版社正式推出。金枝芒的作品创作于马来西亚独立建国前，其文学创作是没有国籍的，也可以像黄锦树那样称之为“有国籍的马华文学”的史前史，是马华文学的源头。《饥饿》被一些大家包括王德威认为是经典作品，是写“饥饿”写得最有特色的。王德威说最好不一定就是经典。为了不盲从他，我首先找到这本书仔细阅读，再参考一些别人的论述，然后看其他作家写“饥饿”的作品，再确定他的“饥饿”是否写得最好。

经典怎么定位？公刘等人的作品被谢冕选为经典作品，可他们高喊“且慢经典”，经典本是争议甚多的话题。金朝元好问有诗云：“纵横自有凌云笔，俯仰随人亦可怜。”是不是经典，不能“俯仰随人”，只能按照我们时代的情况，个人的、审美的经验去确定。这肯定有局限性，但是，有，比没有要好；做，比不做要好。

成了学术界一大笑柄

高天浩：香港学者的水平是否比内地教授高？

古远清：香港的学者外语水平一般说来比内地教授高，比较文学是他们的强项，他们不存在内地学者惯有的“左倾”教条主义。香港大学中文系有位副教授，1976年对“四人帮”写作班子“石一歌”所作的《鲁迅传(上)》曾加以批评。这是境外对“石一歌”著作的绝无仅有的批评，写得极有水准。可他也有败笔，那是1999年台湾文学经典评选时，王德威等人请他作为香港学界的代表去分析白先勇的《台北人》，这是很高的荣誉，对他也是很大的信任，可他一万字的文章，为了阐述俄国形式主义各类大师的观点，就占了三分之二的篇幅，结果《台北人》几乎全部成为这些俄国“圣经”的注脚，典型的喧宾夺主，成了学术界一大笑柄。香港作家协会主席黄仲鸣在2017年第10期《香港作家》上，写了《文学江湖》讽刺这件堪称“六经注我”的经典案例。

这位副教授，在约请谢冕和我写有关香港作家的研究论文时，规定注释要有多少条，其中西方文论注解又有多少条。他有些瞧不起内地学者，潜意识认为我们外语水平不行，声明可以“优待”，可以少些外国注解。在香港，的确有一些文凭高、水平却不敢恭维的学者。这些人谈起自己从香港到台湾，从伦敦到纽约再到东京的学士、硕士、博士、博士后经历，像唱快板一样报出去，其效率不亚于电话接线生。这一大串的学位和头衔，使他们对从内地去港的学者不屑一顾，认为他们是喝马列主义乳汁长大的，英文不行，粤语不行，电脑更不行。哪怕像黄子平、许子东这样喝过洋水的一流学者，20多年前他们到香港时，都只能安排到相当于内地师专的浸会学院、岭南学院任教。当然这两所学院已升格为大学了，许子东还当了岭南大学中文系主任。当许子东变成香港学者后，他也有些瞧不起内地学者了，比如他在香港回归10周年答《中国青年报》记者问时说，现在研究台港文学最著名的是刘登翰、古远清，还不就是这种水平。(一位听众插话：他说你是研究台港文学最著名的两位学者之一，已够抬举你了。何况你的知名度的确比不上许子东啊)

“思想体操”和“青春心态”

凌逾：您认为学问之道的关键是什么？

古远清：学问之道的关键，一是要有兴趣。学术研究一定要从兴趣出发，如果没兴趣的话，做论文很辛苦。但是老师叫你做的作业总不能不做吧，你可以在老师划定的范围内找一个自己感兴趣的题目，比如老师布置《红楼梦》研究，如果你是女孩子，喜欢服装，就专门研究《红楼梦》的服饰描写；如果你喜欢吃的，就研究《红楼梦》的美食描写……总之，要找到一个有兴趣的课题。没兴趣的话，研究很难做下去，也研究不好的。另一方面呢，要扩大视野，凌老师给你们讲香港文学课是吧？台湾文学你们也要接触。

有一次北京大学的博士生跟我诉苦，老师给她选的博士论文题目是论《在延安文艺座谈会上的讲话》。这篇博士论文政策性、理论性那么强，又有许多人研究过，很难出新。她问我：“这怎么办？”我说：“我给你出一个点子，你写《“延安文艺座谈会讲话”在台湾》，这个问题老师都不知道。”(全场笑)还有韩国外国语大学中文学院院长朴宰雨邀请我去韩国讲学时，告诉我他是韩国第一个翻译《在延安文艺座谈会上的讲话》的人。朴宰雨原来研究中国古典文学，要看《诗经》《楚辞》。当时中韩还没有建交，他只有到香港去买。那时中国的书到韩国海关，工作人员只看到印刷品中有“人民出版社”这几个字，就打回票。“你有政策，我有对策”的“作案”老手朴宰雨，事先拿好“作案工具”涂改液，在“人民”的“人”字上加两横，变成“天民”出版社(全场笑)。海关的人多半不是没有文化，就是中文水平太低，一见不是“人民出版社”就放行了。所以你做“论延安文艺座谈会在海外、在台湾”这个题目，就可以言人之未言了。我建议研究大陆文学一定要读一点台港澳文学。当然，不一定写进这些内容，但是要有参照和比较。(凌逾：对，要有对比，有呼应)

很多学校，比如武汉大学、南京大学送博士论文、硕士论文给我审阅，我先看他们的注释里面有没有台港澳或者是外国的文献。今天访谈的目的，是希望你们扩大视野，都来做我的同行。做我的同行可在全世界中文报刊发表文章，拿美元、欧元、日元还有台币、港币、澳币，多爽！当然，做学问不是为了赚稿费。大家千万要记住：“人不能把钱带进棺材，但钱可以把人带进棺材。”

我告诉你们做学问的一个“秘诀”：要多跟老师聊天，有道是上课不如自修，自修不如跟老师海阔天空式“侃”。到研究生这个阶段，老师若道貌岸然、正襟危坐讲课本上的东西，那必然使人昏昏欲睡。跟老师坐下来欣赏一壶烧好的夜色，聊文坛趣事，聊学问之道，有一种很宁静、很舒放、很抒情的感觉，可以学到很多课堂上学不到的东西。聊天的最高境界是寓教于乐，这是一种精神享受。所以我今天的讲座采取的也是神聊式。如果我要讲台湾的政治、军事问题，必然会从报纸和文件中大段抄引。这样一来，大家都玩手机去了。我讲我的亲身见闻，讲从蒋介石到马英九，台北市都没有八路、四路公共汽车；讲我在台湾出书校对时，发现“解放后”被纂改为“沦陷后”。我采用男女对话的方式讲这种诡异的台湾文化，玩手机的人也就抬头了。

不少人做论文废话太多，“微言”太少，也就是钱钟书讲的“重视废话一吨，轻视微言一克”。你们一定要有起码的历史常识。我曾于2014年6月4日在《中华读书报》上，批评一位女博士生在名刊《文艺争鸣》2014年第4期发表的论文《毛泽东时代关于鲁迅信仰问题的论战》，内有“以‘石一歌’、姚文元为首的‘四人帮’……”的说法，这不是荒天下之大唐吗，“四人帮”怎么变成“石一歌”了呢？“石一歌”是“四人帮”控制的外围写作组，况且姚文元在“四人帮”中位居最后，“为首”的应是差点成了毛泽东接班人的王洪文。说余秋雨参加的写作组是“四人帮”成员，且是首恶，这是令人吃惊的常识性错误，编辑居然不审稿。是否收了版面费呢(笑)，待考。当然，这比起认为“‘四人帮’就是四个人有困难大家来帮”(大笑)来说，还是好得多了。这位女博士生第二个常识性错误是认为胡风是“右派”。其实，“反右”时胡风已经坐牢，他当时的罪名是“反革命”。还有人在10多年前《文学评论》上写文章时说巴人是右派，其实巴人是“修正主义分子”。所以，做学问一定不能张冠李戴，要严谨。

我把做学问、出书发文章和在海内外巡回演讲当成延年益寿的最好方式。跟年轻人在一起，我就不觉得自己又古又老，又老又古。我不喜欢参加“老干处”发起的春游、秋游活动，如果天天和老头子、老婆子在一起，自己就无法做到老而不古，古而不老了。北大的谢冕，他也不喜欢参加老年人活动，整天跟学生或年轻人在一起。要永葆自己的学术青春，心态不能老，还要把学术当成毕生的追求，而不是评职称的敲门砖。当然，评职称也很重要，但对我这个“无齿之徒”(大笑)来讲，不存在这个问题。如果不让我看书，不让我写文章，不让我开会，不让我出差，不让我演讲，不让我跟你们这些美女、帅哥在一起，我就会失智，就会痴呆。

凌逾：刚刚古教授谈到两个很重要的问题，一个是“思想体操”，一个是“青春心态”，这是永葆学术活力之道。谢谢大家！

(载《华文文学》2018年第6期)

目　录

2017年汕头《华文文学》目录

黄洁玲

【汉语新文学研究】

【域外汉学】

【性别研究】

【女性文学研究】

【重返八十年代】

2017年南京《世界华文文学论坛》目录

李　良

中华文脉与海外汉学

台湾文学研究

美华文学探讨

东南亚华文文学研究

欧华文学研究

文脉传承与创新［主持人：樊和平］

陈映真文学与思想[主持人：张羽]

域外体验与中国文学

“中华文脉与华文文学”国际高峰论坛暨本刊百期巡阅

理论与历史

深度对话

序跋与随笔

会议综述

2017年绍兴《世界华文文学研究》第十辑目录

朱文斌

2017年成都《华文文学评论》第五辑目录

张　放

文学茶吧

赵毅衡：《静静的海流——海外的中国诗人》

余光中研究

黄维樑：为李白杜甫造像——论余光中与唐诗

张　放：余光中诗歌中的四川情结与李、杜、苏信息

柳　飏：纵的继承与横的移植——论余光中诗歌二元文化的结合

段　舒：置之死地而后生——余光中诗歌中的死亡意识和渲染

王莉铷：余光中作品中“雨”的生态美

张嘉仪：谫论余光中的纯文学观

张靖仪：余光中诗歌中“江河湖海”的象征美学

附录：

余光中：记厦门盛会

黄维樑：到高雄探望余光中先生

张叹凤：余光中重庆家园两访

席慕蓉研究

编者按(黎活仁)

游翠萍：“席慕蓉现象”及其诗歌批评的困境

黎活仁：席慕蓉的时间意识

沈　玲：论席慕蓉诗歌中的四季意蕴

柴　焰：守望诗意和谐的精神家园

张爱玲研究

郑振伟：细读张爱玲的《怨女》

张　娟：张爱玲小说的“怨女症”研究

李金莲、冯勤：颠覆与摧毁——从〈小团圆〉看张爱玲后期创作的后现代主义倾向

郭永珍：浅析张爱玲作品中服饰色彩的运用

2017年《文艺报》“华馨”目录

袁　青

1月13日

王金城：《2016台湾诗歌：现实主义创作的多元发展》

《首届“胡适奖学金”在台北颁奖》

2月17日

戴瑶琴：《2016年海外华文小说：小说之谜》

许　可：《“自然写作与环境伦理”海峡两岸学术研讨会召开》

4月28日

石一枫：《陈雪〈摩天大楼〉：关于人性的隐秘拼图》

陈　雪：《我一生都在为写长篇小说做准备》

陈美霞：《“鞭子与提灯：陈映真文学与思想学术研讨会”在厦门举行》

5月20日

郭海燕：《蓝博洲〈寻找祖国三千里〉：从历史深处打捞出的个人历史》

李孟舜：《刘大任〈枯山水〉〈当下四重奏〉：山水不枯岁月有声》

6月9日

戴瑶琴：《张惠雯：讲述不肯在意识里黯淡熄灭的故事》

江少川：《〈藤校逐梦〉的悲剧意蕴》

张　璐(动态)：《台湾童书专家严淑女线上分享绘本教育》

6月30日

蔡益怀：《香港小说二十年：有精神的写作，而不是避世的梦境》

7月7日

韵　竹：《香港现代主义文学的“在地化”进程》

凌　逾：《“他们在岛屿写作”系列之〈1918〉〈东西〉：1918之世与东西之界》

8月11日

谢尚发：《张翎〈劳燕〉：在女性悲歌中超越苦难》

郑　磊：《“亦舒女郎”的出走——从〈我的前半生〉谈起》

9月1日

邵　栋：《历史终结与放逐之爱——周洁茹〈到香港去〉中的女性困境》

凌　逾：《陶然〈旺角岁月〉：畅游世与界》

11月17日

赵遐秋：《纪念陈映真》

金坚范：《纵死犹闻侠骨香》

陈美霞：《陈映真“白色恐怖三部曲”：话语的重构与历史的再叙述》

12月22日

黄　健：《曾晓文〈背灵魂回家〉：聚焦灵魂的审视》

张　林：《物中时空与身体之痛——余光中诗歌中的乡愁》

蔡益怀：《她们的“我城”故事——记香港文坛的四颗新星》

2017年《香港文学》评论目录

（中国香港）陶　然

2017年2月号(总第386期)

批评空间

陈国球：烟花岁月留光影——序郑蕾《香港现代主义文学与思潮》

刘　俊：从心理探索到心灵观照——论施叔青的《度越》

蔡益怀：繁盛浮世绘“我城”情意结——香港文学在地书写六座标及笔下风情

文艺茶座

黄维樑：我的文心路历程——《文心雕龙：体系与应用》后记

赵璧缘：诗和对于诗的感应

2017年3月号(总第387期)

批评空间

赵稀方：如何香港？怎样文学？——从《香港文学大系》谈起

陈岸峰：金庸武侠小说中的混合结构

王婧苏：以新视界做出新的开拓——评《华文文学的言说疆域：袁勇麟选集》

文艺茶座

季　季：凄惨的，无言的，嘴——再回首陈映真的历史现场

2017年4月号(总第388期)

批评空间

刘婉仪：创新而富建设性的华文文学研究——评《华文文学的言说疆域：袁勇麟选集》

徐诗颖：《北鸢》：一只鸢·一段墙·一世情

文艺茶座

孙绍振：演讲体散文：贾宝玉：从痴爱、泛爱到无爱

2017年5月号(总第389期)

文艺茶座

郑政恒：《金庸：从香港到世界》编者前言

批评空间

袁勇麟：文学与史学的有机结合——评钟兆云的传记文学创作

陈仲义：新诗史上最对立的接受“诉讼”——“汪诗热”剖解与现代诗“接受”的省思
何燕娜：反浪漫的浪漫爱情——浅析多拉小说中的爱情观

2017年6月号(总第390期)

文艺茶座

季　季：怒马来访前后的两件事
钟国强：字，如人，若只如初——散文集《字如初见》后记

批评空间

张燕珠：雨巷诗人戴望舒的诗歌性情
计红芳：一场并不孤独的文学创新之旅——关于余泽民的新作《纸鱼缸》

2017年7月号(总第391期)

“当代香港文学评论”专辑

赵稀方：《伴侣》之前的香港白话文学
陈国球：香港早期文学评论阅读札记——《香港文学大系·评论卷一》编余
袁勇麟：《香港文学大系》：传承与创新
方　忠：回归以来的香港散文创作管窥
凌　逾：香港跨界创意风
刘　俊：传统与现代并存　历史与现实共生——论秦岭雪诗集《情纵红尘》兼及香港文学特质
蔡益怀：小说我城·魅影处处——香港小说二十年(1997—2017)批与评
郑政恒：二十年来的香港小说面貌
古远清：香港回归二十年来的文艺思潮

文艺茶座

孙绍振：薛宝钗：艳冠群芳：任是无情也动人——审善之美(上)

批评空间

施友朋：原来散文可以这样写的——十五年后再读简媜这野生品种

2017年8月号(总第392期)

批评空间

冯伟才：在历史的空间中对话——走进《香港文化众声道》的历史空间
陈岸峰：金庸武侠小说中的爱情

文艺茶座

孙绍振：薛宝钗：艳冠群芳：任是无情也动人——审善之美(下)
黎活仁：兰心照相馆
惟　得：听静默说茅盾

2017 年 9 月号(总第 393 期)

徐诗颖：香港青年亚文化之探析——品评电影《香港制造》

“文学评论”专辑

黄维梁：比较文学与《文心雕龙》——改革开放以来香港内地文学理论界交流互动述说

袁勇麟：早期海外华文文学的记忆与再现

凌　逾　廖靖弘：港澳的船舰符号与海上丝路

陆士清：辉耀女性意识的光芒——评施玮的长篇小说《世家美眷》

辛金顺：“色人”——论陈克华情色诗中的社会性介入

施友朋：将军有剑，不斩苍蝇——略述陶然小说的时空意义

池雷鸣：“空巢”写作与加拿大华人新移民群体的心灵回响

金惠俊：也斯《后殖民食物与爱情》的香港想象

丹　罗：金钱、本土、喜剧——论林万里先生《托你的福》的三种意义层面

曾子游：《红楼梦》的初恋悲歌

2017 年 10 月号(总第 394 期)

文艺茶座

李　娜：看到“非洲的孩子”：南非剧作家富加德《我的孩子们！我的非洲》观感

2017 年 11 月号(总第 395 期)

批评空间

计红芳：“写出自己的远方”——多拉微型小说集《那日有雾》(2017)赏析

钟晓毅：前远后宽的文学追求——论肖建国的小说创作

文艺茶座

季　季：回顾“一代青衣祭酒”顾正秋

张奥列：大处着眼　小处着笔——谈刘百达的旅游文学

陈　芳：电影梦想和人文关怀——导演贾樟柯

2017 年 12 月号(总第 396 期)

批评空间

逾　凌：跨界创意的 5W1H

陈岸峰：金庸武侠小说中的“江湖”

陆士清：崛起民族的精、气、神——评周励的《曼哈顿的中国女人》

文艺茶座

区肇龙：《三剑楼随笔》短评

汪威廉：一手拿枪一手拿笔的骆宾基

2017年香港《文学评论》目录

(中国香港)林曼叔

文学评论第48期

2017年2月

文学评论第 49 期

2017 年 4 月

文学评论第 50 期

2017 年 6 月

文学评论第51期

2017年8月

文学评论第 52 期

2017 年 10 月

卷首语

林曼叔　也谈香港文学史的编写

文学透视

庄伟杰　当代诗词创作如何吸收新诗养分

曹惠民　《诗美学》的华语诗美大视野

施建伟　中国现代文学史上最难写的一章——《林语堂传》再版前言

寒山碧　关于《香港文学大系》缘起点滴

作家与作品

蔡益怀　写出天地间的残忍——中国式命运悲剧《雷雨》新解

杨玉峰　《这是一个漫画时代》与谷柳的小说佚作《头奖》

林丹娅　王璟琦　从林湄创作看新移民文学之新特质

宋　娜　女性的自我发现和乌托邦情感的构建——浅析周蜜蜜女性小说特点

乌兰其木格　为了不能忘却的记忆——评南翔小说集《抄家》

黄维樑　孤寂猫秀实诗话

张　鑫　汪卫东　语词还乡：渡也咏物诗研究的别一"诗意"

世界文坛

傅守祥　存在的寓言与悲壮的抗争——古希腊英雄悲剧《俄狄浦斯王》的现代性启示

文坛史实

陈云昊　《文艺新潮》的面向与身体

古远清　两岸三地当代文学研究连环比较(续完)

影艺空间

黄国兆　悼念波兰电影大师华意达

凌　逾　1918 之世与东西之界

阅读共享

林曼叔　世界的鲁迅——阎纯德着《鲁迅及其作品——我的巴黎讲稿》序

刘正伟　卞之琳《断章》评析

潘金英　从生活而来的诗——谈《关梦南诗集》

文学评论第 53 期

2017 年 12 月

文坛动态

2017年台北《文讯》杂志目录

闻　迅

第1期

本期专题 2

文学・人间・陈映真

书的世界

〈书评〉

〈序跋〉

采风志

活动报道

第 29 届梁实秋文学奖特辑

第 2 期

小说引力

“我们的文学梦”特辑

特载

本期专题

书的世界

人物春秋

“我们的文学梦”特辑

特载

本期专题

第 4 期

青年笔阵

谈文论艺

人物春秋

"我们的文学梦"特辑

本期专题

书的世界

采风志

第 5 期

人文关怀

“我们的文学梦”特辑

本期专题1

本期专题2

回应

小说引力

第6期

“凝视·陈芳明”特辑

人物春秋

“我们的文学梦”特辑

本期专题 1

第 7 期

“我们的文学梦”特辑

本期专题

书的世界

第 8 期

第 9 期

谈文论艺

人物春秋

"我们的文学梦"特辑

文艺之家

本期专题

第10期

青年笔阵

谈文论艺

台北同志文化地景特展

“旗袍一族”特辑

人物春秋

第 11 期

人物春秋

"我们的文学梦"特辑

本期专题

第 12 期

青年笔阵

“最后的绅士：郑清文纪念”特辑

“我们的文学梦”特辑

书的世界

采风志

活动报道

2017年台湾《艺文论坛》目录

（中国台湾）詹美玲

第十七期

第十八期

2017年《台湾文学研究学报》目录

(中国台湾)黄敏琪

年度	期别	题　目	作者	服务单位
2017	24	重读李荣春：论《祖国与同胞》的身份编辑与战争观	吴明宗	台湾师范大学台湾语文学系博士候选人
2017	24	测量情色的深度——李乔与锺肇政、叶石涛的情色论对话	戴华萱	真理大学台湾文学系助理教授
2017	24	启示与传道、天国与家国——论宋泽莱中/长篇小说之《圣经》诠释与文学价值	杨雅儒	台湾大学中文系、中央大学中文系兼任助理教授
2017	24	湾生・怪胎・国族——《惑乡之人》的男男情欲与台日情结	曾秀萍	台湾师范大学台湾语文学系助理教授
2017	24	小说中的定点	范铭如	政治大学台湾文学研究所特聘教授
2017	24	立望关河到鹤群归来：李渝小说跨艺术互文的怀旧现象——互文的怀旧现象——以《关河萧索》《江行初雪》《无岸之河》《待鹤》——组小说为主	苏伟贞 黄资婷	成功大学中国文学系教授 成功大学中国文学系博士生
2017	24	诗人在南洋：林景仁《摩达山漫草》《天池草》探析	余美玲	逢甲大学中国文学系教授
2017	24	帝国汉文的“南进”实践与“南方”观察：日人佐仓孙三的台、闽书写	黄美娥	台湾大学台湾文学研究所教授

续表

年度	期别	题　目	作者	服务单位
2017	24	从图像诗到视觉诗：中国暨意大利当代诗人视觉诗画联展(1984)、视觉诗十人展(1986)之理论与实践文本	解昆桦	中兴大学中国文学系副教授
2017	25	重新省思日治时期台语流行歌曲——以民谣观的建立和音乐近代化作为观点	陈培丰	台湾史研究所研究员 摘要
2017	25	禁锢与救赎——舒畅《那年在特约茶室》与梅济民《火烧岛风情系列》探析	侯如绮	淡江大学中国文学学系助理教授
2017	25	烦扰的肉身——杨德昌电影里的少女形象	邓筠	厦门大学汉语国际推广南方基地讲师
2017	25	从江南到台南——台南总赶宫总管传说之演变与信仰网络的形成	李淑如	成功大学中国文学系项目助理教授
2017	25	多重文化语境下的“残疾”身体——以Lifok(黄贵潮)《迟我十年——Lifok生活日记》的生命经验为例	蔡佩含	政治大学台湾文学所博士生
2017	25	圣灵与凡躯——论七等生《目孔赤》《环虚》中自我与他者的伦理关怀	杨建国	南开科技大学通识中心专任讲师
2017	25	双面一九八三——试论陈映真与郭松棻小说的文学史意义	张俐璇	台湾大学台湾文学研究所助理教授
2017	25	《三世人》人物的认同形构与身份重组——综论“台湾三部曲”及其“不在场”的国族寓言	林芳玫	台湾师范大学台湾语文学系教授

续表

年度	期别	题　　目	作者	服务单位
2017	25	暴力与正义——论林耀德的都市文学观	黄自鸿	香港公开大学人文社会科学院副教授
2017	25	台湾原住民文学里的殖民重层——以夏曼·蓝波安的书写为例	刘威廷	淡江大学全球发展学院英美语言文化学系兼任助理教授

悼　念

雄狮和乌鸦：悼罗门

(中国台湾)张　健

罗门死了，很多人会不舍，为了他的热情和诗篇；也有不少人会高兴，为了他的粗犷和自我中心，但，高兴一两天也就够了。

罗门威猛如雄狮，聒噪如乌鸦；睿智如哲人，幼稚如孩童。

他的高爽直率是他的优点，也是他的缺点，使他得罪了很多人，很多诗人文友。

他的好名——举世诗人作家艺术家谁不好名？但他的好名实在是过了头，不但为他树了敌，也留下了不少话柄。

他莽莽苍苍，也莽莽撞撞，蓉子挡不住，劝不止，只好数十年如一日地包容他，忍耐他。

我和罗门认识了六十年，眼看他的个性和言行六十年如一日，没有丝毫改变，有些时候还变本加厉。有一次蓉子对我说："张健，你也帮我劝劝他。"我也没有法子呀。

不过，说老实话，有那么一段时间内，他在诗坛的朋友里，只听余光中和我的，我们犹如他的一兄一弟，但效果毕竟还是有限。

罗门的诗风风火火，佳者炉火纯青，次者亦不失汹汹涌涌。他的早期诗有意象过于拥挤的毛病，后来逐渐改善(本人亦不无规劝之功)，但诗中重复自我的意象和句法、结构乃至意境自是不少，这原是古今许多年长诗人的通病，不足为患也。

罗门是一个把诗当作生命、当作信仰的诗人，终生热诚拥抱它，不离不弃，当今之世，除周梦蝶差可比拟外(梦蝶之有佛，正如罗门之另有绘画、音乐)，怕是罕有人及之。

罗门为人，大胆而不心细，做事有魄力，可是他也有近似怯懦的一面，譬如他写了一首骂另一位诗人的诗，登在"蓝星"上，在街上遇见我，我一口拦住他："罗门，又骂人了?!"他忽然用一种诡秘的神情说："哎，不要告诉别人喔!"思之可发一噱。

他之善于得罪人，可说是我友人中的魁首。他一直跟我比较投缘，常常称赞我有正义感，是非分明，有读书人风骨等等，我也铭感在心，可是他是一个多疑的人，有一次居然因为在聚餐时我为另一位诗人辩护了两句，他竟怀疑我"出卖"他(这是他的老毛病)，特地到我家来兴师问罪，我一怒之下，当时便厉声把他赶出门去，他及时省悟，向我鞠了一个大躬，黯然离去。过年时还没忘记给我打电话拜年。

另外一件好笑的事，大约发生在四五年前。他由国外回来，急急忙忙给我打电话，说要送我一件很好很好的礼物，命令我亲自去泰顺街八号四楼"领取"，我乃依约往访，他因为在"洗澡"(妙哉！与人有约，自己洗澡)没能开门，我两次(中隔二十分钟)按门铃均告失效，改天我又遣我儿子张远去取，他竟拒不给予，“必须你爸爸亲自来取”。这件“宝物”，我至今仍未谋面。从那天起，我们极少见面，他偶尔见到我时，脸上有一种奇怪的表情。这件事，足可列入“罗门传奇”谱中。

罗门是标准B型人，可是他和我、刘大任这些B型人还是不同。你会同时敬他、喜他、厌他、恨他。总之，他是一个怪杰。

罗门是第一流的诗人，也是第一流的狂狷，第一等的怪杰。

从今天起，我劝大家忘记他的不好，牢记他的好。

（载台北《文讯》2017年第3期）

阅读《犁青文集》，作为一种纪念

(中国香港)黄维樑

3月杪作联的秘书李小姐电邮来告，84岁的犁青先生已于月中离世，又说身后一切从简。我从书架上取下6卷的《犁青文集》，随意阅读，不是悦读，因为斯人已逝，难免感伤。

第一卷附录有我的一篇短文，题为《犁青写香港的诗》。我劈头就说这些诗"有激情，有深情，那种浪漫的气势，是我在同类题材的诗中所仅见的"。激情、深情、浪漫，可说是犁青诗歌的风标。当然，激情之外，他也有写实性和艺术性。香港大厦如林，居住环境拥挤，诗中他有别出心裁的描述："电梯在升升降降/一道电梯，是一条大街/一层楼房，有几条小巷。"香港的发展，为城市写下新的定义；他的诗，可为下定义者参考。犁青在20世纪中叶开始写诗，持续不懈，诗名在华人很多个新诗圈子流播。

20世纪的诗，以"主智"(而非"主情")、晦涩的现代主义为众多学院批评家所重视。犁青应该最少早生近百年，赶上中国作家"浪漫的一代"，甚或更早，以与英国的拜伦和雪莱那一辈同时，中西诗人一起吹起激情的号角。犁青是知道时代的"主旋律"的，文集中他曾论述现代主义的诗，并加以针砭。

有"美丽的错误"这句话。如果从现代主义的诗坛"主场"立论，说犁青生在错误的时代，则我们应该加上一句：犁青有其美丽。他游子回乡，高歌颂赞国家的新气象；他周游各国，严词挞伐纳粹的大屠杀；他做到了《文心雕龙》说的"顺美匡恶"，用激情来昂扬诗教。

犁青为了逆流而上，建立名声和地位，容或公关的举措太多。他择美固执，又出钱出力为香港的文学界办刊和出书，如坚持多年的《文学世界》和《诗世界》两本杂志，以及一些丛书。他的文学业绩显然值得我们肯定。

与激情燃烧的犁青，我只有如水之交，主要的交往是通过作联的活动。6卷精装的《犁青文集》，在2014年到2015年先后分批出版，一共约3000页，共170万字。这套文集可说是作者的亲订本，除了收录他的诗歌散文和论文，以及各地对他作品的评论文章之外，使我略感惊讶的，还有他和妻子卡桑编着的《香港新诗选》，即文集的第五卷，约有430页。"选则不遍"，选集要做到皆大欢喜向来是难事。基本上，各种"光谱"的诗，编者都尽量选了。选入的诗有200多首，难得的是犁青不算"自私"，自己的只有9首。6卷《犁青文集》的主编是卡桑，我们真要向这位辅助丈夫事业的妻子致敬。

《犁青文集》分批出版后，由出版者汇信出版社直接寄赠给我。自从2016年初退下大学的专任教研职位以来，我的文字工作繁忙如以往。收到厚赠之后，一直没有向犁青先生致谢和抒发读后感想——即使是简短的印象式读后也好。如今歌者走了，而歌在；我展卷而读，作为一种纪念。

（载《香港作家》2017 年）

悼余光中：震耳欲聋的寂静

（中国香港）温瑞安

余光中走了。

因为忙，我只好用简的文笔纪述、书写。

我大概在小学就看余光中先生的作品，到了初中一，开始迷得如痴如醉。大家都知道诗人余光中，但是我更爱他的散文，他的现代派纯散文，讲究节奏、意象、象征、音韵，中国文字在他手里，就像一个大型交响乐协奏曲，能各自为政，又能融合无间，不管是来一段甜美小曲独奏，还是明快优美的圆舞曲，还是独奏一段管弦咏叹，或千弦万韵的大合奏，都长短火俱发，无一不精，无一不准，无一不美，无一不令人赞叹不已，吟咏不绝。

当大家还在看余光中的诗的时候，我已经引导我“绿洲社”和十大分社的社友们，正在谱唱余光中先生的诗为曲子，又手抄书写他的文章诗文，在我们的手抄本上刊出，广为流传。不要问我为什么要用手抄？1965年到1968年的时候，我们那儿连影印也办不到，但我们愿意手抄，抄一首（诗）背一首，誊一篇（散文）记诵一篇。台湾两位感情至深至挚的人，如今都已不在人间了。

当时我还在大马，16岁，写了《龙哭千里》《大江依然东去》《迷神引》《鱼龙舞》《向风望海》《八阵图》等过万字的纯散文，后因高信疆先生而发表在当时台湾知识分子第一大报《中国时报》刊出，算是非常触目，以至后来我在台湾大学初入学一年班之时，居然天天都有学长学姐“慕名”前来找我这个来自大马的华侨小愣头签名结交的。

当时（1971年左右，也就是大约是我开笔写《四大名捕》前两部的时期），我的诗作例如：《佩刀的人》《碑帖》《袈裟》《惘然外记》《刀和月光会》《水龙吟》等，因信疆先生引介，让余光中先生看到了，他大力推荐到并发表于台湾当时权威性和学术性的文学刊物《中外文学》《现代文学》《纯文学》《蓝星诗刊》《中华文艺》等月刊及期刊。这都是我的荣幸。

到了73年，我在大马考取了台大学位，赴台之前，须办通行证件，余光中那时已由美国爱荷华大学回到台湾，从旁知道我正在申办，马上写了一封推荐函给大马领事写，内容大概推介我是个才气纵横、品学兼优的家伙，应为台湾文化当局列为力争对象。

由于余教授当时向我约稿，他的字写得铁划银钩，比印刷出来的字还要端正显眼，而且信封上总是端庄明丽地写着“温瑞安学兄大启”。我甚为汗颜，又极为感动，而且感激。当时台湾，因为政治上的压迫感与自卑感并发症，对东南亚过去的旅客，非常严防，每过境，均遭“翻箱倒箧”式的检查。我第一次(19岁)赴台，当然也不会遭遇宽容，我的皮箧子和旅行袋，几乎给毁容式的翻查，他们见书撕书，见公文袋拆公文袋，直至他们找到了一封信，上面印着“台湾师范大学”的信笺，上面手书“温瑞安先生大鉴”，下款“弟余光中谨呈”，那海关官员遂脸色一变，骇然问：“余老师是你的什么人?!”

1973年，我受邀出席台湾圆山大饭店召开的“国际诗人大会”。当时余光中先生演讲，我也去了。记得余先生在文章曾写过，他在美国聆听他心仪的诗人演讲后，很想偷撷他一根白发在手心里珍藏着。我听我心爱的诗人、评论家、散文家(我连他的小说《食花的怪客》，也在40多年前都读了)演讲，也想偷拾他一条银发珍藏于怀。现在，我亦已白发苍苍矣。什么花甲少年，仍旧岁月惊心。

没想到，演讲完毕，他还特别“严选”我和几位兄弟朋友，由信疆先生陪同下，在余老师寓邸，论诗论道，通宵达旦谈文学。在天破晓时，我们这群为中国文化反复讨论要找一条出路的知识分子，看到夜未央前天灰蒙蒙、深秋初冬，寒意凛人，信疆长叹一口气，对我们说：“现在中国文化的未来处境，真是月落乌啼霜满天啊。”我和我的结拜兄弟清啸听了，热泪盈眶、欲泣怀忧。

迄此以后，我办《青年中国杂志》，我创“试剑山庄”，我编《神州文集》，我开“刚击柔至道”武馆，我办“神州社”……全都为了尽一己之力，为中国文化和文学，乃至侠义文化、侠情精神去寻觅一条出路、一条活路、培养一些人才，言轻人微位卑，但始终不敢忘国。生许或不能有所成，但尽我所能、舍我其谁。

有一段时期，大概是1977年到1978年期间吧，余光中给一群打着“本土旗号”的作家们(有不少还是他大力培植成名的)在文坛上“展开围剿”，冠予他各种不同的帽子与罪名，这些所谓本土作家们(我看他们对台湾本土也不算关心更不了解)对他口诛笔伐，不忍卒睹，这些人想联络及说动我及我们的神州诗社也加盟围攻余师，我唯一应对的方法是：跟他们一概都绝交了。

我在台期间，我也极少去拜会或骚扰余老师。我很清楚知道，艺术工作者，特别是作家，是需要自己的时间，也应该保持一定的寂寞的。

可是，不久之后，我的神州社在台湾，就给无辜承受浩劫了。之后又数年，我辗转流亡，几度到香港暂居，而且允准居留之两周，便给逐走。那是因1981年，正好余光中也在香港中文大学任教。

这里顺便一提的是：余光中先生有四个女儿，珊珊、幼珊、季珊、佩珊，知书识礼，又有才华，长得漂亮，都曾加盟我神州诗社，而且表现优秀，受我赏识重用。余家四位千金，对我很敬重、服从，社友们对她们也很有好感。我在香港留之期间，有次余光中先生在艺术中心办诗歌朗诵会，我跻身观众群里，没想到给季珊发现了，她在余光中老师上台公开朗诵之前，趋近跟余师说了：“温大哥也在现场。”

密密麻麻的观众期待他开腔，于是，余光中先生在朗诵前说：“今天晚上，我们来了一位很特殊的、有才华的贵宾，他就是温瑞安先生，他也是位优秀诗人，才华独一无二，而且还是位青年武侠家，并有领导组织能力，可是给台湾政治单位误会了，使他离开台湾，暂时寄居香港，他今晚也在现场，让我们用掌声欢迎他。”

大家听了，掌声响了起来。我那时“流亡”已一年多了，四海为家，无可归，四处流浪，无人要。前进无路，退无死所，在港也不能久留，对外不能露脸，连在内地和港台出书发表，也不能用真名实姓，余师这样公开一提，群众在灯光火亮中，掌声足足响了三分钟，还有人在群众中大声吆喝：“温瑞安，你好嘢！”

我真是哭了。

泪崩得跟狗一样。

过了两个多月，《清秀》杂志老总蒋芸小姐“收留”了我。她本身也是台湾文坛的名人，也是美人，而且也是名编辑（据说大学问家才子李敖也曾追求过她），她跟余光中先生熟悉，亲载我去青山寺拜神许愿之后，再帮我和方娥真去中文大学教授宿舍去拜会余光中伉俪。那一次也是相谈甚欢，余师对我温厚亲切，余氏姊妹待我一如既往，视我为兄长，可是，余师母忽然肃容说：“余老师平时又要教学，又要研究，而且要参加学术交流会议，非常忙碌，你没有事就不要来打扰余老师，更不要打扰我的家庭。”

我听了。

我明白。

在台湾发生的诬陷，也许，并不曾影响余老师，余家姊妹也或许仍然相信眼前的“温大哥”，但却不是人人如是。也许，余师母或者他人也不知晓，我本身就是一个孤独的人。否则，我在45岁前就写了二千万字的作品是怎么来的？是我一个人在书桌前一个字一个字炼出来的，书也是一本一本写出来的。是的，我有过逾一千多位结拜弟妹，办过超过二十个有组织的公司、文化、武馆、娱乐公司，但那都是我应世随俗不得已的对应之策。

我本身不喜欢打扰人，可以不应酬、不饭局、不烟不酒，逾40年之久，人家交朋友是交一个多一个，我是好友去一位少一位，到近年交友精选尤慎，不但自己几乎绝少致电予人，而且也不接电话，电脑也不用上。光是今天来了位身份非凡的贵宾过来会我，原则上要合作应予一见，但我因为乍闻余师走了的噩耗，还是回避了。

我就是这么一个人。我是寂寞，我好寂寞，我甚至爱上寂寞。是的，我喜欢朋友，我好交友，但我爱寂寞尤甚。当时，余师母既是这样说了，我也不解释多一字，一晃眼，已36年矣。今天乍闻，余师走了……像余光中这种绝世人物，绝世才华，绝世才学，不是每个时代都可以有，每个人都可以企及，每个地方都可以出现。

“诗、散文、批评、翻译，是我写作生命的四度空间。我非狡兔，却营四窟。我曾说自己以乐为诗，以诗为文，以文为批评，以创作为翻译。”余师是四项全能。但我最服膺他的是：对中国深沉久远的爱，对中国文学久远深泺的爱，还有对同济及后辈的栽培与爱护，如今，有谁能有他那温文儒雅，博大精深而且兼得雄伟秀美的文体？

余师已逝，谁来看惊涛裂岸，听听那冷雨，卷起重楼飞雪？光中已黯，现代诗谁有古典风华，传统余韵，谁敢轻言：我要对付的不只是一只老鼠，而是整个黑夜？莲的联想，望乡的牧神、吃花的怪客、焚了琴、煮了鹤，他仍在光中，而我却仍然是京华尘里客，独来绝塞看月明！

（载《凤凰文化综合》2017年12月15日）

余光中留下的最后一课

(中国台湾)杨　渡

几年前在高雄访问余光中，请他来上《为台湾文学朗读》节目。他穿着洁净的上衣，打着丝质围巾，齐整如英国绅士。我曾用几行诗来素描：“几十年过去之后/叛逆的摇滚歌手/成为古老的传说/愤怒交织的敲打乐/酿成含蓄的陈酒/洁净的西服，严谨的韵脚/学院的内敛，一丝不苟的节奏/在南方的阳光中，岁月只剩下/青春时代的乡愁。”

余光中早年留学美国，当时正是美国学生运动、民权运动勃兴之后，他受到鲍勃·迪伦、琼·拜雅以及一些民谣诗人的影响，写出了《民歌手》，模仿鲍勃·迪伦诗句的《江湖上》等，受到当时文艺青年的欢迎。其后，他又一改民歌诗风，回归古典，用婉约而含蓄的文字，典雅而抒情的韵律，写成《莲的联想》这一本诗集。那是带有宋词风格的诗集，在那晦涩当道的诗坛，确是耳目一新的清新之作。

1975 年，杨弦用《民歌手》《江湖上》《回旋曲》等谱成民歌，在台北中山堂举办了一场演唱会。它的名称即是《中国现代民歌》。在此之前，“民歌”一词指的是传统民间传唱的歌谣，但杨弦却赋予“现代民歌”一词新意。台湾之所谓“民歌”一说，即是起源于此。后来李双泽喊出了“唱自己的歌”，以回归土地民间的歌谣，来反抗唱西洋歌曲的风气，则赋予现代民歌更为深刻的文化内涵。

有意思的是，杨弦的观念来自余光中，余光中的观念则来自 1960 年代美国民歌。而李双泽最爱标榜的美国民歌手也一样是鲍勃·迪伦。鲍勃·迪伦对台湾的影响何其深远。但美国 1960 年代反战民权运动的浪潮，和法国 1968 年五月学运一样，都受到中国“文化大革命”的影响。这当中的历史曲折，还真是极为吊诡。像林怀民的《薪传》最后那一场集体将人高高举起的形象，不禁让人想起“文革”的样板戏，而当时林怀民在美国是有机会看到样板戏的。这是多么微妙的纠葛曲折，文化交荡，岂是简单的推演所能论断。

1975 年杨弦办“中国现代民歌”演唱会的时候，作为歌词作者的诗人余光中到场，受到热烈欢迎，他对杨弦的创作赞许有加，随后，演唱会录音被广播主持人陶晓清在电台播放，并出版为唱片，受到大学生和年轻人欢迎。余光中的诗流传更广，他也成为年轻人的偶像，《乡愁四韵》《民歌手》风行一时。

在声名鹊起的年代，余光中为什么会写出《狼来了》这种杀气腾腾的文章？是怒气而写？或对自己的笔锋锐利甚感得意而发表？还是他内心的确这么想？即使他也受过美国的反战和自由思潮的影响，但骨子里，他仍是那个从大陆逃难而出的青年？这几十年下来，他后悔吗？他为什么要把告密文件的影本寄给陈芳明，而不是别人？是引为同路人吗？

2011年在高雄访问时，我就是想问他这些问题。可当安排行程的杂志编辑拿出一份资料时，我看到他的脸色一瞬变了。

那是一份余光中作品年表，依年代详列了他历年写过的文章。他认真且很快翻到某一页，皱着眉头，指着几行字说："这个可以删掉吗？事情都过去了，这一段就不必写了。"后来编辑悄声对我说，他要删去的那一段，就是他写了《狼来了》一文的纪录。他多么希望抹去那一段历史，永远让它消失。看到他如此难看的脸色，我知道，这事不必问了，因为"答案啊答案，在茫茫的风中"。

像鲍勃·迪伦唱的："一个人要走过多少路，才能被称为男子汉？"余光中的一生中写过不少动人的抒情诗，特别是《乡愁四韵》等已成经典。但他一生中有不能碰触的3个字，却是永远的痛。那是他最脆弱幽微而亟欲掩盖的伤口，但历史的阳光早已明明白白照射下来。

那一年，我望着余光中的身影，感到深深的悲哀。

然而余光中为了政治而付出一生名誉的代价，如今有人用余光中的身后事，大做政治的文章，我忽然想，或许远离世间是非的余光中在另一个世界也会微笑起来吧？心想：这些愚人啊，难道还没看懂我一生的教训吗？

余光中留下的最后一课，台湾人有没有看懂呢？

（载《财新周刊》2017年12月23日）

这样的诗人“余光中”

(中国台湾)杨宗翰

“余光中”这三个字，代表着稳定一致的答案，还是更多的困惑与追问？——2005年我发表《与余光中拔河》一文，正是用这句话来当开头。没想到12年后89岁的余先中因病辞世，此一疑问句似乎依然适用。这位艺术上的多妻主义者，自诩右手写诗、左手撰文，显然对自己的诗作最为看重。他以笔为剑，拒绝向黑暗缴械，俨然是五千年中华文化道统的台岛护卫：“最后的守夜人守最后一盏灯/只为撑一幢倾斜的巨影/作梦，我没有空/更没有酣睡的权利”(《守夜人》)。这位现代诗人风格屡变、技巧多姿，几无题材不能入诗，岂会甘于自限守夜一职？对更年轻的世代来说，余光中之“祖辈形象”是如此巨大，实为任何一部中文诗歌史无法轻易略过的景观。晚于余光中的诗人则像一个个具有俄狄浦斯情节的孩子，想方设法要在强大阴影下另辟蹊径，亟欲修正、位移、重构他的影响，好替自己开辟空间并摆脱“迟至”(belatedness)的焦虑。

诗人1974年赴港任教、1985年返台定居，扣除回台湾师范大学客座的一年，十年“香港时期”可谓他一生创作的高峰。代表性诗集《白玉苦瓜》跟《与永恒拔河》分别在1974年、1979年间出版，所录作品或怀乡、或咏物、或述志，无不穷尽想象之妙，辞章之精，闪现着诗神眷顾过的灵光。但从年轻时便勇于介入文学论战的他，也是在香港时期缴出《狼来了》这样的黑暗文字，不管表面理由或背后故事，此篇终究成为戒严时期文人最坏的写作示范。但我始终认为余光中最大的困难，并不在敌方或他处、左右或统独，而是要如何超越“余光中”自己？一篇《狼来了》不足以让他跌下缪思的神坛，创作多重复而少新变才是其“祖辈形象”快速消退的关键。1985年余光中决定移居高雄，返台后的世俗声誉更臻顶峰，也缴出了《控诉一枝烟囱》《让春天从高雄出发》这类“名作”。这些诗篇固然是地方政府推展观光或媒体广宣的利器，可惜早已没有过往锐意革新、自我突破之企图，要说是“代表作”恐怕连作者自己都不会点头吧？从2000年《高楼对海》到2015年生前最后一部诗集《太阳点名》，他成了创作力犹在、影响力尽失的前辈诗翁。2011年那首引起年轻诗人群起讪笑的《某夫人画像》，之所以被批评的最大原因不是政治，而是诗艺。

尽管如此，“余光中”这样的诗人写作成绩仍不容一笔抹杀，三个字必将铭刻在任何一部台湾新诗史/文学史之上。也因此恕我无法理解，台湾著名的“觉醒青年”林致宇为何会在诗人逝世三天后说：“余光中的殒落，将会是台湾文学的黎明。”难道台湾文学在余先生逝世之前，都是一片黑暗？我实在很好奇他读过多少余光中作品，还有多少台湾文学作品，才下得了这么便宜的论断。我对新世代觉青本来深怀期待，但这一唐突论断只说明了此人既不了解余光中，更不了解台湾文学。

（载台北《联合文学》，第399期，2018年1月）

葬他在长江与黄河之间

古远清

台风刚过去的子夜。

台湾师范大学学人招待所。

我在睡梦中被电话铃声惊醒。

是什么样的紧急事件，非要半夜通话呢?

原来，一位台湾作家得知我 1995 年 9 月 1 日将改变行程南下高雄拜访余光中时，他便来电话“警告”说:

“余光中是卖国主义作家，你千万不能去看他!”

“据我了解，余光中是爱国主义作家。作为我的研究对象去拜访他，没有什么错。”

对方的嗓门顿时高亢起来:

“你一定要站稳立场! 如果明天去看他，我就和你绝交了!”

右言不悦左耳的余光中，一阵排炮自左向他轰来。所谓余光中是“卖国主义”作家，便是“自左向他”抛出的撒手锏。我读过这位半夜打电话给我的“排炮”手写的作品，还有评文在台湾发表。就在我首次访台的前几天，这位作家还带我去拜访仰慕已久的一位文坛前辈胡秋原。由于是熟人，所以他对我毫不客气，我也和他坦诚相见。后来我去拜访了余光中，这位台湾作家也未与我绝交，仍源源不断寄送他的资料给我。

余光中到底是爱国主义作家，还是“卖国主义”作家? 这牵涉到对爱国主义的理解。关于什么是爱国主义，余光中的看法跟别人不尽相同。他认为，不能以“政治正确性”作为作品评判的唯一标准。以“态度积极，思想进步，作人民的代言人”的标尺划分“爱国作家”与非“爱国作家”，这种文学观太狭隘了。作品固然应该表现国家和民族的命运，用来激励民心士气、革命情操，但也可以“抒发个人的胸怀、一己的隐衷”。如果只许奋发，不许悲伤，那就是把艺术局限在政治的范围，否定它探讨心理学、哲学，甚至宗教各方面的力量。又说:“所谓爱国，虽九死而不悔，实殊途而同归，不必全以正面的口号出之。就主题而言，凡歌咏山河、拥抱人民、担当历史，皆为爱国，不必责以政体或主义。永恒的乃是河山、人民、历史……说得更简单些，一位中国作家只要真能把中文写好，写美，就已经尽了他爱国之责了，因为历史和文化就在那语文之中。英国人宁失印度而不愿失去莎士比亚，倒不是因为他写了英国史剧，而是因为他把英文写成了艺术。时到今天，印度果然已失去，但莎士比亚依然长存。”[1]

回想我第一次见到银丝半垂、眼神幽淡的余光中，是 1993 年香港中文大学召开的两岸暨港澳文学交流研讨会上。以后我和他鱼雁往来，其中第一封信云：

远清先生：

先后承赠大作《台港朦胧诗赏析》《诗歌分类学》《中国当代诗论五十家》等多种，十分感谢。尊著对拙诗屡加谬奖，很不敢当。曾请香港中文大学的黄维梁博士从香港寄上我的专集数种，不知可有收到？请示知尊处有哪些拙作，俾将所缺之书陆续寄上。

我在台湾办了一份诗季刊《蓝星》，已出版多年，不知曾见过否？最近我主编了十五册《中国现代文学大系：台湾，1979—1989》，为20年来台湾在诗、散文、小说、戏剧、评论五方面的选集。另外还出了一本散文集，以游记为主，叫《隔水呼渡》，当再奉寄。至于诗集，不久也会再出一册，所收均为1985年自香港迁来高雄以后的作品。约于今年三月出版。匆此，即颂马年腾达

余光中拜上 1990年1月29日

又及：另邮当寄奉《中国现代文学大系》之总目。

过了四年，余光中又来信云：

远清教授：

苏州之会，得晤海内外学者，畅三日之谈，兼游名园，望太湖，值得珍忆。惜回台后即忙于他事，尚未“有诗为证”。近接维樑信，附来《文汇报》上大作《四海学者聚苏州》，图文并茂，记事亦详，姑苏种种，历历似在昨日。

附上近作《作者·学者·译者》，乃七月八日在“外国文学中译国际研讨会”上之专题演讲词。现正忙于为八月底在台北举行之“世界诗人大会”撰写之专题演讲《缪思未亡》。匆此即颂暑安

余光中 1994年7月20日

在1997年高雄拜访他时，余老赠我手稿和多部他的签名本大作，我后来则出版了他的传记《余光中：诗书人生》，另编著有《余光中评说五十年》。

在余光中文学史上——如果真有这部文学史的话——那其中充满了论争、论辩和论战。余光中自己说过，作家并不是靠论战乃至混战成名的。但一位在文学史上占有重要地位的作家，要逃避论战很难做到。在社会变革和文学思潮更替的年代，有责任感的作家不应回避大是大非的问题，他应该入世而不应该遁世，应该发言，应该亮出自己的立场和观点。在20世纪60年代保卫现代诗的论战中，余光中正是这样做的。但在乡土文学大论战中，余光中的表态和发言对乡土作家造成了极为严重的精神压迫作用，呼应了国民党整肃不同文艺声音的铁腕政策，余光中的正面形象由此受到挑战，他在台湾文坛的伟岸身影由此打了不小的折扣，少数青年诗人甚至作出了“告别余光中”的痛苦抉择。

时隔27年，大陆重提余光中在乡土文学论战中的所作所为，视线以外的余光中、

光环之外的余光中终于浮出地表。其中我在台北出版的2009年第6期《传记文学》发表了“本期特稿”《余光中的“历史问题”》，事后该刊以当年以“红卫兵”“横扫一切牛鬼蛇神”姿态，写过《评余光中的颓废意识与色情主义》《评余光中的流亡心态》《三评余光中的诗》的著名哲学家陈鼓应回应，陈没有回应，只于2009年7月5日从《传记文学》找到我的联系方式，然后给我打了两个多小时的越洋电话，称：“我不想再写这方面的文章。在我的著作中，从未出现过《这样的诗人余光中》(古按：此书陈鼓应著，台北大汉出版社1977年版)。如果要我现在来评余光中，也不会像当年那样写了。”又说：“乡土文学论战一事，现今已被台湾人遗忘，真佩服你资料收集得这么仔细和周全，有好多是连我自己都忘却了。你这些资料搜集起来很不容易，尤其对你这位大陆学人来说。你的大作其中说到我‘愚弄读者’，只觉得‘愚弄’两个字欠妥，其余皆提不出任何意见。如到台湾，欢迎到我校访问和讲学。”

晚年的余光中，已由热血的青年诗人变为冷眼阅世的老教授，其诗风不再激烈而趋向平和，对诗坛论争也和他的论敌陈鼓应那样不再像过去有“巩固国防”的兴致。他认为，自己“与世无争，因为没有人值得我争吵”，并自负地认为“和这世界的不快已经吵完”。可只要还在写作，还未告别文坛，要完全躲避论争是不可能的。这就难怪在海峡两岸部分学者、作家质疑“余光中神话”时，他不得不著文答辩，十分不情愿地再扬论战的烽烟。

经历过一系列论战的洗礼和考验，尤其“向历史自首”后的余光中，他在海峡两岸及香港、澳门读者的心目中，还能傲视文坛、屹立不倒，像一座颇富宫室殿堂之美的名城屹立在中国当代文学史上吗？

答案仍然是肯定的。

一是从创作的数量和质量看，余光中半个世纪来已出版了多本诗集、散文集、评论集，另还有多本译书。百花文艺出版社十多年前为其出版的九卷本《余光中集》，更是洋洋大观，全面地反映了他在创作和评论等方面的成就。当然，光有数量还不行，还要有质量。余光中虽然也有失手的时候，写过平庸之作乃至社会效果极坏的文章，但精品毕竟占多数，尤其是传唱不衰、脍炙人口的《乡愁》，已足于使余光中在当代文学史上留名和不朽。

二是从文体创新看，余光中右手写诗，左用写散文，做到了“诗文双绝”，乃至有人认为他的散文比诗写得还好。这好表现在他那综观中西、兼及古今的散文，为建构中华散文创造了新形态、新秩序。他还“以现代人的目光、意识和艺术手法，描写现代社会的独特景观和现代生活的深层体验，努力成就散文一体的现代风范”(古耜)，这是余光中为当代华语散文所作的又一贡献。

三是理论与创作互补，创作与翻译并重。以评论而言，他较早地提出了“改写新文学史”的口号，并在重评戴望舒的诗、朱自清的散文等方面作出了示范。在翻译方面，他无论是中译英，还是英译中，既不“重意轻形”，也不“得意忘形”，在理解、用字、用韵以及节奏安排上，都比同行有所超越。他既是一位有理论建树的文学评论家，也是一位出色的翻译家：在翻译的经验与幅度、翻译的态度与见解、译作的特色与风格、译事的倡导与推动等各方面，余氏的翻译成就均“展现出‘作者、学者、译者’三者合一的翻译大家所特有的气魄与风范”（金圣华）。

四在影响后世方面，张爱玲有“张派”，余光中在香港也有“余群”“余派”乃至“沙田帮”。在台湾虽然还没有出现自命“余派”的诗人，但至少是“余风”劲吹。在大陆，“余迷”更是不计其数，不少青年作家均把余氏作品当作范本临摹与学习。他的作品进入大陆中学、大学课堂，许多研究生均乐于把余光中文本作为学位论文的题目。

五是在对待别人的批评方面，有大家风度。如“我骂人人、人人骂我”的李敖，直斥余光中“文高于学，学高于诗，诗高于品”，定性为“一软骨文人耳，吟风弄月、咏表妹、拉朋党、媚权贵、抢交椅、争职位，无狼心，有狗肺者也”。可余光中对这种大粪浇头的辱骂，不气急败坏，不暴跳如雷，更不对簿公堂。这种不还手的做法，是一种极高的境界。如不是大家，必然申辩和反击，就不可能坚守古典儒家的准则：君子绝交，不出恶声。正如王开林所说：余光中“诚不愧为梁实秋的入室弟子”。

“金无足赤，人无完人”，任何作家都难保不做过错事、写过错误文章。关键是他对以往过错有无反思的态度。余光中承认《狼来了》是篇“坏文章”，而不像另一位也是姓余的名人那样矢口否认做过错事、写过错误文章，认为自己“永远站在正面”。

2017 年 12 月 14 日，死神终于向余光中招手的消息传来，使我想起他当年写下的《当我死时》：

当我死时，葬我，在长江与黄河之间
枕我的头颅，白发盖着黑土
在中国，最美最母亲的国度
我便坦然睡去，睡整张大陆
听两侧，安魂曲起自长江，黄河
两管永生的音乐，滔滔，朝东
这是最纵容最宽阔的床
让一颗心满足地睡去，满足地想……

余光中这时只不过 37 岁，就有了浓郁的乡愁。他由此想到了人生的大限，希望自己死后葬身祖国大陆“在长江与黄河之间”的“最美最母亲的国度”。可见，他对祖国感情之深。

我 2014 年在台南“台湾文学馆”演讲时，认为如果有台湾作家得诺奖，他应是呼声最高的一个，可惜生前他未能得到。老天对他不公，这次又让阎罗王的铁锤击中他垂老的病躯，使他不能实现自己 90 岁制订出的“五年规划”：他已无法做到比佛洛斯特更长寿。可以告慰的是，余光中为后人留下的情深意长、音调动人的不朽之作，是死神再使大力气也是无法偷走的。用余光中自己的话来说，“就算大索三日，秦始皇也未必能逮到张良”。如今斯人远行，我们在外头，他在里头。事实上，余光中已葬在长江与黄河之间，永远值得我们怀念。

注释：

[1]余光中：《紫荆与红梅如何接枝?》，《香港文学节研讨会讲稿汇编》，香港市政局公共图书馆1997年版。

（载《羊城晚报》2017年12月17日；《中华读书报》2017年12月20日）

小　史

《香港文学》小史

计红芳

在香港办文艺刊物，有许多困难需要克服，办严肃文学刊物，更难，办好并能维持下来的，则更是难上加难。正如刘以鬯在创刊号编后记所说：“在此时此地办纯文艺杂志，单靠逆水行舟的胆量是不够的，还需要西绪福斯的力气。”1985年创刊的《香港文学》就是在这样极其严峻的文学环境下诞生并发展的，到现在已有20年的历史了。20年并不太久，但在通俗文学流行天下、严肃文学边缘化的香港确实是一个奇迹了，可以想象，这里蕴藏着编辑、作者和各位文学爱好者多少心血和汗水！

20年的风风雨雨，《香港文学》能走到今天，跟两位主编的不懈努力是分不开的。从1985年1月到2000年8月，一直由刘以鬯主编，2000年9月，陶然接编《香港文学》至今。两位主编共同为提高香港文学的水平、沟通世界华文文学作出了贡献，但在具体的刊物设计、栏目设置等问题上，承传中却有很大变化，因而体现出不同的期刊风貌。这与编辑个人的理念、性情气质、生活经历等有着必然的联系。

一、承　　传

在《发刊词》中，刘先生这样说道：香港是一个高度商品化的社会，文学商品化的倾向十分显著，严肃文学长期受到消极的排斥，得不到应得的关注与重视。尽管大部分文学爱好者都不信香港严肃文学的价值会受到否定，有人却在大声喊叫“香港没有文学”。这种基于激怒的错误观点不纠正，阻挡香港文学发展的障碍就不易排除。在香港，商品价格与文学价值的分别是不大清楚的。如果不将度量衡放在公平的基础上，就无法制订出正确的价值标准。没有价值标准，严肃文学迟早会被摒出大门。

作为一座国际城市，香港的地位不但特殊，而且重要。它是货物转运站，也是沟通东西文化的桥梁，有资格在加强联系与促进交流上担当一个重要的角色，进一步提供推动华文文学所需的条件。香港文学与各地华文文学属于同一根源，都是中国文学组成部分，存在着不能摆脱也不会中断的血缘关系。对于这种情形，最好将每一地区的华文文学喻作一个单环，环环相扣，就是一条拆不开的“文学链”。[1]

从发刊词我们可以看出刊物的办刊宗旨，一是为了坚守严肃文学立场，提高香港文学的水平；二是团结各地华文文学作者与爱好者，使香港成为沟通世界华文文学的桥梁。

不管是在刘编还是陶编时期，文学作品的刊登、评论研究的刊载都有一定的价值标准，始终坚持着严肃文学的立场，在以商业利益为主的香港文学环境中，这确实需要推石上山的勇气。主编及其同仁为着心中那不灭的文学理想之火，默默辛勤耕耘，为香港文学和世界华文文学的发展作出了应有的贡献。比如，就香港文学的历史、现状和未来的发展，刊物专门做了几个专辑来探讨，如笔谈会·谈香港文学(第1期、第100期)，笔谈会·文学在香港(第121期)，香港文学丛谈——香港文学的过去与现在(第13期)等。其中叶娓娜《香港文学的展望》、杨明显《香港文学往何处走?》(第1期)；梅子《有关雅俗的一点想法》、何国强《香港文学的前景与困境》、舒非《香港作家只能靠自己》(第100期)；黄河浪《守住一方净土》、东瑞《香港需要文学》、陶然《香港纯文学的处境》、璧华《严肃文学如何摆脱当前的困境》(第121期)等文章不约而同地提到在商业语境中发展严肃文学的困境，大声呼吁文人应该守住那一方净土，因为喧嚣浮躁的香港需要严肃文学。

在刘编时期，陶然就以他的创作及评论实践着严肃文学的理念，到他接编时更是不遗余力地为香港纯文学的事业出谋划策。纵观两位主编的《香港文学》，很难找到有明确意识形态的或有消遣娱乐倾向的作品或评论。无论是香港本土的还是内地海外的华文文学作品，或致力于人性的开掘，或刻画人间挚情，或书写都市人生百态，或以实验性的叙事形式开拓新的文学空间，自觉追寻文学的本体意识和文学发展的自觉意识，呈现出艺术至上的美学趋向。

和《上海文学》《北京文学》等刊物的地方性不同的是，《香港文学》具有世界性。从它制作过的专辑来看，除了中国作家以外，如卢玮銮特辑(3期)，丰子恺先生逝世十周年纪念特辑(9期)，梁实秋逝世周年特辑(47期)等，还刊出了世界各地华文文学的许多特辑或专辑，如马来西亚华文作品特辑(1期)、加拿大华文作品特辑(2期)、新加坡华文作品特辑(3期)、美国华文作品特辑(4期)、泰国华文文学作品特辑(96期)、菲华文学专辑(62期)、印度尼西亚华文文学作品特辑(87期)、砂拉越华文文学作品专辑(64期)、澳大利亚华文短篇小说专辑(127期)、夏威夷华文文学作品专辑(167期)、纽西兰华文文学作品专辑(172期)等，对于各地的华文文学都保持密切的关注。另外，还有外国作家专辑，诺贝尔文学奖作家作品专辑等，可以看出编者的世界性视野。

《香港文学》以特辑或专辑的形式对世界各地华文文学的介绍，不仅涉及的地区在不断扩大和不断深入，而且在内容上也从发表华文文学作品扩展到评论华文文学作品。如对新加坡华文文学作品的介绍，曾经编发了新加坡华文作品特辑、新加坡女作家特辑、新加坡新诗特辑、新加坡青年作品特辑等，后来又编发了评论新加坡华文文学作品的专辑，对各类新加坡华文文学作品进行了分析和研究，帮助读者进一步了解新加坡华文文学。这一特点在陶然主持工作时更为突出。如旅居法国华文作家作品展(242期)，同时刊出的是白杨的评论《他异性时空中的灵魂守望——透视“旅居法国华文作家作品展”》，对法国华文文学作品进行分析、研究，对读者进一步了解法国华文文学很有帮助。在《香港文学》200期(2001年8月)纪念之际，还特地推出“全球华人作家作品大展”。就本期作者的分布面而言，有来自中国、美国、加拿大、法国、英国、日本、新加坡、马来西亚等国的作家，并且有相当的代表性。另外，2002年7月号也以全刊的篇幅刊登了“全球华人作家散文大展”。“全球”虽非遍及世界各个角落，却鲜明地体现了刊物面向海内外、沟通世界华文文学的桥梁作用。

二、变　　异

正如世界上没有完全相同的两片树叶一样，陶然和刘以鬯主编的《香港文学》肯定有所差异，更何况两位的人生经历、气质性情不太相同，在栏目设置、刊物设计等方面必然会呈现出不同的风貌。

1. 栏目设置体现的刊物总体风格的差异

刘编时期，主要栏目设置有：小说、散文、评论、诗、戏剧、特辑、史料等。另有报道、访问、书评、回忆录、书信、游记、序与跋、座谈会、文坛旧事、悼念、剧评、作家与作品、报告文学、小品、翻译经验谈、寓言、相声、对话、创作经验谈、漫像、传记、华文文学动态、香港文学活动掠影等穿插其间。虽然小说、散文、诗歌等创作是刊物的常设栏目，但从15年左右《香港文学》总体的栏目设置以及创作和史料的比例来看，我们能感觉到刊物所体现出的史料性、新闻性偏强，而文学创作偏少的特点。

史料是一个地区文学史建构的重要基础，对殖民地文化氛围很重的香港来说这显得尤其重要，《香港文学》致力于这方面的挖掘与整理，产生了一批史料专家，其中以卢玮銮为最突出，有“香港史料第一人”之称，这点贡献不可抹杀。对当前文学动态的关注和及时报道是文学刊物应该承担的，浏览刘编近15年的《香港文学》，能大致了解香港及海内外的华文文学活动的重要信息，其主要优点是，配以彩色图片及简要文字说明，形象可感。前任主编为此设置的栏目有“华文文学动态”（主要是各类出版信息）、报道、访问、座谈会、序与跋、文坛旧事、回忆录、香港文学活动掠影等。但过犹不及。不管是史料还是文学动态，是文学必不可少的组成部分，但并非主要部件。在把握这种关系时，80年代的《香港文学》处理得比较好，而90年代以来史料性、新闻性的倾向越来越明显，与此同时，文学性在相对减弱，这恐怕是刘编后期刊物质量下降的原因之一。

陶编时期，对这种史料性、新闻性加强趋势及时加以调整，大大减少了史料以及文坛动态在刊物所占的比例。特别是新闻性较强的后者，后任主编把它们纳入“文讯下载”和“文学活动点击”之中，不求面面俱到，但求重点突出。

虽是以提高香港文学水平为办刊宗旨之一，但刘以鬯在具体操作上却没有完全体现出来，相反内地的作品却很多，并且老作家占的比例很大，如柯灵、邵燕祥、刘心武、杜运燮、骆宾基、邓友梅、端木蕻良、叶君健、流沙河等，使人产生一种内地性较强、香港性却较弱的感觉，这在刘编后期也是越来越明显。对于这点，刘以鬯有自己的解释：香港作家的流动性很强，居住在加拿大的卢因，居住在美国的陈若曦，居住在法国的郭恩慈，居住在上海的柯灵，居住在北京的叶君健、端木蕻良、骆宾基、萧乾、冯亦代，居住在广州的黄秋耘等，过去都曾在香港做过文艺工作，为繁荣香港文学作出贡献。《香港文学》刊登这些作家的作品，可以加深读者对香港文学的认识，是优点，不是缺点。[2]另外，在主编《香港文学》的同时，刘还同时主编《星岛晚报·大会堂》以及

《快报》副刊，香港本地的作家主要在这些报纸副刊上发表，如陶然、西西、梁锡华、也斯等。虽是如此，不管是出于什么原因，这都会造成香港性的削弱，有违办刊宗旨之一而体现不出这是香港人自己办的体现香港特色、提升香港文学水平的文学杂志的特点。

这种偏颇在陶然主编时期很快得到纠正，他的编辑理念非常清楚：立足本土，兼顾海内海外；不问流派，但求素质。虽然编辑理念和刘以鬯大同小异，但本土作家的培养，特别是对年轻一代作家的扶植是刊物考虑的重点。从他所设置的栏目来看，小说舞台、散文家园、世纪诗群、批评空间、阅读笔记、史料钩沉是其常设栏目，后来增加"四面来风"专栏、"香港作家印象记"系列，非常注重刊载香港本地作家作品。除此，还有很多专辑：香港小小说展、香港短篇小说展、香港中篇小说小辑、类型小说展、香港新生代散文展、香港新生代诗展、马华作家作品展、海外女作家中篇小说小辑、全球华人作家散文大展、文学编辑手记特辑、文学批评展、"我的圣诞"散文大观、旅居法国华文作家作品展等。光从专辑或特辑的名称，你就会发现以"香港"命名的很多，体现陶然立足香港，同时又兼容海内外的办刊宗旨。此外，"小小说""类型小说""对写小说""接龙小说""续写名篇""最短篇小说""新生代"等出现在专辑名称里，也可看出编者对新的文学形式的鼓励和对青年一代的扶助。在选取稿件时，不问流派、不问资历，注重文学性和审美性是主编一贯的追求。

另外，刘编时期，有些栏目名称指涉的含义基本相同，却以不同的形式存在，如：评论、文学研究、论文这三个栏目的设置颇让人费解。如黄维樑《八十年代的香港诗坛》(第 1 期，评论)，刘以鬯《五十年代初期的香港文学》(第 6 期，文学研究)，[加拿大]黄子《朦胧诗的反传统精神》(第 5 期，论文)，这三者没有多大区别，都是属于文学批评，不知刊物主编为何要这么清楚地区分？也许是因为不是出现在同一期刊上的栏目，编者可能想造成每期不同的刊物面貌，但效果却适得其反，因而显得比较随意。接编者陶然注意到了这个问题，把以上三者纳入"批评空间"这个常设的栏目，一目了然，且所占篇幅大大减少，在必要时设置"文学批评展"专辑(如第 227 期)加以补充。至于相声、小品、寓言等栏目是否适合于这样一个具有国际性特点的又有香港特色的刊物，前任主编好像没有考虑清楚，虽是综合性刊物，但也不是什么都拿来，而不顾刊物的总体风格。

总之，刘编时期前者史料性、新闻性、大陆性偏强，而陶编时期更注重文学性、审美性、香港性。

2. 版面设计、文字编排等方面也有很大的不同

刘编时期的封面及封底或采用油画，或采用国画，或采用拍摄的香港风景，占大幅版面，给人一种华丽浓烈之感，这与香港繁荣喧闹的都市性很相配。台湾诗人纪弦对此给予高度评价：编排设计豪华精美而又大方新颖。[3]改版后的《香港文学》换上了一副素净淡雅的面孔，主要以黑白为基调，素白的底色代表着那片纯净的天空，配以黑白图画(2005 年开始是彩色图片，但也只占约四分之一的封面，没有喧宾夺主)，台静农题签的"香港文学"四个清瘦的大字在白色底色中显得非常醒目，更让人有一份都市喧嚣中的从容而恬静的感觉。不浮躁华丽是刊物追求的本色。不管是版面设计还是文中的插图，或简约，或繁复，都显得淡雅有致。刘以鬯和陶然都非常注重文学文本与美术文本的互文性，这里当然有着视觉艺术时代文学生存策略的考虑，美术文本的进入能提高刊物的观赏性。在创刊之初，刘对杂志设计就有自己的主张，在商业化语境中采用画刊式的设计，可以说是争取严肃文学刊物生存空间的一种变通的办法。但显然，陶然在两者关系的处理上显得更加得心应手，文学文本与美术文本，相互印证，相互补充，非常和谐，使文学与艺术达到相得益彰的效果。不是那种浓墨重彩的油画，而是简洁自然、虚实有致的素描，一如浮华背后的宁静与纯净，这更加凸显《香港文学》是纯文学刊物的特质，犹如喧嚣尘世中的水莲花，出淤泥而不染。

在文字编排上，刘编采用竖排形式，陶编改用横排形式。

一方面，这也许跟香港的大学或学院的中文系主要开设中国古典文学有一定关系，这些书籍一般都是竖排本，本土作家及学者已经习惯于接受这种排版形式的文学杂志。另一方面，50 年代以来香港文坛左、右派之争确是不争的事实，虽然 1984 年中英联合声明已经签订，左、右派的裂痕已逐渐弥合，但对香港文学的出路究竟在哪里很多本土文学爱好者依然很茫然，对左派的东西在情感上也很难一下子接受，包括这种大陆刊物通用的横排形式。出于香港文学的这种特殊性，刘编时期采用竖排本形式也是情理之中的了。

而到陶编时期，“九七”已过，香港读者已经可以接受横排本了。一方面为了适应全球化华文文学语境的需要，另一方面，与竖排相比，横排有许多优点。首先，这种排版形式可能更适合现代读者的要求，虽然认读繁体字、阅读竖排形式的文本是一个文学爱好者应该具备的素质，但对大多数读者来说，横排本更符合他们的阅读习惯，也更方便，视线左右移动自然且目光所及范围大，不像竖排，阅读时上下幅度大，非常累，且视线所及范围比较窄。其次，横排在字数的容纳量方面，同样的页数，却可用更多字数；从美术设计而言，也比较好利用空间。这种文字排版上的变化不能不说是一种极好的选择。

另外，在作者签名这个看似甚小却意义非凡的细节上，陶然有他的独到之处。他采用作者亲笔签名的方式，不仅留下了许多珍贵的笔迹，而且在平面化的电脑排版时代显得标新立异，富有立体感。“随着世界进入电脑时代，作家的手迹愈来愈少见；我们采用作家们的亲笔签名，便是希望留住一点珍贵痕迹……我们当然不会抗拒电脑，但当电脑排出的字体虽然整洁美观，却又不免让人感到缺乏一点个性的时候，作家们的笔迹，又给我们以一种岁月风尘的记忆，值得珍藏。”[4]

刊物面貌发生变化，虽然是与公司诸编辑的努力分不开，但主编在其中起的作用更大。他的编辑理念、文学观念、审美趣味都会在刊物中得到体现，其人生经历、气质性情都会影响到稿件的选择。刘以鬯是 1948 年移居到香港的，在内地他就有创作，资历较老，并且跟内地老一辈作家的联系较多，有着相当深厚的友谊，因此体现在刊物风貌上，内地作家作品较多。另外，刘的工作非常繁忙，同时编辑几份副刊，精力有限，有时难免顾此失彼。90 年代以来，刊物质量有所滑坡，好多作家不愿给稿，导致作者面越来越窄，刊登的作品质量每况愈下，从而导致刊物整体质量有所下降。

陶然是1973年移居香港的，到港后创作成名。也许是接任主编之职来之不易（1985年创刊时就是执行主编，但由于多种原因只能另谋他职），在陶编时期，每次组稿非常认真积极，因为在陶然自己看来，做的是自己喜欢的事情，也是梦寐以求的事，所以特别投入。另外，陶然和刘以鬯是两辈人，中年的他性情随和乐观开朗，所以比较容易和年轻人沟通交流，体现在刊物风格中青春气息、现代味道就更浓一些。

一代有一代的文学，一代有一代的文学杂志，改版前后的《香港文学》，由于其编辑主体的变迁，带来了刊物风貌某种程度的变化，促使读者水平的升值与范围的扩大，这点陶然的贡献不可抹杀。但如果没有前任主编刘以鬯15年来创下的坚实基础，恐怕也很难在短短几年中取得如此大的成就。在2000年9月改版号的《卷首漫笔》中，陶然这样写道："改版，并非出自空中楼阁，《香港文学》自1985年1月创刊，已逾15年，在刘以鬯先生的主持下，本刊已成为香港文学杂志的一个品牌。这个基础，成为我们承接的条件。"说得非常中肯。我们相信经过老中青的共同努力，《香港文学》在未来的香港文学和世界华文文学体系中将会发挥越来越大的作用。

注释：

[1]刘以鬯：《发刊词》，《香港文学》创刊号，1985年1月号，第1页。
[2]刘以鬯：《香港文学》第49期《编后记》，1990年1月。
[3]纪弦：《我与〈香港文学〉》，《香港文学》第109期，1994年1月。
[4]陶然：《卷首漫笔》，《香港文学》2000年9月改版号。

（载《当代文坛》，2006年第1期）

《台湾诗学学刊》小史

(中国台湾)林于弘

一、前　　言

1990年代是台湾现代诗学转型的关键，随着1980年代诗社诗刊的暴起暴落，以战后学者群为主力的组合也因此应运而生。“我们确信台湾的现代新体诗已形成丰硕的传统，但如何建立一个合理圆融的诠释体系，应该是台湾现代诗学最重要的课题。[1]”于是“台湾诗学季刊杂志社”，乃在1992年12月19日假“中国文艺协会”举行创刊茶会，创设社员共有：尹玲、白灵、向明、李瑞腾、渡也、游唤、萧萧、苏绍连等八人，首任社长由向明担任。关于诗社的成立宗旨，则可从李瑞腾执笔的《发刊辞》中一窥究竟：

> 站在九〇年代台湾的土地上，我们无可避免地选择以台湾为中心来建构现代诗学。所谓以台湾为中心，首先必须心中有台湾，我们愿以最大的诚信和热情，从根本上清理台湾的诗之经验：我们曾经有过什么？它们是如何形成的？其变化轨迹如此？现在又是一种什么样的面貌？在特定的历史和地理条件底下，它和四周到底有过什么样的关系？现今又是如何的交流？而当我们以台湾为中，究竟能规划多大半径的诗之版图，而又能够给予所有权一种合理的解释？我们将以学术的态度和方法来面对这一个充满挑战的课题。朝此目标前进，我们所确定的编辑与活动之原则是：历史与现实兼顾，理论和实践并重；不割裂现代诗的任何一条史线，不隔绝台湾以外的任何一地诗坛。我们希望能够整合诗学人力，以媒体的有效编辑和活动，书写台湾诗史，开创现代新诗的新纪元。[2]

总的来看，诗社聚焦的共识有二：“一是为台湾新诗的创作与发达，贡献心力，二是为建立台湾观点的诗学体系，累积学力。因此，‘挖深织广，诗写台湾经验；剖情析采，论说现代诗学’成为‘台湾诗学季刊杂志社’目标显著的文字‘logo’。”[3]这样的见识，也形成“台湾诗学季刊”持续努力的动能所在。

《台湾诗学季刊》是“台湾诗学季刊杂志社”的对外刊物，内外稿有一定比率，也是一本兼有创作与评论的综合性诗刊，首任主编为白灵。创刊号推出“大陆的台湾诗学”专辑，聚焦评介并批判大陆出版有关台湾诗学的著作，获得两岸诗人与研究者的普遍关注。

《台湾诗学季刊》在1992年至2002年的十年间，经历向明、李瑞腾两位社长，白灵、萧萧两位主编，以季刊方式发行四十期二十五开本的诗杂志，“评论与创作同步催生，在众多偏向诗作发表的诗刊中独树一帜，对于增厚新诗学术地位，推高现代诗学层次，显现耀眼成绩”[4]。诗刊自1992年12月出版第1期，至2002年12月印行第40期[5]为止，十年四十册的《台湾诗学季刊》，不论是从创作或评论的角度来看，或是从评论专题的方向思考，都足以成为台湾在世纪之交的代表诗刊。

二、《台湾诗学季刊》的转型与发展

从2003年起，《台湾诗学季刊》修正编辑方向，刊名更动为《台湾诗学学刊》(半年刊)，逐渐转型成以学术论文为主的刊物，版型也扩增为二十开本，这是台湾地区第一本现代诗专业学刊，也是通过THCI期刊审核的诗杂志。至于《台湾诗学季刊》的方向异动，可以从第40期(最终期)的内容略知一二。其封面内页刊登《台湾诗学》征稿启事第四条言及：“从2003年开始，本刊之学术论文采审稿制，论文稿件需经两位匿名评审通过后，方予刊登。论文来稿请以Word 6.0/Window 95以上版本打字，一式三份文稿并附计算机磁盘，文长以五千至三万字为原则。”这便是明显地向学术论文看齐的趋势。至于诗刊内文，也以两页篇幅详述“论文撰稿格式”。如此严格规范，企图走向学术刊物的宣示意义相当明显。

学院诗人与评论家向阳也明确指出：“《台湾诗学季刊》的组成同仁除向明为元老诗人外，其余参与创办者都是当时在诗坛与文化、学术界中具影响力的中壮代诗人群，他们多半具备创作、评论、研究与教学的跨领域才干。”[6]从创设的八人起，到2002年又有翁文娴和郑慧如陆续加入(渡也退出)，具备创作、评论、研究与教学的阵容同样坚强。所以“《台湾诗学季刊》基本上属于‘文人圈’的媒体，延续着诗坛的兴趣，以精英取向进行传播”[7]。创社社长向明也表示：“建议创刊的人多为学院中的学者诗人，深知诗必须挖深织广、剖情析采，建立现代诗学的张本，将我们这一代的写诗经验留下存证。”[8]是以如此转向“学术化”的趋势，也是自然而然。

至于在创作的部分，《台湾诗学季刊》第40期(最终期)的封底内页则刊登《台湾诗学网络创作版》网站简介(网址：http：//netcity.hinet.net/ssl/)，并分列“诗作投稿区”“论述投稿区”“超文本投稿区”“台湾诗学诗战场”和“台湾诗学新闻台”五区，其规模和之前的创刊思维，可谓有过之而无不及，不过载体转换、尝试纸本精华化与利用网络特性的企图，也将在21世纪初加以实践。

2003年6月11日，苏绍连向其他同仁提出建构BBS诗论坛的建议，当日经议决通过，即着手建立“台湾诗学·吹鼓吹诗论坛”(http：//www.taiwanpoetry.com/phpbb3/index.php)网站。论坛命名引用唐代冯贽《云仙杂记》所述：“往听黄鹂声，此俗耳针砭，诗肠鼓吹，汝知之乎？”苏绍连说：“因黄鹂之声悦耳动听，可以发人清思，激发诗兴，诗兴的激发必须砭去俗思，代以雅兴。”取此创作神思之意，命名论坛为“吹鼓吹诗论坛”。该刊于2005年9月以纸本方式出版《吹鼓吹诗论坛》(半年刊)，且由苏绍连(米罗·卡索)担任主编。至此,《台湾诗学网络创作版》也渐由"吹鼓吹诗论坛"取代,于是"台湾诗学"特殊的"一社两刊"现象,也正式成型。

《台湾诗学学刊》先由郑慧如开端,接续是唐捐(刘正忠)和林于弘(方群),《吹鼓吹诗学论坛》(原为半年刊,2015年6月,第21号起改为季刊[9],每年3、6、9、12月出刊)则初由苏绍连主事,两者目前皆稳定出版,是21世纪以来,台湾同时发展创作与诗歌评论的专业刊物。

《台湾诗学学刊》在转型之后,一步步迈向学术之路,之后也成为台湾地区唯一专以刊载台湾现代新诗研究的专业学术刊物。加上"台湾诗学季刊社"的成员不仅学术风格明显亦饶富文采,尤其之后颇多在高校任教的中、新生代诗学研究者陆续加入[10],更形成此一诗社的特殊性格。因此借由对《台湾诗学学刊》的分析研究,也可以了解21世纪台湾诗学的整体趋势,尤其是在学术研究的部分。

三、《台湾诗学学刊》的刊载内容与现象

迄2017年10月为止,台湾地区专以刊载现代诗学术论文的期刊仅有《台湾诗学学刊》和《当代诗学》[11]两种,而不论是从创刊先后、出版期数与规模,还是从学术能量与评价来看,《台湾诗学学刊》皆具有相对的优势。学刊迄今已出版至29期,其主编任期皆为五年(10期),故以下研究即以每十期为一断限,配合主编异动,也可以考究不同时期的内容属性,作者参与和研究方向的整体趋势。

《台湾诗学学刊》首任主编是逢甲大学中文系的郑慧如,她主持2003年到2008年(1期到10期)的编务工作。郑慧如是政治大学中国文学研究所博士,博士论文题目《现代诗的古典观照——一九四九·台湾》,指导教授为余光中先生。在她担任主编期间,《台湾诗学学刊》逐渐奠定迈向专业学刊的种种规模。

《台湾诗学学刊》一号于2003年5月出版,开篇是王珂[12]《论中外诗歌的形异现象及形异诗的三大起源》,此期共刊登四篇学术论文,但有关创作的栏目也同样保留,内容诚如《编辑手记》所言:

> 《台湾诗学》从诗刊转为学刊,季刊转为半年刊,这转型后的第一期,除了页数增加、改成横排以外,就栏目来看,与原来的《台湾诗学季刊》差不多,每期仍设有专题,也保留了"现代诗学""诗创作"和"网络诗坛"。其实《台湾诗学》正进行着渐进式的质变:包括学术论文匿名审查制、平面媒体与电子媒体双向运作、网络投稿诗作精选点评等。[13]

在这逐渐转型的时期中,《台湾诗学学刊》的论文已取代诗作成为主力,在第5期《编后语》则提及:

> 考虑诗论评的学术走向及网络诗创作的平面化,《台湾诗学》将分成学刊与吹鼓吹诗刊两种:二月、八月出诗刊,由苏绍连主编;五月、十一月出学刊,由郑慧

> 如主编。学刊仍设专题、一般论述，并增设书评。特约稿件除外，原则上学术论文仍采审稿制，但是原收于学刊的创作则从此挪到诗刊。[14]

2005年9月《吹鼓吹诗论坛》第一号出版，2005年12月《台湾诗学学刊》第六号出版，之后每隔三个月轮流由诗刊与学刊交错出版也正式成型[15]。

在郑慧如主持的1期到10期学刊中，论文发表数量较多的作者是：白灵5篇，向明4篇，王珂、李癸云、李瑞腾、陈政彦、黄文巨、解昆桦、郑慧如(含合著1篇)、简政珍各3篇。其中王珂是大陆年轻一代的知名评论家，而黄文巨、解昆桦(后加入)、简政珍不是社员。总体而言，论文中七成以上是社员论著，机关刊物的特性十分明显。

至于就论文内容来看，个别诗人的研究与诗歌理论的探讨皆有可观，西方诗学与大陆相关议题也略有涉及，但主要内容还是聚焦在1945年以后有关台湾诗学与诗作的系列议题。(参见表1。)

表1　**《台湾诗学学刊》1—10期刊载3篇(含)以上作者与篇名一览表**

期别	作者	篇　　名
1	白灵	一九八九以后
6	白灵	从科学观点看台湾新诗经典化的几个现象
7	白灵	在西瓜与石头之间——论詹澈诗的源泉与跃升
9	白灵	介入与抽离——从简政珍的诗看中生代诗人的说与不说
10	白灵	遮蔽与承载——洛夫诗中的哭与笑
2	向明	论诗中的意象
4	向明	诗的现代性与古典性
7	向明	艾略特[T. S Eliot]《普鲁夫略克恋歌》中译之商榷
10	向明	超现实不如超习惯
1	王珂	论中外诗歌的形异现象及形异诗的三大起源
4	王珂	论中外诗歌的形异现象及形异诗的五大价值——兼论现代汉诗应该重视视觉形体建设
9	王珂	论新诗的诗形建设
2	李癸云	论“公无渡河”在现代诗中的原型意义
4	李癸云	等你，在雨中——台湾现代女性诗作中雨的意象研究
6	李癸云	不可知的黑暗排列——以夏宇《拥抱》为例谈现代诗评的局限与可能
4	李瑞腾	现实的深度和广度如何计算——“王勇诗选”(1983—1996)序
5	李瑞腾	因情立体，即体成势——温任平《戴着帽子思想》序

续表

期别	作者	篇　名
10	李瑞腾	台湾战后出生第四代诗人略论
6	陈政彦	广告之必要——李欣频文案诗的文化分析
7	陈政彦	“席慕蓉现象论争”析论
8	陈政彦	颜元叔新批评研究于七〇年代发生之诠释冲突：以“台风季论战”为观察核心
5	黄文巨	魔化、变身、支离、痉挛美感：论唐捐诗中的身体思维
8	黄文巨	魔鬼化或逆崇高——唐捐身体诗再探
10	黄文巨	箱女在劫：宿命与地理的黑洞——零雨诗的历史寓言、空间考古
1	解昆桦	早期创世纪军旅诗人创作心理与发展(1) ——专访辛郁
8	解昆桦	战后台湾诗刊学之文本阅读方法论——以《创世纪》《笠》与七〇代新兴诗刊为例
10	解昆桦	七〇年代乡土文学论战后台湾左翼/劳工现代诗——七〇年代末李昌宪《加工区诗抄》、陌上尘“黑手诗抄”初探
2	郑慧如	近十五年台湾各大专院校学报中的新诗论评
9	郑慧如	现实与想象——以简政珍为主，兼论台湾中生代诗人之作
3	郑慧如、余风	“诗与音乐”座谈会实录
6	简政珍	台湾都市诗的空间意象与隐喻
8	简政珍	诗的时间历程——评李有成的诗集《时间》
8	简政珍	现实与比喻——台湾当代诗的意象空间

《台湾诗学学刊》第二任主编是清华大学中文系(现已转任台湾大学中文系)的唐捐，他主持2008年到2013年(11期到20期)的编务工作。唐捐是台湾大学中国文学研究所博士，博士论文题目是《军旅诗人的异端性格——以五六十年代的洛夫、商禽、痖弦为主》，指导教授是柯庆明先生。在他担任主编期间，《台湾诗学学刊》继续追求学术的专业性，也获得列入台湾学术期刊THCI(台湾人文学引用文献数据库，Taiwan Humanities Citation Index)[16]的肯定。

在唐捐主持的11期到20期学刊中，论文发表数量较多的作者是：白灵(庄祖煌)7篇，萧水顺(萧萧)5篇，史言、何金兰(尹玲)、陈大为、陈政彦、刘益州各3篇。其中史言是大陆年轻一代的评论家，另陈大为和刘益州不是社员。总体而言，论文中接近七成是社员论著，机关刊物的特性依然存在。

至于就论文内容来看，台湾前辈诗人的研究数量最众，台湾年轻诗人和大陆诗人的论述也有若干，而偏向个别诗人研究的系列论文，应该是此一阶段的主要趋势。(参见表2。)

表2　《台湾诗学学刊》11—20期刊载3篇(含)以上作者与篇名一览表

期别	作者	题　目
12	白灵	脸上风华，眼底山水——余光中诗中的表情及其时空意涵
13	白灵	桂冠与荆棘——全球化趋势下台湾新诗的走向
15	白灵	偶然与必然——周梦蝶诗中的惊与惑
16	白灵	约束与涌现——商禽诗的形式与精神意涵
14	庄祖煌	不际之际，际之不际——管管诗中的生命热力和时空意涵
18	庄祖煌	站在蚀隐与圆显之间——林焕彰诗中的“半半”美学
19	庄祖煌	质能与多一——混沌诗学初论
14	萧水顺	后现代社会里“玄思异想”的空间诗学——以管管诗中“脸”与“梨花”的措置/错置为主例
16	萧水顺	生命撞击下的空间诗学——论《商禽诗全集》的空间对比与隐蔽
17	萧水顺	现实思维后的空间诗学——论《张默小诗帖》的虚实对应与融摄
12	萧萧	人体代谢与天体代御——论余光中展现的身体诗学
15	萧萧	后现代视境下的“蝶道”与“诗路”——以周梦蝶“蝶诗”的空间转换作为探索客体
15	史言	“水”与“梦”的“禅语”：周梦蝶诗歌“水之动态”与“水之动力”的现象学研究
16	史言	用脚思想迷途的斜度：迷宫论与商禽诗空间意象的拓扑研究
17	史言	论张默诗的男性形象与父神原型
11	何金兰	从一首歌谣谈起——试探越南文化中的哀矜美学
14	何金兰	从“虚/实相拒”到“虚/实同体”——试析管管《春天的头是什么样的头——记花莲之游》
17	何金兰	发生论文学批评与文本发生学之奠立及其发展
12	陈大为	知识迷宫的考掘与破译——对杨炼“民族文化组诗”的问题探讨
16	陈大为	徘徊在诗史的左边——论柏桦《左边：毛泽东时代的抒情诗人》
19	陈大为	论于坚诗歌迈向“微物叙事”的口语写作
13	陈政彦	诗中有画——重探桓夫日治时期诗作
17	陈政彦	打造现代诗的期待视野——张默诗论、诗选研究
18	陈政彦	恶的象征：孙维民诗研究
17	刘益州	意识的表述形式：叶觅觅诗集《越车越远》中的“自我”表述
18	刘益州	巨大化的书写：论鲸向海诗集《大雄》中情感表述的艺术与想象
19	刘益州	时间的表述：杨牧诗作中的植物时间的书写策略

《台湾诗学学刊》第三任主编是台北教育大学的林于弘，他主持2013年到2018年(21期到30期)的编务工作。林于弘是台湾师范大学国文研究所博士，博士论文题目是《解严后台湾新诗现象析论》，指导教授是邱燮友(童山)先生。在他担任主编期间，《台湾诗学学刊》持续追求学术的专业性，同样获得列入台湾学术期刊THCI的肯定。

在林于弘主持的21期到30期学刊中，论文发表数量较多的作者是：白灵7篇，王文仁、夏婉云、廖坚均、林秀蓉各3篇，其中王文仁、廖坚均、林秀蓉都不是社员。总体而言，论文中社员论著与外部稿件约各占一半，外稿刊登比例和之前相比有显著提升。

就论文内容来看，台湾个别诗人的研究仍是主力，系列主题的探讨也颇有可观，不过研究对象偏向台湾中青世代的年轻化现象，也有具体的增长。(参见表3。)

表3　**《台湾诗学学刊》21—30期刊载3篇(含)以上作者与篇名一览表**

期别	作者	题　　目
21	白灵	建构与逃逸——路寒袖影音创作中的台湾图象
23	白灵	有框与无框——杜十三的跨领域实践及其小诗例证
24	白灵	宇宙潜意识：解离与漫游——以罗智成《地球之岛》的末日书写为例
25	白灵	束缚与脱困——从身份认同看渡也诗中的情与侠
28	白灵	巡弋与停驻——汪启疆诗中的视野与情感
29	白灵	从边缘的边缘到梦中之梦——席慕蓉诗中的时空变化与意涵
30	白灵	从断舍离看小诗与截句——由东南亚到两岸诗的跨域与互动
22	王文仁	口香糖、赝币与缺席的ISBN：王添源诗创作历程及文本分析
23	王文仁	温婉抒情，顶撞现实：陈谦诗创作历程与文本析论
29	王文仁	罗任玲自然美学的理论与实践：以《台湾现代诗自然美学》与《一整座海洋的静寂》为中心的讨论
23	夏婉云	永恒的母题：台湾诗人的囚与逃
25	夏婉云	唐捐诗文中的乩童意象和幻土追索
27	夏婉云	城堡与白鸽——尹玲诗中的逃逸与抵抗
24	廖坚均	记忆、地方、城市——“周梦蝶文本”再现的诗人形象与街道空间
26	廖坚均	日常生活的革命能量——论商禽诗歌的抵抗性
28	廖坚均	管管诗之“春天”意象探析
24	林秀蓉	历史·性别·生态：论蔡秀菊诗的现实关怀
26	林秀蓉	原型与变异——陈千武诗“妈祖”符号的生成与解读
30	林秀蓉	异文化的另类书写：探蔡秀菊《司马库斯部落诗抄》中的主题意识

事实上，早在《台湾诗学季刊》第三期(1993年6月)便曾全书刊登“现代诗学研讨会”的8篇论文，这应该也是后来《台湾诗学学刊》的滥觞。然而就《台湾诗学学刊》1期到30期的刊登状况来看，初期的学刊还是保有当年《台湾诗学季刊》把学术论文与创作并列的特质，而从第5期起，由于《吹鼓吹诗论坛》的出现，承接原本的创作篇幅，于是学刊便能大幅转向学术化的论文刊载，但此时仍有书评或序文杂列于学刊。至于从11期起，内容多由“现代诗学”和专辑论述组成，学术化倾向更为明显。而21期起，则为“专题论文”与“一般论文”的组合，与之前变动不大，是以《台湾诗学季刊》的学术性目标，也益形明确且稳固。

四、结　　论

古远清在《台湾当代新诗史》专列第十七章《台湾诗学季刊》的窜起以为论述，他认为：“《台湾诗学季刊》创刊于台湾诗坛疲软的1992年底。那时连续出版8年的《蓝星》因经济拮据休刊，‘年度诗选’因打不开销路无疾而终。在诗坛兴起一片诗亡之叹的情况下，《台湾诗学季刊》的‘窜起’，打破了诗坛沉寂的气氛。”[17]张双英在《二十世纪台湾新诗史》也提出：“……1992年，有一群兼具诗人与学者身份的人士用集资的方式，创办了《台湾诗学季刊》。这一项具体行动的意义可说是非常深长，影响也非常绵远。因为它标注着‘新诗’终于跨进了学界，使新诗获得了学界的研究力量。”[18]关于“台湾诗学”同仁在创作的成绩，自然不容小觑，但宜以另文探讨；不过“台湾诗学”在相关研究的质量累积，肯定是台湾新诗的空前成就。

痖弦先生曾在《台湾诗学季刊》创刊茶会致贺词表示，他也认为：“《台湾诗学季刊》的创立，说明台湾现代诗经过四五十年的努力，在质量上已到达了相当的艺术水平，早已形成了一个新的传统，也造成了一个独特的文化气候，面对着这样的发展，把台湾现代诗的批评和研究提升到更严谨的学术层次，不但十分必要，而且也是台湾现代诗历史发展的必然。它代表台湾现代诗的创作和理论，进入了成熟期。”他又说：“面对两岸诗坛及世界各地之华人诗坛相互影响相互交流的现阶段，《台湾诗学季刊》的创办，可以提高大家对台湾现代诗的认识，从而给台湾诗坛一个正确的坐标和地位。那就是，对台湾现代诗的研究，不管谁在研究，在哪里研究，似乎都应该抛掉地缘因素，肯定台湾现代诗对整个中国现代诗坛所体现的特殊意义，这个跨越世纪的诗社(刊)已将庆祝成立廿五周年的到来，从1992年的创社八位元老的特殊意义，到所谓主导性和边陲性，必须重新思考。而未来《台湾诗学季刊》的责任重大，我们寄望热切。”[19]

也如长期担任社长职位的李瑞腾在《与时潮相呼应——台湾诗学季刊社十五周年庆》所言：“我们站在二十世纪九十年代，面对台湾现代新诗的处境与发展，存有忧心；对于文学的历史解释，颇为焦虑。我们选择组社办刊，通过媒体编辑及学术动员，在现代新诗领域强力发声，护卫诗与台湾的尊严。”[20]这是对诗艺的执着，对台湾新诗史、新诗学的历史承担。《台湾诗学》的历史使命如此昭然若揭，从此展开跨越世纪的不懈奋斗旅程。

至于续任社长的萧萧也在《〈跨世纪与跨领域的诗学诗艺〉——台湾诗学季刊社二十

周年庆》中表示："二十年来，'台湾诗学季刊杂志社'以'台湾''诗学'为主体、为基地，但不以'台湾''诗学'为拘限，不以'台湾''诗学'为满足，下一个二十年，全新的华文新诗界，台湾诗学将会联合所有爱诗的朋友，贡献出跨领域、跨海域的诗学与诗艺，一起发光且发亮。"[21]

这个跨越世纪的诗社(刊)已将庆祝成立廿五周年的到来，从1992年的创社八位元老以每人出资新台币十万元的入股方式成立，到二十五年后发展到三十四位社员[22]，一年六册刊物(两册诗学、四册吹鼓吹)的规模来看，整个社团也已经颇具规模。但诚如"台湾诗学"创社元老白灵所言："平面诗刊是一群诗人和学人以耐心和'慢心'黏合而成，它们往往是中壮一代以上的诗人投注毕生心力的无形殿堂。"[23]而从20世纪末起到21世纪初，"在台湾诗坛日益萎缩和长寿诗刊老化、僵化的情况下，《台湾诗学季刊》一直保持着蓬勃的朝气，不断向着当前诗坛的重要问题发表各种不同意见，提供1990年代诗坛的最新信息。要了解台湾诗坛的思潮演变和创作动向，这份最亮的诗刊是不可忽略的。"[24]

随着网络兴盛与纸本的渐趋衰微，"结党营诗"的诗刊时代是否已经结束？我们尚难断言，但办好一份扎扎实实探索台湾诗学问题和供观摩、讨论、批评及发表的专业诗学刊物，理应是所有学院诗人所无法逃避的承担与使命。《台湾诗学学刊》近30期(15年)的坚持已树立一个值得肯定的典范。"如何台湾？怎样诗学？"的庞大提问，也许可以用"就是学刊!"这个最简单平实的语句回答。

注释：

[1]《发刊辞》，《台湾诗学季刊》第1期，第3-4页。

[2]《发刊辞》，《台湾诗学季刊》第1期，第4页。

[3]萧萧：《〈跨世纪与跨领域的诗学诗艺〉——台湾诗学季刊社二十周年庆》，《吹鼓吹诗论坛》第16号，第8页。

[4]同前注，第9页。

[5]该期原出版时间应为2002年9月，然实际出版却为2002年12月/秋冬，此处明显标示该刊已跨两期(季)，至于延误原因，推测应与刊物转型有关。

[6]向阳：《诗学季刊十年有成》，《台湾诗学季刊》第40期，第7页。

[7]同前注，第8页。

[8]向明：《诗人也要靠行吗?》，《台湾诗学季刊》第40期，第39页。

[9]《吹鼓吹诗论坛》第21号并列出：王罗蜜多、李桂媚、季闲、林德俊、姚时晴、陈牧宏、庄仁杰、黄羊川、黄里、曾美玲、叶子鸟、叶莎、赖文诚、灵歌等同仁名单，此为"台湾诗学"新增之以创作为主的平行团体。

[10]在《台湾诗学学刊》第1号(2003年5月)的同仁名单，增加：丁旭辉、李癸云、唐捐等三位学者。至《台湾诗学学刊》第29号(2017年5月)的同仁名单，又陆续增加：解昆桦、陈政彦、李翠瑛、方群、陈征蔚与杨宗翰六位新人。

[11]《当代诗学》(年刊)创刊于2005年4月，为台北师范学院(台北教育大学)台湾文学(文化)研究所创办的诗学研究刊物，首期发行人为廖卓成，总编辑为孟樊，主

编为杨宗翰，迄2017年10月，已出版至第11期。

[12]时为北京师范大学中国诗歌研究中心博士后。

[13]本刊，《编辑手记》，《台湾诗学学刊》第1期，第6页。

[14]郑慧如：《编后语》，《台湾诗学学刊》第5期，第315页。

[15]原本规划每年的2月、8月出诗刊；5月、11月出学刊。之后实际运作则变成3、9月出诗刊；6月、12月出学刊。

[16]THCI数据库为收录台湾人文学期刊论文引文资料，广泛收录国内出版之中国文学、外国文学、历史、哲学、宗教、艺术、语言学、图书信息学等学科共300余种重要期刊。本数据库于2011年6月停止更新，改由国家图书馆整合并加以扩充为"台湾人文及社会科学引文索引数据库（Taiwan Citation Index-Humanities and Social Sciences，简称'TCI-HSS'）"。引述自：http：//www.hss.ntu.edu.tw/model.aspx？no=341，2017/09/14。

[17]古远清：《台湾当代新诗史》，文津出版社2008年版，第448页。

[18]张双英：《二十世纪台湾新诗史》，五南图书2006年版，第419页。

[19]痖弦：《诗的新坐标》，《台湾诗学季刊》第2期，第147-148页。

[20]李瑞腾：《与时潮相呼应——台湾诗学季刊社十五周年庆》，《诗心与诗史》，秀威信息2016年版，第191页。

[21]萧萧：《〈跨世纪与跨领域的诗学诗艺〉——台湾诗学季刊社二十周年庆》，《吹鼓吹诗论坛》第16号，第13页。

[22]依据第30期《吹鼓吹》（2017年9月）所列社员名录来看，《学刊》共有：丁旭辉、方群、尹玲、白灵、向明、李癸云、李瑞腾、李翠瑛、陈政彦、陈征蔚、解昆桦、杨宗翰、郑慧如、萧萧、苏绍连15人（另徐培晃和陈鸿逸于2017年11月加入，合计为17人）。《吹鼓吹》则有：千朔、王罗蜜多、卡夫、李桂媚、周忍星、季闲、林德俊、姚时晴、曼殊、陈牧宏、庄仁杰、黄羊川、黄里、曾美玲、叶子鸟、叶莎、宁静海、赖文诚、灵歌19人。

[23]白灵：《诗刊时代的结束——兼忆〈台湾诗学季刊〉的"窜起"》，《台湾诗学季刊》第40期，第44页。

[24]古远清：《台湾当代新诗史》，台北，文津出版社2008年版，第450页。

（此文原题为《如何台湾？怎样诗学？就是学刊！——〈台湾诗学学刊〉内容研究》，发表于2017年重庆/西南大学第六届华文诗学名家国际论坛，另压缩版刊台北《文讯》第386期，2017年12月）

书 评

把中国当代文学带进世界视野

——谈英文新著《中国当代小说家：生平、作品、评价》

[加拿大]梁丽芳

把中国当代文学推向世界，翻译无疑是重要的手段之一。从20世纪80年代开始，西方汉学家陆续在海外翻译出版中国当代文学作品的选本以及个别作家的中长篇小说。近年来，随着个别中国作家在海外影响力的扩大，被翻译的作品明显有所增加。就我的阅读视野而言，莫言、余华、苏童的一些作品，都以译本的精良在海外赢得了读者。不过，被翻译成外文的作品毕竟有限，特别是那些文字传神、艺术精美的译著，更在我们的期待之中。因此坦率地说，近40年来，外国读者对中国当代文学的了解只限于极少数作家。至于庞大的中国文坛，究竟还有哪些作家，哪些流派，哪些题材，哪些艺术特征，一代一代作家之间有何薪传关系，其中的来龙去脉，外国读者还是瞎子摸象，一头雾水。

不得不承认，对近40年来中国当代文学之研究，在西方汉学界依然是个建设中的学科，一些基础书籍仍然付之阙如。近年来，我越来越觉得，以目前的创作势态和所得到的成就，中国当代作家需要更广泛的推介，来回应世界对中国的日益关注。我以数年时间，用英语写了这本《中国当代小说家：生平、作品、评价》(*Contemporary Chinese Fiction Writers: Biography, Bibliography and Critical Assessment*)，把80个中国当代作家的生平、创作和评价，向世界读者展示，让更多人系统地认识他们，从而了解这40年来中国文学的发展风貌和创作成就。幸运的是，以出版学术书籍著称的英国老牌出版社ROUTLEDGE PRESS接受了这本书，以纸版和电子版出版，全球发行。这本书的预设读者有三大类：人文与社会科学领域的大学生、教师和研究者，想了解中国文学文化的社会人士，以及有兴趣翻译中国小说的翻译者。

我的学术生涯是从古典文学开始的，我有幸跟随叶嘉莹教授学习，在她指导下，完成了《柳永及其词之研究》(英文，不列颠哥伦比亚大学，1976)硕士论文，后来自己改写成为中文，1985年香港三联书店出版。我也曾有幸经常到叶教授家聚会，谈论中国之种种，耳濡目染，深受她的影响，想为祖国做点事。叶教授1979年回国讲学，经她的推荐，我1979年为人民文学出版社编了《台湾小说选》《台湾散文选》与《台湾诗选》，首次把台湾文学以选本方式介绍给中国读者，这个义务工作，让我无意中为两岸文学交流搭桥，这是后来才意识到的。

我研究中国当代文学，是源于一次中国之旅。70年代的西方汉学界，有不少人对中国革命充满了好奇，我也受到影响。1976年夏天，我在温哥华参加了一个由18个青少年组成的寻根团，回祖国进行近两个月的旅游。“四人帮”倒台之后，我特别注意国内的形势变化和文学信息。温哥华唐人街有个华安书店，专卖中国书籍和杂志，墙上挂了很多农民画，我周末到唐人街买东西或者吃唐餐，总到这个书店逛逛，有一天，偶然发现了复刊号的《人民文学》和新到的杂志。1978 年 8 月，“伤痕文学”横空突起，那些令人震惊、悲愤、痛心的故事，深深吸引着我。那时的文学杂志很便宜，我订阅了二三十种，几乎每天都有新杂志到。我兴奋地阅读着一篇篇的新作，渐渐地，本来陌生的作者名字，变得熟悉，卡片越来越多，排列起来，慢慢形成某些分类。于是，出现了“右派”作家(从维熙、张贤亮、王蒙、陆文夫、刘绍棠、高晓声、张弦)，知青作家(张抗抗、梁晓声、张承志、史铁生、叶辛)，农村作家(陈忠实、贾平凹)，军人作家(莫言)、京派作家(邓友梅、陈建功)，女作家(谌容、张洁、王安忆、张辛欣、徐小斌、陆星儿)等；各类题材陆续涌现，例如伤痕小说(卢新华)、改革小说(蒋子龙、柯云路)、新潮小说(格非、余华、苏童)、寻根小说(韩少功、李杭育、郑万隆)、新写实小说(方方、池莉)、官场小说(刘震云、刘醒龙)等；作家的地理分布也趋于明显，有来自北京、上海、广州、天津、陕西、湖南、北大荒的，不一而足。我兴奋地跟踪着这些作家的创作和动向，观察着评论家的回应和争鸣。

从大量的阅读中，知青题材小说最为显著，由此成为我博士论文的选题。1985 年秋天，我获得阿尔伯达大学的助理教授教职。那时，阿尔伯达大学的图书馆还没有订阅新时期的文学杂志，我立即要求图书馆大量订购，逐步建立起中国当代文学期刊的藏书。教课方面，除了中国文学史和中国书法，我要教一门“20 世纪文学”。到了第二年，经过大学课程委员会批准，我正式开设研究“新时期小说”课程，这可能是加拿大最早开设的相关课程吧。此后我在阿尔伯达大学开设的有关当代中国的课程，都是英语进行。讲授当代中国文学最令人感到挫折的，是英文翻译作品的严重滞后和不足，基本材料也是非常缺乏。于是，萌生了写一本作者生平、作品与评价兼顾之书的设想。

有成就的中国作家很多，因为篇幅和时间有限，不能都选入，我只得建立四个标准。一、作品具有历史意义的作家：例如以《班主任》率先批判“文革”教条主义的刘心武，以《伤痕》为一个时代文学命名的卢新华等；二、在艺术技巧上有所创新的作家：例如实践中国式意识流手法的王蒙、以现代性审丑意象颠覆传统写法的残雪、以诗性语言写小说的何立伟等；三、作品引起争议的作家：例如以《人啊，人》引起争议的戴厚英等；四、作品在题材和主题上具有开拓意义的作家：这个类别的作家最多，例如写“大墙文学”的从维熙、张贤亮，写知青的梁晓声，写宗教的北村，写西藏的扎西达娃，写反腐的陆天明，写科幻的刘慈欣，以及写谍战的麦家，等等，当然，还有写多样题材的莫言、余华、苏童、贾平凹、王安忆、张炜等，不胜枚举。

在同一类题材的作家中，我只能选其中的少数，这点，我得向广大的作家致歉。本书不包括海外华人作家，除非他们在出国之前已在国内成名并具有影响力。至于港台的作家，因为语境不同，也不包括在内。

现当代中国作家的生平和创作都无可避免地受到了政治、历史、社会的巨大影响。从抗日战争到新中国的成立，从历次政治运动，到拨乱反正、改革开放时代的到来，再到 21 世纪的整体国力提升……都或深或浅地融入作品的肌理中。同代人的创作生涯无可避免地有共同经验。因此，在目录内，作家排列次序有两个办法，一是依照姓氏的拼音字母排列，以方便读者；二是依照年龄排列，令读者从年龄相近的作家中，读出他们的相似与相异来。

目前海外可以见到的，有两三本介绍20世纪中国作家的书，现在看来都比较简短而且过时。有的表述过于简单，只罗列性别、籍贯、出生年月和出版书目而已，读者很难获得更具体而个性化的印象，看后就忘记了。也有介绍一点生平和一两篇代表作的，却没有作家的创作轨迹和艺术特征的描述，更没有整体的评价。对于外国读者来说，如浮光掠影。为了给外国读者留下深刻的印象，我把每个作者单独成章，把生平资料融入作者的创作发展轨迹中，指出作品特征，加上文本细读，再给以总体评价。尤其要说明的是，每一章末尾，都附上注解，并列出英译的小说篇目和出处，以便有读者深入阅读。每章提到的单篇作品，都附上出处，包括期刊的名称与年份，如果是单行本，则附上出版年份。对于学生、研究者来说，附上作品出处有重要的学术意义。读者可以根据出处找到原文，更从出处知道作品的发表时间，研究作家的创作道路，便有了真实的凭据。翻译者可根据评介，选择自己喜欢的作品，然后，根据出处找到原文来翻译。书后还附有中国历史大事记，人名地名解释，作家的中文书目，英文参考书目，杂志与报纸目录，以及索引。

这本书，可算是我研究中国当代文学的一个小结，也是我对作家朋友们的承诺的兑现。1987年夏天，通过中加双边学者交流项目，我到北京和上海访问，认识了20多个知青作家，之后，多次趁回国参加学术会议和带学生修读夏季中文课程，结识了不少作家和评论家，获得了非常宝贵的知识和友谊。在此，我特别要鸣谢中国社科院著名文学评论家陈骏涛老师和鲁迅文学院何镇邦老师，从20世纪80年代后期结识他们以来，他们不断对我的研究提供宝贵的建议，并不断介绍我认识心仪的作家。我也要感谢前年离世的中国社科院现当代文学资料室的甘粹老师，他经常为我寻找资料，使这一研究顺利进行。著名作家好友陈建功，是我1987年访问认识的，一直以来，他给我多方面的帮助，特此致谢。当然，我要衷心感谢那些认识的与不认识的作家们。他们的作品，使得我的学术生涯不断有新的目标。因此，这本书也可视为我对朋友们的感恩之作。

（载《文艺报》2017年8月11日）

从解释学思考中国文论的重构路径

——读刘毅青《徐复观解释学思想研究》有感

党圣元

刘毅青的《徐复观解释学思想研究》是第一本系统地从解释学理论角度研究徐复观美学的专著，该书拓展了新儒家的美学研究，同时也是比较美学与文论的重要研究成果。该书出版之后，在学界引起了一定的反响，据我所知，它已经被相关国家重大课题列为重要参考文献。

在我看来，刘毅青的《徐复观解释学思想研究》引入了一个对理解中国文论而言极为独特的问题视角，即通过解释学的意义，将中国文论的意义理论呈现出来。而正如作者在书中所强调的，中国文论与美学的重建应该有一个比较的视野，也只有在一个比较的视野才能对中国文论与美学进行重构。该书的写作就是在中西比较文论与美学比较的视域中展开的。刘毅青在研究中有意摆脱当下中国诠释学、解释学研究中那种将徐复观纳入西方解释学架构进行简单比附的做法，强调以徐复观自身的解释脉络为线索，呈现其解释学的特质。该书通过将徐复观放在中国现代学术中西碰撞的语境中，梳理其理论目标，凸现其问题意识，在与西方解释学，与传统训诂考据学的双重比较中为徐复观的解释学定位。刘毅青强调徐复观不同于胡适、冯友兰，乃至其他如唐君毅、牟宗三等诸学者以西释中的地方在于，他代表着一种以中释中的建构本土理论的路子。他也一再申论当代中国理论的建构，西学并不是一个合适的坐标系，但他并不是因此反对引入与研读西方学术，而是强调以中国的胃口来消化西方学术思想。比如，对逻各斯中心主义的反思曾经是国内学界反本质主义文论的一个核心议题，刘毅青以此为突破口，分析中国解释学何以突破解释学循环，乃至前理解。对于这种中西的辨析，作者着力颇多、主要回应的是以伽达默尔“解释学循环”为特征的西方解释学所带来的相对主义问题。作者通过意义与意味的区分来谈徐复观与伽达默尔在处理意义问题上的不同。刘毅青的这种比较分析着力于解释学的基本问题，尤见其理论洞察力与思维之细密。

事实上，刘毅青对徐复观解释学思想的阐发与其说出于作者的灵思，不如说来自作者对中国思想有着极为深切的体认，有着隔膜于中国学者所不具有的见微知著的功夫，而更进一步来说，中国解释学的建构从根本上就是从西方理论返回中国语境的过程。刘毅青在书中对徐复观著作花了大力气进行深耕细读，从中梳理出徐复观的解释学思想，并在与西方解释学和当代问题的对话中做了深度的推进。刘毅青的以追体验作为构建徐复观解释学的线索，将散落在徐复观诸多面向的研究断片串联起来，构成了一个内在的理论体系，呈现出了完整的理论架构。因此，本书具有的思想穿透力得益于作者对中国古典思想的深厚造诣，使其能够深刻领悟徐复观的致思理路。

徐复观晚年归于经学研究，虽然天不假年，他未能完成其以经学打通中国现代学术的愿望，但从解释学来研究徐复观的学术思想，事实上就是以徐复观学术思想研究为线索，还原徐氏被当今文艺美学、中国诗学、思想史、哲学等学科所割裂的学术之间的理论向度，勾勒其解释学所具有的人文学普遍特点。徐复观对考据训诂学的局限作了分析，指出中国解释学的建构要从传统的注释之学完成解释学理论的建构就必须走出考据训诂的局限。在刘毅青看来，中国的现代解释学典范应该在现代以中国经典为核心的思想史研究中产生，徐复观的解释学是中国现代解释学的典范，代表着中国古典解释向现代解释学迈进的尝试，对中国解释学的特质从多方面进行了阐发。刘毅青认为在当代重构中国解释学的任务，其目的就在于对传统的恰切的理解，以进行现代的表达，将古典当代化。我以为，刘毅青提出的有具体价值的观点是，他认为中国古典具有当代性的意义，并不是要以现代思想来鉴定古典哪些能够拥有现代资格，而在于我们应该以古典为视野来审理现代性。如果以这样的出发点来理解古代文论的现代转换，那么，刘毅青的意思就是中国文论的现代转化并不是要以西方的理论来解释中国古典文论，找出其中暗合西方理论体系之处，予以建构。恰恰相反，是要通过对现代理论的辩证来重新思考如何恢复古典的文论视野，以古代的传统来审理当代的中国文论的建构。这也就是刘毅青在本书中一再申论的，恢复古典原初意义。

很长一段时间里，我们对传统以批判为主，未能将中国文化的优秀面相呈现出来。这也影响到我们的文艺创作，中国现代以来的文艺作品里的传统精神多是负面的，没有树立传统的崇高的价值观念，这直接影响到人们对传统的接受，也使得我们不以传统作为价值之所在，也就损坏了我们建构的文化共同体。与此相关，针对现代以来以西方的那种体系与系统的理论视角来观照中国，扭曲中国，刘毅青特别主张善意的前见，书中对陈寅恪所说的“了解之同情”，钱穆念兹在兹对传统的“温情与敬意”从解释学的角度进行了阐发，指出古典的现代解释应将传统的优秀之处凸显出来，我以为这一观点有着当下的现实性。

总括来看，该书由于作者具有较好的思想史理论修养，在严格的学术规范和严密的理论洞察力中显得从容流畅，是近年来中国解释学的研究中有重要价值的成果，有助于新儒家美学研究的拓展，并对比较美学的研究有一定的贡献。当前的中国大众媒体兴起了一股经典解读热，但是学术界缺乏一种理论进行检讨。在我看来，《徐复观解释学研究》一书为我们提供了一个可资参照的理论，以考察当代大众媒体中的经典解释的问题，为理论关注当下问题提供了一个极好的切入点。

（载《文艺报》2017 年 8 月 8 日）

序《战后台湾文学理论史》

孙绍振

我和古远清最初相识，大概是三十年前，那时，我四十多岁，在武汉大学讲课，他来珞珈山宾馆见我，在印象中，是青年讲师吧，虽然素昧平生，却有一份亲近，原因是，当时我们都教写作。说起来，这门课本该是中文系最为重要的课，最能全面提高学生素养的课程，可是却是最不受重视的。和其他课大工业式的讲授不同，写作课要改学生的作文，要一把钥匙开一把锁，而且有效，是个手工业式的累活，吃力不讨好。一般地说，在写作组讨生活，不是政治上不信任，就是业务上没有前途的。干这种活，很难出研究成果，被认为是学术的西伯利亚。我大学毕业后，教了一年左右的现代文学史，因为对领导常常表示不敬，就被发配到写作组，为一个讲师改作文。这在当时，既很丢脸，又没出息，心情是很压抑的。但是，想到我在北大中文系最崇拜的老师朱德熙先生，起初也是为吕叔湘先生改大一作文，后来成为语言学大师，也就安下心来，替学生改作文，一改就是十多年，直至改革开放，七七级学生来了，才让我上讲台。我自己也没有想到，是什么原因，居然讲得有点小名气。武汉大学开办写作助教进修班，本来，没有我这样小毛毛的讲课的份，后来听说，那些青年助教，不少非等闲之辈，对授课教师不满意，反抗起来，当场顶起嘴来。也不知是谁推荐的，要我去讲，实质上是救场的。那是我大学毕业以后，第一次在全国性的课堂上扬眉吐气。就在这个时候，古远清来访，听说他也是写作课助教，就多了一份亲近。一见面，很年轻。他拿着文章来。印象中，在那朦胧诗的激烈辩论中，他是倾向于支持崛起派的，由此受到臧克家老先生的严厉批评，还把我和谢冕、孙玉石打成“北大派”。在某些见解上，我与古远清可谓所见略同。当然，他行文比较平和，尽可能保持公允，对论敌一分为二。这在当时是很难得的。不过就文章论文章，在我感觉中，似乎不算出色，从学术上说，很难看出有多大前途。

但是，人满朴实，又很虚心，总算是同一战线的战友，我讲了一点鼓励的话，轻描淡写地提了一点意见。

文坛风云变幻，我本性难移，总是口无遮拦地卷入其中。刚从“崛起”论的围剿中解脱出来，很快投入刘再复和陈涌的主体性大论战中。后来连续五年在解放军艺术学院文学系讲《文学创作论》，精力完全投入了文学理论和美学的论建构中去了。九十年代初又通过英语考试，去德国进修，美国讲学。古远清的名字不知不觉滑向记忆的边缘，不过，在海外华人文学圈中，也偶尔听说，他在介绍、研究台港文学。直到一九九五年，我应邀到香港岭南学院访问研究，才发现他已经名满港台了。在这以前，我对台港文学评论，涉猎有限，看过一些对台港作家廉价的吹捧文章，给我留下弱智的感觉。后来由于我朋友刘登翰的介绍，我读了一些古远清的文章，觉得与那些轻浮的鼓吹有所不同。最为难能可贵的是，他的文章中，往往有比较新颖的、大量的第一手信息，和那些浮光掠影的感想式的捧场文章相比，他的资料的系统性，使我大开眼界，获益良多。

他卷入许多学术争论，活跃在海外华文文学研究界，锲而不舍，乐在其中。从宏观上说，他批判过后现代解构主义的历史虚无主义，从微观上说，他对于资源信息准确性的执着，颇使我惊异。针对一位相当权威学者主编的多卷本《中华文学通史》，他指出，光是书名等方面的错误就不下十数处。他的严谨，他对学术资源准确性的追求，表现出某种一根筋的精神，使我十分震撼。有人由此称古远清为“学术警察”，他不在乎。吾师吴小如说得好：“现在不是‘学术警察’太多，而是太少。”古远清这种行为，与我喜欢挑剔文坛相似，因而我将他引为同调。这当然也引起圈子内学人纷纷评价，肆意贬低者不乏其人，但是，比之情绪性的议论，最为雄辩的是他私家治史，一人(而不是主编)写了 8 种文学史，有人称之为“古远清现象”，不为过。下面是他丰富的研究成果：

> 《中国大陆当代文学理论批评史》《台湾当代文学理论批评史》《香港当代文学批评史》《台湾当代新诗史》《香港当代新诗史》《海峡两岸文学关系史》《台湾新世纪文学史》《当代台港文学概论》《庭外“审判”余秋雨》《耕耘在华文文学田野》《战后台湾文学理论史》《台湾当代文学辞典》《澳门文学编年史》《古远清选集》等。

这 30 多种著作在中国大陆、台湾、香港及吉隆坡出版。乍看起来，他以创作丰富自乐，但只要不为门户之见所蔽，从最客观的意义上说，他在台湾甚至海外华文文学研究方面，已经俨然自成一家。这不是普通意义上的，而是严格学术意义上的一家。他的《海峡两岸文学关系史》《台湾新世纪文学史》《当代台港文学概论》，均带有开创性。古远清所收罗的学术资源之广博和第一手的准确性，使得他的著作具有学术生命力。相比起来，当年和他一起涌向台湾文学研究的人士，不少隐退了，沉默了，改行了，古远清却矢志不移，硕果层出不穷。现在看来，一些同仁之所以淡出，原因在于，在最初阶段，只是满足于某些局部的信息，误以为抢得了学术的制高点，难免以偏概全，以片面溢美取宠者不乏其人，随着两岸文化交流的畅通，信息普及了，某些论者贫乏的资料和话语，不但为读者所厌倦，而且自身也难以为继。古远清则以其学术资源的系统和丰厚，为台港文学研究在学科基础的建构作出有目共睹的贡献。

如果把他的贡献，仅仅限定在资料的深厚积累上，可能是不够全面的。他的学术生命力还在于，将他自己学术观念，贯穿在他的诸多著作中。如，在台湾文学研究中，有一些政治敏感问题，是许多学人回避的，但是，古远清却表现了他的勇气和学术坚持。对于台湾所谓本土派作家，以“意识形态”“政治”倾向为由，贬低所谓“外省作家”的成就，他直率地批评他们“在国族认同问题上产生了严重倾斜”“只认‘小乡土’，不认‘大乡土’”。他这样的坦荡，不免招来一些噪声，但是，他忠于历史，就是将这些著作在台湾出版，坦然怡然，不为任何外来的压力所动。

他把自己的这种坚持，叫作“政治天线”。在这方面，他的文化自信，他的学术坚韧，诚如一个访问者所说表现了一种“文学研究的‘血性批评’风格”，这不能不令人仰慕。

当然，他的研究并不像一度和他齐名的那些人士那样仅仅局限于意识形态，同时他也明确提出：他不是只有“政治天线”，还有“审美天线”“语言天线”，当然，后者没有“政治天线”那么醒目。他出版过纯艺术分析的《留得枯荷听雨声——诗词的魅力》、《台港朦胧诗赏析》、《海峡两岸朦胧诗品赏》、《诗歌修辞学》(与孙光萱合作)，在这方面，他有过相当自信的表述，当然，局外人难免有“老王卖瓜”的疑虑，但是，公道自在人心，2012 年 5 月 14 日台湾泰斗诗人洛夫从温哥华给他的信这样说：

> 《台湾当代新诗史》不论就史料的搜集与运用、历史的钩沉与分析都能见到你的卓识，且敢于触及一些敏感的政治层面，实属不易，可以说不论大陆或台湾的诗歌学者、评论家，写台湾新诗史写得如此全面、深入精辟者，你当是第一人。

活到这一把为人写序的年纪，在为序之际，往往有一种克制溢美的警惕，看到洛夫这样泰斗的、权威的赞扬，我对于古远清的上述评价突然有了底气。三十多年来的实践证明，当年第一次相见，尤其是这次读了他即将出版的近百万言的《战后台湾文学理论史》后，觉得他在学术上缺乏前景的印象，肯定是看走了眼，如今承认这样的错误，是令人十分愉快的。

2017 年 2 月 13 日

(载《名作欣赏》2019 年第 9 期)

古大勇的学术勇气

——序《台港暨海外华文文学研究论稿》

古远清

我认识一名著名学者，他在从事大陆文学研究之余，也客串台港澳暨海外华文文学研究，但在我与他的接触中，他从不认为自己是研究台港文学的，似乎一旦承认了这种身份，便会“掉价”，降低其学术地位。这使人联想到在内地学界流行的说法：“一流学者搞古典，二流学者搞现代，三流学者搞当代，四流学者搞台港。”这显然是一种学术偏见，或曰一种学科歧视。

我自己从事台港暨海外华文文学研究，已整整30年，仅境内外文学史就出版有《中国大陆当代文学理论批评史》《台湾当代文学理论批评史》《香港当代文学批评史》《台湾当代新诗史》《香港当代新诗史》《海峡两岸文学关系史》《台湾新世纪文学史》，另还有《澳门文学编年史》待出版。可这些著作出版后几乎无人问津，在大陆学界反响甚微，有人还流露出不屑一顾的态度。应该承认，我这些著作属“试写”“初写”性质，其稚嫩和浅陋自不待言，这难免为某些大牌评论家所不齿。所幸的是，长江后浪推前浪，研究界代有人出。仅在这个领域的古氏而言，中国社会科学院古继堂研究员自移居加拿大后，早已淡出文坛，最近又沉疴在身，无法执笔；本人虽然仍活跃在论坛，但毕竟精力不济，后劲不足。当这两位“老古”逐渐又老又古时，横空出世的“小古”以“大勇”精神，闯入台港暨海外华文文学研究领域。由中国社会科学出版社出版的《台港暨海外华文文学研究论稿》，这是他在这个领域所结出的丰硕成果。

在这本书出版之前，我就曾在各种报刊上和学术会议上看到小古的论文，感到角度独特，常常发人之未发。如程光炜这样的知名学者，注意到“鲁郭茅巴老曹”在大陆出版的文学史中所占据的地位及随之而来的经典化过程，这是非常难得的，可惜他限于资料未能从境外出版的文学史对“鲁郭茅巴老曹”的叙述和评价加以对照，而古大勇却注意到了。他撰写的《台湾戒严时期和大陆“毛泽东时代”两岸的“鲁迅书写”比较——以新文学著作为中心》《经典的台湾“面貌”——40年来台湾学者新文学史著中的“鲁郭茅巴老曹”书写》《台湾戒严时期新文学史著作中的“鲁郭茅巴老曹”叙述——以周锦的〈中国新文学史〉为个案》，这3篇文章内容虽有部分重复之处，但却是在认真阅读台湾学者所撰文学史著作的基础上写出来的。《附表：“鲁郭茅巴老曹”在各文学史著中内容分量》，便是他细读文本、深下功夫最好的证明。我最近在《鲁迅研究月刊》发表的《七十年代台湾出版的新文学研究论著评述》也曾提到这些著作，但我一点也未关注到“鲁郭茅巴老曹”在苏雪林、刘心皇、周锦、尹雪曼等人的史著中是如何书写的。小古的研究，弥补了我的不足，使我从中得到不少有益的启示。

古大勇当年在中山大学求学时所做的博士论文是《“解构”语境下的传承与对话——鲁迅与1990年代后中国文学和文化思潮》，由此他被学界视为“70后鲁迅研究学人”的代表。现在这本书也有一些文章，与研究鲁迅有关。所不同的是，大勇把鲁迅研究从内地引申到台港，再引申到海外。这方面的论文有《美国华人文化圈的鲁迅研究》《夏志清对“神化鲁迅”研究范式突破的意义》《论马华诗人江天对鲁迅的接受》《论新华学者林万菁对鲁迅研究的贡献》《论新华学者王润华的鲁迅研究》《论加华学者李天明对鲁迅研究的贡献》《论香港学者曹聚仁的〈鲁迅评传〉》等。资料丰富，不少内容填补了鲁迅研究生态系统的“学术空白”。这些文章的出现，有个人和时代的因缘，不能简单地以研究领域的扩大来解释。以时代而言，在新时期，鲁迅研究的领域已开始扩展到境外和海外，袁良骏就曾写过一系列的“台港作家的鲁迅论”。就个人因缘而言，古大勇是鲁迅研究的新兵，他现在所从事的是台港澳暨海外华文文化圈对鲁迅的接受研究。他从大陆的鲁迅研究再向外扩展到美国华人的鲁迅研究，自然顺理成章，也就水到渠成。

《台港暨海外华文文学研究论稿》还有3篇论旅美作家刘再复散文的文章。刘再复是所谓敏感人物，但古大勇用自己的学术勇气冲破人为设置的研究禁区，把刘再复的生平和创作当成一个整体来探讨。他主持了教育部人文社科项目“刘再复学术思想整体研究(1976—2013年)”，发表有关刘再复的研究论文10余篇，目前正撰写《刘再复评传》。他这方面的文章还有不少未收入书中。由此也很能说明古大勇研究华文文学的展现模式，我们首先注意到古大勇的书写策略有四：

一是“鲁郭茅巴老曹”在台湾学者文学史中的书写，二是海外鲁迅研究，三是刘再复研究，四是东南亚、台港暨北美等地的华文文学研究。关于刘再复研究，相关研究文章也不少，然而古大勇还是有自己的贡献：为内地读者奠定了品尝异域“野味”的心理基础。古大勇一再指出，旅美作家刘再复不同于大陆时期的刘再复，在漂流海外的岁月里，无论是刘再复的论著还是散文创作，均突破了原有的框框而向前踏进一大步，具有独特的价值。至于东南亚华文文学研究，古大勇十分注重泉州籍东南亚华文作家创作中的“原乡”情结，以及菲律宾华文文学中的“晋江现象”。古大勇并不是福建人而是安徽人，可他在泉州工作已有多年，他能注意到海外华文文学创作中的“晋江现象”，说明他已落地生根，认同泉州这块土地。可贵的是，这些论文并不是在做“导游”，而是把东南亚华文作家的海外情结与中华情结“纠结处”娓娓道来。当我们看到古大勇以泉州人的眼光来评价东南亚华文文学书写时，感到他的研究已经接“地气”了。

是为序。

（载《上海鲁迅研究》2017年第2期）

言说世界华文文学的二元张力结构

——评《华文文学的言说疆域：袁勇麟选集》

王婧苏

前　言

世界华文文学之“大伽蓝”，以其深广巨丽、炫人眼目而令来者应接不暇，已然引起了越来越多的关注。作为具有世界性眼光的新兴领域，这一学术新世界热切呼唤着新架构与新秩序的建立。伽蓝之巍峨伟岸固然让人见之神往，然广阔天地建设非一日之功，而一砖一瓦，“一雕栏一画础”的添加、垒砌才是更富基础性意义的切实工作。袁勇麟教授将近年来的部分论文结集编成《华文文学的言说疆域》一书，涵盖面囊括世界华文文学史料学、华文文学理论视野、海外华人文本创作等，展现出涉猎范围之广泛；注重史料搜集背后的价值、历史深处的文化意蕴与文字之外的人文情怀，又体现了透视力度之强劲，是华文文学言说疆域之广阔最妥帖的注解。这些工作无不为华文文学“大伽蓝”之牢固矗立添砖加瓦、增饰添彩，同时正如《出版说明》所指出，具有“展示中国世界华文文学研究的整体性学术成果……弥补此一研究领域的空缺，以新视界做出新的开拓”的重大意义。

杰弗里·哈特曼在《荒野中的批评》一书中曾有关于批评家心理的如下论断，他认为文学批评家抛弃了“为心灵的不朽印记或种子寻找一个充满生气的适宜环境，那就是通过精神的媒介在一个活生生的响应者那里永久存在的愿望”。论文是言说的批评，当谈到批评时，为了什么而进行这样的工作是无法回避的问题。在这里我们欣喜地看到，袁勇麟教授的批评以深厚的历史意识与人文关怀为基点，在理论视野上纵论中外，跨文化、跨国界，几不设限；在言说意识上突出情感，强调文化间性；在研究方式上纵列横比，交互映衬，收放自如，始终充满了普世精神，也就自然地保存了唤起响应的批评家之野心的愿望。据上所述，本文将从远近交织的言说视域、表里互现的言说意识与纵横交错的言说方法三个维度对文本加以解读，将言说的姿态置于华文文学疆域的整体性背景下进行评估。

一、远近交织的言说视域

远与近作为一对相反相成的概念，天然地表现出空间性与时间性。在空间意义上，地域的广远昭示了疆域的阔大；在时间意义上，距离的切近又体现了问题的新锐。登高而招，招而望远，不仅是视界所及的边界变化，也因广阔而有了深邃的可能；俯瞰当下，虚实杂陈，既有拨雾见花筛选问题的挑战，又有使人耳目一新的契机。袁勇麟教授的论文集就在这远与近间恣意游走，纵横捭阖，不但有疆域之广阔，见地之邃远，更有提出问题之切近，选题之新颖，并在这远近之间穿插编织，熔铸创作主体开放自由的观念，展现了一种交织远近的言说视域。

疆域广阔。世界华文文学本身包含了广阔的空间地理因素，论文集亦已涉众。首辑通过对史料学学科建设的思索，论及大陆、台港与海外的史料学历史发展轨迹与情状(《关于世界华文文学史料学的再思考》)，兼及《文讯》、台湾文学馆、《香港文学》等期刊或博物馆一类史料保存的阵地。这种因素在第二辑中体现得尤为明显，不仅有台港文学研究(《香港散文研究二题》《吴鲁芹的散文世界》等)、东南亚华文文学研究(《朵拉研究二题》《盘旋的魅影——试论马华散文中的鬼魅意象》)、北美华文文学研究(《历史之书 智慧之书——论王鼎钧回忆录四部曲》等)，大陆文学研究也依然囊括进了视野(《当代汉语散文的人文背景》)。

见地邃远。袁勇麟教授以其深厚的学养和敏锐的观察，常常在论文中提出具有理论厚度的观点与见解。例如在《言说的疆域——浅谈大陆学者所撰台湾文学史》中，通过对列举出的四部台湾文学史的分析，提出了大陆学者对台的言说疆域始终离不开意识形态的观照，由此而有无限的拓展蔓延；在《张爱玲研究的趋势与可能——以新世纪第一个十年研究生学位论文为例》中，对丰硕的研究成果总结评估，将张爱玲这一常谈常新的“文学符号”进行读解并指出可能的发展方向；在《20 世纪香港新诗与外国文学关系浅探》中，以香港新文学成就最高的诗歌为对象，指出香港诗歌“兼收并蓄”的多元独特风格的形成使之成为沟通中国诗歌与世界诗歌的桥梁。作品洞见俯拾即是，极富启发。

问题切近。袁勇麟教授在论文集中探讨的许多问题是当今华文文学学科建设中面临的当务之急，为求学科构建之维护与整合，就必须直面这些问题。华文文学史料学的建设尚不尽人意，尽管不乏呼声，依然存在大量资料空白急需填补。相对于史料散佚、湮灭的速度，史料收集、整理的进程显得过于缓慢，这一工作的重要性和紧迫性，不仅在于完善学科制度、提倡严肃学风，更是与时间赛跑避免“沧海遗珠”之憾的必然要求(《关于世界华文文学史料学的再思考》)。旧体诗词在刻意的漏过与无意的疏视下始终处在研究界的边缘，没有受到应有的重视，其自身创作活动也在日渐衰落。他从华文文学的整体性与多元性角度考察创作主体，提出旧体诗词实则“不容忽视”，也迫切需要引起重视并加以研究(《一个不容忽视的文学谱系——世界华文文学中的旧体诗词》)。

选题新颖。纵览全书，立足理论前沿与创作前沿是论述对象的重要特点，在选题上可谓把握了当下最新的动态。试看《冷酷的世情与隐喻的爱情——评陶然的自选集〈没有帆的船〉》一文，来自《世界华文文学论坛》2016 年的第一期，而评论的内容即陶然《没有帆的船》，赫然是 2015 年下半年结集出版的作品。不仅研究的对象新，关注的要点也新。《张爱玲研究的趋势与可能——以新世纪第一个十年研究生学位论文为例》评介了 21 世纪头十年间张爱玲研究的最新情况与进展，以他人的研究新成果为讨论对象，以此为基础提出了对张爱玲扩展研究可能的新突破与新空间。

“远”昭示了创作主体视域之阔大，“近”又显示了目光所及之处秋毫毕现。远景嵌套于新颖的甄别视角，近处的细微之观又对等地贯穿了深邃的思想与洞见。总之，远与近的交织展现了袁勇麟教授批评与言说之视阈的过人之处与显著特色。

二、表里互现的言说意识

随着当代批评家创作活动的深入，我们越来越习惯于接受批评文论中的创造性因素，创作与批评的概念也愈加紧密地结合在了一起。当文学批评作为一种文学而存在时，意识形态、审美意识与人文历史意识都在整体美学观念的层面表现出来。上述三者在袁勇麟教授的批评中都不以平面或线性的单纯姿态出现，而是由表及里，表里互现，层层递推，通过对文本与文本背后意识形态的探寻、文字与文字之美的透视、历史及历史意蕴的关注，袁勇麟教授的论文集鲜明地体现了这样一种表里互现的言说意识。

文本与文本背后的意识形态。海外华文文学以其跨文化、跨地域和跨国界的特征成为研究热点，当我们以“国内学者”“此岸书写”的身份去观照海外华文文学时，极易以中国文化为立足点放眼海外，从而消解或淡化海外华文文学中的异质因素。在《言说的疆域——浅谈大陆学者所撰台湾文学史的理论视野》中，作者反复提醒我们：

> 他们（大陆学者）对台湾“彼岸”的文学历史观察是在距离的对视下发生的，表现在具体文本中，必然反映出视野的偏差以及隐含在偏差背后的文化理念特征。
>
> ……
>
> 对研究对象的关注重心往往暗示了理论视野的指向，一旦理论视野转向，会直接影响观察的视角和言说的疆域。因此通过考察理论视野的变动情况，我们有可能发现学术领域中意识形态的转变。

透过文本这一表面，我们显然可以挖掘出文本背后的深层意识形态。对于历史的书写必然潜藏着一个主体，这一主体自有其精神动态，通过历史书写之“表”而获得深入其“里”，即主体意识形态的可能。更进一步，显示出的内部精神世界又往往与一个时代的风潮息息相关，内部的精神动态与外部的主流文化在这个意义上形成了对话、交流的态势。从这一表里互现的动态过程中，带给我们更加深刻的思索，所谓的交流理应是平等地看待对话双方，关注“在场”的平行互动关系。

文字与透视文字的审美意识。在看似随意的文字排列组合背后，体现的常常是创作主体反复删改的匠心和对文字本身的端正态度。谈到文字，我们欣赏的依然是洁净整洁的文字而绝非大网络时代所谓写作即是“码字”的粗俗鄙陋之文。在今天，这种对于文字“文学性”的提倡非但是必要的，而且显得近在眼前，有着迫切的需求了。在《吴鲁芹的散文世界》中，作者首先高度评价了吴鲁芹散文的幽默气质与描摹人物的精妙，接着话锋一转，提出吴的艺术评价标准：“文字漂亮，思想深刻。”这一传统的美学标准在今人看来或许落伍，而作者却不这么看：

> 如果我们并不总是用进化论的观点来讨论事情，传统并不意味着过时。只要有人类的存在，吴鲁芹所坚持的人、人性、历史、道德、艺术这些人文主义传统就会是有价值的，不会随着时代的变迁而消逝。

从文字的使用背后可以窥见创作主体的性情，古有见字识人之说，这个问题古往今来被探讨过无数遍，未尝没有道理。吴鲁芹散文中所散发出的达观知命的气质，与其人其性的幽默通脱是直接相关的，这是一层的由字观人、由外到内。此外，内部的品性又反过来表现在文本创作与文学批评上，吴鲁芹为人认真诚恳，下笔做文字时便绝没有一丝敷衍了事，对旁人的创作的评判亦以此为佳。文字所反映的是一个文人的深厚的审美意识，这种审美意识又会反过来影响创作活动的方方面面。袁勇麟教授在言说评论的过程中是很注意表现出这一点的，这也使得他的言说总是维度多面、有理有据且富有张力。

历史与历史深处的文化意蕴。无论在培养群体的内聚力、归属感，塑造民族性格与文化，还是在提高国民素质和历史思维水平上，文集都体现出历史意识的价值。在全书中一个引人注目的核心理念就是作者对于历史感和历史意识的注重与把握。除了第一辑中史料学等内容本身所呈现的历史厚重感，第二辑入选的文本也大量表现出深沉的历史感。在《历史之书 智慧之书——论王鼎钧回忆录四部曲》中，更是直接以历史为标题。试看：

> 在这四部回忆录中，他更主要的是要表达中国传统文化不得不转型的忧伤……不仅是被动地让别人来打破，还必须自己勇敢主动去打破并予以重建——至此，王鼎钧的历史书写超越了历史而进入到文化兴亡的探讨层面。

回忆录的书写被理解为独特的私人化经验，而在悠悠叙述个人成长经历的同时，背后所支撑的却是整个二十世纪的中国历史。从表面来看，对于个体经历的书写融入了他人的记录，这些叙事线索又组成了绵延在中国大地上“群氓”的肖像图。肖像本身不是目的，它的背后是中国的城市与乡村的社会结构和社会各阶层的特征。在观察上述历史现象时，该书的笔触自然地导向历史环境、历史氛围、历史条件等深层的因素，对这些既定过往的分析与反思又形成对历史的整体感悟和人类社会的价值判断，总结出社会的本质及事物发展规律。这样的深刻体验作为个人的感悟和评判，实际上又会反复在记录的过程中呈现。袁勇麟教授在批评与言说时注重把握文本的历史意识及历史书写背后的群体性心理、思维和经验，显示出具有深刻内涵的批判精神，易于激起接受者深入探寻的学术动力、加强其领悟社会活动现实和获得反思性知识的能力。

深厚的美学修养与自觉的史学抱负在由表及里、层层递进、表里互现的言说意识下，完整而清晰地展示了袁勇麟教授的美学观，给受众以启发和思索。

三、纵横捭阖的言说方法

为准确、全面地看待一个事物，把握事物的动态轨迹与事物间的关系，追本溯源、厘清脉络的纵向梳理研究方法与异中见同、同中见异的横向比较研究方法都是有益的尝试，前者展现的是对事物流动变化的监控，后者则是在比较中表现出事物的短长。纵向性言说与横向性言说的比较分析法是论文集言说的基本方式，袁勇麟教授在进行评介时对创作主体与文本往往多角度地比较考察，既注重横向比较，亦不忽视纵向比较，更有纵横交错的全景辐散与聚合。这样，不但异时代学科的嬗变、文体的发展演进得以体现，同时代同类型创作主体与作品的不同书写也跃然纸上。在这纵与横之间，凭借深入地论证与透彻地分析，梳理出一条清晰的线索。

横向的言说方法。这是将同一问题的不同看法、同一文本的不同解读、同一群体的不同特点等进行横向的观察比较，从而得出新思路、新发现，不仅有助于加深对问题本身的认识，还有助于探寻问题背后的更为复杂的因素。袁勇麟教授有意识地选取了几个大类，如马华散文、张爱玲研究、大陆学者所撰台湾文学史等，通过横向对比的方法在异中求同，为各自鲜明的特异性做注脚，又在特异性的背后见出共同的社会文化思潮与背景。试看《张爱玲研究的趋势与可能——以新世纪第一个十年研究生学位论文为例》：

> 在这样的场域中，对张爱玲的研究当然也就呈现出更加丰富多元、生动活泼的文化态势，同时也可能因此而显得混乱芜杂。因此，本文以硕、博士论文为例，考察新世纪第一个十年中国大陆的张爱玲研究情况，从一个侧面了解社会文化思潮动态发展与其对文学创作研究的影响。

文章提出，21 世纪对于张爱玲的研究围绕于文本研究与文化研究。文本研究中，以细节作为解读张爱玲的直接方式，难免有阐释空间不足之限；通过透视文本把握内蕴，既有性别意义的生发，也不乏由此转向的创作主体研究，而前者发展至今有模式化之弊，后者则更因其精神私史的精幽复杂而需谨慎判断。文化研究中，作为超级文化符号的张爱玲被纳入影响研究和比较研究的范式，以相互观照为切入点探讨问题。这是“通过比较分析相同或者不同历史环境中作家创作的诸多特征，透视汹涌起伏的历史长河中那些‘常’和‘变’的文化因素，以及这些因素给作家带来的精神影响和审美创造”。由此可见，在横向的比较中，首先是分类清晰，易于研究不同特点，其次是比较探讨互现得失短长，有助于总结新的研究方向，扩展新维度。此外，横向的比较研究显现出的是时代风潮的变化，丰富着“文学生态整体发展的大厦”。

纵向的言说方法。这是对某一文体的动态轨迹、同一创作主体的创作历程、某一流派的发展变化等进行追本溯源、廓清脉络的梳理，在历史的长河中理出变动的线索，分析兴衰得失背后的深层动因与要素。袁勇麟教授在第一辑中将视线聚焦于华文文学史料学、大陆学者所撰台湾文学史、旧体诗词等，在史料学方面则有史料学学科发展、相关期刊与博物馆建设历程之评介，在文学史与旧体诗词方面则有历时性动态摹画。第二辑涉及众多具体作家作品，在文体上以散文篇幅为最，其次小说诗歌，兼论其他文体(序跋、书信等)，多次采用纵向梳理的方式对文体的发展加以阐释。试看《20 世纪香港新诗与外国文学关系浅探》：

> 在20年代末、30年代初，香港新文学以诗歌的成就最高，而诗歌方面与上海的联系最密切。
>
> ……
>
> 进入50年代，香港的诗坛同整个香港文学一样，面临着空疏与重组。
>
> ……
>
> 70年代以来，香港诗坛发生了新的变化，一大批在香港土生土长青年诗人逐渐成长，并成为香港诗坛的中坚。

在历史的背景下纵向地看待一个文体、一种文学流派、一个文学社团的发展兴衰，无疑更有益于探查因由、总结经验，也有助于在未来的发展中规避一些问题、提倡一些日渐式微而本不容忽视的东西。

纵横交错的言说方法。在袁勇麟教授的论文集中，无论是横向的比较方法还是纵向的梳理方法都绝不是单一孤立的存在，而是往往纵横交错，在纵与横的相互穿插之中造成一种层层嵌套的分析效果，既非单单从横向来看待，亦非独独自纵向评说，在纵横交错间辐射出事物新的内涵与意蕴。试看《言说的疆域——浅谈大陆学者所撰台湾文学史的理论视野》中，运笔如飞，纵与横联结穿插，议论方法精妙绝伦：

> 大陆的台湾文学史著述卷帙纷繁，这里无法一一详述，只准备从中选出几部较有代表性意义的文学史样本，观察大陆对台湾文学关注的重心位移，并在此基础上试析大陆研究台湾文学史的理论视野之变动迁转。

从文本中甄选出的对象来看，可以说是既包括了90年代初到21世纪初的文学史样本，又在四部样本同样针对台湾文学的编纂中进行了横向比较。纵横对应间，不动声色地展示了大陆学者“此岸书写”的重心运动轨迹与背后意识形态的变化。

无论从论述方法的易于操作性、实用性还是整体性上来说，袁勇麟教授所采用的纵向、横向及纵横交错的言说方法，都是值得肯定、提倡和学习的。

结　语

世界华文文学言说疆域之广阔是不言自明的，凡有海水之处皆有华人，也就有了华文文学。随着全球化的日益深化，“另一种风景”已由绝对的“彼岸”演变为可以触碰到的“此岸”，此在与彼在的界限开始不再明晰，风景也成了一种拥有流动性生命的风景。《华文文学的言说疆域：袁勇麟选集》一书所论及的问题，这些流动的靓丽风景线，不仅有助于华文文学的学科建设、问题探讨、思路拓宽等，而且在言说方法上提供了实际分析操作的范本。通过细数史料学的学科建设与发展问题，为我们带来史料收集与整理的有益建议；通过对张爱玲这一文化符号的横向解读，指出了今后研究的新可能与新方向；通过为旧体诗词等边缘文体“正名”，呼吁人们关注学科整体性的建设；通过对台港澳、东南亚及北美华文文学文本的评介，提供了研究海外华文文学的新范式。论文集展现出的强大理论与美学张力，提供了很多值得后来者借鉴之处。当下对于华文文学的关注热度逐渐升温，我们欣喜地看到袁勇麟教授的自选论文集在这个急需加深对于华文文学学科理解的时候问世，给我们带来了深远的启示。

参考文献：

[1]袁勇麟：《华文文学的言说疆域》，花城出版社 2016 年版。

[2]杰弗里·哈特曼著，张德兴译：《荒野中的批评——关于当代文学的研究》，天津人民出版社 2008 年版。

[3]徐旭、赵小琪：《跨地域、跨雅俗、跨学科的“现代中华文学”的系统性研究——评曹惠民教授〈出走的夏娃——一位大陆学人的台湾文学观〉》，《世界华文文学论坛》2011 年第 4 期。

[4]王达敏：《理论与批评一体化》，教育出版社 2011 年版。

[5]姜智芹：《镜像后的文化冲突与文化认同——英美文学中的中国形象》，中华书局 2008 年版。

[6]王列耀：《宗教情结与华人文学》，文化艺术出版社 2005 年版。

[7]胡谱忠：《多元文化主义》，《外国文学》2015 年第 1 期。

[8]曾焕鹏：《活气·秀气·灵气———评袁勇麟主编〈20 世纪中国散文读本〉》，《福建师范大学学报》(哲学社会科学版)2004 年第 5 期。

[9]陈国恩：《从“传播”到“交流”——海外华文文学研究基本模式的选择》，《华文文学》2009 年第 1 期。

[10]司方维：《华文文学史料建设的范本——评袁勇麟主编〈陶然研究资料〉》，《世界华文文学论坛》2014 年第 3 期。

（载《福建教育学院学报》2017 年第 2 期）

文学批评是一种探险

——评《华文文学研究的前沿问题》

曹竹青

大陆华文文学研究界重新“发现”台港澳文学——后来又添加了海外华文文学，可以毫不夸张地说，这一“发现”与研究，重绘了中国现当代文学研究的地图。积极参与重绘中国现当代文学研究地图的古远清，他在台北出版的上、下册《台湾新世纪文学史》，以及最近由花城出版社出版的《华文文学研究的前沿问题——古远清选集》中表现出对华文文学研究事业的由衷喜爱和关切。他不满足于勾勒一幅新的学术版图和文学史图景，而且还对这门学科的现状进行探险式的思考和反思，这显现出华文文学研究生存状态的丰富性和复杂性。从这些论著发掘出的有价值的话题，可引导人们寻找一条走出华文文学学科生存困境之路。

中国大陆的“世界华文文学”，是一门很有发展前途的学科。通过三十年的努力耕耘，已有较浓厚的学科积累。三批总计 29 种的“世界华文文学研究文库”的面世，说明这门学科已形成了相对完备的学术脉络。在这一学术脉络中，无论是台港澳文学或是海外华文文学，其实都是一种历史的记忆，在“选举”成了当前头等大事的混乱环境和严峻情势下所产生的台湾 21 世纪文学，更应视为一种“记忆的政治”。台湾著名作家朱天文的《小说家的政治周记》，是这一“记忆的政治”的生动表现。基于台湾文人比大陆作家更贴近政治的这种差异，古远清提出“用政治天线接收台湾文学频道”的看法。他的另一个国家社科基金项目《海峡两岸文学关系史》，正是这一文学观的实践。人们当然无法否认文学与记忆的联系，但“用政治天线接收台湾文学频道”毕竟不够全面，而应另有审美天线、语言天线。限于篇幅，古远清用审美天线赏析余光中的散文和挖掘式鉴赏、感悟王鼎钧、陶然作品的文章未能收入书中，这是个遗憾。

在某种意义上来说，文学批评是一种探险，古远清对港澳台三地“外流作家”的开创性研究，便极富探险精神。邓小平、习仲勋早已为当年广东出现的逃亡潮平反，认为这不是什么“叛国投敌”而是人员外流，公安局抓的人应全部释放，因这属人民内部矛盾。依据这种精神，古远清敏锐地发现境外有一个以倪匡(卫斯理)为代表的“外流作家群”。这一群体的作家，以自由主义的身份写作。他们是伤痕文学的先行者，在增添香港文学新品种(如科幻小说)方面作出了贡献。不过，也有人认为，“外流作家群”究竟是文学现象、文学史实，还是古氏的大胆假设？这些问题古远清在《学术研究》发表的并收入书中的《外流作家：从越境港澳到定居珠海》一文中，已有充分的论证。

与其他台港文学研究者不同的是，对华文文学当下发展投入极大精力的古远清，很重视文学思潮、文学运动、文学论争的研究，他以“搏虎之力”将某一文学现象迅捷地置于读者眉睫之前，如《华文文学研究的前沿问题》所收入的《王洞的“曝料”所涉及的夏志清评价问题》《名不副实的〈世界华文新文学史〉——兼评台北有关此书的争论》，既敏锐，又有深度，闪耀着思辨的光芒。尤其是前一篇，是“自我”色彩较浓的论文。坦白地说，当前的学术论文大都缺乏“自我”色彩，均写得正襟危坐，毫无可读性可言。学术论文是否一定要摆起脸孔写，学院派的论文是否一定要隐藏自我，没有个性，写得枯燥无味？当然鱼与熊掌不可兼得。有趣味性可能就缺乏学术深度。学术深度太深了，就会使人如嚼鸡肋。当下如嚼鸡肋的论文满天飞，而有情趣的论文打着灯笼都找不到。不少权威期刊“重视废话一吨，轻视微言一克”（钱锺书），宁愿刊登很难下咽的高深涩的论文，不愿意刊登像黄秋耘那样理论性远比不上王元化，但能敏锐发现问题且见情见性、文采斐然的论文。由这篇见情见性的文章，可看出古远清发现问题的敏锐性和寻找学术生长点的能力。可有人认为夏志清的情史是文坛八卦，无研究价值。喜欢探险的古远清不这样看，他认为，应透过表面现象看到本质：从中不难看到多情的评论家夏志清，他是那样任诞狂狷、风流倜傥、直爽率真、敢做敢当，以及其中所隐藏的夏志清是海外华文作家还是台湾作家、如何评价夏志清的文学研究成就、作家“隐私”能否进入文学史等一类文学史命题。这样才能以特异的思考向度与言说方式来重构文学史，把对夏志清的研究深入一步，这正是该文被海峡两岸及香港媒体竞相刊载的原因。

读完《华文文学研究的前沿问题》后，会发现古远清很有问题意识。如是华人文学，还是华文文学？是海外华文文学，还是世界华文文学？是语种的华文文学，还是文化的华文文学？这一类问题在《华文文学研究的前沿问题》一书中的打头文章《21 世纪华文文学研究的前沿理论问题》中，有详尽的论述。他早在 21 世纪来临时就意识到华文文学命名的困难与尴尬，尤其是认识到有关华文文学理论研究的欠缺，是当前的一大弊端。他在 90 年代写的《台港澳文学学科尚未建立》，就考虑到学科建设的因素，并指出华文文学所包含的复杂的地缘政治内涵。他认为经历了华文文学的命名及其空间的界定，华文文学学科的性质、特征及其研究对象、研究方法的探索等重要问题的讨论，应着手编写《世界华文文学概论》。对后者，大陆的华文文学研究界缺少呼应：各显神通的教材出版有余，而具有学科建设意义的典范教材却迟迟难于问世。这种呼吁，体现了古远清远大的研究抱负和学科建设的探险精神。

古远清毕竟不是预言家，他没有料到史书美、王德威后来会提出“华语语系文学”这一术语。正是这个在《21 世纪华文文学研究的前沿理论问题》一文中来不及论述的问题，当下吸引了一小批大陆学者探讨和争鸣。这是对过去忽视整体性的理论建构和学科体系探讨的一种反拨。有人便据此认为，古远清没有补充研究这个热点话题，是因为他的文章历来以资料丰富和信息量大取胜。其实，是古氏对当下文学观念愈来愈翻空出奇的不屑。君不见，收集在《华文文学研究的前沿问题》中的文章，除末篇《作为“始发期”的 20 世纪五六十年代澳门文学》外，绝大部分均以理论探讨见长。其中富有探险精神的《台湾文学关键词》，在某学报发表时就引起境内外学者的重视。古远清充分意识到，既有台湾文学研究的概念和叙述方式，在未得到认真梳理和归纳总结时就轻率地使用，将造成台湾文学这门学科话语建设的滞后。还有，由于学界对“台湾文学”不能条分缕析地进行界定，导致在宝岛其定义极多，简直像一场作文比赛。现在，古远清企图将它“定格化”，这鲜明地体现了大陆学者不同于台湾本土学者的主体性。《香港文学研究20年》以及《20年来香港文学在内地的传播》，则是纵横捭阖的学术史力作。凭借作者异常关心文学研究动态的特点及收集有关资料的专长，古远清将在曲折中前进的香港文学研究史及传播史，整合为井然有序且前后呼应的有机整体，其突出特点是新颖的视角与鲜明的现代批评意识。再如探险和风险并存的原在《社会科学战线》发表的《重构“香港文学史”——有关香港文学研究的反思和检讨》，以开放的胸襟对内地学者研究香港文学的七大误区做出质疑，这是从文学实际而不是从政治教条出发，其看法曾得到内地及香港不少学者的赞同。这说明古远清不是传统派作者，尽管他年过古稀，仍充满了朝气。他不仅对大陆、台湾、香港当代文论作出连环比较，而且能提出学科建设中所蕴藏的发人深省的问题。

这位被陈映真称为“独行侠”的古远清，30年来的华文文学研究作品多为专著，如出版过《台湾当代新诗史》《香港当代新诗史》《香港当代文学批评史》等6种境外文学史，但高质量的论文相对要少一些。有人说“论文第一，专著第二，资料整理第三”，这诚然是偏见，但对于华文文学学科建设的一些重大问题，这本书的力度还有待强化。当然，一位学者，一生能实实在在解决好一个专题或几个问题，就足矣，如古远清的《台湾当代文学理论批评史》《当代台港文学概论》，就是有分量的专著。这些著作所体现的思想的前沿性、先锋性，非常出众。《华文文学研究的前沿问题》所收入的对有分离主义倾向的藤井省三研究华语文学所走的歧路的批评，说明古远清是一位富有挑战精神的另类学者。希望他用这种挑战精神给学术界带来一部大家期望已久的《世界华文文学概论》，相信有探险精神的古远清，有能力完成它。

（载《文艺报》2017年3月1日）

编年体“文学考古”与台港澳文学史料建设

——兼评《中国当代文学编年史·台港澳文学》

章 妮

编年撰述是中国史书撰写的传统体例，但在史学现代化进程中常常处于“隐匿”状态。文学领域的情况也极为相似。虽然近20年来，文学编年撰史传统得以“复兴”，并出了不少成果，但“仍有大量空白，尤其是宋、元、明、清、现、当代部分”[1]。目前，有关中国当代文学的编年史成果，主要有通史、断代史、文体史三种观照视野，《中国文学编年史》《中国当代文学编年史》和《中国新诗编年史》可以作为各自的代表。

卷帙浩繁的《中国文学编年史》[2]采用通史视野，皇皇18卷呈现了周秦至当代中国文学的通史样貌。於可训、李遇春主编第18卷即当代卷时，借鉴洪子诚的当代文学史观，认为“‘当代文学’这一文学时间，是“五四”以后的新文学‘一体化’走向的全面实现，到这种‘一体化’的解体的文学时期”[3]，既确立了当代文学与现代文学的贯通轴，又将“当代文学”界定为1949年以来的中国大陆文学。在此种文学史观的支撑下，文学“中国”的空间性被有意无意割裂，台港澳文学完全从“中国”版图中消失。10卷本《中国当代文学编年史》[4]以1949年7月召开的“中华全国文学艺术工作者代表大会”为起点，以时间为主线，辅以空间线索，将“台港澳文学”另辟1卷，与大陆“十七年文学”(3卷)、“文革文学”(1卷)、“八十年代文学”(2卷)、“九十年代文学”(2卷)、“新世纪文学”(1卷)平行处理。这既体现出编撰者开阔、整体的文学“中国”视野，又传达出编者在处理多样性文学空间时，与《中国文学编年史》“当代文学”卷编者一样面临的整合困境——台港澳文学“既是整体的中国文学的一个局部的地域的文学，又有别于一般的地域文学的概念，而是一种有着特殊的质的规定和特殊的表现形态的地域文学”，“在文学史研究中如何‘整合’的问题，需要提出另外的文学史模型来予以解决”[5]。《中国当代文学编年史》编者尚未找到合适的“文学史模型”，但又要保持中国文学地理的完整性，故而勉力采取了“附加式”模式。同样，《中国新诗编年史》[6]采用文体史视野，以265万字的篇幅“还原”了1918年至2000年中国新诗的历史面貌，严谨、细密，采取更开放的空间视域，摒弃分治大陆与台港澳文学的思路，在严格的时间范畴与逻辑系统中，纳入大陆、台湾、香港、澳门的新诗，将各地史实融为一体，力图“使不同空间、不同形态的新诗史事在同一时间点上能够互动”[7]，坚持了文学“中国”空间维度的完整性，具有“中国”新诗史研究范式探索的重大意义，无愧为“关乎中国新诗一个世纪真相的基础性工作”与“世纪性工程”[8]。《中国当代文学编年史》与《中国新诗编年史》两书虽然采用了不同的文学地理处理方式，但都以编年体式的“文学考古”方式促进了台港澳文学的史料建设工作。《中国当代文学编年史》的意义在于，虽然存在整合思路困境和容积处理偏颇现象，但以开阔的文学视野树立了台港澳文学编年史的“第一面”镜子，从编年体例、空间融合角度，以“文学考古”的方式“还原”文学历史图景，启动了台港澳文学史料的系统性建设。

一、编年体例

近代以来，基于两方面的共同特性——时间性的线性探源与空间性的影响剖析，外来的欧洲现代史学思想与本土传统史性思维不期而遇，璀璨地重组为20世纪中国文学的史识——从某种“理念”的高度把握文学发展整体，并加以系统化演绎。演绎的核心支柱通常表现为史著编撰者/群体的文学观念，富有历史感、体系化与封闭性三大特点。编年史的历史价值就表现为通过历史细节解构纪传体文学史的系统化演绎，从而尽可能绘制文学地图的光明大道和通幽曲径。

文学和文学史编撰者都是历史的产物，其经验构成、情感定位、叙事架构能力与方式等天然地镶嵌于身处的历史情境中，是富有历史感的意识形态化构成。文学史编撰主体的文学观念与理念难免具有先赋性的意识形态性，并作用于其史著撰写行为的各个层面。如被称为“国人自著的第一部中国文学史”[9]的窦警凡之《历朝文学史》，就极力张扬“经世致用”的文学理念。这一理念首先体现为窦警凡“明道宗经”的叙述立场，即作为“历史中间物”而偏于士人的文化立场；其次，体现为他基于积贫积弱的国族命运，在新旧文化冲撞的历史语境中，对时代性“启蒙与救亡”焦虑[10]的应和；再次，体现为他以现实功用性为标准来建构文学的整体序列，确立文、赋、诗、词、曲、八股等的价值评判标准；最后，体现为写作者对具体作家作品的品评与文化判断，如对梁启超等的贬抑。此部文学史和其他重要的早期文学史著作一起，确立了20世纪文学史著的基本撰述传统，如浓烈而鲜明的主体意识(构成)、纪传体例等。而从胡适《五十年来中国之文学》将白话小说视为“五十年中国文学的最高作品，最有文学价值的作品”[11]开始，现代启蒙理性及其携带的进步发展的文学史观作为一种意识形态密码，几乎笼罩了百年来的现当代文学史书写。

台港澳文学的研究则更富有历史性和意识形态意味。出于祖国统一的宏大政治话语的需求，台港澳文学的引介与研究首先应具有政治意义与身份，然后才是文学身份与地位。同时，台港澳文学因特殊的历史际遇与空间权力关系体系，具有繁复的身份认同、文化探源、主体性纠葛等层面的混杂与书写，多重意识形态参差交错。研究对象与研究者既存在空间阻隔，又存在意识形态误认、错位与碰撞，致使政治视角一度成为“一切阅读和一切阐释的绝对视域”[12]。20世纪70年代末以来仓促展开的台港澳文学研究，长期笼罩于意识形态的阴影之中，尤其是文学现象、思潮运动、作家作品的取舍与评价上。如由山东至台湾的朱西宁通常被视为“战斗文艺”浪潮的“军中作家”代表或者“乡愁”作家，而缺席于大陆撰写的台湾文学史。随着研究的深入，朱西宁的价值渐渐被发掘、被认同[13]。《中国当代文学编年史·台港澳文学》1952年6月词条不仅介绍了朱西宁的生平与创作情况，还摘录台湾文学史家应凤凰的言论作为评论；1998年3月22日朱西宁去世时，亦引介评论总结其创作的基本特点。依该书作家入选标准——“最重要的和较重要的作家均入选，前者并配以适当的作品评论”[14]，朱西宁不仅入选，还被视为“最重要”的作家。这种处理方式既标明对新近研究成果的吸纳，又通过文献安排，尤其是通过在地和异地研究者的“中性”评论，有效突破了大陆研究台港澳文学常见的“空间—权力”魅影的强大宰制力。

纪传体文学史在编撰者文学观念的统领下，往往会形成体系化的自足体。这个自足体具有很强的建构性，善于从纷繁、杂乱的文学材料中谱绘出清晰而富有条理的结构与地图。但它也具有强大的排他性与遮蔽性，会以体系需求来过滤、净化、重写生动活泼的文学现场，从而导致体系化结构与文学“真实”的隔阂。编年史则注重展示作家作品、期刊出版情况、思潮现象、文化社会诸方面的材料，能较贴切地“还原”纷杂的文学现场，避免了以某种文学观念展开的主观与意识形态化的“除芟”行为。相对于大陆常见的台港澳文学史著以时间为维度的“历史发展”/进化论演绎体系，《中国当代文学编年史・台港澳文学》则力图破除“发展”式的体系神话。其《导言》第三部分借鉴了纪传体史著的思维方式，从时间角度爬梳了台港地区的文学“主潮”，一定程度上贯穿了“进化”论文学史观。但正文的词条部分却伸出繁盛的枝杈，生出毛茸茸的鲜活感与“杂芜感”。如《导言》认为“60年代，萌生于50年代的现代主义成为最活跃的文学主潮”，据粗略统计，该书1960年至1969年10年间有关台湾文学的239个词条中，与现代主义有关的作家、作品、纸媒、奖项等方面的词条约57条，与乡土关怀(本土乡土与中原乡土)有关的词条约57条，与台湾当局主导的文艺活动有关的词条约49条，与通俗文学有关的词条约8条。这样的词条构成有效破除了主潮论的体系性与净化度，标明乡土关怀的坚韧与国民党的文艺主导力，客观的史料排列促使“现代主义主潮”之外的文学图景活泼泼地浮出地表。

相对于纪传体文学史的封闭性，编年史具有较强的开放性。首先，在史料研究资料的撷取上具有较开放的空间视野，即所涉史料研究资料不以大陆为本位，广涉大陆、台湾、香港、澳门、海外的相关研究资料，具有极强的空间拓展性。其次，编年史不以编撰者的文学观念为核心统帅，在时间的经纬中可以容纳大量原始材料，更易呈现文学的多元样貌，而不过分追求文学现象、思潮、作家作品等的等级性排位。由于台港澳文学在大陆传播初期，通俗文学借重于大众媒介得到最广泛传播，某些中国当代/现代文学史著作会片面突出通俗文学及其代表作家，一叶障目。这在对香港文学的处理上很明显，如金庸的重要程度超过刘以鬯、西西、也斯等。同时，也有部分著作刻意回避或者贬抑通俗文学，或者简单采用加法方式，割裂通俗文学与所谓“严肃文学”的内在关联。编年史在编排时，则较为中立地采纳当前的批评“共识”，既不夸大，也不遮蔽，更不贬斥。

二、空间离合

台港澳文学与中国大陆文学的有效整合尚处于探索阶段，现行文学史书写处理两者关系时，或者遮蔽台港澳文学，或者将其视为“分离”的文学地理空间；在体例安排上，主要是从空间的角度将台港澳文学置于附录性位置，少量著作则在时间线索里将它们和大陆文学交叉处理。究其根本，这源于特殊历史时期的政治性空间分离及其导致的狭隘的、“纯净化”的“当代文学”史观。幸运的是，20世纪70年代末开始，空间性的意识形态需求又召唤台港澳文学的“回归”。但由于研究情境、大陆研究主体、台港澳文学主体与空间主体的多重意识形态性，甚至语言构成的多样化，大陆对台港澳文学的研究长期无力地徘徊于“空间割据”状态。更严重的是，敌对的意识形态分离造成台港澳文学史料在大陆严重匮乏，从而导致大陆的研究存在大量偏差与谬误。这已被无数研究者指出或纠正，重视史料的研究者也因此不断呼吁加强史料建设。切实、系统的台港澳史料建设不仅有助于厘清基本史实，还有利于在“空间离合”视野下“呈示”各区域文学的特点与可对话性，构建参差对照体，为后续研究生发学术增长点。

《中国当代文学编年史·台港澳文学》“尽取当时诸文人之作品，考定时间先后，空间离合，而总汇于一书，如史家长编之所为”[15]，织就了一幅编年体的文学“清明上河图”。该书的内部格局与编撰体例富有“空间离合”意识，在“离”的基础上突出“合”，即在线性时间流脉中并置三个空间，台港、香港、澳门的文学史实水乳交融，形成历时性进程与共时性场域经纬交错的立体图景。

第一，空间并置有利于展示台、港、澳文学活动在线性历程中复杂的样貌、互动与激荡。台港澳大陆地区的近现代思想史、文化史、社会发展史、文学历程等都互相呼应、互为促进。如1897年2月22日，维新派在澳门创办《知新报》，“与上海《时务报》、湖南《湘学报》一起成为三足鼎立的维新派重要喉舌，受到全国有维新变法思想的有识之士的重视”[16]。文学活动也互相鼓荡。即使在“皇民化”运动时期，台湾文学的反殖民性也与大陆东北沦陷区文学、上海殖民地文学、香港殖民地文学、澳门殖民地文学遥相呼应，共同传达出对本国本土文化的追索与张扬，表面的“离”与内里的“合”构成此期中国文学的复杂整体。1949年以后，台港澳从政治地理的角度与大陆呈现出“离”态，但台、港、澳文学内部却有“离”也有“合”。文学活动的“离”态史料有利于清晰呈现各区域文学在特定场域的独异行进轨迹，如台湾作家的语言转换与构成、香港“三及第”文体、澳门“土生文学”等。文学活动的“合”态史料则传达出各文学空间的互动、碰撞，有助于大空间视野的建构与阐释。首先，民间的文学交流活动持续展开，促进了各区域文学的相互了解、文学现象的跨空间生长，如1956年10月24日词条、1957年6月9日词条、1959年6月13日词条，都涉及港台两地文化界的友好交游和合力行为，而1980年代以来，台、港、澳与大陆的文学交流活动也越来越频繁，方式也更为多样化。其次，各区域的文学评奖等活动互涉，最典型的是台湾文学评奖会涉及香港、内地的作家作品，仅1989年就有三次大型文学评奖活动具有明显的“空间离合”视野：3月27日台湾“文建会”颁发的优良舞台剧本第三名为大陆吴倩的《沉船》，获得同月第10届“联合报小说奖”联副短篇小说奖的是来自香港的西西、杨明显，10月2日第12届“时报文学奖”的12位获奖者中有5位来自大陆。最后，台、港、澳/台、港、澳、大陆的文学出版活动时有互动，尤其是1980年代以来，出版活动的交互加强，主要包括作家单集、合集、杂志出版活动等。作家作品单集的交互出版极为普遍，并可能具有发掘、培育作家的意味，如香港董启章的多部作品都在台湾首版。作品合集既包括单个区域的合集，也包括多区域的专题合集或合作，如《一九九三年海峡两岸儿童文学选集》(台湾民生报社，1993年8月)、"三城记小说系列"(上海文艺出版社)。杂志出版活动既包括杂志对其他区域文学的出版(如1992年8月《联合文学》第94期推出"香港文学专号")，也包括对其他区域文学生产的推介(如2000年6月1日《文讯》第176期推出"人间端午——港澳及东南亚诗社团概览"专题)。"空间离合"视野中的文学活动史料有助于从文学生产角度促发研究者深层思考台港澳文学的空间属性，在"离"中探寻"合"，在"合"中思考"离"，以避免深陷区域文学主体性或大中国文学一统性的胶着、狭隘与封闭性的研究状态、叙史范式。

第二，有利于在台、港、澳文学史料的考古性并置中，客观呈现台、港、澳文学内在的、源流层面的"离"与"合"力。台、港、澳、大陆文学具有相同的文化底蕴、传承与历史资源，"离"与"合"并行不悖。近现代文学传统在特定历史情境中"空间"化[17]，花开四朵，各表样貌。如台湾《中国一周》《中国时报》等报刊注重传统文化的传承与发展，《文讯》杂志社坚持举办"五四奖"和"五四"纪念活动；香港文艺界纪念鲁迅逝世13周年并于《星岛日报》刊出"纪念鲁迅特刊"(1949年10月19日)，举行"纪念鲁迅，学习鲁迅"的座谈会(1959年10月19日)。这些资料形象、直接地说明了中国文学传统在台港澳地区的有意识的传承、阐释、侧重与流变。在关注"五四"文学传统方面，台湾新文学继承了"人的文学"传统，并因特定意识形态因素而在精神上与大陆左翼文学传统相对立，且压制本土左翼创作。香港则更关注以鲁迅为代表的文学精神，在多种意识形态的较量中发展出歧异多元的文学继承状态，且比较借重通俗文学形式。类似条目以其内在关联性架设了台、港、澳/台、港、澳、大陆文学的联系内因，也修补了中国大陆研究界中常见的现当代文学潜在的断裂感，将近现代文学的"源"与台港澳地区的"流"对接起来，寓"合一性"与区域独特性于一体，有利于形成整体的中国"大现代"文学观。

第三，空间并置有助于展示各空间文学研究的状况，也有助于展示其互涉、互通、互识与互究。不同时空的材料并置，可以无声传达台、港、澳文学研究的特点、侧重点与相通处，而不需要借助主观陈述性论断或意识形态性的指定。这既包括文化层面的关怀，又涉及文学叙事与构成层面。文化层面表现为台、港、澳既关注区域文化，又积极探寻中国文化的(区域)发展。如澳门文化学会于1988年7月3日召开"澳门文化研讨会"，2001年10月相继举行"中外文化交流与澳门语言文化国际学术研讨会"和"澳门文化、汉文化、中华文化与21世纪全国中华文化学术研讨会"；台湾《文讯》1988年6月29日举行"文化中国化"座谈会，1993年1月1日推出"两岸文化交流的反省"专题；香港1949年9月11日举行主题为"香港文化"的座谈会，1993年3月10日主办"文化中国展望：理念与实际"学术研讨会。文化层面的在地视野、中国视野交错缠杂，表明台、港、澳/台、港、澳、大陆既各有区域性文化追求，又存在共性的文化思考，"空间融合"并非中国大陆研究界的"一厢情愿"与单边意向。文学叙事与构成层面最重要的体现，即各空间十分重视文学的主体性，并致力于探讨或建构"地方诗学"。同时，其研究界又很重视文学的交流。以1993年为例，相关活动在香港和台湾就举办了六场。这些交流活动着眼于台、港、澳及大陆文学的整体研究、比较研究、现状研究、历史梳理、教育教学、作家研究等，很直观地说明台港澳文学研究界也借重"文学中国"视野思考区域文学。另外，台、港、澳研究界关注区域文学时，拥有相似/相同的视点构成，如文学经验探源、区域文学史料收集与出版、女性写作、儿童文学、城市/都市写作等议题。其中，文学经验探源、区域文学史料收集与出版、女性写作、儿童文学的研究对象会有互涉，城市/都市写作以各自的立场为主。文学研究层面的"合""客观"地昭示了台、港、澳/台、港、澳、大陆文学研究界的整体观照视野，"离"则言说了区域文学研究在焦点、频次、角度、深度与新研究空间的开拓等层面的差异。文学研究的"离合并举"对谱绘相对完整的"空间性"中国文学版图具有强大的示范作用，且有利于建构相应的文学史观。

第四，空间并置式的材料呈示，可有效避免地理空间文学内涵建构的复杂性问题。澳门在 1980 年代中期以前大部分作家与作品都借重于香港文化空间，出现大量"离岸"作家与文学现象；台港作家与文化资源大量互动、迁移，"客居"作家与文学成为常态。"香港文学""澳门文学""台湾文学"在内涵建构上，因写作主体的复杂身份产生了"本土/离岸""本土/客居"等方面的争执与纠结。"台港澳文学"卷将台、港、澳文学置于整合空间的处理方式，有效避免了这类混杂性。如叶维廉 1950 年代参与了台湾"创世纪"现代诗社、香港"现代文学美术协会"及《新思潮》杂志的现代文学艺术活动，余光中多次到香港任教、客居，无名氏从大陆辗转香港至台湾定居。本书在处理这类作家迁移、客居时，客观介绍了他们在不同空间的文学活动，而不需形而上地阐释其区域身份，也避免了区域立场的割裂式读解。

三、问题与启示

《中国当代文学编年史》的大陆中心主义立场明显，将"当代文学"的时间界定标注为 1949 年 7 月。"台港澳文学"卷以 7 月 1 日"中华全国文学艺术工作者代表大会"的开幕作为开篇词条，并在《导言》中认为台、港、澳的"当代文学"都始于 1950 年代。这是对《中国当代文学编年史》"当代"文学观的回应。对意识形态视阈下的大陆文学而言，这个时间节点具有一定说服力。但它对台港澳文学的适用性有多大？值得思考。正如"台港澳文学"卷 1949 年 7 月的另 3 个词条通过文字表述，都很隐匿地表述了不同的"起点"思考。如第 2 条介绍了 1948 年成立的"台湾省通志馆"，第 3 条"香港'华南电影工作者联谊会筹委会'获准注册"透露出其注册运作早已逸出 7 月份，第 4 条介绍张吻冰"战后返回香港"，都无声地将时间起点回溯，留下了拓展与讨论空间。

其次，"当代文学"面临范畴界定的问题。从《中国当代文学编年史》的总体情况看，"当代文学"突出"现代"与"新质"，尤其忽视古典诗、词、文创作。"台港澳文学"卷对此既有偏离，也有遵循。本书会关注文学场域中产生较大影响的古典诗词，如摘录"联合副刊"发刊词——"我们只承认有死文学和活文学，不承认有旧文学新文学"(1951 年 9 月 16 日)，也收录台湾《林建隆俳句集》获得第 7 届"陈秀喜诗奖"的情况(1998 年 5 月 9 日)，体现了编者的偏离。但对台港澳绝大部分古典诗词文创作的"失声"，又体现了本书的保守。古典诗词文在台港澳地区和大陆地区长期存在，是重要的文学构成。尤其是澳门，1980年代以前的文学创作成绩主要是古典“质”的诗词文。站在“新质”与“现代”立场，这些创作往往被视为“旧质”与“传统”文学，无法纳入现当代文学史。“但在常态下，新旧只是文学的不同表现形式”[18]，不应具有价值优劣之分。它们是“不容忽视的文学谱系”[19]，需要有更多的史料发掘来重谱面容、言说自我。

同时，文学编年史应具有开阔的“场域”视野，所涉史料不能局限于狭义的文学资料，应涉及广义史料。具体操作中，需要编撰者广泛参阅各种历史档案、照片、人物日记等。如梳理1950年代体制化的台湾文学，蒋介石的部分日记内容、国民党思想控制方面的政策就不能忽视；探寻1960年代以来香港文学本土性与主体性的确立，就必须结合其时英殖民政府的教育政策、人口政策和当时的传媒环境等。此外，文学生产环节的“广告”“腰封”等也应纳入视域之内[20]。

最后，正如“台港澳文学”卷的《导言》所说，基于台、港、澳文学发展不平衡，编年史存在“内容、体例上的不均衡”。“台港澳文学”卷在整合台、港、澳文学空间时，比较侧重于台港两重空间，相对忽视澳门文学地理空间。如1960年1月到3月，本书共8条目，台湾5条，香港3条，澳门0条。但据古远清《1960年代的澳门文学》[21]一文，1960年1月到3月《澳门日报·新园地》的83个条目中，长篇小说作者名字5位，其他作者名字36位。其中，香港《文汇报》总编李子诵发表律诗《顺德行》(2月21日)，冰心发表散文《我的心路向着迎接侨胞的船只》[22](2月23日)，显示了《澳门日报》的开放格局。古远清对《澳门日报·新园地》的整理以日期为线索，较详细地展示了此副刊对澳门文学与文化的贡献，澳门与香港、内地等空间的文学互动。《台港澳文学》卷于1958年8月15日条目中，较详细介绍了“新园地”的办刊缘由和《澳门日报》的负责人构成、办报特点、文学贡献，认为“其‘新园地’副刊也成为澳门最重要的文学‘园地’，培养了澳门当代文学最初的一批作家”，但并未涉及“新园地”的作家构成、文学样貌等。这也体现了“台港澳文学”卷在对台、港、澳文学与文化空间作“文学考古”时，较侧重于空间营造的介绍，而较少介入细节梳理。

史料建设与文学史编撰是台港澳文学研究健康发展不可或缺的两维，史料建设更是一切研究的基础性工作，能有效联结文学历史碎片与文学史逻辑体系。摒弃现行的以大陆为中心的中国文学史观，建构开放的、包容台港澳文学的“中国”文学史观，必须依赖充分的史料建设与对话基础。只有各地史料不断浮现、碰撞、对话与融会，才能加快系统性史料库的建设——“包括常规的史料搜集、汇编、钩沉和整理，也包括对有关特殊史料的抢救”[23]。只有通过严谨的“文学考古”，构建坚实的年谱、年鉴、口述史、编年史等史料基础，包含台港澳文学的“中国”文学研究才能真正深入，实现“历史”基础上的“当代化”；也才能冲破中原心态和“分地治之”的现状，缝合各区域的文学裂痕，最终促成开放性“中国”文学史观的形成和新研究方法的引进，避免简单、浅层、粗暴的“文学中国”操作实践。

注释：

[1]陈文新：《总序》，於可训、李遇春主编：《中国文学编年史·当代卷》，湖南人民出版社2006年版，第1页。

[2]陈文新:《中国文学编年史》,湖南人民出版社2006年版。

[3]於可训、李遇春:《绪论》,《中国文学编年史·当代卷》,湖南人民出版社2006年版,第3页。

[4]张健:《中国当代文学编年史》,山东文艺出版社2012年版。

[5]於可训、李遇春:《绪论》,《中国文学编年史·当代卷》,湖南人民出版社2006年版,第3、13页。

[6]刘福春:《中国新诗编年史》,人民文学出版社2013年版。

[7]刘福春:《追求与困惑》,《创作与评论》2014年11下半月刊,第111页。

[8]郭娟:《一个人与一部书》,《创作与评论》2014年11下半月刊,第113页。

[9]周兴陆:《窦警凡〈历朝文学史〉——国人自著的第一部中国文学史》,《古典文学知识》2003年第6期,第77-86页;吴瀛:《中国第一部文学史》,《人民日报》(海外版)2004年12月6日,第7版。

[10]杨彦妮:《集部之学与经世致用——窦警凡〈历朝文学史〉评介》,《书城》2013年第5期,第27-35页。

[11]胡适:《五十年来中国之文学》,欧阳哲生编:《胡适文集》(3),北京大学出版社1998年版,第202页。

[12][美]弗雷德里克·詹姆逊:《政治无意识》,王逢振、陈永国译,中国社会科学出版社1999年版,第8页。

[13]相关评论可参见黄万华:《中国现当代文学》第1卷,山东文艺出版社2006年版,第458-459页;黄万华:《多源多流:双甲子台湾文学(史)》,花城出版社2014年版,第100-103页。

[14]王金城:《导言:台港澳文学》,王金城、袁勇麟主编:《中国当代文学编年史·台港澳文学》,山东文艺出版社2012年版,第22页。

[15]陈寅恪:《陈寅恪集:元白诗笺证稿》,生活·读书·新知三联书店2001年版,第9页。

[16]吴志良、汤开建、金国平:《澳门编年史》第4卷,广东人民出版社2009年版,第2060-2061页。

[17]黄万华教授认为,二次大战结束以后,“中国大陆、台湾地区、香港地区的文学各自开始了其有着内在相通性的战后历史进程,逐步形成了中国文学分合有致的多元格局,所提供的文学范式,包含着民族新文学面临政治困境、经济转型冲击、社会动荡压力时做出各种应对的历史经验”。参见黄万华《中国现当代文学》第1卷,山东文艺出版社2006年版,第369页。

[18]於可训、张均:《事实比观点更有力量——於可训先生访谈录》,《新文学评论》2013年第3期,第73页。

[19]袁勇麟:《一个不容忽视的文学谱系——世界华文文学中的旧体诗词》,《吉林师范大学学报》(人文社会科学版)2015年第3期,第1页。

[20]北京大学出版社出版的《中国现代文学编年史——以文学广告为中心》丛书可资借鉴,主要包括:袁进(主编)《中国近代文学编年史——以文学广告为中心(1872—

1914)》(2013年5月)、钱理群《中国现代文学编年史——以文学广告为中心(1915—1927)》(2013年5月)、吴福辉《中国现代文学编年史——以文学广告为中心(1928—1937)》(2013年5月)、陈子善(主编)《中国现代文学编年史——以文学广告为中心(1937—1949)》(2013年6月)。

[21]古远清:《1960年初的澳门文学》,《常州工学院学报》(社科版)2012年第3期,第8-13、22页。

[22]收入1994年《冰心全集》第五卷时题为《我的心跟着迎接侨胞的船只》,文末日期显示为“一九六〇年二月十日,北京”,但未注明出处。据该文最后一段的开头——“我的心跟着这乘风破浪的船只,飞向准备回国的侨胞,我好像看见那海岸上紧紧地站在一起、抬头凝望的男女老幼”,题目应为《我的心跟着迎接侨胞的船只》。

[23]吴秀明:《“文化中国”视域下的世界华文文学史料》,《文艺研究》2015年第7期,第58页。

(载《中国现代文学论丛》,2017年第1期)

他在吃“斯文饭”

(中国香港)黄仲鸣

琼瑶用《我是一片云》中的亲情、友情、爱情，在烟雨蒙蒙中软化了对岸同胞硬邦邦的阶级斗争意识形态。折中政治与琴棋书画之间的大侠金庸，也向内地读者潇洒走来。有人问一位网友如何看待两人的差异，网友在微博上写道：“金庸就是一个拎着菜刀的琼瑶。”

以上的幽默比喻，非我之创，而是来自古远清一部书：《百味文坛：新世说新语》(青岛出版社，2013年)。这书厚逾375页，全是如上述短短的小故事组成，嬉笑于海峡两岸及香港、澳门华人名家之间，古远清谓之曰“幽默盛宴”。这些小品取材自名人之书，或耳闻目睹而来，甚为可观。古教授写惯学术研究文章，古稀之时，突来个“刘义庆式”的转变，实令人诧异，也觉有趣。他在《自序：从“脑白金”到“脑白痴”》中述其旨：

> 写专著太累，何不来点令人忍俊不禁乃至具有狂欢色彩的小品来为人们过于沉重的生活减压呢。

在快餐文化的时代，这类极短篇确可解颐和有助消化。全书分“大陆篇”“香港篇”“台湾篇”和“海外篇”，尽搜名人轶事，且看“大陆篇”这一段：

> 有一次，北大教授严家炎到孔庆东书房参观，发现满坑满谷都是金庸的书，便叹曰：“到了孔庆东的书房，才知道通俗文学为什么这样畅销。”
>
> 过了一星期，孔庆东回拜严家炎，严教授照例请他参观自己的藏书，孔氏看后说：“到了严加严老师的书房，才知道严肃的学术著作为什么这样难买，原来都给你藏起来了!”

我孤陋寡闻，不知古远清从何得来的资料，写成如此“深层次”的小品。所谓“深层次”，如果不熟悉严家炎、孔庆东的背景和学术取向，绝难明个中含意。而且，两师徒之间，虽然“严加严”貌似严肃，但和孔庆东一样，都是研究金庸的专家。但，孔庆东更为“佻脱放恣”，不似严家炎还有掷地砰然大响的“严肃学术著作”。

刘荒田在代序《高级而有趣的〈文饭小品〉》中指出，这书所谓“高级”之处：“从浅层看，是因了它所采集的，绝大多数是文化人的言行，其中不乏学贯中西的大学问家。

从深层看，则取决于作者的品位……和《笑林广记》的下流货色绝不搭界。”而“有趣”，当然不是“低层次”的了，刘荒田捧之为“写出‘吃斯文饭’者”的达观和睿智，写出了那些诙谐，自嘲，讽刺，及无意流露的机锋。

这书的原题是《文饭小品》，连刊于广州《羊城晚报》，部分也曾载于我主编的《百家》杂志。多年来，古老兄常赴港一行，必找我茶叙。每番相见，他都有新作见示，想不到他退休之年，精力仍旺盛。记得初识之时，他说：“到了香港，真的想吃一碗及第粥。”听者愕然，我却深领其会。“及第粥”者，因本人曾写了一部《香港三及第文体流变史》也。哈哈！

（载香港《文汇报》2017年4月4日）

机　构

国际美学协会

袁 青

1918 年，由马克斯·德索(Max Dessoir)负责召集，在德国的柏林召开了第一次世界美学大会。1939 年，在法国巴黎召开第二次大会。自 1956 年的意大利威尼斯大会起，世界美学大会开始每四年一届定期举行。1960 年在希腊雅典，1964 年在荷兰阿姆斯特丹，1968 年在瑞典乌普萨拉，1972 年在罗马尼亚布加勒斯特，1976 年在德国达姆施塔特，1980 年在南斯拉夫杜布罗夫尼克，分别举行了大会。

所有这前九次世界美学大会，都是在国际美学委员会的指导下举行的。这是一个由一批著名的美学家和美学活动家参与的较为封闭的团体。由于世界各国的美学家日益增长的公开化要求，和参与会议决策、组织和操作的要求，1980 年在杜布罗夫尼克的会议上决定成立国际美学协会，并由原国际美学委员会成员和会议上选出的一些代表，共同组成一个协会章程起草委员会。这个起草委员会所起草的章程被提交给于 1984 年在加拿大蒙特利尔召开的第十次世界美学大会，并获得了通过。在这次会上，选举产生了临时执委会。哈罗德·奥斯本(Harold Osborne)被选为协会的第一任主席，并负责筹备定于 1988 年在英国诺丁汉召开的第十一次世界美学大会。奥斯本逝世后，他的工作由瑞典美学家约然·赫尔美仁（Gö；ran Hermerén）接替，美国学者阿诺德·贝林特（Arnold Berleant）任秘书长。1995 年，贝林特任协会主席，斯洛文尼亚学者阿列西·艾尔雅维奇(Aless Erjavec)任秘书长。1998 年，阿列西·艾尔雅维奇任主席，英国学者理查德·伍德菲尔德（Richard Woodfield）任秘书长。2001 年，日本学者佐佐木健一(Sasaki Ken-ichi)任主席，美国学者柯提斯·卡特(Curtis Carter)任秘书长。

1992 年西班牙马德里会议(第十二次世界美学大会)后，随着国际学术界对美学兴趣的日益增长和美学的国际交流需要，国际美学协会决定将四年一次的世界美学大会改为三年一次。1995 年，第十三次世界美学大会在芬兰的拉赫底(Lahti)召开，1998 年，第十四次世界美学大会在斯洛文尼亚首都卢布尔雅那召开。2001 年，在日本东京郊区的海滨幕张召开了第十五次世界美学大会。2004 年，第十六次世界美学大会在巴西里约热内卢召开。2007 年，第十七次世界美学大会在土耳其的安卡拉召开。2010 年，第十八次世界美学大会在中国北京召开。

国际作家协会联盟

网　闻

一、概　　况

国际作家协会联盟(International Affiliation of Writers Guilds，IAWG)是各国作家协会的联合组织，它代表会员国的专职编剧家和剧作家协会，其中有些会员是国家级的行业协会联合体。IAWG 致力于通过版权法的执行，来确保公平版税和追加酬金的收取，并游说政府制定对作家有利的法律。如果某成员协会的会员移居到别国或者某影视作品和戏剧作品在别国上映，各个成员协会将按照互惠协议来认可其会员资格。

二、会员情况

IAWG 的正式成员协会有：

澳大利亚作家协会(Australian Writers' Guild)

爱尔兰剧作家和编剧家协会(Irish Playwrights and Screenwriters' Guild)

新西兰作家协会(New Zealand Writers Guild)

加拿大法语作家协会(Société des Auteurs de Radio，Télévision et Cinéma，French-Language Writers in Canada)

美国东岸编剧协会(Writers Guild of America，East)

美国西岸编剧协会(Writers Guild of America，West)

加拿大作家协会(Writers Guild of Canada)

大不列颠作家公会(Writers' Guild of Great Britain)

准成员协会有：

墨西哥作家协会(Sección de Autorres y Adaptadores de Cine)

南非编剧联盟(South African Script Writers' Union)

法国编剧联盟(Union-Guilde des Scénaristes)

世界华人青少年作家协会

网　闻

在一批德高望重的老作家的大力支持下，华人少年作家协会经注册批准于2008年7月在北京正式成立。该协会是华人青少年文学爱好者自愿结合的文学团体，是华人青少年文学爱好者成长的摇篮，接受中国散文学会、北京世界文化院的业务指导。中国作协原名誉副主席、著名作家邓友梅，中国作协党组原副书记、著名评论家王巨才担任名誉会长，中国作协全委委员、人民文学原常务副主编、著名作家周明担任会长。在文坛久享盛誉的多位著名作家、诗人、评论家、编辑家、中小学校作文教学专家担任协会其他领导职务。

协会宗旨：

以文学磅礴的力量感召、影响、聚凝全球华人，使中华文化一脉相承、生生不息、发扬光大，传承中华文化，凝聚华人力量，打造少年作家，繁荣文学创作。

协会业务范围：

1. 组织文学创作、评论、采风活动；
2. 组织文学普及、交流、作品评选活动；
3. 组织文学培训和创作辅导。

国际网络作家协会

网　闻

国际网络作家协会(World Ewriter Union)是由中国(包括大陆、台湾、香港)、美国、英国、澳大利亚的网络作家发起和成立的网络自由作家团体。它秉承自由、交流、平等、创新的精神，借助各种形式和渠道开展全球网络作品和文学信息的交流，致力于网络文学的发展和进步。本协会在中国香港注册，总部设于香港，受香港法律管辖。协会在美国洛杉矶、英国伦敦、中国北京设有联络处。

国际网络作家协会的宗旨促进网络文学的发展进步，加强网络作品和文学信息的交流，维护网络作家平等自由的创作和发表权利以及作品的著作权，为会员作品的传播和获得广泛社会认知创造各种机会和条件。

国际网络作家协会于2005年12月成立了国际网络作家出版社，出版社出版有定期文学刊物《我们》，并自行和与国内出版社合作出版《我们》文学丛书。协会的机关网站是国际网络作家协会网站，目前注册会员约有3000余人。自2005年10第一次会员代表大会以来，经申请并被批准的协会注册会员已经超过一千人。

2005年10月30日，经首届国际网络作家协会(中国区)代表会议表决通过，选举出了首届国际网络作家协会(中国区)会长、副会长、秘书长——

会长：绿岛

常务副会长：踏雪无痕

副会长：黑骏马 浪漫 文若晨 飞鸿飞 梁成琛。

秘书长：浪漫(兼)。

美国旅游作家协会

网　闻

美国旅游作家协会成立于1956年，是北美地区的主要旅游专业组织，致力于宣传全球知名的旅游目的地。其会员多为北美旅游名家和知名旅游作家，他们撰写的世界各地旅游目的地的相关作品和文章，都会刊发在北美地区和欧洲地区的知名杂志、报纸、旅游书籍、旅游指南手册、电视台旅游栏目，对北美地区旅游者的旅游选择起到了一定的导向作用。

2016年11月3日，来自美国旅游作家协会的10位旅游名家代表抵达洞头，开展以“温州之美，让世界看见”为主题的采风活动。此次美国旅游作家协会一行参观了东海贝雕艺术博物馆、百福古船木厂，访望海楼、仙叠岩栈道、南炮台山等景点，切身体验洞头风土文化。

美国东方学会

顾 钧

美国东方学会(American Oriental Society)1842年4月7日成立于波士顿，乃北美最早的学术团体之一，其宗旨是“促进对亚洲、非洲、玻利尼西亚群岛的学术研究”。当时的外部环境是非常有利的，美国东方学会确实在不长的时间内取得了不错的研究成绩，特别是索尔兹伯里(Edward Salisbury，梵文、阿拉伯文教授)和惠特(William D. Whitney，梵文教授)两位耶鲁教授更是成就突出，其成果得到欧洲同行的高度评价。《美国东方学会学报》也逐渐成为一份有影响的学术刊物。

值得注意的是，美国东方学会的研究范围虽然涵盖整个东方，但印度、波斯始终是研究的重点，这也正是上述两位耶鲁教授的研究领域，此外埃及和小亚细亚也比其他地区受到更多的关注。

欧洲的东方研究历史悠久，最早可以追溯到“历史之父”希罗多德，但真正意义上的汉学研究应该说开始于17世纪来华的传教士和欧洲本土的汉学家。在19世纪的学术环境中，中国处于东方学的边缘，《学报》上留给中国的版面十分有限，以19世纪所出的前20卷为例，与中国有关且有一定篇幅的文章只有10篇。夏德(Friedrich Hirth)、劳费尔(Berthold Laufer)这些学者均兼通中西，其中不少有欧洲的学术背景，他们成为二次大战以前美国汉学研究的中坚力量。这一时期另一个值得注意的现象是来自中国的学者开始参加美国东方学会的各种活动，如许地山、梅光迪、裘开明、李方桂、赵元任等。由于这批学者的努力，东方学会的汉学研究在20世纪的前40年发生了一些可喜的变化。但从总体上讲，东方学会注重近东、古代和语文学方法的传统却没有大的改变，这引起了新一代远东研究学者，特别是汉学家的不满，他们希望建立一种不同于欧洲的汉学研究和亚洲研究的新模式。

1942年是珍珠港事变的第二年，也是美国东方学会成立100周年。太平洋战争加深了美国对东亚的重视，这很快也反映到了学术研究上。东方学会也就在这时进入了一个新的发展阶段。无论是数量还是质量，《学报》上有关汉学的文章和年会上宣读的汉学论文的数量都在不断上升。据统计，从1942年到2012年这70年间，《学报》所发表的汉学论文平均每年(每卷)有4、5篇，如以一年四篇计算，这期间发表的论文就有近300篇，讨论的问题集中在宗教史、交通史、物质文明史等领域，但这些讨论多数是元代以前的问题——厚古薄今的传统一如从前。美国东方学会的老家是马萨诸塞州的波士顿，但后来南迁到了康涅狄格州的纽黑文(New Haven)——耶鲁大学所在地。索尔兹伯里、惠特尼等多位重要学者均执教于耶鲁，19世纪后半期的耶鲁成为美国东方学的中心，也正是由于这批学者的存在和积极活动，1842年成立的东方学会于1853年从波士顿搬家到纽黑文，两年后学会的图书馆也搬至纽黑文。从此纽黑文就成了美国东方学会的新家，直到今天。

哈佛中国文化工作坊

[美国]张　凤

哈佛中国文化工作坊是李欧梵在1994年创立的。2004年由王德威和张凤共同召集，一度成为哈佛大学唯一的中文交流平台，为协助哈佛燕京学社做了许多工作，现由张凤主持。

极有远见的李欧梵，感觉到自1983年起，哈佛已经成为在英语世界中经常用普通话谈论国学——中国学问的道场。哈佛有杜维明的哈佛儒学研讨会；赵如兰和陆惠风做东召集，张凤联络的“剑桥新语”；郑培凯和杜维明等主持，张凤组织多年的“中国文化研讨会”——原九州(学林)学刊年会；张凤创立的北美华文作家协会，纽英伦分会尤其活跃；由张凤通过大波士顿区中华文化协会安排组织的艺文小集等。

当时李欧梵有鉴于中国访问学者日益增多，而联络大家创立哈佛中国文化工作坊，常与北美华文作家协会纽英伦分会合作，联手邀来的学者作家有：白先勇、陈来、廖炳惠、杨牧、张错、郑愁予、李锐、丛甦、李渝、郑培凯，诗人程步奎、王渝、王尚勤、木令耆、也斯、陈国球、陈若曦、施寄青、陈烨、朱天文、苏童、蒋韵、李锐等。他们在哈佛同台演讲，不定期办研讨会。

李欧梵2004年荣退，王德威接替他的工作，王氏自1986年起，在过去只重视古典文学的哈佛首开中国现代文学教程，后到哥伦比亚大学任教，倡导华语语系文学研究。王德威勤于评论、出口成章，常往世界各地演讲，是中国现代文学领域中数一数二的精英。

现在由张凤主持哈佛中国文化工作坊合作主持的有：聂华苓、李渝、施叔青、平路、骆以军、黎紫书、余秋雨、龚鹏程、奚密、石静远、陈丹燕、王安忆及叶嘉莹、朴宰雨、陈昭瑛、朱天文、刘克襄、格非、哈金、刘大任与孙康宜、徐永明等。

张凤承担每月与4位学者作者的联络、哈佛场地安排，讯息的发布、听众的召集、演讲的主持等具体事务。工作坊活动一年少则9场，多则十数场，在海内外产生了巨大的影响。

经过20多个年头，先后有数百位学者和作家在工作坊做过演讲，为中华文化在海外的传播及哈佛的历史文化建设，作出了重要的贡献。工作坊以无私奉献精神赢得了海内外学者的交口称赞和尊敬。

北美华文作家协会

[美国]张　凤

1991 年春，北美文坛有了些微的骚动。旧金山夏烈和洛杉矶张错等，先接获台北讯息，盼组北美华文作家协会。擅写幽默小品的吴玲瑶从洛杉矶打来电话，邀请组织五区域作家一齐赴纽约组会，创立北美华文作协。

北美华文作家协会 1991 年 5 月 4 日在纽约市法拉盛华侨文教中心成立。台北总会符兆祥秘书长参加会议，到场的有夏志清、龚选舞、王鼎钧、马克任，马太太刘晴与琦君、李唐基等，及创会的五地分会长：北卡书友会简宛，北加喻丽清，纽英伦张凤，休士顿石丽东 、李蔚华，华府张天心、韩秀。吴玲瑶、张天心被选为副会长，陈裕清成为北美创会会长兼掌纽约分会，秘书长是叶广海。

北美华文作家协会 25 周年大会于 2016 年 8 月 26 日至 28 日在洛杉矶圣盖博市希尔顿大酒店隆重举行。大会由南加州华人写作协会主办，洛杉矶华文作家协会协办。南加州有四个分会参与，来自北美洲 20 多个区域的分会代表共襄盛举。作家们讨论了华文作家面临的新形势，交流写作经验。最后，会议举行换届选举，南加州分会前会长吴宗锦，被选为下届北美华文作家协会会长，两任交接，并推荐纽英伦会长张凤、北德州会长陈玉琳出任总会副会长。

新会长选举将空白选票交由会长及秘书长签名验证，由叶周唱票，徐新汉监票，张国义计票。副会长为新理事，还选出 11 位新理事：加拿大徐新汉、洛杉矶彭南林、圣地亚哥朱立立、洛杉矶 LACWA 叶周、华府龚则韫、纽约周匀之、北卡书友会王明心、南加州廖茂俊、科罗拉多沉宁、美南钱莉、亚利桑那甄硕钦会长。

交接仪式后，宣布副会长，敦聘前任为顾问，华府会长龚则韫、洛杉矶会长彭南林出任秘书长。晚宴由王美主持民歌之夜、星光晚会及怀旧舞会，南加文友出奇制胜，带来歌舞表演。

北美华文作家协会成立，转瞬已经 26 周年。

海外文轩作家协会

网　闻

海外文轩作家协会成立于 2012 年。先是有由海云创立于 2009 年的海外文轩，开始是用新浪网的圈子功能成立的一个海外华人文学原创者和文学爱好者的写作圈，成员主要来自美国、加拿大、中国以及欧洲各国和非洲各国，文章涵盖小说、诗歌、散文、游记、纪实、随笔等各种文体，内容包括子女教育、婚姻家庭、时政评论和美食等，其中多人在中外征文比赛中得奖。

另有创立于2011年秋的海外文轩网站，是一个以文学创作为核心的中文网络平台，旨在通过文学创作和文化交流，为国外华人提供交流和学习的场所，同时也为世界各地的文友进行更为广泛的精神层面的交流和提升创造机会和可能，并为华文文学的发展贡献力量。自网站对外开放以来，在网站注册的作者近两千人，有很多是最早的海外文轩文学圈的作家和诗人，也有一些是新作者。读者更是遍布美亚欧澳非等州，达几十万人。海外文轩网站2012年被评为最佳中文文学网站之一。

海外文轩作家协会成立以来，为中国贫穷的孩子们举办募捐活动，为偏远的乡村小学送书、送教具，建立海外文轩图书馆等，还在合肥、北京、纽约、硅谷等地举办有关教育、文学和青少年心理健康的讲座。海外文轩在文学上也一直努力不息，出版了八本文轩作家的合集，有散文随笔类的，有教育纪实类的，有中短篇小说类的，还曾经编辑过电子杂志和电子新闻报。

海外文轩网站如今除了出资的股东之外，更有众多的文学爱好者做后盾，获得广大读者的支持。

加拿大华文作家协会

网　闻

加拿大华人文化社团。1994年7月23日创立于温哥华。凡旅居加拿大从事华文写作的华人作家均可参加。为世界华文作家协会加拿大分会。宗旨是：加强加拿大各地华文作家的联系，以文会友，相互交流，推动华文教育，弘扬中华文化。也是世界华文作家协会加拿大分会。1994年到1995年会长为林佛儿，秘书长为徐明辉，后因林佛儿回台湾且去世而停止活动。

智利文艺协会

网　闻

智利文艺协会是世界华文作家协会智利分会，1993年成立。在侨社，文艺协会扮演的是心灵润滑剂的角色，方式是柔性的；在保存母国文化、推动文化的再思与创新方面，却是坚定而强势的。鼓励中文的阅读、写作、出版，正是柔性而强势的一个个脚步。专辑形态的出版刊物，以一至二年为期，精选会友的创作结集成书。

马来西亚华人文化协会

袁　青

马来西亚华人文化协会(以下简称“文协”)于1974年9月14日成立筹委会，筹委会主席是黄昆福，秘书郑复兴，委员林建寿、饶义明、李奋巧、朱正华及麦汉锦。经过筹委会的努力奔走，于1976年11月19日获得社团注册局批准。1977年3月5日，由发起人兼当时的马华总会长李三春在槟城旧关仔角举行的有逾万人参加的文娱晚会上宣布成立，并于1977年4月19日选出第一届理事会。1981年6月19日，柔佛州分会正式成立。并在麻坡马华区会会所举行成立仪式，邀请马华总会长兼交通部部长李三春主持开幕。文协总会会长黄昆福受邀出席主持监誓并致辞。

成立目的为研究、维护与发展华族文化，使其成为马来西亚国家文化的重要部分。促进各民族的沟通与了解，作为华族文化与友族文化交融、沟通的重要桥梁。文协的任务有举办各种有意义的文化活动及出版马来西亚文化有关的各类形式及性质之书籍。现任会长戴小华。

马来西亚《红楼梦》研究资料中心

刘　彤　林　昊

马来西亚首个《红楼梦》研究资料中心于2017年7月1日在马来亚大学(马大)成立，该中心的首批6000多本藏书由马来西亚著名红学爱好者、前运输部长陈广才捐赠。

陈广才在马大上学时开始痴迷于红学研究。此后，他收集了各类有关《红楼梦》的评论、期刊和各种著作。

陈广才此次捐赠的《红楼梦》研究资料包括各种版本的《红楼梦》、《红楼梦》外文译本、红学研究论著、《红楼梦》著者研究史料，以及取材于《红楼梦》的各类艺术创作等

7 大类。其中，不同版本的《红楼梦》就有 70 多种，而外文译本中有英、法、德、日、韩等八国文字的版本，年代最久的是 1812 年的英译本。

陈广才在揭幕仪式上表示，自己在几十年收集《红楼梦》相关资料、研究红学的过程中越发觉得这本书的伟大，希望《红楼梦》研究资料中心的成立能促使更多马来西亚人去接触和研究《红楼梦》，同时促进马中文化交流。

据悉，为配合资料中心的成立，马大中文系将开办《红楼梦》课程并招收对红学感兴趣的学生。

诗巫：中华文艺社的创立

[马来西亚]李采田

诗巫：中华文艺社以砂拉越拉让江盆地为中心，创立于 1988 年，迄今 29 个年头，其发展过程分为几个阶段。创立之初，较倾向于古典文学。创立人黄广捷及黄政仁本身十分热爱古典文学，在二人推动下，召集一批志同道合者，开办古诗研习班。1988 年推出的处女作品《春草集》，就是收集了一班古诗爱好者发表的古诗所组成的集子。到了后期，中华文艺社改弦易辙，朝多方面发展。中华文艺社不再专注于推动古典文学，反之也积极向现代诗、散文、小说领域发展。虽然如此，中华文艺社当初的创立宗旨——促进砂华文学的成长并没有改变。

目前，中华文艺社主席是黄国宝，副主席宋志明，秘书沈若波(蓝波)，副秘书黄孟礼，财政钱本贵，副财政许依依，总务蔡忠良，副总务李炎城，委员陈万权、王振平、黄广捷、候补陈瑞麟、谢在莉，查账方孝钦。

中华文艺社历年来在本地日报主编的文艺副刊有："新月""文苑""中华吟草"，此外还出版了三期《新月文艺》。"新月"副刊创刊号，1988 年 7 月 3 日于《诗华日报》刊印，每周日刊出。"中华吟草"于《诗华日报》及《马来西亚日报》每两月刊出一次。"文苑"为双周刊，1988 年 8 月于《马来西亚日报》刊载。

中华文艺社"犀鸟文艺"网站于 1998 年 1 月 24 日在 SiliconNet TechnologiesSdn Bhd.，Kuching，Sarawak Malaysia 赞助下，正式开通。同时于 1998 年 5 月 24 日由砂拉越州基本设施发展及交通部长拿督黄顺舸主持开通仪式以作为中华文艺社十周年庆典活动之一。

"犀鸟文艺"网站将建立一个资料库，将 10 年来的作品遴选上网，建立一个属于中华文艺社的主页，并将出版过的书籍制成电子图书。此网页公开给世界各地文友投稿，以做到真正以文会友。目前"犀鸟文艺"已与世界各地互相连接。

20 世纪的文艺副刊在砂拉越华文报刊中百花齐放，成为许多写作人创作的园地，也是推动砂华文学的一股力量。在这段时期，文艺副刊培育了许多砂华作家。

迈入 21 世纪，砂拉越华文报刊在各方面冲击下，有的停止文艺副刊，有的以无稿费延伸文艺副刊的风采。显然，失去了大部分投稿园地，作者就少了耕耘的机会。

因此，诗巫：中华文艺社开始有一个构思，盼望让“犀鸟文艺”网站再次出发，给砂华作者一个投稿的平台。旧“犀鸟文艺”网站和“犀鸟天地”分别由石问亭和已故的沈庆旺独力负责，并已停止更新文学资料许久。新的“犀鸟文艺”以书写婆罗洲为出发点。

书写婆罗洲并非是一个口号，而是一个动力。正如马华诗人田思所说：“当我们提出‘书写婆罗洲’这个口号，它是顺应着一种书写策略、一种文化上的考量。因为文化本身是一种资源，这种资源如果经过很好的去芜存菁的过程，把它的优点、优势展现出来的话，它会具有很强大的吸引力，可能会变成一个文化磁场，不但吸引本国读者，也可以吸引世界各地的读者。”让我们把婆罗洲风采书写出来吧！

诗巫：中华文艺社主席为王振平。

下面是 2017 年 6 月 27 日的黑岩文章《十年感言》：

我怀念福州街的一段时日……为了学习古时词，为了补习中国文学史，我走进了中华文艺社……当然，在文艺圈内，早年的文友早已烟消云散，如今登场的却是来自八十年代的一群新人。他们对文学的赤诚并不输于昔日前辈，只是时代在改变，也改变他们的文学观。当时正值我国政治逐渐开放，我们再无愁阅读各种不同的文学作品，其中来自海峡两岸及香港的作品居多。

前不久，马华文坛还在议论到马华文学“断奶”问题，其实在这些后辈作品中，早已逐渐呈现“断奶”的自然现象，而来自海外的文学理论与作品，只不过充当我们早已断粮的精神食粮。当然，中华文艺社在福州街社址开办过“中国文学史”“古诗词”班，我就在那里，再度接受正统的文学学习，这让我真正领会到学习文学并不能仅凭着一股激情，也不能视文学为改变旧社会与民间疾苦的唯一良方，当然文学也依然不是请客吃饭，它只是寂寞时的一种精神寄托。那时，我们在福州街三楼的社址，每星期一次的“雅聚”，由铁筝主持，大家轮流做东，并不出一道菜，而是讲一个文学课题。

那时有人提及余光中的诗，有人提及郁达夫小说，还有很多后现代作品。我惊奇地发觉，年轻一代文友，已逐渐与中国“五四”新文学时期脱节。轮我做东时，我选了鲁迅的散文诗《秋夜》，当时就有文友问鲁迅是谁？怎么写这等无聊文字？我心想，鲁迅的诸多小说、散文早已有后现代主义的色彩，后设的伏笔，只是当时大家没发觉而已。

当然，在文学观点上大家有异，至多争论就算，而不记上心头恨，因为在他们的概念中，文学只是一种生活的点缀。实际上，大家都在默默耕耘，各人对收获的看法不同，也不想套上一种模式，把文学送入死胡同。

后来因经费问题，中华文艺社社址，也在执委同意下迁出。昔日相处于福州街的一段时日，却是令人怀念。当然其中有人掉队，也有人始终在“文苑”上交出作品，真正做到以文会友。

诗巫：中华文艺社《新月》副刊创刊发刊词——

几位热爱文艺的朋友，早就希望有这样一个副刊，现在终于有了，我们自然欢喜，亲爱的读者，希望你们也能喜欢。文坛寂寞，我们不敢这么说，但总愿意尽一份力，增加热闹为读者添一份有内容、有水准、有风格的读物。我们是《新月》，月是汇集和反射日光的，这种反照的光是清新、奇幻、爽朗、柔和而多姿多彩的。她那么可爱，那么吸引人。愿我们这个副刊能无愧于自己的名字。

我们虽志在文艺，却不想那么单调，而愿意：方面广些，趣味多些。我们不排斥任何流派的作品，不拒绝任何新奇的理论，自然也不放弃编辑者的取舍之权。我们舍弃的，未必就不好。我们所选取的，也未必全部为我们所同意。

本期的作者，都是本地文坛的活跃人物。他们的作品在本地文坛的朋友中是早有定评的，无须我们再多说，请读者自己欣赏。

本刊筹备出版的时间非常短促，在这里必须感谢本期执笔的作者。他们几乎都是放下自己的工作，为我们赶稿。

如果没有光，月儿将暗淡失色，《新月》要靠大家增光而增光的。山河在歌唱，光在闪耀，生活是如此广阔，彩笔应举得更高，把生活的图案描绘得更加美好。

该刊内容有“神州之旅”“古诗欣赏”“新诗”等。

马来西亚砂拉越华文作家协会

[马来西亚]李采田

砂拉越是马来西亚十三州当中面积最大的一州，人口大约二百六十万人，华人约占百分之二十六，大约六十五万人。目前州内有华文独中十四间，华文小学二百余间。在州内出版的华文报则有日报四家。华文华语的使用还算普遍，砂华文学的发展史也不算短，写作人有一定的成绩。

什么是砂华文学？假如我们要给砂华文学下定义，可以这样说：砂拉越的作家用华文撰写、反映砂拉越的社会风貌、描写砂拉越人民的生活和风土人情的文学作品，就是砂华文学。

砂华文学史和砂拉越华文报业史分不开。砂华文学史，可以追溯到 1913 年 9 月砂拉越第一家华文报的文艺副刊那儿去。有关史料曾在 1983 年 11 月举行的马华文学史展东马文学部分展出。砂拉越华文作家协会是大力推动砂华文学发展的文学团体之一。

成立经过

“砂拉越华文作家协会”成立于1986年8月31日，成立的目的在于团结砂拉越华文写作人，推动及促进砂拉越华文文学之创作与研究。华文作家协会的其他宗旨包括促进砂拉越各民族文化交流，出版与刊行文学著作，以及设立文学基金等。

在该协会成立典礼暨第一次大会上，著名诗人吴岸(丘立基)被推举为首届会长。

砂拉越华文作家协会之筹组工作始于1986年1月，筹委会主席为吴岸，副主席则为魏萌(魏国芳)。1986年6月，该会正式获得社团注册官批准注册，唯筹委会副主席魏萌却于当年5月23日清晨之一项车祸中被撞及脑部，不治丧生。

魏萌之突然逝世曾震惊砂拉越及全马文学界，砂华文作协同仁尤感悲痛。魏萌为砂拉越最资深的作家之一，组织作家协会为其平生之愿望。故此，在该协会成立典礼上，全体会员曾举行默哀，以表哀悼。

在8月31日之大会上，该会除选举首届理事会外，还通过一篇具有历史性的“宣言”。宣言之内容包括砂华文学的发展简史，砂华文学之独特性与现实主义传统，以及80年代砂华作家对文学创作的信念与路向。

成立宣言阐述使命

以下是砂拉越华文作家协会成立宣言：

> 砂拉越华文文学发轫于第二次世界大战之前，其时的作品具有早期“侨民文学”的特征。1946年以后，在东南亚，特别是新加坡与马来亚的民主主义意识的影响下，具有砂拉越乡土意识与地方色彩的华文文学方告萌芽，并在随后的社会运动中逐渐成长。
>
> 1956年至1962年期间，砂拉越人民反对英殖民主义统治，争取自治独立的运动，促进了砂华文学的茁长。
>
> 1963年，砂拉越加入马来西亚为一州，在概念上，砂华文学也成为马华文学的一个组成部分。
>
> 然而，砂华文学在经历其初创阶段之后，即因客观环境的变化而遭遇挫折，多数作者先后辍笔，但仍有一些作者包括后起之秀锲而不舍地坚持写作。
>
> 砂华文学自开始即循现实主义的创作路向。因此，其作品在不同程度上反映了砂拉越的社会现实，各民族人民的生活面貌及本地的自然景色，具有强烈的地方特色，这一特色也成为砂华文学在马华文学中独具的特征。
>
> 80年代的砂华文学，正面临华文教育式微，读者减少及社会反应趋向冷漠的

惨淡前景，与此同时，作家们也面对思想意识与创作技巧上的种种挑战。

尽管如此，身为砂华文学的耕耘者，我们并没有失去信心。我们将继续本着对民族文化的热爱，对文学艺术的执着及对社会与人生的关心，在逆境中探寻前进的道路，为砂华文学开拓新的境界。

我们坚信，生活是文学创作的源泉，砂拉越各民族人民的生活，多彩多姿的风土人情及壮丽的自然风光，是砂华文学取之不尽的源泉，也是我们创作灵感的源泉。

我们认为作家应关心社会与人民，尤其是社会上的不幸者，在这个多元种族的社会中，作家负有促进各族人民亲善与团结的职责。

为了使文学形式适应并表现变化多端的现代生活内容，我们在尊重传统的基础上，放眼国际文坛，努力探索各种新的不同的手法，在形式上求创新与突破。

我们确认砂华文学“应具有民族特征，时代性与地方特色，具有鼓舞人们向上的思想性以及尽可能高的艺术境界”。

作为马华文学的一部分，砂华文学应作出自己应有的贡献，以丰富马华文学乃至马来西亚文学的内容，我们将重视华、巫、达各民族文学的交流与译介工作。

我们将努力从事创作实践，以期写出更多具有思想与艺术水平的作品。我们同时号召更多的作者，尤其是青年作者，加入我们的行列。

砂拉越华文文学的前途是光明的。

1986年8月31日

六大计划已有成绩

砂拉越华文作家协会订有六大计划，并取得一定的成绩。这六大计划包括：

一，出版《犀鸟丛书》，到2016年中，已出版了65本。

所出版的砂华文学著作及拉让江和马华文学季刊，曾经成功举行四次推展礼。本会《犀鸟丛书》第一至第十三本，已在1989年11月19日，假古晋息尔顿酒店举行推展礼，敦请砂拉越州助理环境与旅游部长邓伦奇律师主持仪式。《犀鸟丛书》第十四至第三十三本，则在1994年2月10日，假古晋丽华酒店举行推展礼，敦请本州助理文化青年及体育部长叶金来律师主持仪式。《犀鸟丛书》第三十四本至第三十八本，在1996年9月1日，假古晋南市市镇厅大礼堂举行推展礼，敦请本州当时的副首席部长丹斯里拿督阿玛黄顺开医生主持仪式。新一轮推展礼将在2016年9月18日举行。

二，举办东马华文文艺创作比赛，已举办了五届。在形成写作风气和培养新的写作人方面，起了积极的作用。

三，出版文学刊物，机关刊物《拉让江文学季刊》出版到第八期，后改名为《马华文学》，出版到第五期。

四，举办文艺营，已经举行过三届。第一届文艺营在马当别墅举行。第二届文艺营在伦洛海滨举行。第三届文艺营在假古晋一间华文独中校园举行，来自文莱及砂拉越各地的将近一百名写作人及喜爱文艺活动的青少年参加，主讲人包括来自槟城的青年诗人方昂和来自新加坡的女作家孙爱玲。

五，联谊活动及接待世界作家。砂拉越华文作家协会，每年都有举行文学集会，联络会员及写作者间的感情，互相勉励。也曾经接待来自各地的文友，包括州内外省和国内外州的文友。在接待国际友人方面，包括日本的三本哲也、今富正巳、太田勇、小木裕文、荒井茂夫、舛谷锐；中国大陆的陈贤茂、吴奕琦、野曼、熊国华、刘心武、马扬，中国台湾的林焕彰、林耀德等。此外新加坡和马来西亚半岛的优秀写作家到砂拉越来访问，也和砂拉越华文作家协会交流。

砂拉越华文作家协会的代表也曾经多次出外访问，包括到各地出席文学会议和文艺营。特别是会长吴岸，曾经多次受邀参加并且发表演讲。2014 年 11 月，会长吴岸受邀到广州参与中国第一届世界华文作家大会。2015 年 15 日，会长吴岸又受邀到中国广西会宁第十六届诗歌研讨会。2015 年 3 月，砂拉越华文作家协会由会长吴岸率领代表团前往缅甸出席第八届东南亚华文诗人大会。2015 年 5 月 30 日，砂拉越华文作家协会和西马新纪元学院中文系、新加坡赤道文艺俱乐部等文学团体联办了一项马华文学研讨会。

六，组织青少年文友，设立青少年组，举行集会及参与举办各种青少年活动等。由古晋十三所中学华文学会和一批年轻写作人联合主办的“族魂 ”文娱晚会，自 1996 年开始至 2000 年，一连五年，由砂拉越华文作家协会负起领导的责任，也产生了一定的社会影响。此项活动后改由晋汉省华青团负责。

设立文学出版基金

砂拉越华文作家协会曾经在古晋设立会所，并聘请兼职的执行秘书。协会也设立了文学出版基金。砂拉越华文作家协会通过秘书李福安(李采田)征求到古晋宝光机构创办人李志明先生的同意，在 1997 年捐款十万元给砂拉越华文作家协会，设立“李志明文学出版基金”，供砂拉越华文作家协会每年提取利息，赞助砂拉越华文作家协会所推荐的作者，出版砂华文学作品。

砂拉越华文作家协会现任理事阵容如下：

名誉顾问：拿督李志明

顾问：凡民(拿督沈庆辉)

会长：李采田(李福安)

副会长：梁放(梁光明)

秘书：杨俊(杨谦俊)

副秘书：黄叶时(黄碧燕)

财政：笑云天(黄纪邻)

副财政：芳芳(曾少娥)

委员：沈保耀(沈保耀)

委员：梦羔子(钟济源)

委员：田宁(田国清)

委员：英仪(彭湘云)

委员：因原(余应隆)

查账：煜煜(李佳蓉)
查账：郑少航(郑航廷)
砂拉越华文作家协会的通信地址如下：
砂拉越华文作家协会 PERSATUAN PENULIS ALIRAN TIONGHUA SARAWAK

印尼东区文友协会

袁　青

2001 年印尼东区文友协会成立。第七届理事会主席范忍英，名誉主席周沁、慈慧，顾问吴金盾、谢月云、郑陶颖、吴萌暄等，副主席海风、杨国兴、孔奇兰、林玉瑛。另还设有秘书处、财政部、学习部、出版部、联络部。该会还设有监事会和理事会，会址在泗水，该会的宗旨是传承并发扬中华文化。

文学的道路就像攀登高峰，道路非常艰难，尤其是印尼华文长期受压制，在经历了人间悲剧后，能发展到现在实在不容易。该会的活动得到《千岛日报》、东爪哇华文教育统筹机构的支持。

泰国留中总会

刘红林

泰国留中总会的全称是“泰国留学中国大学校友总会”，是由泰国留学中国(包括台湾、香港、澳门)各大学校友自愿组合而成的群众性团体，2002 年 11 月 3 日正式成立。其宗旨为：增进泰国留学中国各大学校友及所有留学中国校友的友谊合作；发挥对泰中两国情况熟悉的特长，促进两国传统友谊和经济、科技、文化、教育等方面的交流合作，充分发挥桥梁与纽带作用。

曾经在北京大学留学的诗琳通公主担任该会永远最高名誉主席。诗琳通公主 30 多年来坚持学习汉语和中国文化，经常访问中国。她所著述的《踏访龙的国度》，对中国的山山水水充满深情。她是从事中泰友好交流事业者的一面光辉旗帜。诗琳通公主曾五次在皇宫接见总会代表，并赠墨宝“泰中桥梁”。

总会把20世纪40年代以来泰国留学中国的3000多名会员聚拢起来，使他们有了集体活动的“校友之家”。在这个“家”中，校友们根据不同爱好，成立了8个组织，文艺写作组就是其中之一。这个组由老中青组成，年龄最大的是20世纪40年代毕业的，最小的目前还在读书。他们成立了“留中出版社”，为校友出版新书，资助一些有经济困难的知名老作家出版作品集；还有计划有组织地出版了校友两套丛书，共20本，较全面反映了留学中国的泰华作家创作的成果。

2006年，写作组不断扩大，成立了专门的文艺写作学会，组织文学活动，鼓励文学创作，以多管齐下的形式推动泰华文学的发展。如他们每年举办文学讲座和新书发布会，还组织“文学活动之旅”，到郊外采风。每年出版一本文集，先后出版了《留中岁月》《湄南情怀》《窗内窗外》《平台试步》《湄南漫步》《河边风景》《椰林放歌》《蕉雨情浓》《水过留痕》《雨后彩虹》《湄河心语》《岁月写真》《春华秋实》13部文集。今年，为了庆祝成立10周年，还出版了留中总会文艺写作学会的《春色满园——10年散文选集》。

目前，这个组织已有100多个成员，逐年趋向年轻化，令人鼓舞。一个既有本土情结，又有母土韵味的泰国留学中国大学生写作群体正在逐步形成。

中国笔会中心

网　闻

1980年4月北京成立了中国笔会中心，会员有全国知名作家64人，选出巴金为会长，冯牧为秘书，并申请加入国际笔会。同年5月在南斯拉夫斯洛文尼亚共和国举行的国际笔会代表大会上被接纳为会员。原在中国台湾的笔会中心在此之前已改名为台北笔会中心。按照国际笔会的章程和传统，各个中心不代表国家，会议不用国旗、国徽、国歌，而是以该中心的作家用以写作的文字分类，基本上一个国家成立一个中心。但有些国家，如南斯拉夫，有好几个共和国，每个共和国有自己的文字和文化传统，因此就有4个中心。

1983年，中国笔会中心在北京举行会员(扩大)会议，接收新会员95人，选举副会长13人。会议选出的13名副会长是：丁玲、王蒙、叶君健、艾青、冯至、冯牧、朱子奇、刘白羽、严文井、陈荒煤、夏衍、萧三、曹禺。笔会中心副会长兼秘书朱子奇汇报了中国笔会中心的工作。中国笔会中心自1980年成立以后，先后多次派出作家参加国际笔会在南斯拉夫、巴黎、塞浦路斯和伦敦举行的会议，增进了与世界各国文学家的了解与友谊。中国笔会中心与其他三个单位联合主办了纪念德国伟大诗人歌德逝世150周年的活动。现在已停止活动。

中国广州笔会中心

网　闻

中国广州笔会中心于1980年12月11日在广州成立，第1批会员由欧阳山、杜埃、陈残云、秦牧、吴有恒等28位广东知名作家、诗人、翻译家和编辑组成。欧阳山任第一届主席，黄庆云任秘书。1981年2月，国际笔会在丹麦哥本哈根召开的代表会议上，中国广州笔会中心和中国上海笔会中心同时以地方性组织被吸收为该会成员。在此之前，1980年4月中国笔会中心在北京成立，同年5月被国际笔会吸收为会员。现在已停止活动。

国际笔会是由各国诗人、剧作家、小说家、翻译家、文学评论家、文学编辑等组成的国际性团体，成立于1921年，迄今已有60多个国家和地区参加。它每年选择一个成员国作东道主举行年会，组织交流活动。中国广州笔会中心成立后，曾于1981年、1982年、1983年先后派出黄庆云、韦丘为代表参加年会，与各国文学家、翻译家等进行广泛接触，介绍中国尤其是广东文学界的创作情况，增进了各国文学家对中国文学工作情况的了解。

（中国台湾）佛光大学世界华文文学研究中心

网　闻

名誉主任黄鸿美，现任新加坡·怡和轩俱乐部主席。

黄鸿美，原籍福建泉州。1932年出生于印度尼西亚。60年代来新加坡，经营橡胶业。他一向热心公益。在新加坡社团领袖辞退怡和轩俱乐部后，社员公推他为接班人。怡和轩俱乐部是新加坡华人社团的重要组织。昔日陈嘉庚领导海外华人抗日，就是以该团体为指挥总部。一向担任这团体的领导都是新加坡华人社会的领袖人物，如陈嘉庚、林义顺、李俊承、陈六使、高德根、孙炳炎等。邀请黄鸿美先生为中心的名誉主任，希望借此可以和新加坡华人社团重要组织怡和轩俱乐部建立更密切的联系。怡和轩俱乐部在 1995 年曾举行成立百年的盛大庆祝活动。

主任林明昌，台湾佛光大学文学系专任助理教授。

副主任简文志，台湾佛光大学文学系专任助理教授。

研究员徐锦成，台湾佛光大学文学系博士。现任台湾高雄应用科技大学文化事业发展系专任助理教授。

研究员周煌华，台湾佛光大学文学系硕士。现任世界华文文学研究网站主编、淡江大学创业发展学院兼任讲师。

研究员詹宇霈，台湾佛光大学文学系硕士。现任淡江大学全球化研究与发展学院兼任讲师。

研究员郑琇方，台湾佛光大学文学系硕士。

名誉研究员林焕彰，现任台湾联合报系《世界日报》泰国及印度尼西亚副刊主编。

名誉研究员忠扬(陈鸿举)，现任香港“香港文艺家协会”主席及《香港文艺家》主编。

名誉研究员周宁，现任中国厦门大学中文系教授、博导。

名誉研究员刘登翰，现任中国福建省台港澳暨海外华文文学研讨会名誉会长。

名誉研究员柯思仁，现任新加坡南洋理工大学中文系副主任。

名誉研究员朱崇科，现任中国中山大学中文系副教授。

名誉研究员田英成(田农)，现任马来西亚砂拉越马来西亚华社研究中心学术董事。

名誉研究员何国忠，现任马来西亚马来亚大学东亚系系主任。

名誉 研究员林水檺，现任马来西亚拉曼大学中文系副教授、前马来西亚华社研究中心主任。

世界华文文学研究网站主编周煌华，现任世界华文文学研究中心研究员暨网站主编、淡江大学创业发展学院兼任讲师。

复旦大学中华文明国际研究中心

网　闻

复旦大学中华文明国际研究中心于 2012 年 3 月 9 日正式成立。中心是以复旦大学人文学科为基础搭建的学术平台，旨在依托复旦的人文学术资源，积极推进国际学术界对中华文明的研究，传播中华文明，促进文明间的交流与对话。

中心面向世界的中国研究学者，每年为海外优秀中青年学者提供访问研究机会，并通过学术报告、小型学术工作坊、学术出版等形式，构建访问学者与复旦以及国内学者的全方位、多层次交流体系。一方面为海外中国学学者提供“在地的”研究环境，推动世界中国学研究的整体发展；另一方面立足复旦与国内，通过交流与合作研究，提升中华文明研究的学术辐射力和国际影响力，为中华文明研究的进一步国际化筑造平台。

中心希望通过“请进来”的方式，推动中国学术和文化“走出去”，逐步探索出一种新的中外学术界交流模式，促进中国价值和世界眼光的交融。首先立足复旦，搭建坚实有力的平台，创造良好的研究环境，通过若干年努力，围绕访问学者项目建立起一套高效的合作研究和学术对话机制，进而与国际知名大学和研究机构合作，支持和推进高水平的中华文明研究课题。

中心主任：金光耀教授

中心副主任：李天纲教授、陈引驰教授

中心学术事务主管：章可副教授

香港中文大学香港文学研究中心

网　闻

背景

香港文学研究中心为香港中文大学中国语言及文学系的直属单位。自 80 年代起，香港中文大学中文系一直致力整理香港文学资料，曾出版与香港文学有关的学术著作多种，其后更将“香港文学”列为重点发展项目，举办各种课程及活动。为了更有效地运用资源，中文系于 2001 年 7 月成立本中心。

使命

有系统地整理、保存渐趋散佚的香港文学资料、进行各种相关的研究、举办推广香港文学的活动、支持本地及外地学者的香港文学研究工作。欢迎本港及外地学者、机构及各界人士捐赠、合作。

成员

管理委员会：中心主任及召集人樊善标教授

委员：危令敦教授、何杏枫教授、马辉洪先生、张咏梅博士、黄念欣教授、邝可怡教授、叶嘉咏博士

计划协调员：初级研究助理苏伟柟先生、姚君华女士、李薇婷女士、杜嘉兴女士

顾问：卢玮銮教授

副研究员(礼任)：陈燕遐博士

名誉副研究员：熊志琴博士

通信地址：香港中文大学冯景禧楼5楼523室，电话：(852)2603 5225，图文传真：(852)2603 6048。电子邮址：hklitrc@ cuhk. edu. hk。中心网页：http：//hklit. chi. cuhk. edu. hk。

同济大学世界华文文学研究中心

喻大翔

名誉主任施建伟教授，主任喻大翔教授，成员有钱虹教授、万燕教授、黄昌勇教授、应宇力副教授、周茜副教授、刘强博士。

同济大学世界华文文学研究中心的前身是同济大学海外华文文学研究所，由施建伟教授创立。施教授在任时，出版丛书、文学教材，在海内外报刊发表学术论文，参加各种国内和国际会议，在华文文学界产生了重要影响。2002年该所由喻大翔教授接任。因华文文学界普遍认为“海外”一词表述模糊，也不利于大陆学者和世华学者与作家亲和式交流，故申请改名为“同济大学世界华文文学研究所”，获准。2006年同济设立人文学院，学院将原各系所属的教研室，一律更名为“研究所”，将原各研究所统一更名为“研究中心”。这样，该所十年左右就经历了三次更名。

同济大学世界华文文学研究中心近些年主要工作及成果：

一、世界华文文学研究

第一是承担国家、省市或学校项目。如喻大翔教授的《二十世纪世界华语文学散文史》，为国家社会科学基金项目，已完成，获全国哲学社会科学规划办公室颁发的《结项证书》。该项目的部分成果结集为专著《用生命拥抱文化——中华20世纪学者散文的文化精神》，由人民文学出版社出版。此书获学界较高评价，除张振金的《中国当代散文史》(人民文学出版社，2003年版)、曾绍义的《中国散文评论》(四川大学出版社，2005年版)作了评介外，内地的《文学评论》《博览群书》《社会科学报》《羊城晚报》《社会科学报》，香港的《香江文坛》《大公报》等近十家报刊对该书作了专评；被大学中文系列为中国现当代文学参考书；并被专业论文引用五十次以上。钱虹教授和万燕副教授也都承担有省市级研究项目。

第二是根据中心成员的学术兴趣，在散文、小说、电影和女性文学方面进行文体或思潮研究。如钱虹教授的《女人·女权·女性文学——中华女性的文学世界》，专书《20

世纪中国社会科学文学学卷》(第十一章)；应宇力副教授的《香港文学史》《女性电影史纲》；万燕副教授的《海上花开又花落——读解张爱玲》《张爱玲话画》和主编的十卷本《当代女学人文丛》；周茜博士的《吴文英词的"现代化特色"献疑——与叶嘉莹先生商榷》；刘强教授于2012年在华文出版社出版散文集《惊艳台湾》以及论文《"旧的空鞋都有脚"——木心散文现象管窥》《"我还是穿袜子好"——再读木心》等，都是近几年的重要成果。此外，中心成员在大陆、台湾、香港、澳门和东南亚学术刊物发表学术论文近三百篇，且有不少论文被转载、引用或收入各种选集中。

二、主办重要活动

2004年5月16日至22日，中心与中文系、中国文学中心合作，举行校庆97周年"同济大学作家周"系列活动，主邀台湾著名作家余光中教授来同济作了两场重要演讲，在校内反响强烈。在研究所的建议下，余光中被聘为"同济大学顾问教授"，这是同济文科专业至目前为止，聘请的级别最高的兼职教授。同时，余光中先生亦成为上海媒体采访报道的主要对象，《文汇报》《解放日报》《新民晚报》《新民周刊》《新闻午报》《东方早报》《社会科学报》《同济报》等，都作了专题或大幅的报道；东方电视、东方卫视和上海人民广播电台推出专题访谈节目，"可凡倾听"的余光中专辑，在上海产生了相当大的影响。这次活动，把同济的中国语言文学专业推向了社会。

2004年4月16日，邀请《文学评论》编辑部常务副主编王保生先生和现代文学责任编辑邢少涛先生来我所座谈中国现当代文学及世界华文文学的研究现状，研究所和中文系教师有近十人参加。

2004年5月28日，邀请台湾学者、四川大学古籍研究所兼职教授江澄格先生为中文系学生演讲《艺术的文字 文字的艺术》。

2006年11月，邀请现旅居美国的著名华文女作家赵涉侠女士来同济作《从欧华文学到世华文学》的专题演讲。

三、参加重要会议或讲座

喻大翔教授在海南师范大学作为大会主席主持中文散文与中华民族精神国际学术研讨会；2004年9月20日，在山东威海参加第十三届世界华文文学国际学术研讨会及第二届马来西亚华文文学国际学术研讨会；2005年6月1日，受邀参加复旦大学主持召开的"问谱系：中美文化视野下的美华文学"国际研讨会；2005年9月11日至13日，受香港"世界华文旅游文学征文奖委员会"邀请，担任该次活动的终审委员和特邀讲座嘉宾。9月11日下午参加在香港中央图书馆举办的《世界华文旅游文学征文奖·旅游文学讲座》；2006年11月23日至26日，受香港中文大学和《明报月刊》邀请，参加在香港中文大学举办的首届世界华文旅游文学国际学术研讨会，作大会主题发言，并作为主讲嘉宾，在香港中央图书馆演讲《华文文学：行在的文学史》等。此后的2009年、2011年、2013年、2015年和2017年，又有五届旅游文学国际学术研讨会在香港和澳门等地召开，主题分别为“看山不是山　看水不是水”“行走的愉悦”“文化生态之旅”“文学山水”和“丝路之旅”，喻大翔分别作主题发言或组别发言，并任组别主席。其中，2015年的会议论文稿《从山水、山水文学到文学山水》(后分别在上海戏剧学院和浙江树人大学演讲)，整版刊登在《光明日报》2016年12月1日的“光明讲坛”上。现任香港世界华文旅游文学联会副理事长。2009年1月12日，受马来亚大学中文系和复旦大学中文系联合邀请，参加马华文学教学与研究国际学术研讨会，并与蒲俊杰提交论文《论吴岸诗歌的三重矛盾》。2009年9月6日，参加“我心中的香港——全球华文散文大赛”颁奖礼，并任该奖的终审评委与颁奖嘉宾。2009年10月23日至25日，参加湖南衡阳主办的2009秋洛夫国际诗歌节，并宣读论文《论〈冬天的日记〉诗境之预设——从洛夫早期的一首诗说开去》。2010年7月8日至10日，应北京大学和首都师范大学之邀，参加两校合办之《近十年两岸四地新诗创作动向》国际学术研讨会，并作了大会发言。2010年7月23日至30日，参加由加拿大约克大学、加拿大中国笔会和暨南大学联合召开的加拿大华裔/华文文学国际研讨会，并担任小组主席和学术发言。2010年，主编《跟彦火走那一程山水》(潘耀明评论集)，并撰写序言《流水过去有“潘桥”》，分别由香港的大山文化出版社和内地的人民日报出版社出版。2011年8月，应夏威夷大学和夏威夷华文作家协会邀请，参加了在夏威夷大学举行的世界华文文学夏威夷国际研讨会，并作大会发言《论黄河浪的旅行诗》。2011年11月8日应澳门大学邀请，参加叶维廉与汉语新文学国际学术学术研讨会，并作大会发言。2014年10月16日至20日，应韩国外国语大学等机构的邀请，参加第十六届韩中文化论坛与韩国世界华文文学研讨会，并作大会发言。2014年11月18日至23日，在广州参加由国务院侨务办公室主办的首届世界华文文学大会，并作分论坛发言。2015年6月1日至6月4日，参加在台湾宜兰召开的第一届旅居文化讲座暨第五届世界华文旅游文学国际学术研讨会筹备会议，并作大会发言。2015年12月18日至22日，受新加坡世华文学研创会邀请，担任《新华文学大系·散文集》发布会嘉宾并作主题演讲，喻大翔为该套大系的学术顾问。2016年7月23日，参加由香港康乐及文化事务署、香港艺术发展局及香港世界华文文艺研究学会联合主办的“我与金庸——全球华文散文征文奖”活动，担任终审评委，并在24日的“金庸与散文创作”交流会上作大会发言。2016年11月6日至9日，受中国海外交流协会和中国世界华文文学学会邀请，参加在北京举行的第二届世界华文文学大会，并作分论坛发言。2016年12月5日至6日，参加香港《明报月刊》、香港中文大学与澳门大学联合召开的“讲真话的文学——纪念巴金《随想录》创作三十周年”活动，并作大会发言。2017年5月31日至6月5日，应世界华文旅游文学联会会长潘耀明先生邀请，参加在吉隆坡举行的第二届旅居文化讲座暨第六届世界华文旅游文学国际学术研讨会筹备会议，并作《相遇海上——中马两千年文化与文学的交流》大会发言。应留中总会文艺写作学会邀请，分别为《春色满园——10年散文选集》和《七月赏花》(2017散文集)作序。

钱虹教授参加了复旦大学主持召开的“问谱系：中美文化视野下的美华文学”国际研讨会；2006年12月，她应台湾大学人口与性别中心邀请，参加了性别与文学会议的学术交流。

黄昌勇教授应香港艺术发展局邀请，于2006年11月参加了“20世纪中国文学的回顾与展望”国际学术研讨会。

万燕教授 2003 年参加了在哈尔滨举行的“中国女性文学年会”；2006 年 9 月应香港浸会大学邀请，在张爱玲国际学术研讨会上作主题发言；2006 年 12 月应邀出席纪念郁达夫 110 周年诞辰国际学术研讨会，并为会议论文点评。

四、获得荣誉等情况

施建伟教授于 2002 年 12 月，获美国加州蒙特利帕克市“荣誉市民”称号。喻大翔教授的专著《用生命拥抱文化——中华 20 世纪学者散文的文化精神》，2003 年获“省级专著一等奖”，并获省级“五个一工程奖”。万燕教授在 2003 年的中国女性文学年会上，一次获得两个“中国女性文学奖”。

年　谱

刘荒田年谱

[美国]刘荒田

1948年

出生于广东省台山市水步镇的商人家庭，父辈在镇上经营“永益隆”文具店，家道小康。有兄弟姐妹6人。

1954年，6岁

入读水步镇小学。

1960年，12岁

考入台山第一中学五年一贯制实验班。

1963年，15岁

初中毕业，实验班回复正常的六年制，同年考进台山一中高中部。

1966年，18岁

高中毕业。7月，忙于准备升大学时，全国取消高考。

1966年至1968年，

留校参加“文革”。

1968年，20岁

8月，离开台山一中，回到水步镇当无业居民。同年11月，下乡当“知青”。

1969年，21岁

在老家水步镇乔庆乡瑞龙村(土名“荒田”)务农，大量阅读欧美文学作品，受罗曼·罗兰长篇小说《约翰·克利斯朵夫》影响至巨，熟读鲁迅文集。

1970年，22岁

上半年往县师范学校参加师资培训班。下半年在乔庆学校附设高中班任班主任，教语文科。

1973年，25岁

与刘美莲结婚。

1974年，26岁

儿子文钺出生。

1976年，28岁

年初离开任民办教师五年半的乔庆学校，被招往县“劳动管理总站”任文书。

1978年，30岁

女儿明娜出生。

1980 年，32 岁

与妻子及儿女获准移民，6 月离开内地，在香港暂住，7 月飞往旧金山定居。

1983 年，34 岁

开始向美国《侨报》等投稿。

新诗《这北美洲的天空》登于《诗刊》。

1986 年，38 岁

进入旧金山《时代报》任编辑和翻译，并在该报开设《金山客语》专栏。

1990 年，42 岁

新诗集《北美洲的天空》参加四川“处女诗集出版大奖赛”获奖（排名第一），同年该诗集在四川文艺出版社出版。

1992 年，44 岁

组诗《异国的粽子》获台湾年度诗歌“优秀奖”。

自费出版新诗集《异国的粽子》（安徽文艺出版社）。

1993 年，45 岁

组诗《唐人街的餐馆》获“临工奖”二等奖（排名第二）。

1994 年，46 岁

自费出版新诗集《唐人街的地理》（四川民族出版社）。

自费出版新诗集《旧金山抒情》（广州出版社）。

1995 年，47 岁

纪实文学《“黄金梦”三部曲》刊于《人民文学》杂志。

旧金山《美华文化人报》创刊，担任编委。

1996 年，48 岁

出版散文集《唐人街的桃花》（珠海出版社）。

在旧金山《星岛日报》副刊开设《青青河畔草》等专栏多个。

在旧金山《正报》头版开始《金山客话》专栏。

旧金山《美华文化人报》改版并更名为《美华文学》杂志，长期任常务副主编。

1997 年，49 岁

出版散文集《唐人街的婚宴》（沈阳出版社）。

自费出版新诗集《旧金山抒情》（广州出版社）。

1998 年，50 岁

出版散文集《旧金山浮生》（河南人民出版社）。

散文《黑夜》刊于《山花》杂志。

1999 年，51 岁

出版社散文集《纽约的魅力》（云南人民出版社），出版散文集《纽约闻笛》（河南人民出版社），出版小品文集《旧金山小品》（上海人民出版社）。

2001 年，53 岁

出版选集三本：《“假洋鬼子”的悲欢歌哭》（散文卷）；《“假洋鬼子”的想入非非》（杂文卷）；《“假洋鬼子”的东张西望》（小品文卷）（贵州人民出版社）。出版随笔集《美国世故》(河南文艺出版社)。

组诗《纽约唐人街》刊登于《诗刊》此年1月号。

2002年，54岁

出版杂文集《“仿真洋鬼子”的胡思乱想》(花城出版社)。

2003年，55岁

出版散文集《星条旗下的日常生活》(花城出版社)，《中年对海》(河南文艺出版社)。

随笔《为快乐制造理由》刊于《山花》杂志，《散文海外版》第三期转载。

2004年，56岁

《收获》杂志刊载记人散文《华尔特的破折号》，此文被选入《收获》杂志《2004年散文精选》。《天涯》杂志刊载长篇散文《梦回荒田》。《大家》杂志刊载长篇散文《听雨密西西比》。

散文《红红的玫瑰》选入《2004年中国散文精选》。

在广州《新快报》和山东《齐鲁晚报》副刊开设专栏。

2005年，57岁

出版散文集《听雨密西西比》(山东画报出版社)。

2006年，58岁

短篇小说《密西西比怪人三记》刊登于《收获》杂志。

在旧金山《明报》副刊开设“假洋鬼子”专栏。

长篇散文《梦回荒田》被选入《如果天空不死》一书(《天涯》杂志所编散文精选集)。

2007年，59岁

长篇记人散文《两个男人的战争》刊于《美文》杂志。

2008年，60岁

出版散文集《刘荒田美国笔记》(河北教育出版社)，出版传记《跨洋之虹——记旅美艺术家刘虹》(与刘宗光合作，南海出版社)。

《错在哪里》获《安徽文学》杂志年度提名奖。

长篇日记体散文《平庸生活一日》载于《上海文学》杂志。

2009年，61岁

出版散文随笔集《旧金山浮世绘》(重庆出版社)，出版小品文集《刘荒田美国小品》(河北教育出版社)。

出席广东中山市首届“中山杯”全球华侨文学奖颁奖典礼，《刘荒田美国笔记》获散文类“最佳作品奖”。

随笔《人生的减法》被选入《位置放到恰好处》文摘书(山东教育出版社)。

“刘荒田作品专辑”刊于《香港文学》杂志，长篇散文《庸常生活一日》登于《上海文学》。

2010年，62岁

出版小品文集《小品接龙》(与王鼎钧、张宗子合写，吉林出版集团)。

小品文《预约和失约》被《读者》杂志转载，被选入《2010年中国散文精选》。小品文《掌声预测》被选入《中国杂文年编》，长篇散文《不期而遇的诗意》刊于《天涯》杂志10

月号。

儿子成婚。

2011 年，63 岁

从 3 月起退休，开始在旧金山和佛山市两地轮流居住。得孙儿 Jacob。女儿出嫁。

散文《一起老去何等美妙》获新疆爱情散文大赛第一名。

在《佛山日报》副刊开设专栏。在大陆《羊城晚报》《深圳晚报》《时代周报》等报刊的副刊开专栏。

担任旧金山《美华文学》杂志主编。

2012 年，64 岁

外孙女 Christine Wong 出生。

出版自选集《这个午后和历史无关》(九州出版社)。

《倒过来的鸟瞰》《太太属哪种体裁》《人生铺垫》《荷的沉默》《公益广告的匠心》《这个午后和历史无关》被《读者》杂志转载。《良知的分量》被《杂文选刊》转载《时间是等人的》被《读者》和多家中学生读物转载。《避免辉煌》被《青年文摘》转载，后被收入《推开虚掩的智慧之门》一书。《人是路走出来的》被选入《卷首语精选》一书。《成熟多好》被《知音文摘》转载为卷首语。《俯身向你》被《特别文摘》转载。《眼睛是灵魂的“囚窗”》，被《可乐》杂志转载。

2013 年，65 岁

获国际东西方研究学会文学院、《世界华人周刊》、华人网络电视台所颁发的“2012 年度世界华文成就奖”(与洛夫，痖弦一起)。

出版思想随笔集《刘荒田美国闲话》(九州出版社)、散文集《不期而遇的诗意》(江苏文艺出版社)、散文随笔集《两山笔记》(暨南大学出版社)、记人散文集《华尔特的破折号》(重庆出版社)。

长篇纪实文学《贵叔 · 他的我的家族》刊于《花城》杂志，散文《在员工食堂邂逅诗人》载于《散文》杂志第一期，《小板凳》被《读者》及《情感读本》转载，《追逐特权》被《读者》转载，《中国式人情》被《读者》及《杂文选刊》转载。《家居的幸福清单》被《时代发现》杂志刊为卷首语。《两个修鞋匠》被《青年文摘》转载，《空空如也》被《人民日报》转载。《耕耘与收获》被收入《世界华文文学经典欣赏》一书。

2014 年，66 岁

次外孙女 Audrey Wong 出生。

出版散文选集《人生三山》(江苏文艺出版社)。

10 月，在江西南昌大学举行的“新移民文学笔会”成立十周年庆典上，获“创作成就奖”。

《车里人生》《人生困局》《晨窗》被《读者》杂志转载。杂文《不愿穷究》被《小品文选刊》及《意林》杂志转载。

《岁月多情》被《世界华人作家》杂志选为“2013 年度散文”，散文《一个分数与一生命途生》获“赞花”杯“我的老师”征文“优秀奖”。

小品文《落日楼头》被《新作文》(高中版)转载。《中国式人情》被《语文教学与研究》

转载。

2015 年，67 岁

出版《刘荒田散文精选》(百花洲出版社)、《刘荒田小品文精选》(百花洲出版社)。

“刘荒田散文”专辑被《山东文学》杂志选为“年度优秀作品”。小品文《城市的气味》由《中国高中生 2015 年阅读文选(审美卷)》转载。《出城记》等两篇散文入选《2015 年中国最美散文》。散文《晚年看雨》刊于《书屋》杂志，被选入《2015 年中国散文精选》。小品文辑刊于《百花洲》杂志，后被《散文选刊》转载，散文《出城记》等刊于《黄河文学》，后被《散文选刊》转载。

2016 年，68 岁

出版散文随笔集《天涯住久》(河南文艺出版社)。

长篇记人散文《他的名字叫生活》刊于《香港文学》杂志。《倒过来的鸟瞰》等 10 余篇小品文刊载于《百花洲》杂志，后来被《散文海外版》杂志一月号转载。怀旧散文《一封不寄的信》刊于《天涯》杂志，随笔《落花的坐姿》《人生困局》《木然的乡愁》《一人一世界》《恨铁不成钢》被《读者》杂志转载。随笔《怨谁》被《意林》杂志转载。小品文《海棠花未眠》被《散文选刊》转载。散文《唐人街风情(二帖)》刊于《海燕》杂志，被《散文选刊》转载。散文《平安夜游思》刊于《散文》，被选入《2016 年中国散文精选》。小品文《竞技心态》被《思维与智慧》杂志转载，小品文《时间的雕刻》被《中学生之窗》《语文世界》杂志转载。小品文《人是路走出来的》被选入《十年〈读者〉卷首语精选》。《落叶上倒行》被某地六校列入初三语文考试卷。小品文《家的眼睛》被《中华活页文选》转载，小品文《海棠花未眠》被《语文教学与研究》转载，随笔《艺术家的特权》被《智慧少年》杂志转载。随笔《海棠花未眠》被选入《2016 年度中国精短散文》。随笔六篇被选入《品格架构师》丛书。

美国和加拿大两国成立北美中文作家协会，任副会长。

2017 年，69 岁

孙子 Joshua 出生。

出版随笔集《抓在手里的阳光》(大象出版社《副刊文丛》)，记人散文集《你的岁月，我的故事》(江苏文艺出版社)，散文随笔集《寂寞的基座》(花城出版社)。

“世界读书日”(5 月 19 日)编辑人推荐十本书，《你的岁月，我的故事》入选，获《香山诗刊》“华侨诗歌奖”。

《艺术家的特权》《劳动者的姿态》《择“差”录取》《过一天算一天》被《读者》杂志转载，散文《一段诗缘》刊于《美文》杂志，小品文《朝三暮四》被《小品文选刊》转载，随笔《庄严》被《作文与考试》杂志转载，随笔《捆绑式人生》被《作文评点报(高中班)》转载。小品文《抓在手里的阳光》被《中外文摘》杂志转载，小品文《时间是等人的》被《青年文摘》选为卷首语。小品文《一人一世界》被《疯狂作文·素材控》转载。小品文《人是路走出来的》被选入《读者》精华版。小品文《一人一世界》被《文苑·经典美文》转载，随笔《捆绑式人生》被《感悟》杂志转载，随笔《光与影》《斜立的海》被选入《小品文选刊》。随笔《何处是孤独者的位置》被《文苑·经典美文》转载，随笔《走得最快的是最美的时光》被《美文精粹》转载。随笔《家的眼睛》被北京和平区列入九年级英文考试卷。

刘荒田著作一览

1.《唐人街的桃花》(1995年，珠海出版社)
2.《唐人街的婚宴》(1996年，沈阳出版社)
3.《旧金山浮生》(1997年，河南人民出版社)
4.《纽约闻笛》(1998年，河南人民出版社)
5.《纽约的魅力》(1999年，云南人民出版社)
6.《旧金山小品》(1999年，上海人民出版社)
7.《“假洋鬼子”的悲欢歌哭》(2001年，贵州人民出版社)
8.《“假洋鬼子”的想入非非》(2001年，贵州人民出版社)
9.《“假洋鬼子”的东张西望》(2001年，贵州人民出版社)
10.《美国世故》(2001年，河南文艺出版社)
11.《“仿真洋鬼子”的胡思乱想》(2002年，花城出版社)
12.《星条旗下的日常生活》(2002年，花城出版社)
13.《中年对海》(2003年河南文艺出版社)
14.《听雨密西西比》(2005年，山东画报出版社)
15.《刘荒田美国笔记》(2008年，河北教育出版社)
16.《跨洋之虹》(2008年，南海出版社)
17.《旧金山浮世绘》(2008年，重庆出版社)
18.《刘荒田美国小品》(2009年，河北教育出版社)
19.《小品接龙》(与王鼎钧、张宗子合写，2011年，吉林出版集团)
20.《这个午后和历史无关》(2012年，九州出版社)
21.《刘荒田美国闲话》(2013年，九州出版社)
22.《不期而遇的诗意》(2013年，江苏文艺出版社)
23.《两山笔记》(2013年，暨南大学出版社)
24.《华尔特的破折号——记人散文一集》(2013年，重庆出版社)
25.《人生三山》(2014年，江苏文艺出版社)
26.《刘荒田散文精选》(2015年，百花洲出版社)
27.《刘荒田小品文精选》(2015年，百花洲出版社)
28.《天涯住久》(2016年，河南文艺出版社)
29.《抓在手里的阳光》(2017年，大象出版社《副刊文丛》)
30.《你的岁月，我的故事——记人散文二集》(2017年，江苏文艺出版社)
31.《寂寞的基座》(2017年，花城出版社)

会　议

澳门文学节：跨文化对话改变着城市日常生活

郑周明

3月4日—3月4日，第六届“隽文不朽”澳门文学节如期举办。作为华语地区首个汇聚华语、葡语文学交流的节日，它与其他城市如北京、上海、香港、台北等地书展活动最大的不同在于其跨语言、跨媒介的文学节日现场，因此我们能看到除了全球知名作家参与文学节外，翻译、音乐、视觉艺术等领域的创作人、专家都会被邀请参与到文学节的活动当中。因为文学节，许多嘉宾、本地人以及游客对这座城市的文化形象超越了以偏概全式的认知。

以“隽文不朽”为主题的澳门文学节每届都会对经典文学进行致敬和纪念。就在去年，文学节围绕两位文学家举办了多场活动，一位是逝世400周年的明代戏剧家汤显祖，从他留下的诗篇里可以看到，他竟曾于1591年游历过澳门，被认为是第一位在澳门与外国人接触的中国文学家。另一位则是逝世90周年的葡萄牙诗人庇山耶，这位诗人终其一生都以澳门为家。

今年澳门文学节继续邀请多位国际知名作家来参与各类文学活动，包括多次获得国际文学大奖的作家余华，被誉为澳大利亚“最有想象力的小说家之一”的华裔作家Brian Castro(高博文)，入选2016年布克国际奖决选名单的加拿大小说家Madeleine Thien及Graeme Macrae Burnet，后者是苏格兰最亮眼的文学明星之一、2013年“苏格兰图书信托基金会新作家奖”获奖者。

文学节的活动除了常规的小型书展、音乐会、走入校园等形式，其实更多地体现出跨文化对话的意义，特别是多场中葡作家对话，虽因语言及文化之间的隔膜，对话并不能完美衔接，但六年来，这样的形式不断被鼓励和拓展，中葡两国作家也有了对彼此的印象和认识。据当地媒体报道，在文学节活动现场，时常能够看到不同国家的作家、艺术家们闲散攀谈，文化以最日常的方式缓慢流动在城市生活之中，没有喧嚣的气氛，也没有追逐的迫切感。文学节的发起者，澳门当地葡语日报《Ponto Final》(句号报)也希望打造这样一个文学节，注重作家与作家之间的交流，彼此成为倾听者和对话者，每个活动都很小型化，话题却密集丰富，参与嘉宾都能抱着闲适心态参与其中，不必特别考虑市场营销、版权交易等问题。记者也了解到，在今年晚些时候，文学节还将与UCCLA葡语作家峰会合作，在澳门首次举办该峰会的活动。

(载《文学报》2017年4月1日)

“鞭子与提灯：陈映真文学与思想”学术研讨会在厦门举行

陈美霞

3月17日—20日，“鞭子与提灯：陈映真文学与思想”学术研讨会在厦门大学召开，陈映真夫人陈丽娜以及两岸文化界的40余名专家学者与会，分别从文学、历史、政治、社会等不同角度展开学术讨论。

陈映真素来被视为台湾左翼的一面旗帜。赵刚从自身接受《夜行货车》的经历入手，指出这篇小说是陈映真对“乡土文学论战”的经典介入，具有战斗性与导引性，以文学形式定义乡土文学乃反殖反帝的第三世界文学。《夜行货车》也是陈映真面对台湾新殖民地资本主义社会、日益撕裂的“省籍关系”、如何论述“中国”这三大危机感的应对。“在同时与新殖民主义西化派、反共亲美本土派，与亲美反共中国文化派的三面作战的困难条件下”，陈映真企图借由文学的力量，对广大可能为右翼本土派透过身家叙事所召唤的“台独”潜在参与或支持的青年们，进行用心良苦的“导引”。曾健民指出，陈映真的社会性质论从政治经济的分析开始，再进入阶级分析，进而联系到该时期的各种政治、社会、文化文学运动与其进步的或反动的内容，最后归结到社会变革论——变革的性质、变革的对象以及变革运动中的阶级主力在哪里，谁是同盟者等问题。台湾的社会性质论为左派统一运动提供基础。吕正惠主要谈陈映真在20世纪60年代统左思想的形成，他指出台湾四代知识分子把陈映真视为偶像，作为革命运动在台湾的遗腹子，陈映真与台湾一般知识分子的最大不同是从不承认国民党政权在台湾统治的合法性。邱士杰认为陈映真的思想贡献之一是：尽管台湾战后经济发展，因为国民党政权而实现了台湾经济基础的资本主义化，但他注意到与此相适应的主流意识形态不能支持台湾经济的可持续发展，即“精神的荒废”。

陈光兴认为理解外省人与本省人的精神处境与困境，是陈映真在台湾内部克服民族分断的实践，陈光兴通过小说细读勾勒外省人在半个世纪的历史进程中生命与政治道路的起伏。他从陈映真的第三世界视野，讨论分断体制下的“外省”失乡人与“本省”沦落人。王墨林从《加略人犹大的故事》谈陈映真的人道主义的社会主义的革命美学观。刘奎认为陈映真笔下的忧郁既是人物的生命形态，也是叙事与认知的结构性要素，与所谓“左派忧郁”不同的是，在台湾“白色恐怖”的年代，忧郁这类超出统制范围的情感结构，也暗含人的感性解放的潜能，因而具有情感政治的实践内涵。吴舒洁从陈映真早期的家庭书写讨论“市镇小知识分子”的家国伦理，认为直到1987年的《赵南栋》“离家”才被“回家”所取代，这是成长为马克思主义者的陈映真，从“家”的幸存者身上所看到的新希望。肖宝凤通过梳理刘大任的陈映真评论观察台湾当代左翼思想的张力、困境及对大陆知识界的启示意义。徐纪阳认为陈映真的早期小说在结构、语言、意象和主题等方面与鲁迅相合之处颇多，在台湾延续了中国新文学传统的鲁迅一脉。马雪把《忠孝公园》视为"思想剧"，探讨"大和解"的可能与不可能，指出陈映真的"大和解"是民族、阶级与人的复归。

陈映真先生对现实主义的推崇有目共睹，他呼唤一种宽阔的现实主义。诗人詹澈从陈映真前期小说《面摊》《将军族》与后期小说《归乡》《忠孝公园》中的人物与自身亲友的"原型"对应关系，有力地驳斥了"台独派"以"理念先行"对他出狱后小说的贬低，指出陈映真现实主义创作的一贯性。张立本认为从《苹果树》《死者》可知陈映真写作之初便关切"人如何生活于世界？如何活着才是人？"这一问题意识暗示了陈映真认为人应设法认识己身所在环境的社会条件，也显示了陈映真20世纪60年代的小说具有的现实指向性、政治性。陆卓宁则探讨陈映真的"主题先行"与文学情怀，"主题先行"并不表明陈映真认同"恋爱+革命"的概念化写作，并非忽视文学的艺术性与审美性，而是一种"表达思想"的创作信念。樊洛平认为以《归乡》《夜雾》《忠孝公园》为标志的创作，以老年视角的回眸唤起台湾被遗忘的历史记忆，以起落沉浮的个人命运见证台湾社会史，以忧患反思的态度清理殖民地台湾遗留的精神荒废，直面"战后"和"解严后"的岛屿政治生态，将台湾社会亟待解决的思想清理任务，再度尖锐地提到了时代面前。《归乡》《夜雾》《忠孝公园》也使学者彭明伟对当前台湾社会日益剧烈的族群政治矛盾冲突进行"历史性"思索。日本侵略、内战、冷战所造成的创伤如何疗愈？彭明伟认为三篇"分断历史小说"对抗的是割裂两岸联系的台湾主体性的历史论述。陈美霞通过陈映真的《铃铛花》《山路》《赵南栋》来讨论他对"白色恐怖"创伤历史的再叙述与中国认同的话语建构，同时呈现陈映真充满耶稣意味的左翼情怀。

陈映真先生并非单纯书斋式的作家，而是一个积极介入社会的知识者。创办《人间》杂志、投入社会运动、批判"台独"思潮等都是他文化实践的一部分。黎湘萍指出陈映真始终在探索新的"人"、新的"社会"是什么？台湾所有的社会、政经、历史、环境、族群、两岸、民众史等议题都可以在陈映真创办的《人间》找到源头，《人间》的精神气质与思想探索在彼时此时都是独此一家的。韩嘉玲通过大量历史照片展示了作为社会运动据点的《人间》，她认为《人间》是陈映真在小说之外，与时代更为近身肉搏的尝试。《人间》每期编辑会前都有读书会、讨论会，分析社会政治、经济问题。她分别谈了陈映真对民众剧场的贡献，以及《人间》同仁的多种作为：继承与挖掘台湾人反抗的历史，探索台湾左翼文艺的新方向与形式；结合社会运动，探索面向为工农的左翼戏剧方向；继承台湾左翼历史，进一步思考冷战结构下民族分裂的原点。陈良哲分析了《人间》的开始与结束。张均凯从陈映真的序文及其由此辐射的人际网络，考察他的"统""左"认知、运动足迹与实践图景。

朱双一以陈映真、林书扬等为中心，批判"台湾民族主义"的建构、"日本殖民统治赞美论"、大众消费文化下的"亲日"思潮、西川满与"皇民文学"问题。王睿从台湾语文教育讨论陈映真在台湾接受状况，通过陈映真相对于龙应台、余光中在台湾语文教育中的"真空"状态，凸显了台湾语文教育的"去中国化"、恋殖氛围、反共压抑、消费文化等“台湾问题”。

研讨会上，两岸学者从多方面呈现了一个立体的有情感温度的陈映真。闭幕式播放了高重黎执导的电影《我的陈老师》，与会者共同缅怀陈映真先生。

（载《文艺报》2017年4月28日）

两岸“70后”作家共话“小说阅读”会议在京举行

王　杨

为增进两岸文学交流，4月7日，由中国作协港澳台办公室主办、以“小说阅读”为主题的两岸“70后”作家作品研讨会在京举行。台湾学者吕正惠、台湾《文讯》杂志社总编辑封德屏、中国现代文学馆研究部主任李洱、中国作协港澳台办公室副主任李锦琦等参加研讨会。

近年来，中国作协在两岸文学交流方面做了大量具体工作，中国作协港澳台办公室陆续主持召开了多次两岸青年文学会议和两岸文学评论工作会议。此次研讨会的“主角”——两岸“70后”作家、评论家，采取互评的方式，从具体作品出发，审视彼此的创作对于社会历史的折射，就创作理念和技巧展开交流。

丛治辰认为，文学总是能够表现一定的社会心理结构。阅读台湾的文学作品，从叙事方式、结构、语调中，可以把握到这一代台湾写作者的困惑、焦虑和困难。同时，这种困难也是台湾社会的困境在文学中的折射。他举例分析说，台湾作家王聪威的小说充满了繁复的细节，这些细节撑破了宏大的历史线条，在重构历史的同时也瓦解了历史。杨庆祥以台湾作家胡淑雯的短篇小说《浮血猫》和《不曾发生的事》为切入口，分析现代主义写作美学如何作为一种内在视野镶嵌于这些作品中并导致了一种美学上的封闭，认为作家更应该在具体的政治经济语境中理解个体、语言、自我和他者之间的辩证关系，将经验的抵抗升华为美学的抵抗，将社会问题和精神问题转化为美学形式，才称得上听到了“文学的召唤”。

高维宏发现，在大陆，“文学写作的个人化与公共性”被视为普遍问题，而台湾当代小说中个人化写作的问题更为严峻。他以大陆作家黄咏梅为例，认为其作品多写平凡人在时代变迁中的日常生活，活用叙事视角的转换，以去个人化、去主体化的姿态书写他者，这或可成为台湾小说家写作的他山之石。黄文倩在阅读双雪涛、石一枫、徐则臣的代表作《平原上的摩西》《地球之眼》《耶路撒冷》的过程中发现，这些作品都有对“正典”的再吸收与援引，“正典”一方面以互文或渗透的方式加深了作品的深度，另一方面也与作品的叙事观点、情节架构、意象发展等产生了联动关系。尽管在“正典”与想象现实间充满焦虑，作家仍在追寻“正典”的过程中辩证地展现了人们的现实与精神困境。石晓枫关注徐则臣北京系列小说中的城市边缘者，认为相较于都市小说的炫目与浮华，徐则臣笔下挣扎于都市洪流中的外来者凸显出生机勃勃的本色，而这是为都市创造活力与张力的根本。

与之前研讨会作家只是单纯听取别人的评价不同，此次研讨会上，两岸作家也参与到互评之中，他们的评论更多地集中在创作的理念、细节等方面，提供了另一种关注文本的视角。高翊峰关注到徐则臣《王城如海》话剧形式的引言以及“小说之中的小说”的结构，认为小说的细节之中充满隐喻，抵达了人在历史中的处境问题。童伟格认为，张楚的短篇小说集《在云落》包含了两种叙事原型，一种是受西方现代主义文学的影响，描述小说主角与所置身世界的疏离；另一种则是对于现实主义小说美学的探索。他认为张楚试图将20世纪后20年的时代风貌导入中国抒情传统的论述框架，深度描绘了经济转型时城乡间人物的日常遭遇。甘耀明注意到，石一枫的小说《世间已无陈金芳》《地球之眼》有多种视角，这两部作品都近距离贴近时代洪流下的小人物，同样是写对都市人的人性试炼，前者给人深沉无解的哀愁，后者又在无奈之中注入了一股向上的价值。

大陆的作家从另一种视角看台湾作家的写作，也会获得不一样的认知。梁鸿探讨了甘耀明作品中对于自然与现代文明关系的书写，但这无关于工业、农业或者对于乡土的书写，而更多关乎人的本质存在。石一枫认为陈雪的《摩天大楼》在悬疑小说的形式之下具有某种象征意义——大楼象征看似高效运转、实则荒诞混乱的现代社会。陈雪以一种更加内化和本质化的写作方式，挖掘人性中无法坦然暴露的部分，使小说中摩天大楼所具有的象征意义超越了通常的经济学和社会学范畴，具有了令人震惊的文学内涵。付秀莹谈到了童伟格小说中对于时间的敏感和执念。她认为对于命运既敬重又淡然的态度，使其小说具有一种内在的矛盾和张力，既深沉焦虑又超脱出尘，构成了作品复杂丰富的审美维度。张楚关注了高翊峰的城市题材小说。他认为大陆作家的都市题材小说，无论是关于职场还是爱情，大多有一个明晰确凿的主题，人物会在故事推进中完成各自的使命，并与时代有较为饱满紧密的联系；而高翊峰的小说时代气息并不浓厚，更注重对城市中孤独个体的精神状态和生存状态的描绘，通过具有强烈先锋性的魔幻现实主义手法，展现都市中人的变异状态，使作品弥漫强烈的寓言气质。

陈雪、徐则臣、杨宗翰、刘大先、徐刚、饶翔、李蔚超、宋嵩、林美兰、沈芳序、霍艳等作家、评论家也参与了研讨。

除研讨会之外，台湾作家陈玉慧、甘耀明、高翊峰、童伟格、陈雪与大陆作家梁鸿、张楚、杨庆祥、张悦然、双雪涛、蒋方舟等还在中国人民大学围绕“生活与小说创作”展开对话，讲述了从家庭、童年和生活经历中生发出的创作欲望，探讨了生活与创作的深层关系。

（载《文艺报》2017年4月19日）

世界华文文学区域关系与跨界发展国际学术研讨会在杭州举行

韩宇瑄

2017年4月7日—9日，世界华文文学区域关系与跨界发展国际学术研讨会在浙江大学紫金港校区隆重举行。本次会议由中国艺术研究院《文艺研究》编辑部、浙江大学海外华人文学与文化研究中心、浙江大学中国现当代文学与文化研究所联合主办，来自英国、美国、加拿大、荷兰、日本、韩国、新加坡、马来西亚、中国(包括大陆、台湾、香港、澳门)的百余名专家学者与会，其中著名科研机构和高校有美国哈佛大学、美国杜克大学、英国剑桥大学、日本早稻田大学、日本立教大学、东京日本大学、韩国外国语大学、新加坡南洋理工大学、马来西亚马来亚大学、中国社会科学院、中国现代文学馆、复旦大学、台湾大学、台湾清华大学、香港中文大学、香港浸会大学、澳门大学、武汉大学、山东大学、厦门大学、同济大学、华中师范大学等，与会者济济一堂，少长咸集，他们论道世界华文文学成就，探索世界华文文学走向。

4月8日上午八点半，会议开幕式在圆正启真酒店求是厅举行。会议由浙江大学中国现当代文学与文化研究所所长、大会主席吴秀明教授主持，浙江大学副校长罗卫东教授、世界华文文学学会会长王列耀教授、浙江大学海外华人文学与文化研究中心主任金进研究员分别致辞。罗卫东副校长在致辞中向与会学者介绍了浙江大学一百二十年来走过的辉煌历程与美好前景，列举了浙江大学的文科传统与新浙江大学成立以来浙江大学为建设世界一流大学、振兴文科作出的种种努力，并热情呼唤“文学的春天”的到来。王列耀教授介绍了世界华文文学学会的发展状况，综述了当前世界华文文学研究的成果和挑战，并呼吁与会学者对即将到来的理论与创作上的挑战充分重视，开创世界华文文学研究的新局面。金进研究员作为东道主对于与会嘉宾表示热烈的欢迎，他简要介绍了浙江大学海外华人文学与文化研究中心的概况和展望，表达了对于本次会议的希冀与愿景，期待本次会议开成一次高质量、高水准的大会。

主题演讲由浙江大学现当代文学与文化研究所副所长黄健教授主持，暨南大学中文系教授、世界华文文学学会会长王列耀，日本早稻田大学文学学术院教授千野拓政，澳门大学中文系教授、系主任朱寿桐，中国社会科学院文学所首席研究员、台港澳文学与文化研究室主任赵希方，美国杜克大学中国文化研究、性别研究与影像艺术教授、中国与比较文学协会主席 Carlos Rojas，新加坡南洋理工大学中文系副教授、系主任游俊豪分别做主题演讲，主题演讲涉及华人文学百年传播、东亚青年文化、汉语新文学概念、华文文学作家、翻译与译介、华语新诗等多个方面，选材广泛，开掘深入，引起了在场专家学者的热情呼应与深入讨论，充分体现了学科的包容度与活力。

4月8日下午和4月9日全天，十场分组讨论顺利进行。来自世界各地的50位学者分别就不同主题展开演讲，10位点评人分别进行了点评。在场学者反应热烈，纷纷与作者展开对话，“世界华文文学区域关系与跨界发展”的主题在讨论中不断明晰。

4月9日，闭幕式由浙江大学现当代文学与文化研究所常务副所长姚晓雷教授主持。浙江大学海外华人文学与文化研究中心主任、大会执行主席金进研究员作会议总结。金进研究员详细梳理了本次会议所讨论的问题及取得的成果，展望了世界华文文学区域关系与跨界发展的未来，并对与会学者的热情参与和高质量讨论表示感谢。

本次会议体现了浙江大学中国现当代文学学科的学术实力与求是担当，体现了成立不久的浙江大学海外华人文学与文化研究中心的学术活力，浙江大学海外华文文学研究前景可期！

华文文学与中华文化海外传播国际学术研讨会暨新移民作家笔会在徐州召开

网　闻

4月20日至24日，由中国世界华文文学学会、中国现代文学馆和江苏师范大学联合举办的华文文学与中华文化海外传播国际学术研讨会暨新移民作家笔会隆重举行。复旦大学陆士清、苏州大学曹惠民、厦门大学朱双一、南昌大学陈公仲、华中师范大学江少川、武汉大学赵小琪等40余位专家学者和来自美国、加拿大、德国、匈牙利、西班牙、日本、澳大利亚、泰国、马来西亚等国家的30余位新移民作家参加了会议。

4月21日上午，大会举行开幕式。江苏师范大学校长华桂宏致欢迎辞，对各位专家的到来表示热烈欢迎，并简要介绍了我校近几年来的发展成就。华桂宏表示，江苏师范大学文学院的台港及海外华文文学研究在江苏省享有一定的地位，在常年不懈的坚持下，取得了一些有创新性的研究成果，受到学界的关注与好评。江苏师范大学将以此次会议为契机，继续大力支持海外华文文化研究的开展，力求取得更大成绩。江苏省社科联副主席徐之顺在代表省社科联致辞时向代表们的莅临表示感谢，并对未来华文文学研究的深入发展提出了建议。他认为，学会要加强自身建设，系统扎实地总结过去的研究经验，整合力量联合攻关，共同为海外华文文学研究的发展、为江苏省文学研究的繁荣贡献力量。中国世界华文文学学会副会长、盐城师范学院校长方忠在致辞中简单介绍了此次会议的酝酿过程和由来，介绍了徐州的特色汉文化，并预祝大会圆满成功。国际新移民华文作家协会陈瑞琳代表海外华文作家致辞，她表示，当代新移民作家愿意勇敢地肩负起双重使命，让中华文化与异国文化在碰撞中产生新一代的汉语写作成果，把中华文化传播到世界各地，让世界了解中国。

开幕式结束后，南昌大学陈公仲、美国华文作家王威、上海师范大学杨剑龙、美国华文作家施玮、厦门大学朱双一、我校文学院王艳芳等专家学者分别作了大会主题发言。大会还分别围绕"华文文学与中华文化认同""华文文学与中华文化海外传播""新移民文学研讨"等问题展开讨论。

会议期间，来自海外的华文作家参加了新移民作家笔会并开展了座谈。座谈会上，海外作家们畅谈了自己的创作体会，与会领导向他们赠送了新乡土写作代表作家、青年作家叶炜的新作"乡土中国三部曲(《富矿》《后土》《福地》)"。

国际小诗暨"小诗磨坊"作品研讨会在东南大学召开

史诗源

2017年4月23日由东南大学现代汉诗研究所、东南大学中文系、东南大学人文学院主办，东南大学出版社、东南大学社科处及社科联学术沙龙协办的国际小诗暨"小诗磨坊"作品研讨会在东南大学九龙湖校区人文学院报告厅举行。泰华"小诗磨坊"的三位重要诗人曾心、林焕彰、博夫参加了会议。出席会议的专家还有来自美国康奈尔大学、韩国外国语大学、中南财经政法大学、浙江大学、武汉大学、厦门大学、南开大学、上海交通大学、同济大学、南京师范大学、福建师范大学、南京晓庄学院、广东石油化工学院、广州第二师范学院、常熟理工学院、南京信息工程大学、东南大学现代汉诗研究所、西南大学新诗研究所、江苏省社科院文学所、厦门市作协、《名作欣赏》杂志社等单位的安敏轩、朴南用、骆寒超、古远清、陈惠瑛、方长安、杨洪承、秦林芳、熊国华、何言宏、喻大翔、熊辉、向卫国、初清华、计红芳、苏永延、李良、雷文学、张玲玲、李玫、张娟、王珂、王觅等，还有南京诗人龚学明、夏才和、雪丰谷、半岛、徐静等。东南大学中文系、艺术系的部分研究生也参加了会议。大会由东南大学现代汉诗研究所研究中心主任、东南大学人文学院中文系主任王珂教授主持开幕式，东南大学社科处甘锋副处长发表了致辞，介绍了东南大学过去的诗歌传统和今天的人文社科建设，表达了对与会专家学者的欢迎和对小诗会圆满召开的祝愿。东南大学人文学院李涛书记同样对参会人员表示了热烈的欢迎并对东南大学人文学院进行了介绍。东南大学出版社文科分社社长刘庆楚编审代表会议协办方东南大学出版社致辞，介绍了刚由东南大学出版社出版的《曾心小诗500首》(王珂主编)和《小诗磨坊小诗精选》(王珂、曾心主编)的出版情况，请专家们支持由东南大学现代汉诗研究所和东南大学出版社联合打造的“现代汉诗精品文库”。最后是“小诗磨坊”的发起人和负责人曾心发言致辞，表达了对东南大学的喜爱和对王珂教授组织这次会议的感谢。王珂教授对开幕式进行总结，他说：“以曾心老师为代表的诗人对诗歌的热爱让人感动，为诗消得人憔悴，衣带渐宽终不悔。我代表诗歌及小诗感谢大家。这么多年来，没有人专门为小诗举办学术研讨会，我们组织了这场专题研讨会，要努力把它办好。”

上午十点，第一场研讨会开始，由武汉大学文学院方长安教授主持。曾心宣读了论文《谈写小诗的技法》，提出小诗创作要注意捕捉“物象”，创造意象。之后安敏轩、朴南用、林焕彰、杨洪承、熊辉、熊国华、何言宏、向卫国、古远清、骆寒超等学者和诗人进行了各自的论文汇报。其中朴南用的诗歌研究对沟通中韩文学的发展有重要意义，他通过对不同时期韩中两国现代小诗生成和发展的比较分析了两国小诗的特征。各个老师的选题都有很有自己的个性，论述也能阐发相应的观点。上午十一点半研讨会结束，王珂教授主持了东南大学现代汉诗研究所兼职研究员授聘书仪式，由新诗研究界的著名资深学者骆寒超教授和古远清教授向曾心先生和朴南用先生授聘书。东南大学现代汉诗研究所去年聘请了中国香港学者郑政恒教授、中国澳门学者傅天虹教授和中国大陆学者汪政为兼职研究员。今年曾心和朴南用的加入，增加了东南大学现代汉诗研究所的国际化特色。

下午三点第二场研讨开始，广东第二师范学院熊国华教授主持研讨会。武汉大学文学院方长安教授进行了下午的第一场论文汇报，分析了小诗传播和经典化的相关问题，并指出了经典化带来的问题和反思。之后“小诗磨坊”诗人博夫、厦门市作协陈惠瑛和高校教师喻大翔、初清华、计红芳、苏永延、李良、雷文学、张娟等就小诗和小诗磨坊的创作表达了自己的认识和论文汇报，学生代表南开大学文学院博士生王觅、东南大学中文系硕士生史诗源分别从不同的角度对小诗的特征进行了阐释。最后王珂教授作了题目为《磨坊为何享誉世界》的主题演讲，总结了“小诗磨坊”的小诗为何能从最初的发展到现在享誉世界的原因，是他们的诗歌魅力和创作热情。下午 17:00，王珂教授主持了闭幕式，熊国华教授致闭幕词，会议圆满结束。

会议期间，三位专家还为学生推出了四场精彩的学术讲座：美国康奈尔大学专家安敏轩(Nick Admussen)的汉语讲座“中国当代散文诗”和英语讲座“Contemporary American Poetry：2012—2017”；武汉大学文学院副院长，2016 年度国家社科基金重大项目——“中国新诗传播接受文献集成、研究及数据库建设(1917—1949)”的首席专家，二级教授方长安的“中国新诗传播接受与经典化问题”；中国新文学学会名誉副会长、中南财经政法大学中文系古远清教授的“台湾文化面面观”。

这次研讨会是在两个国际合作项目的基础上进行的，分别是东南大学社会科学横向项目、东南大学现代汉诗研究所 2017 年度国际交流重点研究项目“小诗磨坊小诗编选出版及研究”和“曾心小诗编选出版及研究”。《曾心小诗 500 首》和《小诗磨坊小诗精选》也是东南大学现代汉诗研究所与东南大学出版社联合推出的“现代汉诗精品文库”最早的两部诗集。这次研讨会也是东南大学 115 周年校庆活动的重要内容。

第四次中国—澳大利亚文学论坛在广州举行

陈　寂

第四次中国—澳大利亚文学论坛 8 日在广州揭幕。在为期两天的论坛中，12 位中国作家、文学学者和出版业代表将和 8 位澳大利亚同行围绕“文学、流动和地域”“出版的前景和理由”“文学与翻译”“诗歌及其社会作用”等主题展开讨论。

中国作家协会主席铁凝在开幕式致辞中表示，随着中澳文学交流的不断深化和扩展，此次论坛的对话内容和交流形式也更加丰富多样，为小说、诗歌、评论、翻译等提供了专业的切磋平台。同时，网络文学的发展已形成热潮，网络及网络文学为我们提供了许多新话题。此次论坛的主题在很大程度上涉及如何应对和评价新的文学生态的复杂性问题。

澳大利亚西悉尼大学人文与传播艺术学院院长彼得·郝金斯表示，论坛的举办为两国作家、文学学者、译者及出版商提供了绝佳的机会，相互交流意见，并加深对各自文学世界的理解。此次论坛的举办在“一带一路”倡议的时代背景下尤为应景：这个倡议倡导各文化和各民族之间的交流，提倡“和平合作、开放包容、互学互鉴、互利共赢”的精神，两国作家在此向彼此学习，提高了两国文化交流的质量。据悉，自 2011 年中国—澳大利亚文学论坛首次在悉尼成功举办，中国—澳大利亚文学论坛每两年在两国轮流举办。

美国亚裔文学研究高端论坛在中国人民大学举行

王　凯

5 月 27 日，美国亚裔文学研究高端论坛在中国人民大学举行，与会专家针对美国亚裔文学研究的现状与未来进行交流。

“美国亚裔文学研究”是中国人民大学的重大规划项目。据郭英剑介绍，从目前的研究现状来看，国内的美国亚裔文学研究尚缺乏较为完备的《美国亚裔文学史》《美国亚裔文学评论集》等系统性著作，相关研究对于经典亚裔作家作品的关注严重不足，现有的美国华裔文学的研究主要集中于长篇小说，对短篇小说、诗歌和戏剧的重视程度同样远远不足，即使出现了少量个体研究，整体研究仍然十分匮乏。因此，“美国亚裔文学研究”项目将全面梳理美国亚裔文学的经典作品，增添短篇小说、戏剧与诗歌等方面的研究。加州大学洛杉矶分校教授 King-Kok Cheung 指出，美国亚裔文学研究具有广阔的天地。美国亚裔文学研究者，尤其是具有双语背景的中国学者可以从性别、文类、伦理、历史、理论、语言/翻译、国家/民族性以及研究方法等角度拓展美国亚裔文学研究的疆界。南京大学教授程爱民建议将美国亚/华裔文学研究置于中美两种文化语境中以达到彰显中国文化传统的目的。南京大学教授赵文书以美国华裔作家任璧莲的小说《世界与小镇》为切入点，探讨了美国亚/华裔小说涉及的多元文化问题。有关目前的美国亚裔文学研究现状，北京语言大学教授陆薇指出了其中所存在的缺乏理论建构意识的问题。北京外国语大学教授潘志明则指出美国华裔文学研究现状的不足：一是出版环境堪忧，二是对新的作家作品关注度不够。解放军外国语学院教授石平萍认为，在编选《美国亚裔文学评论集》和《美国华裔文学评论集》时必须要考虑入选标准的问题。

在论坛部分，与会学者深入探讨了以下 5 个议题：美国亚裔文学、亚裔美国文学抑或亚美文学；美国亚裔文学是否仅只是美国文学在少数族裔方面的一个亚流派；美国亚裔文学怎样寻求国度、文化与语言的跨越，才能抵达一种全球身份；从亚裔美国文学到跨太平洋亚裔美国文学如何可能；美国亚裔文学研究的过去、现在与未来。在题为“美国华裔文学研究中的民族主义”的发言中，赵文书详细介绍了美国华裔作家赵健秀早期作品所体现的同化倾向以及他对中国文化的态度转向。程爱民的发言以“美国华裔文学叙事策略”为题，分析了中美传记/自传叙事策略的差异并在此基础上概括了美国华裔文学中传记/自传呈现的特点。潘志明就“华裔美国文学中中国文化的两种书写方式”的问题发表了个人的见解，他以美国华裔作家邝丽莎的小说《牡丹之恋》为例指出了美国华裔文学中对中国文化书写的两种方式：以再现书写还原中国文化、以逆写将中国文化作为协商对象。石平萍特别强调了美国亚裔文学研究所应该重视的问题，如关注文学性的内部研究，关注文学作品中的文化意识等。

（载《文艺报》2017 年 6 月 2 日）

澳大利亚华人作家节在墨尔本市亚拉图书馆举行

李　锋

7 月 6 日，2017 澳大利亚华人作家节在澳大利亚墨尔本市亚拉图书馆举行，来自中澳两国的华人作家和文学爱好者济济一堂，探讨中国文学在海外的拓展等大家共同关心的问题。

澳大利亚华人作家节始于已故侨领杨锦华 1991 年创办的中华国际艺术节。活动举办 26 年来，余秋雨、张贤亮、铁凝、莫言、余华、阿来、韩少功等国内知名作家都曾受邀前来与澳大利亚当地华人作家交流创作经验。2011 年，澳大利亚华人作家节与中国作家协会签署了交流合作备忘录，此后华人作家节取得了突飞猛进的蓬勃发展。

澳大利亚华人作家节主席胡玫介绍说，母国文化始终都是海外华人赖以生息繁衍的精神食粮，中澳华人作家之间加强交流与沟通，不仅有助于国内作家的优秀作品更好地走向海外，作为中国文学的一支力量，海外华人文学也希望借此能够受到国内文学界的更多关注。

胡玫认为，移民文化是源于母国文化，又嫁接了他国文化的第三种文化，因而更具备国际化特征和强大生命力，绝非是在夹缝中求生存。当前，来自华人作家的一批文学作品已经在澳大利亚主流社会中产生广泛影响。目前正在澳当地电视台热播的电视剧《罗家》就是来自马来西亚的华人作家罗旭能的作品。此外，来自中国香港的作家罗卓瑶的《浮生》也广为澳大利亚民众熟知，已经被改编为同名影片。

墨尔本是澳大利亚第二大城市，同时又是文学、艺术、音乐氛围浓厚的文化之都。中国驻墨尔本总领馆代总领事黄国斌表示，澳大利亚华人作家的作品不仅丰富了当地的文学创作，反映了华人的生存状况和精神世界，也让更多的澳大利亚当地人了解了华人的思想和中国文学的发展，对增进两国人民的友谊是非常有帮助的，从这个意义上说，作家也是友谊的大使。

前来与会的中国吉林省作家协会副主席宗仁发告诉在场嘉宾，最近 10 年来，中国作家作品在海外翻译出版的数量明显增加，国外汉学家与中国作家的交流也日趋频繁。与此同时，国际社会对中国文学的关注重点也在悄然发生变化，从更多关注意识形态到更多关注精神世界和日常生活，从更多关注古典文学到更多关注当代文学，从更多满足猎奇心理到更多从文学角度把握中国文学。

经过多年努力，中国文学在海外的拓展取得了巨大进步，中国作家及其作品在很多国家得到了认可。中国本土作家在世界文坛上占有了一席之地，让更多国家和地区的人民因此深化了对中国社会的认识。对此，云南省作家协会副主席范稳认为，中国文学在海外的拓展和海外华语作家的坚守，凸显了华人的文化自信。“有了文化自信，就有勇气和能力去传播中国文化，从而使华语文学不断发展壮大。”

澳大利亚华人作家王若冰说，中国国家实力和文化影响力的提升让海外华人作家倍感自豪和鼓舞。澳大利亚华文作家来自不同的国家和地区，有着不同的成长背景、不同的人生经历和故事，他们的文学作品在促进中西文化交流方面发挥了不可忽视的作用。另一位澳大利亚华人诗人王岭梅认为，华语文学对于消除种族间的隔阂发挥了不可替代的作用：“所有的歧视和偏见都源自误解，误解又会产生恐惧。文学作品能够促进不同族群间的了解，从而有利于相互贸易和投资。”

不过与会人士也认识到，作为中国文学的延伸，海外华语文学的受众大多局限于居住国的华语读者，发展和拓展的空间相对有限，华人作家大都在孤军奋战，非常渴望得到祖国读者和文学界的认可。

澳大利亚华人作家节副主席潘华认为，海外华文作家要想获得进一步发展，一定要立足于本土，要接地气，要反映当地华人的生活点滴和喜怒哀乐。而且，作品要宣传正能量，要大力弘扬积极向上的文学，如此才能引发广泛的共鸣，更好地传播中国文化。除此之外，要想让自己的作品在海外获得更多人的认可，必须大力提高写作水平，这其中除了提高写作技巧，还要和国内外的作家多交流，也希望中国作家协会能够给予大力协助，让华语文学在海外拥有更广阔的发展空间。

第十届华人文学研讨会在温哥华举行

浩　文

加拿大华裔作家协会于 2017 年 7 月 16 日举办 30 周年庆典，与西门菲沙大学林思齐国际交流中心合办，在温哥华中华文化中心举行了第十届华人文学国际研讨会，主题为“跨域与交流：加华文学的流变与成就”。来自加拿大、美国、中国(包括大陆、香港、台湾)、韩国、泰国等地的 30 多位学者、作家汇聚一堂，其中包括中国作家协会和暨南大学的代表团。研讨会的协办机构为大温哥华中华文化中心、加拿大中国笔会、魁北克华人作家协会与美国华文文艺界协会。

7 月 15 日，加华作协会长陈浩泉致辞，概述本届研讨会的突破意义，并简介加华作协的情况。中国驻温哥华总领事馆孔玮玮副总领事莅临致辞，他赞扬加华作协在中加文化交流和推动文学创作上的成绩与贡献。研讨会由西门菲沙大学终身教授王健主持，听众 80 多人。整天的会议围绕加华文学的数个领域展开，既有宏观的纵论，也有微观的作家与作品的探讨。中国作家协会下属作家出版社社长吴义勤首先以《流动、文化认同与移民文学新视野》阐述了对移民文学的理论观察；台湾成功大学马森教授的《评梁丽芳、马佳的〈中外文学交流史：中国—加拿大卷〉》赞扬了这本开山之作的贡献；北京大学终身教授严家炎《我的两点感想》和评论家彭学明的《加华文学的诗里乡愁》仔细分析了加华作家的作品；韩国釜山大学金惠俊的《浅谈加华作协的短篇小说》和韩国外国语大学朴宰雨的《加华文学在韩国》，分别评介了加华作家小说的特色，以及韩国学界与陈浩泉、梁丽芳、青洋和韩牧等人的学术交流。

河北小说家关仁山的《加拿大华人文学的发展和演进》与河南小说家乔叶的《意外的馈赠：北美华人文学跨域发展态势》，以及美国华文文艺界协会会长吕红的《传承与创新：北美华人文学跨域发展态势》，分别从不同角度谈论了华人文学的发展；暨南大学蒋述卓的《论加拿大华文小说的叙述艺术》与该校池雷鸣的《伦理传统在加拿大华人新移民有关下一代写作中的现代变异：挑战和传承》，《民族文学》主编石一宁的《“漂鸟”飞出人生的深广——简论加拿大华文女作家创作》、郑州成功财经学院彭燕彬的《洛学“天理”学说与海外华文通俗文学创作理念——以北美作家创作为例》等，从不同角度论述加华文学的特征。滑铁卢大学孔子学院院长李彦，图文并茂地讲述了《留给丽莲的东西——寻找白求恩珍贵遗物的历程》；该校孔子学院中方院长、上海外国语大学的周敏，论述了《杂糅马赛克：〈雪百合〉中的身份认同书写》。

香港大学讲师陈伟中、泰国华侨崇圣大学范军和许秀云、北京中央民族大学赵志忠、复旦大学陆士清，都不约而同地评论了陈浩泉的中、长篇小说和他的散文，涉及小说《寻找伊甸园》和散文集《泉音》。范军的《〈俱道适往，着手成春〉——韩牧散文艺术管窥》评述了韩牧的散文成就；福建社会科学院的萧成的《穿越时空的水墨意象：青洋诗斑豹》，仔细评述了青洋的新诗集《水墨横流》；韩牧则评述《加拿大华文诗中描写的本国社会现实》等。澳门大学的黄维梁读散文集《枫景这边独好》而怀加华文友；南京大学刘俊比较张翎的《金山》与陈河的《沙捞越战事》；南京大学赵庆庆论加华英语和法语文学的发展及其在华的译介。

会庆晚会前的文学座谈会，由“加华作协”执行会长梁丽芳主持，主题为“加华文学与世华文学面面观”。发言的作家有阿浓、黎玉萍、陈华英、黄冬冬、青洋、宇秀、李爱英等，他们的谈话围绕家园之外写作的经验、优势和挑战，引起大家莫大的兴趣。来自北京以长篇小说《娘》扬名的土家族作家彭学明，也联系自己的创作经历，作了精彩的回应。研讨会和会庆晚会结束后，加华作协还安排外地来宾进行了两天的温哥华和省府维多利亚市的游览与文化考察。

第十四届香港中文文学双年奖文学研讨会在香港举行

康　睿

由康乐及文化事务署香港公共图书馆主办的“第十四届香港中文文学双年奖：文学研讨会”已于2017年8月19日至9月10日在香港中央图书馆演讲厅举行，五场以儿童少年文学、小说、散文、文学评论及新诗为主题的文学研讨会，由今届奖项的本地及港外评委主持。

戴小华《忽如归》作品研讨会暨藏品捐赠仪式在京举行

周乾宪

9月3日，由中国现代文学馆，上海三联书店联合举办的戴小华女士《忽如归》作品研讨会及藏品捐赠仪式在京举行。

戴小华是马来西亚著名华文女作家，祖籍河北沧州，出生于台湾，20世纪80年代后期以反映当时马来西亚古诗风暴的巨作《沙城》一举成名。主要代表作还有《深情看世界》《永结无情游》《火浴》《爱是需要学习的》《风起云涌》《点石成金》《巨笔如椽》《谁说我不在乎》《闯进灵异世界》《忽如归》等。部分作品入选中国大学、初中及马来西亚中学语文教材。

戴小华此次将自己的著作版本和她收藏的台湾、香港暨海外华人作家的签名本著作捐赠给中国现代文学馆，另外还有黄永玉先生亲笔题赠给她的酒鬼酒，以及马来西亚杰出画家钟正山为她画的一幅国画，表达了她对祖(籍)国的拳拳之心、殷殷深情。

戴小华介绍，《忽如归》是发生在20世纪70年代历史激流中一个家庭的真实故事。《忽如归》一书的核心在于这个“归”字，可以说它在几个层次上串起了全书的内容，意喻父母的回归故土，回归心灵，回归文化，最后在历史激流中一切都回归平静。

著名作家王蒙点评《忽如归》时提到，戴小华女士关心现实，关心社会，关心人民的命运。她写得非常真实、真诚，所以动人心魄、感人肺腑。

中国散文学会会员任启亮认为，《忽如归》是海外游子的生活写照，它集中体现了海外游子的国家意识、民族情感和文化追求。

“一带一路”与世界华文文学国际峰会在杭州举行

网　闻

2017年10月9日至12日，“一带一路”与世界华文文学杭州峰会于浙江大学紫金港校区隆重召开，本次会议由中国世界华文文学学会、浙江大学人文学院主办，浙江大学海外华人文学与文化研究中心承办，王列耀和楼含松两位教授担任大会主办方主席。8 日至 10 日，杭州峰会第一场活动“含英咀华：世界华文文学的理论探讨与创作实践学术研讨会”在浙江大学紫金港校区启真酒店正式开始。本次学术研讨会旨在响应“一带一路”倡议，进一步推动世界华文文学发展，加强彼此之间跨文化、跨语际的学术交流。大会论文共计 72 篇，参会学者中境外人数 100 余人，分别来自 22 个国家和地区，大家齐聚一堂，共襄盛举。

10 月 9 日，会议开幕式在圆正启真酒店求是厅拉开帷幕。任少波、彭波、王列耀分别致辞，对来到浙江大学参会的专家学者和文艺工作者表示热烈欢迎，高度评价会议在响应国家战略号召、促进海内外华人文学交流、提高学科研究能力方面所做出的努力，并寄语世界华文文学学科把握机遇，助力中华文化走向世界，为世界华文文学在“一带一路”宏伟蓝图下书写新的篇章而不懈奋斗。三场致辞使与会代表备受振奋，会场内掌声频传。

主题演讲阶段，由福建省社会科学院研究员刘登翰教授主持，中国社会科学院文学所研究员、中国作家协会名誉副会长张炯，中国世界华文文学学会会长王列耀，浙江大学外国语言文化与国际交流学院教授聂珍钊，山东大学文学院教授黄万华，加拿大华人作家陈河，南京大学文学院教授刘俊分别作主题演讲，主题演讲内容涉及“一带一路”下世界华文文学发展与研究的新局面、“跨界”与世界华文文学、文学伦理学批评与中国学术走出去、百年海外华文文学的历史进程、离散经历和文学创作、古今文学比较研究等主题，涉及面广，振聋发聩，引起在场专家学者的呼应与讨论。

10 月 9 日下午、10 月 10 日全天分组讨论。来自世界各地的学者、作家就不同主题展开演讲，点评人进行了精彩的点评。在场学者反应热烈，纷纷与发言者展开对话，“世界华文文学理论探讨与创作实践”的主题在讨论中不断深化。

闭幕式由复旦大学中文系陆士清教授主持。南京大学文学院刘俊教授、江苏社会科学院文学研究所刘红林研究员、郑州大学樊洛平教授、浙江大学中文系陈力君副教授、马来亚大学中文系主任潘碧华教授、广西民族大学文学院陆卓宁教授作分场汇报。山东大学文学院黄万华教授作大会学术总结，对大会在厘清世界华文文学关键概念，拓展学科边界方面作出的贡献表示高度肯定。浙江大学海外华人文学与文化研究中心主任、大会执行主席金进研究员作会议总结。福建省作家协会副主席、世界华文文学联盟副秘书长杨际岚作联盟文情发布。会议在热烈的气氛中落下了帷幕。

恰逢世界华文文学学科的开创者曾敏之先生百年诞辰。大会在 9 日晚于求是厅举行了曾敏之先生百年诞辰纪念会，这是本次杭州峰会的第二场活动，20 位曾敏之先生的朋友、学生发表感言，寄托对这位学科先贤的尊敬与哀思。

11 日—12 日会议还安排了“现代文学大师寻访”文化考察，这是杭州峰会的第三场活动，文化考察以境外代表为主，大家先后参观了绍兴鲁迅故居、奉化两蒋故居、海宁金庸故居、徐志摩故居、乌镇茅盾故居等文化遗迹，通过追思故人和缅怀历史，促进学术交流，将浙江源远流长的现代文学传统发扬光大。

本次会议不仅对世界华文文学学科在历史关键期的概念厘定、边界拓展、观念更新产生了积极影响，更号召和鼓舞着文学研究者和文艺工作者投身“一带一路”倡议的伟大号召中去，在伟大的时代创造更加辉煌的业绩。

“中华文脉与华文文学”国际高峰论坛在宁举行

陈立民

2017年10月11日，由江苏省社会科学院主办、《世界华文文学论坛》编辑部承办的“中华文脉与华文文学”国际高峰论坛暨《世界华文文学论坛》百期巡阅会议在宁召开。

与会专家认为，世界华文文学体现着中华文脉境外表达的地域广度、艺术高度和文化厚度。

作为继承与倡扬中华文脉最具代表性的地域之一，江苏的境外文学叙述与研究在不懈探索中砥砺前行，未来需突破现有视野和话语局限，主动聚焦新领域、新问题，通过跨界融合培植新的学术生长点，以开放严谨的态度提炼“对中华文化有解释力，对西方话语有穿透力”的新概念、新范畴、新表述。

“比较视野下的古典与现代、东方与西方”跨文化论坛在京举行

王怡婷

10月14日，由北京语言大学比较文学研究所主办的“比较视野下的古典与现代、东方与西方”跨文化论坛在京举行。该论坛为北京语言大学比较文学研究所建所二十周年而举办，北京语言大学校长助理张旺熹、中国比较文学学会会长王宁、北京大学比较文学与比较文化研究所学术顾问严绍璗等百余位中外学者出席会议。

论坛围绕比较文学与古典文学、跨文化与跨学科研究、汉学与中国学研究、汉语文学与世界文学研究、翻译与形象建构研究、比较视野下的文化和文学经典等话题展开。王宁在题为《西方人眼中的中国及中国人的形象：历史的演变与现状》的大会发言中，探讨了全球化语境下国家形象建构的重要课题，以及如何掌握自己的话语、讲好中国故

事，以便他人更好地了解中国。中国人民大学教授杨慧林则从中西思想之间的对应和比较中，阐释了哲学的“对极性”概念。

围绕跨文化与跨学科议题，北京大学出版社外文编辑部主任张冰从文学发生学意义上探讨了俄罗斯学者在多元文化语境中进行的民间文学传递生成变异研究，即“在文学的‘发生学’的机制中，作为其内在的‘异质文化语境’的文化传播的所有形式，几乎都是在不正确理解的逻辑中进行的”，其研究意义和视域已经远远超出了“文本”立场上的、具体情节结构以及故事模式的比较阐述。福柯在《词与物》中论述说，人文科学“通常不仅难以确定对象之间的界限，而且还难以确定心理学、社会学、文学和神话分析所特有的方法之间的界限”。中国社会科学院青年学者张锦在福柯的论述语境中阐述了人文科学的跨学科属性，并为跨学科研究寻找合法性和方法论依据。

在“比较视野下的文化和文学经典研究”主题中，清华大学外文系教授生安锋考察了老舍等现代作家的作品在英语世界的翻译、传播和接受状况，结合当代作家在国际上的译介，认为影响民族文学走向世界文学之路的因素是多样的，如作品及翻译的质量、国际时代风尚与美学标准、国家软实力及政治经济因素等，提出了在全球化时代，推广“世界文学”的重要性和必要性。首都经贸大学教授石海毓从心理学角度分析了美国自然文学中对人与自然和谐共存关系的表达。非裔美国女作家杰思敏·沃尔德的小说《拯救骨头》与印第安裔美国女作家路易斯·厄德里克的《圆屋》分别获得2011年和2012年的“美国国家图书奖”。中国人民大学博士张龙艳从成长小说的视角出发，聚焦两部小说中少数族裔青少年的成长困境及艰难历程。

部分学者还就华文文学与世界文学展开对话。学者古远清以《从“发现”到“发明”台湾文学》为题，论述了呈逆向发展的两岸的台湾文学研究。海外华文作家吕红介绍了海外作家刊物《红杉林》的创办和发展过程。大连理工大学副教授戴瑶琴谈到，21世纪以来，“中国故事”成为中国海外“新移民文学”的关键词和创作生长点。她以海外新生代作家山飒为例，探讨其小说中的“中国故事”架构和所呈现的个性化的“中国故事”形态，认为空间、观念、文化三大因素成就了山飒“中国故事”的独特性，文学与诗词、绘画、音乐的内在联系构成其小说的重要特征。中国社会科学院文学所青年学者汤俏从宏观角度论述了海外华文文学的中国书写，认为经过30余年的沉淀和发展，海外华文文学的创作主题逐渐从“异国书写”转换到对中国故事、中国经验的书写，大致分为“大历史”“民间乡土”“当下中国”三种类型，始终显示出力图呈现人物命运、历史传承、文化身份认同三位一体的开阔气象。

北京语言大学比较文学研究所成立于1997年，2000年建立全国第四个比较文学与世界文学专业博士点。建所20年来，产出了一批高质量的学术成果，在比较文学与世界文学学科领域保持了较大影响力。论坛上，北京大学教授乐黛云、中国比较文学学会和北京大学比较文学与比较文化研究所向北语比较文学所建所20周年发来贺信，表达对其所取得成绩的肯定和对其未来发展的期望。

（原载《文艺报》2017年10月23日）

海外华文文学上海论坛举办

颜维琦

世界华文文学大大丰富了中国文学创作的题材，是中国当代文学的一个海外延伸。2017海外华文文学上海论坛10月中旬在上海作家协会举办，复旦大学教授陈思和认为："在21世纪，一批海外华文作家的作品在丰富性这个概念上影响到了中国文坛。他们在海外奋斗拼搏，等到他们回到文学上重新给中国文学提供作品的时候，他们提供的经验是崭新的，我认为有一种前所未有的丰富性。中国当代文学不仅要关注他们、研究他们，更重要的还要认可他们，把他们看成是中国文学的一个组成部分。"

海外华文文学创作可谓源远流长，取得的成就有目共睹。特别是20世纪80年代中国改革开放打开国门以来，随着更多中国人离开故土，走向世界，海外华文文学获得长足的发展。一大批身处世界各地的海外作家以文学自信实现民族梦想，以文化基因展现汉语写作的恒久魅力，以文学精品助推中华文化的世界性传播，由此催生了一批优秀的文学作品。这一现象，越来越引起国内文学界和评论界的关注。本届论坛的主题为"丰富的作家，丰富的文学"，希望借由对海外华文作家及其作品"丰富性"的研究，探讨近年来海外华文文学对中国当代文学的特殊贡献。

海外华文文学在中国文学中一直占据特殊地位。华文作家身在异国他乡的外语环境里，却坚持用中文写作，这本身就是一种选择。此次论坛，来自美国、加拿大、英国、德国、捷克、日本、马来西亚及我国香港地区的十位海外华文作家受邀参与讨论，他们大多为当地华文作家的优秀代表人物，其作品有很广泛的影响。这些作家不少都与上海有着特殊的缘分，或原籍上海，或曾在上海求学和工作过，或曾在上海的文学期刊、出版社发表过重要作品。

此次受邀的12位评论家分别来自全国高校和研究机构，都是长期从事海外作家作品研究的著名专家学者。论坛采取一位作家对应一位评论家"捉对碰撞"的方式，评论家先发表意见，然后作家回应，最后则是讨论环节，现场气氛相当热烈。

记者了解到，上海文学界一直以来高度关注海外华语文学的发展。上海作家协会联合复旦大学华人文化文学研究中心，于2016年11月发起并举办了首届"海外华文文学上海论坛"，以期促进世界华文文学的研究和发展，加强上海作家与海外华文作家的联系、交流。由上海市作家协会主管、主办的华语文学网连续承办"海外华文文学上海论坛"，其在三年前创办之初，就把目光投向海外华文作家的文学创作和作品的网上呈现，在复旦大学陆士清教授的帮助下，设立了"海外及台港华文作家经典读本"专题，迄今已有近50位海外华文作家的120多部作品在华文文学网上线。

“从海派文学到香港文学”对谈在沪举行

网 闻

2016年，马家辉推出了自己的首部长篇小说《龙头凤尾》，该书“港味十足”，与深受读者欢迎的金宇澄先生的长篇小说《繁花》有异曲同工之处。两部作品中都分别大量地采用了沪、港两地的方言俚语，使得小说弥漫着令人回味的市井风物，与真切的时光流转，让无数读者眼前一亮。

2017年10月27日，金宇澄和马家辉做客建投书局上海浦江店，带来“从海派文学到香港文学：《繁花》和《龙头凤尾》对中国当代文学的启示”分享会。建投书局投资有限公司总经理(原《新周刊》执行总编)陈艳涛与两位嘉宾展开对谈，一同探讨海派文学、香港文学，以及当今文学的发展走向，文学创作如何突破等精彩话题。这也是建投书局“书疗师”(Dr. books)系列活动之“书目营养师”的首次分享活动。

第六届华文诗学名家国际论坛在重庆举行

郑劲松

在中国新诗百年之际，由西南大学中国新诗研究所、中国诗学研究中心与北京《中国现代文学研究丛刊》杂志社联合举办的第六届华文诗学名家国际论坛于10月28日、29日在西南大学举行，百余位中外诗学名家汇聚山城，纵论新诗百年与中国文化自信。

创立于1986年的西南大学中国新诗研究所是我国首个新诗研究专门机构，华文诗学名家国际论坛从2004年开办以来，每两年或三年举行一届，已经成为全球华文诗学界的一张名片，也是重庆作为中国新诗重镇的重要标志之一。

著名诗人、中国作家协会副主席、书记处书记吉狄马加，诗歌理论家、编辑家、原《诗刊》编辑朱先树，著名诗人、《星星》诗刊主编龚学敏，著名诗评家古远清等多名中国大陆诗坛名家，中国台湾学者林于弘、中国香港诗人傅天虹等和来自美国、新加坡、日本、泰国、韩国、澳大利亚等国的多名华文诗学名家出席论坛。重庆市作家协会主席陈川，重庆诗人梁上泉、傅天琳、王明凯、蒋登科、谭明、胡万俊、杨平、万龙生、向阳、何房子、冬缨、郑劲松、周晓风、周航、周鹏程和四川成都诗人李永才、赵晓梦等参会。

此次论坛为期两天，与会中外诗学名家围绕新诗百年与文化自信主题，广泛讨论新诗百年与中国诗歌传统、新诗发展与诗歌创作创新、诗歌文化自觉、诗歌文体变革与传统遵循以及新诗百年部分诗人诗作与诗歌现象等话题。

论坛由西南大学中国新诗研究所所长熊辉主持，著名诗评家、重庆市文联荣誉主席、论坛主席吕进致开幕词，吉狄马加、重庆市人大常委会副主任沈金强、《中国现代文学研究丛刊》杂志社王秀涛、西南大学党委书记舒立春等分别致辞或讲话，重庆市委宣传部副部长马岱良和原西南大学校长王小佳出席论坛。

吉狄马加在论坛讲话中说，百年新诗应该注重与传统文化和诗歌的关系，注重与外国诗歌的交流，在中外诗歌交互影响的基础上增强文化自信。同时，诗人创作要具有当下性和世界性眼光，承担起民族诗歌复兴的重任。

沈金强在讲话中指出，重庆诗歌是增强重庆文化软实力、提升重庆市民文化素质的重要力量，诗歌创作和研究兼收并蓄，成为中国新诗的重镇之一，缔造了新时期的重庆文化形象。文化自信和文化繁荣是强国战略，也是各级政府必须坚定贯彻执行的大政方针。重庆除了外在文化世界的建设，还要更加注意加强市民精神世界的建设，以此次论坛为契机，加强诗歌创作与诗歌教育。

舒立春说，中国是一个诗歌的国度，诗歌历史源远流长。新诗在新文化运动的浪潮中应运而生，是中国新文学的重要构成部分，也是中国现代思想和文化发展的先锋。华文诗学名家论坛是一次高水平的诗学论坛，必将进一步扩大西南大学的学术影响，促进特色学科建设，拓展国际学术交流领域，营造良好的学术氛围，构建丰富的校园文化，产生广泛而深远的影响。

著名诗人、“鲁迅文学奖”获得者傅天琳表示，这是令诗人自信的时代，自信，就是 种底气。自己一直坚持写作，就是一种喜欢。因为生活，因为这个时代值得书写；一个诗人最大的品质就是真诚，真诚面对生活，面对时代，面对自我，面对一切；诗人还有要大悲悯、大情怀、大热爱；重庆是一座诗歌重地，诗人多，喜欢诗歌的人多，诗人一代代一茬茬地涌现，重庆诗歌值得我们自信。

吕进在题为《百年的祝福》的开幕词中说，华文新诗现在是覆盖我们星球的诗歌现象，虽然不同国家和民族的华文新诗存在差别，但既然都是用华文写出的新诗，就必然因为华文而存在某种血缘联系，在主要的诗学领域存在着共同话题。

吕进认为，贬低、否定新诗的思潮值得讨论。用只有百年历史的新诗和《诗经》与楚辞相比，和唐诗与宋词相比，是不厚道的，也是不科学的。一百年过去，中国新诗出现了一批经典作品，出现了一批优秀诗人，全世界的华文新诗也取得了佳绩。当然，应当承认，新诗还很不成熟。在中国，现在基本上还游离于家庭教育、学校教育之外，还没有融入民族文化传统。我们需要继续努力，推动新诗一步一步地走向成熟和辉煌。守住诗之为诗的美学边界，守“常”求“变”；推进多样化诗体建设，寻求新诗诗体的丰富，是当下新诗发展需要解决的关键问题。

重庆市作家协会副主席、著名诗评家蒋登科认为，回望百年新诗，可以说成绩斐然。在当代中国，出现了不少现代经典的优秀作品，有效地接续了中国诗歌观念，承担起了传承历史、延续文脉的重任，也开辟了汉语新诗的新的领域和方式。中国百年新诗，总体踩稳了中国和世界历史、文化、时代和艺术发展的节拍，百年新诗取得的成就无愧于现代社会、现代生活、现代文化、现代艺术所提供的丰富观念和资源，所以，也是当下中国文化自信的重要组成因素。

“缅怀马新文坛前辈金枝芒”座谈会在吉隆坡举行

网　闻

2017 年 11 月 17 日上午，假加影新纪元大学学院 C 座 UG 楼黄迓茱活动中心举行的马新文坛前辈金枝芒逝世 30 周年追悼仪式及“缅怀马新文坛前辈金枝芒”座谈会正式开幕，顺利进行，午后圆满结束。

“缅怀马新文坛前辈金枝芒”集会吸引了超过 200 名来自马新各地的热心文友前来参与，这是近几十年来罕见的文坛盛事。

追悼仪式开始，首先由叶新田博士致悼词，之后全体与会者起立向 30 年前逝世的马新文坛前辈金枝芒敬致默哀一分钟，接着播放一段金枝芒前辈的纪念短片。

随后，司仪敦请新纪元大学学院莫顺宗校长为座谈会开幕致辞。《爝火》文学季刊顾问甄供先生主持座谈会。主讲学者计有：

一，新纪元大学学院中文系主任伍燕翎文学博士。讲题：阅读金枝芒。

二，博特拉大学外文系中文组高级讲师庄华兴博士。讲题：马华左翼文学研究的若干问题。

三，中国武汉中南财经政法大学古远清教授。讲题：金枝芒：华文文学史上失踪的经典作家。

三位学者的专题演讲结束后，座谈会安排了简短的问答环节，期间，金枝芒前辈的后人儿子陈家康，大女儿、大女婿黄天祥及儿媳庄明丽等，也同大家见了面。

大会结束前，联办单位的二十一世纪出版社向主持人、主讲学者、金枝芒后人代表赠送金枝芒著作《抗英战争小说选》《十年》《烽火牙拉顶》《饥饿》《甘榜勿隆马来文译本》等，通报答谢全场经费赞助人陈凯希先生，并邀请这些嘉宾上台合影留念。

世界华文文学学术论坛在武汉召开

刘书城

11月26日，由中南财经政法大学新闻与文化传播学院(以下简称新闻学院)主办的中文系建系十周年暨世界华文文学学术论坛在该校南湖校区召开。

校长杨灿明，湖北省作家协会主席方方，世界华文文学学会会长、暨南大学文学院教授王列耀，湖北省中国现代文学学会会长、华中师范大学文学院教授王泽龙，著名旅美作家卢新华，湖北省作家协会原副主席董宏猷，湖北省作家协会副主席、湖北大学文学院院长刘川鄂，湖北省作家协会副主席、武汉大学文学院教授樊星，中南民族大学文学与新闻传播学院院长刘为钦，著名旅美作家施玮及新闻学院部分领导、校友及师生代表等出席了论坛开幕式。

开幕式上，校长杨灿明代表学校向支持中文系发展的与会嘉宾表示感谢和欢迎。他指出，十年来中文系学风稳健，朝气蓬勃。在中华民族伟大复兴的背景下，中文系肩负着文化传承与学术创新的历史使命和时代要求。他强调，华文文学将打通海峡两岸及香港的文化血脉，凝聚全球华人的文化认同，希望中文系把握机遇，发挥优势，为培养我校创新型人才，弘扬中华优秀传统，促进中外文化交流，作出更大贡献。

新闻学院院长胡德才介绍了中文系取得的丰硕成果与发展现状。他表示，中文系将发扬华文文学研究传统，构建创新型人才培养模式，夯实专业基础，适应时代需要，促进学科融合，培养具有创意写作能力与文化产业管理能力的复合型人才，为我校一流学科建设贡献力量。

王列耀与王泽龙代表学界和高校对我校中文系在人才培养及华文文学研究等方面取得的成绩给予了高度评价。方方则以作家身份表示，文学有其独立精神与自由灵魂，也有其发展规律与理想信念，在信息繁杂的今天，中文系应为读者指明何为好文学。

校友代表、武汉大学哲学院博士生刘晨是该校中文系创建后的首届汉语言文学专业本科生，他在发言中感慨十年来中文系的发展，并感激中文系教师对他的培养。他表示中文系以其独有的“中文精神”，为无数学子保持旷达心境提供了强大的精神力量。

开幕式最后，杨灿明校长为方方、王列耀、卢新华、施玮颁发了客座教授聘书。

来自武汉大学、华中师范大学、中南民族大学、湖北大学、暨南大学、中国政法大学、新加坡南洋理工大学、江苏省社会科学院、福建省社会科学院等高校、研究机构的一百余名专家学者围绕世界华文文学史论、世界华文文学研究的理论介入、跨语际的世界华文文学创作与研究、世界华文文学的经典化问题、世界华文文学与世界华语传媒的共生态研究、世界华文文学作家作品研究六个分议题展开了深入的交流和讨论，并分享了世界华文文学最新的研究成果。

第十二届东南亚华文文学研讨会在厦门举行

杨伏山

历时两天的第十二届东南亚华文文学研讨会暨东南亚华文文学研究三十周年论坛，11月29日在厦门落下帷幕。至此，以厦门大学中文系学者为核心的厦门地区东南亚华文文学研究已届满30年，在长年的研究中，始终注重从学科建设的视角探视东南亚华文文学特色。

本届研讨会组委会顾问、厦门市东南亚华文文学研究会名誉会长、厦大中文系教授庄钟庆在接受记者采访时称，新时代呼唤新使命，如何把东南亚华文文学研究引向深入？首先，应把继续探讨“一带一路”与东南亚华文文学发展的关系作为研究重点；其次，应从文化特别是中华文化角度，探视东南亚文学独特价值；最后，对多年来建设东南亚华文文学学科的历程进行认真梳理，总结经验，择优而行。

本届研讨会包含两大议题，其中之一就是“‘一带一路’与东南亚华文文学发展的历程及特点”，与会海内外专家学者围绕东南亚华文文学的发展、变换及动向、三十年来东南亚华文文学研究述评、东南亚华文文学中的文学语言特色、中华文化与东南亚华文文化的关系以及“华语语系文学”与文化自信关系等角度展开具体研讨。

该研究会会长、厦门大学人文学院中文系教授郑楚认为，加强对“一带一路”与东南亚华文文学发展之关系的探讨是新时代把东南亚华文文学研究引向深入的重要渠道之一。研究者既要理解两者的关系，又要看到隐藏其中的复杂性，这样才能掌握经济、政治与文学的关系和规律。

新加坡国立大学教授杨松年表示，“一带一路”，文化是其中一种重要构成，文学是文化的一环。研究东南亚华文文学，有必要从源头探视东南亚生生不息的发展过程。从文学的源与流的关系看，有必要反思固有的研究模式。

菲律宾华文作协副主席柯清淡称，我们扫视明代的海上丝绸之路，郑和下西洋主要停留在物质层面的交流，文化的交往不多。东南亚华文文学在东南亚繁衍和积淀，经历了艰难的历程，这是中国与东南亚文化往来中的重要一环，不过，也只是在华人中传播，而且影响有限，这需要各方包括学者合力推进。

厦门大学原常务副校长郑学檬也持同样的看法。他说，东南亚华文文学研究，厦门大学和厦门市是最早开展、也是最坚持的一支力量，取得了丰硕成果，但也面临研究经费不足的难题。从目前国家在科研上的重视与投入看，东南亚华文文学研究的学科建设应该有更大的空间和机遇。

由厦门市东南亚华文文学研究会、厦门大学东南亚华文文学研究中心、厦门大学南洋研究院、厦门大学中文系、中国东南亚研究会和泰华作家协会等联袂主办的本届研讨会，共有来自泰国、新加坡、马来西亚、印度尼西亚、文莱、缅甸、澳大利亚、新西兰和中国(包括大陆、台湾、香港)等国的知名作家、学者、专家120余人参会，其中有不少人是第一次参会，为东南亚华文文学研究界增添了许多新生力量。

厦门地区的东南亚华文文学研究有着深厚的学术背景。20世纪80年代，东南亚各国经济迅速发展，厦门大学与海内外专家学者为适应东南亚社会经济的进步，从20世纪80年代中后期开始专注于东南亚华文文学研究，并在学科建设上作出独特贡献，如确立研究方向，为学生开设课程，培养本科生、硕士和博士，编辑出版研究期刊论著等。1994年始办的东南亚华文文学研讨会正是在此基础上应运而生，蜚声东南亚。

（来源：中国新闻网，2017年11月30日）

第六届世界华文旅游文学国际学术研讨会在香港举行

鲍红霞

为迎接香港回归二十周年，由香港中文大学、香港《明报月刊》及澳门基金会联合主办的第六届世界华文旅游文学国际学术研讨会于2017年11月28日至30日一连三天在港澳两地隆重举行。浙江树人大学人文与外国语学院院长、世界华文旅游文学联会副理事长林家骊教授应邀出席了此次大会。

这次研讨会以“丝路之旅”为主题，共邀得近百位来自海内外的著名华文学者齐聚港澳，共同推动华文旅游文学的创作与发展。开幕礼及主题演讲于11月28日至29日在香港中文大学举行，于30日在澳门大学举行会议总结及闭幕礼。此次研讨会的与会嘉宾阵容强大，包括著名文化学者余秋雨、世界华文旅游文学联会会长潘耀明、中国台湾著名作家李昂、新加坡著名作家尤今、马来西亚著名作家戴小华、韩国外国语大学中文学院院长朴宰雨、日本法政大学教授王敏、莫斯科人文大学教授左贞观、极地博物馆基金有限公司创会人李乐诗、澳门大学南国人文研究中心主任朱寿桐、暨南大学党委书记蒋述卓、上海同济大学世界华文文学研究中心主任喻大翔等。各华文学者围绕着“丝路之旅”的主题，把“一带一路”、文学与丝绸之路彼此串联，从宗教、音乐、文学史，以至法律和生态学的角度，探讨“丝绸之路”蕴藏的各种宝藏，分享彼此的创作体验和风俗民情。林家骊教授在会上宣讲了他的论文《丝绸之路上的一颗明珠：敦煌曲子词——论敦煌曲子词的内容与艺术》，得到了大会的好评。林家骊教授还应邀主持了一场分会场的论文研讨。

“丝路之旅”是对中国传统历史文化的传承，是新时期国家“一带一路”倡议的文化体现，它是传统文化与现代文学交汇碰撞的火花，传播了“让和平薪火代代相传、让文明的光芒熠熠生辉”的思想。此次大会，以“丝路”为主题，以文学为媒介，以中国式的智慧宣扬中国文化、艺术、哲学等传统，表达了让“一带一路”沿线达致“民心相通”，凝聚力量，共建世界家园的美好期盼。

第三届韩中鲁迅研究对话会在首尔举行

(中国香港)丘庭杰

12 月 15 日，第三届韩中鲁迅研究对话会暨《中国鲁迅研究名家精选集》韩文版出版纪念会在首尔举行，这次活动由国际鲁迅研究会、韩国中国现代文学学会等单位主办。对话会汇聚中、韩鲁迅研究专家就鲁迅研究、中韩文学交流等问题展开讨论。出席者有韩国外语大学大学生院院长朴宰雨、北京鲁迅博物馆研究员葛涛、北京大学吴晓东、韩国东西大学金彦河、海南师范大学邵宁宁、香港中文大学何杏枫及丘庭杰等人。

海峡两岸散文论坛在温州召开

王　杨

12 月 15 日，由十月杂志社和温州市瓯海区人民政府共同主办的海峡两岸散文论坛在温州举行。张炜、宁小龄、陈东捷、周晓枫、李修文、张锐锋、贾梦玮、葛一敏、方文、何平、贾秀丽、郭枫、吴钧尧、陆春祥等围绕“文学与乡愁的当代表述”展开探讨。

谈到散文创作是否要恪守真实，张炜认为，真实是散文的基础，乡愁散文更是应该立足于真实，离开了对于再现过去时光、生活的追求，就没有乡愁可言。郭枫认为，乡愁就是对于故乡的关怀，这种关怀有很多层次，有的是清淡的，有的是温柔敦厚的，有的又是痛苦的，从文体上来说，散文和诗歌对于乡愁的表现是最深刻的。陈东捷谈到，乡愁也是有限定的，同时，所谓对乡愁的描写真实不是原本就存在的真实或当时生活的真实，而是一种主观上的真实。

对于乡愁的当代表述，周晓枫说，乡愁、地方文化或传统的形成需要有相对封闭的空间和相对绵长的时间，乡愁有时候是作家需要蓄意保持的心理“时差”，一个作家要保持微妙的不一样，这种不一样无论是源于个人经历或是乡愁文化，在同质化写作屡遭诟病的今天都变得非常重要。同时，作家同样需要跋山涉水之后的折返，才能重新认识乡愁的价值。李修文认为，散文是基于作者的真实体验所生发出来，但这仅仅只是散文在美学上的一个部分，自己的写作受到了中国传统文化的很多滋养，传统美学如何在当今的时代得到激活，需要每一个有美学追求的散文写作者不断去寻求答案。

（载《文艺报》2017年12月27日）

专家研讨葛亮长篇小说《北鸢》

网　闻

12月17日，由中国作协重点作品扶持办公室、人民文学出版社共同主办的葛亮长篇小说《北鸢》研讨会在京举行。中国作协副主席李敬泽、中国出版集团副总裁潘凯雄、人民文学出版社副总编辑应红及十余位专家学者与会研讨。研讨会由中国作协创研部主任何向阳主持。

《北鸢》是葛亮继《朱雀》之后历时7年完成的最新长篇小说。作品以家族故事为引，书写知识分子、商人、伶人、普通人的日常生活，以厚重稟实的笔触展现了历史风云中两个家族的命运沉浮。

研讨会上，胡平、施战军、陈福民、张颐武、刘琼、梁鸿、张莉、岳雯、霍艳等专家学者围绕《北鸢》中的人物形象、叙事艺术、伦理道德、美学风格、语言的抒情性等展开细致梳理与探讨，并从华语文学的角度对葛亮的创作进行了分析。大家谈到，葛亮鲜明的书写特色给人留下了深刻印象，《北鸢》对中国传统文化在当代的创造性转化、创新性发展，为我们提供了有益启示。同时，与会者还就作品中存在的不足提出中肯的商榷意见，如小说中对人物分寸感的把握、对故事结构的掌控需进一步增强等。

据悉，《北鸢》自2016年9月上市以来，已入选2016年“中国好书”等各类图书榜单30余种。其精装珍藏版将于明年1月推出。

副　刊

“蓝色”文学史的误区（学术相声）

古远清

女：我们这个会有点特别，对年纪大的人要先进行身体检查。

男：欢迎检查。

女：你得过老年痴呆症吗？

男：没有。

女：你不用紧张，身体检查不抽血不做B超，只看你还会不会写论文。

男：我请你看上面台南成功大学马森的书影。

女：喔，这书真的厚得像电话簿！

男：你真是我的知音，我这次提交的论文就是《厚得像电话簿的〈世界华文新文学史〉》。

女：看来，你真的还没得老年痴呆症呢。不过，你这位酷评家，这种比喻太损人了。我们搞现代文学的人都是一本正经的，你能不能将题目改得学术一点？

男：那就叫《“蓝色”文学史的误区》。

女：有“蓝色”文学史，未必还有“绿色”文学史？

男：台湾政治大学讲座教授、曾任民进党文宣部主任的陈芳明2011年出版的《台湾新文学史》，就是“绿色”的文学史。

女：台湾搞“蓝绿”恶斗，你把政治上的“蓝绿”引进到文学史上的评价来，违背了学术研讨的宗旨。

男：“绿色”文学史不是我说的，这是陈芳明自己讲的。“蓝色”文学史的说法台湾尔雅出版社的负责人隐地也提到过。他批评陈芳明说：写日据时期的部分是戴“绿色”的眼镜，写光复后用的是“蓝色”的眼镜。

女：“绿色”文学史的特点是什么？

男：认为台湾文学不是中国文学的一部分，大陆文学与台湾文学的关系是英美文学的关系。

女：那“蓝色”文学史呢？

男：马森与本土学者陈芳明不同，他承认台湾文学是中国文学的一部分，台湾文学与大陆文学是一体两面。用余光中的话来说：两岸同胞吃的是米饭。

女：用的是筷子。

男：过的是中秋。

合：写的是中文。所以台湾文学是中国文学的一部分！

女：这个观点很好啊，那你为什么还要批评他的书？

男："蓝色"文学史的作者只认同"文化中国"。他们站在当年国民党的立场上，对大陆的政治体制抱着十分仇恨的态度，像马森，在他的文学史中，多次对大陆政治体制和社会作严厉的声讨和批判，只差没有说大陆在"共产共妻"。

女：如此剑拔弩张，失却了文学史起码应有的学术品格啊。

男：马森书其"蓝色"随处可见，具体说来表现在叙述大陆的创作环境时——请你帮我念一下。

女："……足见非共产党员不能写作，而想写作的人也非要事先入党不可，这正是共产党控制作家的厉害处。"这哪里是写文学史，分明是写政治论文。大陆作家协会首任主席茅盾和继任者巴金，都不是共产党员。

男：湖北作家协会主席方方也不是共产党员。

女：山东作协主席张炜也是非中共人士。古老师，你这么革命，你一定是共产党员吧？

男：No，我是无党派人士。我没有入党还不是照样写作。所以作为王蒙高中同学的马森太不了解大陆了。

女：你还是离不开政治，能不能搞点纯学术的探讨？

男：台湾文学不能脱离政治，它的大环境很像大陆过去搞的"文化大革命"。有句顺口溜：到了北京才知道官小。

女：到了深圳才知道钱少。

男、女：到了台湾才知道"文化革命"还在搞！

男：你认识马英九吗？

女：我在电视上见过他，

男：你对他印象如何？

女：他既高又帅。

男：难怪他的票都是你们这些女生投的。他主张统一，被"绿色"人士骂为"马统"。

女：这个"马统"提出政治为艺文服务，这是多好的口号！

男：可惜这只是口号，台湾现在还是艺文为政治服务，当前则是为选战服务。

女：你能不能来点艺术分析，或举例说明台湾作家热衷于写政治文学。

男：大陆过去是阶级斗争年年搞，月月搞，天天搞。

女：台湾现在是选举年年有，月月有，天天有。

男：余光中就曾写了一首诗讽刺写血书、发毒誓的选举乱象。

女：什么叫写血书？

男：就是选举的时候写保证书，可用的不是人血，而是鸡血。

女：那什么是发毒誓呢？

男：打个比方，有一位候选人说大家只要投我一票，我一旦当选，保证每个人发十万块钱。如不发，我全家死光。下面我们来欣赏余光中的《拜托，拜托》。

男：无辜的鸡头不要再斩了

合：拜托，拜托
女：阴间的菩萨不要再跪了
合：拜托，拜托
男：江湖的毒誓不要再发了
合：拜托，拜托
女：对头跟对手不要再骂了
合：拜托，拜托
男：美丽的谎话不要再吹了
合：拜托，拜托
女：不美丽的脏话不要再叫了
合：拜托，拜托
男：鞭炮跟喇叭不要再吵了
合：拜托，拜托
　　拜托，拜托
女：管你是几号都不选你了

男：你能否评点一下。

女：这首诗语言明快晓畅，直接痛快，表现了诗人对选举期间批量生产的“美丽的谎言”的严重不满。本来选举时，理应由候选人拜托选民支持，但此诗却进行颠覆，反过来由选民拜托候选人。此诗连用16个拜托，由选民向候选人真情喊话，声声委婉，令人啼笑皆非，形成强烈的反讽。乍看起来，此诗批判火力不足，但从最后一句否定这场不美丽的选举看，作者是柔中有刚，绵里藏针。

男：余光中是一位大家敬仰的学者。

女：可他从来不做笑傲烟霞的隐士。

男：当民进党大砍中学语文的文言文时，他发起组织“抢救国文教育联盟”。

女：他还在电视上和当时的“教育部长”杜正胜辩论，反对他们搞的文字“台独”。

男：民进党要用“闻名台外”去取代“闻名中外”的说法。

女：这倒是很搞笑，带有喜剧意味。不过，古老师，你昨天批评陈芳明的文学史，今天又批评马森的文学史。你本人到底写过文学史没有？

男：我个人单独写过7部文学史：《中国大陆当代文学理论批评史》《台湾当代文学理论批评史》《香港当代文学批评史》《台湾当代新诗史》《香港当代新诗史》《海峡两岸文学关系史》《台湾新世纪文学史》。

女：你这就是红色文学史吧。

男：红色文学史的特点是主张台湾文学是中国文学的一个重要组成部分，并否定“反共文学”和“台独文学”。

女：我听说您的《台湾当代新诗史》在台湾出版后，被一位台北作家批评说“送到废品收购站还不到一公斤”。

男：我听了一点都不生气。我和珞珈山同窗古继堂到台湾时，他们就说“两股(古)

暗流来了”。

女：陈芳明还在课堂上说大陆有“南北二古”，是无赖教授。

男：其实，只要不像余秋雨那样把我告上法庭，随他怎么骂都可以。

女：这真是“不批不知道，一批作广告”。不过，你的话题还是回到马森的书来吧。

男：马森的书最大的缺陷是名不副实，他号称写的是世界华文文学史，可他全书41章，海外华文文学只占了一章。

女：全书1609页，可香港文学不到33页，澳门文学更可怜，只有3页，使人感到招牌硕大无比而“营业厅”甚仄。

男：他讽刺大陆出版的当代文学史把台湾文学“吊在车尾”，这回轮到他把港澳文学“吊在车尾”了。有大量引文的《世界华文新文学史》，不该署名“著”，而应为“编著”。

女：你不是批余秋雨就是批马森，现在轮到我来批评你了。

男：我最不喜欢别人批评我，我喜欢听恭维的话，比如说伟大的杰出的……

女：我短时间跟你交流，有一个伟大的发现，发现你是伟大的杰出的广告专家。短短10分钟，你就给自己做了三个广告：自己写了7种文学史，还有什么“南北双古”以及跟余秋雨打过官司。

男：你这个人真可怕，找你做我的助手竟记变天账。不过你说得不完整。我一共做了四个广告，其中最大的广告是为马森的新书做广告。

女：啊，主持人，他的时间是否到了？

男：这个女生讲的不应算我的时间。

女：你虽然还未痴呆，但离痴呆也不远了，因你今天的发言最缺乏的是学术性。

男：老师讲课也不一定要正襟危坐，也可以寓教于乐。

女：对，要自由洒脱，要天马行空，

男：要生动有趣，要像手机那样有魅力，那样吸引人。

女：原北大中文系主任温儒敏和钱理群的老师王瑶，经常抽着烟斗与研究生聊天。

男：温儒敏和钱理群的成就在某种意义上来说，是被王瑶用烟斗熏陶出来的。

女：不过，你这个人姓古很古板，从不抽烟无法用烟斗熏陶大家，你老人家该下台了！

附一：研讨会上的笑声和相声

(中国香港)黄维樑

一次在学术研讨会上，我当主席，介绍讲者时脱口而出“现在请徐志摩教授发表论文”，一言既出，幸好我这老马易追，马上更正说“啊，是请复旦大学的徐志啸教授”，这时已满场笑声；我续说“徐志啸的古典文学学问比徐志摩好多了”，大家又笑了起来。

研讨会是严肃的活动，但如果严肃到枯燥沉闷，甚至有人发出鼻鼾声，笑声就应该出来调剂了。

台湾的沈谦教授生前开会，每每讲及汪中教授的四个子女，分别名为汪昭、汪明、汪文、汪选，而自己的儿女为沈文心、沈雕龙，都使得与会者感到轻松，以至发出笑声。中文系的师生，无人不知道《昭明文选》和《文心雕龙》是经典。我的小儿子名为若衡，在作报告时，加插一两句说犬子小名来自《文心》的“平理若衡，照辞如镜”，在学术的客观“无我”中，也使得气氛轻松亲切。

近年研讨会的笑声，常由“老古：文名远播，两袖清风”的古远清教授引爆。最近粤派批评在羊城热议，老古的舌剑发出精光，更舞出新风。五月众名家在暨大论剑，老古的“论文”竟是一段 10 分钟长的“学术相声”，题为《粤派批评：一道亮丽的文学风景》。老古和一位从现场“拉”来素不相识的年轻女研究生合力演出，老古出语惊人，挖苦自己，也挖苦别人，说自己正在“做案子”(意为在做一研究项目)，说“陈某某永远都比不上我”，却又说自己是“不入流的四流学者”，又说“粤派批评家最喜欢吃叉烧包”，引来满场笑声，而学问与道理就在这相声中。

(载《羊城晚报》2016 年 9 月 11 日)

附二：《文艺研究》主编方宁来信

远清大兄好：

你这次以"相声"形式发言，引起我的关注，特到会观赏，听完后又向你索要了原稿。我意犹未尽，昨天还在看你写的"剧本"，在这次会上两人分读的那个作品，仍不免捧腹乐之！

天热，远清兄多保重！

方宁

2015年8月12日

余光中的人格魅力(学术相声)

古远清

天不怕地不怕，就怕广东人讲普通话。我昨天一下飞机，就向吕进教授申请给我派一个女翻译，吕教授说：“美国的王性初、新加坡的陈剑，都没有派翻译，就是派也轮不上你啊。”这伤我的自尊，气得我差点跳嘉陵江。现在我只能在现场招聘一位女翻译，请男士不要举手，谁愿意做我的女翻译？（台下有人高喊：我愿意做你的翻译）

男：在“吕进男”教授2009年主持的新诗国际论坛上，老诗人万龙生会后在网上公布了此次会议普通话最差的排行榜。

女：什么，“吕进男”？

男：有一次开研讨会，在嘉宾名单上，注明性别时“男”与“进”字没有空格，后来报道时错为“吕进男”。

女：原来我们的吕老师还有一个可爱的外号。再回到普通话最差的排行榜，头一个是你古远清，第二个是骆寒超教授。

男：有没有搞错，我的普通话比骆寒超要好些吧。为了不再上万龙生普通话最差的黑名单，我今天特地带来一个女秘书。

女：错了，我是女翻译，是西南大学研究生刘鹏宇。古老，请问你今年高寿？

男：你这个女秘书怎么不讲礼貌，一上场就问起老板的年龄，这是我的隐私，不能告诉你。

女：啊哟哟，你这位又老又古、又古又老的老古，既然还会撒娇，像你这种吃的盐比我们吃的米还多的人，用得着怕别人知道你的年龄吗？

男：为了满足你这位狗仔队的好奇心，我老实交代：老汉今年77，牙齿掉了一大半。

女：这就快成了“无齿之徒”。

男：你怎么骂起人来了？

女：我说的是牙齿的“齿”呀。

男：西南大学的学生真够幽默的。言归正传，我最近正要招博士生，欢迎你应考。

女：什么方向的？

男：台湾文学方向。

女：我头一个报名考你的研究生。

男：你不考吕进教授和梁笑梅教授，是个聪明的选择。你想，吕教授誉满全球，他的考题肯定很难。而余光中研究专家梁笑梅教授，她是个女的，心很细，考你要走程序，填表啦，笔试啦，面试啦——

女：你不笔试？

男：对啦，我是男教授，很粗放，只面试。我的考题很简单，保证你一考就中。

女：想不到我昨天到机场去接你，接了一位这么便宜的教授。

男：什么？你说我是很便宜的教授？

女：您老人家耳背，我说的是很年轻的教授。

男：短短几分钟你就说了我三句坏话，先是说我普通话最差，后来说我是“无齿之徒”，现在又说我是最便宜的教授，小心我扣你的分。

女：饶命，饶命，小的不敢了。

男：什么？你说你是小的，师生之间没有大小之分。现在开始面试。

女：面试的内容是什么？

男：所谓面试，就是先试面，看你的颜值。

女：原来你招研究生是假，选美是真。我不考了！

男：你不要走，你的颜值通过了，100 分！现在正式考试：我给你两个判断，你选择哪一个：一个判断是“余光中是人”，另一个判断是“余光中是狗”。

女：余光中是我最崇敬的作家，他当然不是“狗”而是人啊！

男：既然前一个判断正确，那请你用“余光中是人”这个判断写篇论文。

女：这篇论文很难下笔啊。

男：不是很难下笔，而是无法下笔！

女：我明白了，“余光中是人”这个判断根本是废话，且是超级的废话！

男：你应该学习余光中，以一种自信而嬉戏的笔触、不甘于平庸而打破惯性思考的态度反弹我：“第一个判断虽正确，但毫无价值。第二个判断尽管错误，但它逼我去想，余光中是狗吗？是谁骂他是狗？为什么只骂他不骂别人呢？”

女：对了，这一想可能就会产生很多可能性。哪怕是错误的判断，但它能给我新的可能性，它也就是有创造性的。

男：关于“骂”方面，最厉害的莫过于 70 年代香港《文化新潮》，用“红卫兵”式的语言骂余光中是“狗”——他是“余黑西”，他参加的蓝星诗社是“黑星诗社”，

女：《白玉苦瓜》则被篡改为“白肉矮瓜”，余光中求学的学校“爱荷华大学”被改成“爱他妈大学”。

男：这种战法，连“我骂人人，人人骂我”的李敖都要相形见绌。

女：在台湾没有不被李敖骂的名人，如果说有名人没被李敖骂过，那只能说明他还不是名人。

男：李敖直斥余光中“文高于学，学高于诗，诗高于品”，定性为“一软骨文人耳。吟风弄月、咏表妹、拉朋党、媚权贵、抢交椅、争职位，无狼心，有狗肺者也”。

女：李敖还说谁欣赏余光中的诗，就说明他文化水平不高。

男：当记者问余光中：“李敖天天在不同场合找您的茬儿，您从不回应，何故？”

女：余光中答曰：“他天天骂我，说明他的生活不能没有我。而我从不搭理，证明我的生活可以没有他”。

男：由此推论，“余光中是狗”这个判断至少可作5篇论文。

女：为什么不能骂余光中是“狗”？

男：是哪些人在骂余光中是“狗”？

女：是宠物巴儿狗还是反动派走狗？

男：从李敖骂余光中看“文人相轻”的荒谬。

女：第五篇论文“论余光中诗歌中的动物形象”。

女、男：是呀，“余光中是人”这个判断一篇论文也写不出来。

男：不论是台湾还是大陆的中国大学教授，均可分为四类：第一类是有学问又好玩。

女：第二类是有学问不好玩。

男：这种缺乏情趣、缺乏智慧、缺乏激情，只会教条式照本宣科的教授实在是太多了。如余光中名篇《等你，在雨中》，有一位语法专家竟说余光中连题目都写不通。

女：在他看来，应该“在雨中等你”才通。

男：可这样一来，就不是牛奶式的诗，而成了平铺直叙的白开水式的散文了！

女：第三类是好玩学问却不怎么样。

男：像我的“老朋友”余秋雨便属第三类。有一次，易中天碰到我劈头就说：“古老师，余秋雨是不是有‘神经病’，为了开发旅游事业，在他的老屋居然挂起‘余秋雨故居’的牌子。”

女：“故居”是指人死了居住的房子，应叫“旧居”才对呀。

男：作为文化名人的余秋雨总的说来还是有文化的。最差的是第四类：既没有学问又不好玩的教授。

女：用余光中的话来说，朋友可分四种。

男：第一类是高级而有趣。

女：第二类是高级而无趣。

男：第三类是低级而有趣。

女：第四类是低级而无趣。

男：余光中是高级而有趣、有学问又好玩的教授。余光中在大陆出生，台湾成家，香港教书，欧美留学。他对自己的这种经历是如何概括的？

女：“大陆是母亲，台湾是妻子，香港是情人，欧美是外遇。”

男：余光中最不喜欢长篇大论的演讲。有一次轮到他发言时，他说“我的发言一定会像女人的裙子那样越短越好”。

女：这句话是从林语堂那里“偷”来的。

男：余光中非常欣赏林语堂的幽默。有一次，他用非常简短的话说明友情与爱情的关系。

女：“友情是人生的常态，爱情是友情的变态。”

男：现在我要问你，你“变态”没有？

女：报告老师，我正在“变态”……

男：余光中创作既有数量又有质量，他的一首《乡愁》就可以不朽了。

（女领读，大家一起读）
小时候
乡愁是一枚小小的邮票
我在这头
母亲在那头

长大后
乡愁是一张窄窄的船票
我在这头
新娘在那头

后来啊
乡愁是一方矮矮的坟墓
我在外头
母亲在里头

而现在
乡愁是一湾浅浅的海峡
我在这头
大陆在那头

女：这首诗朗朗上口，节奏鲜明，诗中的船票、邮票、坟墓等都是象征，由家愁升到民族愁，这一首诗就可以让余光中不朽。张若虚就是凭借着一首《春江花月夜》不朽的。

男：我招研究生的另一考题是："两岸谁的文学成就高？"

女：团体赛大陆是冠军，大陆作家多，大陆名家多，大陆的长篇小说气势磅礴，但是台湾有很多单打冠军。

男：余光中就是杰出的单打冠军。

女：他左手写空灵的诗，右手写实用的散文，还有第三只手搞翻译。他是诗文双绝，诗歌和散文写得同样好。

女：诗文双绝的作家大陆是很难找到的。

男：艾青诗写得好，有什么散文名篇吗？没有。

女：臧克家的诗写得好，散文流传下来了没有啊？没有。

男：朱自清散文很好，也没有好诗流传下来呀。

女：余光中两种文体都能驾轻就熟。他可以当中文系主任也可以当外文系、西文系主任，在大陆这只有钱锺书才做得到。

男：刚才你敲我的门，说"古老师，把门打开"，这是诗还是散文？

女：当然是散文啰。

男：可当你跑到泰山顶上，面对蓝天，抬头高喊“把门打开!”这是诗还是散文?

女：当然是诗了，而且是《天问》哩。

男：诗和散文的分别在哪里?

女：妙语连篇的余老，这样回答：“诗像是情人，可以专门谈情。散文像是妻子，当然也可以谈情说爱，但是家务事太重太杂了，实在难以分身，而相距也太近了，毕竟不够刺激。”

男：我出版的《余光中：诗书人生》和《余光中评说五十年》，曾引用过这段话。

女：写诗的人都是神经不正常的，什么“白发三千丈”“飞流直下三千尺”。

男：李白还有“朝辞白帝彩云间，千里江陵一日还”的名句。

女：从四川奉节白帝城到湖北江陵，当时没有高铁也没有飞机，怎么可能一日还?

男：这是形容自己心情愉快，所以时间过得快。

女：难怪吕进教授告诉我们神经不正常的人写诗，神经正常的人写散文。余光中的《催魂铃》也写得挺幽默的。

男：请看余光中接电话的狼狈镜头。

女：“从浴室里气急败坏地裸奔出来，一手提裤，一手去抢话筒。”

男：有一次在苏州开会，余光中见我没有梳头，便说“哈哈，你这是卓越的头发”。

女：你这个广东人，把“昨夜”与“卓越”混同，他是调侃你是“昨夜”的头发。

男：其实会写散文的人思维方式也跟普通的人不一样。比如余光中有篇幽默散文《我的四个假想敌》。

女：说他有四个女儿，很害怕她们被“假想敌”即未来的女婿“抢走”。

男：“假想敌”谈恋爱时怕别人知道，是鬼鬼祟祟的地下工作者。

女：“所有坏男孩那样，目光灼灼，心存不轨，只等时机一到，便会站到亮处，装出伪善的笑容，叫我岳父。我当然不会应他。哪有这么容易的事！我像一棵果树，天长地久在这里立了多年，风霜雨露换来果实累累。而你，偶尔过路的小子，竟然一伸手就来摘果子，活该树根绊你一跤!”

男：未来的女婿“抢”走四个女儿以至老来寂寞，余光中便突发奇想：把女儿冰冻起来，不要她们长大。

女：“对父亲来说，世界上没有东西比稚龄的女儿更完美的了，唯一的缺点就是会长大，除非你用急冻术把她久藏。”

男：“冰冻”是“犯法”的。

女：就是“冰冻”后她的白马王子来了，也会把她吻醒。

男：余光中说10岁以前稚龄的女孩子最可爱，像你现在这么大一点都不可爱了。

女：古老师，你跟余光中有频繁的交往，一定收到他的不少来信吧?

男：我和他相交20多年，只得到他字稀行阔的两封信。和所有文人一样，余光中喜欢读朋友的来信，读完后却无时间一一作复，接信之乐早变成欠信之苦。

女：记得余光中曾经这样自嘲：“我便是这么一个累犯的罪人，交游千百，几乎每一位朋友都数得出我的前科来的。”

男：有一次在台湾开会时，我问他："你怎么老不跟我回信呢?"

女：他好像是这样说的吧："要过好日子，必须像王尔德说的那样'戒除回信的恶习'。"

男：这种做法显然不近人情。

女：那余光中只好狡黠地说："凡是没有回信的人，我最难忘。因为没有回信就像欠了你一笔债。一叠未回的信，正好比一群不散的阴魂，在我罪深孽重的心底幢幢作祟。相反，对那些回过信的朋友，我从没有这种欠债感，回过信后便早把他忘光了。"

男：余光中很少给男学者回信，但对你们女生，他不再奉行"戒回信恶习"的信条啦。

女：比如湖南某位研究余光中的女教授，就曾源源不断收到过他的来信和赠书。台湾的陈幸蕙不是余门女学士，她不常写信向余氏请教，而余氏一定准时回信，决不欠债。古老师，你一定吃醋了吧?

男：你舍近求远，就在你身边的西南大学中国新诗研究所的那位美女教授，就不断收到过很多余光中的信和书，这时我恨不得自己变性为女人呢，这样一来，我就可更多得到资深的怜香惜玉者余光中的来信和赠书。

女：从 1956 年走上杏坛起，余光中就对男生要求严厉，对女生则多有偏爱。

男：道貌岸然的余光中，可仍有一颗年轻的心。

女：余光中戏称我们这些女学生为"村姑"，而我们这些"村姑"们也不敬畏他，和他一起开玩笑、吃盒饭。

男：余光中不仅在台港任教时怜香惜玉，而且在海外授课时也对金发碧瞳女生呵护有加。

女：如为她们取中文名字：栗发的是倪娃，金发的是文芭，金中带栗的是贾翠霞。根据同性相斥、异性相吸的物理学原理，

男：男教授偏爱异性，毕竟是人之常情嘛。

女：像武汉大学中文系，同一个教研室有两位博导，女的专招男生，男的专招女生，可谓分工明确。

男：我受长江文艺出版社之托编《2004 年全球华人文学作品精选》，内选了余光中的文章，我便打电话到高雄中山大学，希望余氏授权。我问："余光中先生在家吗?"

女："对不起，他不在。"

男："请问您是——"

女："我是他的秘书。"

男：从这回答的熟悉声音中，我猜出接电话人是老顽童余光中自己。我问他："你怎么可能委屈自己去当秘书?"

女：他答："我这几年天天接的电话不是你这类要授权书，就是要我演讲的题目和时间。更麻烦的是：事后又寄来一大沓演讲记录稿要我修正兼校对。所谓'事后'，有时竟长达一年，简直阴魂不散，简直令我这位健忘的讲者'忧出望外'，只好听命修稿和仔细地核对原文，将出口之言用驷马来追。"

男："像接电话和校对这些工作，做起来既不古典，也不浪漫，它不过是秘书的责

任罢了。可我并没有秘书，只好自己改行兼任，不料杂务愈来愈烦，兼任之重早已超过专任。”

女：“新郎打工去城市，留下新娘守空床。”

男：我教写作课讲解写作技巧时，把这种仿作称为“活剥”。

女：古老师，我也来“活剥”！

男：你“活剥”谁？

女：我“活剥”余光中！下面是我即兴创作的《乡愁·春节前》：

春节前
乡愁是一枚实名制的火车票，
我在这头，
黄牛党在那头。

购票时，
乡愁是一间铁笼般的售票点，
我在外头，
售票员在里头。

归途上，乡愁是一节拥挤不堪的车厢，
我在这头，
薪水在老板那头。

而现在啊，乡愁是一大袋年货，
我在出租屋这头，
年货在超市那头。

男：余光中的《乡愁》是高级而有趣，而你的模仿之作却是“低级而有趣”啊。

女：报告主持人，这位不会写论文而且普通话最差，只会说相声的又老又古、又古又老的老古，是否该下台了？

男：这个女生说的不能计算我的时间，老古的时间未到。现在，我要告诉广大诗友一个特大新闻，余光中这次未能从阎王殿逃了回来，

女：听到这个坏消息，我情不自禁地要对天高喊：

合：死神，且慢对余光中骄傲！

男：这使人想到余氏有名的《当我死时》：

女：当我死时，葬我，在长江与黄河之间
枕我的头颅，白发盖着黑土

男：在中国，最美最母亲的国度
我便坦然睡去，睡整张大陆

女：听两侧，安魂曲起自长江，

合：黄河两管永生的音乐，滔滔，朝东……

（载《长江丛刊》2018年3月上旬）

附：做有学问又好玩的教授

胡德才

近年来，被余秋雨称为“下岗工人”的古远清教授忽发奇想，独创一种“学术相声”，不时在一些学术会议上现场“招聘”一位美女和他配合“表演”，形式新颖，语言活泼，表达生动，幽默风趣，严肃的学术话题以诙谐的方式表达出来，在玩笑、调侃之中又不失学术批评的锋芒，因而常能活跃会场气氛，在听众的哄堂大笑之中掀起学术论坛的新浪甚至高潮。香港作家协会主席黄仲鸣的“脸书”有云：“古教授写惯学术研究文章，古稀之时，突来改行写学术相声，实令人诧异，也觉有趣。”他调侃山西人“没有学问”其实是大有学问的“相声”《莫言的创新和争议》，曾被《名作欣赏》转载。《余光中的人格魅力》，则是古远清为2017年西南大学主办的新诗国际论坛新编写的“学术相声”。

在当代华文文坛，中西兼通、诗文并美、文学成就之高、影响之大者当首推余光中。他被誉为“中国现代诗坛的祭酒”(颜元叔)、“可戴中国现代诗的桂冠而无愧”(黄维樑)。其散文则被赞誉“焕发了白话文的生命”(王鼎钧)，“缔造了一个中西古今交融的散文新天地；在20世纪中国作家中，大概无人能出其右”(黄维樑)。他还是一位学者，他的文学批评独具慧眼，自成一格；他是一位出色的翻译家，其译文文采斐然，独具风采。因此，古远清教授称余光中是两岸文学界“杰出的单打冠军”。而他的诗歌、散文、评论和翻译所彰显出的敏捷才华、浪漫情怀、美好情思、幽默性情和多彩语言共同铸就了余光中富有魅力的人格。其文学作品令人流连忘返，其人格魅力使人倾心折服。十多年前，我曾有幸在南京大学聆听余先生回母校作讲座，先生由夫人陪伴，童颜鹤发，气定神闲，谈吐清雅， 派仙风道骨。记得演讲中，余先生说到求他写序的人越来越多，他不忍让人失望，又不愿敷衍了事，于是每篇认真从事，字斟句酌，有的放矢，数日方成一篇，积累起来有数十篇之多，成了自己评论文章中的一种奇特的文体，乃以《井然有序》为名结集出版。好个“井然有序”！巧用成语，抒怀写意，恰到好处，令人耳目一新，因此至今难忘。见到余先生、听余先生演讲，我才真正领略到了苏轼名言“腹有诗书气自华”的至高至美境界。

古远清教授是我的前辈，也是我的同事，他一生勤奋著述，著作等身，在台港文学研究界享有盛誉。余光中自然也是他的研究对象，他著有《余光中：诗书人生》，编有《余光中评说五十年》。他和余光中交往多年，余光中的锦绣华章、人格魅力亦为其所仰慕和推崇。余光中是高级而有趣之人，其追慕者古远清教授提倡“做有学问又好玩的教授”。在古远清教授的谈话和讲学中，余光中的《乡愁》等精美诗篇、《我的四个假想敌》等幽默散文以及余光中的隽言妙语、人生趣事都是他时常涉及的话题，这是古教授对后学的教导和启迪，也是他对余先生的赞词和敬礼。

作为“学术相声”，《余光中的人格魅力》不仅“好玩”，而且有“学问”，它融入了古远清教授关于余光中研究的心得，对余光中的文学史地位、诗文成就、幽默风格、生活趣事、人格魅力、学界争议话题以及读者所关心的余光中身体近况均有评说，并嵌入余光中的四篇诗文佳作和听众“奇文共赏”，再加上古教授不时地自我调侃，内容丰富，信息量大，形式活泼，笑点甚多。像“两岸谁的文学成就高？”本是可做长篇论文的大题目，可古远清教授以“团体赛”和“单打冠军”的比喻就说清楚了，真是“四两拨千斤”。至于两个判断题“余光中是人”和“余光中是狗”，系由钱理群的老师吴组缃的讲课内容改造而来。可见，古远清教授的“相声”几乎是句句有来历，但不是掉书袋。“普通话最差的排行榜”，则是古远清教授杜撰的，但有事实根据，这根据便是万龙生在一篇网文中谈到无论是骆寒超还是古远清教授，都因乡音太重让人听不明白。“无齿之徒”系从“无耻之徒”点化而来。一字之差，味道完全不一样。

无论是余光中还是研究者古远清教授，虽然年岁已高，可仍有一颗年轻的心。相声开头的“招聘”故事，便是古远清教授从小沈阳的某次表演“活剥”而来。这篇相声还使用了“颜值”这一网络语言，并出奇制胜将“面试”颠倒过来为“试面”，想不到古稀老人的文字是如此新鲜跳脱，活泼泼如解冻山泉，令人不禁莞尔。更可贵的是顽童背后的豁朗开通，了无牵挂。总把一个叫“学术”的东西端作，毕竟太累。古远清教授还师法沙叶新，将名片的头衔分为“暂时的”“永久的”“都是挂名的”三类，这种别具一格的名片，人见人爱，很有收藏价值。当然，“相声”表演形式会限制学术探讨的深入，但以“相声”为载体发表学术见解，确为“好玩”的古教授的新创。难怪著名诗评家、“舒婷的诗歌教练”陈仲义在评讲他的“相声”时，希望他向有关部门申请专利。

古远清教授像某位台湾作家在蚕室里，把自己关起来写书写论文；又像蚕一样作茧自缚写“学术相声”以自娱。香港中文大学黄维樑教授听了古远清教授在暨南大学作的“粤派批评”的“相声”后，在《羊城晚报》写了《研讨会上的笑声和相声》加以表彰。这次古教授又以朗诵余光中的名诗《当我死时》为《余光中的人格魅力》作结，表达对余先生身体康复的深切关注和美好祝愿，这也是广大读者的心声。余光中作为当代世界华文文坛的一座高峰，其文学世界和人格魅力为读者所景仰，我们期盼余先生璀璨的五彩笔再谱写新时代的华章。也祝愿世界华文文学界的“老顽童”古远清教授学术之树常青！

写完这篇小文仅隔一天，忽闻余光中先生于今天上午在台湾高雄仙逝，享年九十。华文文坛巨星陨落，两岸文苑一片悲声。大师虽远去，诗文耀千古。借此短文，聊寄哀思。

（载《中南财经政法大学报》2017 年 12 月 20 日；另载《名作欣赏》2018 年第 12 期）

后 记

“穷人”主办国际学术研讨会

古远清

2017年底参加由厦门市东南亚华文文学研究会、厦门大学主办的“第十二届东南亚华文文学国际研讨会”，见到耄耋之年仍精神矍铄、思维敏锐的庄教授。在没有政府拨款和课题费可供使用的情况下，他们只好放下身段向有关单位祈求赞助。庄教授和他的助手用广结善缘得来的有限资源，既开差旅费自理的高规格大会，又出版用小号字印制当然也不可能发放稿酬的高水平大书，这种少花钱多办事的敬业精神，着实令人感动。可上海一位赫赫有名的作家不知道退休老人办会的艰辛，或在“无利不起早”的人生哲学驱使下，向庄教授打听转载她父亲作品有无稿费，大有无稿费便不许转载之意，使一直不适应市场经济、自称为“穷人”——超越任何功利去追求、实现精神世界的自由与内心逍遥的庄教授，感到十分惊奇和不爽。

“穷人”主办的国际研讨会，由于资源短缺，难免会有缺陷。但再“穷”，总不至于没有必要的设备，可这次会议居然不提供电脑供大会发言者播放，这显然不符合国际惯例，也不够与时俱进。这个东南亚华文文学研讨会，不提供电脑是有“前科”的。记得五年前在绍兴开的研讨会，轮到我发言时要求用电脑播放U盘的内容，主事者竟说无法满足你的要求。这次又无电脑，庄教授便自我调侃说：“‘穷人’主办的研讨会是不用电脑的。”不过他的助手很快像变戏法般从现场的“富人”中借来一台电脑，供新加坡国立大学杨松年教授使用。其工作效率之高，真令人行注目礼。庄教授赏饭时，又跟我像老朋友似地聊天：“看到你在《文艺报》上发表的《台湾文学是“海外华文文学”吗?》，这分明是常识问题，怎么连这么有威望的期刊编辑都犯这种低级错误。你说这是用词不规范，你太客气了。把中国的台湾文学当作外国的‘海外华文文学’，分明是一种政治错误啊。”拙文之所以没有这样上纲，不是因为有人说的《扬子江评论》的主编是我的朋友，而是因为学术争鸣最好就学术论学术。也是这个原因，我对另一权威期刊《中国文学批评》把弱女子张爱玲打成“反共反华作家”提出异议。可他们以争鸣对象刚去世不便讨论为由退稿，我只好把稿件投给《南方文坛》发表。

承蒙庄教授和他的助手的厚爱，安排我在此次研讨会上作《把金枝芒的名字刻在华文文学史上》的大会发言。虽说是大会发言，我采取的还是“学术相声”方式。事先我曾要求对方帮我找一位女生做我的助讲人，可他们觉得这才真正是不符合国际会议惯例，便“忘记”安排，后来他们再次像变戏法般在现场“招聘”了厦门大学郭惠芬教授的一位女弟子做我的搭档。当我说到“你是郭惠芬教授的高足时”，台下一位可能有点耳背的老教授说我不该暴粗口，我说我没有呀，他言之凿凿说两次听到我说“你是狗屁副教授的高足”。我听后差点笑出声来，这是因为鄙人的客家话发音不准且又语速特快造成的。好在有我的女助手可以作证，不然我在国际研讨会上暴粗口，便会成为一大笑话——不，应该叫“冤案”。

我这个人喜欢挑刺。在发言中，我一点也不讲客气，当面批评庄教授主编的《东南亚华文新文学史》没有马华左翼作家金枝芒的专节——他写的长篇小说《饥饿》已被不少论者视为经典，又批评2015年由厦门市东南亚华文文学研究会编印的三大册《东南亚反法西斯华文文学书卷》，无论是小说还是诗歌，都没有金枝芒的作品。发言后他们立即做出回应，认为他们提到过《乳婴》即金枝芒的作品，《东南亚反法西斯华文文学书卷》只着重“抗日”而非“抗英”的作品，由此活跃了学术空气。这种同志式的讨论和切磋，使我加深理解“海内”学者研究华文文学收集资料之难的苦衷，这也是这次“穷人”主办国际研讨会的一个小插曲。

香港女作家李碧华自述最爱读的精装本是银行存折。当她心情轻快之时，正是荷包沉重之日。作为主办国际研讨会的“穷人”，也不能免俗喜欢看银行存折，但他们更喜欢看自己主编的书发给海内外文友。今年去世的儒商、香港诗人犁青，也同样喜欢看银行存折，但他更喜欢看《犁青文集》的问世。我与他打交道多年，深为他的奉献精神所感动，比如他策划、出资和出版刘登翰主编的《香港文学史》，口碑甚佳，犁青做了一件很有历史意义的工作，但也有人说他出钱买知名度，这种情况确实存在，如他出钱请别人为他写评论出系列专书，在商品社会原本可以理解。而与他同时代的另一位香港诗人请笔者写赏析——哪怕没有任何报酬，却在港内外文坛掀起轩然大波，又是质疑又是批判又是“声讨”，说我不该拿了3万港元为对方写书——其实莫说3万元，就是30元也没有拿过，只吃过一顿20多元的快餐外加一小碗罗宋汤而已。现在看来，这个“谣言”一点也不“现代”。我就是拿了3万元，作为稿酬又何罪之有？但当时不这样看，认为是喜欢看银行存折、富得流油的香港诗人在向穷得叮当响的内地学者行贿，这显然有瞧不起内地人的意思。这个“冤案”，直到现在都没有人给我“平反”哩。犁青不可能制造这种“冤案”，因为他奉行的是文化商人“一手交钱，一手交货”的准则，从不拖欠作者的稿酬，还因为犁青的人缘远比那位诗人好。不可否认，犁青的银行存折比一般作家厚，但他也不是随便烧钱的人。据说他总主编的《香港新诗发展史》，当初找香港某著名大学学者写，对方竟开价300万元港币。这真是天价(我10年前出版的《香港当代新诗史》，一分钱稿酬都没有拿到哩)，犁青只好按“穷人”主办国际研讨会的精神，改请出书成本低得多的澳门大学学者执笔。

言归正传，《世界华文文学研究年鉴·2017》争鸣的文章显得多了些。我所选择的表面上是华文文学，其实这是一种历史记忆和档案，是为华文文学学科建设积累资料。像“华语语系文学”是一种崭新的学科概念，同时又是很不完善、引发众多争议。在当下，这是一个说不完的话题，过若干年后，将会成为一种历史现象。张森林的《华语语系文学研究述评》，便是这样一种可当作“档案”看的文章。此外，这本“年鉴”，在“副刊”中接连附录了笔者写的两篇“学术相声”，这一定会引起某些人的批评，这批评来自离经叛道的编辑思路——说“年鉴”又不像“年鉴”，其中有许多“辞典”成分，还有不是一本正经的“副刊”内容，但我想引起这种不满和批评，也可能正是这本个人色彩浓厚的“年鉴”魅力所在。

笔者主要研究台港澳暨海外华文文学，但也关注大陆文学。我2016年在《羊城晚报》发表的《让“粤派批评”浮出水面》，以及在《文艺报》发表的长文《“粤派批评”批评实践已嵌入历史》，引发广东文艺界长达两年多的广泛讨论，《羊城晚报》还为此成立了“粤派批评工作室”。当我在厦门开完会后，便马不停蹄来到广州，参加这个有全国“第一大晚报”之美誉的《羊城晚报》主持的“粤派批评”研讨会。“羊晚”由于发行量大、利润丰厚，便给每位聘为工作室“顾问”的人银行存折划上一笔不大不小的款项。我虽然从没有阅读银行存折的习惯——不是我清高，而是我的存折有专门的阅读者，但有了这个润笔费，我心里着实高兴了一阵子，因为这笔额外收入已足够供我“报销”前两天出席的由“穷人”主办的研讨费全部差旅费了。

为报答家乡媒体和文化界的这种厚爱，我在拙著《中国大陆当代文学理论批评史》(台北：文史哲出版社1999年版)、《台湾当代文学理论批评史》(武汉：武汉出版社1994年版)、《香港当代文学批评史》(武汉：湖北教育出版社1997年版)的基础上进行改写，并新写了众多引言和章节，构成了2018年问世的新书《中外粤籍文学批评史》。广东人民出版社责任编辑古海阳收到我自发投去的书稿后，马上肯定“这是一部对粤派评论发展极其重要的著作，既具有史料价值，也具有很大的理论创新意义”。香港作家协会原主席黄维樑，也很了解我的写作甘苦，他来信云：

老古：

近来在粤港多个刊物阅读论“粤军”大作多篇，吾兄这个文字的新战场开辟得真好，尤其在广东省建立“文化大省”(俗语则为“发财立品”)之际。有诗赠君：

梅县之子
古笔千钧
远在武汉
清点粤军

祝夏祺！

维樑　顿首

2017年8月20日于香港沙田

必须郑重说明，我所倡导的“粤派批评”不是一个学派概念。和“闽派批评”一样，它不是一个文学立场、主张和追求趋向一致性和自觉结社的理论阐释行动，只是一个松散的、没有理论宣言与主张的群体。有不少学者不同意，这不要紧。包括“粤派批评”在内的岭南文化，毕竟是一种亚文化。它所形成的地区性特征，既有共时性，也有历时性。从籍贯这个角度切入，对扩大世界华文文学研究领域和岭南文化研究的版图，寻找新的学术生长点，无疑具有启示性和开创性意义。

《世界华文文学研究年鉴》现已编出了五辑。按“穷人”主办国际学术研讨会的精神，“年鉴”主事者“省略”了不少作者的润笔费。有读者来信问：“‘年鉴’还能坚持多久？”只要学界需要，只要我校中文系的银行存折还像过去一样鼓胀，还未“穷”到连一本“年鉴”都出不起的地步，更重要的是只要鄙人还能骑着一辆又古又破的自行车奔驰在菜场和书店之间，就能坚持下去。不敢夸海口，即将到耄耋之年的我只能说争取出满十辑后就歇菜，这总对得起读者了吧。

（载香港《城市文艺》2018 年 1 期；《文学自由谈》2018 年 2 期）